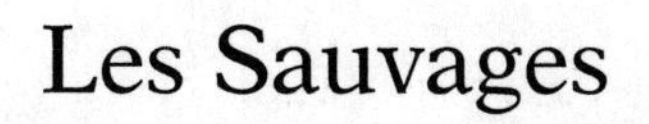

Les Sauvages

Du même auteur

Les Sauvages, Tome 3, Flammarion/Versilio, 2013
Les Sauvages, Tome 2, Flammarion/Versilio, 2012
Les Sauvages, Tome 1, Flammarion/Versilio, 2011

SABRI
LOUATAH

Les Sauvages

Tomes 1 & 2

ROMAN

Les Sauvages

TOME 1

LA FAMILLE NERROUCHE

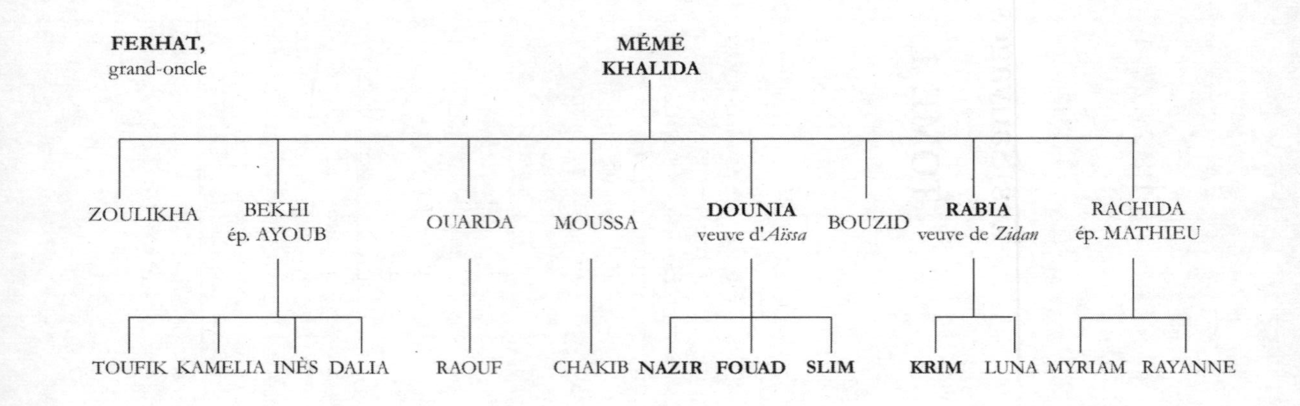

Chapitre 1

Krim

1.

Salle des fêtes, 15 h 30

Il allait bientôt falloir décider : qui resterait « tranquille » à la salle des fêtes et qui partirait pour la mairie. La famille de la mariée était trop nombreuse et tout le monde ne pourrait pas tenir dans l'hôtel de ville, surtout que monsieur le maire n'était pas réputé pour sa patience dans ce genre de situations. Son prédécesseur (divers gauche) avait tout bonnement interdit les mariages le samedi pour épargner aux paisibles habitants du centre-ville les klaxons, le raï et les bolides flanqués de drapeaux vert et blanc. Le maire avait levé l'interdiction, mais il n'hésitait pas à en brandir la menace à chaque fois qu'une smala survoltée semait le boxon dans la maison de la République.

Parmi ceux qui ne comptaient plus bouger figurait en bonne place, assise sur sa couscoussière, la tante Zoulikha qui s'éventait avec le *20 minutes* du jour, celui auquel Ferhat avait arraché la première page qui titrait : « L'ÉLECTION DU SIÈCLE ». Le vieux Ferhat portait une invraisemblable ouchanka vert-de-gris qui le faisait suer des oreilles. Un de ses petits neveux avait essayé de le ramener à la raison mais dès qu'on abordait le sujet,

Ferhat esquivait d'un plissement de menton avant de baragouiner des analyses sur les derniers sondages, d'une voix douce et presque professorale qu'on ne lui connaissait pas.

Tout le monde était un peu bizarre cet après-midi-là : la rumeur courait que les invités de la famille de la mariée se comptaient par centaines, et puis il faisait trop chaud pour un 5 mai. Les résultats du premier tour avaient transformé le pays en cocotte-minute, et il semblait que le cousin Raouf était la seule vis qui empêchait son couvercle d'exploser. Il s'aspergeait au brumisateur en pianotant sur son iPhone. La mémé le regardait sans comprendre, sans comprendre cette nouvelle race d'hommes qui vivaient par écrans interposés. Branché sur le twitter d'une obsédée des sondages et sur le fil continu d'un site politique, Raouf allumait cigarette sur cigarette en commentant les pronostics électoraux qu'un collègue, gérant comme lui d'un restaurant halal à Londres, postait sur son Facebook.

Raouf, dont on vantait souvent l'élégance à cause de ses costumes rayés à mille euros, portait ce jour-là et depuis l'avant-veille le même T-shirt imprimé au motif du souriant candidat PS, un T-shirt mal cintré parfaitement visible sous un blazer remonté jusqu'aux manches qui dévoilait ses avant-bras nerveux de businessman. On aurait dit que c'était le pouls de la nation qui battait dans ses veines.

La mémé qui lui avait reproché de ne pas s'être directement mis en costume n'avait plus la force ni l'envie de reprocher grand-chose à qui que ce soit. Elle trônait silencieusement dans l'Audi rutilante de Raouf qui y avait mis la clim, écoutant d'une oreille distraite les chansons kabyles qui faisaient bourdonner les autres voitures endimanchées. Elle sortit un de ses mollets de coq du véhicule et balaya du regard le parking clairsemé où végétait sa tribu.

À environ quatre-vingt-cinq ans (personne ne connaissait sa vraie date de naissance), la mémé jouissait d'un statut particulier dans la famille : tout le monde était terrorisé par elle. Veuve depuis des lustres, on ne l'avait jamais vue s'apitoyer, s'attendrir ou dire un mot gentil à un être humain ayant dépassé la puberté. Elle se dressait au milieu de ses filles frivoles et volubiles comme une sorte de Reproche incarné, nourrie par son extraordinaire endurance qui donnait à la fois l'impression d'un pacte conclu avec le Diable et la certitude qu'elle les enterrerait toutes.

En attendant les types de la sono commencèrent à faire leurs essais dans la salle et la mémé retourna dans le silence ouaté de l'Audi.

— Mais pourquoi vous êtes déjà là ? demanda le chef de la sono à Raouf.

— C'était pour avoir un point de chute, répondit Raouf sans prendre la peine d'enlever son oreillette. Avant d'aller à la mairie. Mais on va partir, on attend que tout le monde soit là.

Le type de la sono ne paraissait pas convaincu. Il avait un bout de salade entre les dents, les dents trop grosses et il sentait l'oignon.

— Vous êtes la famille du marié c'est ça ? Bon, il faudrait arrêter la musique dans les voitures si ça vous dérange pas. On nous a dit de pas trop gêner le voisinage avant ce soir. Et la dame, là, avec la couscoussière ?

— Eh ben, quoi ?

— Je croyais qu'il y avait un traiteur ?

Raouf ne sut pas quoi répondre. Il ouvrit penaudement les mains et se tourna vers sa tante Zoulikha, vénérable bonbonne de chair rosâtre, stoïque et immaculée, qui inspirait et expirait avec application sous un marronnier dont les ramages bourgeonnants ne la protégeaient pas du cagnard.

Trois autres tantes qui trépignaient dans la toute petite ombre d'un peuplier se mirent à parler de leur sœur cadette, la problématique Rachida, tandis que Dounia, la mère du marié, faisait des allers-retours de groupe en groupe en s'inquiétant de ce que personne ne semblait décidé à participer à la course jusqu'à la mairie.

— Il va y avoir que des gens de leur famille, se plaignait-elle en agitant sa voilette blanche et son portable. *Wollah* c'est la honte, ça se fait pas… Et Fouad ! s'exclama-t-elle en pensant soudain à son autre fils, le cadet, qui descendait de Paris pour être le témoin de son frère. Fouad j'arrive même pas à le joindre !

Le tonton Bouzid enleva sa casquette pour éponger son crâne nu. Il avait une calvitie étrange, instable et musculeuse, traversée de bout en bout par une veine dont la saillie trahissait généralement l'imminence d'un coup de sang :

— Allez, calme-toi un peu Dounia. La mairie ça commence dans une heure et Slim est même pas encore arrivé ! On est tous là, non ? T'avais peur et on est tous là une heure avant alors zen ! Zen ! hurla-t-il presque avant d'ajouter dans un demi-sourire : Et puis tu crois quoi, qu'ils vont empêcher la mère du marié d'entrer ? C'est pas une boîte de nuit ! Ah, ah. Désolé, c'est une soirée privée. J'te jure. Tiens va un peu parler à Rab', elle est toute seule la pauvre.

Rabia parlait au téléphone, en triturant ses frisettes et en éclatant de rire comme une jeune fille. C'était une jeune maman. Son fils aîné avait à peine dix-huit ans, elle en avait quarante. Elle raccrocha pour l'appeler. Il ne répondit pas. Rabia rejoignit la petite foule de ses beaux-frères qui causaient mécanique, élection présidentielle et résultats des courses en engueulant de temps à autre leurs femmes qui engueulaient leur marmaille surexcitée.

2.

Et puis tout au fond derrière le gymnase où les gens iraient voter demain, loin du raï et des ragots, il y avait Krim. Krim et ses yeux ensommeillés, Krim et ses sourcils compacts, butés, hostiles, Krim et ses pommettes bizarrement aplaties qui le faisaient ressembler, tout le monde le disait, à un petit Chinois.

Adossé au panneau électoral qui ne comptait plus que deux affiches, il frottait un briquet en argent sur la bande fluorescente de son jogging lorsque sa mère, Rabia, vint le rejoindre pour lui demander pourquoi il répondait pas au téléphone et surtout s'il comptait aller à la mairie. Il fourra le briquet dans sa poche et haussa les épaules en évitant de croiser son regard.

— Je sais pas, moi.

— Comment ça, tu sais pas ? Qu'est-ce tu foutais encore à traîner, là ? Tu t'es remis à fumer du chichon ? Fais voir tes yeux... Tu m'avais juré que t'avais arrêté, ça veut dire quoi ? Ça veut dire qu'on peut jamais te faire confiance ? C'est toi qui as fait une moustache d'Hitler à Sarkozy ? Regarde-moi, c'est toi ?

— Mais non c'est pas moi.

— Bon alors, tu viens hein ?

— Mais je sais pas, fit Krim, je sais pas je te dis.

— Bon ben si tu sais pas tu viens pas. Tu veux pas aller soutenir ton cousin à la mairie ? De toute façon t'as pas le choix ! Quoi tu t'en fous de le soutenir ?

— Mais de quoi tu parles ? s'énerva Krim. « Soutenir ton cousin », comme si c'était la guerre. Et puis pourquoi tu m'agresses là ?

Rabia leva les yeux de l'écran de son portable et tira son fils par la main en direction de la porte des vestiaires. Celle-ci avait été ouverte par le responsable du complexe qui devait y déplacer un stock de chaises. Rabia se dirigea directement vers les douches et menaça son fils en haussant le ton :

— Krim tu vas pas commencer à faire tes petits salamalecs. Pas aujourd'hui, je te préviens tout de suite.

— Mais vas-y mais faut te faire soigner toi. Et puis on dit pas salamalecs...

— Quoi ? dit-elle avec ses yeux constamment écarquillés.

— Laisse tomber.

— De toute façon c'est ma faute, si j'avais été une mère horrible là tu me lécherais les pieds. *Reddem le rehl g'ddunit,* bien fait pour ma gueule. Trop bonne trop conne, comme d'hab. Eh ben voilà, *chai,* ça m'apprendra...

Elle consulta pour la dixième fois en cinq minutes la liste de ses derniers messages reçus. Elle avait beau n'avoir que la quarantaine, le téléphone portable restait pour elle un objet mystérieux, qu'elle manipulait avec crainte, les doigts tendus, perpendiculaires au clavier, et toute son attention mobilisée pour ne pas se tromper de touche. Elle releva sa tête de linotte frisée sur son fils. Toutes ces années à s'occuper de « bouts de chou » dans les crèches municipales avaient empêché son regard et sa voix de se poser gravement sur les choses. Elle était volatile, mobile, enfantine. Elle ressemblait aux fillettes à fossettes et yeux démesurés qu'elle dessinait à longueur de journée avec ces petits qui l'adoraient presque malgré eux, parce qu'elle n'avait jamais cessé d'être l'une des leurs.

— Bon alors mon chéri tu viens avec nous hein ?

— Mais tu me saoules ! Tu me saoules ! Tu comprends ça, tu me saoules !

— Jure-moi que tu vas arrêter le chichon, insista-t-elle d'une voix suppliante. Pense à ta sœur, si tu veux pas penser à ton père pense à ta sœur.

— Allez c'est bon j'ai compris.

— Tu crois que ça va t'amener où de...

— Allez !

— Il avait raison papa : t'es en train de te transformer en âne, comme Pinocchio.

— C'est bon j'ai dit, hurla Krim, c'est bon !

Après quoi il chercha du regard, des épaules, des mains, de toute sa physionomie en alerte la porte la plus proche.

3.

Rabia insistait sur la mairie parce que Krim (Abdelkrim de son vrai prénom) était le deuxième témoin du marié mais surtout parce qu'il était celui de ses douze cousins germains dont il avait été le plus proche. Rabia et Dounia, leurs mères, étaient les meilleures amies du monde, sœurs de sang et de destin (mariage d'amour, veuvage précoce), et malgré leurs deux classes de différence et leurs vies de plus en plus divergentes, Slim et Krim avaient été inséparables. Ils s'étaient jadis surnommés Mohammed et Hardy les deux bicots de Saint-Christophe, bicot étant ou plutôt ayant été le mot préféré de Slim, qu'il avait volé à un oncle mais dont il avait tellement étendu l'usage qu'il avait fini par ne plus rien signifier de précis : regarde-moi ce bicot qui court, ces petits blonds c'est quand même bien des bicots, eh c'est quoi ce bicot sur ta grole ?

Ensemble ils avaient tout connu : les parties de chasse à l'homme dans la cité de la mémé, les barbecues sauvages où leurs pères jouaient leurs dates de naissance au tiercé, les redoutables « j't'attends à la sortie » vers laquelle ils marchaient côte à côte à cinq heures, menton levé comme des héros de western, et puis le parquet clouté du minuscule bureau de la CPE, les mariages où ils tourmentaient leur petite cousine et enfin et surtout l'odeur des pins du centre aéré au pied desquels ils urinaient en étudiant leurs zizis sans prépuce.

Slim se souviendrait toute sa vie du jour où Krim avait hurlé dans les vestiaires pour annoncer preuve en main qu'il avait enfin sa bite d'homme :

— Pff, tu parles c'est ça ta bite d'homme ?

— Vas-y fais voir la tienne.

— Pff si je te montre mon zob tu t'évanouis.

Mais Krim n'écoutait déjà plus, fasciné par ses longs poils calamistrés qu'il pouvait presque dénombrer autour de ce nouveau sexe olivâtre et de taille effectivement considérable.

Abdelkrim qu'on avait appelé Krim ou Krikri sans se poser de questions jusqu'au moment où la puberté, fée pour lui précoce et d'une prodigalité un peu louche, avait fait doubler de volume ses avant-bras et dessiné un duvet menaçant sur sa lèvre supérieure. À partir de quoi tout était résolument allé de travers.

À la fin de la quatrième on l'avait orienté vers l'enseignement technique, sur la foi, expliqua-t-on au conseil de classe et à ses parents, non de ses résultats en techno qui étaient à peine moins médiocres que ceux de ses autres matières mais de l'intérêt qu'il semblait manifester pour le fonctionnement des machines. On lui avait trouvé sa voie, il était par ailleurs idiot et pour tout dire criminel de continuer à déconsidérer les métiers manuels, etc. Le même speech que pour ses tantes trente ans plus tôt, envoyées de force en CAP. Une génération pour rien.

Son nouveau collège était excentré et architecturalement déprimant : une barre de béton juchée sur une butte au milieu d'une zone industrielle et flanquée d'un drapeau qui évoquait d'autant plus un pavillon à tête de mort qu'on avait surnommé le CES Eugène Sue « le Titanic ». Ses quatre cheminées flottaient en effet dans la brume au petit matin, les fenêtres des salles étaient grillagées jusqu'au troisième étage, le quatrième abritant bien sûr les locaux de l'administration.

À la rentrée, Krim qui en venait aux mains quand un étranger l'appelait Krikri rencontra celui que son père, homme doux à la santé fragile, avait rebaptisé Lucignolo en référence au jeune voyou charismatique qui détourne Pinocchio du droit chemin. Krim devint son sbire et se mit à fumer. Il abandonna son équipe de foot et les cours de piano qui lui faisaient désormais honte. Sa mère l'y avait inscrit parce que sa maîtresse de CE2 qui jouait du violon avait prétendu qu'il avait non seulement d'énormes facilités mais aussi ce qu'elle appelait avec une révérence incompréhensible « l'oreille absolue ».

Ce fut d'ailleurs cet hiver-là qu'un ORL de Lyon le diagnostiqua comme hyperacousique : il entendait plus et mieux que tout le monde, ce qui lui causait probablement ses terribles maux de tête. Pouvait-on en guérir ? Non : on acheta des boules Quiès et des stores plus épais, et on n'en parla plus.

Quelques semaines plus tard, au beau milieu de fêtes de Noël où la neige avait tenu pour la première fois depuis des années, son père mourut des suites d'un accident à son usine où il avait inhalé des fumées toxiques.

La neige, c'est bien connu, arrête les sons, étouffe les douleurs et dignifie tout le temps qu'elle dure. Mais l'événement rampait, rampait pour se changer en date – cet événement formidable, cataclysmique et surtout complètement incroyable, qui précipita bientôt Krim à la marge d'un système qui, tout bien considéré, n'apportait pas grand-chose à ceux qui respectaient ses règles.

Tout allait donc presque confortablement de mal en pis jusqu'au jour où Krim s'attira les foudres d'une autorité autrement plus brutale que celle de l'État : Mouloud Benbaraka était un caïd insaisissable, le « Bernardo Provenzano du 4-2 » comme l'avait surnommé *La Tribune-Le Progrès*. Krim avait été « chouf » pour ses lieutenants ; il surveillait les entrées des cages d'escalier où avaient lieu les deals et poussait des hululements de hibou quand il repérait une voiture banalisée de la BAC. À seize ans il lui arrivait d'amasser mille cinq cents euros par mois, ce que son père n'avait jamais gagné. Un jour il réussit à voler cinquante grammes du meilleur shit qu'on avait connu dans la région depuis des années. Mouloud Benbaraka le convoqua et commença par lui tirer l'oreille. Krim se débattit et reçut quelques claques sur la bouche. Quand Mouloud Benbaraka avança sa tête de chacal pour entendre ses explications, Krim lui mordit le lobe de l'oreille gauche, presque jusqu'au sang. Il fallut tout le talent diplomatique du cousin de Krim, Nazir le puissant grand frère de Slim, pour calmer la fureur du seigneur de la pègre stéphanoise, qui jura néanmoins que s'il tombait par hasard sur Krim il le réduirait en charpie.

4.

Rabia ne savait évidemment rien de cet épisode, pas plus que Slim d'ailleurs. C'était, comme disait Nazir, quelque chose entre Krim et lui, même si Gros Momo, le meilleur ami de Krim, avait fini par être mis au courant. Et Krim avait appris à vivre avec cette épée de Damoclès au-dessus de sa tête. Au fond les pires ennuis disparaissaient tout seuls si on cessait d'y penser H24. Les soirs de peine et d'angoisse il fermait les yeux et se répétait une des sonates qu'il jouait sur le clavier que lui avait offert son pépé. La musique illuminait et purifiait toutes les voies de son esprit. Ne laissait aucune place au chaos du monde.

Il y avait toutefois un problème : Luna sa sœur, qu'il avait toujours choyée à sa manière, sa manière rude et sans façons, et qui pleurait comme une Madeleine à chaque convocation de leur mère au commissariat pour une nouvelle connerie de Krim. Fuir cette étrange zone de tumulte incarnée par la tristesse de Luna n'avait mené Krim nulle part, si bien que quelques années plus tard sa petite sœur lui parlait toujours sur le même ton moralisateur, comme si quelque chose dans son visage appelait irrésistiblement les sermons et les reproches :

— Pourquoi t'as dit à maman que j'étais à poil sur Facebook ?

— Quoi ?

Luna avait grandi, elle avait mis sa robe noire la plus habillée et s'était couverte de paillettes qui luisaient déjà absurdement quand ses pommettes passaient dans l'ombre du bâtiment. Pendant un instant Krim crut qu'il avait mal entendu à cause de la sono dont on testait le volume en diffusant des débuts de morceaux de raï de plus en plus fort maintenant.

Il fit une grimace pour échapper à la morsure d'un rayon envahissant et se déplaça de quelques pas.

— Vas-y pourquoi tu me parles de Facebook ?

— T'as piraté mon compte ? Non, t'es trop débile pour faire ça, t'es devenu ami avec une de mes amies et t'as regardé mes vidéos ? J'y crois pas. T'sais ce que tu vas faire maintenant ? Tu vas aller voir maman et lui dire que t'as tout inventé. Je m'en fous, tu trouves un truc mais...

Mais Krim s'était mis à sourire. Le joint qu'il cachait dans sa paume commençait à faire son effet.

— Pauvre type, lui lança Luna avant de repartir vers le gymnase.

Elle avait une démarche de tête de mule, qui se changeait presque instantanément en course : poings serrés, bras tendus, comme si elle allait rencontrer un cheval-d'arçons au bout du chemin. Et puis Krim ne s'était toujours pas fait à l'idée qu'une fillette de quinze ans puisse être plus musclée que la plupart des garçons de son âge : la gym lui avait sculpté des biceps, des abdominaux, des trapèzes et même des deltoïdes. Quand elle portait comme aujourd'hui un vêtement sans manches, les veines de ses avant-bras et surtout ses triceps apparaissaient même quand elle gardait les bras immobiles le long du corps.

Comme si elle avait entendu les pensées de son frère, Luna revint soudain vers lui et le menaça du doigt et de ses tempes têtues de bélier :

— Si tu dis pas à maman que t'as inventé le truc de mes photos Facebook, je te jure que tu vas le regretter.

— Ah ouais ? Depuis quand tu connais le mot regretter, toi ?

— Si j'étais toi j'ferais gaffe. Et brusquement plus hésitante, incapable de le regarder droit dans les yeux : J'ai des dossiers sur toi, si j'étais toi…

— Vas-y dégage, *wollah* je t'écoute même pas.

— Tu crois que je t'ai pas vu la semaine dernière avec Gros Momo ?

— Allez ouais, va te cacher grosse vilaine.

Mais au lieu d'attendre qu'elle s'en aille il préféra s'éloigner lui, vivement, en direction des buissons qui s'épaississaient au détour du gymnase.

5.

Il les suivit en observant les épines de houx, les petites baies qu'il ne fallait pas manger et ces bras de fleurs éclatantes dont il ne connaissait pas le nom. Près de l'entrée des vestiaires où il avait tant de souvenirs, un chemin montait vers un terrain en herbe synthétique, mais pour y accéder il fallait se perdre dans une sorte de mini-labyrinthe végétal où Krim s'aménagea une place pour continuer à fumer tranquillement. Il laissa son attention divaguer, de son en son, d'éclats de voix en pépiements d'oiseaux. Un marteau-piqueur bourdonnait à quelques pâtés de maisons, peut-être au bord de la voie express et de sa basse continue à laquelle Krim ne parvenait pas à s'habituer. Il y avait encore, un peu plus loin, le moteur d'un souffleur de feuilles qui s'entêtait sur un motif d'accompagnement répétitif et dramatique, pour une mélodie qui ne viendrait jamais.

Soudain Krim entendit une voix humaine qui lui semblait familière :

— Le pire c'est que la moitié des gens qu'on va voir ce soir ont même pas leur carte d'électeur. Ça me rend dingue, ça... Mais qu'est-ce que tu veux faire, les obliger à voter ?... Ah mais tu veux dire parce qu'ils sont étrangers ?

Krim reconnut son cousin Raouf et comprit aux silences qui ponctuaient l'enchaînement de ses phrases qu'il parlait au téléphone. Raouf était l'entrepreneur de la famille, Krim ne pouvait pas le voir mais l'imaginait en pull marron à col roulé, veste à rayures et parfait sourire Colgate.

— Non, non, enfin, si, les étrangers devraient pouvoir voter aussi. Pour les élections locales et puis merde, non, pour toutes les élections...

Raouf était parti vivre à Londres et on ne l'avait plus vu dans les parages depuis une éternité. Krim se demanda soudain s'il n'avait pas un peu forcé la dose : il était incapable de se souvenir du visage de son cousin.

Il avala une gorgée de sa propre salive et changea de position en s'efforçant de faire le moins de bruit possible. À travers les branchages il pouvait maintenant distinguer la silhouette de Raouf qui donnait des coups de pied dans le vide en parlant avec son kit mains libres au pied de la cage : il était vraiment à quelques mètres de lui. Krim tendit l'oreille, se demandant surtout s'il allait réussir à chasser l'image mentale de la composition de son joint où les miettes marron de tabac se réduisaient comme peau de chagrin à chaque seconde qui passait.

— Et puis de toute façon la plupart *ne sont pas* étrangers. Je veux dire, comment on appelle quelqu'un qui habite ici depuis cinquante ans ? Au bout d'un moment faut arrêter... si tu paies des impôts ici tu votes ici et puis c'est tout... Ma carte au PS ? Oui. Non mais attends, écoute, c'est pas comme d'habitude là, c'est une sorte de moment historique. En fait j'ai pris ma carte au PS pour des raisons de droite, tu sais la rencontre entre un homme et une époque. Ah, ah... Putain j'ai rien là, je sais pas comment je vais tenir jusqu'à lundi... Quoi ? Mais si, tu rigoles, 52-48 dans tous les sondages, même ceux du *Figaro*, Brice Teinturier qui dit sur TF1 que le ralliement de Villepin et de Mélenchon c'est trop, non c'est solide là. Surtout qu'on a vu une évolution depuis le débat. T'avais d'un côté Sarko plus fébrile que jamais, qui le pointait du doigt et pétait les plombs. Et de l'autre côté Chaouch qui... De l'autre côté Chaouch, quoi...

Krim eut l'impression, en se concentrant très fort, de pouvoir deviner à qui parlait Raouf. Mais Raouf laissait à peine à son interlocuteur le temps de reprendre son souffle :

— Non mais j'y crois plus à ça, moi, ils nous saoulent avec leur prudence à deux balles. Le secret de l'isoloir mon cul. Enfin merde, il a bien été deuxième au premier tour, j'ai pas rêvé ? Il a fait une campagne idéale, complètement positive, c'est à peine s'il citait le nom de Sarko. Et puis je peux pas croire que... que... j'ai oublié ce que je voulais dire... Les Français sont des veaux, ah ah, pas mal... Non, je voulais dire, les gens mentent quand c'est le FN, là d'accord, là il faut une correction. Parce qu'ils ont honte, c'est le vote de protestation, on est d'accord. Mais enfin là c'est le contraire ! C'est un vote d'espoir, les gens sont fiers. Enfin un peu d'idéal, un peu d'élan et d'optimisme dans ce monde de brutes et de, de bureaucrates. Et puis c'est la vitalité incarnée, Chaouch. Quand les gens le voient à la télé ils voient pas ce qu'ils sont, mesquins, hypocrites, ils voient ce qu'ils ont envie d'être, ils ont foi dans la vie, dans l'avenir...

Raouf semblait emporté par son espèce de regard exalté et sautillant. Ses yeux furetaient à droite à gauche mais ne fixaient jamais rien, il regardait comme il parlait : vite, si vite qu'il paraissait, de loin, sur le point de s'envoler.

— Me méfier de quoi ? De la chute ? Genre on fait campagne en poésie et on gouverne en... Non, non, je me méfie pas, j'en ai marre de me méfier...

Tandis que Krim hilare et parfaitement muet s'était allongé sur le talus et regardait maintenant la course des nuages, graciles et pommelés sur l'écran de l'azur mat et presque mou, comme un matelas accueillant, universellement hospitalier, comme l'est probablement le ciel au paradis.

Il attendit que Raouf recommence à parler et roula un autre joint, pour plus tard. Au-delà des buissons le soleil détaillait le triangle imparfait d'un sapin sur la pelouse en pente, si puissamment qu'on pouvait distinguer la pointe cruciforme qui le surmontait. En deçà l'ombre était douce et fraîche, comme dans une oasis. C'était rien de moins que le terrier idéal que Krim avait débusqué là : entre cachette et promontoire, une véritable tanière à ciel ouvert.

6.

— Bon attends, dit soudain Raouf à voix basse et en scannant les alentours, il faut que je te demande un truc, si t'as deux minutes. Tu te rappelles la dernière fois, on avait parlé de la MDMA, eh ben y a une fille là, une copine de Londres qui en a pris et qui raconte des trucs de ouf sur son twitter… La drogue de l'amour ? Non je savais pas. Mais quoi, genre t'en prends et t'aimes tout le monde ?

Raouf tira sur sa cigarette. Krim en frémit : c'était un bruit pulpeux et moite, semblable à la moitié d'une succion, qui devait mouiller le filtre et qui prouvait qu'il venait d'atteindre un nouveau seuil critique dans sa nervosité.

— Franchement faut que tu m'aides, là, je vais pas tenir deux jours avec toute la smala sans rien… Ah oui au fait pourquoi tu viens pas ? À cause de Fouad c'est ça ? Non mais ça va, ça va pas durer cent ans votre guéguerre ! Allô ? Nazir ?… Ouais, non ça a coupé on dirait, je disais pourquoi tu viens pas, mais bon en fait, je sais. Enfin merde c'est quand même ton petit frère qui se marie…

S'ensuivit un long silence, si long que Krim cessa d'écouter. Il ne tendit à nouveau l'oreille que lorsqu'il crut entendre son nom dans la bouche de Raouf. Mais il avait sans doute rêvé, Raouf parlait à nouveau de Fouad, leur cousin acteur qui passait à la télé cinq fois par semaine depuis le début de l'année :

— Attends, quand je suis venu à Paris en début d'année, une soirée et il est même pas venu ! Et la dernière fois je suis sur le chat Facebook, c'est quatre heures du matin et y a personne. D'un coup Fouad apparaît, je lui écris et il répond pas. Et une autre fois pareil. Et pire, à chaque fois qu'il apparaît et que y a mon nom dans la liste il se déconnecte tout de suite. Enfin, merde, tu vas pas me dire qu'il le fait pas exprès ou qu'il est occupé à quatre heures du mat' !... Mais non, mais écoute, si ça le fait chier de parler à ses cousins, si on est tous des ploucs pour lui maintenant que c'est une star, tant mieux, tant mieux pour lui, qu'est-ce que tu veux que je te dise ?

Krim avait la bouche pâteuse à cause du joint qu'il avait fumé avant de découvrir sa cachette. Il se leva péniblement et descendit jusqu'à la porte des vestiaires pour boire un peu d'eau sans avoir à demander à quelqu'un. Mais la porte était à nouveau fermée à clé. La main sur le loquet il essayait de trouver une autre solution lorsqu'il fut rejoint par Raouf qui revenait du stade. Celui-ci lui adressa un clin d'œil et le prit par l'épaule pour lui demander un service.

Il y eut d'abord les politesses de rigueur, comment ça va, la santé, la famille, Raouf n'écoutant aucune des réponses monosyllabiques de son petit cousin. Quand il en vint enfin au fait ce fut au tour de Krim de ne pas écouter ce qu'il racontait, fasciné qu'il était par les tics de cocaïnomane qui allongeaient et raccourcissaient à toute vitesse le visage glabre et blanc de son cousin entrepreneur, blanchi par les costumes, les dîners en ville, la proximité du pôle Nord et la fréquentation d'une humanité argentée, exsangue, impitoyable et blonde.

— Oh, tu m'écoutes Krim ? Je te demandais juste si y aurait moyen de trouver quelque chose avant ce soir ?

— Quoi ?

— De la beuh, par exemple, répondit Raouf en hésitant à ajouter, sans jamais cesser de se mordiller les lèvres : Tu connais ce truc, toi, la MDMA ?

— Non. C'est quoi ?

— Vas-y laisse tomber. C'est genre de l'ecstasy en mieux.

Raouf mit la main sur sa nuque et ajouta rêveusement :

— Les gens appellent ça la drogue de l'amour...

La pensée de la drogue de l'amour lui fit plonger la main dans sa poche et en sortir un billet de cinquante euros qu'il fourra directement dans celle de Krim.

— Au cas où tu trouves quelque chose. Et sinon tant pis tu gardes. *Sadakha*.

Krim répondit qu'il le tiendrait au courant. Raouf lui demanda son numéro de téléphone et l'appela pour qu'il enregistre le sien. Et les deux cousins disparurent dans l'agitation cotonneuse qui flottait encore sur le parking.

7.

Quartier de Montreynaud, 16 heures

Quelques instants plus tard, dans la voiture de tonton Bouzid, Krim envoya un texto à Gros Momo pour qu'il se renseigne sur la MDMA. Et puis il s'aperçut en attendant la réponse qu'il était en train de perdre ses superpouvoirs. Des visages dont il ne se souvenait plus, des voix qu'il confondait, bientôt, sans doute, les fausses notes allaient lui échapper, et il pourrait même se mettre, à moyen terme, à aimer la musique nasillarde de ce Cheb quelque chose qui faisait crépiter l'autoradio de tonton Bouzid. Celui-ci baissa le son et enclencha l'allume-cigare.

— Bon Krim, j'ai promis à ta mère qu'on allait avoir une petite discussion. Tu as dix-sept ans. C'est quand ton anniversaire ?

— C'était hier.

— Bon. Depuis hier tu as dix-huit ans, alors écoute-moi bien...

Krim savait parfaitement de quoi il s'agissait. Il se mit en pilote automatique et entreprit d'acquiescer toutes les quinze secondes.

Pendant qu'il s'entendait reprocher d'avoir démissionné de McDo après deux jours, d'avoir souffleté sa cheftaine à chignon et de tuer sa mère à petit feu, Krim se délecta de la conduite souple de son oncle, qui lui rappelait celle de son père et ces soirs où, parce que tout le monde était de bonne humeur, il était autorisé à monter devant et à savourer les moindres aspérités qu'offrait la route éclairée par la pleine lune. Krim retrouvait ces émotions sur GTA IV : il ne faisait aucune partie, se tenait à l'écart des missions, des gendarmes et des voleurs, se contentait de rouler sans fin dans ces tentaculaires villes virtuelles où le monde s'arrêtait comme au bon vieux temps où la terre était plate, aux limites d'un océan abstrait au-delà duquel il était inconcevable de s'aventurer.

Le tonton Bouzid, comme son père et comme lui au volant d'une voiture de pixels, prenait des virages amples et généreux. Chez le tonton c'était certainement par déformation professionnelle : chauffeur à la STAS, il conduisait le redoutable 9 qui reliait le quartier sensible de Montreynaud au centre-ville. L'habitude des anticipations larges et d'un volant trois fois plus gros se ressentait dans sa façon de tourner en oubliant les lignes. Certains de ces virages faisaient frissonner Krim de bien-être. Il se sentait beau, digne et important à côté de ces hommes qui menaient si bien leur véhicule qu'on s'abandonnait à rêver qu'il finirait fatalement, un jour, par en aller de même avec leurs vies. Mais ça ne se passait pas comme ça dans la réalité. Dans la réalité le tonton Bouzid commençait à s'échauffer. Il regardait de plus en plus le rétroviseur et de moins en moins Krim :

— ... et puis à un moment donné faut avoir un peu d'honneur, le *néf, tfam'et* ? Moi aussi j'ai fait des conneries quand j'étais jeune, tu crois quoi ? que t'es le seul ? on est tous passés par là. Mais voilà, faut grandir à un moment donné. Et puis faut arrêter de traîner avec tes petits wesh-wesh là. Les gens ils disent : Sarkozy, le karcher... Mais la vérité il a raison ! Toutes les petites racailles moi aussi je te les extermine au karcher. Je les vois toute la journée moi, les petits wesh-wesh, j'aime autant te dire que si y en a un qui allume une clope ou qui emmerde une petite vieille il va trouver à qui parler. Non mais tu crois quoi, que c'est les loubards qui vont faire la loi ? Bon alors maintenant tu prends tes responsabilités. Surtout avec l'élection de Chaouch. J'espère que t'as ta carte hein ? T'as dix-huit ans, ça y est hein, tu peux voter. Non, à un moment donné faut...

Krim reçut un texto au moment où la voiture quittait la voie express et s'engageait dans la route en lacets qui escaladait la colline de Montreynaud. Il le consulta en cachant l'écran phosphorescent avec son autre main.

Reçu : Aujourd'hui à 16:02.
De : N
J-1, j'espère que t'es prêt.

Krim se rembrunit. Ces derniers mois Nazir lui avait envoyé une moyenne de dix textos par jour, qui allaient de « Ça boume ? » à des maximes philosophiques comme « C'est l'espoir qui rend les gens malheureux ». Krim avait appris à penser par lui-même depuis qu'il s'était rapproché de son grand cousin à qui il devait probablement d'être encore de ce monde. Mouloud Benbaraka ne lui aurait peut-être que crevé les yeux ou coupé les couilles. La rumeur disait qu'il avait immolé par le feu un type qui avait manqué de respect à sa vieille mère...

Nazir avait pu parlementer avec lui et sauver la peau de son petit cousin parce que Nazir était de la même trempe que Mouloud Benbaraka : sans illusions. Il voyait les choses comme elles étaient au lieu de se raconter des histoires : les textos qu'il avait envoyés à Krim en étaient le témoignage et Krim les avait soigneusement archivés, malgré l'interdiction formelle et insistante de Nazir. Il était même allé jusqu'à recopier les plus importants sur une feuille de papier pliée en trois, qui ne quittait plus jamais la poche de son jogging.

À ce texto-ci Krim répondit simplement qu'il allait bien, qu'il se sentait prêt, et puis la voiture s'immobilisa à un feu rouge et fit face à un portrait de Chaouch qui regardait Krim droit dans les yeux. Krim détourna le regard et ajouta à son message un « c koi la MDMA ? » qu'il imputa à l'influence du shit et auquel Nazir répondit de façon bizarrement sèche :

Reçu : Aujourd'hui à 16:09.
De : N
T'occupe. Et au fait, pas de drogues aujourd'hui.

8.

Le quartier où habitait son oncle était peut-être le plus délabré de la ville. C'étaient aussi les terres de Mouloud Benbaraka et Krim s'enfonça inconsciemment dans son siège, de peur de se faire repérer.

Les rues de la colline portaient des noms de compositeurs illustres, les bâtiments ceux d'oiseaux aux sonorités mélodieuses : les rousserolles, les rouges-gorges, les mésanges... Çà et là surgissaient des tours, des blocs, leurs milliers de fenêtres piquées d'antennes paraboliques qui étincelaient par intermittence sous le soleil de plomb. La pierre des balcons s'effritait, les rideaux et les murs perdaient leurs couleurs. À tout moment, malgré les poussettes chargées de courses qui calaient les portes d'entrée et les mères qui se querellaient avec les folles du premier étage, on s'attendait à ce que les tours explosent comme à la télé. Vingt étages brusquement désintégrés : personne n'aurait été surpris. Le paysage était désolé. Il appelait la démolition comme la jungle appelle la pluie.

— Bon allez, on n'a pas de temps à perdre, s'activa le tonton Bouzid en enjambant une porte désossée à l'entrée de sa tour, sur laquelle une feuille A4 prévenait encore les voyous de la Cité : IL N'Y A PLUS RIEN À VOLER DANS CE LOCAL.

Le tonton Bouzid grimpa les escaliers quatre à quatre et s'engouffra dans son studio où stagnait une épaisse odeur de pieds colorée par celle de son après-rasage musqué, celui qu'il achetait depuis son adolescence dans les années soixante-dix.

— Essaie celui-ci, ordonna-t-il en désignant un costume gris, chemise bleue et cravate marron, qu'il venait d'arracher à la penderie de son armoire.

Le battant gauche portait les stigmates d'une agression peut-être récente et probablement à coups de poing. Tandis que Krim se changeait dans la salle de bains, Bouzid entreprit de lui avouer son grand secret. Il se tenait debout juste derrière la porte, mais il avait oublié qu'en allumant la lumière de la salle de bains on actionnait l'assourdissant système de ventilation qui du coup ne permit à Krim d'entendre qu'un mot sur trois ou quatre de son speech.

Quand il sortit veste en main, un peu étourdi par la faim qui commençait à sérieusement le tenailler à cause du joint, le tonton le fixait de ses grands yeux marron remplis de sentiment. Son menton tremblotait comme celui de Charles Ingalls dans *La petite maison dans la prairie*, il avait l'air au bout du rouleau.

— Jusqu'à la fin de ma vie je vais devoir payer. Jusqu'à la fin de ma vie. Cinq cents euros par mois, tout ça à cause de, *zarma* une rixe dans un bar...

Krim ne savait jamais comment réagir aux grandes déclarations. Sa mère en faisait souvent elle aussi, avec ces mêmes grands yeux dilatés qui essayaient de vous convaincre qu'on faisait tous partie du même grand chou-fleur de l'espèce humaine. Gêné par toute cette solennité, Krim baissa les yeux et s'aperçut qu'il allait lui falloir des mocassins. Le tonton Bouzid y avait-il pensé ?

— Faut arrêter avec les conneries, Krim. Merde t'es jeune, t'es intelligent, t'es en bonne santé *hamdoullah*, t'as la vie devant toi. Jure-moi que tu vas arrêter ?

— Oui, oui, je te jure.

— Non non, je suis sérieux, là. Jure que tu vas arrêter.

— Oui, c'est bon, je jure.

— Bon, souffla le tonton en lui pinçant le trapèze. Allez tu vas voir, ça va bien se passer. Et puis regarde, demain y a l'élection, ça te fait pas plaisir, Chaouch qui va devenir président *inch'Allah* ? Un président *ralbi*, *wollah* rien que pour voir la tête des céfrans au taf j'ai envie qu'il soit élu, pas toi ?

— Si, si.

— Bon allez viens, on va te trouver des chaussures et une cravate. T'as déjà mis une cravate ? Il faut, hein ! C'est pas tous les jours qu'on marie Slim !

Et s'arrêtant soudain sur la dégaine de son neveu :

— Bon c'est un peu grand mais ça va. Eh faut bouffer un peu, tu veux ressembler à Slim ? *Miskine* n'empêche, il est vraiment tout maigre.

Krim laissa le tonton plonger la tête la première dans le cagibi de l'entrée et observa l'endroit où il vivait depuis que sa « copine » l'avait quitté. Il ne sortait qu'avec des Françaises, et à chaque fois ça se terminait en jus de merguez comme il disait : elles n'étaient pas sérieuses, elles lui parlaient mal, si bien qu'il jurait à chaque fois sur la tête de la mémé que c'était la dernière fois, qu'il allait se trouver une fille bien, c'est-à-dire musulmane, douce et féconde.

— Tu connais Aït Menguellet ? demanda-t-il à Krim qui observait du bout du doigt un CD avec le sosie de son père en très gros plan sur la pochette, un homme de quarante ans au visage long, fin, clair, tragique et moustachu.

Krim hocha négativement la tête.

— Eh ben cadeau, pour ton anniversaire tiens. On l'écoutera dans la voiture si tu veux, ça changera un peu du raï. De toute façon j'aime autant te dire qu'on va en bouffer ce soir de leur musique de bougnoules...

Krim fourra le CD dans la poche de sa nouvelle veste. C'était la première fois qu'il portait une veste avec des épaulettes, la première fois aussi qu'il portait un pantalon en toile avec ce genre de braguette sophistiquée. Le haut gris, bleu et marron avec la cravate fine lui plaisait, mais pas le bas où ses mocassins noirs juraient avec son pantalon clair, de façon aussi gênante qu'une paire de chaussettes blanches l'aurait fait avec un ensemble sombre.

Le tonton Bouzid le poussa vers la sortie et ferma scrupuleusement les trois verrous de la porte blindée.

— Et l'armée de terre, dit-il soudain, t'as pensé à l'armée de terre ? Non mais je t'explique, y a plein de possibilités en fait. Ou la marine. Cuistot dans la marine. Il faut avoir des projets, tu comprends ? Le plus important c'est les projets.

Krim laissa son regard s'attendrir sur son crâne luisant. Il entendit bientôt une voix de fillette à l'autre bout du palier : elle prenait son élan pour avaler d'un seul bond les six marches qui menaient à l'ascenseur.

Les poussières du couloir étaient irrésistiblement attirées par une coulée de soleil qui traversait la cage d'escalier depuis les carreaux brisés de la lucarne de l'étage jusqu'aux cuisses caramel de la petite fille. Lorsqu'elle sauta enfin Krim eut l'impression, le pressentiment, et bientôt l'absolue certitude que c'était la dernière fois qu'il mettait les pieds dans cet immeuble.

Chapitre 2

À la mairie

1.

Centre-ville, 16 h 15

La nuque brisée, Zoran levait les mains vers le quatrième étage de ce bâtiment étroit du centre-ville, essayant d'empêcher le petit chat avec lequel il avait passé la matinée de s'aventurer sur la corniche. Il faisait de grandes gestes inutiles et chuchotait-criait, sans oser crier tout à fait pour ne pas effrayer l'animal :

— Gaga, Gaga, rentre, rentre !

Marlon avait appelé le chaton Gaga en hommage à l'ex-nouvelle reine de la pop mais aussi à cause d'un livre de son père qu'il avait trouvé dans ses cartons, qui se voulait une encyclopédie définitive du *parler gaga* – le dialecte stéphanois – et qui lui avait causé un fou rire d'une demi-heure auquel Zoran ne comprenait pas grand-chose sinon qu'il fallait qu'il s'amuse lui aussi.

C'était avant la dispute. Maintenant Zoran devait quitter les lieux, et dans la précipitation il avait oublié de fermer la fenêtre du studio. Et le problème, c'est qu'il n'avait aucun moyen de remonter : Marlon avait insisté pour qu'il laisse les clés à l'intérieur, et il ne reviendrait pas avant la fin du week-end, peut-être même seulement lundi. Zoran considéra un instant l'éventualité d'appeler les pompiers mais le chat venait déjà de rebrousser chemin, sans doute effarouché par un couple de pigeons qui roucoulaient sur la canalisation.

Deux passants se retournèrent sur Zoran dont la tenue, qu'il portait pour la première fois telle quelle, ne pouvait pas passer inaperçue dans ce quartier. Il s'était décidé au dernier moment, sur un coup de tête, devant l'armoire à glace qui silhouettait sa figure déhanchée sur le désordre déprimant de ce studio dont il venait d'être expulsé par téléphone : un jean taille basse aux cuisses délavées et aux poches arrière cloutées, des ballerines irisées et un T-shirt pailleté au motif de l'Union Jack, qu'il avait échancré et raccourci lui-même afin qu'on puisse admirer son ventre plat et son piercing au nombril.

Le jean était un cadeau d'un type qu'il avait rencontré à Lyon et qui aimait le voir se travestir. Quant au haut et aux ballerines qui appartenaient à la sœur de Marlon, il les avait tout simplement choisis à même la commode de ce dernier, en se disant à voix haute et en roumain, peut-être aussi pour l'édification de Gaga avec qui il avait au moins autant parlé qu'avec Marlon ces derniers temps : quitte à être pris pour un voleur, autant avoir volé quelque chose.

Après un coup de menton en direction d'un type qui s'était carrément arrêté pour l'observer poing sur la hanche, Zoran prit sa valise et leva une dernière fois la tête vers la vitre entrouverte qui accueillait paisiblement le reflet de l'azur entrecoupé d'un faisceau blanc presque immobile, signalant le passage d'un avion ou d'une autre créature semblablement motorisée dans le ciel de cristal.

Il longea le cimetière qui coiffait la colline et qu'il avait eu au pied de sa fenêtre depuis trois semaines, et il descendit au bar où il avait donné son rendez-vous-ultimatum pour 16 heures précises. Il était en retard mais il n'y avait pas trace de son rendez-vous. Son serveur préféré n'était pas non plus derrière le comptoir, la femme aux cheveux rouges qui le remplaçait avait l'air de mauvaise humeur.

— C'est la fin des fûts, prévint-elle d'emblée en vidant une pinte de mousse jaunâtre dans l'évier.

Zoran hésita à franchir les quelques mètres qui le séparaient du comptoir. Il avait horreur de ce carrelage sur lequel les chaises crissaient sans cesse.

— Donne-moi whisky, dit-il en laissant tomber sa valise au pied d'un tabouret haut. Il posa une fesse dessus et répéta en la regardant droit dans les yeux : Donne-moi whisky.

— T'as de quoi payer ?

— Oui.

— Montre-moi d'abord.

— Pourquoi moi montrer ? Pourquoi lui pas montrer ?

Il désignait un habitué à l'autre bout du comptoir, qui lissait du pouce et de l'index les extrémités de sa moustache couleur sable.

— Écoute si c'est pour faire des histoires non ! Y en marre maintenant de...

— De quoi ?

— De vous tous là ! Quand est-ce que vous rentrez chez vous en Roumanie ? Vous voyez bien que vous pouvez pas rester ici ? Pas de place ici, pas de travail ! Vous venez pour le travail au moins ?

— Non travail en Roumanie.

— *No* travail ici non plus. Rien du tout, *nada*. Non mais je te jure...

Le moustachu émit un grognement indécidable. Voulait-il empêcher la serveuse d'aller trop loin ou simplement lui suggérer de parler moins fort ?

Zoran continuait de fixer cette horrible femme, pour lui montrer qu'ils étaient à égalité. Mais la difficulté de former des phrases dans cette langue impossible le fit bégayer et baisser les yeux malgré lui, pour se concentrer :

— Je rendez-vous homme, quatre heures, lui payer mille euros. Si je mille euros, je dix euros. Alors donne whisky, whisky cher.

La serveuse leva le front au ciel et y écrasa le plat de sa paume.

— Mais qu'est-ce que tu racontes, mille euros ? Hé c'est pas un hôtel de passe ici, tu piges ? Allez dehors maintenant ! Dehors ! Allez, ouste !

Un client apparut à ce moment, un petit homme en costume qui suait abondamment. Il arrivait de l'escalier qui menait aux chambres, ou peut-être des toilettes. Zoran le fixa avec intensité jusqu'à ce qu'il disparaisse de son champ de vision. La serveuse le salua poliment au moment où il sortit, Zoran eut envie de la tuer quand il vit son regard redescendre sur lui avec dégoût.

— Bon allez, faut partir maintenant. Ou sinon j'appelle la police.

Zoran s'éloigna en insultant la serveuse en roumain. Il interrogea l'ivrogne avachi sur le comptoir. Celui-ci n'avait vu personne depuis le début de l'après-midi. Il était 16 h 30, son ultimatum n'avait donc pas fonctionné.

2.

Zoran erra dans le centre-ville en espérant y trouver l'homme qui devait le rendre riche. À peu près toutes les personnes qui le virent cet après-midi-là se retournèrent sur son passage et se fendirent d'un commentaire désobligeant, tantôt mimé tantôt dit à voix basse. Il y eut aussi quelques personnes qui parlèrent suffisamment haut pour qu'il entende : un épicier barbichu, une mère de famille qui clopait sur sa poussette, des adolescents arabes en survêtement, deux ouvriers du bâtiment pendant leur pause, une petite bonne femme qui travaillait sans doute à la préfecture et un électricien qui avait du poil sur les épaules.

Tous le haïssaient instantanément en comprenant que ce n'était pas une fille, mais leur haine se nourrissait surtout de ce qu'il n'était pas une non-fille de façon sûre et définitive, de ce qu'il personnifiait l'ambiguïté sexuelle longtemps après la première impression, depuis son déhanchement provocateur et caricatural jusqu'à la plus insignifiante de ses mimiques. Son vernis à ongles carmin sur lequel il continuait ostensiblement de souffler entrait aussi dans la haine, de même que son regard buté, son air de défi, ses narines frémissantes qui cherchaient les ennuis.

Et puis il avait un grain de beauté sous son œil gauche. Il arrive, quand quelqu'un vous est particulièrement désagréable, que toute l'hostilité qu'il vous inspire se concentre sur un de ses grains de beauté. Celui de Zoran était bleuâtre, compact, effroyablement rond. Toute sa personnalité instable y criait son besoin d'être remarquée. Son père l'avait souvent battu à cause de ça.

En public il apparaissait sûr de lui, conquérant : il n'était pas beau avec ses yeux jaunes, ses épaules trop larges et sa peau sombre et mal entretenue, mais avec le genre d'hommes dont il chassait le regard ça ne servait pas à grand-chose d'être beau, il suffisait d'être jeune, bien maquillé, d'avoir la taille fine et le torse imberbe et de dégager une chaleur de bête, une odeur d'étable et de péché.

Après avoir acheté des chewing-gums il se promena sur la place de la cathédrale où des enfants s'ébattaient sur un vieux tourniquet. Zoran crut soudain être suivi par un homme en blouson beige : il se dirigea au centre du parvis, là où rien ne pouvait lui arriver. Trois séries de quatre jets d'eau surgissaient d'une source invisible entre les dalles. Lorsque le soleil réapparut d'une brève absence derrière les nuages. Zoran observa l'ombre d'un de ces jets verticaux qui courait sur les dalles grises et semblait y couler plus lentement, comme dans un autre ordre de réalité. Sa propre ombre lui parut bientôt se mouvoir elle aussi en différé, il en profita pour l'examiner attentivement. Et ce fut alors, tandis qu'il maudissait ses épaules, sa stature, son sexe, qu'il entendit les klaxons.

Tout le monde sur la place s'était arrêté pour voir passer le cortège de voitures ornées de rubans roses et blancs et remplies de visages basanés et souriants qui chantaient par-dessus la musique arabe. Zoran suivit le défilé et se retrouva au milieu d'une petite foule de badauds qui profitaient du spectacle sur la place de l'hôtel de ville. Un type en se décalant marcha sur ses souliers brillants. Zoran le repoussa violemment mais le type ne demanda pas son reste. Peut-être n'avait-il pas fait exprès. Zoran cracha son chewing-gum pour fumer. Mais il n'avait plus de cigarettes. Personne ne fumait autour de lui, sauf un grand gaillard qui n'avait pas l'air commode. Il prit un autre chewing-gum et s'amusa à faire des bulles.

Quelques instants plus tard, tandis que les gens bien habillés se pavanaient au pied des marches en se croyant très importants, une grosse fillette blonde montra Zoran du doigt et fit se pencher sa mère pour lui dire quelque chose à l'oreille. Ses petits yeux verts mangés par son visage joufflu luisaient comme deux diamants au fond d'une grotte rosâtre et défendue. Zoran essayait de lui arracher un sourire en multipliant les grimaces lorsqu'il vit passer dans la foule le visage familier de l'homme à qui il avait donné rendez-vous une demi-heure plus tôt.

— Slim ! cria-t-il.

Il essaya de se frayer un chemin en évitant le regard de la fillette et s'aperçut qu'il s'agissait bien de lui. Son cœur se mit à battre plus vite, la chaleur lui parut soudain accablante. Il voulut poser la main sur l'épaule de Slim qu'il avait reconnu mais fut bousculé par un homme chauve qui l'avait vu arriver.

— Je connais lui, protesta Zoran en désignant le jeune Arabe.

Mais le type chauve le repoussa vers la foule sans ménagement, comme l'aurait fait un garde du corps. Et comme s'il avait eu le pressentiment de ce qui allait lui tomber dessus, Zoran se protégea la tête avec les deux mains et se mit en position accroupie, si vite qu'il entendit son jean se déchirer.

Une ou deux paires de bras puissants le soulevèrent alors du sol et le portèrent à travers la foule. Il n'eut pas le temps d'appeler à l'aide ou d'armer le moindre coup pour se libérer : le type qui l'avait attrapé le jeta à l'arrière d'une voiture qui démarra en trombe mais sans faire crisser les pneus, si bien qu'il fut facile à ceux qui avaient été témoins de la scène de retourner à leurs occupations en prétendant qu'il ne s'était rien passé.

3.

Hôtel de ville, 16 h 30

— Tu te rappelles de Bachir ? Mais si, le fils d'Aïcha ! Krim, *allouar* ! Krim tu te souviens de Bachir ? Krim je te parle !

C'était un mystère profond sur lequel on ne s'interrogeait plus dans la famille : ce qu'il fallait bien appeler la joie de vivre de la tante Rabia, qui aimantait ses nièces, ses sœurs et leurs hommes et qu'aucune vexation ne parvenait à entamer. Le seul qui avait fini par y être insensible était Krim : l'incroyable débit de paroles de sa mère ne lui inspirait plus qu'une vague sensation de fatigue. Il rédigeait un texto en regardant sa mère qui paradait au milieu des siens. Elle parlait avec les mains, avec les cheveux. Elle avait les pommettes saillantes, une trace d'accent méridional dont personne ne connaissait l'origine et surtout un rire généreux qui lui mouillait les yeux et s'accompagnait automatiquement d'une chaleureuse tape sur l'épaule de son interlocuteur, là où des femmes de même tempérament mais d'un niveau social supérieur se seraient contentées d'effleurer le coude ou de pincer nonchalamment une phalange ou deux.

— ... bon, et alors Bachir il a fait une thérapie, avec ce psy, là, comment il s'appelle, le docteur Bousbous,

Basbous, je sais plus, je crois qu'il est d'origine libanaise, ou peut-être qu'il est juif, Boulboul, Bouboul, c'est lui chez qui Rach' elle est allée, d'ailleurs il a rien fait, je te jure, mais franchement ça fait quoi *zarma* les psys ? T'es là, tu parles, *wollah* à quoi ça sert ? Moi je dis vaut mieux rester chez toi tranquille, tu parles avec ton mari, vrai ou pas vrai *khalé* ?

Elle s'adressait à un de ses beaux-frères : la soixantaine fatiguée, un visage étroit, un peu simiesque, des sourcils bienveillants et le fort accent algérien des hommes de sa génération. Elle l'appelait oncle par respect eu égard à son âge même s'ils n'avaient aucun lien de sang. Rabia avait toujours un oncle sous la main, qu'elle utilisait comme auditeur témoin et sur lequel elle vérifiait que ce qu'elle racontait était intéressant : elle l'invitait à participer et riait sans se retenir de la moindre de ses observations.

— Ah moi ji toujours dit que ça sert à rien li psy.

— *Ahtek'm sara* ! Bon qu'est-ce que je voulais dire, ah oui il a été voir le docteur Abitboul, voilà, Abitboul, et à chaque fois il claquait des cent, des deux cents euros, je te jure c'était pire que le casino, *matéhn*, et un jour le docteur il lui fait : c'est bon vous êtes guéri, Bachir *miskine* il dit merci docteur et il recommence sa petite vie, son petit train-train, et puis un jour il va à la laverie, véridique hein, il va à la laverie automatique, il met une pièce dans la petite machine pour lancer le lavage, et là *wollah* sur la tombe de pépé, sur la vie de Krim qu'il crève à l'instant, il glisse une pièce dans la petite machine comme ça et...

Rabia fut interrompue par une rumeur à quelques mètres derrière elle. Entre deux invités de la famille de la mariée qui s'étaient retournés eux aussi, Rabia et tout son petit groupe virent la mémé qui criait sur Dounia. Le tonton Bouzid accourut et essaya de calmer sa mère qui pointait Dounia du doigt, férocement et sans se soucier des étrangers qui faisaient semblant de ne rien voir.

— Qu'est-ce qui se passe Bouz' ? demanda Rabia.

— Y a un problème, le TGV de Fouad va être en retard.

— De combien ?

— Je sais pas, une heure, peut-être même plus. C'est le témoin de Slim mais la famille de la mariée ils disent qu'on peut pas l'attendre.

— Elle est où Doune ?

Rabia voulut prendre les choses en main mais la mémé bloquait l'accès à Dounia. Elle prit sa fille par le poignet et l'éloigna en disant en kabyle :

— *Ah non, non, allez ça suffit les scandales, tout le monde va pas venir pour s'occuper de tout. Va, va, laisse-la se débrouiller un peu toute seule.*

— *Yeum, yeum,* laisse-la venir, qu'est-ce que tu fais là, *l'archoum...*

— Doune, c'est bien Krim le deuxième témoin ?

— Il est où ? demanda Dounia en se mettant sur la pointe des pieds.

4.

Elles cherchèrent Krim du regard tandis que Slim les rejoignait. Il n'avait pas cessé de sourire depuis le début de la journée, toute sa physionomie souriait, ses dents blanches, son costume blanc, ses belles et fines mains blanches. Il portait une cravate épaisse et bouffante et des mocassins souples qui lui permettaient de voleter de groupe en groupe et de parler à tout le monde sur un ton allègre et disponible. Il avait les mêmes grands yeux noirs et féminins que ses frères : des sourcils étonnamment longs, le pourtour surligné comme au crayon et un iris démesuré qui réduisait le blanc à un coin de paupière à peine moins sombre.

Adossé au poteau d'un réverbère Krim vit arriver toute la smala en ordre rangé. Il eut un mouvement de recul qui lui fit lâcher sa cigarette à peine entamée.

— Quoi, moi ? répondit-il lorsqu'on lui demanda de remplacer Fouad.

— Allez, *raichek*, fais pas d'histoires.

— Mais tu me saoules, j'ai rien demandé moi ! Putain j'en étais sûr...

Slim arrivait derrière sa tante. Il prit Krim à part et lui expliqua la situation. Au bout de quelques secondes, Slim trouva le moyen de s'asseoir dans le vide, le dos au mur de la mairie. Krim et lui regardaient maintenant dans la même direction, sauf que Krim, contrairement au petit prince du jour, ne jouait pas à croiser et décroiser ses jambes dans cette position acrobatique et superflue.

Slim changea soudain de sujet en levant les yeux dans la direction opposée à son cousin :

— Bon et sinon, maman m'a dit pour l'ANPE. C'est la merde.

Krim réagit en haussant les sourcils. Il alluma une autre cigarette et se mit à tripoter sa cravate en se demandant s'il avait l'air d'un acteur américain.

— Mais tu sais ce que tu vas faire maintenant ?

— Ouais, on verra bien.

— Putain t'es encore complètement défoncé, Krim. Merde c'est quand que tu vas évoluer ?

Krim prit le filtre de sa cigarette entre son pouce et son index et observa silencieusement le bout ardent.

— Et toi ça va sinon ? demanda-t-il sur un ton incompréhensible. Tu continues la fac ou quoi ?

— Non il va falloir que je travaille, là, ne serait-ce que pour... Bon, j'ai un truc pour toi, Krim, mais...

Krim gardait le silence, le gardait si bien que Slim se sentit obligé de dire quelque chose de surprenant pour attirer son attention :

— Je l'ai dit à personne, même pas à ma reum, mais... j'ai peur de pas réussir avec elle, tu vois.

— Qui ça ?

— Kenza. Vas-y faut pas le répéter, c'est trop bizarre mais j'ai l'impression que je pourrai jamais... tu vois...

Krim, ahuri, fixait l'horizon. Les remparts du monde étaient en feu et personne d'autre que lui ne pouvait les entendre brûler.

— Ben quoi, pourquoi tu dis rien ?

— Ben je sais pas, répondit Krim tout affolé. Je sais pas.

— J'ai l'impression que j'arriverai jamais à la rendre heureuse, s'acharna Slim. J'essaie et tout, mais... Tu m'écoutes pas.

Slim se redressa et leva la tête sur les cimes des arbres de la place, pour échapper au silence qui s'abattait sur leurs petites têtes endimanchées. À son immense surprise ce fut Krim qui fit le premier pas :

— Non mais franchement tu devrais pas t'inquiéter. T'es un type bien, tu vois, c'est sûr que ça va marcher.

— Merci Krim, répondit Slim en se plantant face à lui. Merci.

Krim détestait ce ton grave et larmoyant. Si c'était ça l'âge adulte, si ça voulait dire prendre les choses avec cette sorte de gravité débile, alors il voulait bien rester un enfant jusqu'à la fin de ses jours.

— Bon et sinon j'ai entendu parler de toutes les merdes qui te tombent dessus là, c'est pour ça que Nazir te file une enveloppe ?

Krim demeura interdit. Il coupa court à la conversation :

— Non, mais c'est bon, on va pas parler de ça, c'est ton mariage, tu vois.

Slim prit son cousin dans ses bras et se laissa faire les deux bises les plus maladroites qu'on lui avait jamais faites.

5.

Depuis les marches où elle continuait de bavasser, Rabia vit Slim en train de remettre une enveloppe à Krim. Ce dernier paraissait surpris et embrassait son cousin sur les deux joues avant de mettre sa main sur le cœur.

— C'était quoi l'enveloppe, Krim ? lui demanda-t-elle quand il l'eut rejointe.

— Mais vas-y d'où ça te regarde ?

— *Zarma,* « D'où ça te regarde ? » Pourquoi t'es comme ça ? Qu'est-ce que je t'ai fait pour que tu me traites comme une chienne devant tout le monde ?

— Et c'est parti...

Elle passa la main sur le crâne de son fils. Et puis ses yeux s'illuminèrent, brillèrent d'une excitation presque complètement adolescente.

— Allez, tu veux pas me dire ce que c'était, kikou ?

— Mais c'est mon cadeau pour hier, c'est bon. Allez, et maintenant tu vas le répéter à tout le monde... Je te jure, une vraie gamine.

— Oui, et alors j'en suis fière ! Tous les gens ils croient que t'es mon petit frère. Tu devrais dire merci au bon Dieu d'avoir une mère jeune ! Au fait c'est quoi cette histoire de Luna sur Facebook ?

— Mais quoi, s'emporta soudain Krim, ta fille elle se montre devant des millions de gens et t'en as rien à foutre ?

— Oh ça va, espèce d'islamiste.

— Ouais c'est ça.

— Attends mais c'est comme ça les filles, elle est coquette...

— Elle est coquette, ouais. Tu vas voir le jour où elle va se faire violer.

— *Bar ed chal !* hurla Rabia. Ça va pas de dire ça ?

Sa colère se dissipa aussi vite qu'elle était apparue : elle eut à saluer une amie française de Dounia. Après quelques politesses elle revint vers son fils et boutonna sa chemise jusqu'en haut, mais Krim se mit à étouffer.

— C'est trop serré, j'ai envie de vomir.

— Non, non, laisse, c'est comme ça que ça se porte. Laisse, je te dis, fais-moi confiance ! Tu crois quoi, que les milliards de gens qui mettent des cravates ils ont tous envie de vomir ? Mais non mais non ça passe, t'inquiète.

Pendant qu'il s'habituait à avoir la glotte compressée, Rabia le considéra avec fierté : son grand fils en costume-cravate. Mais dès qu'il se retourna pour rejoindre Slim sa fierté se mua en tristesse, si soudainement qu'elle dut tuer une larmichette dans son œil avant qu'elle ne menace son mascara.

Le clan de la mariée avait colonisé les marches de l'hôtel de ville depuis bien avant l'arrivée de la famille de Slim, mais le soleil écrasait désormais la place avec un zèle digne des grands jours de canicule, si bien qu'ils durent se serrer à leur tour à l'ombre des platanes et des micocouliers.

— Eh ben ils sont pas si nombreux au bout du compte, commenta Dounia à l'oreille de Bouzid.

— Tu vas voir tout à l'heure. Là c'est que la mairie, et déjà ils sont trois fois plus. Non mais ça va bien se passer, t'inquiète pas.

Une dame de l'autre camp vint vers Dounia et la félicita en inclinant la tête. Elle portait une robe Joséphine en soie imprimée, ses cheveux noirs avaient été raidis au fer à lisser et colorés par d'aberrants ajouts blonds, auburn et chocolat. Elle se tourna vers Rabia qui lui présenta Krim.

— Eh ben dis bonjour Krim, fais pas ton sauvage !

Krim ne pouvait pas supporter sa mère quand elle prenait ce qu'il appelait son accent français. Elle soignait l'ouverture de ses *a*, adoucissait ses *r*, allongeait ses diphtongues, elle allait même jusqu'à changer de rire.

— Hicham, mon fils, dit la dame en désignant un solide garçon fièrement moulé dans une chemise de satin gris.

Hicham se retourna, le visage coupé en deux par un sourire de play-boy. Le téléphone collé à l'oreille droite, il tendit sa main gauche à Rabia qui la prit pour l'attirer vers elle et lui faire la bise.

— Ah chez nous c'est quatre !

La dame expliqua qu'Hicham était en fac de droit avec Kenza. Constatant un flottement dans le regard de Rabia, elle précisa :

— Kenza, la mariée.

— Oui, oui bien sûr je sais. D'ailleurs... Krikri tu vas la voir bientôt non ? Avant d'ajouter à l'attention de la dame : Abdelkrim est le témoin du marié.

— Ah, eh bien bravo, toutes mes félicitations ! s'exclama la femme en pesant de tout son regard fardé et souriant sur la silhouette immobile du « témoin ».

Krim, dégoûté par toute cette hypocrisie, leur faussa brusquement compagnie. Il voulut prendre son portable pour faire croire à une urgence, mais il était lancé dans sa retraite, et jouissait maintenant sans partage de la bizarrerie de son comportement et de l'air que son mouvement soulevait autour de lui.

6.

Il commençait à y avoir de l'agitation sur les marches. Bouzid demanda à ses sœurs où étaient Ferhat et Zoulikha, les Anciens. Ses soeurs paniquèrent : Mathieu, le mari de Rachida, était resté à la salle pour leur tenir compagnie. Bouzid se tapa le front du plat de la main : il avait complètement oublié que certains avaient voulu rester. Il alla faire son rapport à la mémé qui de sa petite silhouette butée et énergique barrait la route à toute une colonne d'invités sur le perron.

— Eh ben quoi tu veux ma photo, l'insulta-t-elle, va les chercher espèce d'*arioul* !

— *Wollah* tu parles mal, c'est pas possible...

— Va demander à Toufik, allez va, va au lieu de rester là !

Bouzid se fraya un chemin, au pas de course et en s'épongeant le front, à travers la foule maintenant compacte où il ne connaissait aucun visage.

Un peu à l'écart de la foule il aperçut Krim qui flânait en regardant ses chaussures. Il fit un détour pour l'engueuler.

— Qu'est-ce tu fous ? Il faut monter, là !

— Mais y a trop de gens, on peut pas passer.

— Mais si, allez, faut y aller là, ils t'ont pas encore donné la bague ?

— Non.

— Il est où Toufik ?

Bouzid scruta les alentours, sa main en auvent au-dessus de ses sourcils.

— Attends-moi ici, cria-t-il à Krim tandis qu'il allait donner ses consignes à Toufik le Serviable : Il faut retourner à la salle, tiens tu prends ma voiture et tu ramènes tonton Ferhat et tatan Zoulikha chez la mémé.

Bouche ouverte, Toufik regardait les clés qu'il venait de recevoir dans sa paume. Bouzid le Terrible fronça les sourcils.

— T'as compris ce que je viens de dire ?

— Oui, oui, mais pourquoi chez mémé ?

— T'occupe. Après la mairie on va chez la mémé, tu les ramènes là-bas O.K. ?

Toufik acquiesça. Il était de loin le plus vieux des cousins, plus vieux que certains des maris de ses tantes, il aurait donc fallu l'appeler tonton mais il y avait chez lui quelque chose de trop juvénile pour qu'on s'y résigne : des joues rondes, lisses et brillantes, un œil inquiet qui cherchait inlassablement l'approbation et la démarche empressée d'un homme habitué à faire ce qu'on lui demande de faire, rarement moins et jamais autre chose.

Il s'éloigna vers les files de voitures qui stationnaient en double file tandis que Bouzid fendait la foule façon garde du corps pour mener Krim à destination.

Il y avait une jeune fille accroupie devant la 307 de Bouzid. Toufik ne voyait que ses interminables cheveux blonds qui prenaient toute la lumière du ciel. Il s'éclaircit la gorge, ne sachant pas comment l'interpeller et ne pouvant pas imaginer dire à voix haute quelque chose d'aussi ridicule que mademoiselle.

— C'est votre voiture ? Mon chat veut pas bouger d'en dessous, expliqua-t-elle sans se relever mais en tournant la tête.

— Minou minou, chantonna Toufik en s'allongeant presque sous la voiture.

— Il s'appelle pas minou.

— Ben je sais pas moi, comment il s'appelle ?

La fille eut un incompréhensible mouvement d'humeur. Elle avait des yeux en amande et le front bombé de l'enfance mais on ne pouvait pas dire qu'elle était belle, peut-être à cause de la grimace que forçait sur son visage la position tordue de sa nuque.

— Il s'appelle Barrabas.

— Mais c'est pas un nom de chat, Barrabas.

— Ah oui, et c'est quoi un nom de chat ?

— Je sais pas, moi... (Il se creusa la tête mais sans succès ; la fille non seulement ne l'aidait pas mais elle trouvait le moyen de le dévisager.) Je sais pas.

— Et Beethoven, vous trouvez que c'est un nom de chien ?

Toufik ne comprenait pas du tout ce qu'il avait bien pu faire pour mériter cette hostilité. Qu'est-ce qu'ils avaient tous contre lui aujourd'hui ?

— Beethoven, oui, ça fait chien.

— Et si vous aviez un perroquet vous l'appelleriez comment ?

— Ben je sais pas, moi. Jacquot.

La fille éclata de rire, un rire aigu et sec auquel ses yeux ne prirent aucune part. Toufik se demanda si elle n'était pas folle.

Il renonça à s'accroupir à nouveau et attendit la suite. Heureusement le chat prit la fuite par l'autre côté. Mais Toufik vit qu'il était noir. Le pauvre n'allait plus cesser de songer à ce mauvais présage jusqu'à la fin de la journée.

7.

Les cloches de la cathédrale Saint-Charles sonnèrent dix-sept heures. Les petits groupes qui avaient été refoulés à l'entrée de la mairie prirent leur mal en patience tandis qu'un ami de la mariée installait précautionneusement son matériel photo. Un couple de Nerrouche qui avaient préféré ne pas participer au pugilat sur les marches s'approchèrent de lui pour satisfaire leur curiosité. Ils furent déçus : le type, qui devait avoir dans les vingt-cinq ans, répondait de façon laconique, à la limite de l'arrogance, et sans jamais les regarder. Il avait des lunettes à très gros verres et clignait frénétiquement des yeux en ouvrant grand la bouche pour plisser le nez et rehausser sa monture.

Soudain la mère de la mariée apparut sur le perron et cria dans la direction du photographe :

— William ! Qu'est-ce que tu fais, viens filmer ici !

Décontenancé, William regarda autour de lui : il ne pouvait pas laisser son matériel high-tech sans surveillance. En réfléchissant, son nez froncé découvrait le stupide alignement de ses dents du haut.

— William ! Qu'est-ce que tu fais ?

Il accourut avec sa caméra sous le bras. La foule s'écarta pour les laisser passer et ils rejoignirent le groupe de tête qui commençait à entrer dans la salle.

Le plafond haut, le lustre, les moulures, les ors et surtout le parquet brillant rappelèrent de mauvais souvenirs à Krim pour qui la République s'était jusqu'ici surtout matérialisée sous la forme du tribunal correctionnel. Il prit place à côté de Slim et soutint le regard de la mère de la mariée dans lequel il lui semblait discerner une forme particulièrement décomplexée de réprobation.

C'était de toute évidence une mauvaise femme, une de ces mères acariâtres qui sautent sur toutes les occasions d'humilier leur prochain. Krim le devinait aux énormes bijoux qu'elle arborait partout où il était possible d'en accrocher, mais aussi et surtout à la façon dont elle réajustait sans cesse ses bracelets autour de son poignet bouffi. Elle portait une robe en mousseline rose aux entêtants motifs zébrés propagés sur trois étages de volants : Krim avait entendu sa mère et ses tantes parler de ces volants en des termes très désobligeants.

À côté de cette dame, celle qui devait être sa fille aînée exhibait ses grosses cuisses dans une robe courte façon kaftan, maintenue par une ceinture brodée de perles dorées et à travers laquelle apparaissait tragiquement son jupon pistache. Krim observa encore les torsades orientalisantes d'une robe au deuxième rang et des pans de soie imprimée léopard sur le côté, et il en arriva à la conclusion que toutes ces Oranaises étaient répugnantes parce qu'elles étaient mauvaises, et non l'inverse comme le lui avait d'abord dicté son intuition.

L'adjoint au maire fit son entrée par le côté et Krim la vit pour la première fois de près, la femme avec qui Slim allait jurer de passer le reste de sa vie. Il ne la voyait que d'un quart de profil : ses cheveux étaient masqués par le voile de sa longue robe blanche et ses yeux trahis par la perspective qui les faisait paraître plus gros qu'ils n'étaient en réalité. Mais il ne faisait aucun doute qu'elle était jolie.

Elle bénéficiait sans doute beaucoup du contraste avec les femmes grasses et vulgaires de sa famille mais il y avait aussi, comme il s'en aperçut lorsqu'elle lui fut présentée en bonne et due forme, une vraie singularité dans la joliesse de son visage : c'était un visage ouvert et généreux, simple et clair, un menton en galoche mais des traits remarquablement symétriques, des yeux à la limite du globuleux mais des lèvres charnues sans être pulpeuses et surtout un regard franc qui conférait à l'ensemble un certain charme garçonnier.

— Eh bien on va commencer, hein ? déclara l'adjoint au maire.

Pendant tout son discours Krim ne put quitter la mariée des yeux. Quand son nom, Kenza Zerbi, était prononcé, il se délectait de la voir baisser les yeux et sourire bêtement comme une écolière qu'on félicite devant toute la classe.

Au moment où Krim dut signer le registre de mariage il fut distrait par le bruit d'une moto dans la grand-rue : l'accélération en mi bémol était sur le point de devenir un mi bécarre. Krim regarda la signature de Slim, souple, élégante, aussi douce que sa voix, et il apposa la sienne dans les rectangles prévus, de sa grosse écriture de gaucher pas même lauréat du brevet des collèges.

— Je ne vais pas vous retenir plus longtemps, conclut après trois quarts d'heure l'adjoint dont la sèche bonne humeur bureaucratique détonnait avec les sanglots et les reniflements dont frissonnait la salle. Je tiens à dire que c'est un jour un peu particulier, la veille d'un jour un peu particulier, et que, voilà, je vous souhaite beaucoup de bonheur. Vous pouvez embrasser la mariée !

Il y eut un instant de gêne que ne sembla pas percevoir le sous-édile qui rangeait déjà ses papiers : il était hors de question pour des jeunes mariés musulmans de se rouler une pelle devant toute leur famille. Aussi Slim écarta-t-il le voile de Kenza, un peu maladroitement mais non sans douceur, afin de déposer un baiser chaste et rapide sur sa joue empourprée.

8.

À la sortie Rabia qui avait versé sa petite larme retrouva Krim assis sur le dosseret d'un banc, une cigarette à l'oreille et les pouces au creux des yeux.

— Ah, ça me rappelle papa, tout ça. On s'est mariés ici, tu sais, dans la même salle, juste ici, là, avec pareil, un adjoint au maire... Eh oui...

Comme il ne réagissait pas elle ajouta :

— Oh ça va Krim ? T'as l'air tout pâle.

— J'ai un peu mal à la tête.

— Tu veux que je te trouve des Aspégic ?

— Non, non, laisse.

— T'es sûr ? Viens voir. Elle le prit par l'épaule et lui dit à voix basse en surveillant les alentours comme s'il s'agissait d'un secret d'État : On va aller chez la mémé hein, comme ça on ira directement à la salle après. Mais tonton il va t'amener quelque part en attendant, et tu nous rejoindras après avec lui...

Krim souffla de dépit.

— Mais quoi encore ? Tu peux pas me foutre la paix deux minutes ?

Pour la première fois depuis des mois, Rabia ne répliqua pas immédiatement. Elle s'installa dans une sorte de silence qui lui coûtait sans doute beaucoup jusqu'au moment où il devint aussi confortable qu'un fauteuil d'où elle pouvait culpabiliser son fils sans avoir rien d'autre à faire qu'attendre.

— Allez vas-y, se désola Krim, fais ta victime maintenant.

Rabia sortit un mouchoir en papier et épongea le bord de ses paupières. Ce fut une révélation pour Krim : il lui avait fallu dix-huit ans pour se rendre compte que si on donnait des mouchoirs aux pleurnicheuses dans les films ce n'était pas pour qu'elles se mouchent mais pour sécher leurs larmes avant qu'elles ne coulent sur leur mascara. Cette petite découverte le rendait curieusement mélancolique. Tout avait donc une utilité en ce bas monde, chaque chose était à sa place : il y avait deux témoins pour chacun des mariés *au cas où* et des mouchoirs pour empêcher la nature d'exposer le masque des femelles.

— T'es bizarre Krim en ce moment. Pourquoi tu me demandes plus de sous ?

— Quoi, tu me reproches de pas te demander de thunes ?

— T'es pas en train de te faire endoctriner au moins ? s'enquit Rabia en lui prenant le menton. Regarde-moi, t'es pas en train de te faire endoctriner ?

— Voilà c'est ça, je fais la prière cinq fois par jour.

— Qu'est-ce que vous faites à la cave avec Gros Momo ?

— À ton avis ? On prie.

— Fais attention, hein. Va pas faire ton *ke'ddeb* à te faire endoctriner là. Et méfie-toi hein, l'islam c'est comme une secte, *wollah* c'est kifkif. D'façon tu crois que c'est quoi les religions ? Des sectes déguisées mon petit, eh oui ! Parce que...

Mais Krim n'écouta pas l'explication probablement farfelue qui s'ensuivit : il s'était mis en mode j'acquiesce et n'entendait plus que la petite musique si singulière du bavardage de sa mère, une variation sur un accord mineur, orientalisant, quatre notes qu'elle chantait parfois carrément l'une après l'autre, lè lè lè lè, ré la do dièse ré, pour critiquer par exemple quelqu'un qui n'avait honte de rien, ou une situation choquante que tout le monde avait pris son parti d'accepter.

Krim entendit son portable vibrer. Il consulta le texto qu'il venait de recevoir et eut toutes les peines du monde à ne rien montrer de son trouble à sa mère qui, fort heureusement, était trop absorbée par son propre monologue pour remarquer que son fils aîné avait les genoux qui tremblaient et les oreilles en feu :

Reçu : Aujourd'hui à 17:49.
De : N
Une bonne nouvelle, une mauvaise nouvelle. Mouloud Benbaraka sera à la fête ce soir, fallait s'y attendre. Je lui ai parlé tout à l'heure mais fais gaffe quand même. Et pas de conneries. C'est pas le jour pour régler tes comptes OK ?

Chapitre 3

Rabin☺uche

1.

Quartier de la mémé, 17 h 45

Le tonton Bouzid n'avait pas sa voiture, il fallut donc que Krim se promène habillé comme un pingouin dans tout le centre-ville. Il surprit quelques sourires possiblement moqueurs, mais il ne savait pas de quoi, au juste, il avait le plus de raisons d'avoir honte : de son costume qui lui paraissait maintenant atrocement dépareillé ou alors de la démarche de son oncle, buste haut, menton fier, qui balançait à droite à gauche des regards de superviseur de chantier confiant, satisfait, hautain, comme s'il avait trôné sur un éléphant.

— On va profiter que t'es bien, propre et tout, hein ?

Ils remontèrent vers le quartier de la mémé en passant par le grand bâtiment noir de la Comédie de Saint-Étienne. Des barres d'immeubles staliniens abritant d'increvables administrations tenaient encore bon au milieu des chantiers et des pâtés de maisons basses et délabrées. Il faisait moins chaud que sur la place de l'hôtel de ville, au détour d'un terrain vague Krim crut même sentir sur ses joues le frôlement d'un petit vent aigre et printanier.

Quand ils arrivèrent devant la boucherie, Bouzid qui n'avait pas adressé un seul regard à Krim lui mit la main sur l'épaule et l'encouragea à entrer. Les vitrines étaient barbouillées de photos de Chaouch, et à l'intérieur les bouchers portaient des pin's CHAOUCH PRÉSIDENT au revers de leurs tuniques blanches.

Le patron, dont le visage était familier à Krim, rapporta de la chambre froide une spectaculaire pièce de mouton congelé auquel il ne manquait que la tête, les pieds et la peau. En discutant avec le vieux couple à qui il était destiné, il commença à charcuter le cadavre d'un geste sûr et vigoureux, en utilisant toutes sortes de couteaux dont il vérifiait le tranchant du plat de la main et même une scie pour venir à bout des os et des articulations les plus coriaces.

Son assistant ressemblait à Djamel Debbouze jeune, il était un peu plus élancé que lui mais tout aussi boute-en-train :

— Quatre cuisses de poulet, déclara-t-il en les jetant sur la balance. Ça nous fait quatre mille euros !

— Eh oui, c'est de plus en plus *rlei,* commenta le client tout sourire.

— Qu'est-ce tu veux, c'est la crise !

— Quatre mille euros quand même...

La blague aurait pu durer encore cinq minutes mais le jeune boucher trouva le moyen de la conclure en beauté :

— Comme on dit c'est la poule aux œufs d'or ! Tiens la monnaie, avant d'ajouter pour que tout le monde entende : Et oublie pas de voter demain !

Le tonton Bouzid expliqua à grand renfort de gestes qu'il venait voir le patron. Djamel Debbouze qui était encore dans l'élan de sa blague se mit à en chercher une autre. Mais cette nouvelle situation s'y prêtait moyennement et il dut se contenter d'un piteux :

— Ah ben alors je vous laisse avec le big boss !

Ce dernier n'avait accordé aucun regard à Bouzid depuis qu'il était entré. Krim leva les yeux sur son oncle et s'aperçut d'une part qu'il rougissait et d'autre part qu'il avait de toutes petites oreilles. Pour avoir l'air moins stupide Bouzid se tourna vers Krim et fit semblant de poursuivre leur conversation.

— Bon et sinon ? Comment ça va ?

— « Comment ça va ? »

— Oui, qu'est-ce que tu racontes de beau ? C'est vrai cette histoire que tu vas être radié de l'ANPE au fait ?

Krim tourna la tête et commença à se mordiller les lèvres. Toute cette viande le mettait mal à l'aise, mais à tout prendre moins que le visage de son oncle : congestionné, hostile, au bord de la crise de nerfs. Il y avait un tel contraste entre ses sourcils de prophète en colère et le ton désinvolte qu'il essayait d'adopter que Krim se demandait sérieusement s'il n'était pas un peu fou. Sa mère le disait souvent, mais elle s'amendait tout de suite en invoquant le vieil argument du sang chaud des Nerrouche, qui caractérisait sa famille aussi sûrement que le nez busqué et cette propension à faire des montagnes d'événements minuscules.

— Et puis y a un truc que tu dois apprendre maintenant, *dalguez*, t'es plus un gamin, ta mère il faut que tu comprennes qu'elle va refaire sa vie un jour, c'est comme ça, avec un homme bien, en tout bien tout honneur.

Krim fit exprès de ne pas écouter ce dernier sermon. Il se concentra sur la cloche du tram qu'il ne pouvait techniquement pas entendre vu l'éloignement de la grand-rue, et qui claironnait pourtant jusqu'au cœur de son attention, comme la promesse d'une catastrophe.

2.

Il ne restait plus qu'une carcasse décharnée sur le plan de travail du boucher. Celui-ci remercia chaudement le couple mais altéra son sourire pour accueillir ses prochains clients. Manifestement il y avait un problème.

— *Salaam aleikhoum* Rachid.

— *Salaam*, répondit le boucher sur ses gardes.

— Tu te rappelles, la semaine dernière à la mosquée tu m'as dit que tu cherchais un apprenti ?

— Oui, je me rappelle très bien.

Rachid était un peu plus vieux que Bouzid. La boucherie appartenait à sa famille, les Kabyles les plus riches de Saint-Étienne prétendait Rabia (ils sont riches à millions disait-elle en insistant sur le *mi* de millions). C'était peut-être une illusion nourrie par cette réputation, mais Krim trouvait en effet à ce boucher un air bourgeois : les lèvres pincées, les cheveux poivre et sel bien coiffés, le nez trop fin pour être honnête. Sa mère prétendait aussi qu'ils étaient fils de Harkis. Lorsque Rachid réapparut du petit local où il s'était lavé les mains, Bouzid ne sut pas quoi faire d'autre que répéter ce qu'il venait de dire :

— Donc la semaine dernière tu m'as dit...

— Oui je sais ce que j'ai dit.

Rachid ne le regardait même pas. Il faisait mine de ranger son étal, d'accomplir de petites tâches dont il ne fallait pas être apprenti boucher pour percevoir l'inutilité. Bouzid murmura à l'oreille de Krim :

— Va m'attendre dehors, va.

Krim sortit et alluma une cigarette. Après s'être assuré qu'il regardait ailleurs Bouzid éleva la voix :

— Qu'est-ce qui se passe, Rachid ? Pourquoi tu me manques de respect devant mon petit neveu ?

Rachid coula un regard blanc en direction de son assistant. Il n'y avait pas de clients, ce dernier comprit qu'il serait bienvenu qu'il disparaisse dans l'arrière-boutique. Rachid attendit qu'il ait fermé la porte et défit son tablier.

— Je suis désolé Bouzid mais je vais pas pouvoir t'aider.

— Ah ouais, et pourquoi ?

— Je suis désolé, et je vais te demander d'aller acheter *aksoum* ailleurs. Ici on va plus vous servir, je suis désolé.

— Mais arrête de me dire que t'es désolé et dis-moi ce qui se passe !

On sentait bien depuis le début que le calme de Rachid était contrefait et qu'il pouvait exploser à tout moment.

— Il se passe que j'ai appris des trucs, voilà ce qui se passe ! Écoute chacun fait sa vie, moi je veux pas juger mais c'est pas bon, *wollah* c'est pas bon.

— Mais de quoi tu parles ?

— Des cartes ! Qu'est-ce que ça veut dire, ça, de tirer les cartes et d'arnaquer les gens ! Ma tante *miskina* elle a Alzheimer et quand même ta mère, Khalida, elle profite pour lui tirer les cartes ? *Wollah* je vous ai toujours respectés, vous étiez une bonne famille, ton père – *ater ramah rebi* – c'était un homme bien, comme on dit respectable, mais là non, je te jure Bouzid, c'est *halam*.

Bouzid demeura interdit. Il sentit, c'est du moins ce qu'il raconterait un quart d'heure plus tard à ses sœurs dans la cuisine de la mémé, que s'il restait devant lui une seconde de plus il allait le tuer. Il n'aurait aucun mal à en persuader ses sœurs agglutinées autour de lui : il s'était souvent battu et quelle pire offense pouvait-on faire à un fils que de traiter sa vieille mère de sorcière ?

Sans rien dire il leva le poing et en détacha son index. Il le pointa sur Rachid tandis qu'une moue de dégoût s'imprimait à la forme de ses lèvres.

Lorsqu'il sortit il ne trouva pas Krim. Il l'appela plusieurs fois, en vain, et attendit sur un banc de s'être un peu calmé pour téléphoner à Rabia.

3.

Krim s'était échappé sur les hauteurs du quartier de Beaubrun. Il marchait dans la rue de l'école des Beaux-Arts lorsqu'il croisa un couple d'étudiants. Le type avait une grosse tête de Français et les traits doux, ouverts à toutes les possibilités de la vie. Son regard rieur rencontra celui de Krim qui rebroussa chemin.

— Qu'est-ce qui te fait rire ? Y a un problème ?

Les dreads de l'étudiant dépassaient de son borsalino. Il leva les yeux au ciel, comme si ce genre de malentendu lui arrivait tout le temps. Sa petite amie qui le serrait par la taille l'encouragea à continuer à marcher mais Krim ne voulait pas en rester là. Il les suivit sur quelques mètres et finit par les rejoindre. Son poing était déjà serré, prêt à s'abattre sur le visage pâle de l'étudiant.

— Oh je te parle. Connard. Je te parle.

— Allez c'est bon, c'est bon.

L'autre n'osait pas se tourner vers Krim. Ses pommettes étaient en feu et des frissons lui couraient dans le dos. Sa copine était plus courageuse. Elle avait les joues couvertes de taches de rousseur, des bas orange qui moulaient ses mollets musclés, le regard têtu d'une fille qui a grandi au milieu de garçons.

— Mais allez, trace ta route !

— Je te parle pas à toi.

— Mais dégage...

Krim n'hésita pas un instant : il donna un coup sous le bord du chapeau de l'étudiant qui se baissa immédiatement pour le ramasser.

— Pff, marmonna la fille. Pathétique. Allez viens Jérem' on se casse.

Krim les regarda s'éloigner : la main de la fille était passée de la taille au dos de son amoureux. Elle se mit bientôt à le frotter en signe de réconfort.

Quelques mètres plus loin, la route s'engouffrait dans une bifurcation bordée de sapins. Krim entendit qu'on l'appelait depuis le square.

— Léon ! Léon !

C'était son surnom dans la petite bande. Pourquoi Léon, il n'avait jamais bien compris : parce qu'il était silencieux, bizarrement intense, parce qu'il se faisait souvent traiter de Français à cause de son incapacité à prononcer correctement les sons arabes, le *kh*, le *ha*, le *a* de Ali, parce qu'il avait ce quelque chose d'indéfinissable qui le distinguait de Djamel et de Gros Momo. Ils l'encerclèrent comme des vautours et se moquèrent de son costume en en pinçant les manches.

— Wesh l'ancien. Léon ! James Bond ! La Mecque on dirait James Bond !

— Vas-y, t'as mangé un clown ?

Krim n'avait aucune envie de traîner avec eux, et puis il risquait d'avoir des problèmes s'il tardait trop à rejoindre la tribu chez la mémé.

Djamel enfonça son menton dans le col de son survêtement. Il rehaussa ses lunettes sur son nez et donna un coup de front dans la direction de Krim :

— C'est qui qui se marie ?

Il avait le crâne rasé, pointu et dogmatique. Comme toutes les brutes qui portent des lunettes il se sentait obligé de durcir caricaturalement sa voix.

— Mon cousin.

— Le pédé ?

— Vas-y *wollah* ta gueule. Tu répètes ça la vie de ma mère je te démonte.

— Vas-y reste tranquille, qu'est-ce j'ai dit ? C'est pas vrai qu'il est pédé ? En plus c'est pas moi qui le dis, insinua Djamel, c'est...

— Ferme ta bouche, cria Krim en le poussant rudement. Je te casse en deux, la Mecque je te casse en deux.

Gros Momo se glissa entre eux pour éviter une bagarre, mais Djamel avait manifestement envie d'en découdre :

— Mais vas-y toi aussi t'es une tarlouze, toute ta famille c'est des tarlouzes, qu'est-ce tu crois, qu'il va se marier et que ça va plus être une tarlouze ? Tu crois que les tarlouzes c'est quoi, des intermittents du spectacle de la bite ?

Krim échappa à la vigilance de Gros Momo et sauta sur Djamel. Gros Momo le saisit par-derrière et le souleva presque du sol. La carrure d'ours de Gros Momo le rendait sage et respectable, en tout cas plus que cette mouche à merde de Djamel qui mimait une fellation en reprenant son souffle.

4.

Krim s'éloigna pour recouvrer ses esprits et demander un petit service à Gros Momo.

— Vas-y mon frère, t'aurais pas quelque chose ?

À force de parler en codes et en euphémismes quand il était au téléphone, Krim avait fini par ne plus jamais prononcer le mot shit du tout.

— Franchement c'est même pas pour moi, insista Krim, la vie de ma mère c'est pour mon cousin, tu te rappelles Raouf ?

— Ouais ouais mais *wollah* c'est mort. Peut-être plus tard. Tu fais quoi ce soir ?

— À ton avis ? Tu crois que je suis habillé comme ça pour aller à la messe ?

— Ce qu'on va faire : tu me rappelles vers sept, huit heures et je te dis. T'as du crédit ? Sinon je te rappelle moi, c'est mieux. Allez vas-y, ajouta-t-il en lui donnant une amicale tape de rugbyman sur le ventre, bon mariage et *bsartek*.

— Wesh.

— Et attends, pour le calibre, tu veux aller tirer aujourd'hui ?

— Mais tu sais bien que je peux pas, pourquoi tu me dis ça ?

— Pour rien, je me disais juste qu'il fait beau, et puis... Non mais c'est bon, laisse tomber.

— La vérité vous êtes tous bizarres aujourd'hui, j'sais pas ce qui se passe.

— Mais non, le rassura Gros Momo, allez, et fais attention, hein.

Krim sentit qu'il lui cachait quelque chose mais il n'eut pas le courage de lui faire cracher le morceau. Comme souvent Gros Momo s'en chargea tout seul :

— L'autre guedin, là. Benbaraka.

— Eh ben quoi, je m'en fous de lui, grommela Krim.

— Ouais mais comment tu vas faire ce soir ? C'est quoi, le grand-oncle de la fille avec qui Slim il se marie ? C'est obligé qu'il va être là, *wollah* c'est obligé.

— Mais non, regarde, il était pas à la mairie. Allez, conclut Krim en s'éloignant.

Il remonta la route qu'il venait de descendre. Son poing tremblait et il avait vaguement envie de vomir. Il passa devant une vitrine barbouillée de peinture grise dont tout un pan avait été remplacé par un miroir semi-réfléchissant. Il en profita pour constater les dégâts : ils étaient heureusement minimes, une trace verte au niveau de la cuisse et des aiguilles de pin dans le dos.

Son téléphone vibra : il avait cinq appels en absence de sa mère. Il lui annonça par texto qu'il arrivait et s'arrêta pour réfléchir devant l'église Saint-Ennemond. Deux rues l'encadraient : celle de droite montait jusqu'à la médiathèque en face de laquelle habitait la mémé, celle de gauche menait au parking. Il emprunta celle de gauche et contourna la médiathèque pour être sûr de ne pas être vu depuis le balcon. Le vent s'était levé, les beaux nuages du début de l'après-midi avaient été subtilisés par un épais voile de fumées gris perle.

En descendant le boulevard périphérique il sentit l'odeur du feu. De l'autre côté du chemin de fer, un homme en short faisait brûler ses déchets dans un bidon de cuivre. Derrière lui une nuée de pavillons en mauvais état s'étalaient au pied de ce qui, dans la famille, était connu comme « les deux montagnes de chez mémé ». En fait de montagnes il s'agissait des terrils de la mine du Clapier. Il n'y avait rien de moins naturel que ces amoncellements de résidus miniers, et pourtant des arbres aux crêtes déjà moutonnantes avaient poussé sur leurs flancs, les sommets seuls demeurant chauves pour protester de leur état de crassiers.

Krim se souvenait de les avoir vus pour la première fois dans une perspective différente le jour de l'enterrement de son père : depuis le cimetière haut perché de Côte-chaude, les deux innocentes montagnes de chez mémé lui étaient alors apparues comme des avant-postes de l'enfer. Le chevalement qui avait jadis permis aux ascenseurs de disparaître dans la mine avait cet après-midi-là perdu sa bienveillante stupidité de carte postale, ce n'était plus notre petite tour Eiffel de pacotille mais la diabolique structure de métal qu'elle avait été à l'époque où sa roue servait encore à envoyer des hommes dans les profondeurs de la terre.

Krim chercha à fuir les frissons que lui inspirait ce panorama tragique sur lequel tout point de vue semblait désormais constituer une fraude. Il remonta vers la médiathèque par le petit parc de derrière et ne résista pas à l'envie de s'allonger sur une collinette glabre qu'on aurait dite tout droit tirée des Teletubbies.

Son portable vibra à nouveau : ce n'était pas un appel cette fois-ci mais un texto, de sa mère bien sûr mais qui ne lui était pas adressé. Krim le lut trois fois pour être sûr de ne pas rêver :

Reçu : Aujourd'hui à 18:13.
De : Maman
J'ai l'impression de te connaître par cœur alors qu'on ne s'est jamais vus, c'est tellement étrange ! Je ne peux pas attendre ce soir pour te rencontrer, c'est trop dur ! ! ! ! Et au fait, question conne : comment je te reconnaîtrai ! ? Mille baisers, Rabinuche.

Il se leva brusquement et se prit la tête entre les mains. Il cherchait quelque chose à détruire autour de lui mais le banc était de toute évidence indéboulonnable et la première poubelle se trouvait à la sortie du parc.

La demi-minute qu'il lui fallut pour y arriver avait déjà atténué sa fureur, aussi se contenta-t-il de fixer, hagard, le contenu de ce sac en plastique vert transparent flanqué d'une pancarte sur laquelle un publicitaire avait non seulement imaginé mais encore convaincu toute une nébuleuse d'administrations de publier ce qui devait être le slogan de sa carrière : POUBELLE LA VILLE.

5.

Saint-Priest-en-Jarez, 18 h 15

Parmi les instructions que Farid et Farès n'avaient pas respectées, celle qui paraissait à Farès la plus importante concernait le blouson beige qu'il utilisait maintenant pour empêcher Zoran de voir où ils le conduisaient. Mais des jumeaux qui portaient le même blouson attiraient-ils pour autant deux fois plus l'attention que des jumeaux aux blousons de couleurs différentes ?

Farès mit une bonne vingtaine de minutes à poser cette question : entre l'intuition du problème (contrariée par sa mission de surveillance), la formulation mentale (toujours délicate chez lui) et la prononciation (qu'il avait d'autant plus hésitante qu'il couvait un rhume), leur Kangoo blanche affublée d'un logo avec deux S en forme de serpents luttant l'un contre l'autre entrait déjà dans la banlieue résidentielle où se trouvait le siège de l'agence de sécurité qui les avait employés. Et tous ces efforts, toute cette aventure pour s'entendre répondre :

— La ferme, tu vois pas qu'on arrive ?

Farid conduisait le nez collé au pare-brise, pour ne pas manquer la bonne rue comme ça lui arrivait régulièrement, l'obligeant à faire demi-tour au rond-point situé un kilomètre plus loin.

Le quartier présentait une uniformité spectaculaire : les pavillons résidentiels étaient tous faits du même béton clair et à chaque carrefour la même haie de sapins protégeait le même jardinet-garage des regards de la route.

— On devrait peut-être demander d'avoir un GPS non ?

Farès s'aperçut que si Farid ne disait rien, sa paupière se soulevait dans le rétroviseur. Il se baissa un peu pour voir le visage de son frère mais la voiture freina brusquement. Farid fit un dérapage volontaire sur le bas-côté et demanda à Farès de sortir immédiatement.

— Mais, et...

— Descends je te dis.

Farid se prit la tête entre les mains et s'étira. À ses pieds le Furan frémissait dans une odeur d'égout et de bois mouillé. D'incessants babils d'oiseaux grossissaient son murmure. Farid se pencha pour étudier la profondeur de la rivière. Il était moins costaud que Farès mais plus menaçant. La gonflette avait rendu Farès plus spectaculaire, mais Farid s'enorgueillissait de n'avoir jamais soulevé un gramme de fonte pour obtenir sa propre musculature plus qu'honorable.

Farès se mit à son tour à contempler la petite rivière mais Farid se retourna en deux temps trois mouvements, si vite que Farès crut qu'il allait lui tirer l'oreille. Il l'avait déjà fait quelques années plus tôt et pas plus tard que la semaine dernière dans ce qu'il prétendait avoir été un accès de somnambulisme.

— Je vais te poser une question et tu vas me répondre par oui ou par non, O.K. ?

— Euh... d'accord, répliqua Farès qui se trompait de jeu.

— Est-ce que tu crois que ce qu'on est en train de faire c'est normal ? Dis-moi juste, te pose pas de questions. Oui ou non ?

Farès sentit qu'il y avait un piège et réduisit de moitié l'ouverture de sa bouche pour ne pas tout de suite dire une bêtise. Il commençait à avancer son index vers ses lèvres lorsque Farid lui infligea une énorme claque sur la nuque.

Contrairement à lui Farid avait les gros yeux de leur père, un homme irascible et problématique – c'est-à-dire dans les parages de qui tout le monde finissait tôt ou tard par se vivre comme un problème.

— Tu crois qu'on est en train de faire quoi, là ? Tu te rends compte que c'est pas une blague, qu'on pourrait aller en prison ? Tu t'en rends compte ?

Chaque silence de Farid était amplifié par le ronron de la rivière.

— Tu m'écoutes espèce d'abruti ?

— Oui, oui, calme-toi. Et puis pourquoi...

— Quoi ? Qu'est-ce tu vas dire ?

— Pourquoi... non, non... rien...

Le téléphone de Farid vibra dans sa main droite.

— C'est lui ? Il fait quoi ?

— Ben tu vois bien, il m'appelle ! Va dans la voiture, je vais lui demander dans combien de temps il nous rejoint.

Farès retourna à l'arrière de la voiture où leur prisonnier s'était mis à parler dans un mélange de roumain et de français qui devait lui être adressé. Zoran avait une voix désagréable, une voix plaintive, pleurnicheuse, qui salissait l'oreille, comme ce grelot qui vous empêche de réfléchir lorsque vous attendez la tête contre la vitre que le bus reparte, mais comme si ce grelot avait été un petit caillot de crasse suintante. À la salle de musculation Farès connaissait une championne de culturisme qui avait une voix semblable, à la fois mâle et femelle : des intonations et des propos de fille qui partaient d'une cage thoracique si développée qu'elle avait dû modifier l'épaisseur des cordes vocales.

— La ferme ! hurla Farès en frappant du plat de la main le crâne du prisonnier qui saillait bêtement sous son blouson.

Lorsque Farid reprit le volant il avait l'air préoccupé. Il accéléra et emprunta la première rue qui grimpait la colline. Ils n'étaient plus à Saint-Étienne mais dans la commune de Saint-Priest-en-Jarez. Au bout d'un lotissement morne se trouvait une maison semi-enterrée avec un parking de trois places où dormaient un pick-up et une autre Kangoo. Il fallait regarder le rectangle de l'interphone pour lire le nom de l'agence : SECURITATIS. Le logo au double S n'apparaissait nulle part, si bien qu'hormis les quelques voitures de fonction qui ne quittaient plus le parking depuis la mise en faillite, rien n'indiquait qu'il s'agissait d'une société plutôt que de la résidence d'un retraité patibulaire peu enclin aux décorations florales.

Farid stationna la voiture de manière à pouvoir repartir sans effectuer de marche arrière. Il se tourna vers Zoran :

— Eh écoute-moi, si tu dis quelque chose sans que je t'aie demandé, je te casse la tête. Dis que t'as compris ? T'as une bouche sale pédé de gitan, alors dis que t'as compris ?

Zoran tremblait trop pour parler. Il remua douloureusement la tête de haut en bas et se laissa accompagner hors de la voiture.

— Je te casse la tête, *wollah* je te casse la tête, répéta Farid plus pour lui-même qu'à l'attention de son prisonnier.

Farès n'avait pas l'air content de la tournure que prenaient les événements.

6.

Les trois hommes entrèrent dans la maison où la poussière n'avait pas été faite depuis plusieurs semaines. Farid jeta les clés sur le bar qui séparait la cuisine américaine du séjour transformé en open space et aboya dans la direction de son frère jumeau :

— Trouve celle de la remise. Je crois que c'est la rouge.

Farès poussa Zoran dans le carré clos de la cuisine et chercha la clé rouge. Sur le papier, trouver une clé rouge dans un jeu d'une dizaine de clés était une mission pour un enfant de huit ans, mais, comme d'habitude, au moment de s'exécuter il n'y avait tout simplement pas de clé rouge. Farès à cran reparcourut dix fois chacune des clés. Celle qui ressemblait le plus au précieux sésame était cerclée d'orange. Quand Farid sortit des toilettes Farès la lui présenta.

— J'ai dit la rouge, crétin.

Farid dut admettre après quelques secondes qu'il n'y avait pas de clé rouge dans le jeu qu'il lui avait donné. Il fit une moue perplexe et descendit les escaliers en encourageant Farès et Zoran à le suivre. Une ampoule économique éclairait d'un bleu lugubre l'étage enterré. Zoran trébucha et fut retenu in extremis par Farès. Farid ouvrit les portes des pièces remplies de cartons et de dossiers, à la recherche de celle qui se fermait à clé de l'extérieur. Mais il avait dû l'imaginer, cette pièce : tous les loquets des quatre chambres qu'il visita étaient dépourvus de serrure. Il se tourna vers Farès et désigna la porte aux volets fermés qui donnait sur le jardin. Celle-ci était parfaitement muette et close, et il lui parut évident qu'il ne prenait aucun risque à laisser Zoran dans une de ces pièces.

Farès resta toutefois bloqué sur la remise, la pièce située à gauche de la porte, qui donnait elle aussi sur le jardin et contenait les armes, les talkies-walkies et le coffre-fort. Il se baissa pour regarder sous le paillasson : son slip blanc suivit le mouvement et découvrit la fente de son postérieur perlé de deux grains de beauté monstrueusement symétriques.

Il reniflait comme un cochon lorsqu'il se releva bredouille. Farid hocha la tête latéralement et conduisit Zoran dans le cagibi logé sous l'escalier.

— Tu bouges je te casse en deux sale travelo de merde.

Farid s'approcha du visage de Zoran barbouillé de larmes séchées qui s'étaient mélangées à la morve. Zoran acquiesça de toutes ses têtes, sans oser lever les yeux sur ceux de son tortionnaire.

Farès remonta avec son frère et s'installa dans la cuisine en soupirant comme au retour d'une longue et satisfaisante journée de labeur. Son portable se mit à sonner. *L'Amérique, l'Amérique, je veux l'avoir, et je l'aurai !*

— Mais qui c'est qui arrête pas de t'appeler depuis ce matin ? s'emporta Farid en fouillant les placards à la recherche d'alcool. Et puis je t'avais pas dit de mettre ton portable en vibreur ?

Farès se confondit en excuses et éteignit son téléphone. Il repéra un tiroir que n'avait pas encore fouillé Farid. Farid le devança et y découvrit une boîte de filtres à café et une moulinette. Tandis qu'il préparait une cafetière, Farès alla s'asseoir sur un des bureaux et tripota le téléphone à plusieurs lignes.

Il soupira. Il n'y avait rien à faire dans cette maudite maison. Il ne pouvait pas regarder la télé, il ne pouvait pas jouer à la console. Les ordinateurs portables de la société étaient dans la remise : il ne pouvait même pas traîner sur Facebook où il draguait depuis maintenant trois mois une monitrice de jujitsu qui habitait en Haute-Loire. Elle lui avait envoyé des photos cochonnes, en retour il *likait* tous ses statuts et la taguait sur les photos suggestives de son mur.

Le café montait par à-coups. Farès se souvint des quatre femmes qu'il avait connues : une serveuse plus âgée que lui qui profitait de sa candeur, une veuve dépressive qui trouvait malgré tout le moyen de le manipuler, une bombe sexuelle à la muscu qui avait fini par avouer vouloir coucher avec lui et Farid en même temps et enfin l'inévitable blédarde aux yeux d'émeraude, créature ophidienne et machiavélique qui avait voulu l'épouser pour les papiers et qui aurait pu y parvenir et lui mener une vie impossible faite de mille petites humiliations préméditées si Farès n'avait pas eu son frère pour lui ouvrir les yeux.

En bas Zoran se mit à gémir. Farès se déplaça au centre de la pièce et fit quelques pompes. Mais les gémissements de Zoran devenaient de plus en plus gênants et il préféra retourner dans l'open space où il attendit que Farid lui donne l'ordre d'aller voir ce que leur prisonnier voulait.

Mais Farid s'occupait du café et écrivait un texto en ayant l'air de ne pas vouloir être dérangé. Farès se sentit fondé à allumer lui aussi son portable. Il parcourut brièvement les messages reçus ces derniers jours.

Celui envoyé par son petit neveu Jibril lui brisait le cœur à chaque fois qu'il le lisait : « Merci kan même tonton. » Farès avait décidé, dans un de ses accès de générosité qui exaspéraient tant son frère et leur petite sœur, d'emmener Jibril voir un match de l'ASSE à Geoffroy-Guichard, mais il n'avait pas pensé à réserver ses places et ils s'étaient retrouvés à faire la manche devant le portail.

Deux semaines plus tard le souvenir de cette soirée lui brûlait l'estomac : les abords du stade noirs de monde et personne pour s'occuper d'eux, l'arrogance des gens pressés, la sollicitude hypocrite de ceux qui allaient assister au match et qui faisaient semblant d'être désolés. Ce n'était pas l'estomac en vérité, c'était plus haut, dans l'œsophage, au commencement de la gorge, le goût de la honte, du gâchis et de l'inachèvement, l'impression d'un malaise qui perdurait, comme si les pensées et les secondes étaient faites du même plomb inexpugnable.

La perspective de boire du café lui redonna du courage et bientôt tout lui paraissait bien tel quel. Même Jibril avait dû passer une bonne soirée : un merguez-frites grignoté devant l'écran géant du Café des Sports, ça devait le changer des vendredis ennuyeux à hésiter entre ses devoirs et *Koh Lanta*. Sans compter que, comme le petit l'avait lui-même observé avec une de ces moues entièrement adultes qui visitent parfois le visage d'un enfant passionné, un match nul à domicile n'était pas un si mauvais résultat au vu de leur treizième place en fin de saison.

Un peu enivré par sa soudaine bonne humeur Farès se rendit à la salle de bains pour se rafraîchir le visage. Quand il en sortit Farid se tenait droit comme un i.

— Bon allez, faut se préparer là, il arrive dans dix minutes un quart d'heure.

— Et nous on fait quoi ? demanda Farès.

— Ben je sais pas, comment est-ce que je pourrais le savoir ?

— Mais qu'est-ce qu'il a fait ce pauvre type au fait ? Pourquoi on l'a kidnappé comme ça alors qu'il avait rien demandé ?

Farid ne répondit pas. Farès s'éloigna vers la fenêtre et tira délicatement le rideau. La rue était tranquille mais la chaussée brillait comme un miroir : s'était-il mis à pleuvoir ? Il n'entendait pourtant rien. Les réverbères à boules blanches qui encadraient sévèrement la rue rectiligne s'allumèrent de façon graduelle. Farès tendit l'oreille en espérant distinguer ce bruit de battement d'ailes qu'il lui arrivait d'entendre, les soirs d'été, dans les lampadaires municipaux.

Un avion franchit soudain le mur du son. Zoran choisit ce moment pour hurler à la mort. Farid se retroussa les manches et descendit lentement les escaliers, sans jamais cesser de fixer son benêt de frère planté devant la fenêtre, comme pour lui donner une leçon, lui faire comprendre qu'ils n'étaient pas là pour rigoler.

7.

Quartier de Montreynaud, au même moment

Coiffée d'un château d'eau en forme de bol, la tour Plein Ciel se dressait avec une majesté sinistre au sommet de la colline de Montreynaud. Elle avait été construite dans les années 1970 pour héberger les familles d'ouvriers maghrébins qui affluaient en masse dans les bidonvilles et les foyers Sonacotra de la région. À l'aube du XXIe siècle sa démolition avait été plébiscitée par les riverains mais sept ans plus tard on attendait encore les caméras et les bulldozers. La célèbre tour au bol était visible depuis la gare en arrivant de Lyon, et beaucoup de Stéphanois la considéraient, du moins avant l'affaire du minaret de Saint-Christophe, comme le point doublement culminant de la ville : du haut de ses soixante-quatre mètres qui dominaient les six autres collines mais aussi en tant qu'emblème, d'un désastre urbain éclatant et d'une ville résignée à la désindustrialisation.

Mais ce soir-là, au dix-huitième et dernier étage de la tour fantomatique, Alizée ne se souciait pas vraiment de ces questions d'architecture de crise : penchée sur les verres gris miroir de la fausse paire de Gucci qu'elle avait achetée avec sa première paye, elle essayait de rattraper son maquillage en priant pour obtenir bientôt l'autorisation de sortir de ce trou à rats haut perché.

L'homme à qui elle devait d'y habiter, à qui elle devait, en vérité, de ne pas dormir sous les ponts, sortit des toilettes et vint s'allonger sur le lit pour caresser son petit chat noir.

Alizée attrapa son paquet de cigarettes mentholées et se lança après quelques bouffées, encouragée par la posture cassée de son épais poignet de serveuse qu'elle croyait soudain suprêmement élégant :

— En fait j'ai pas trop compris, c'est qui le patron, c'est toi ou Nazir ?

Mouloud Benbaraka se redressa sur le lit et considéra sa dernière recrue. Elle avait soi-disant dix-huit ans, la peau douce, un fort accent de la campagne, des dents et des épaules larges et un corps compact, robuste.

— Est-ce que j'ai une tête à avoir un patron ?

Alizée se renfrogna. Elle attacha sa ceinture cloutée de rectangles argentés et fit mine d'enfiler ses bottes.

— Ben vas-y, insista Benbaraka, réponds. Est-ce que j'ai une tête à avoir un patron ?

— Non, non. C'est juste... je me posais la question, quoi.

— Ouais ben tes questions tu te les gardes.

Alizée s'assit sur le rebord du lit et scruta mélancoliquement sa nouvelle paire de bottes en daim, désœuvrée au bout de la pièce.

— Mais j'ai encore mon job ? demanda-t-elle au bord des larmes.

— Mais bien sûr, faut juste que t'apprennes à la fermer de temps en temps.

— Et le chat ?

Benbaraka s'était mis en retard en lui apportant un chat noir qu'il avait trouvé aux abords de la mairie. Le chat s'était avéré sauvage, comme Alizée qui l'avait baptisé Foufou à cause de ses pirouettes et de ses tentatives d'évasion.

Mouloud Benbaraka saisit le chat par la nuque et le hissa au niveau de sa bouche. Alizée crut un instant qu'il allait planter ses crocs dans la gorge tendre et velue du pauvre petit félin.

— Cadeau, dit-il à voix basse.

Alizée, dont les lèvres tremblaient devant tant de méchanceté, dévisagea son terrible bienfaiteur. C'était un homme long et vif, avec un nez aigu aux narines retroussées et un sourire bref, dur, incliné vers le haut comme la lame d'un sabre et qui coupait court à toute tentative de sympathie prolongée. Il avait peut-être cinquante ans, peut-être plus, les joues bleues d'un homme qui doit se raser deux fois par jour et une implantation de cheveux chaotique autour du front, qui le faisait ressembler à une sorte de rat du désert.

— Mets-lui une laisse, demanda-t-il à la jeune fille.

— Une laisse ? Pour un chat ? Mais c'est horrible !

— Allez arrête de m'emmerder et fais un peu ce que je te dis, va dans le placard de l'entrée, il doit y avoir la laisse de mon chien d'avant.

Alizée revint avec la laisse quelques instants plus tard. Mouloud Benbaraka regardait des photos sur son téléphone.

— Je voulais l'offrir à ma petite-nièce Kenza ce chat, mais il est trop fou. Elle se marie aujourd'hui, tu veux voir des photos ?

Alizée vint se lover contre le flanc de son bienfaiteur et allongea sa nuque épaisse pour suivre le défilé des photos.

— Elle est bien jolie, hein ?

— Ouais, siffla Mouloud Benbaraka, pas comme toi. Allez, va me chercher ma veste et fais un peu de ménage, c'est une porcherie cet appart.

Avant de partir le caïd tint à fumer un joint avec sa nouvelle protégée. Celle-ci se dressa sur ses genoux. Benbaraka la regarda sans cacher le mépris que lui inspirait sa docilité de péquenaude. Il logeait une dizaine de filles dans cette tour, avec la complicité de l'office HLM où son associé parisien avait des relations haut placées. En échange de ce modeste passe-droit, Benbaraka s'était engagé à empêcher les squats d'artistes et de punks à chiens qui avaient envahi la tour dès que le dernier habitant avait été relogé, ce qui avait attiré les caméras de France 3 et mis les responsables du projet de démolition dans la position inconfortable de devoir s'expliquer sur l'extraordinaire retard accumulé.

— C'est moi le patron, dit soudain Mouloud Benbaraka en soufflant sur le bout cendré du joint. C'est à moi que tu dois des comptes.

— Oui, oui, je sais.

— Il t'a appelée, Nazir ? Vous discutez ensemble ?

— Mais non, pourquoi tu dis ça ?

— Pour rien, répondit le patron. C'est à moi que tu dois des comptes, O.K. ?

— O.K., répondit Alizée.

Quand le caïd fut parti, Alizée défit la laisse de Foufou et alla s'asseoir devant la vitre rectangulaire pour regarder la ville sur laquelle montait le soir rose et crémeux. Et elle resta ainsi, défoncée, extatique, jusqu'à la dernière seconde bleue du ciel, jusqu'à ce que les six tours de la cité HLM qui trônait sur la colline d'en face lui apparaissent comme les donjons nimbés de brume et de romance du monstrueux château de la Belle au Bois Dormant.

8.

Mouloud Benbaraka arrêta sa voiture sur la chaussée, devant le portail blanc du parking où se trouvaient réunis les trois véhicules de sa société en faillite. Il jeta un œil au siège arrière où il avait déposé la cage. Tandis que le système de sécurité de sa BM carillonnait à cause de la portière ouverte, Benbaraka fixa le logo au double S que son associé avait dessiné lui-même.

— Connard, lâcha-t-il en crachant sur le pneu de la Kangoo.

Farès faisait du tam-tam sur ses genoux lorsque Benbaraka entra. Farid lui ordonna d'arrêter et se leva pour saluer le boss. Farès sentit que c'était le moment de dire quelque chose mais Farid l'arrêta d'un geste de la main. Farès baissa les yeux et se tut ostensiblement, comme pour la prière. Benbaraka présenta la cage aux jumeaux et la déposa au pied de la table.

Une énorme chose brune y remuait lugubrement.

Farid poursuivit son topo et se frotta la nuque en faisant saillir son épais biceps gauche en guise de conclusion :

— Enfin voilà, quoi, on l'a pas trop amoché encore. Mais franchement je suis pas sûr qu'il ait très envie de parler.

— C'est ce qu'on va voir, déclara Benbaraka en descendant les escaliers quatre à quatre.

Farid qui portait la cage la remit à Farès et tira Zoran du cagibi. Il lui donna des petites claques sur les joues. Zoran avait le souffle coupé, il se mit bientôt à tourner de l'œil.

Un sourire fendit en deux la face cruelle aux yeux mi-clos de Benbaraka. Il arrêta Farid et prit Zoran par les épaules.

— Mais qu'est-ce que c'est que ces façons ? Un peu de respect pour notre invité. Allez viens, viens dans l'autre pièce. On aura plus de place pour discuter.

Il parlait de la pièce sans fenêtre. Il y avait un canapé en velours de soie, un lit gigogne, un secrétaire flanqué de porte-bougies et un lampadaire poussiéreux. Farid enleva les cartons du lit gigogne où l'associé de Benbaraka dormait parfois quand il était de passage à Saint-Étienne. Une fois débarrassée la pièce ressemblait au bureau d'un homme studieux, d'un homme d'un autre siècle.

Sans cesser de sourire et de se frotter les mains, Benbaraka se laissa tomber sur le canapé rouge orangé tandis que Zoran était assis de force sur le lit. Farès restait dans l'encadrement de la porte, mal à l'aise.

— Bon, commença le caïd, on va pas y passer des heures. Tu vas me dire ce que tu faisais à la mairie tout à l'heure, d'accord ?

Zoran renifla pour transférer une motte de morve du creux de son nez au seuil de sa gorge. Il l'avala sans faire de bruit tandis que Farid secouait la tête en attendant l'ordre de lui casser la gueule.

— Mes deux associés ici te suivent depuis quelques jours, et c'est pas compliqué, on veut juste savoir ce que tu fais à tourner autour de ma nièce et de son mari. Tu nous le dis, on te laisse partir et moi je peux aller tranquillement à la fête.

Mouloud Benbaraka se leva et ouvrit le secrétaire. Il se retourna et fit craquer les jointures de ses mains, de son dos, de sa nuque. On aurait dit un serpent à qui venait d'être greffées une colonne vertébrale, des articulations, toute une ossature de laquelle il jouissait comme un enfant d'un nouveau jouet.

— Écoute, on a deux, trois petits trucs à régler à l'étage, alors on va te laisser réfléchir un petit moment. Pas longtemps, hein.

Zoran continuait de trembler, ses yeux grands ouverts fixaient le lampadaire, deux lunes mauves, injectées de sang et de terreur.

— On va laisser mon petit ami ici avec toi, d'accord, histoire que t'aies un peu de compagnie. Et quand t'es prêt à me dire comment tu connais Slim qui vient de se marier avec ma petite-nièce préférée, on pourra chacun retourner à nos petites activités, chacun ses bœufs et Dieu pour tous, d'accord ?

Farid, frustré de n'avoir pas pu défigurer le travelo, déposa la cage au centre de la pièce et entrouvrit la grille. Un ragondin d'un mètre de long pointa le bout de son museau et alla se réfugier au pied du secrétaire.

Zoran hurla à la mort.

Farid bloqua la porte avec deux cartons empilés. Farès et Benbaraka étaient déjà remontés à l'étage. Benbaraka se servit un bol de café et écrivit un texto. Quand Farid les rejoignit, il était concentré sur l'écran de son BlackBerry.

— Comment on fait pour mettre un petit visage jaune dans un texto ?

Farès bondit, trop heureux de pouvoir servir à quelque chose.

— Y a un machin pour les smileys, normalement.

— Tiens vas-y, fais.

Benbaraka s'étira sur sa chaise et se félicita de la texture de sa nouvelle veste. Il regarda Farès qui s'activait, tremblant, sur le clavier de son téléphone, pour essayer d'oublier les cris de ce pauvre Zoran.

— C'est vrai que tu te souviens de tous les chiffres ? demanda soudain Benbaraka à Farès.

— Qui, moi ?

Farès sentit le rouge lui monter aux oreilles.

— C'est Nazir qui m'a dit, t'as une mémoire d'ordinateur, on te donne un numéro tu le retiens. C'est vrai ?

Farès gloussa et fit oui tête baissée, pour ne pas avoir l'air de se vanter.

— Et alors tu sais ce qu'il tourne en ce moment Nazir ? demanda Benbaraka sur un ton mielleux. Il est tout agité au téléphone, je me demande s'il est pas en train de préparer un mauvais coup. Du style disparaître dans la nature après nous avoir foutus sur la paille... Qu'est-ce que t'en penses Farid ? Pardon, Farès.

— Moi ? Mais j'en pense rien. Non, non, je sais pas.

Farid, intrigué, regarda son frère en train de mentir.

— Je sais pas pourquoi, déclara Benbaraka en se dirigeant vers la fenêtre, mais j'ai comme l'impression que mon cher associé parisien essaie de m'entuber.

Farès garda le silence. Ses oreilles s'empourprèrent tandis qu'il fixait l'écran du téléphone sans plus le voir. La voix de Mouloud Benbaraka le fit sursauter :

— Tu vois Farès, dans cette ville y a deux sortes de gens : ceux qui travaillent pour moi et ceux qui travaillent contre moi. Alors écoute-moi bien, je vais te poser une question simple, et tu veux que je te dise, je vais même te laisser quelques secondes pour y répondre. D'accord ?

— Mais...

— Voilà la question, encore une fois, j'insiste, réfléchis bien avant de me donner une réponse : tu dirais plutôt que tu travailles pour moi ou contre moi ?

Horrifié, Farès chercha son frère jumeau du regard.

— Prends ton temps, prends ton temps. Réfléchis bien à la question.

Farès se força à saliver pour avoir la bouche moins pâteuse au moment de répondre. Les hurlements de Zoran parvenaient jusqu'à l'étage sans jamais décroître d'intensité. Mais l'habitude étant ce qu'elle est, ils ne déchiraient déjà plus rien, ces hurlements, plus même l'attention de Farès qui ne pensait plus qu'à ce qu'il allait bien pouvoir trouver à répondre à Benbaraka.

— Pour toi, hum, je travaille pour toi.

— Bon, déclara Benbaraka, c'était la bonne réponse. Fais-moi voir le portable.

Farès le rejoignit et lui proposa un choix de plusieurs smileys pour le texto que Benbaraka avait rédigé et qui se terminait par un incompréhensible : « Le signe de reconnaissance c'est le mot *mademoiselle*. Biz. Omar. »

Benbaraka qui serrait les dents en regardant les engins assoupis sur le parking se contenta du visage le plus simple avec un geste d'impatience : ☺.

Chapitre 4

Chez la mémé

1.

Quartier de la mémé, 18 h 30

Sur le demi-milliard de noms qui l'attendaient virtuellement dans la barre de recherche de Facebook, un seul intéressait Krim. Il tourna la tête pour s'assurer qu'Aboubakr le gérant était concentré sur ses chansons soudanaises et tapa le prénom de la fille : A, U, R, É, L, I, E. Plusieurs noms de famille possibles s'affichèrent, il choisit celui à la gauche duquel figurait la photo d'une jeune fille aux cheveux châtains : Wagner. Aurélie Wagner.

Seulement d'habitude, en piratant le compte de sa sœur (mot de passe papounet), il avait un ami en commun avec elle, une petite gymnaste hyéroise, si bien qu'il pouvait accéder à ses photos, à ses vidéos et surtout à son mur où elle postait ses états d'âme et ses clips préférés. Mais aujourd'hui il n'y avait rien, et quand il arriva sur son profil la photo était bien là mais aucun onglet ne proposait d'aller plus loin. Il y avait la liste de ses 647 amis et un onglet « Infos » sur lequel on ne pouvait pas cliquer et qui annonçait impitoyablement :

Les personnes qui ne sont pas amies avec **Aurélie** ne peuvent voir que certaines informations de son profil. Si vous connaissez Aurélie personnellement, vous pouvez lui envoyer un message ou l'ajouter comme ami(e).

Krim se prit la tête entre les mains et massa longuement ses tempes à la recherche d'une solution. Il revint sur la photo de profil d'Aurélie et essaya sans succès de l'agrandir : Aurélie debout sur une pelouse tenait la tour Eiffel entre son pouce et son index, s'amusant du jeu de la perspective avec un beau geste de son autre main plaquée sur sa bouche en signe de stupéfaction ironique. Mais ses yeux vairons riaient sincèrement et elle était irrésistible.

En fait il y avait trois possibilités : Aurélie avait supprimé l'amie de Luna de sa liste d'amis, Luna avait supprimé cette même amie de la sienne, ou – éventualité qui faisait frémir Krim, véritable vision d'apocalypse – Aurélie avait décidé de verrouiller son profil et de ne plus offrir les fleurs de son quotidien rose bonbon qu'à un cercle restreint d'amis au sens pré-facebookien du terme.

Krim se ressaisit et décida que la troisième hypothèse était à exclure. Il passa donc, et ce fut un véritable acte de foi, une demi-heure à parcourir le mur de l'amie de Luna, qui s'appelait Manon et qui pouvait avoir publié sur le mur d'Aurélie, auquel cas il serait possible en suivant le lien de s'introduire clandestinement dans la forteresse qu'était devenu le profil de sa princesse disparue.

Malheureusement le seul lien qu'il trouva et qui aurait pu lui permettre d'accéder au compte d'Aurélie n'était pas cliquable. La dernière hypothèse se confirmait donc : Aurélie avait délibérément restreint son profil. Peut-être même était-elle en train de se défacebooker.

En attendant de trouver une autre idée, Krim parcourut les photos de Luna. Elle avait vingt albums, dont une bonne moitié consistait en clichés de compétitions : Luna en justaucorps brillant sur la poutre, Luna en justaucorps brillant aux barres, Luna en justaucorps brillant saluant les jurés de tout son corps puissamment galbé, Luna en justaucorps brillant en train d'encourager depuis le bord du tapis une Léa, une Margaux, une Héloïse, une Chelsea en justaucorps brillants...

D'autres photos la représentaient avec ses successives meilleures amies, celles qu'elle avait solennellement déclaré être ses « sœurs » dans les informations de son compte : aprèm avec elles, gym au parc avec elles, délir dans le train, compet, annif Julie, quinze ans d'Hélo, avec les sporettes, moi (l'album polémique où elle prenait des poses aguicheuses sur un cheval-d'arçons), soirè du 22 novembre chez Jennifer, collège !, deux albums de Farmville et un autre constitué de simples cœurs virtuels, de toutes les formes et de toutes les couleurs, où ceux et celles qui lui étaient chers étaient tagués et accompagnés de formules de smileys aussi incompréhensibles au profane qu'aux petites initiées.

Il en va des pérégrinations sur Facebook comme du bon vieux zapping télévisuel : des heures peuvent passer sans qu'on s'en soit rendu compte. Krim sentait son portable vibrer dans sa poche : il quitta cette vertigineuse galerie de photos où il n'avait aucune chance d'apercevoir le minois d'Aurélie. Mais sur le mur de Luna il aperçut une publication qui l'intrigua. Luna avait téléchargé – hier soir – une application qui indiquait qui étaient les dix amis qui visitaient le plus son profil. On se serait attendu à ce qu'une de ses copines de gym prenne la première place, or elle était occupée par « Nazir Nerrouche ». Krim se demanda quel intérêt Nazir pouvait bien avoir à regarder le profil de son insignifiante petite cousine, et il en conclut que l'appli n'était pas fiable.

Ce fut la faim qui le décida à quitter le cybercafé où le patron refusa qu'il paye. S'il était sur son trente et un c'était sans doute à cause d'un heureux événement, aussi ce grand Soudanais à la peau si noire et au regard si bon insistait-il pour lui faire cadeau de l'heure qu'il venait de consommer.

2.

Il arriva chez la mémé au milieu du classique des classiques : une grande conversation de famille sur la différence entre les Kabyles et les Arabes. Les yeux de lynx de sa mère (qui était comme toujours en première ligne dans le débat) le singularisèrent tout de suite parmi la foule de ses cousins massés dans le couloir.

— Krim, Krim, viens, viens chéri. Le pauvre, il doit avoir faim.

Krim se faufila entre ses tantes et ses oncles pour rejoindre la toute petite place que sa mère lui avait faite sur le canapé. Il y avait des nouveaux venus : Rachida, la plus jeune de ses tantes, se rongeait les ongles sur une chaise un peu à l'écart de l'agitation autour de la table basse, criant de temps à autre sur Myriam ou Rayanne avec qui jouait bruyamment leur père Mathieu. Il y avait d'autres cousins dans la pièce voisine ainsi que la troisième des « grandes dont le mari avait récemment fait un infarctus.

— Dis bonjour, Krim, dis bonjour à *khalé*.

Le tonton Ayoub se laissa faire la bise sans lever une fesse de son fauteuil. C'était un homme d'une envergure considérable, large d'épaules et de poitrine, qui mesurait pas loin d'un mètre quatre-vingt-dix et dont la vie ingrate passée sur les chantiers ne l'avait jamais empêché de se présenter en public dans des costumes gris bien taillés, mocassins cirés et ongles propres. Ses ongles étaient d'ailleurs ce par quoi on comprenait qu'il était sur le déclin : certains étaient cerclés de noir, la plupart n'étaient pas coupés et deux ou trois même étaient sales. Il prit la nuque de Krim dans son énorme paluche et s'adressa à quelqu'un d'invisible entre Rabia et son fils Toufik sur le canapé d'en face :

— *Laïbalek*. Il a grandi hein ?

Krim ne savait pas comment réagir : ça faisait au moins quatre ans qu'il avait sa taille actuelle, mais il comprit au doux regard mi-clos de tatan Bekhi que le vieux lion n'avait peut-être plus toute sa tête.

— Viens Krim, prends, prends ! Qu'est-ce tu veux, un zlébia ? Un morkrout ?

Avant de manger il lui fallut faire la bise à Toufik, ce qui constituait une véritable épreuve à cause de la façon qu'il avait de mouiller ses quatre bisous, la bouche aussi perpendiculaire à la joue que s'il s'était agi d'un smack.

— Il y a une surprise, gloussa Rabia dans l'oreille de son fils, incapable de contenir plus longtemps son excitation.

Krim pensa qu'il s'agissait des filles de Bekhi et du tonton Ayoub : Kamelia, Inès et Dalia, la joyeuse trinité, les grandes cousines parisiennes qui étaient toutes plus belles les unes que les autres et qui faisaient la fierté de la famille lors des fêtes et des enterrements. Mais Krim ne les voyait nulle part et surtout ne les entendait pas : leur façon de crier le moindre commentaire, leurs exclamations de fofolles, leur accent parisien et les fous rires qu'elles déclenchaient et accompagnaient jusqu'au bout créaient une sorte d'atmosphère sonore très particulière même quand elles s'étaient provisoirement absentées, comme un frémissement de coolitude et de joie de vivre que Krim aurait presque pu palper si elles avaient été la surprise en question.

Au contraire dans la cuisine il apercevait le crâne autoritaire de tonton Bouzid qui ne décolérait pas en parlant à ses soeurs.

Dans la dernière pièce de l'appartement, la mémé s'occupait des plus jeunes, Myriam, Rayanne et Luna dont le regard, en croisant celui de Krim, se doubla du geste de l'égorgeur. La mémé n'aimait vraiment que les enfants dans cette famille, elle avait installé une X-Box sur la télé de sa chambre et ressorti pour Myriam et Luna des poupées désuètes (tignasse blonde, grands yeux bleu roi aux cils interminables) d'une de ses commodes remplies à ras bord de gants, de draps, de serviettes que plus personne n'utilisait depuis deux décennies mais qu'elle continuait de laver chaque semaine et de parfumer à l'eau de Cologne.

Et puis face à lui Krim vit soudain Zoulikha, la sœur aînée, qui lançait des regards inquiets vers la cuisine où tout le monde était habitué à la voir s'activer. La vieille tatan Zoulikha à qui l'on devait traditionnellement le tout premier youyou dans la cuisine, qui commençait à faire tremper les pois chiches la veille au petit matin, astiquait ses deux couscoussières et sa marmite jusqu'à minuit et trouvait le temps, dans la matinée du lendemain, d'aller choisir elle-même ses sacs de semoule au grain extrafin qu'elle transportait dans son Caddie depuis le Kabyle situé à sept arrêts de tram pour ne pas se rendre chez le Marocain de sa propre rue où elle avait vu, un jour, deux cafards arpenter la caisse du vendeur myope. Zoulikha qui préparait les chiffons, les louches, tous les ustensiles qui risquaient de manquer, qui s'assurait que les femmes de son gabarit avaient leurs robes et que les hommes avaient acheté les bons morceaux de viande.

Mais qui cette fois-ci n'avait rien pu faire de tout cela parce que la mère de la mariée avait décidé qu'il y aurait un traiteur, point-barre.

Krim observait ses mains roses et dodues et s'attristait de ne pas y voir de grains de semoule. La tante Zoulikha était une vieille fille, qu'on prenait volontiers pour une veuve mais qui ne semblait plus souffrir depuis longtemps d'être la seule des six filles de sa mère à n'avoir jamais trouvé chaussure à son pied. Après la mort de la femme de son cousin Ferhat (en 1999), elle était venue vivre chez lui pour lui permettre de basculer dans le nouveau millénaire en gardant ses pieds sous la table basse du salon pendant qu'on lui servait *chorba* et qu'il regardait Pipidéa et ceux qui l'avaient outrageusement remplacé. Ce curieux ménage avait fait jaser un temps et puis on s'y était fait, lorsqu'on s'était aperçu que Zoulikha restait et resterait à jamais cette paire de mains vaillante et silencieuse, capable de préparer sans sourciller des dizaines d'assiettes pour les mariages, les enterrements et les circoncisions, et capable encore d'écouter les confessions les plus ardentes sans jamais y soupçonner le moindre ragot à colporter.

Et puis Krim le vit à côté d'elle, le grand-oncle Ferhat. Il se rendit compte qu'il ne l'avait même pas remarqué en entrant et il eut pour la première fois depuis des mois envie de pleurer. Le vieux n'avait pas enlevé sa casquette en fourrure de la journée, il n'avait plus de cheveux sur la nuque et les yeux les plus tristes que Krim avait jamais vus. Pourtant Ferhat avait été un vieillard gai et malicieux, un musicien en plus, qu'on raillait gentiment pour sa radinerie mais qui était, dixit sa mère, moins arriéré que tous les tontons réunis.

Au Noël dernier il avait même ressorti sa mandole, celle qu'il apportait jadis pour passer le temps sur les bancs devant l'église Saint-Ennemond. Tous les gens qui fréquentaient la boucherie de cette placette avaient entendu au moins une fois ses bienveillants arpèges. Et puis un jour la boucherie avait été remplacée par une salle de prière. Les bancs avaient été arrachés pour ne pas gêner la sortie des fidèles et l'oncle Ferhat, réputé pour son peu de religion, devait avoir été prié d'aller faire mumuse ailleurs avec sa grosse guitare bizarroïde.

3.

— Chaouch ! cria soudain Rabia, il est kabyle par exemple, il est pas arabe !

Un vieil oncle s'improvisa en voix de la tempérance :

— Il est algérien, *rlass*.

— Oui mais il est kabyle. Dans sa famille on parle kabyle ! Il s'appelle Idder, il s'appelle pas Mohammed ! Je suis désolée.

— Rabia, tu sais même pas ce que ça veut dire Idder, la moqua tendrement le vieil oncle.

— Idder ? Ben ça veut dire Idir, c'est kifkif.

— Oui, et ça veut dire quoi ?

— Il vit, non ? demanda Dounia qui n'osait pas affirmer ce qu'elle savait être la vérité. Je crois que ça veut dire il est vivant, il vit, mais peut-être pas.

— *I'dder*, prononça Rabia avec un geste fleuri de la main. Eh, *I'dder* !

Il y avait toute la Kabylie dans cette torsion du poignet, mais pas assez pour convaincre le vieil oncle qui murmura une plaisanterie à l'oreille de sa femme. Rabia entendit le mot *elomien*, les Français, et en conclut, Dieu seul sait comment, qu'elle était visée. Mais elle ne perdit rien de sa fougue et poursuivit :

— Bon mais et alors ? Le principal c'est qu'on n'est pas pareils, c'est tout, faut le dire, faut pas dire on est mieux ou moins bien, juste on n'est pas pareils. C'est pas la même langue, pas les mêmes coutumes. Pas la même musique.

Dounia arrivait de la cuisine avec le thé et le café.

— Doune, dis-leur !

— Oh la la, moi j'ai pas envie de commencer à réfléchir à… Non, non mon chéri, s'interrompit-elle en voyant le petit Rayanne qui ouvrait un parapluie dans le couloir, faut pas ouvrir un parapluie à l'intérieur, ça porte malheur.

— C'est comme siffler, se moqua Raouf en se penchant à son tour sur le petit garçon, mémé elle dit que si tu siffles ça attire le *shetan*.

— C'est quoi le *shetan* ?

— Ben c'est le diable.

— Chut, chuchota Dounia en fronçant les sourcils.

Raouf s'excusa d'un sourire, aida sa tante à débarrasser le plateau et s'éclaircit la gorge pour intervenir à son tour, mais son père le devança :

— *Wollah* c'est pas important tout ça, la vérité c'est qu'on est tous algériens, c'est tout, et qu'il faut se serrer les coudes et avancer, aller de l'avant.

— Comme les juifs, fit une voix de femme avalée par les cris des enfants.

— Et puis y en a marre du passé, merde, ajouta Raouf. À un moment faut arrêter. Chaouch le principal c'est pas qu'il soit kabyle ou arabe, c'est qu'il soit tourné vers l'avenir, qu'il motive les jeunes à créer leur entreprise... Surtout que désolé, mais Chaouch il est ni kabyle ni arabe, il est français ! Comme toi, comme moi, comme tout le monde ou presque autour de cette table.

Ce ne fut pas un éclat de rire général parce que tout le monde n'avait pas écouté, mais le beau-frère de Rabia posa sa main sur l'épaule de son fils et lui adressa un long sourire penché, comme s'il considérait sa naïveté touchante.

Raouf versa le thé en exagérant le mouvement d'élévation de la théière. Il avait troqué son T-shirt à l'effigie de Chaouch contre un complet noir et bleu qui valait trois fois le canapé en similicuir sur lequel il se fit une place.

La discussion risquait de s'épuiser. Rabia le pressentit et mit son grain de sel :

— Ah moi *wollah* pendant le débat je l'ai trouvé génial Chaouch !

— Oui mais pourquoi il était génial ? demanda Raouf en prenant à partie toute la salle à manger. Pourquoi ?

C'était apparemment une vraie question. Toufik ne put supporter le début de silence gêné qui envahissait la pièce aussi fortement qu'une odeur de café :

— Ben il était génial parce qu'il a réussi à énerver Sarko !

— Non, répliqua Raouf probablement sans l'avoir entendu, il était génial parce qu'il était pas de gauche ! Tout simplement ! Il sait très bien que si on continue d'augmenter la fiscalité sur les PME, les jeunes ils vont continuer de faire comme moi, partir en Angleterre ! Eh !

— Oui enfin il a quand même parlé d'autre chose, essaya Toufik en rougissant jusqu'à la racine de ses cheveux crépus. Il a bien fait comprendre qu'il serait le président qui réunit les Français au lieu de les diviser.

— Oui, oui, concéda Raouf, il a bien montré qu'il s'inscrivait dans la continuité de l'histoire de France, il a enfin parlé des banlieues et… et, non c'est vrai que c'est pas rien, bon je veux pas avoir l'air de parler comme Fouad mais on a quand même un candidat qui au milieu d'un débat contre Sarkozy s'est permis de citer Keynes, Proust et Saint-Simon…

On pouvait les compter sur l'annulaire, ceux qui, autour de la théière, connaissaient Keynes, Proust et Saint-Simon. La tante Rabia s'en amusa sans malveillance en prenant une voix haut perchée de richarde pour citer *Titanic* :

— Qui est-ce ce Keynes, un passager ?

Tout le monde éclata de rire. Raouf n'attendit pas que le nuage de bonne humeur se soit dissipé pour rétorquer :

— Mais on s'en fout qu'il étale sa culture ce qui compte c'est…

Mais sa mère l'interrompit doucement :

— Ah non on s'en fout pas, au moins il montre aux Français qu'il est aussi cultivé qu'eux.

— Mais non maman, intervint encore Raouf qui s'échauffait, il a pas besoin de montrer aux Français quoi que ce soit, il *est* français !

— Et puis il a fait l'ENA, murmura Toufik tout heureux de placer une information intelligente au milieu du brouhaha.

Son monosourcil prit pour un instant la forme du V de la victoire.

4.

Ces trois lettres prestigieuses, E, N, A, remplirent Dounia et Rabia de fierté. Elles bombèrent le torse et se regardèrent en souriant tandis qu'à la télé où le son avait été coupé, le JT d'iTélé montrait des images du charismatique Chaouch en train de parler sans cravate à des ouvriers du textile placés en U autour de lui.

Dans un coin, sous le troupeau des conseillers et des gardes du corps, la caméra d'iTélé alla dénicher le minois fermé de la fille du candidat, une jeune femme au teint pâle et au nez busqué que Rabia semblait avoir prise en grippe :

— C'est bizarre cette fille, dit-elle à l'oreille de Dounia, tu sais pourquoi elle sourit jamais ?

Dounia remua sur son siège et fixa le téléviseur.

— C'est parce qu'elle a des dents de vampire, expliqua Rabia. *Wollah,* je te jure. Et comme sa sœur ne réagissait pas, elle ajouta : Franchement on dirait pas qu'elle est kabyle. À la limite le nez. Mais en fait c'est à cause de sa mère, tu sais que la femme de Chaouch elle est juive hein ?

Tout le monde se tourna bientôt vers la télé. La banderole d'infos continues indiquait que la campagne s'était achevée officiellement hier à minuit. Un vieil oncle prit l'initiative de monter le son et tout le monde écouta la jolie présentatrice expliquer que les derniers sondages pour le second tour donnaient Chaouch gagnant dans les intentions de vote à 51,5 % mais que la participation demeurait la grande inconnue du scrutin. On n'avait jamais eu de sondages aussi serrés à la veille d'un second tour. À titre de comparaison, l'élection précédente était jouée dès le milieu de la première semaine de l'entre-deux-tours, un 55-45 que rien n'avait pu infléchir. Le tonton Ayoub qu'on avait cru assoupi se redressa sur son fauteuil :

— *Wollah* ils vont pas l'ilire…

Cet accès de défaitisme semblait soudain partagé par la majorité de la salle à manger.

Rabia fit signe à Toufik de baisser le son et demanda des nouvelles de Nazir à Dounia. Celle-ci se rembrunit en songeant à son aîné.

— Eh, je te jure ils me donnent bien du souci ces deux-là !

— Il paraît qu'il a un mariage à Paris, que c'est pour ça qu'il a pas pu venir ?

— Je sais pas, il me parle pas beaucoup en ce moment. Et puis il est bizarre, il me demande toujours si je vais bien au cimetière, si je vais à la tour de temps en temps. On dirait qu'il veut que je vive dans le passé.

— Tu sais très bien comment il est Nazir. Il est intransigeant.

— Il est dur, corrigea Dounia dont le regard s'embuait mystérieusement. Il est trop dur.

Ses lèvres restèrent entrouvertes mais la suite ne vint jamais.

— De toute façon tu peux pas avoir trois fils pareils, philosopha Rabia. Autant de fils, autant de caractères !

Dounia avait élevé ses trois enfants dans la tour Plein Ciel de Montreynaud, au treizième étage ascenseur B. Fouad parlait de ce gratte-ciel comme d'une aberration totale et s'agaçait régulièrement qu'on ne l'ait toujours pas détruit. Nazir croyait au contraire qu'il fallait le garder comme symbole. Mais les deux frères ne se parlaient plus depuis trois ans et n'avaient donc pas l'occasion d'en débattre, au grand désarroi de leur mère réputée pour sa sagesse mais qui s'avouait dépassée par cette lutte fratricide dont elle ne comprenait pas la raison.

— Mais ils vont finir par se réconcilier, chuchota chaudement Rabia en embrassant sa sœur préférée. *Mezèl*, un peu de patience.

— Hein ? s'indigna Dounia. Se réconcilier ? Eux ? Les frères ennemis. *Wollah* les frères ennemis. Le jour où ils se réconcilieront, *malat'n g'r' ddunit*, le jour où le monde se retournera ! *Wollah* pourquoi ils sont pas comme Slimane, faciles...

Rabia médita cette dernière remarque. C'était vrai que Slim était facile. Serviable, généreux, poli et doux. Où était-il d'ailleurs ?

— Il a été faire un tour avec son frère. Ils se voient pas souvent mais ils vont pas tarder *inch'Allah*, on a rendez-vous à Saint-Victor dans une demi-heure.

Rabia réfléchit un instant et murmura à l'oreille de sa sœur qu'elle aimerait bien lui parler seule à seule. Les deux femmes se rendirent sur le balcon. Elles y échangèrent d'abord quelques banalités sur la mariée, qu'elles trouvaient très jolie, très gentille, très chanceuse aussi d'être tombée sur un garçon aussi doux et pacifique que Slim. Et puis Rabia aspira une souriante bouffée d'air et plongea ses grands yeux sombres et malicieux dans ceux de celle qui avait été sa confidente depuis qu'elle était en âge de faire des secrets :

— Doune, j'ai rencontré quelqu'un sur Internet. J'ai demandé à Luna de me connecter sur le truc, là, Meetic. Normalement j'aime pas, tu me connais, mais en fait c'est juste des e-mails, t'écris des petits trucs, il te répond, tu lui réponds...

— Mais tu l'as vu ? s'enquit Dounia sans pouvoir cacher sa perplexité.

— Non, non pas encore. Tu veux dire la webcam ? Non, non. Il m'a donné son numéro de téléphone et on s'écrit des petits textos. Et devançant la prochaine question de sa sœur elle ajouta : Il s'appelle Omar. Comme Omar Sharif.

— Un rebeu en plus ?

— Non mais arrête, et puis c'est pas n'importe qui, c'est un homme d'un âge, quand même. Une espèce d'homme d'affaires, classe et tout, hein, va pas croire... non, non, il est civilisé, je te jure.

— Non mais je crois rien, je t'écoute. Omar.

— Bon mais c'est pas tout, glapit Rabia en entraînant sa sœur à la pointe extrême du balcon. Devine quoi ? Il va venir au mariage ce soir. J'ai pas trop compris pourquoi il a été invité, mais voilà, je vais le rencontrer ce soir.

— Mais comment tu vas le reconnaître si tu l'as jamais vu ? Il a une photo sur sa page Meetic au moins ?

— Non, non, pas la peine de photos, si tu veux rencontrer un type *zarma* pour t'envoyer en l'air tu vas en boîte de nuit, vrai ou pas vrai ?

Mais Dounia n'était pas rassurée, elle avait un mauvais pressentiment qui pesait sur sa lèvre supérieure et l'empêchait de donner à sa sœur le chaleureux sourire de bénédiction que ses grands yeux attendaient fébrilement.

— Bon ben ça tombe bien, se reprit Dounia en caressant les mains de sa sœur. Moi aussi j'ai un secret à te confier… C'est à propos de Fouad.

5.

Krim fixait son propre reflet dans la théière en se demandant pourquoi son père n'était pas là. Cinq ans plus tard c'était toujours aussi inexplicable, les autres apprenaient à tourner la page mais pas Krim, il ne voulait pas tourner la page. Pouvait-on parler de souffrance, il n'en était pas sûr. C'était plutôt une gêne qui continuait au-delà de la limite du supportable, c'était comme la pensée de mordre à pleines dents dans un pain de savon.

On déposa une assiette de petits monts saupoudrés de sucre glace et truffés de boules argentées. Krim en dévora la moitié, avec les félicitations de Zoulikha.

Son portable vibra dans la poche de son pantalon.

> **Reçu** : Aujourd'hui à 19:20.
> **De** : N
> GM arrive pas à te joindre. Vous vous êtes entraînés aujourd'hui ?

Krim vit que sa main tremblait. Il se leva et chercha à éviter l'objectif de tonton Bouzid qui, enfin presque détendu, prenait des dizaines de photos des gens réunis sur l'autre canapé. C'était un de ces canapés rudimentaires qu'on trouve dans les familles maghrébines, une imitation de canapé avec une couche dure et un dossier composé de coussins raides ornés de motifs orientaux.

La petite Myriam se dressa sur la couche et amusa tout le monde en chantant soudain le jingle d'une pub de sa voix cristalline :

— *Les produits laitiers sont nos amis pour la vie !*

Bouzid lui demanda de recommencer pour qu'il puisse la filmer. Et puis il se remit à prendre des photos en déambulant dans tout le salon pour trouver les meilleurs angles. Krim surprit ses joues plissées et son regard ému tandis qu'il encourageait Toufik et Zoulikha à s'asseoir l'un à côté de l'autre pour les immortaliser dans son téléphone portable. Raouf et Rayanne arrivaient d'une autre pièce, le tonton Bouzid leur fit signe de rejoindre les autres sur le canapé :

— Ah c'est bien, ça va faire des photos, dit-il avec une brisure dans la voix.

Krim comprit à la façon dont son tonton enveloppait du regard ses petits neveux que sa vie était ratée parce qu'il n'avait pas eu d'enfants. C'était trop tard maintenant. Une pitié infinie serra le cœur de Krim, il attrapa son paquet de Camel. Où pouvait-il aller pour fumer ailleurs que sur le balcon ? Mais il ne voulait pas avoir à écouter sa mère parler des Kabyles et des Arabes. Il fut soudain interpellé par un éclat de rire dans la chambre que la mémé avait laissée aux enfants. Cet éclat de rire, n'était-ce pas celui d'une des cousines parisiennes ?

— Krikri ! Krikri d'amour ! Viens, viens deux minutes. *Allouar* !

C'était Kamelia, qui jouait avec la petite Myriam. Luna fit exprès de ne pas le regarder quand il entra dans la chambre.

— Wesh Krimo, alors qu'est-ce tu racontes ? Viens, assis-toi !

Krim prit place à côté d'elle sur le lit tandis que Kamelia lui frottait vigoureusement le crâne.

— Alors ça va ? T'as pas l'air content ?

— Si, si, je suis un peu fatigué.

Il n'osait pas regarder sa grande cousine et ne trouvait rien à lui dire. Soudain une idée lui traversa l'esprit :

— Elles sont pas là Inès et Dalia ?

— Non, non, répondit Kamelia en ayant l'air de se répéter pour la quinzième fois consécutive, elles sont restées bloquées. Eh mais toi au fait faut venir à Paname ! Je t'emmènerai partout si tu viens, sérieux, je te promets on ira à la tour Eiffel, au Sacré-Cœur, t'es jamais venu c'est ça ?

— Non, jamais. Mais...

— Mais quoi ?

— Non, rien, je vais y aller bientôt, en fait. Je... J'ai mon tonton du côté de mon père, mon tonton Lounis t'sais. Il habite dans le 93.

— C'est bien ça, je savais pas que vous étiez encore en contact.

— Ouais mais non, en fait, je l'ai pas vu depuis longtemps, mais...

Krim se tut et pensa à son oncle Lounis. Quand il pensait à lui il se mettait tout le temps à sentir l'odeur du bois. Son père et Lounis, ces hommes secs, courts et nerveux, étaient en effet bûcherons quand Krim suçait encore son pouce, si bien qu'il lui arrivait de croire que cette forte odeur du bois enfermait la seule vérité de sa vie qui soit également une splendeur sans partage : l'effluve entêtant des sapinières qui encerclent Saint-Étienne, la senteur âcre, profonde et mouillée des châtaigneraies où ils se promenaient aux premiers appels de l'automne.

Un jour on n'avait plus eu besoin d'eux dans les forêts. Le père de Krim s'était alors fait embaucher chez M. Ballerine, une espèce de ferrailleur brocanteur qui avait sa grotte d'Ali Baba au bord de l'autoroute. Krim avait chéri les babioles que récupérait son père comme la prunelle de ses yeux : une vieille cafetière émaillée au blanc intact, un gros Bouddha de cuivre à la bedaine luisante, un moulin à café en fonte d'aluminium ou encore cette fameuse sculpture représentant les trois petits singes : celui qui se cache les yeux, celui qui se couvre la bouche, celui qui se bouche les oreilles.

Il y avait encore des pièces de bois qui avaient permis à son père de lui faire entendre pour la première fois des mots aussi beaux que *merisier* ou *hêtre*, et puis des figurines en étain, un danseur et une danseuse de flamenco index levés dans des costumes typiques ainsi qu'une ribambelle de tableaux qui figuraient des couchers de soleil violets et des barques abandonnées au bord de lacs où chaque vague formait une croûte qui pouvait être grattée, rognée et effacée selon l'envie. Krim avait été impitoyable avec sa mère le jour où elle s'était débarrassée d'un pèle-pommes et d'un pouf à poils orange qui lui rappelaient trop de souvenirs.

— Mais faudra venir me voir hein ? le réveilla Kamelia.

— Où ça ?

— Mais tu dors ou quoi ? À Paris, pas sur la lune !

Kamelia posa la petite Myriam par terre et se leva pour enlever son blouson en cuir. Elle portait une robe noire sans manches avec un haut bustier recouvert d'un voile à pois. Le voile était transparent et Krim lutta de toutes ses forces pour ne pas regarder ses gros seins pleins et lisses dont le sillon seul, semé de plis infimes, indiquait qu'ils étaient ceux d'une trentenaire.

Mal à l'aise, il sentit deux minces filets de sueur couler brusquement et en même temps de ses aisselles.

— Bon et sinon, qu'est-ce tu racontes ? T'as une petite chérie ?

Krim s'empourpra. Luna qui avait tout entendu décida de prendre sa revanche :

— Ouais il a une copine, même qu'elle s'appelle N.

Krim se leva pour gifler sa sœur mais elle fut plus rapide que lui et il envoya sa main dans le vent.

— Elle l'appelle tout le temps sur son portable, et il a tellement peur qu'on la découvre qu'il met même pas son nom en entier. N ça veut dire quoi ? (elle sautait sur le lit et passait d'un côté à l'autre pour éviter les bras de son frère) Nathalie ? Najet ? Ninon ? Ni oui ni non ?

Krim quitta la pièce tandis que Kamelia sermonnait sa petite cousine.

— Attends mais c'est lui là, il raconte à maman que je fais ma chaudasse sur Facebook, qu'est-ce que je dois faire moi, le laisser dire ?

6.

Saint-Priest-en-Jarez, 19 h 25

Les hurlements de Zoran s'étaient transformés en crise de larmes. Réfugié sur le montant du canapé il était au bord de l'étouffement. C'était la peur, celle qui n'avait plus cessé de l'habiter depuis qu'il s'était fait enlever, qui l'empêchait de pousser la porte pour évacuer ce rat gigantesque. Ce dernier tournait en rond dans la pièce en poussant des rugissements fluets, plaintifs, insensés, abominables.

Un papillon de nuit apparut soudain dans un coin du plafond. Zoran observa son battement d'ailes et voulut s'y attacher pour respirer plus calmement. Mais les yeux du ragondin le fixaient, brillaient dans la pénombre, effaçaient le reste de l'univers. Incapable de préférer la vision du papillon à celle du gros rat, Zoran se mettait à hoqueter, ses poumons rabougris n'allaient plus tenir longtemps. Il suivit le vol harmonieux du papillon et s'interdit de regarder le monstre.

Quand il pensait au ragondin il voyait le Mal, incarné, mobile – le diable dans le vivant. Ces mouvements sinueux, ces gestes velus. Au contraire le papillon était une créature du ciel. Qui amenait le ciel dans le parfum des fleurs. Les couleurs de la vie dans la pesanteur des champs et de la terre. Celui-ci pourtant n'était que gris, mais c'était un gris dense, riche et lumineux.

En osant fermer les yeux Zoran entendit le murmure de la rivière qui coulait à quelques mètres de la maison.

Le papillon trouva le chemin du lampadaire et élut domicile dans son abat-jour pelucheux. En regardant son ombre danser sur la soie du canapé rouge orangé Zoran s'aperçut qu'il respirait à nouveau normalement. Il renifla et maintint son regard en hauteur. La bête des profondeurs n'avait aucune raison de ne pas y rester. Zoran trouva un autre moyen de ne pas penser au ragondin : il tendit à nouveau l'oreille et essaya d'écouter la conversation de ces autres monstres.

Le chef parlait d'un mariage, décrivait le lieu où avait lieu la fête : à un quart d'heure en voiture, vers la sortie de l'autoroute et la Foirfouille.

Zoran songea qu'au lieu d'être enfermé avec un ragondin il aurait pu extorquer les mille euros à Slim et s'être déjà enfui vers le Nord, à Paris par exemple où sa sœur louait une chambre d'hôtel au mois.

Le ragondin se rappela brutalement à son souvenir en bousculant sa cage. Zoran ne put s'empêcher de le regarder à nouveau et il se remit à pleurer frénétiquement. Pourtant l'animal n'avait pas du tout l'air de se soucier de lui. Il cheminait dans le petit rectangle où on l'avait déposé et n'eut à aucun moment l'idée de grimper sur le canapé. Il pouvait assurément le faire vu sa taille monstrueuse et sa souplesse d'amphibien, mais il préférait fouiner autour de sa cage, au pied des cartons, ou encore sous le secrétaire d'où il ramena bientôt une petite clé rouge qu'il examina avec ses pattes avant plaquées contre ses vibrisses blanches.

Pour la première fois il montra ses dents.

Zoran se remit à pousser des hurlements. Les hurlements de tout à l'heure n'avaient pas paru gêner la bête, mais cette fois-ci elle voulut se défendre.

Zoran sauta sur le lit en criant et réussit à faire tomber le lampadaire sur l'animal. Le courant fut brusquement coupé, Zoran sut qu'il ne lui restait qu'une solution : sortir par la porte, en espérant que les cartons qu'ils avaient accumulés de l'autre côté n'étaient pas suffisamment lourds pour la bloquer. Car si c'était le cas, si la porte était bloquée et qu'il devait rester avec la bête dans l'obscurité totale plus d'une minute, il ne faisait aucun doute que son cœur allait lâcher avant même que le rongeur n'ait commencé à lui infliger ses premières morsures.

7.

Chez la mémé, 19 h 30

En passant devant la cuisine Krim se souvint qu'il mourait de faim. Il grignota quelques biscuits et ressentit bientôt le besoin de s'organiser. Il hésita à ouvrir le frigo, persuadé que tout l'appartement était secrètement branché sur cette épaisse porte blanche et qu'il allait attirer l'attention de tout le monde. Ce ne fut pas le cas lorsqu'il finit par s'y résoudre. Il se servit un bol de lait et y trempa les biscuits. Mais sa faim était insatiable et il avait maintenant envie d'un goût salé. Il s'empara discrètement d'un tube de mayonnaise et entendit, en cherchant du pain dans les placards, le jingle de France Info et le bulletin d'informations de 19 h 30.

Il repéra le meuble désuet de la panière auquel il manquait un barreau. La mémé gardait ses flûtes plusieurs jours de suite, elle avait depuis longtemps perfectionné ce qu'on appelait sa science de l'économie. L'économie était à entendre au sens de faire des économies. Elle découpait les paquets de produits achetés au supermarché et envoyait les coupons pour se faire rembourser. Elle y passait des heures et se faisait rembourser des centaines d'euros par an.

Mais en essayant d'atteindre le pain protégé de l'humidité par trois sacs plastique, Krim se révolta contre l'absurdité du procédé. Et puis il y avait de la folie dans la façon que la mémé avait de nouer les sacs. On n'avait aucune peine à l'imaginer en train de s'acharner sur les nœuds pour que seuls ses longs doigts aux ongles féroces soient en mesure de leur faire rendre gorge.

En dévorant ses tartines de mayonnaise, Krim écouta un micro-trottoir aberrant où il semblait que tout le monde allait voter Chaouch, et puis il écouta le retour studio où un invité expert en questions de sécurité parlait des rumeurs d'attentat et d'AQMI qui était devenu, disait-il tout fier de sa formule, « un personnage à part entière de la campagne ». La journaliste l'interrompit pour préciser qu'AQMI signifiait Al-Qaïda au Maghreb Islamique. L'analyste, manifestement peu habitué aux mœurs radiophoniques eut un peu de mal à continuer. Il fit un descriptif de l'organisation terroriste et revint le plus rapidement possible à l'actualité. Certes la menace était présente mais le niveau d'alerte terroriste avait été élevé à son maximum depuis bien avant le premier tour.

— Et puis il faut savoir, poursuivit l'expert à nouveau en confiance, que la menace porte moins sur le président, comme on pourrait le croire, que sur le candidat Chaouch. C'est un paradoxe qui n'en est pas tellement un, au fond : le dernier message d'Al-Qaïda au Maghreb Islamique identifie précisément Idder Chaouch comme un, je cite, « chien de traître, qui a renié l'islam et qui mérite la mort ». Quand on sait la susceptibilité du candidat PS sur ces questions, son refus d'un dispositif de sécurité trop contraignant, on comprend qu'il y ait de quoi s'inquiéter. J'aimerais juste revenir sur la démission avant le premier tour…

— Rapidement, oui, le coupa la journaliste d'une voix sèche et souriante.

— Oui, la démission de son chef de la sécurité, le responsable de son service de protection qui en avait assez de réduire sans cesse ses effectifs, n'a pas tellement été relayée dans la presse mais je voudrais insister, dire à quel point c'est fondamental, une vraie première dans la Ve République. Et il y a vraiment de quoi... Parce que... (Le pauvre expert était déboussolé). Voilà, et puis l'affaire du minaret de Saint-Étienne en début d'année est bien sûr dans toutes les mémoires, le message d'AQMI l'évoque même très spécifiquement...

Krim fut tout ému d'entendre le nom de sa ville dans un bulletin d'informations nationales. C'était comme quand il était petit, sa mère rameutait tout le monde autour de la télé si des images de Saint-Étienne passaient au JT du soir. Ce n'était arrivé que deux ou trois fois, mais Rabia faisait aussi tout un foin quand les deux minutes de décrochages locaux sur la trois, deux minutes exclusivement consacrées à Saint-Étienne et visibles uniquement par les Stéphanois, lui présentaient la grand-rue, l'Hôtel de Ville ou la place Jean-Jau avec cette sorte de dignité, de présence magique et excitante que donne aux choses banales et quotidiennes le passage, même furtif, sur ce mystérieux écran animé.

Une scène qu'il ne pouvait pas dater lui revint brusquement en mémoire : Slim et lui dans le tram, et des types qui, comme Djamel tout à l'heure, insinuaient que Slim était une tafiole. Krim voulut écrire un texto à Djamel pour lui rappeler que les pédés se mariaient entre eux, pas avec des femmes.

Il préféra écrire à Nazir, comme celui-ci l'y avait encouragé dès qu'il se posait une question sur quelque sujet que ce soit. Il écrivit que les gens parlaient, disaient des trucs sur Slim. Il s'attendait à ce que Nazir lui réponde tout de suite mais ce ne fut pas le cas. En vérifiant que son message avait bien été envoyé, Krim faillit trébucher sur le petit Rayanne qui l'étudia mélancoliquement en suçant son pouce. Krim s'agenouilla pour être à sa hauteur et lui montra son portable brillant et son beau briquet en argent. Le petit parut réagir au briquet.

— Tu veux l'allumer ?

Rayanne acquiesça sans comprendre, il prit le briquet dans ses doigts boudinés et trouva le moyen d'en ouvrir le chapeau métallique. Mais au moment d'appuyer sur le bouton il reçut une décharge électrique et se mit à hurler à la mort. C'était un briquet traître, que Krim avait volé après avoir découvert sa propriété unique d'envoyer une minuscule décharge quand on l'actionnait par le mauvais côté qui avait l'air d'être le bon. Rachida accourut et s'en prit à Krim :

— Mais ça va pas ! Faut te faire soigner espèce de malade mental !

Dans l'autre pièce le tonton Ayoub se boucha les oreilles tandis que sa femme Bekhi venait calmer le jeu. Comprenant la situation en un coup d'œil elle prit la défense de Krim et s'adressa à Rachida d'une voix égale et maîtrisée :

— Rachida *raichek* tu vas commencer la guerre de cent ans pour une histoire de briquet, hein. Il voulait jouer avec le petit, c'est tout. Faut le laisser jouer...

— Mais vas-y, s'indigna Rachida, dis-moi comment élever mes gosses tant que t'y es ! Allez viens Rayanne. Rayanne ! Viens ici j'te dis ! *Rayaaaaane !*

8.

Krim avait besoin d'une cigarette, il fonça sur le balcon où Dounia, le voyant arriver, cessa brusquement de parler. Les grands yeux noirs de ses trois fils constituaient l'apport de son mari mort trois ans plus tôt : les siens étaient longs et fins, bienveillants, vert-noisette et un peu tristes. Dounia avait le visage le plus kabyle de la famille : le nez fort, la peau blanche, les yeux clairs. Elle semblait avoir vieilli prématurément à force de s'occuper des vieillards d'une maison de retraite du centre-ville : ses cheveux châtains coiffés en chignon comptaient déjà pas mal de fils blancs et sa peau abîmée par la cigarette avait par endroits la pâleur grisâtre de la sexagénaire qu'elle ne serait pas avant quinze ans.

Rabia encouragea Krim à fermer la vitre du balcon et lui montra le petit coin d'où il pourrait fumer sans risquer d'être vu par les oncles.

— Vas-y Doune, tu peux parler, Krim il dit rien, il est muet comme une tombe.

— T'es sûre ?

— Mais oui il parle pas lui, non non tu peux avoir confiance.

Dounia prit le menton nu de son petit neveu et le secoua affectueusement.

— Bon donc je te disais, il m'en a parlé la semaine dernière et j'ai fait la connerie d'en parler…

— Qu'est-ce qui se passe ? risqua Krim.

— T'es sûre ?

— Oui, oui, répondit Rabia.

— Bon, y avait des rumeurs comme quoi Fouad sortirait avec quelqu'un de très… comment dire… de très haut placé.

— Qui ?

— Jasmine Chaouch.

Krim faillit tomber à la renverse.

— La fille de Chaouch ? Celle qu'on a vue à la télé tout à l'heure ?

— Vas-y Krim faut pas le répéter, hein, jure sur la tête de ta mère.

— Oui, oui, je jure. Wow.

Les yeux de Rabia n'avaient jamais autant pétillé :

— Mais attends y a rien de bizarre, hein, Fouad moi j'ai toujours dit c'est le plus beau de la famille, vrai ou pas vrai Krim ? Et puis c'est un acteur, les femmes elles aiment les acteurs c'est bien connu, elles tombent comme des petits pains ! Regarde, le docteur d'*Urgences*, comment il s'appelle ?

— Doug Ross.

— Doug Ross, exactement ! Il fait des pubs pour le café maintenant, bichette.

Dounia se tourna vers Krim et lui demanda une bouffée de sa cigarette :

— Mais faut pas le dire mon chéri, hein, après ça va faire des jalousies, les gens ils vont parler. Avec ta mère c'est pas pareil, on se dit tout, mais tu le répètes pas hein ? Je te fais confiance.

— Krim éteins, éteins, y a *khalé* qui vient.

Krim commença par cacher sa cigarette dans le creux de sa main mais il la jeta par la fenêtre quand il vit que le tonton en question était Ferhat. Le vieux avait l'air perdu, sa casquette russe lui faisait un visage encore plus rabougri que d'habitude. On lui aménagea une petite place tandis qu'il expliquait en kabyle :

— *J'ai besoin de prendre un peu l'air.*

Pour que le silence ne paraisse pas avoir été fait par son arrivée sur le balcon, Rabia lui demanda d'enlever sa casquette :

— *Khalé* il fait trop chaud pour mettre un bonnet ! *Miskine khalé*...

— Non, non, murmura le tonton en reprenant son souffle.

— Mais si, si, tu vois bien que t'étouffes, insista Rabia.

Et alors Ferhat employa toutes les faibles forces qui lui restaient à se dresser contre le vent de paroles de Rabia.

— Laisse la casquette, laisse *amméhn*.

Il perdit un peu l'équilibre et dut se rasseoir immédiatement. Rabia lança un regard entendu à Dounia qui remarqua des plis humides au creux des paupières du vieillard. Il finit par quitter l'espace confiné du balcon et se traîna jusque dans le salon où on lui avait pris sa place. Rabia voulut entrer à nouveau et demander à Toufik de laisser la place à son aîné, mais Dounia la retint avec un clignement rassurant des deux yeux : Toufik allait forcément y penser tout seul.

— Tiens fais-moi fumer encore mon chéri, demanda-t-elle à Krim. *Wollah* j'sais pas ce que j'ai aujourd'hui, je crache !

Krim alluma une autre cigarette et la tendit adroitement à sa tante. Rabia, ravie de sa politesse et peut-être aussi de son geste harmonieux, se pencha pour embrasser le crâne de son fils. Mais celui-ci se retira vivement et refusa de la regarder pour s'expliquer. Rabia eut soudain l'impression qu'il savait.

— Faut qu'on arrête, Rab', déclara Dounia après avoir aspiré une bouffée si puissante que le filtre rougi par son maquillage en restait tout déformé. *Wollah* c'est plus possible, on fume trop. Rabia ?

Rabia qui ne l'avait pas écoutée épousseta la veste de sa sœur, se mouilla les doigts et frotta une tache sur son épaulette.

— Quand même, ajouta Dounia avec un sourire désabusé, obligées de se cacher sur le balcon pour fumer, à notre âge...

Rabia s'excusa soudain d'un geste de la main et courut aux toilettes pour s'ôter d'un doute. Son visage se décomposa tandis qu'elle parcourait la liste de ses derniers messages envoyés et découvrait au lieu d'Omar, au sommet de la liste, le prénom de son fils chéri encadré de points d'exclamation à l'espagnole.

Chapitre 5

L'homme du match

1.

Base nautique de Saint-Victor, 19 h 30

William grimpa le coteau herbeux pour ne pas avoir à faire le tour par le virage à vingt-cinq mètres. Il avait des traces vertes sur son pantalon de costume mais ce n'était pas grave : son intuition ne l'avait pas trahi, et le belvédère sur lequel il se tenait à présent valait dix fois la terrasse du restaurant qui donnait directement sur le lac mais où les deux cerisiers déjà défleuris cachaient la vue de la tour de la station nautique. Il n'eut aucune difficulté à en convaincre la mère de la mariée, même s'il dut mentir en évoquant des paramètres fumeux comme la qualité de l'éclairage naturel, le degré de brume et le dénivelé.

— Bon ben on a plus qu'à attendre qu'ils arrivent.

Kenza, la mariée, était séparée de Slim depuis moins d'une heure, et elle se sentait déjà retomber dans la sphère d'influence de sa mère. La petite troupe éparse quitta le parking pour le belvédère choisi par William.

Kenza commençait à avoir un peu froid. Les rafales de vent ridaient la surface du lac et faisaient voleter les fleurs des arbres. William se mit face à elle mais elle ne parvint pas à se concentrer pour l'écouter : il avait un nez si long qu'il dessinait, quand il vous regardait de face, une ombre au-dessus de sa lèvre supérieure qui ne ressemblait à rien d'autre qu'à la moustache d'Hitler.

Il se tourna vers le lac et fit un cadre imaginaire avec ses mains tendues l'une au-dessus de l'autre.

— Tu vois, il faut qu'on voie la tour là.

Kenza se prit les coudes pour neutraliser un frisson et regarda dans la direction indiquée par William. La base nautique consistait en une quinzaine de pontons pour la plupart déserts, mollement surveillés par une tour de contrôle aux vitres opaques et teintées de bleu où s'éclaboussaient les derniers rayons.

Kenza leva les yeux et s'aperçut qu'en effet il fallait se dépêcher : l'abricot du couchant n'allait pas tarder à disparaître derrière les falaises. Sur le gazon à ses pieds les ombres s'allongeaient déjà et il fallait s'y reprendre à deux fois pour identifier le contenu d'une silhouette.

— Bon ils arrivent, marmonna sa mère en étudiant le parking en contrebas.

Kenza fut surprise qu'ils ne soient que trois (Slim, son frère Fouad l'acteur et leur mère) et déçue qu'ils ne donnent aucune explication. La séance photo fut de l'avis général un succès, même s'il fallut refréner les ambitions artistiques de William qui avait une idée farfelue toutes les deux minutes. Pour l'une de ces idées il reçut un soutien de poids, celui de la mère de la mariée : il s'agissait de faire s'allonger les mariés dans l'axe d'un massif de fleurs, symétriques l'un par rapport à l'autre, la tête posée sur le coude et une rose rouge entre les dents.

— Bon, en même temps on sera pas obligés de la garder de toute façon, commenta Dounia.

Mais elle fut entendue par la mère de la mariée qui la fusilla du regard. Au bout d'une demi-heure William était à court d'idées et il n'y avait presque plus de lumière. Slim et Kenza s'isolèrent tandis qu'on aidait l'artiste à ranger son matériel. Le lac à leurs pieds n'en était pas tout à fait un, c'était un bras particulièrement épais de la Loire où les Stéphanois venaient jouer à être à la plage.

Slim se souvenait des barbecues sauvages qu'ils organisaient au lycée, et il se souvenait aussi du jour où tonton Bouzid avait nagé trop loin et s'était retrouvé prisonnier d'un tourbillon. Il avait fallu envoyer la cavalerie, le type qui conduisait le Zodiac torse nu s'était montré très courageux.

— À quoi tu penses mon chou ?

Slim prit sa jeune épouse entre ses bras malingres et la serra de toutes ses forces, jusqu'à ne plus rien sentir de la chair compressée de ses seins. Il l'embrassa passionnément en formant un vœu, plus qu'un vœu, une véritable prière, dont chaque mot semblait brûler les entrailles de son cerveau.

2.

Fouad le rejoignit quelques minutes plus tard.

— Alors, content de la séance photo ?

Slim paraissait inhabituellement agité. Fouad le prit par le coude et les deux frères marchèrent le long du belvédère.

— Qu'est-ce qui se passe avec Krim ? demanda Fouad. La semaine dernière tatan Rabia m'appelle, elle me dit qu'il a frappé sa chef au McDo, qu'il va se faire radier de l'ANPE, qu'il fait des trucs bizarres à la cave...

— Je sais pas, je le vois plus trop en fait.

— Je vais voir tout à l'heure, je vais essayer de lui parler.

— Oui, fit Slim à bout de souffle, avant d'enchaîner sur ce qui le tracassait véritablement : Fouad, je t'ai pas tout dit sur Kenza.

— Quoi ? Je t'écoute.

— Je sais pas comment expliquer ça, je crois...

— Prends ton temps.

Fouad s'était arrêté et dévisageait son frère pour découvrir avant qu'il ne l'annonce ce qu'il pressentait être un bien pénible coup de théâtre.

— Bon voilà, dit Slim en aspirant une grande bouffée d'air. Je vais te poser une question, oublie que ça a un rapport avec moi, dis-moi juste, O.K. ?

— Allez Slim, arrête, dis-moi ce qui se passe.

— Est-ce que c'est possible qu'une fille reste avec un garçon même si… même si ils le font pas ?

Fouad était ainsi fait qu'il ne pouvait supporter que quelqu'un soit mis au supplice devant lui parce que lui refusait de se compromettre, et se réfugiait dans la position inattaquable de celui qui écoute prudemment, attend de voir venir.

— Tu veux dire que vous avez jamais couché ensemble ?

— Vas-y arrête, pas si fort.

— Mais quoi c'est ça ? Jamais ?

— J'y arrive pas encore, Fouad. J'y arrive pas. Je suis avec elle, ça marche un peu au début, et après j'ai des images dans la tête, je pense à autre chose. C'est horrible, c'est un cauchemar mais c'est plus fort que moi.

— Tu penses à autre chose ou à quelqu'un d'autre ?

Fouad sentit que son petit frère était sur le point de pleurer. Il le prit par les épaules et plongea son long regard noir dans le sien.

— Est-ce que vous en avez parlé ensemble ?

— Oui, mais…

— Qu'est-ce qu'elle t'a dit ? demanda Fouad.

— Ben elle s'est marrée, elle a dit que c'était pas grave… qu'il fallait qu'on se laisse le temps de mieux se connaître, quoi.

Fouad grimaça, non pas à cause de la déprimante naïveté de son petit frère mais parce qu'il prononçait le *a* de quoi à la stéphanoise, presque comme un *o*, *qwo*, contrairement à lui qui avait depuis longtemps perdu son accent.

— À quoi tu penses ? lui demanda Slim.

Le visage de Fouad s'assombrit et Slim comprit qu'il était en train de penser à Nazir. C'était une pensée qu'il ne pouvait pas cacher : elle lui entrouvrait la bouche et durcissait spectaculairement ses belles mâchoires.

— Voilà, j'en étais sûr, s'emporta Slim en baissant les yeux. Tu penses comme Nazir, tu te dis : cette petite tapette il ferait mieux d'aller se faire enculer au lieu de vouloir rouler tout le monde dans la farine en se mariant avec une fille.

— Arrête de dire n'importe quoi et regarde un peu les choses en face. C'est ton choix Slim. C'est ta vie. Kenza, tu l'aimes ?

— Bien sûr, c'est la femme de ma vie.

— Eh ben c'est tout, conclut Fouad en ayant l'impression de mentir, y a rien d'autre à dire. Si elle t'aime aussi, et j'ai vu qu'elle t'aimait, je suis sûr que c'est une fille bien, il faut que vous parliez ensemble, dans un couple on se dit tout. Et puis...

— Quoi ? implora Slim, comme si son grand frère allait résoudre le plus gros problème de sa vie d'une formule magique.

— Non, je veux dire, avant les couples ils attendaient d'être mariés pour... consommer. C'était peut-être pas si horrible que ça, quand on y pense...

Fouad se tourna vers la station nautique et vit le dernier rayon de la journée qui mourait contre le plexiglas bleu de la tour de contrôle. Il ne s'était jamais senti aussi impuissant depuis des années, depuis la mort de leur père probablement.

Quand il revint à la silhouette chétive de son petit frère, il lui sembla que le pauvre garçon n'avait aucun poids dans l'univers, qu'il était balayé et dispersé aux quatre vents. Il eut envie de le frapper au visage, de l'endurcir, de lui donner du poids pour affronter la violence de la vie. Au lieu de quoi il le prit dans ses bras et lui caressa l'arrière du crâne avec autant de précaution que s'il s'était agi d'une tête pas encore tout à fait finie de nouveau-né.

3.

Chez la mémé, 20 heures

Krim ne voulait plus quitter le balcon. Il commençait à faire sombre, les vitres se changeaient en miroirs. Un massif de nuages où avait disparu le soleil se confondait à l'horizon avec les paquets de collines aux couleurs indistinctes. Derrière la médiathèque les crassiers étaient là, maussades, inamovibles.

Il se mit dos au garde-fou du balcon et regarda à l'intérieur, les gens qui se levaient pour aller saluer Fouad et le marié. On avait allumé les lumières, seule la tante Zoulikha restait assise et tripotait Rayanne en approuvant chacun de ses bourrelets. La tante Zoulikha, qui confondait le poids et la santé et ne connaissait qu'un proverbe en français, qu'elle répétait toujours de travers et avec un sourire des gencives où se trahissait la jeune fille gironde, timide et sans charme qu'elle avait été au milieu du siècle précédent et dont personne n'avait voulu : « Koum on dit vaut mieux être gros que faire pitié ! », à quoi Rabia ou une autre de ses sœurs cadettes éclatait de rire en versant la tête en arrière, trouvant parfois le moyen de la corriger si le rire ne durait pas trop longtemps et parce que Zoulikha n'avait jamais été au fait des règles délicates de la susceptibilité.

Gros Momo appela pour la cinquième fois consécutive. Krim formula un juron, le marmonna peut-être et décrocha :

— Vas-y pourquoi tu m'appelles dix millions de fois là ?

— Oh mais reste tranquille, tu veux pas venir t'entraîner au bois ?

— Il est où le calibre ?

— Ben à la cave, où tu crois ?

Krim voulut allumer une deuxième cigarette mais Fouad le remarqua et vint dans sa direction. C'était vrai qu'il était beau, et en le voyant Krim ne pouvait penser qu'au candidat Chaouch : haut de taille, vigoureux sans être costaud, le sourire engageant, la chevelure agréablement bouclée. Un champion.

— Vas-y, cracha-t-il dans son portable en le plaçant à la perpendiculaire par rapport à son menton. J'ai pas que ça à foutre.

— Allez vas-y, c'est la mort là, j'ai rien à foutre moi.

— Non, non, allez, arrête, et faut que tu le vires maintenant. Jette-le dans le Furan. La vie de ma mère jette-le dans le Furan.

— Quoi ?

— *Wollah* sur le Coran je veux plus en entendre parler, jette-le dans le Furan !

Fouad était sur le balcon, Krim raccrocha.

— Qu'est-ce que tu fumes ?

Krim dut déglutir deux fois avant de parler. Il n'aimait pas être si impressionnable, et se rassurait en se disant que c'était normal d'être impressionné par un cousin appréciablement plus âgé que lui et qui surtout passait à la télé tous les soirs de la semaine depuis un an.

— Des Camel.

— Tu m'en files une ?

— S'tu veux.

Fouad regarda les chaussures de Krim.

— Slim m'a dit que tu avais été son témoin finalement. Merci hein. Il y a eu un accident sur la voie, et le train a été retardé de deux heures.

— Ouais c'est chiant. Enfin je veux dire, le train, tu vois.

— On va bientôt partir à la salle mais si tu veux on discute un peu après, il faut que je cire mes chaussures. Qu'est-ce que t'en dis ?

Il avait une voix claire et puissante, et pourtant Krim était presque ému de la chaleur qu'elle dégageait et qui semblait n'envelopper que lui. Tous les autres à l'intérieur regardaient dans la direction du balcon, Krim se sentait fier.

— Ouais, pourquoi pas ?

— Au fait, reprit Fouad, il faut que je te parle de ton copain Mohammed.

— Qu'est-ce qu'il a fait ?

— Oh non, non, rien, juste je suis ami sur Facebook avec lui. C'est lui qui m'a demandé, hein. Franchement il est trop marrant.

— Wesh c'est trop un guedin Gros Momo.

— Gros Momo, ah ah. Il passe son temps à draguer, j'ai jamais vu ça. Il drague même *mes* amies Facebook.

— Mais vas-y faut lui dire, s'indigna Krim.

— Non mais c'est marrant, je m'en fous. La dernière fois il tague une de ses copines et il se tague lui aussi sur la photo, alors qu'il y a qu'elle.

— Ah ah, se força à rire Krim alors que l'histoire de Fouad n'était pas finie.

— Du coup la fille lui demande : t'apparais où ? Et tu sais ce qu'il répond ?

— Non vas-y dis.

— Dans ton cœur.

Krim baissa la tête, incapable de se lâcher et de rire sans faire semblant.

— Bon allez, je continue de dire bonjour et on se rejoint dans la chambre, O.K. ?

— O.K.

— Et attends, juste un truc : qu'est-ce qu'il faut jeter dans le Furan ? demanda quand même Fouad avec un quart de sourire penché.

— Non rien, hésita Krim. Un pélo qui fait des trucs, je sais pas, il veut que je vienne avec lui, mais, mais moi je m'en fous de tout ça.

Krim n'avait aucune idée de ce à quoi avait ressemblé son mensonge. Il ne s'était pas entendu le prononcer et rien dans le visage de Fouad n'indiquait qu'il se méfiait de ce qu'il venait de dire. C'était cela : il n'y avait pas de réprobation dans le visage de Fouad. Il n'y avait que de la gaieté et de la confiance.

Il écrasa sa cigarette à moitié consumée et quitta allègrement le balcon en adressant un clin d'œil parfaitement appuyé à son petit cousin.

— Alors ça y est, une vraie star de cinéma ! s'exclama Rabia en lui faisant des bises appuyées.

— Une star de la télé, plutôt. L'étoile du petit écran... c'est moi !

— Je rate aucun épisode, *wollah* c'est trop génial ! Ah et l'autre, là, le méchant avec la verrue ? Aia, comme je le déteste. Tu le connais ?

— Ah, ah, François. Dans la vraie vie c'est le type le plus gentil du monde.

Toutes les tantes étaient bientôt réunies autour du fils prodigue. On parla pendant une dizaine de minutes de *L'Homme du match*, le feuilleton dans lequel il était entré à l'automne précédent et où il jouait le rôle de l'entraîneur du club fictif le plus populaire du pays. Il y était devenu si vite indispensable que son nom figurait déjà au générique. *L'Homme du match* sur M6 avait détrôné *Plus belle la vie* à la même heure sur France 3. C'était le phénomène télé de l'année écoulée, qui réunissait les footeux curieux des coulisses et admiratifs du réalisme de la série et leurs femmes plutôt intéressées par les intrigues sentimentales.

— Alors, osa soudain demander Rabia qui semblait être la fan la plus ardente de la famille, tu vas sortir avec Justine avant la fin de la saison ?

— Ah ben non, plaisanta Fouad, j'ai signé une clause de confidentialité, j'ai pas le droit de dire ce genre de trucs !

— Une clause de confidentialité, se moqua Rabia. *Zarma* tu signes des clauses de confidentialité maintenant ! Lè lè lè lè... Eh, oublie pas que je te changeais les couches, alors y a pas de clause de confidentialité qui tienne !

Fouad éclata de rire et accepta de révéler une partie de ce qu'il savait.

Mais au bout d'un moment, bien qu'il soit tout le temps à l'aise, imperméable à toute forme de gêne, il éprouva le besoin d'avouer la piètre estime dans laquelle il tenait ce feuilleton qu'il considérait tout au plus comme un travail alimentaire. Il voulut dire la vérité, partager son impression profonde, mais il se ravisa rapidement : ses tantes n'auraient pas compris que lui entre tous crache sur leur série préférée, celle pour laquelle elles avaient toutes sacrifié le sacrosaint 20 heures de Pujadas et qui redorait le blason de leur famille dans toutes les conversations où des copines s'enorgueillissaient d'avoir des enfants qui faisaient médecine ou qui gagnaient tellement d'argent dans l'import-export qu'ils pouvaient construire au bled et prendre des vacances à Dubaï.

4.

Quelques instants plus tard la fièvre était un peu tombée, ou plutôt elle s'était transférée à la chambre de la mémé. Les plus jeunes s'y étaient réunis autour de Fouad pour regarder et applaudir Myriam qui avait appris par cœur la chorégraphie d'un tube déjà ancien de Katy Perry. Elle voulait devenir B-girl professionnelle. En attendant elle murmurait les paroles de *Firework* en envoyant ses bras en avant, sur le côté et en soufflant sur les mèches de ses cheveux châtain qui essayaient de la ralentir. Sur le refrain elle mima de façon très convaincante les feux d'artifices qui partaient du cœur des personnages du clip :

— *Cause baby you're a firework... Come on show 'em what you're worth... Make 'em go "oh, oh, oh !"*

Son petit frère Rayanne voulut profiter de l'aura qu'était en train d'acquérir la petite danseuse et faire un battle avec elle, comme elle l'y obligeait régulièrement dans le secret de leur chambre. Myriam lui souffla dessus avec une férocité comique, comme s'il avait été une de ses mèches.

Krim entra et referma la porte au moment où Luna décidait d'improviser un blind-test avec le MacBook de Kamelia. Après le coup qu'elle lui avait fait, Krim ne se serait jamais aventuré dans la même pièce que Luna s'il n'avait pas ressenti ce besoin irrésistible d'être dans l'entourage de Fouad, désir ardent de le voir simplement et d'être vu par lui, pulsion farouche, aveugle et curieusement non violente, pour laquelle il n'avait ni frein ni concept et à laquelle il cédait comme on s'abandonne dans une mer froide à l'attraction d'un courant chaud.

— Va sur Spotify, conseilla Kamelia à Luna qui avait pris son portable.

Elle se mit au bout de la pièce, sur le radiateur en fonte, et vérifia derrière elle que le carreau de la fenêtre transformée en miroir par la tombée du soir ne livrait pas le reflet des photos des chanteurs qu'elle allait diffuser.

Kamelia et Fouad étaient assis côte à côte, Myriam qui remuait la tête sur les genoux de la star et Rayanne à ses pieds. Les cousins plus âgés étaient éparpillés sur le lit où Raouf se poussa pour faire une petite place au nouveau venu.

— Alors ? murmura Raouf à l'oreille de son dealer d'un jour.

— Ouais la vérité c'est mort, peut-être dans une heure, à la salle.

Krim afficha à nouveau son imperturbable visage ennuyé, le visage de quelqu'un qui préférerait ne pas être là sans pour autant avoir quelque chose de précis à faire ailleurs, mais au fond de lui il avait envie d'être là au milieu des siens et d'attendre de se rendre avec eux au mariage, et que ça ne s'arrête jamais.

Les deux premières notes n'étaient pas achevées qu'il s'écria :

— Michael Jackson !

Tout le monde se tourna vers lui. La musique continuait, et en effet, après une dizaine de secondes tout le monde avait reconnu *I'll Be There*.

— Wow, commenta Kamelia. Krimo : 1, tout le monde : zéro.

Luna n'était pas très heureuse de la tournure que prenaient les événements. Elle choisit exprès une chanson qu'il n'aurait aucune chance de connaître. Après une minute personne en effet ne l'avait reconnue, sauf Kamelia qui glissa la réponse à l'oreille de Myriam. Les applaudissements furent fournis, Myriam froissa son minois de Métisse et tordit ses poignets en se cachant derrière Fouad.

— Allez, la prochaine !

Luna se concentra et décida de prouver non seulement qu'elle pouvait être la maîtresse de cérémonie mais aussi une personne de goût. Mais encore une fois trois notes suffirent à Krim pour déclarer :

— Drake.

Au tour suivant :

— Kanye West bien sûr.

Et puis enfin :

— Sexion d'assaut.

À partir de quoi Luna changea de stratégie et se creusa la tête à la recherche de chansons françaises si évidentes qu'il s'agirait d'une pure question de vitesse. La tension du jeu s'atténua peu à peu, grâce à Daniel Balavoine et Francis Cabrel qui donnaient plus envie de chanter leurs tubes que de passer au tube suivant.

Krim comprenant qu'il avait de toute façon gagné décida de laisser les autres chanter, même si tout le monde paraissait sincèrement enchanté que son quart d'heure de gloire n'ait été entaché d'aucune hésitation.

5.

Dans l'autre pièce les anciens profitaient de l'absence de Fouad pour parler de son frère aîné. Qu'il ne soit pas là était regrettable mais il fallait reconnaître à Nazir d'avoir fait beaucoup de bonnes choses lorsque, un an et demi plus tôt, il était revenu d'un long voyage à l'étranger pour habiter avec sa mère.

— Ah oui, oui, intervint un oncle qui avait été aux premières loges, ce qu'il a fait avec les carrés musulmans de Côte-chaude et du Crêt de Roch c'est vraiment bien, *wollah*. Et il avait pas froid aux yeux, il allait voir le service des cimetières, la mairie, il leur parlait, je te jure, on aurait dit un homme politique !

— Non ça c'est sûr, commenta Dounia, il a pas froid aux yeux.

La seule mention de Nazir créait souvent dans la famille cette sorte de silence qui montait dans les cervelles comme une marée noire et qui obligeait à tourner sept fois la langue dans sa bouche avant de parler. Rabia se contenta pour sa part de deux tours de langue pour donner son avis sur la question :

— Non et puis la vérité c'est bien ce qu'il a fait pour Chakib. Non mais faut le dire, il était pas obligé et c'est le seul qui… Non mais c'est vrai !

— Moi *wollah* la vérité c'est grâce à Nazir que j'ai du travail.

Tout le monde acquiesça gravement à la remarque de Toufik. Si Dounia n'avait pas été dans la salle on aurait pu se lâcher et parler du scandale : Nazir ne venant même pas au mariage de son petit frère.

À la place quelqu'un raconta comment Nazir avait réussi à obtenir un rendez-vous avec le maire en attendant trois heures sous sa fenêtre de l'hôtel de ville.

Fouad entrouvrant la porte entendit qu'on parlait de son frère, il s'apprêtait à retourner à la surprise-party de la chambre lorsqu'il vit Mathieu, le mari de Rachida, lui faire un signe de tête. Il s'arrangea pour qu'ils puissent discuter dans le couloir et parlèrent de la dette, de la Grèce et du programme économique de Chaouch. Fouad aimait bien Mathieu, toute la famille aimait bien Mathieu, mais on se sentait mal de lui avoir refilé le problème insoluble que constituait sa femme. Ils avaient deux enfants maintenant, deux beaux Métis au regard déjà triste, il n'était plus question de conseiller à Mathieu de faire la seule chose qui pouvait servir son propre intérêt : prendre ses jambes à son cou.

Tandis qu'il se prononçait en faveur d'une dose accrue de protectionnisme (lui-même, ouvrier qualifié, avait été pris dans les rets de la mondialisation sauvage lorsque son entreprise avait été délocalisée à Shanghai), Rachida se traîna jusqu'à leur petit coin de pénombre et se planta devant eux en attendant d'être invitée à se joindre à leur conciliabule. Pour éviter de s'énerver en la regardant, Fouad se contenta de l'accueillir d'un sourire affable et dévisagea discrètement son jeune mari. Il avait les yeux ronds, les sourcils clairs, sérieux, et cet air affolé mais ferme que peuvent avoir les clarinettistes dans un passage où tout est en aigu. En fait il ressemblait plus à une clarinette qu'à un clarinettiste avec son long cou maigre et son visage étroit, saupoudré de petits boutons d'acné et brillant d'une fine pellicule de sueur, tout particulièrement lorsque ses yeux s'animaient comme maintenant de passion pédagogique :

— Si tu veux c'est ça le problème, pourquoi tous les autres pays du monde auraient le droit de se protéger alors que nous on se fait baiser sans rien dire ?

— Oh tu parles encore de ces conneries, souffla Rachida, moi je me barre, ça m'emmerde tout ça. Et quand est-ce qu'on y va au fait à ce mariage ?

Slim qui était avec les vieux depuis le début rejoignit leur petit groupe.

— Quelqu'un veut du thé ?

— Slim, on y va bientôt à la salle ?

— La mémé dit dans un quart d'heure. Ça sert à rien d'arriver avant qu'elle soit là. Mais moi je dois y aller tout de suite, il faut que je prépare un peu la salle et que je vérifie que tout se passe bien.

— En tout cas bravo Slim, fit Mathieu en lui prenant l'épaule. Elle est très jolie, et elle a l'air d'une fille bien, sérieuse en plus.

Slim le remercia chaleureusement tandis que Rachida se mettait à bouder en espérant être bientôt remarquée et interrogée sur les raisons de son changement d'humeur. Elle était tout en rondeur : dos rond, lèvres rondes, des yeux ronds toujours au bord de l'apitoiement qui s'allumèrent bientôt d'une lueur mauvaise.

— Alors Fouad, dès qu'on parle de Nazir tu changes de pièce ?

— Rach' arrête.

Mais Mathieu n'avait aucune autorité sur elle.

— Tu crois quoi, que j'ai pas vu ? Moi je vois tout. Je dis rien mais je vois tout.

— Eh bien tatan, désolé de te décevoir mais j'étais dans l'autre pièce, je savais juste pas que vous parliez de lui.

— Tu vois, tu veux même pas dire son nom !

— Ah, ah, fit Fouad sans sourire.

— Vas-y, dis-le.

— Quoi ?

— Le nom de ton frère !

— Mais pourquoi je le dirais ?

— Nazir. Na-zir. C'est ton frère quand même ! Les amis ça vient et ça va, mais la famille… c'est bien ça qu'ils disent, non ? Et puis en plus il est venu ici y a deux trois ans, pchhhhhh tu verrais tout ce qu'il a fait ! Ah baba… Tout seul en plus : il a filé des thunes à tout le monde, il a trouvé du travail à Toufik, hein, on n'a pas le droit de le dire mais moi je m'en fous des sujets tabous, il est même parti en croisade pour agrandir les carrés musulmans, je te jure c'était le bienfaiteur de l'humanité, la vie de la mémé un vrai révolutionnaire !

— Un révolutionnaire de salon, oui.

Mathieu était au bord de l'étouffement. Il fit devant Fouad ce qu'il n'avait jamais osé faire devant qui que ce soit : il prit sa femme par le bras et l'emmena dans une pièce à part pour s'expliquer avec elle. Rachida fut si surprise qu'elle ne sut pas comment réagir : sa seule tentative de protestation fut réduite à néant par un regard sévère de son mari qui en avait assez d'être une chiffe molle.

— Mais lâche-moi, chuchotait-elle énergiquement. Lâche-moi !

Fouad et Slim restèrent côte à côte sans oser se parler. Slim s'aperçut que son grand frère avait les poings et les mâchoires crispées. Mais l'instant d'après il avançait vers la lumière du salon en faisant se plier en deux toute la salle :

— Alors les seniors, j'espère qu'ici on s'amuse autant que dans la chambre !

6.

Avant de partir Kamelia réussit à convaincre la mémé de diffuser une vidéo sur son écran géant. Il fallut demander à Toufik d'effectuer les branchements nécessaires pour que le vieux magnétoscope puisse lire la VHS qu'elle venait de trouver par hasard dans la bibliothèque. Le système imaginé par Toufik – dont c'était le métier – fonctionna parfaitement et tous les adultes virent apparaître Krim enfant, peut-être âgé de neuf ans, filmé par feu le pépé en train de s'entraîner sur le clavinova qu'on venait de lui offrir à Noël.

C'était d'abord à son insu, il jouait de mémoire *Dans l'antre du roi de la montagne* de Grieg, en retrouvant tout seul, et en ne se reprenant qu'une fois, le moment où la main gauche cessait d'alterner les deux notes d'accords pour descendre dans les graves de façon dramatique mais contre-intuitive pour la plupart des apprentis pianistes. Au moment où il recommençait avec l'idée de muscler sa main gauche et d'y ajouter des trilles il remarqua le caméscope de pépé et se cacha les yeux avec ses avant-bras en souriant, découvrant une bouche brillante de petit garçon où manquaient les deux dents de devant.

— Oh il est trop mignon, commenta Kamelia. Un vrai petit Mozart.

— Il a toujours été timide, ajouta Dounia tandis qu'une de ses sœurs, émue plutôt par la voix de son propre père, clignait des yeux pour prévenir un départ de larmes :

— Tu te rappelles, le petit Chinois on disait !

C'était à cause de ses pommettes plates et de ses yeux pincés aux extrémités. Krim adulte apparut dans le champ de vision de la famille, à droite de la télé. Le contraste était terrible entre le petit Chinois penché sur le clavier et l'adolescent à problèmes au crâne presque rasé et à la lippe tombante et belliqueuse.

La célèbre musique de Grieg, ou plutôt les fausses notes l'avaient interpellé. On lui fit la fête, Kamelia se décala sur l'accoudoir de son fauteuil pour qu'il vienne s'asseoir à côté d'elle, mais Krim préférait rester debout.

À l'écran le pépé réussissait à convaincre de sa voix chaude et douce son petit-fils préféré de jouer quelque chose *pour* la caméra, c'est-à-dire pour la postérité. La scène avait lieu dans le salon de l'appartement où il était né et où il avait grandi, on voyait passer Rabia jeune en train de préparer des boulettes et son mari, très brièvement, qui lisait *Paris-Turf* en taquinant Luna. Luna du temps où elle était la chose la plus précieuse dans la vie de Krim, à la fois mascotte et jouet vivant, une petite créature agile et explosive dont chaque mimique, chaque sortie, la moindre roue, le plus petit rot faisaient les gros titres de ce fil d'actualité enchanté qu'avait été leur enfance dans une famille heureuse.

Tandis que Krim enfant bloquait difficilement une partition contre le mur, Rabia onze ans plus tard préparait du café dans la cuisine. Le regard perdu dans le chatoiement des faïences vertes elle se pinçait les lèvres et secouait la tête pour s'empêcher de pleurer. Elle sursauta quand la cafetière électrique rugit enfin. Les vapeurs bruyamment étouffées dans le boîtier jaune pâle lui inspiraient une inexplicable sensation de fiasco. La mémé entra :

— Mais non, non, pourquoi tu fais du café, on part, là !

Krim se rendit à la salle de bains pour ne pas avoir à s'écouter en train de massacrer la *Sonate facile* de Mozart. Il ferma le verrou et se regarda dans le miroir à trois faces du placard en formica qui surmontait le lavabo. Les ailes pouvaient être rabattues comme celles d'un retable d'église, et Krim s'amusa à considérer ces autres Krim : de profil, de trois quarts, d'un quart, tous plus laids et ridicules les uns que les autres et qui avaient secrètement cohabité pendant des années avec son visage normal qu'il lui semblait soudain ne plus connaître.

Sa mère lui disait toujours avec une tendresse un rien méprisante qu'il avait un « tout petit PC », comme tous les Algériens. PC signifiait Périmètre Crânien, c'était un de ces termes médicaux qu'elle utilisait de façon usuelle, comme s'il s'était agi du nez, du pied ou de l'avant-bras.

Krim ouvrit la bouche, fit semblant de vomir, étudia sa petite pomme d'Adam et le pénible grain de beauté qui pointait ironiquement entre ses deux clavicules. Il essaya de prendre une attitude sérieuse, le regard d'un type à qui on ne la fait pas. Mais ses pommettes écrasées, ses tempes et ses joues lisses, ses mâchoires féminines et sa lèvre supérieure arrondie, tout proclamait qu'il était un gamin, un petit rebeu comme il y en avait des millions et qui n'arrivait même pas à soutenir plus de dix secondes son propre regard dans le miroir de sa grand-mère.

7.

— Krim ! Tu sors, on y va !

Un oncle s'était mis à parler de l'imam qui s'était occupé la veille du halal, le mariage religieux. Il ne décolérait pas :

— Non mais ça veut dire quoi, ça, cent euros alors qu'on lui fait le couscous !

— Nourri logé blanchi ! confirma Toufik sans trop savoir ce qui se passait.

— Calmos, hein, tempéra sa mère. Toi t'as rien fait...

— *Qu'est-ce qui se passe encore ?* demanda quelqu'un en kabyle.

— Comme d'habitude, les pigeons c'est qui ? C'est nous ! Qu'est-ce tu veux faire, c'est la vie.

— C'est la vie.

— Comme on dit Dieu il nous a faits avec son dos. Comment elle disait *yeum, sisch* ?

— Ah, Dieu il nous a faits dans son dos, *zarma* pas avec le cœur.

Dounia était un peu essoufflée par la descente des escaliers. Elle s'appuya à la rambarde et parut sombrer dans ses pensées.

— Ça va Doune ? s'inquiéta une de ses sœurs.

— Non, je pensais à Zouzou. *Wollah* elle me fait de la peine. T'sais ce qu'il m'a raconté Toufik ? Qu'elle est arrivée à la salle tout à l'heure avec sa couscoussière, *miskina*.

— Ouais ouais j'ai entendu, *yeum* avait envie de la tuer.

— Mais elle savait pas qu'il y avait un traiteur ?

— Si mais bon, qu'est-ce tu veux ?

— Ce qui m'arrache le plus c'est de les voir, elle et Ferhat, *wollah* ils ont l'air plus vieux que *yeuma* ! Zouzou la dernière fois je l'ai vue au cimetière, sur la tombe de *vev' – ater ramah rebi*. Hocine, le type qui s'occupe du cimetière *néhn*, il m'a dit qu'elle venait tous les jours. Tous les jours ! Et Ferhat, le pauvre...

— *Miskine* Ferhat avec son chapeau là, avec la fourrure, tout le monde lui dit et il veut pas l'enlever. La vérité c'est la misère d'être vieux...

Le vent soufflait de plus en plus fort, mugissait puissamment dans les allées du parking. Jamais on n'aurait pu imaginer au début de la journée qu'il allait se mettre à pleuvoir, c'était pourtant le scénario le plus probable à présent.

Par chance Krim se retrouva dans la voiture de Dounia, avec sa mère à la place du passager et lui à l'arrière à côté de Fouad. Dounia mit un CD de Matoub Lounes. Krim, en confiance grâce à la présence de Fouad à ses côtés, demanda à sa tante si elle n'avait pas Aït Menguellet par hasard.

— Tu connais Aït Menguellet ?

Krim rougit de plaisir. Ses lèvres souriaient toutes seules et ses efforts pour les maîtriser ne faisaient qu'avouer sa vanité. Fouad qui avait tout compris lui frotta affectueusement le crâne. Krim se sentait redevenir un enfant.

Dounia fouilla la boîte à gants tandis que Rabia cherchait en vain le visage de son fils dans le rétroviseur central.

— Qu'est-ce que ça veut dire cette chanson ?

Aït Menguellet chantait *a cappella* ou presque (une mandole arpégeant quelques notes d'accompagnement) la longue introduction d'un morceau qui s'appelait *Nnekini s warrac n lzayer*. La tante Dounia tendit l'oreille en avançant le menton vers l'autoradio.

— Fais voir le CD. Ben le titre, c'est *Nous, les enfants d'Algérie,* mais... Rab' tu comprends ? Moi je comprends que quelques mots.

— Mais c'est du kabyle, non ? s'étonna Krim.

— Oui mais nous à Bougie on parle le kabyle de Petite Kabylie. Ça c'est du kabyle de Grande Kabylie mon chéri, faudra demander aux grandes.

— Tatan Bekhi ?

— Oui, ou à un des tontons.

— Tonton Ferhat ?

Dounia acquiesça et se mit à tapoter sur le volant et à remuer la tête lorsque la mandole se lança dans un riff qui appela bientôt les derboukas. Il avait fallu attendre deux minutes trente pour que la chanson commence à proprement parler, mais Krim avait envie de pleurer tellement elle était belle, cette langue, sa langue, qui prononçait les *th* à l'anglaise et s'obstinait à tout rendre doux, uniforme, égalitaire et noble, comme un quartier misérable magnifié par la neige et le soleil.

— Ah, s'exclama soudain Dounia, je comprends ce qu'il veut dire ! *Zarma* nous les enfants d'Algérie on est les champions du monde mais de la galère, on est les rois de la misère, *zarma* on est des galériens, *tfam'et* ?

Krim songea qu'en déplaçant le *g* d'algériens on obtenait la vérité de son peuple. Il regretta d'avoir demandé à connaître le sens des paroles.

— Tu me diras, ajouta Dounia, tant qu'à être des losers, autant être les rois des losers. *Wollah*.

— Eh ben tatan, on t'a coupé la langue ? s'inquiéta soudain Fouad. C'est la première fois que tu parles pas pendant plus d'une minute !

— Je suis un peu crevée, mentit Rabia.

Elle se tourna vers son neveu et l'obligea à se lever dans la voiture pour lui baiser le front.

Krim avait baissé la tête pour ne pas croiser le regard de sa mère. Il s'aperçut que les mocassins de Fouad luisaient et se souvint qu'il lui avait promis une conversation seul à seul. Une pensée terrible lui alourdit soudain le front : et si Fouad faisait partie de ces gens qui promettent à tour de bras et qui finissent par ne jamais rien faire ? Peut-être faisait-il semblant de les aimer tous, après tout c'était son métier de jouer des rôles.

Il dérouta discrètement son regard vers son grand cousin qui arborait une espèce de demi-sourire cool tandis que la voiture qui venait d'escalader une pente raide redescendait presque aussitôt en direction du quartier de Montreynaud, à l'orée duquel se trouvait la salle des fêtes.

La lenteur de la descente était digne de celle d'un avion avant l'atterrissage. La nuit sentait le cuir chaleureux des sièges sur lesquels Krim et son grand cousin regardaient la même chose, les lumières de la ville qui défilaient en contrebas, rouges, jaunes, plurielles, infinies.

Soudain le visage de Fouad s'anima, et ce fut comme une révélation : il pensait la même chose que Krim, c'était évident, il aimait semblablement cette nuit urbaine et ses promesses aussi heureuses que le bonheur lui-même.

Et comme ce n'était pas possible de s'animer de la sorte pour de faux, Krim exultant ne put se retenir de lui donner un petit coup affectueux sur le genou. Auquel Fouad répondit immédiatement par son sourire des yeux, son inestimable sourire des yeux qui étrécissait ses paupières, animait d'infimes ridules de bienveillance au coin de ses tempes et vous donnait l'impression d'être dans l'intimité d'un prince et de faire partie des meilleures personnes de ce monde, les rois, les chevaliers, les bardes et les prophètes.

8.

Saint-Priest-en-Jarez, 20 heures

— On descend ? se fâcha Farid en regardant l'écran de son portable.

Mouloud Benbaraka leva la main et foudroya son homme de main du regard.

— *Mezèl, mezèl*. Plus il attend, mieux c'est.

Il partagea en trois parts inégales le fond d'une bouteille de Ballantine's qu'il avait envoyé Farès chercher dans le coffre de sa BM. Il proposa ensuite des cigarettes aux jumeaux, mais Farid venait d'arrêter et Farès préférait le sport et la bonne bouffe aux délices décadents de la nicotine.

— Hé regarde-moi, ordonna Benbaraka après avoir avalé une intimidante rasade de whisky. Parle-moi plutôt de ce qu'il t'a demandé de faire.

— Qui ça ? demanda Farès.

— À ton avis ? Le grand mufti de Jérusalem.

Farès demeura interdit. Nazir avait dû lui répéter vingt fois ces deux derniers jours qu'il ne fallait parler de la mission qu'il lui avait confiée à personne, pas même à son propre frère. Et il avait suffi d'une intuition de Benbaraka, prolongée par un regard à peine insistant pour que toute sa résolution s'émousse.

Il eut soudain une idée :

— Non mais, *wollah* ça a rien à voir avec la boîte.

Farid fronça les sourcils.

— Mais enfin réponds putain !

— Non mais, bon c'est rien, je dois juste monter une bagnole à Paris. Voilà. Il m'a demandé d'aller chercher une bagnole et il faut que je l'amène à Paris, quoi.

Benbaraka croisa et décroisa ses jambes sous la table transparente.

— Et il te paie pour ça ? Il te paie combien ?

Farès paraissait perdu dans ses pensées. Benbaraka claqua plusieurs fois des doigts sous son nez. Mais ce fut un énième hurlement de leur prisonnier qui le tira de l'étrange mélancolie où l'avait plongé la question du boss et surtout la réponse à cette question, qui était qu'il ne savait pas combien Nazir allait le payer, qu'il n'en avait même, en vérité, jamais été question.

À l'étage en dessous Zoran n'en finissait pas d'hésiter à s'échapper. Malgré tous ses efforts il n'avait pas pu redresser le lampadaire. Il s'était hissé sur le secrétaire et devait plier les genoux dans une position intenable pour ne pas se cogner la tête contre le plafond. Le ragondin ondoyait sans interruption dans l'obscurité à laquelle Zoran s'était un peu habitué, mais pas assez pour distinguer l'essentiel : la distance qui séparait la porte de la bête.

Le ragondin se heurta soudain à l'un des pieds du lit gigogne. Zoran en conclut qu'il était à l'extrême opposé de la pièce. Il désescalada le secrétaire et sentit qu'il marchait sur une clé. Après l'avoir ramassée il poussa le plus silencieusement possible la porte et se figea, imaginant que ses geôliers l'attendaient dans l'escalier et qu'ils allaient lui tomber dessus.

Mais il n'y avait personne dans l'escalier : la voix métallique du chef posait des questions, un des jumeaux lui répondait. L'autre ne se manifestait pas.

Zoran marcha sur la pointe des pieds jusqu'à la pièce du fond, celle que les jumeaux n'avaient pas pu ouvrir. Il y glissa la clé et se félicita de ce que la discussion se poursuivait sans silences à l'étage.

Zoran entra dans la pièce mystérieuse et ferma à clé derrière lui. Mais il lui sembla qu'ils avaient arrêté de parler en haut. Il mit l'oreille sur la porte en espérant ne pas entendre de bruits de pas dans l'escalier.

Ses mains tremblaient comme elles n'avaient jamais tremblé lorsqu'il ouvrit la vitre qui donnait sur un coin de pelouse anarchique. Il enjamba le rebord de la fenêtre et sentit le vent frais du soir sur son visage bouffi par les larmes. Au lieu de courir le long de la pelouse il grimpa le muret qui séparait cette propriété de celle d'à côté et se retrouva dans un autre jardin.

Moins d'une minute plus tard il était au bord de la rivière, à quelques pas de la route. Deux voitures passèrent, Zoran éclata en sanglots en se souvenant du ragondin. Une décharge de frissons le paralysa sur la rive. C'était comme si l'odeur de la bête, sa présence monstrueuse avaient déposé une poussière de cauchemar sur sa peau, dont il ne pourrait jamais tout à fait se défaire.

Les tronçons de bois entre lesquels il se remit à cheminer devaient avoir pourri depuis le dégel, ils exhalaient une odeur que Zoran associait à la violence des choses, à la dureté de la vie, à la nature aussi en tant qu'elle était impitoyable, qu'elle ne se souciait pas de nous, et qu'un bébé dans un couffin abandonné au fil d'un fleuve avait beaucoup plus de chances de périr écrasé contre les rochers, noyé dans l'eau glaciale et dévoré par des rats d'eau que de tomber sur une louve au regard de bronze qui prendrait ses responsabilités.

Au lieu de rejoindre la route et d'essayer de donner l'alerte il s'accroupit pour passer sous le pont et rester le long du Furan dont il avait décidé de suivre obstinément le cours, loin des hommes et des réverbères, pour tromper les prévisions que n'allaient pas manquer de faire ses poursuivants. Au premier virage de la rivière, la berge se changeait en un chemin praticable bordé de sapins, qui zigzaguait sur deux cents mètres avant de disparaître au détour d'une butte couverte de broussailles. Zoran la grimpa en prenant bien soin de rester à couvert et ce fut alors qu'il aperçut au loin la fameuse tour de Montreynaud, coiffée comme dans son souvenir de ce bol colossal où s'épanchait le ciel sanglant du crépuscule.

Chapitre 6

La fête

1.

Salle des fêtes, 20 h 30

Quand elle pénétra dans la salle, la famille de Slim fut accueillie comme tous les invités par l'incontournable mère de la mariée. Elle les dirigea vers les trois tables qui leur avaient été réservées, mais il y avait un problème : ces trois tables se trouvaient tout au fond, à l'écart du podium. La mémé prit les devants et s'adressa à la maîtresse de céans en arabe, dans sa langue et sans accent :

— *Pourquoi tu nous mets ici, loin de tout le monde ? On est quand même la famille du marié, pourquoi tu nous traites comme des chiens galeux ?*

La mère de la mariée secoua ses bijoux en désignant les fameuses tables près du podium. Elles étaient occupées par un groupe de jeunes en costumes, et la musique étant trop forte là-bas, la décision avait été prise de placer les familles importantes le plus loin possible de la sono. La mémé n'y croyait pas, elle voulait renchérir mais elle se heurta à la paume ouverte de la mère de la mariée qui parlait dans l'oreillette de son kit mains libres. Elle s'excusa d'un sourire ostensiblement hypocrite et courut accueillir de nouveaux invités.

Lorsque toute la famille fut installée sur trois tables rectangulaires collées les unes aux autres, Toufik remarqua qu'il fallait aller se servir soi-même si on voulait boire ou manger quelque chose. Il fit signe à Raouf et Kamelia, et les trois cousins se dirigèrent vers le buffet où s'étalaient confiseries, boissons sans alcool et pâtisseries maghrébines disposées sur des plateaux d'argent.

La grande salle avait une toiture en forme de dôme, qui amplifiait la sono déjà trop forte pour le tonton Ayoub qui se bouchait discrètement les oreilles dès qu'on ne lui parlait pas. Les néons qui éclairaient la piste de danse pour l'instant clairsemée avaient été doublés de projecteurs de toutes les couleurs. Une boule à facettes pendait au-dessus du podium occupé par quatre énormes baffles et une installation complexe régie par le DJ à qui Raouf avait parlé plus tôt dans l'après-midi. Il y avait aussi un micro sur pied, désœuvré jusqu'à ce que la mère de la mariée se hisse sur l'estrade et demande au DJ de baisser le son.

— S'il vous plaît, s'il vous plaît !

La salle s'était complètement remplie depuis que la tribu Nerrouche avait pris place au fond. Toufik donna un coup de coude à Raouf et montra du menton Kamelia qui se faisait draguer par un minet à chaîne en or.

— Ah, attends, je dois y aller, s'excusa soudain le minet.

Kamelia lui répondit en abattant les phalanges de sa main gauche avec une désinvolture étudiée mais efficace.

— C'est qui ce type ? s'inquiéta Toufik.

— T'occupe, lui répondit sa sœur, avant d'ajouter en comprenant qu'elle l'avait vexé : C'est le frère de la mariée, Yacine. Pas mal hein ?

Quelques instants plus tard les lumières s'éteignirent. Il fut déjà difficile à Dounia et Rabia de se faufiler pour voir passer le cortège, aussi n'essayèrent-elles même pas de faire une place à leurs sœurs effarouchées. Quelques personnes montèrent sur leurs chaises, d'autres n'hésitèrent pas à jouer des coudes et à écraser les souliers de leur prochain pour fendre la foule.

Le double trône était soutenu par huit hommes, dont Yacine qui ne manqua pas de faire un clin d'œil à Kamelia lorsqu'il passa devant elle. Kamelia était interloquée, non par l'audace un peu beauf quoique charmante de Yacine, mais par la vision de ce trône porté à hauteur d'épaule comme un cercueil.

Les mariés arrivaient de la salle où Kenza allait changer de robe une demi-douzaine de fois au cours de la fête. Slim affichait un sourire crispé de reine d'Angleterre, qui ne pouvait compter que sur la moitié basse du visage, l'autre étant tout simplement paralysée par la peur. La mariée était plus détendue mais pas très à l'aise non plus dans sa robe algérienne aux broderies tellement multicolores qu'il était impossible d'en identifier une seule.

On entendit derrière eux sa mère s'emporter contre le DJ qui mettait trop de temps à lancer la musique. Quand celle-ci fit enfin trembler les enceintes, les cloisons de la salle et les tympans du tonton Ayoub, la tsarine de la fête vint diriger le cortège en personne, approuvant les mains tendues en guise de félicitations et les youyous qui semblaient n'être adressés qu'à elle.

Soudain elle leva la tête vers Slim et fut prise d'un haut-le-cœur : le marié ne dansait pas ! Branle-bas de combat : elle monta presque sur la tête de Yacine pour attirer son attention, et lui hurla dans l'oreille lorsqu'il se fut enfin plié en deux pour écouter ce qu'elle pouvait bien avoir de si important à lui dire :

— Faut danser ! Danse Slimane ! Bouge ! Bouge la tête, les mains ! Allez, allez ! en mimant des ondoiements désarticulés qui faisaient tinter toute la quincaillerie qu'elle portait autour des poignets.

Slim s'appliqua mais le résultat était piteux : yeux mi-clos et museau plissé, il tournait la tête de droite à gauche en levant ses petits poings serrés, il avait l'air d'un type qui met les pieds en boîte pour la première fois – ou plus précisément, au vu de l'amplitude atteinte par le basculement de ses épaules, l'air d'une *jeune fille* qui met les pieds en boîte pour la première fois et qui se croit obligée de faire sa chaudasse. Il dut finir par s'en apercevoir car il cessa brusquement de se déhancher pour adopter un geste mâle et semblait-il universellement admis comme dansant : les mains levées au ciel comme pour la prière et rabattues vers soi dans un mouvement répétitif qui semblait signifier exactement : donnez, donnez, do-onnez, donnez, donnez-moi, donnez, donnez, do-onnez, Dieu vous le rendra.

2.

On estima bientôt que le cortège avait assez duré. Le DJ qui observait tout sur la pointe des pieds diffusa une musique plus douce, un tube récent de R'n'B qui était à même de pouvoir émouvoir tout le monde. La manipulation qui s'ensuivit avait été répétée la veille mais elle n'en était pas moins périlleuse : il s'agissait de séparer les deux trônes en l'air et de parodier une rupture temporaire. Peut-être pour la conjurer, ou peut-être fallait-il simplement profiter de la particularité technique de ce double trône amovible et détachable.

La mariée fut menée par quatre hommes sur un autel façon Mille et une nuits où son trône s'emboîta sans problème. Le marié la rejoignit sous les vivats de la foule. Leurs deux trônes étaient situés de telle façon à leur offrir une voie royale vers la piste de danse. Derrière un paravent percé de moucharabiehs dorés, un accès direct permettrait à la mariée d'aller se changer sans difficulté.

Un coup de gong retentit, le DJ baissa le son. Une dizaine d'hommes en livrée de serveur se tinrent debout sur le menu corridor qui leur avait été arraché devant le podium. Ils portaient des plats en argent dont ils ôtèrent le couvercle de façon presque parfaitement synchronisée.

Leur avait-on demandé de prendre une mine si dramatique ? Avec leurs souliers luisants, leurs étroites cravates noires et leurs visages fermés ils ressemblaient à des lieutenants de Dracula qui n'allaient pas tarder à exhiber leurs deux canines démesurées. Au lieu de cela ils attendirent, pas très rassurés, que la centaine d'invités se disperse pour faire le service des hors-d'œuvre.

Krim avait suivi Fouad le long du cortège, il s'était même laissé aller à applaudir et à siffler lorsque Slim avait rejoint sa belle. Ils retournèrent aux tables de la famille et Krim s'arrangea pour être placé entre lui et Kamelia. Luna le remarqua et se moqua de lui en le fixant avec un sourcil plus haut que l'autre.

— Eh ben comme on dit ils ont mis les petits plats dans les grands ! s'exclama Rabia en prenant Zoulikha à témoin. Ça va Zouzou ?

Rabia essayait de sourire mais le malaise était perceptible autour de la table. Les autres groupes d'invités riaient et applaudissaient les serveurs obligés de se dérider, tandis qu'eux se plaignaient de la musique trop forte. Ils étaient tout au bord des vitres recouvertes de draps épais alternativement jaunes et vert pomme.

Krim se rendit aux toilettes en bousculant une femme en sari. Il y avait déjà la queue et Krim retrouva Raouf, trois rangs devant lui, qui hurlait dans son téléphone en se tapant nerveusement le ventre avec sa main libre. Krim ne voulait pas subir un nouvel interrogatoire de son menton arrogant, il se cacha derrière l'épaule saupoudrée de pellicules du type qui patientait devant lui. Mais Raouf le repéra et consentit à perdre sa place pour venir à sa rencontre :

— Alors tu m'évites ? Au fait laisse tomber, j'ai trouvé hein, paraît que y a un type qui va venir et qui a ce que je cherche.

— De la MD ?

— Ouais, chut, chut quand même. Merci, hein.

Krim regarda Raouf jouer des coudes pour réintégrer son rang dans la queue.

— Mais qu'est-ce tu fous encore ? T'en as pas marre d'être bizarre ?

Luna faisait exprès de regarder autour d'elle en bougeant la tête en rythme, pour ne pas avoir l'air de lui accorder trop d'importance.

Krim saisit son bras nu et musclé.

— Vas-y j'ai un truc à te demander. Non arrête c'est sérieux là. C'est sur maman, dis-moi ce que tu sais.

Luna essayait en vain de se libérer de l'étreinte de son grand frère.

— C'est Belkacem c'est ça ?

Belkacem était leur voisin du dessus. Il avait refait la peinture dans leur appartement le mois dernier, gracieusement.

— Eh ben Belkacem quoi ?

— Maman elle le voit, c'est ça ?

Luna fit descendre ses épaules d'un cran et tira la langue.

— Mais t'en as pas marre un peu ? Laisse-la vivre sa vie, tu veux quoi ?

Krim la considéra avec dégoût et la laissa partir. Il serra les poings et aperçut soudain un petit groupe d'enfants agenouillés derrière l'enceinte au pied du podium. Une petite fille en chemisier rose menait la danse et distribuait des crayons à ses élèves d'un soir. Quand elle se baissa pour dessiner à son tour, quatre fossettes se creusèrent sur son petit poing studieux et Krim eut à nouveau envie d'éclater en sanglots. Il se remit dans la file d'attente et commença à sentir les premiers picotements d'une migraine : une foule de taches et de points brillants qui défilaient de gauche à droite et de droite à gauche. Il suffisait d'une pensée mal placée pour réveiller la chose, c'était comme une panthère endormie dans son cerveau, recroquevillée sur elle-même, lovée dans son minuscule espace vital au bord d'un feu blanc, le feu de la migraine qui se nourrissait de chaque décibel de trop.

Krim eut plusieurs visions qui le soustrayaient, le temps infime qu'elles duraient, à l'agitation infernale qui régnait dans la salle. Il vit d'abord une interminable forêt de sapins enneigés, plongée dans la nuit boréale et où l'on assassinait dans le plus parfait secret des milliers de bêtes pansues. Ensuite ce fut un souvenir de ses vacances d'été dans le Sud, la peau d'Aurélie, le doux vallonnement de sa jeune poitrine semée de taches de son où dansait un pendentif indigo en forme de dauphin. Et puis il vit enfin, avec ces mêmes mystérieux yeux de l'esprit, la silhouette de sa mère ratatinée sur son lit à la fin d'une nuit agitée, une bande de lumière apparaissant en un saignement régulier sur le plafond, et Krim convaincu que c'était la fin et qu'il fallait lui dire adieu.

Il raconta cette dernière vision à Nazir qui lui répondit du tac au tac, par un conseil qui ressemblait plus à un ordre : celui de ne pas se laisser distraire.

3.

Krim estima qu'il pouvait se retenir de pisser et retourna à son assiette. Bien vivante, sa mère monopolisait la parole en pestant contre la mère de la mariée :

— Non mais *wollah* c'est trop là ! Et cette musique-là, c'est trop fort, il faut leur dire, regarde *khalé* le pauvre, il est obligé de se boucher les oreilles ! J'te jure, ces Oranais... la vérité c'est une sale race ces Oranais.

Rabia rejeta ses volumineux cheveux bouclés de son épaule gauche à la droite, révélant un petit grain de beauté noir sur la veine encolérée à la base de sa nuque.

Krim vit un type à la table d'à côté, qui venait de reconnaître une chanson et qui se précipita sur la piste en faisant des signes dans sa direction. Il montra sa propre poitrine du doigt et attendit une réaction de l'autre, mais l'autre continuait simplement à souffler « viens, viens » dans sa direction, joignant le geste à la parole et dansant avec les coudes, les poignets, la nuque, avec tellement d'ardeur qu'on aurait dit que la fin du monde était pour demain. Soudain Kamelia quitta la table et Krim comprit que c'était après elle qu'il en avait depuis le début.

Une petite dizaine de personnes dansaient maintenant sur l'air de *Sobri Sobri Sobri*. Kamelia devait avoir appris à ne pas trop mettre ses seins en valeur quand elle se déhanchait, mais rien n'y faisait pour Krim qui ne voyait vraiment qu'eux, ces incroyables gros seins qui transformaient leur propriétaire, petit bout de chair et de sang avec un numéro de sécurité sociale comme tout un chacun, en une demi-déesse unique et irremplaçable, de la fécondité, du printemps, de l'amour, de tout ce qu'il y avait de plus beau et de plus terrible au monde.

Pour prévenir une conversation qu'il savait néfaste à court terme, Fouad intervint en avalant son verre d'Oasis :

— Hum (il déglutit) c'est bizarre je croyais que la chanson ça faisait : *Cholé cholé cholé, les Algériens danger...*

— Pff, grogna Rabia, ça veut rien dire leurs chansons de bougnoules...

— Rabia *sesseum*, se fit-elle réprimander par sa grande sœur.

— Mais quoi ! C'est pas normal, depuis le début y a que des chansons à eux là ! Oh faut pas oublier que le marié il est kabyle, normalement c'est moitié moitié, moitié chansons arabes, moitié chansons kabyles ! C'est ça la justice !

— *Wollah* elle va nous attirer des problèmes celle-la !

Fouad prit sa tante par les épaules avant qu'elle ne devienne le bouc émissaire de toute la table. Il lui fit une bise sur la joue et l'invita à danser.

— Mais attends j'ai pas fini !

— Tu finiras après !

Elle se laissa entraîner vers la piste de danse où de plus en plus de gens affluaient. Fouad parodia une danse flamenco tandis qu'à côté un type surexcité avec un mulet frisé se projetait en avant sur chaque temps ponctué par un coup de tambour. Il fut bientôt au centre d'un petit cercle où les gens applaudissaient en criant des « eh-eh-eh » en rythme. Une femme âgée lança une série de you-yous et le type comprit que son moment de gloire ne faisait que commencer lorsque retentirent les premières notes d'*Au pays des merveilles* de Cheb Mami : « Mon cœur est au pays des merveilles ! Mon cœur est au pays des merveilles ! *La la la la la, ahouma djaou s'habi ou djirana !* »

— Eh ben tu voulais une chanson kabyle ! cria Fouad dans l'oreille de sa tante.

— Oui mais c'est pas la version originale ! Normalement c'est : *E y azwaw...*

Rabia s'interrompit pour laisser Fouad observer le phénomène. Le cercle qui l'entourait avait grossi d'une quinzaine de nouvelles personnes qui le regardaient stupéfaites, parfois un peu moqueuses, inventer sous leurs yeux ce que Fouad baptisa un peu plus tard « la danse du coup de boule ». En effet il reproduisait manifestement le coup de tête de Zidane à Materrazzi, et toute sa personne resplendissait dans ce numéro d'équilibriste sur le fil du Ridicule : son long visage hilare, ses grands yeux exorbités, les bouclettes de son mulet en sueur, la façon qu'il avait d'écarter dramatiquement les mains à chaque fois qu'il changeait de direction et de « cible », un peu comme dans la danse de Rabbi Jacob.

— Ah, ah, se marrait Rabia, il est incroyable !

Ce fut elle qui eut la première l'idée de l'imiter. Elle fut suivie par un petit groupe de danseurs, beaucoup d'hommes jeunes et bientôt des enfants qui voulaient voir pourquoi on s'amusait autant au centre de la piste.

Une femme de quarante ans apostropha soudain Fouad :

— Eh, je t'ai vu à la télé toi ! C'est pas toi l'acteur dans la série, là, merde comment elle s'appelle ? Eh Boubouche, Boubouche viens voir !

Boubouche était maquillée comme une voiture volée, probablement pour détourner l'attention de son nez tordu et de son menton aux proportions héroïques.

— Ayouuuu mais oui !

— Eh mais si, c'est lui hein ! *L'Homme du match !*

Slim apparut avec sa femme, entouré d'un nuage de bambins en costumes à gilets gris.

— Eh oui c'est le grand acteur Fouad Nerrouche ! Mais c'est surtout mon frère ! ajouta-t-il en prenant sa main et en dansant à l'orientale au milieu des enfants.

Ce n'était ni la première ni, probablement, la dernière fois que Slim faisait preuve d'un débordement d'affection embarrassant. Fouad sourit calmement tandis que Rabia retournait à leur table pour se rafraîchir.

Son excitation contrastait bien sûr avec la morosité qui accablait les tantes et les oncles, mais elle ne s'en rendait pas compte :

— Doune, viens ! Faut danser un peu, là !

Sa bonne humeur se communiqua finalement à Dounia qui eut l'idée lumineuse de se mettre un foulard autour de la taille. Ses sœurs attrapèrent à leur tour un chiffon et se le nouèrent autour de la taille pour danser avec les hanches, comme elles le faisaient à toutes les fêtes autrefois.

— Krim ! Viens ! Viens danser !

Krim était avachi sur sa nouvelle chaise en bout de table, entre Zoulikha et Ferhat dont le sourire forcé s'était déjà tout à fait changé en grimace. Krim demanda à son grand-oncle s'il savait jouer *Nous, les enfants d'Algérie* avec sa mandole. Le vieillard passa sa main sur la joue de son petit-neveu :

— *Umbrad, umbrad,* mon fils.

Plus tard, plus tard. Ferhat avait cru qu'il lui demandait de la jouer.

— Oh oh, y a quelqu'un ? La terre appelle la lune ! Krim ?

Krim leva les yeux vers sa mère et la fixa d'un air rageur.

— Ouais celui-là c'est même pas la peine... Loulou ma chérie, on danse ?

Luna bondit de sa chaise et rejoignit immédiatement Kamelia avec qui elle dansa pendant au moins un quart d'heure.

— Mais c'est qui cette petite princesse ? demanda Yacine à Kamelia en défaisant le col de sa cravate.

Son costume satiné continuait de briller dans l'obscurité de la piste. Kamelia lui murmura quelque chose à l'oreille et se remit à danser avec sa petite-cousine. Mais Luna n'avait d'yeux que pour le beau Yacine. Il avait peut-être vingt ans, peut-être même moins, les yeux brillants et le menton volontaire.

— Je peux danser avec lui ?

— Avec Yacine ? Oh la la ma chérie vas-y, ça va me faire des vacances !

Luna ne comprit pas ce que sa cousine avait voulu dire et elle se trémoussa devant Yacine qui regardait s'éloigner la pulpeuse Kamelia.

4.

Saint-Priest-en-Jarez, 21 h 30

Après une heure de dérapages et d'accélérations dans les paisibles rues du quartier de sa société, Mouloud Benbaraka freina violemment, mordit sur le trottoir et appela la voiture de Farid pour qu'il le rejoigne. Celle-ci apparut quelques minutes plus tard, les deux jumeaux en sortirent bredouilles.

— Non mais c'est pas possible, s'emporta Benbaraka, il a pas pu disparaître dans la circulation comme ça !

Farès fut tétanisé par la colère du patron. Il baissa les yeux et fit jouer ses orteils pour voir s'ils imprimaient un mouvement sur le dessus de ses chaussures. Farid allait proposer quelque chose mais Benbaraka refusait qu'on lui vole la parole. Il donna un coup de pied dans le pneu de sa BM.

— Moi je dois aller au mariage maintenant ! Tu comprends ça ? Donc voilà ce qu'on va faire : vous allez vous séparer et continuer de le chercher. Toi tu restes dans les parages et t'essaies de faire tous les chemins possibles, jusqu'à la Terrasse, l'hôpital Nord, O.K. ? Et toi, ajouta-t-il en dévisageant Farès, regarde-moi ! Toi tu vas dans le centre-ville, vers la place Marengo où y avait leur campement de gitans de merde, là. Partout, tu demandes aux gens. Putain ça devrait pas être dur, il se voit comme le nez au milieu de la figure ce putain de travelo !

Farès leva le doigt pour intervenir.

— Mais et le mariage, pourquoi on va pas directement le chercher au mariage ?

Mouloud Benbaraka avait épuisé ses maigres réserves de patience. Farid prit les devants :

— Farès comment tu fais pour être aussi con ? Si y a bien un endroit où il va pas aller, c'est au mariage ! Il a bien compris qu'on lui posait des questions là-dessus, il va pas se jeter dans la gueule du loup espèce d'*arioul* !

— Pour les voitures, toi tu gardes la tienne, et toi là tu prends l'autre Kangoo à la boîte.

— Et Nazir ? risqua Farid.

Mouloud Benbaraka ne répondit pas. Il sauta dans sa BM et démarra à toute vitesse. Il alluma une cigarette et composa le numéro de Nazir.

Quelques instants plus tard celui-ci le rappela. Leur conversation dura une petite dizaine de minutes, jusqu'à ce que Benbaraka soit sur le parking de la salle des fêtes. Il bouillait d'énervement, il n'avait même pas éteint le moteur. Il explosa soudain et se mit à vociférer dans le combiné :

— Mais c'est du chantage ! Pour qui tu te prends de me...

Une phrase de Nazir suffit à le réduire au silence. Mais quand il eut raccroché il frappa brutalement sur son volant, sans même entendre les coups de klaxon qu'il envoyait dans le vide. Quelques personnes qui fumaient sur le parking se retournèrent. Benbaraka appela Farès :

— Laisse tomber la Kangoo et le travelo. Je viens de parler avec Nazir, va chez toi, repose-toi, prends une douche et fais ce qu'il t'a demandé de faire.

Benbaraka alluma une autre cigarette et resta immobile au volant de sa voiture éteinte. Les gens entraient et sortaient de la salle des fêtes, certains dansaient même sur le parking. Sa cousine, la mère de Kenza, l'avait appelé dix fois sur son portable. Il hésita à mettre une cravate et finit par préférer ouvrir sa chemise.

On le reconnut dès son arrivée sur la piste de danse. Il salua ceux qu'il devait saluer et demanda où était la famille du marié. Sa cousine lui désigna un coin à l'écart et quelques personnes qui dansaient au milieu de la piste.

— *Zarma* les Kabyles, ajouta la mère de la mariée avec une moue dédaigneuse.

Mouloud Benbaraka se mêla à la foule des danseurs et dansa avec une femme d'environ quarante ans à qui il demanda entre deux chansons :

— Mademoiselle ? Rabia ?

La femme hocha négativement la tête et indiqua une autre femme aux grands yeux sombres, qui avait noué une serviette autour de sa taille et qui riait en s'éventant du plat de la main. Après avoir repéré le petit groupe qui l'entourait et évalué la trempe des hommes qui voudraient éventuellement la protéger, Mouloud Benbaraka avança dans sa direction et murmura à son oreille :

— Me feriez-vous l'honneur de la prochaine danse, *mademoiselle* ?

Rabia eut un mouvement de recul devant la chaîne en or qui trônait au milieu du poitrail de Benbaraka comme une décoration volée sur la proue d'un bateau pirate. Elle se pencha à l'oreille de l'importun et cria :

— Omar ? C'est toi ?

Mouloud Benbaraka acquiesça d'un mouvement de tête qui pouvait aussi bien vouloir dire non. Sans autre forme de cérémonie il prit la main de Rabia et l'entraîna un peu à l'écart. Rabia se laissa faire mais chercha du regard Fouad et les autres qui dansaient à quelques mètres, dans la pénombre pailletée de lueurs bariolées qui zigzaguaient sur les corps déchaînés et les visages en sueur, sauf celui d'Omar fendu en deux par un inattendu sourire de loup.

5.

À la table Kamelia s'aperçut que tous les jeunes avaient déserté, à l'exception de Rachida qui essayait de nourrir sa fille et de Krim qui avait l'air de déprimer.

— Krim, Krim, Krim ! Mon petit Krimo tu danses pas ?

— Non j'aime pas ça.

— Oh mais ça va ? T'es tout rouge, t'as pas trop chaud ?

Avant qu'il ait pu répondre elle se tourna vers Ferhat qui était au bord de l'apoplexie.

— Tonton, faut enlever ta casquette !

Peut-être n'entendit-il pas, ou peut-être fit-il exprès de ne pas entendre, n'en demeure pas moins que Ferhat ne bougea pas jusqu'à ce que son oreille se mette à le gratter. Il en profita alors pour réajuster son ouchanka tandis que Zoulikha, tournée vers la piste de danse, distribuait des sourires polis à des gens qui ne pouvaient pas la voir à cause de sa position excentrée dans le coin le plus sombre de la pénombre.

— Bon allez, on n'est que tous les deux, murmura Kamelia qui avait apparemment la même incapacité que sa mère, que toutes les femmes de cette satanée famille à rester silencieusement en présence de quelqu'un. C'est qui cette fille, tu peux m'en parler tu sais, c'est fait pour quoi les grandes cousines ?

— Non mais...

— Elle s'appelle N et après ?

— Mais non, s'énerva Krim, elle s'appelle pas N !

— Ben alors, comment elle s'appelle ?

Krim ne pouvait pas lutter, les seins de Kamelia étaient tout simplement trop gros, trop ronds, trop parfaits, il se dit qu'elle ne le remarquerait pas s'il y jetait, de temps à autre, quelques coups d'œil furtifs.

— Aurélie. Elle s'appelle Aurélie.

— Aurélie, répéta Kamelia avec gourmandise. Bon allez je te préviens, je veux tout savoir sur elle. Tout tout tout !

Elle se mit dans la position du lotus sur sa chaise, comme le faisaient sans doute toutes les filles lors de ces fameuses soirées-pyjamas où elles se confessaient à tour de rôle en suçant des Mister Freeze.

— Tu l'as rencontrée où ? Elle habite ici à Sainté ?

— Non, non elle habite à Paris. Mais je l'ai rencontrée l'été dernier, quand je suis allé dans le Sud.

— Ah ouais ! Génial ! Où ça ?

— À Bandol.

— Et ça fait longtemps que vous sortez ensemble ?

— Ouais pas mal. Ça commence à faire pas mal de temps là.

— Et c'est pas trop dur la relation à distance ? Les relations à distance moi j'ai donné hein, mais bon vous, vous êtes jeunes.

Krim allait répondre lorsqu'il sentit son portable vibrer.

— C'est qui ? C'est elle ?

Les yeux de Kamelia brillaient. Krim se leva.

— Oui, oui, c'est elle. Attends...

— Allez, va dehors pour lui parler, petit cachottier.

Krim sortit pour la première fois et se demanda pourquoi il n'y avait pas pensé plus tôt : le vent soufflait fort et il ne faisait plus si chaud que ça, mais au moins il pouvait fumer et éviter les silences et les conversations fâcheuses.

— Wesh, t'es où ?

Gros Momo lui répondit qu'il était dans le coin et qu'il avait quelque chose.

— Dans un quart d'heure au gymnase. *Sahet* mon frère. Attends non, pas au gymnase juste au dessus, le petit stade là. Allez.

Krim s'éloigna en direction du gymnase mais il remarqua un commerce allumé au milieu de la rue qui surplombait la plaine où se trouvaient outre la salle et le gymnase deux terrains de tennis en dur et une Foirfouille.

Il traversa le parking, emprunta la route que prenaient les voitures dans l'autre sens et remonta la rue jusqu'à ce qu'il s'était souvenu être un cybercafé. Il entra, un barbu enleva son casque pour lui désigner le poste 2. Sur ce poste 2 Krim lança Firefox et se rendit sur Facebook. Il se connecta avec le compte de sa sœur et rédigea ce message d'une traite et sans fautes d'orthographe dans la boîte de dialogue qui était apparue sur le profil d'Aurélie :

Luna : Salut Aurélie tu te souviens de moi ? C'est Krim. Je suis sur le compte Facebook de ma sœur parce que j'en ai pas un à moi. Voilà, je vais te donner mon numéro si tu veux m'appeler. Avant demain ou demain mais pas plus tard STP.

Après quoi il écrivit son numéro et attendit sept minutes, sept longues minutes pendant lesquelles le compteur tournait, avant d'appuyer sur Envoyer.

Il arriva au stade au même moment que Gros Momo qui avait une surprise : au lieu du shit pourri qu'ils avaient ces derniers temps on lui avait fourni de l'herbe, de la bonne herbe dont Krim huma sensuellement le parfum en plongeant le nez dans le sachet.

— Allez vas-y Léon, paye ton splif.

— Wesh mon frère, répondit Krim dont le cœur n'avait cessé de s'emballer depuis qu'il avait quitté le cybercafé. Vas-y, viens, je connais une cachette dans les buissons là-bas.

6.

Le père de la mariée, en nage après une danse effrénée de dix minutes avec sa fille, vint s'asseoir à côté de Raouf et Fouad qui s'affrontaient sur le rapport du candidat socialiste à l'identité nationale. Raouf approuvait Chaouch pour son « républicanisme forcené sans pour autant être brandi comme un étendard ». Il admirait aussi son intransigeance en matière de laïcité mais par-dessus tout ce qu'il appelait son pragmatisme, mot sur lequel il retombait fatalement, comme un chat sur ses pattes, dès qu'il perdait le fil de son argumentation.

La musique empêchait la conversation de se développer harmonieusement, mais par moments les deux cousins réussissaient à obtenir ce pour quoi ils s'acharnaient depuis une demi-heure à jeter des bouts de phrase par-dessus les voix nasillardes et les binious : la possibilité de formuler une énième fois ce qui leur tenait tant à cœur et qui les aurait réunis dans la division et divisés dans la réunion même s'ils en étaient venus à controverser sur la couleur de la nappe ou la diligence de Toufik – cette chose énigmatique, déréalisante, à laquelle ils paraissaient parfois tenir autant si ce n'est plus qu'à la vie : leur *opinion*.

— Mais toi d'façon, dit-il sans le regarder, tu vis dans un monde de fantasmes, à dix mille kilomètres de la réalité. Au début d'ailleurs je croyais que c'était ça Chaouch, le candidat des bobos, le candidat qui permettait aux intellos de se… (il faillit dire branler et opta in extremis pour :) masturber. Heureusement il est entouré et pas aussi nul en économie que tous les gauchistes qui le soutiennent.

— Tu l'as vu le débat contre Sarkozy ? lui demanda Fouad. Quand il dit « la démocratie c'est pas quand on est tous égaux, c'est quand nous sommes tous nobles » ? T'as entendu ça, t'es pas sourd ?

— Oui et alors ? C'est du slogan, ça, on s'en fout. C'est comme les soutiens des stars et des intellectuels, Zidane et compagnie. C'est du vent.

— Oui moi aussi j'aurais dit ça pour n'importe quel autre candidat. Mais quand Chaouch pose en photo devant la France éternelle avec des clochers et des éoliennes je suis désolé, il y a écrit « L'avenir c'est maintenant » et j'y crois. L'avenir c'est maintenant. Il dit pas : y en a marre du passé, il sait très bien que ça énerverait les Français de souche, alors il dit : ce qui nous réunit c'est l'avenir, si tu considères que c'est du slogan et de la com' autant arrêter de parler.

— Mais toi tu t'intéresses qu'aux symboles, se lamenta Raouf, pas à la réalité.

— Mais ce pays c'est ça, une idée avant tout ! Et puis non, les symboles c'est des réalités aussi. Quand Chaouch veut supprimer la Légion d'honneur par exemple, c'est pas juste un symbole qu'il veut supprimer : c'est une aberration !

Raouf roula les yeux au ciel, comme il le faisait tout le temps quand une conversation s'attardait sur un thème où son éloquence manquait de clous théoriques et de chiffres à marteler. Il déplaça le débat sur le terrain qu'il préférait :

— *Ceci dit,* insista Raouf en dénouant le col de sa cravate, on n'est pas si opposés que ça puisqu'à mon avis Chaouch c'est le seul capable de relancer la machine de l'intégration. Faire en sorte que la France ce soit pas juste une question de sécu et de papiers d'identité…

— Mais c'est ça ! hurla Fouad. C'est ça ! Être Français c'est avoir une carte d'identité française et les droits qui vont avec ! Point barre. L'identité nationale c'est un problème de préfecture. J'arrive pas à croire que tu te laisses embobiner par leurs saloperies. Si on expliquait ça à Krim il arrêterait de se vivre comme une créature exotique et d'agresser ses petits compatriotes à mèches blondes !

— Chaouch, affirma Raouf en bombant le torse pour digérer un rot, c'est celui qui nous sort enfin de ce débat, c'est une question d'image, de casting si tu veux.

— Non, je veux pas.

— Mais si, Chaouch c'est celui qui arrive et qui dit : j'ai quarante-cinq ans, je suis beau, énarque, charismatique et compétent, je suis député européen, maire d'une ville de banlieue, je suis le seul homme politique français à savoir parler chinois, je suis responsable des questions économiques de mon parti, je sais de quoi je parle et je peux faire le job. Et en plus vu que j'ai pas de prépuce et les cheveux qui frisent mes chers amis je suis tout indiqué pour nous sortir de la guerre civile de pacotille où nous a foutus mon adversaire et futur prédécesseur et on va enfin pouvoir passer aux choses sérieuses. Il fait des beaux discours remplis de symboles mais c'est pour nous en sortir, du symbole !

Fouad allait réagir quand apparut soudain le père de la mariée dans son champ de vision. C'était un vieil homme avec de belles mains et un regard profond.

— Chaouch, déclara-t-il en levant le doigt au ciel, c'est un grand homme !

La façon dont il avait acquiescé à sa propre intervention, son accent du bled et son air mystérieux imposèrent le silence aux deux cousins.

— Chaouch c'est un grand homme, répéta-t-il. Non, non je vous le dis, écoutez-moi bien, sur le Coran c'est la vérité : Chaouch c'est un grand homme.

Dounia les tira de ce mauvais pas. Ils hochèrent gravement la tête pour laisser une bonne impression au vieil homme et sortirent fumer. Fouad avait quelque scrupule à l'abandonner de la sorte : il se retourna en souriant gentiment au vieux qui continuait de lever le doigt et d'insister en remuant la tête de haut en bas comme un prophète de malheur.

7.

— Putain n'empêche, commenta Raouf quand ils furent sur le parking, quand j'entends ce type je me dis que c'est pas étonnant qu'on se balance au bout de la chaîne alimentaire.

— Alors les jeunes ? intervint Rabia en prenant ses neveux par les épaules. Elle avait fini par échapper à Omar lorsqu'il s'était rendu aux toilettes. Vous refaites le monde j'espère ? De quoi vous parlez ?

— Oh, de tout, de rien, répondit Raouf en aspirant la fumée de sa cigarette.

— On parle de l'identité nationale, rectifia Fouad en embrassant sa mère, Dounia, qui venait d'arriver.

— Ah l'identité nationale !

Rabia avait l'air un peu saoule. Elle n'avait pas bu une goutte d'alcool depuis sa soirée du mois dernier avec ses amies françaises, mais la danse, la musique, la foule lui avaient mis le rose aux joues et elle avait envie de se lancer dans une conversation à bâtons rompus, avec des gens jeunes, intéressants et bienveillants et où elle finirait par dire plus que ce qu'elle avait prévu de dire en y entrant. Pas mécontente de retrouver des visages familiers elle lança un pavé dans la mare :

— Vous c'est une autre génération, vous allez faire votre vie, nous c'est fini.

Tout le monde protesta, sauf Fouad qui l'enveloppait d'un regard tendre où pointait une gravité non feinte.

— Nous on a le cul entre deux chaises. Là-bas on n'est pas chez nous, ici on n'est pas chez nous ! Où on est chez nous ?

— Oh tatan, t'exagères, souffla Raouf sans la regarder.

— Où j'exagère ? Vous avez pas connu ça, mais nous dans les années soixante-dix, *les années soixante-dix*, les gens ils nous disaient de nous lever dans le bus pour laisser la place aux Français !

— Ah, ah, t'as trop vu Malcolm X, se moqua Raouf.

Piquée au vif Rabia fronça les sourcils et fit de grands gestes pour protester :

— Moi j'ai trop vu Malcolm X ? Moi j'ai trop vu Malcolm X ? Mais c'est kifkif mon petit, à l'école toutes les petites rebeus tu crois qu'elles faisaient quoi ? Elles étaient envoyées en CAP ! Eh, t'as pas connu ça, alors hein, ta chnoufe. J'ai trop vu Malcolm X, non mais je te jure... Ta mère, s'exclama-t-elle en désignant Fouad, sur la vie de mémé, Dounia elle était meilleure que toutes les petites Françaises à l'école. Je me souviens, les profs elles allaient la voir, elle avait des 17 sur 20, des 18 sur 20, des 19 sur 20. En français, en maths, partout ! Et après tu crois qu'il s'est passé quoi ? Comme tout le monde, eh ouais, comme tous les Arabes : CAP à Eugène Sue ! Le CAP le *rhla*... *Zarma* tu vas apprendre un métier pour aider tes parents. Mais pas un métier genre docteur, professeur, avocat...

— Oui mais ça a changé, tempéra encore une fois Raouf, maintenant tout le monde réussit à peu près à avoir le bac.

— Et puis regarde, intervint Fouad, Chaouch, pour la première fois tous les gamins de banlieue ils vont se dire : c'est possible. Un type qui me ressemble peut devenir président de la France, des Français, de tous les Français. Bon je suis peut-être trop idéaliste mais...

Rabia concéda, songeuse, que Chaouch allait probablement changer les choses. La cadette Rachida rejoignit leur petit groupe pour y semer la zizanie.

— Vous allez arrêter un peu, là, avec Chaouch. Chaouch par-ci, Chaouch par-là. Mais *wollah* qu'est-ce ça va changer ? C'est un homme politique, c'est tout. Il va être élu et voilà, les pauvres continueront d'être pauvres et les riches continueront de s'enrichir. J'te jure. Vous êtes tous là, on dirait que c'est Dieu Chaouch. *Wollah* vous me faites pitié. La vérité vous me faites tous pitié.

— Tu vas voter demain tatan ? lui demanda Fouad.

— Qui moi ? Jamais de la vie !

— Moi je vais voter ! protesta Rabia.

Elle sortit sa carte d'électeur, la deuxième de sa vie. Elle avait voté Chaouch au premier tour pour la première fois depuis la réélection de Mitterrand.

— Et toi Dounia ? demanda Rabia.

— Ma carte ? Je l'ai dans mon sac.

— Ah, ça fait chaud au cœur quand même, commenta Fouad.

— De toute façon faut arrêter de croire, insinua Rachida qui parlait avec la bouche pâteuse, comme si elle venait d'avaler des médicaments. Même s'il est élu il va se faire assassiner. Arrêtez de...

— N'importe quoi, s'énerva Fouad.

— Ah ouais, regarde son chef des gardes du corps, là, qui s'est barré parce que Chaouch *zarma* il voulait pas être trop entouré. La vie de la mémé ils vont l'assassiner. Tu crois quoi, que les Français ils vont se dire : ah ben voilà, on a un président arabe, O.K., pourquoi pas ? Mais vas-y arrête de rêver...

— Attends, répliqua Fouad, déjà y a une raison pour laquelle il a pas envie d'être entouré d'une armée tout le temps. Il l'a dit, il a envie d'être près des gens, près de la foule. Il fait le pari de la confiance, Chaouch, au lieu de jouer sur les peurs. Et voilà, c'est tout, il est cohérent.

— On verra s'il est cohérent quand des types du FN mettront une bombe sous sa voiture.

Rabia lança un regard mauvais à sa petite sœur et repartit sur les sentiers d'une guerre où elle avait quelque chose à dire :

— Non mais, même, combien de temps il a fallu pour que ce soit possible ? Et même maintenant, qu'est-ce qui vous dit qu'il va être élu ? Vous savez pas, vous êtes trop jeunes, et puis votre génération elle a profité de SOS Racisme, Coluche, tout ça, vous avez pas connu Malik Oussekine vous, les ratonnades, les tontons, va leur demander avant comment c'était avant, va. Non, je te jure y a rien à faire, les Français ils sont tous racistes au fond. Bleu blanc rouge, BBR, c'est ce qu'ils disent pour embaucher quelqu'un, je te jure, c'est une copine qui travaille dans l'immobilier qui me l'a dit, Sylvie, une Française de pure souche hein, elle m'a dit la dernière fois : BBR. Bleu blanc rouge. Non c'est tout, ils sont là, ils sont chez eux, ils nous tolèrent mais on est des invités. *Wollah* on est des invités !

— Tu parles comme Putéoli, s'indigna doucement Fouad en citant le patron d'Avernus.fr, un site Internet qui avait connu son heure de gloire pendant la campagne en fédérant les grandes plumes droitières du pays. Non mais je te jure, c'est vrai quoi. À croire que la colonisation c'était pas avant mais maintenant, à croire c'est nous qui colonisons la France !

— Les ch'veux ! s'exclama Rabia en prenant une de ses mèches à témoin.

— Oui, admit Fouad comme s'il savait de quoi elle allait parler.

— Quand on était petites on nous disait que fallait pas avoir les cheveux frisés ! Eh oui tu sais pas tout ! On nous disait que les cheveux frisés c'étaient les cheveux à poux. À la télé t'avais pas de présentatrices avec les cheveux bouclés, elles avaient toutes les cheveux raides. La première c'est Mireille Dumas, *wollah* c'est Mireille Dumas qui a osé la première avoir les cheveux frisés !

Dounia que ces débats intéressaient moins que sa sœur ne put s'empêcher de rire à sa dernière phrase. Fouad déposa un baiser sur son front.

8.

Rabia prit un appel sur son téléphone et se lança dans un monologue passionné où il était question des bijoux d'une femme du quartier qui venait de mourir, du goût de ces abrutis d'Arabes pour l'or et de la cupidité de la fille cadette de la défunte qui avait des bagues et des colliers dans les yeux comme dans un « dessinnimé » de

Walt Disney. Quelques instants après avoir raccroché, Rabia très en verve orienta la conversation sur feu le pépé, dont elle se plaignait fréquemment qu'on ne parle pas assez. Elle avait pris son neveu Raouf à témoin, qui avait la même morphologie de petit nerveux avec un bon fond tout de même :

— Tu sais comment on l'appelait avant ? Alain Prost ! Parce qu'il conduisait viiiiiiiite ! Ah *vava l'aziz,* comme il conduisait vite...

— Oui et pas très bien en plus, ajouta Dounia.

— Hein ? Il conduisait pas très bien ? Il conduisait comme un pied tu veux dire ! Il a eu combien d'accidents ? Dix, vingt ?

— Ah, ah, il en a eu deux. Hé tu serais pas un peu marseillaise, toi ?

— Ti seré pas un peu marseillise toi ?

Personne ne comprit pourquoi elle parlait soudain avec cet accent.

— Non, je rigole. C'est *khalé,* il me fait trop rigoler quand il parle. Quand il est au téléphone : allou ? allou ?

Fouad poursuivit l'imitation du tonton en transformant son visage de façon spectaculaire :

— Qu'est-ce qui ça vi dire ? Hein ? Riponds ! Qu'est-ce qui ça vi dire Idder ?

Rabia éclata de rire, jusqu'à devoir mettre sa main sur son bas-ventre pour empêcher sa vessie de faire des siennes.

— Ah attends, les interrompit Dounia, il se passe un truc vers la mariée, là.

Tout le monde se retourna. La musique avait cessé pour la première fois depuis au moins une heure, et la foule s'était agglomérée autour du trône.

— Ah ça doit être le henné, commenta Rabia en se tournant vers sa sœur. Tu sais que la mère là c'est pas une Algérienne *zerné*. C'est une Marocaine !

— Dis *wollah*...

— Sur la tête de Krim qu'il meure à l'instant ! C'est une Marocaine, c'est son père qui est algérien, d'Oran.

Je l'ai vu d'ailleurs, beauseigne il m'a fait de la peine. Mais elle c'est une Marocaine. Tout s'explique.

Dounia et Rabia disparurent dans la salle pour voir la cérémonie du henné. Il était appliqué sur la main de la mariée par une femme qui introduisait ensuite cette main à plusieurs reprises dans un énorme gant rouge. Les deux sœurs inséparables revinrent presque aussitôt : il y avait trop de monde.

Elles ne surent jamais que ce qu'elles avaient zappé était en fait une cérémonie d'un tout autre genre. Le DJ arrêta la musique, on ralluma les néons sur la foule en sueur où la plupart des hommes avaient tombé la veste et ouvert leurs chemises de deux boutons. La mère de la mariée apparut sur l'estrade et, tout en lançant des regards émus au trône de sa fille, lut à voix haute la liste des chèques qui avaient été faits par les familles invitées.

— La famille Boudaoud, deux cents euros. La famille Zarkaoui, trois cents euros. La famille Saraoui, deux cents euros !

Les trois premières familles n'eurent pas de chance, contrairement aux suivantes qui furent félicitées par des applaudissements et des clameurs, si bien qu'on finissait par ne pas toujours entendre le montant de leurs chèques.

Slim étouffait dans son deuxième costume au gilet trop épais. Il avait le sourire d'un condamné dont le supplice aurait été de sourire pendant qu'on lui brûlait la plante des pieds : la bouche entrouverte, il neutralisait immédiatement l'élan de ses joues en stabilisant les commissures de ses lèvres.

— Ça va mon chéri ? lui demanda Kenza.

— Oui, oui, j'étouffe, c'est tout.

Après un larsen la mère de Kenza remit le micro à bonne distance et continua :

— La famille Naceri, cent cinquante euros. Et alors la famille Benbaraka, *mille cinq cents euros !*

— Bravo ! Bravo !

Kenza secoua la tête en signe de désapprobation. Slim lui prit la main.

— Kenza, je crois qu'il faut qu'on parle de quelque chose, dit-il en s'y reprenant à trois fois pour déglutir. Il y a un truc, un truc qu'il faut que je...

Mais la phrase mourut dans son gosier. La sueur avait plaqué ses cheveux noirs contre ses tempes et l'effroi l'empêchait de mettre ses idées en ordre : au bout de la salle, un peu à l'écart des invités qui s'étaient remis à danser, Zoran affublé d'une tenue dépareillée et sale le regardait fixement, parfaitement immobile dans une flaque de lumière multicolore.

Chapitre 7

Nous, les enfants d'Algérie

1.

Salle des fêtes, 1 heure

Après s'être fait grassement applaudir, Mouloud Benbaraka se dirigea vers le buffet où il serra des mains comme un président dans un bain de foule. Il portait sans doute le costume le plus cher de la soirée, déboutonné jusqu'au diaphragme et ouvert sur une énorme main de Fatma. Celle-ci disparaissait dans son torse de mécréant recouvert d'une toison grisonnante et frisée, au bout d'une chaîne dont les maillons luisaient à l'unisson de la canine en or de son propriétaire.

Il suivait dans la foule un rituel précis et mystérieux. À chaque fois qu'il avait serré trois mains, la quatrième avait droit à une visite impromptue et chaleureuse de son autre main. Lorsqu'il arriva au buffet Toufik eut même droit à une étreinte de la nuque par cette même seconde main qui connaissait tout le monde. Toufik se confondit en remerciements et se mit à rougir.

— Mais d'où tu le remercies ? *Saha rebi saha* ! s'indigna une de ses tantes.

Toufik soupira et remplit ses poches de papillotes.

Sa tante se faufila anxieusement jusqu'à la table excentrée où son mari remuait la tête, sans se rendre compte que la musique avait cessé depuis quelques minutes. Rabia la surprit par-derrière, mettant ses mains sur ses yeux en criant :

— C'est qui ?

Sa sœur n'était pas d'humeur.

— Tu vas arrêter de faire ta gamine un peu ?

Rabia bouda et courut dans la direction de Luna assise à une table avec le jeune homme qui la draguait. Elle resta à distance et chercha à reconnaître dans l'attitude de sa fille l'adolescente qu'elle avait été une vingtaine d'années plus tôt. Physiquement ce n'était pas évident : Luna était trop athlétique pour lui ressembler, mais la mère et la fille partageaient une indéniable joie de vivre.

Tandis que Luna sirotait une coupe de glace, Yacine la regardait ironiquement, le poing écrasé contre sa mâchoire, le sourcil droit levé. Lorsque Luna se mit à aspirer bruyamment les dernières gouttes de sa glace au moyen de sa paille rose, Rabia eut une mauvaise impression, une impression d'insécurité et de scandale.

— Alors alors, on m'évite ?

« Omar » se tenait immobile dans son dos. Rabia fit un signe à Dounia qui revenait à son tour du parking, mais sa sœur ne la vit pas.

— Non, non, pas du tout, répondit Rabia avec une voix qu'elle ne put empêcher de redevenir enfantine sur le *tout*.

La mère de la mariée fit son apparition entre eux.

— Ça va Mouloud ? Tout se passe bien ?

Rabia fronça les sourcils. La mère de la mariée ne lui accorda aucun regard et repartit en direction du trône.

— Pourquoi elle t'a appelé Mouloud ?

Benbaraka ne prenait aucun plaisir à jouer à ce petit jeu. Mais la voix et la mystérieuse jeunesse de cette quadragénaire l'excitaient.

— Je vais te dire la vérité, Rabia, je m'appelle pas Omar.

Rabia fit à nouveau signe à Dounia et s'apprêtait à la rejoindre quand la main de Mouloud Benbaraka enserra son poignet nu.

— Qu'est-ce que tu fais ? se fâcha Rabia. Lâche mon poignet tout de suite.

— Allez, merde on peut discuter non ?

— Ouais ouais c'est ça, ça m'apprendra à jouer la gamine à aller sur Internet.

Rabia se libéra de l'entrave de l'imposteur et courut vers sa sœur. Mouloud Benbaraka hocha la tête en signe de désapprobation et écrivit un texto à Nazir pour lui expliquer la situation.

Dounia écoutait son neveu Raouf qui frimait devant ses cousins :

— Oui, oui, j'ai vu Chaouch, plusieurs fois même. Dans un meeting. Et dans un débat à Grogny, sa ville de banlieue t'sais. Mais c'est normal, en tant que jeune entrepreneur on doit rencontrer des gens haut placés.

Toufik écarquillait son monosourcil en signe d'admiration.

— Mais tu lui as parlé ? demanda Dounia pour titiller un peu Raouf.

— Bien sûr ! répondit son neveu avant de s'interrompre pour vérifier l'écran de son téléphone. Je lui ai serré la main et tout. Mais attends je vais te montrer les photos. Regarde, c'est la garde du corps de Chaouch qui l'a prise celle-ci. Et celle-ci, tu vois ? Non, non, c'est un type bien, super accessible en plus. Franchement ça va faire un bon président.

Intimidé par la présence de son cousin aux côtés de l'homme le plus important du pays, Toufik ne trouva rien d'autre à dire que :

— Ils ont pas autre chose à faire que prendre des photos les gardes du corps ?

Dounia vit Rabia apparaître dans son champ de vision. Elle avait l'air soucieux, mais Dounia ne la laissa pas s'épancher tout de suite :

— Quel vantard ce Raouf ! s'exclama-t-elle avec un amusant sourire des mains. Il arrête pas de parler de comment il a rencontré Chaouch, et comment il gère ses restaurants à Londres, et patati, et patata. Ça me donne presque envie de lui dire avec qui sort Fouad... Mais bon, je me retiens, comme elle dit la mémé ça attire le mauvais œil de se vanter... Ça va Rab' ? Qu'est-ce qui se passe ?

Devant la bonne humeur de sa sœur Rabia préféra ne rien lui raconter de sa déconvenue avec « Omar » alias Mouloud. Elle se sentait surtout monstrueusement ridicule d'avoir cédé aux avances par Internet d'un type si dégoûtant. Comment n'avait-elle pas anticipé une désillusion aussi prévisible ?

Dounia comprit au silence gêné de Rabia qu'elle lui cachait quelque chose, et elle n'eut pas à déployer une grande puissance déductive pour comprendre que ça s'était mal passé avec son amourette virtuelle. Elle prit sa sœur par le coude et se força à danser pour ne pas avoir à en rajouter une couche sur le sujet qui lui venait en premier à l'esprit, à savoir la vantardise de leur neveu Raouf.

2.

Loin du bruit et de la fureur de la fête, Krim allongé dans sa tanière hésitait à demander un dernier service à Gros Momo. Cela faisait maintenant une dizaine de taffes que ce dernier avait le joint, et au moment où il le lui passa en expirant voluptueusement son ultime bouffée, Krim ne s'en rendit même pas compte, tout absorbé qu'il était par le flot gris souris des nuages du soir qu'il pouvait presque entendre marmotter sur le plancher du ciel.

— Wesh tu veux la fin du joint ou quoi ?

— C'est bizarre quand même, *zarma*.

— Quoi ?

— Ils disent toujours *zarma*, *zarma* c'est un vrai mariage, *zarma* on va à la plage, *zarma* tu fais ton James Bond. *Zarma*, ils disent toujours *zarma*. Je peux te demander un service ? ajouta soudain Krim en ayant l'air de se réveiller.

— Vas-y si ça a un rapport avec Djamel c'est pas mes histoires *wollah*.

— Non, non c'est pas ça... c'est... tu veux me faire une soufflette ?

Gros Momo le dévisagea en se retenant d'éclater de rire.

— Une soufflette mais ça va pas la tête, on n'est plus des gamins !

— Allez, une soufflette avec un joint d'herbe...

Gros Momo se laissa finalement tousser de rire, mais il n'était pas assez défoncé pour ne pas voir que Krim ne l'était pas. Il retourna le joint et plaça le bout ardent à l'intérieur de sa bouche. Il mit ensuite ses mains ouvertes autour des coins de ses lèvres et les referma pour diriger son souffle enfumé dans la bouche de Krim, si près de lui qu'on aurait dit qu'il allait l'embrasser.

— Voilà c'est bon, t'es content ?

Gros Momo se leva et étudia les alentours. Krim à ses pieds était perdu dans ses pensées.

— Wesh ça va ou quoi ?

— Je devrais pas, soupira Krim en s'adressant à lui-même, c'est pas bon pour les réflexes.

— Les réflexes ? Mais vas-y de quoi tu parles ?

Krim se leva et serra Gros Momo dans ses bras. L'autre ne comprenait pas ce qui lui arrivait mais il se laissa faire.

— C'est cette histoire de meuf, c'est ça ? La meuf du Sud, là ?

Les yeux ronds de Gros Momo étaient fixes, Krim imagina que tout son corps se décalait par rapport à ces yeux, comme dans une danse de vahiné.

— Wesh je crois bien que c'est mort avec elle.

— Pourquoi ? insista Gros Momo, trop content d'avoir franchi le seuil du seul sujet tabou entre eux. Mais vous êtes sortis ensemble ou pas ?

— Oui, oui, mentit Krim, mais y a un autre type, un petit bourge à deux balles, Tristan. Ils sont du même monde, tu vois. Elle habite à Paris, tu vois.

Krim se tut comme seul lui savait le faire : tout son corps s'arrêtait, toute lumière s'absentait brutalement de ses yeux.

— Bon allez, risqua Gros Momo, à demain. Et fais pas de conneries, hein.

— Tu vas voter ? lui demanda Krim avant que ce ne soit trop tard.

— Voter pour quoi faire ?

Krim leva une dernière fois la main pour le saluer et il le regarda s'éloigner, les mains dans les poches, les épaules un peu voûtées, jetant des regards d'espion à droite à gauche comme pour s'assurer qu'il n'était pas suivi. Gros Momo marchait et marcherait jusqu'à la fin de sa vie dans une bulle, mais Krim lui savait gré de ne pas essayer d'y enfermer qui que ce soit d'autre.

3.

Quand son meilleur ami eut quitté son champ de vision et ses pensées, Krim s'allongea à nouveau sur le parterre de brindilles, y massa quelques mottes de terre herbeuse et se remémora ce jour, l'été dernier, où Aurélie et lui avaient fait du bateau depuis Bandol jusqu'aux calanques de Cassis.

Ils s'étaient promenés toute la matinée le long de la jetée, sans horaires ni obligations, sans parler beaucoup non plus. Elle fumait des Stuyvesant Light dont elle écrasait les mégots contre les troncs des palmiers après trois ou quatre bouffées, et soudain elle avait eu l'idée de partir en mer. Ils avaient loué un bateau à moteur Suzuki que le responsable des locations, qui en pinçait pour Aurélie, leur avait avancé sur le ponton principal sans demander à voir leur permis.

Le soleil brillait haut dans un ciel sans nuages, la mer était immobile, Aurélie paraissait ravie. Krim s'efforçait de ne manquer aucune instruction que le jeune loup de mer leur débita avec son accent sudiste outré à dessein pour les touristes. À l'arrière Aurélie appréciait du bout du doigt l'aérodynamisme du moteur.

— Si vous tombez en rade, regardez là… neuf fois sur dix c'est un sac plastique qui s'est pris dans l'hélice du moteur.

Le bateau était blanc, il contenait six places, mais il n'y avait pas de plus petit format. On ramena à l'intérieur les huit pare battages bleus et le bateau put partir. Krim le mena adroitement au-delà de la jetée et passa à la vitesse supérieure, mettant le cap sur La Ciotat. Le ronron du moteur ne lui était pas désagréable. Aurélie ne disait rien mais semblait passer un bon moment.

La mer était « d'huile », comme l'avait vingt fois répété le garçon des locations. Il n'y avait pas une pique de vent et l'horizon, comme ils s'éloignaient de la côte verte et bleue, était surligné, comme pris dans un halo rectiligne et fumeux teinté de violet. Lorsque le bateau passa devant Les Lecques, Aurélie fit un commentaire sur la montagne Sainte-Baume en forçant sa voix. Elle chaussa ses lunettes de soleil. Auprès du moteur elle était protégée de l'air violenté par l'embarcation qui glissait maintenant à tombeau ouvert sur la mer. Ils ne dirent plus un mot jusqu'à ce que la falaise qui dominait le port de La Ciotat soit en vue :

— À quoi est-ce qu'elle te fait penser, cette falaise ? lui demanda Aurélie en profitant d'une décélération pour changer de position.

Krim répondit sans réfléchir qu'elle lui faisait penser à un poisson. Mais il avait voulu dire oiseau. Aurélie ne crut pas une seconde à son lapsus :

— Ça s'appelle le Bec de l'Aigle, expliqua-t-elle en éclatant de rire.

Le bateau longea bientôt le port de La Ciotat, les ports à sec rouillés, les énormes grues inemployées depuis trop longtemps pour ne pas déjà arborer cet air triste et stupide des monuments historiques. En dépassant ledit Bec de l'Aigle celui-ci perdit pour les adolescents la figure qu'ils lui avaient découverte. Il devint tour à tour une tête de vieil homme, un pied planté de verrues, une verrue.

Il était presque deux heures lorsqu'ils arrivèrent aux calanques de Cassis. D'ocre la pierre des falaises devint claire, grise, parfaitement blanche par endroits. Comme on s'approchait de la côte pour trouver un lieu de mouillage propice, le chant des cigales se fit plus intense.

Krim choisit une crique peu fréquentée, devant une falaise hérissée de pins parasols. Été indien ou pas, le soleil à son zénith ne leur ferait pas de cadeau : tandis qu'il jetait l'ancre, Aurélie déplia l'auvent vert et sortit une gourde de son sac à main. Krim but quelques gorgées en sa compagnie et décida de se baigner.

Il fit quelques brasses autour du bateau presque immobile, majestueux depuis l'eau verte. Il entendait les cigales aussi distinctement que s'il avait été sur la falaise. Après quelques clowneries à la surface il envoya des éclaboussures au visage d'Aurélie et l'écouta rire. Il lui semblait emporter sous l'eau fraîche et claire ce rire qui l'était exactement autant.

— Là-bas, fit la jeune fille, c'est l'Algérie. C'est dingue, non ? J'ai presque l'impression de pouvoir la voir d'ici, pas toi ?

Krim plissa les yeux mais ne vit rien.

Une heure plus tard ils décidèrent de rentrer. Mais avant de lever l'ancre et de relancer le moteur Aurélie mit sa main sur celle de Krim et lui demanda si elle pouvait lui confier un secret. Krim prit place à côté d'elle sur la banquette. Un pressentiment retint Krim de la devancer et de lui déclarer une sottise. Il fut rarement aussi bien inspiré :

— C'est à propos de Tristan.

Krim voulut la noyer, il alla jusqu'à visualiser le fil de sécurité rouge qui emprisonnait son poignet de conducteur enroulé autour de sa belle nuque bronzée. Il voyait son corps pâle aux jambes inertes flottant à mi-profondeur, fui par les poissons, testé par les raies et les méduses, et son visage aux traits révulsés qui ne lui donneraient plus jamais de faux espoirs. Et ce n'est qu'une demi-heure plus tard, lorsque le bateau eut le port de Bandol dans sa ligne de mire, que Krim comprit que c'était cela, la raison pour laquelle elle sautillait de joie sur la promenade plantée de palmiers : elle était amoureuse de lui, elle était amoureuse de ce satané blondinet dont le père était ami de longue date avec le sien.

Krim serra le poing et leva les yeux sur les crêtes frisées des marronniers du parking secoués par le vent. Ce n'étaient plus les mâts d'invisibles voiliers qui se déhanchaient au loin, dans ce mouvement bouffon qui l'exaspérait prodigieusement. C'était un coin de ciel lourd, tourmenté, tapissé de mauvais nuages et barré par l'angle de béton du bâtiment moderne du gymnase.

Krim ferma les yeux pour ne plus rien voir que le regard d'Aurélie, son regard perdu dans l'écume qui moussait dans le sillon du bateau, en cerceaux argentés étincelant sous le soleil de cinq heures. D'une voix aussi claire et salée que l'eau turquoise qui léchait les calanques, Krim l'avait traitée de *salope*. Il n'avait jamais su si elle l'avait entendu ou si le bourdonnement du moteur l'avait sauvé.

4.

Salle des fêtes, 2 heures

Fouad faisait le tour de la salle en cherchant Krim. Lorsqu'il demanda à son oncle Bouzid s'il l'avait vu, le visage de celui-ci fut saisi d'une moue de désapprobation qui confinait au dégoût : le mot irrécupérable se lisait sur chaque inflexion de ses gros traits.

— Qu'est-ce qu'il y a tonton ? demanda Fouad sur un ton presque offensif.

— Non c'est ce type, là, répondit Bouzid en désignant Mouloud Benbaraka. Cette espèce de voyou, je me demande qui c'est qui l'a invité.

Fouad haussa les épaules et échappa à une conversation avec Rachida qui errait comme une âme en peine au pied du podium. Il évita quelques autres clins d'œil et retourna sur le parking. Il n'avait pas son numéro et se voyait mal envoyer un texto à Slim ou Rabia pour leur demander de le lui transmettre.

Tandis qu'il sillonnait le parking, il tomba sur Luna qui poussait du doigt la poitrine insistante d'un type visiblement plus âgé qu'elle.

— Salut Luna, t'aurais pas vu ton frère ?

Luna parut gênée d'avoir été surprise par son cousin. Elle se redressa et se mit sur la pointe des pieds pour balayer du regard les rangées de voitures. Sa tête minuscule contrastait avec son cou puissant où deux veines saillaient tandis qu'elle faisait semblant de chercher son frère. Qu'avait-on besoin d'un cou si fort pour soutenir cette tête de petite souris ? Le minet que Fouad se rappela soudain avoir vu draguer Kamelia tendit la main dans sa direction :

— Salut, moi c'est Yacine. Je t'ai vu à la télé l'autre...

— Fouad, l'interrompit Fouad en lui serrant la main.

Krim apparut au détour du gymnase.

— Ah ben le voilà, allez je vous laisse... et...

En temps normal il aurait ajouté : faites pas de bêtises, ici il se contenta de fixer sa petite cousine :

— Je crois que ta maman te cherche.

Il alla à la rencontre de Krim qui ne marchait pas tout à fait droit.

— Eh ça fait une heure que je te cherche, t'étais où ?

— Je faisais un tour. Franchement ça me fait trop mal à la tête cette musique.

— Oui c'est de plus en plus dur. En plus ils ont monté le son, là. La mémé elle va pas tarder à criser.

— Ah ouais ?

— Ouais, ça fait une heure qu'ils passent que des chansons arabes, et à chaque fois que quelqu'un de la famille va pour demander quand est-ce qu'ils vont mettre une chanson kabyle le DJ leur dit : « oui oui c'est sur la playlist, dans deux ou trois chansons... » Mais t'as mangé ?

— Ben les petits trucs du début ouais.

— Mais t'as eu une assiette de poulet ou pas ?

— Non. Mais ça va là, j'ai pas faim.

— Bon, conclut Fouad pour en venir à l'essentiel. Je t'ai dit tout à l'heure que je voulais qu'on ait une petite conversation. C'est très sérieux Krim, viens.

Il se dirigea vers un banc au pied du gymnase. Il y manquait deux lattes, Fouad s'assit sur le dosseret, imité par Krim qui fut à deux doigts de singer aussi la posture mains croisées et tête basse de son grand cousin.

Fouad allait parler lorsque Kamelia et Luna arrivèrent en fanfare, apportant avec elles, dans leurs démarches et sur leurs tempes écarlates, toute l'énergie de la fête, binious stridents, conversations inaudibles, marathons de danses exaltées, éclats de rire et bris de voix rauques et suraiguës.

— Oh la la, qu'est-ce vous foutez là ? s'indigna spectaculairement Kamelia. Allez, venez danser là ! Faut venir maintenant, hein, ça va pas durer toujours !

Fouad raccrocha son sourire habituel à ses joues.

— Au fait franchement je voulais te dire Fouad, poursuivit Kamelia en mettant sa barrette entre les dents pour recomposer son chignon sophistiqué, je sais pas comment faire pour te dire merci mais franchement *wollah* merci.

Tandis qu'elle le remerciait de l'avoir hébergée à Paris « intra-muros » et de l'avoir mise en contact avec des gens du milieu du hip-hop, Fouad laissa son regard vagabonder sur les hématomes de ses beaux bras endurcis par les freezes et les pirouettes.

— C'est ça la famille, commenta Luna en embrassant sa cousine.

— Ah ouais, et tu remercieras aussi tu sais qui, ajouta Kamelia dans un clin d'œil.

On enterra le secret de Polichinelle de Fouad sous un petit tas d'éclats de rire. Sauf Krim qui n'avait pas quitté son grand cousin des yeux.

5.

Lorsque les deux filles furent reparties celui-ci s'éclaircit la gorge et poursuivit comme s'il ne s'était rien passé :

— Bon, je vais pas y aller par quatre chemins...

— Allez, je te jure que je répéterai rien.

— Quoi ?

— Que tu sors avec la fille de Chaouch. C'est bien de ça que tu voulais me parler, non ?

— Ah, euh, non. Mais... mais attends, comment tu sais ?

— Ouais, mais c'est pas grave, répondit Krim en souriant faiblement. *Bsartek* cousin.

— Non, mais c'est pas ça. C'est... Putain mais tout le monde sait en fait.

Fouad réprima un geste d'agacement et poursuivit :

— Bon, Slim m'a dit qu'il avait reçu un courrier de mon frère, et qu'il devait te le faire passer sans l'ouvrir.

Comme Krim ne répondait rien, il ajouta :

— C'est pas la faute de Slim, c'est moi qui l'ai poussé à me le dire. Je veux pas te faire chier, Krim, et je vais te dire... t'as toujours été mon petit cousin préféré, même si je suis triste que t'aies arrêté le piano et tout, mais... Tu peux me faire confiance, qu'est-ce qu'il y a dans cette enveloppe ?

Krim se leva et fit craquer ses articulations. En frottant bien il pouvait sentir le dos de son genou à travers le tissu du pantalon, cette région bizarre du corps humain qui lui faisait penser à la gorge d'un serpent.

— Franchement Fouad, je crois que je peux pas te dire.

— Mais bien sûr que si que tu peux ! Est-ce que je t'ai déjà trahi ?

— Mais il m'a dit de pas en parler, d'en parler à personne.

— Écoute je vais te dire une chose, c'est pas un secret que Nazir et moi on s'entend pas, mais c'est pas juste une petite dispute entre frères. Crois-moi. Slim m'a dit que vous vous parliez souvent au téléphone, qu'il t'écrivait des textos, qu'il t'avait même donné de l'argent...

Krim enrageait.

— Mais ça va, je dis un truc à Slim et il le répète à tout le monde ?

— C'est pas pareil, là, il faut que tu comprennes, Krim, Nazir il est pas juste bizarre, il est... il est fou, il est mauvais. Je plaisante pas, il est fou et même plus que ça, il est dangereux, c'est un fou dangereux. Il est bourré de haine et de (il buta sur le mot suivant, se rendant compte que Krim ne le connaissait sûrement pas) ressentiment. Y a des gens comme ça, mauvais, et il faut pas te laisser...

C'était la phrase qu'il s'était juré de ne pas prononcer au cours de cette conversation. Le mot *influencer* était entouré de voyants rouges et au moment où il le laissa tomber, Krim en effet se mit à s'agiter, à bouillir, il cessa de l'écouter.

— Mais personne m'influence ! Au contraire, moi je me fais mon idée tout seul, je suis pas là à... à... à croire n'importe qui, n'importe quoi...

— Attends, attends, viens. Croire n'importe qui ? Je vais te dire, quoi qu'il se passe... je sais pas comment expliquer ça, regarde-moi dans les yeux.

Krim boudait comme un petit garçon.

— La vie c'est le suspense. Les gens ils te mettent dans des petites cases, et tu crois que c'est définitif, que ça va ressembler à une prison, à un cauchemar jusqu'à la fin de tes jours, mais c'est pas vrai. Ils ont beau dire, personne, je dis bien *personne ne sait ce qui va se passer après*. Personne. Et crois-moi, généralement ça s'arrange, il faut juste apprendre à se libérer... du présent... de... C'est comme si on t'avait programmé pour être quelqu'un, ton devoir, ton devoir vis-à-vis de toi-même c'est de te déprogrammer, d'échapper à la fatalité de... Et puis quand tu manques d'énergie dis-toi que c'est la situation qui crée l'énergie, pas l'inverse.

Fouad comprit, à la façon dont ses mots mouraient en pétillant autour de lui, qu'il avait pris malgré ses préventions sa plus belle et chaude voix d'acteur, celle qui colorait jusqu'à la dernière molécule de l'espace où il se trouvait et qui lui valait tant de succès en société. Mais Krim entendait trop et trop bien, et ce qu'il entendait dans le speech de son cousin c'étaient des notes qui s'aimaient mais pour de faux. Encore un air de flûte pour attirer les rats.

— Tu comprends ce que je veux dire ?

— Oui, oui, mais ça va, c'est pas la peine de me dire tout ça, je suis pas une victime non plus, je sais bien...

— Par exemple le piano, l'interrompit Fouad. T'as des facilités, plus que ça, un vrai don, d'accord ou pas d'accord ?

— Mais à quoi ça sert ? concéda Krim.

— Tu entends le monde ! C'est une chance inouïe ! *Tu entends le monde !* Moi j'entends rien, j'oublie une mélodie dès que je l'ai entendue, toi tu retiens toutes les notes ! Et puis, écoute, ça crée des responsabilités d'avoir un don. Comme dans *Spiderman* : un grand pouvoir implique de grandes responsabilités. Si tu l'exerces pas c'est comme si t'en avais jamais eu.

Fouad s'était mis à regarder ailleurs en développant son laïus, le volume de sa voix avait imperceptiblement baissé, comme s'il s'était aperçu en cours de route de l'irrémédiable inefficacité de son coaching.

— La vie c'est le suspense, reprit-il malgré tout, dis-toi ça quand tu déprimes. Te laisse pas emmerder, Krim, te laisse pas manipuler par les types qui veulent te faire croire que tout est écrit d'avance. Et puis t'as une mère qui t'adore, un père, paix à son âme, qui t'adorait aussi. Non, le *mektoub* c'est pour les Bédouins, c'est nos ancêtres qui croyaient au *mektoub* et regarde où ça les a menés.

— Où ?

— Regarde même pas les vieux, prends juste Kamelia. Trente-deux ans, hôtesse de l'air, elle habite à Orly, elle passe ses soirées à Paris et à Hong Kong et elle croit qu'on lui a jeté un sort à elle et à ses sœurs ! Enfin merde. Elles ont été maudites et du coup elles trouveront jamais de mari. Et elles le croient ! Pourquoi elles sont pas venues Inès et Dalia ? Pourquoi tu crois qu'elles vont jamais aux mariages ?

— Mais c'est pas le *mektoub*, ça.

— Mais si, regarde…

Mais Krim ne regardait plus qu'une chose à l'orée de cette énième dernière tirade de Fouad : la silhouette bancale d'un type qui vérifiait quelque chose dans son coffre à moins de vingt mètres de leur banc. Krim dénoua difficilement le col de sa cravate et la fourra dans sa poche en continuant de fixer la silhouette.

6.

Sans plus se soucier de Fouad il marcha dans sa direction, jusqu'à ce qu'il soit sûr qu'il s'agissait bien de leur voisin du dessus. Belkacem le voyant arriver tendit les bras en souriant à sa façon penchée, tout à la fois séductrice et sournoise.

— Krim ! Je t'avais pas encore…

Il n'eut pas le temps de finir sa phrase : Krim lui avait foncé dessus et le prenait par la gorge. Avant que Belkacem ne recouvre ses esprits, Fouad arracha la masse de Krim accrochée à sa cible comme une huître à son rocher.

— Mais ça va pas ! Qu'est-ce qui t'arrive ?

Krim essaya plusieurs fois de revenir à la charge mais Fouad s'interposait efficacement. Soudain Krim fit mine de s'arracher les cheveux et mit sa tête entre les genoux. Il sortit de sa poche le briquet en argent qu'il avait volé à Belkacem deux semaines plus tôt, agacé de le voir rôder dans la maison de son père.

— Laisse-la tranquille ! hurla-t-il en direction de l'intrus.

— De quoi tu parles ? chuchota Fouad pour le calmer.

— Tu t'approches encore d'elle je te tue ! hurla à nouveau Krim en jetant le briquet à la face de Belkacem. Rabinouche. Pff, je te tue ! Je te défonce !

Fouad essaya de prendre son cousin par l'épaule mais il se libéra et courut en direction de la salle où il se mêla à la foule des fêtards.

La musique était tellement forte qu'elle semblait peser sur les épaules de Krim qui se voyait déjà tomber face contre terre, vaincu par le raï, les joues collées au carrelage de la salle. Il se faufila entre les gens en marmonnant des « pardon » décidés, résolus, les « pardon » d'un homme qui sait où il va. Ce n'était bien sûr pas son cas et il dut bientôt rebrousser chemin : il arrivait dans la zone où rôdait Mouloud Benbaraka. Si le boss le voyait il lui casserait sûrement la gueule, devant sa mère et toute la famille. Des gens viendraient les séparer, mais personne n'oserait exclure de la salle le grand, le puissant Mouloud Benbaraka.

En cherchant à l'éviter il se retrouva à une extrémité de la salle qu'il avait crue jusque-là inaccessible : au bord de l'étroit corridor qui séparait les moucharabiehs du trône et la salle où la mariée se changeait et où étaient cachés les chèques et les cadeaux. Voyant que personne ne surveillait l'entrée de cette salle entrouverte, Krim s'y précipita et referma la porte derrière lui.

Il laissa la lumière éteinte et progressa à la lueur de son portable. La caisse où se trouvaient les chèques n'était même pas fermée. Krim prit les enveloppes une par une, jusqu'à ce qu'il tombe enfin sur celle de Mouloud Benbaraka. Krim glissa le chèque de mille cinq cents euros dans son caleçon. Il sortit avec l'envie d'en découdre. S'il revoyait Belkacem, se répétait-il à lui-même en bombant le torse, il l'achèverait sur place. Mais il ne revit pas Belkacem.

Il sortit sur le parking et réussit à échapper au regard de Fouad qui discutait avec un petit groupe. Dans ce groupe Krim repéra bientôt sa mère, et il fut pris d'un haut-le-cœur lorsqu'il vit la silhouette du funeste Mouloud Benbaraka approcher d'elle. Pouvait-il avoir déjà remarqué qu'on avait volé son chèque ? Krim voulut se diriger vers lui mais fut paralysé par la peur.

Mouloud Benbaraka parlait à Fouad et à sa mère, en souriant. Il regarda autour de lui, comme s'il cherchait Krim, et murmura un mot amusant à l'oreille de Rabia qui le repoussa de façon exagérée, comme dans une mauvaise sitcom. Après quoi Mouloud Benbaraka s'en alla en caressant les épaules de chaque membre du petit groupe dont il venait d'interrompre la conversation.

Krim courut en direction de sa tanière. En traversant le parking il eut envie de briser un rétroviseur d'un coup de pied, mais il avait trop peur. Il était sur le point de retourner à l'entrée de la salle, pour parler à sa mère, la mettre en garde contre ce monstre de Mouloud Benbaraka, lorsqu'il sentit monter en lui une crise de larmes. Il s'agenouilla pour la maîtriser et entendit le crissement violent d'une voiture qui démarrait en dérapant juste au-dessus du stade.

À travers le rideau de larmes que ses paupières ne parvenaient plus à contenir, Krim entendit deux voix qui s'affrontaient au pied de la cage, exactement là où, cet après-midi, il avait surpris la conversation téléphonique de Raouf. Il avança dans leur direction, refusant d'admettre qu'il connaissait celle des deux voix qui s'était lancée dans une pathétique tirade d'explication. Et pourtant, quand il fut au bord du stade, ses mocassins plantés dans le gazon synthétique un peu humide à cause de la brume qui montait sur la colline, il fut bien obligé de reconnaître que c'était Slim qui parlait à cet affreux gitan déguisé en femme.

7.

— Slim, qu'est-ce qui se passe ? Qu'est-ce tu fous avec ce type ?

— Laisse, Krim, laisse. Vas-y, retourne là-bas, je m'en occupe.

Zoran adressa à Krim un geste de la main, qu'il accompagna d'une phrase en roumain avant de prendre Slim par l'épaule.

Slim se défit vivement de son étreinte et se tourna vers le poteau de la cage, comme pour vomir.

— Vas-y Slim je te jure dis-moi ce qui se passe. C'est qui ce type ?

— C'est personne, c'est rien.

Zoran intervint :

— Lui donner argent à moi. Lui donner mille euros.

Krim n'était plus qu'à un mètre de Zoran. Zoran remarqua le mouvement nerveux de sa lèvre supérieure, et bientôt ses poings serrés.

— Slim pourquoi il dit que tu lui dois de l'argent ?

Slim ne pouvait plus rien dire. On entendait sa gorge se tordre et résister à l'appel de l'estomac. Mais la nausée le violentait sans relâche.

— Je baisé avec lui, murmura Zoran avec un air de défi dans le regard.

Krim le regarda à son tour, dégoûté. Il vit le drapeau anglais sur son T-shirt, qui scintillait sous la lune cruelle du réverbère au pied duquel ils se trouvaient.

Krim lui donna un coup-de-poing dans la poitrine.

— Je baisé avec Slim, je baisé avec lui !

Zoran se laissa traîner vers la mini-clairière où le regard noir de Krim l'immobilisa sans doute plus efficacement que sa clé de bras mal assurée.

— C'est qui ? hurla-t-il. C'est qui qui t'envoie ?

Zoran était trop affolé pour répondre. Au prix d'un effort surhumain il parvint à renverser Krim qui n'était peut-être pas tellement plus fort que lui.

— Slim, Slim, je baisé avec Slim ! Pas mariage, pas mariage, lui pédé !

Il y eut quelques instants de lutte maladroite au cours de laquelle Krim se retrouva à devoir tirer les cheveux de Zoran pour faire lâcher sa mâchoire qui s'était refermée sur son poignet. Krim considéra les blessures qu'avaient laissées ses sales dents sur sa peau. Il y avait aussi des traces de maquillage, mais ce fut la pensée que sa salive avait été en contact avec sa peau qui le rendit fou.

Il serra ses poings comme Gros Momo lui avait appris à le faire au full-contact. Et il les abattit l'un après l'autre, et de plus en plus rapidement, sur le visage de cette chose sans sexe défini. Au loin il pouvait voir Slim abattu contre le poteau de la cage au pied du réverbère, des traces brillantes au coin des lèvres.

Krim ne s'était jamais battu dans ces conditions. D'habitude il fallait faire tomber l'adversaire, le maîtriser, lui donner des gifles, des coups de pied, se débattre. Pour la première fois on ne lui opposait aucune résistance, aucune autre que celle de cette phrase que l'autre répétait obstinément entre ses larmes :

— Je baisé avec Slim, je baisé avec Slim.

Krim infligeait coup sur coup avec méthode, sans jamais songer à changer de technique, même si ses poings ensanglantés le faisaient de plus en plus souffrir. L'autre avait arrêté de pleurer depuis quelques instants lorsque Krim décida qu'il en avait eu pour son compte.

Il prit sa tête par les cheveux qui tombaient sur sa nuque et l'écrasa contre les mottes d'herbe qu'il avait amoureusement réunies une heure plus tôt. Il lui asséna un dernier coup de pied dans les côtes, un deuxième dernier coup de pied dans le dos, et il courut vomir à son tour, devant la porte des vestiaires.

Farid apparut dans la pénombre de l'autre côté du stade. En le voyant Slim détala en direction du gymnase. Farid poursuivit son chemin et aperçut le corps inanimé de Zoran dans les buissons. Il approcha sur la pointe des pieds, comme par peur de réveiller le fantôme. Des reflets anonymes dansaient d'une flaque de sang à l'autre sur cette tête figée dans l'écrin du gazon sauvage.

Farid grommela et poursuivit sa route. Zoran reprit connaissance quelques secondes plus tard. Il lui fallut une petite minute pour se souvenir de ce qui s'était passé, et dans cette petite minute endolorie et pourtant presque sereine passèrent comme à la queue leu leu tous les réveils étranges et ahuris qui avaient ponctué sa vie depuis son exil : chambres d'hôtel glacées, planchers inhospitaliers, sofas trop petits, et puis les tentes, les couchettes de roulottes, les sièges arrière de voitures enfumées, et le sol nu, la terre violente et le béton surtout, le béton travaillé par des décennies d'humidité, qui en avait assez de boire et qui se gondolait autour de lui, aussi gauche et brun qu'une chose vivante et maléfique.

Zoran sentit l'odeur de l'herbe en même temps que les douleurs sur son visage. Il se releva et se dirigea en titubant vers les lumières du stade, et puis loin d'elles, et puis loin des autres lumières, le plus loin d'elles possible.

Farid crut entendre du mouvement de son côté mais il remarqua une silhouette penchée, un peu à l'écart vers le gymnase : un jeune type qui vomissait dans une poubelle verte. Au bout d'une dizaine de secondes Krim arracha sa tête à la poubelle et leva sur Farid un long regard de fauve, jaune et glaçant.

Farid retourna à toute vitesse à sa voiture. Il quitta le parking sans réussir à ne pas faire crisser ses pneus :

quelques invités qui fumaient devant l'entrée de la salle se retournèrent et l'insultèrent, un type lança même une canette dans sa direction. Deux rues plus loin une voiture de police le prit en chasse. Il n'avait rien à se reprocher, ses papiers étaient en règle, Zoran n'était peut-être pas mort et que ses empreintes figurent sur le corps ne signifiait rien, jamais on n'appellerait la police technique et scientifique pour un travelo rom. Mais la panique, la fatigue, le stress brouillaient ses idées autant que sa vision. La rue était à sens unique et Farid eut environ cinq cents mètres pour se décider. Il donna des coups de poing hébétés contre son volant et se sentit accélérer.

La voiture de police le rattrapa cinq minutes plus tard, bientôt rejointe par deux autres voitures. Farid eut quand même le temps, en se rangeant sur le bas-côté, d'envoyer un texto à Farès où figuraient les mots police, tout seul maintenant, pars vite et ne m'appelle pas. Il éteignit son portable, le cacha sous son siège et sortit les mains levées. Une demi-douzaine de flics lui tombèrent dessus.

8.

Il était quatre heures du matin et la fête battait son plein. Le DJ ne passait plus que du hip-hop et de l'électro, c'était le moment des jeunes dans la salle transformée en boîte de nuit. Bouzid debout devant un buffet racontait à Kamelia comment Rachid le boucher l'avait humilié plus tôt dans l'après-midi.

— Mais moi je lui ai toujours dit à la mémé, c'est pas bon de faire les cartes, là, c'est *halam*, et elle non, elle s'en fout. Mais regarde après, c'est qui qui paie ? C'est nous, on a mauvaise réputation dans tout Sainté, *l'archoum* !

Deux types surexcités le bousculèrent en terminant mal une sorte de chenille à trois. Bouzid prit sur lui pour ne pas faire de scandale mais Kamelia sentait bien qu'il suffirait d'un coup de coude pour que son front chauve et puissant explose comme une cocotte-minute.

Ils virent soudain passer derrière le buffet, rasant presque le mur, le vieil oncle Ferhat qui essayait de se rendre aux toilettes. Kamelia voulut l'aider mais il fallait faire le tour des tables et Bouzid aurait sans doute mal pris qu'elle cesse brusquement de l'écouter. Elle regarda le vieillard malingre et tête basse qui se faufilait difficilement entre les danseurs dépenaillés qui avaient presque tous, en ce crépuscule de la fête, les yeux mi-clos des somnambules.

Ce qu'elle ne vit pas c'est qu'au lieu d'aller aux toilettes Ferhat passa derrière le podium, au plus près des baffles infernaux, et se tint devant le DJ en attendant qu'il le remarque. Le DJ avec ses grosses dents se retourna sur cette apparition irréelle et lui demanda d'un signe de tête ce qu'il voulait. Ferhat sortit une cassette audio de la poche de son veston et la présenta au jeune homme.

— Qu'est-ce que... Mais je peux pas lire les cassettes monsieur !

Ferhat semblait ne pas comprendre. Il inclina un peu la tête et secoua la cassette qu'il tenait à bout de bras. Il avait l'air aussi innocent qu'un petit garçon, le DJ n'eut pas le courage de ne pas prendre la cassette.

— C'est quel numéro que vous voulez ?

— *Ruh ruh, amméhn*, vas-y, mets la cassette.

— Oui, oui je vais la mettre, mais quel numéro ?

Il essaya de le dire en arabe (*ashral ?*) mais Ferhat lui répondit en kabyle :

— *Nnekini s warrac n lzayer.*

— Je comprends pas le kabyle, je comprends pas.

— Quatre, numéro quatre.

Tandis que Ferhat s'en allait, le DJ chercha dans les CD qu'on lui avait donnés s'il y en avait un de cet Aït Menguellet. Il décida de faire une bonne action pour le pauvre vieux et lança une recherche sur Internet.

Krim était allé se nettoyer à la fontaine de l'autre côté du stade. Il passa devant les voitures assoupies sur le parking et avisa encore un rétroviseur qui n'attendait qu'un coup de pied. Mais ses jambes lui faisaient mal et il s'inquiétait d'entendre ses pulsations cardiaques dans toutes les veines de son crâne.

Un drapeau algérien était accroché au rétroviseur qu'il avait voulu vandaliser : c'était la voiture du tonton Ayoub qui dormait à la place du mort. Il avait incliné le siège au maximum mais sa tête remuait en signe d'inconfort.

Krim entra à nouveau dans la salle où les fêtards râlaient à cause d'une interruption trop longue de la musique. Soudain les premières notes de mandole de *Nous, les enfants d'Algérie* retentirent dans la salle. Krim eut un haut-le-cœur, c'était comme si tous les projecteurs s'étaient braqués sur son âme.

Les gens, ahuris, avaient arrêté de danser, ils s'entre-regardaient en échangeant des sourires moqueurs. Krim vint s'asseoir à côté de sa tante Zoulikha qui l'observait de son regard perçant surligné au khôl. De quoi avait-il l'air ? Son costume gris était déchiré aux manches et sa veste, bien que fermée, ne parvenait pas à dissimuler une tache de sang sur la poche de devant de sa chemise.

La tante Zoulikha mit sa main sur le poing serré de Krim et le ramena vers elle pour y déposer un baiser bruyant. Elle alla ensuite chercher dans son corsage un anneau qu'elle enfila au doigt de son petit-neveu. C'était l'alliance de son père, que sa mère avait tenu à ce que Krim garde après sa mort.

— Tu l'avais perdue sous la table, *amméhn*.

Krim vit qu'elle tenait dans son autre main la boîte de tabac à priser de Ferhat. C'était la fée des objets trouvés, la tante Zoulikha. C'était un monde perdu à elle toute seule. Krim se leva et se dirigea vers les toilettes tandis que les paroles kabyles sans musique dansante commençaient à agacer les invités.

— *Wollah* c'est un mariage ou c'est un enterrement ?

Il y eut même quelques sifflets, mais Krim s'interdit de regarder un de ces sauvages en particulier, de peur de perdre ce qui lui restait de sang-froid.

Au même moment, Bouzid s'était tu pour écouter Aït Menguellet, son accent souple, ce kabyle parfait qu'il ne parlerait jamais moitié aussi bien que lui. Soudain il aperçut une paire de mains qui pelotaient les seins de Kamelia par-derrière. Kamelia fit volte-face et jeta son verre de Coca au visage de celui qui avait osé la toucher. Bouzid écarta sa nièce et asséna un premier coup-de-poing au visage du type. Ses amis sautèrent sur Bouzid dont la rage vint facilement à bout des deux minets. Il poursuivit celui qui avait manqué de respect à Kamelia et commença à se battre avec lui. Ils se tiraient les vêtements en hurlant sous l'œil horrifié des femmes qui exigeaient qu'on les arrête.

La bousculade qui s'ensuivit se propulsa comme une onde pour s'abattre enfin sur la silhouette de Ferhat qui tomba à terre et perdit son ouchanka. Fouad et Raouf avaient accouru pour voir ce qui se passait, ils s'empressèrent d'aider leur vieil oncle à se relever. Ils ne virent pas tout de suite ce qu'il avait sur le crâne et ne comprirent donc pas pourquoi une femme s'était évanouie en baissant les yeux sur leur grand-oncle. La seule surprise pour eux était qu'il n'avait plus du tout de cheveux, alors qu'on avait souvent parlé de sa crinière frisée qui suscitait la jalousie des oncles et beaux-frères dégarnis dès la trentaine.

Raouf ramassa l'ouchanka et la tendit à Fouad qui la refusa d'un geste tremblant. Sur le crâne rasé de Ferhat avaient été dessinées, au feutre indélébile, deux croix gammées dont une dans le mauvais sens. Juste sous l'occiput ils avaient ajouté une bite circoncise avec une grosse paire de couilles poilues.

La musique fut arrêtée et la mère de la mariée essaya de faire de l'espace autour du vieil homme profané. Krim se faufila à travers la foule et se tint immobile devant le corps vaincu de son oncle.

Fouad prit les choses en main, remit l'ouchanka sur la tête de Ferhat et l'aida à se diriger vers la sortie. On parla d'aller à la police sur-le-champ. Krim voulut prendre l'autre épaule de Ferhat mais Fouad lui lança un regard noir :

— Krim c'est pas le moment !

Krim demeura interdit au milieu du désastre. La foule en sueur le regardait comme si tout était de sa faute. William eut la mauvaise idée de filmer le corridor qui se créait au passage de Fouad et Ferhat. L'image était éminemment cinématographique mais Krim ne fut pas de cet avis : il prit la caméra numérique des mains du jeune homme et la projeta sur le carrelage tandis que l'autre bégayait un mot de protestation en essayant de retenir ses larmes.

Un autre foyer d'agitation naquit à quelques mètres : la tante Zoulikha venait de faire un malaise en apprenant la nouvelle. Tandis que les autres tantes se pressaient dans sa direction, Krim aperçut le visage immobile de Mouloud Benbaraka qui l'observait depuis le podium, à quelques rangées de distance. De loin le caïd semblait avoir deux yeux de verre. Il donna enfin un coup de menton dans la direction de Krim et fit, avec son index interminable, le même sourire kabyle que lui avait adressé Luna un peu plus tôt dans la journée.

Chapitre 8

Family Business

1.

Quartier de l'Éternité, 4 h 20

Krim courut en direction du parking. Il courut en remontant le virage et il courut le long de la route qui descendait vers l'ancienne zone industrielle pompeusement rebaptisée technopôle. Il courut à travers le technopôle et quand il ralentit pour faire une pause il sentit qu'il était sur le point de pleurer. Il courut donc de plus belle, à travers les zones résidentielles et les bâtiments futuristes déjà démodés qui poussaient comme des champignons sur les anciens sites ouvriers.

Quand après une demi-heure il fut au pied du 16, rue de l'Éternité, il vomit une nouvelle fois et grimpa quatre à quatre les escaliers qui menaient à ce troisième étage où il avait grandi. La clé était dans le local du vide-ordures de l'étage, accrochée à la canalisation comme d'habitude. Il entra et se rendit sans attendre dans sa chambre. Il fit son lit, comme sa mère le lui avait demandé depuis une semaine. Il balaya les miettes de tabac qui salissaient la table de son ordinateur, il alla même jusqu'à épousseter la taie verte de son traversin.

À la cuisine il utilisa les dernières gouttes de liquide vaisselle pour nettoyer les quelques assiettes et couverts qui l'attendaient depuis la veille dans le silence de l'évier en inox. Ensuite il s'assit sur une chaise et regarda ses mains sanglantes, les regarda si longtemps qu'il parut sur le point d'épuiser leur mystère.

Il trouva l'aspirateur dans le débarras et débloqua le boîtier pour vider le sac dans la grande poubelle. Il passa le balai dans le couloir, ramassa les ordures visibles dans la chambre de Luna et entra dans celle de sa mère qui sentait encore un peu la peinture. Le lit conjugal où elle dormait seule depuis des années était fait. Krim s'assit devant la coiffeuse et observa le nécessaire de maquillage surmonté d'un petit poster de Chaouch : *L'avenir c'est maintenant*.

Il arracha le poster et le jeta dans la grande poubelle.

Sur la table de nuit de Rabia il y avait une veilleuse et trois livres : *Anna Karénine* que lui avait conseillé Fouad, *Jamais sans ma fille* de Betty Mahmoody et *Préférer l'aube* de Chaouch. Krim ouvrit le tiroir et vit quelques photos de son père, notamment celle datant du Noël où il était mort et où il avait l'air de peser quarante kilos. Il déposa l'alliance au fond du tiroir et fila dans sa chambre pour rouler un joint. Après l'avoir fumé il eut envie de se masturber. Il alluma l'ordinateur, évita Firefox pour ne pas être tenté d'aller sur Facebook et retrouva sa vidéo fétiche, qu'il avait téléchargée sur Youtube, convertie en format .flv et cachée dans un faux dossier habilement nommé Pôle emploi.

Dans la vidéo deux adolescentes américaines de quinze ans se trémoussaient sur une chanson de rap en essayant de la lipdubber entre deux crises de fou rire. Celle de droite était ronde, brune, insignifiante, mais celle de gauche, aux cheveux châtain clair et aux yeux verts, était la Sexualité incarnée : grande, blanche, large d'épaules, elle secouait son énorme poitrine moulée dans un débardeur jaune en ayant l'air de ne pas se rendre compte que quand sa copine accomplissait le même mouvement des hanches on ne la remarquait même pas.

Sauf que Krim n'arrivait pas à bander. Après s'être astiqué pendant un quart d'heure en vain il renonça et catapulta sa fidèle chaussette contre l'écran.

Le ronron puritain de l'ordinateur finit par le bercer. Un peu défoncé il médita sur son obsession pour les grandes filles aux gros seins. Ce n'était pas les gros seins qu'il aimait mais l'événement physique incontestable et plus ou moins spectaculaire qu'ils constituaient : au lieu qu'il n'y ait rien à cet endroit il y avait quelque chose, deux puissants globes de chair où la saillie était une profondeur. Krim préférait d'ailleurs les décolletés aux seins eux-mêmes. Il aimait qu'il se passe quelque chose, qui n'aimait pas qu'il se passe quelque chose ?

Il jeta la chaussette et les mouchoirs de ses poches dans le sac-poubelle noir et consulta l'heure pour la première fois. Par précaution il n'avait pas éteint l'ordinateur qui mettait parfois une dizaine de minutes à redémarrer. Il y retourna brièvement et se connecta en soupirant sur Facebook. Avachi sur le dossier de sa chaise il ne vit pas tout de suite le carton rouge qui allait changer sa vie. Ses yeux étaient ouverts mais il ne voyait rien. Il pensait au poster de Chaouch, au tonton Ferhat allongé sur le carrelage, et ce fut en songeant qu'il allait devoir effacer le message qu'il avait envoyé à Aurélie depuis le Facebook de Luna qu'il se rendit compte qu'elle lui avait répondu. Le petit carton rouge donnait l'alerte au milieu des trois onglets : demandes d'amitié, messages, notifications.

Il se redressa sur son siège et lut :

> **Aurélie :** Krim !!! J'ai essayé de te trouver sur FB mais c'était impossible ! Bien sûr que je me souviens de toi ! C'était trop bien sur le bateau ! Pour la demande d'amitié je fais quoi ? J'accepte même si c'est le FB de ta sœur ? Comme tu veux. Sinon je suis chez moi à Paris, si tu passes un de ces quatre fais-moi signe. Mon numéro : 06 74 23 57 99.

Krim frissonna, relut dix fois le message et fit les cent pas dans sa chambre. Il leva les yeux sur Rihanna, Kanye West et Bruce Lee. Il ne savait pas laquelle de ces divinités remercier pour l'immense chaleur qui venait de l'envahir. Il avait complètement oublié à quel point ses phalanges le faisaient souffrir.

2.

Un texto de Nazir l'arracha à son extase :

Reçu : Aujourd'hui à 04:45.
De : N
Ton train dans une heure. Tu dors pas au moins ?

Krim se demanda si Nazir savait ce qui venait de se passer à la salle des fêtes. Apparemment la réponse était non. Il écrivit à son cousin qu'il était prêt, qu'il ne dormait pas. Et puis il enfila son deuxième jogging à bande fluo, celui auquel l'insigne du Coq sportif avait été arraché. Il trouva son plus beau polo Lacoste et se décida au dernier moment pour un blouson en cuir.

Il commit toutefois l'erreur de choisir la paire de baskets neuves qu'il s'était achetée avec l'argent de Nazir et qui ne correspondaient pas à sa pointure réelle. Ses pieds continuaient mystérieusement de grandir, il chaussait maintenant du 45 alors que l'été dernier des baskets en 44 étaient un peu trop grandes pour lui.

Son portable lui indiquait qu'il avait huit appels en absence de sa mère. Aucun de Fouad. Après un dernier regard au do le plus aigu de son clavier caché sous le lit depuis la visite de Gros Momo, il tira l'enveloppe de sa poche intérieure et en sortit le billet de train. Il partait de Châteaucreux à 5 h 48, il y avait une longue correspondance à La Part-Dieu et il arriverait à Paris à 9 h 27. Un post-it jaune collé sur le billet indiquait le métro à prendre une fois qu'il serait à la gare de Lyon.

Il enleva le sac noir de la poubelle, le ficela en s'appliquant à faire un beau nœud, et puis il se rendit aux toilettes, où il eut l'idée d'écrire un billet à sa mère, pour lui dire que ce n'était pas lui qui avait ajouté la moustache d'Hitler à la photo de Sarkozy. Mais quand il tira la chasse il pensait déjà à autre chose, à cette émotion qui le submergeait quand il tirait la chasse, cette impression de réussir enfin à se libérer du poids des choses, qu'il retrouva en vidant la poubelle dans le long boyau vertical qui se jetait dans les containers de la cave.

Lorsqu'il sortit de l'immeuble et prit le chemin de la gare, il entendit les oiseaux du matin qui s'égosillaient dans les arbres. Le vent mauvais était retombé sans avoir finalement donné plus que quelques minutes de bruine une heure plus tôt. Il restait quelques courants d'air, des vents folâtres et gais qui ne promettaient plus l'orage mais le soleil, le regain, la rosée sur les gazons.

Krim traversa le centre-ville au ralenti. Il écoutait les feuillages frémissants des peupliers, des bouleaux pleureurs et des platanes. Des rangées d'arbres étêtés surgissaient dans les contre-allées, Krim s'étonnait de les voir couverts de bourgeons alors que tous les autres arbres étaient en feuilles.

Il s'arrêta devant le grillage d'un square désert. Les tourniquets étaient immobiles, les arbres défleuris, le sable moite. Pourquoi lui semblait-il toujours qu'un square désert venait tout juste d'être déserté ?

Quand il arriva enfin au quartier de la gare il fuma une cigarette au milieu de ce décor lunaire et arrogant. Une façade d'immeuble ultramoderne comptait dix, quinze, vingt longues lamelles de miroir disposées en accordéon, qui réfléchissaient le ciel immense où Krim ne voyait toujours rien du jour naissant.

La gare était vide. Sur le quai, au guichet ou dans le hall il n'y avait pas âme qui vive, pas d'autres voyageurs, pas d'agents en képi, pas de familles venues dire adieu aux passagers les plus matinaux. L'éclairage était défaillant, des zones entières étaient abandonnées à la pénombre. Dans les distributeurs de sucreries et de sodas les longues virgules métalliques n'accrochaient sur rien. Les clapets des panneaux publicitaires ouverts étaient dépourvus d'affiches.

Le jingle de la SNCF retentit dans toute la gare : do, sol, la bémol, mi bémol. La voix enregistrée du haut-parleur annonçait le train pour Lyon. Lorsque cette voix se tut Krim n'entendit plus qu'une chose, les néons chevrotants de ces panneaux qui feraient bientôt l'éloge de la matinale de France Inter, du dernier film de Luc Besson ou de la consommation de fruits et légumes, mangerbouger.fr.

Il ouvrit son éditeur de textos et réfléchit à ce qu'il allait bien pouvoir écrire à Aurélie en premier.

3.

Salle des fêtes, 4 h 50

La mère de la mariée s'arracha deux mèches avec chaque main lorsqu'elle vit la police arriver, quelques minutes après que l'ambulance emmenant la vieille Zoulikha fut partie et toutes ses sœurs à sa suite dans les voitures de Bouzid, de Dounia et du vieux tonton Ayoub. Les gyrophares bleus du véhicule de police enfonçaient encore le clou et confirmaient ses pires craintes : cette stupide famille de Kabyles avait réussi à ruiner le jour le plus important de sa vie.

Slim la bouscula en essayant de rejoindre son frère qui parlementait avec les policiers.

— Qu'est-ce que tu fais toi ? s'indigna la mère de la mariée. Tu vas pas partir toi aussi j'espère ?

Slim resta immobile, incapable de se concentrer pour trouver la bonne réponse. Fouad qui avait entendu l'échange d'une oreille demanda aux policiers d'attendre un instant et vint se planter devant la mère de la mariée :

— Vous ça suffit, maintenant !

La mère de la mariée aspira une large bouffée d'air et s'apprêta à faire un scandale. Fouad l'arrêta d'un doigt et lui lança un regard noir.

— Slim, tu peux rester si tu veux, je vais juste porter plainte au poste. Juste, dis-moi, tu sais pas ce qui s'est passé, toi, ces derniers jours ? Ferhat dit que ça s'est passé y a dix jours, l'agression, mais il est un peu incohérent.

— Je sais pas trop, répondit Slim qui avait du mal à respirer, ne pensant plus qu'à être à la hauteur de l'événement. Ça fait un petit bout de temps qu'il est bizarre, peut-être dix jours ouais. Faudrait demander à Zoulikha.

— Oui, bon ben c'est pas possible maintenant. Alors, tu fais quoi ?

Devant le visage affolé de son frère qui ne pourrait jamais prendre une décision seul à ce moment précis, Fouad s'en chargea pour lui :

— Reste, reste avec ta femme, c'est mieux. De toute façon la fête est bientôt finie maintenant.

Il fut contredit par un assourdissant départ de musique. Une chanson de raï au rythme lourd, qui semblait avoir été lancée à la seule fin de faire oublier *Nous, les enfants d'Algérie* d'Aït Menguellet.

Fouad cligna longuement des yeux pour convaincre Slim qu'il ne lui en voulait pas de rester. C'était sa fête, il ne pouvait pas partir alors que des invités avaient encore envie de s'amuser. Et puis il ne servirait à rien au poste, sinon à faire acte de présence. Slim essuya une larme au coin de son œil et rejoignit Kenza qui le prit par la nuque et l'embrassa généreusement sous le nez de sa mère.

Toufik et Kamelia n'avaient pas suivi le cortège de l'ambulance : ils demandèrent à venir avec Fouad. Fouad accepta mais Toufik n'avait plus de voiture. Les policiers bien disposés à l'égard de Fouad qu'ils avaient reconnu acceptèrent de prendre tout le monde sur le siège arrière.

Au même moment l'ambulance du SAMU arrivait aux Urgences de l'hôpital Nord. L'infirmière de garde et un petit urgentiste aux yeux rouges s'occupèrent de transférer la tante Zoulikha du brancard à un lit roulant qui attendait d'être occupé dans l'entrée. La smala débarqua en trombe dans la salle d'attente. Rabia fut désignée par le doigt de sa grande sœur qui avait du mal à respirer.

— Il faut la laisser souffler un peu, là, dit l'urgentiste en passant son stéthoscope sur la chair livide et parcheminée de Zoulikha.

— *Anda' leth* Krim ? demanda la vieille femme entre deux bouffées d'oxygène.

On lui mit un masque et la conduisit dans une pièce équipée. L'infirmière demanda à une de ses collègues de s'occuper de la famille. Devant Rabia qui voulait suivre sa sœur l'infirmière se montra ferme :

— Non, non, madame, votre tante...

— Ma sœur !

— Pardon, votre sœur est en train de faire une petite crise cardiaque, il faut vous installer dans la salle d'attente maintenant, allez.

— Une crise cardiaque ?

Les yeux de Rabia se remplirent de larmes.

4.

Dounia prit sa sœur par les épaules et la conduisit sur un des sièges qui faisaient face aux distributeurs de café.

— Qu'est-ce qu'elle t'a dit ?

Rabia était au bord de l'explosion. Luna vint serrer sa mère dans ses bras et se mit à sangloter, songeant davantage au baiser que lui avait volé Yacine, le frère de la mariée, qu'à ce qui était arrivé à son grand-oncle et dont elle ne prenait pas réellement la mesure.

— Elle a demandé où était Krim, répondit-elle à Dounia.

— Et où il est ?

— Ben je sais pas moi ! Je l'ai appelé dix fois, il répond pas. Je te jure c'est trop là, il va me le payer cette fois-ci cette espèce de petit con !

Elle parlait de l'escarmouche avec Belkacem que Krim avait pris pour Omar. Mais en y pensant plus d'une seconde elle savait qu'elle n'allait sans doute jamais revoir Omar après ce qui s'était passé, et alors, soudain, ses pensées trop intenses débordèrent de ses paupières enflammées et elle se lança dans une litanie entrecoupée de sanglots :

— Mes enfants c'est tout pour moi, mes enfants c'est toute ma vie. Pour qui je vis ? Pour moi ? Je dépense mes sous pour m'habiller et m'acheter des bijoux moi ? Non depuis la mort de leur père paix à son âme je vis que pour eux, je vis pour mon fils et ma fille, et je te le dis tout de suite, *wollah, cerfen tetew, rebi* qu'il me fusille à l'instant si on touche à un cheveu de mon fils ou de ma fille…

Dounia qui semblait disposer d'inépuisables réserves de sang-froid prit les mains de sa sœur et les mitrailla de baisers pour la faire sourire et se calmer.

— Il a dû rentrer à la maison, il a sa clé non ? Bon ben tu vois. Allez, ça va bien se passer.

— La pauvre Zoulikha. Mais qu'est-ce qui est arrivé ? D'un coup, ça allait bien, on dansait, et d'un coup…

Elle se remit à pleurer.

— L'infirmière elle a dit que c'était une petite crise cardiaque, tu vas voir, en plus elle est solide, *wollah* elle est costaude Zoulikha. Tu te rappelles à Saint-Victor quand elle aidait le pépé à mettre les tentes ?

— Saint-Victor, répéta Rabia dans un murmure.

— Ce fainéant de Moussa il allait se faire bronzer et draguer les nanas et pendant ce temps-là c'étaient les grandes qui se tapaient tout.

— Et *yeum* elle est où ?

Dounia lui répondit que la mémé était depuis longtemps partie avec Rachida, très en colère contre cette soirée qu'elle avait sue maudite avant tout le monde.

— Non mais t'as raison, ajouta-t-elle alors que Rabia ne répondait rien. Il faut que je l'appelle pour la prévenir. Je peux pas attendre demain matin quand même.

— Et Kamelia ? Toufik ? Les petits neveux ? Ils vont bien ?

— Kamelia et Toufik, ils sont partis avec Fouad au commissariat, la rassura Dounia. Allez arrête de t'agiter, repose-toi.

Rabia leva brusquement la tête et chercha Bouzid du regard. Elle fonça dans sa direction et lui demanda ce qui était arrivé à Ferhat.

— Allez, calme-toi Rab', calme-toi ! hurla-t-il.

Il commença à lui expliquer ce qu'il avait vu sur le crâne de leur grand-oncle.

— Et qu'est-ce que vous allez faire ? Vous allez les retrouver j'espère ! Vous allez pas faire vos petits Français à attendre la police, hein ? Bouz', regarde-moi ! Les hommes de la famille si vous les retrouvez pas je te jure c'est moi qui m'en occupe. *Wollah,* agresser un vieil homme comme ça…

La vision d'horreur d'un crâne tondu et tatoué de signes obscènes l'empêcha de poursuivre. Elle faillit vomir et retourna s'asseoir auprès de Dounia.

Raouf sortit fumer une cigarette tandis que les vieux s'installaient cérémonieusement dans la salle. La télé était placée au sommet de la pièce pour permettre à tout le monde de regarder. Mais il n'y avait personne. Et ceux qui attendaient des soins ou des mauvaises nouvelles n'avaient généralement pas la tête à ça.

En rentrant, Raouf vit sans les regarder les images, qu'il connaissait par cœur, de Chaouch en train de haranguer la foule en liesse lors de son dernier meeting. Des travellings dignes d'une superproduction hollywoodienne balayaient les visages hystériques et exorbités. Le jeune homme songea soudain que c'était cela qu'avait fait Chaouch à ce pays : il avait agrandi les yeux des gens. Comme dans les dessins animés japonais qu'il regardait le matin avant de partir au travail en taxi : des yeux immenses, irréels. Des yeux agrandis pour pouvoir y dessiner plus de larmes.

5.

Sur l'autoroute, 5 h 15

Farès n'avait bien sûr jamais conduit une voiture aussi puissante que la Maybach 57S qu'il avait pour mission d'amener à Paris. Au cours des semaines écoulées il avait surveillé presque nuit et jour le garage où Nazir souhaitait l'abriter. Farès et un autre type se relayaient pour la bichonner. Mais c'était Farès qui avait eu le privilège de visser la plaque d'immatriculation rouge sur fond vert.

La Maybach était peut-être un faux véhicule de conseiller diplomatique après cet émouvant baptême, elle n'en était pas moins une vraie merveille.

Depuis cet après-midi d'hiver où, dix ans plus tôt, il avait pour la première fois senti la puissance d'un moteur, depuis cette première Twingo à la direction assistée défaillante avec laquelle, à la surprise générale, il n'avait pas calé une seule fois sur le parking bosselé de Bricomarché, Farès avait rêvé de conduire un jour une voiture aux vitres fumées et dotée d'un moteur bi-turbo. Un sourire de satisfaction sereine lui fit fermer les yeux de moitié. Quand il les rouvrit il filait à toute vitesse le long d'une paroi couverte de miroirs. Les jantes chromées de son météore sur roues scintillaient dans la nuit abstraite de l'autoroute.

Il jeta un œil à son téléphone qui serait bientôt rechargé et alluma l'autoradio. Seule la musique classique lui parut à même d'égaler en magnificence ce chef-d'œuvre de la civilisation européenne au volant duquel il survolait le territoire. Une sonate de Beethoven passait sur France Musique. La voix douce, matinale de la présentatrice lui apprit qu'il venait d'écouter le premier mouvement de *L'Aurore*. Des lueurs bleutées enflammaient justement l'horizon sur sa droite. Farès se félicita de cette heureuse coïncidence et éteignit la musique pour profiter pleinement du silence tout aussi musical du moteur de la Maybach.

Son rêve éveillé fut de courte durée. Lorsqu'il put enfin consulter la liste de ses messages il découvrit celui de son frère jumeau et décéléra brutalement. Il n'y avait aucune voiture derrière lui, il passa sur la file de droite et scruta les panneaux à la recherche d'une aire d'autoroute. Nazir lui avait interdit de dépasser les 130 kilomètres/heure et de s'arrêter en chemin, mais Farès considéra qu'il s'agissait là d'un cas de force majeure. En sortant du véhicule il prit bien soin d'enfiler la veste de son costume et de nouer sa cravate. Le chauffeur d'une telle voiture ne pouvait pas se balader en jean et T-shirt.

Son premier réflexe aurait dû être d'appeler Nazir pour l'informer de la situation, mais il ne voulait pas avoir à justifier de s'être arrêté. Il composa donc le numéro de Mouloud Benbaraka qu'il avait appris par cœur plus tôt dans la journée. Celui-ci ne décrocha qu'au troisième appel. Il était à Saint-Étienne, au beau milieu d'un parking trop éclairé, allongé sur le siège conducteur de sa BM incliné au maximum pour échapper aux faisceaux combinés des néons.

Farès lui expliqua le contenu du message qu'il avait reçu de son frère. Mouloud Benbaraka se redressa.

— À quelle heure il t'a envoyé le message ?

Il n'écouta pas la réponse.

— Putain c'est pour ça qu'il répondait plus, ce con.

— Mais alors qu'est-ce qu'on fait ? s'inquiéta Farès.

Mouloud Benbaraka lâcha un vilain rire à deux notes.

— Qu'est-ce que *tu* fais tu veux dire ? J'ai déjà assez de problèmes comme ça, si ton frangin s'est fait attraper c'est pas mes oignons.

Il raccrocha au milieu de la réplique de Farès et se décala sur le siège du mort. Il y avait du mouvement sous le porche des Urgences. Après quelques instants de confusion un petit détachement de la famille du marié se dirigea vers les voitures, laissant seules Rabia et sa sœur encore tout endimanchées, qui allumèrent des cigarettes en se frottant mutuellement les bras pour se réchauffer.

— Qu'est-ce que je fais ? demanda-t-il à Nazir qui décrocha instantanément.

— Tu restes à distance pour le moment.

Nazir n'entendit pas le soupir de Benbaraka, ni le bruit sourd de son poing serré qu'il venait d'abattre sur le tableau de bord : il avait déjà raccroché.

6.

Dans le train, 5 h 45

Krim vit le jour poindre entre Saint-Chamond et Rive-de-Gier : une irradiation de rouges de plus en plus orange et de bleus de plus en plus clairs. Mais le disque du soleil n'apparut pas à cause des collines et de la trajectoire du train.

Une grognasse en pantacourt monta dans le wagon de Krim à Givors-Ville. Elle avait un piercing sur la joue, qui ressemblait à un grain de beauté brillant et gâchait sa fossette. Quand elle croisa le regard de Krim elle marcha jusqu'au fond du train et abandonna sa tête contre son poing en faisant semblant d'être fatiguée.

Arrivé à Lyon, Krim choisit la même place dans la salle d'attente que celle qu'il avait occupée à la fin de l'été précédent, quand il avait pris le TGV pour Marseille et le TER pour Bandol. Tandis que son portable affichait vingt-sept appels en absence, Krim s'assoupit. Il rêva brièvement du Sud et se réveilla juste à temps pour attraper son TGV. Le carré de places où il avait la sienne était vide, de même que la moitié du wagon. Il mit ses jambes sur la banquette et entendit un homme en gilet gris et chemise rouge parler de la campagne au téléphone.

— Ah mais je rentre rien que pour ça, moi, expliquait-il en se massant intelligemment le bas de la nuque. Non mais faut arrêter avec cette histoire de sondages, les gens devant le bulletin de vote ils vont se montrer raisonnables, ça fait aucun doute. Et puis sinon, non, moi je suis désolé, s'il est élu j'abandonne, je pars vivre en Angleterre chez ma nièce. Faut pas exagérer non plus.

Krim ne put déterminer à aucun instant du quart d'heure qui suivit pour qui allait voter l'homme au gilet gris. Et ce qui fit pencher la balance du côté de Sarkozy ne fut rien qu'il raconta au téléphone mais le regard subreptice, affolé et méprisant qu'il lança à Krim après s'être rendu compte qu'il était observé. Cette façon qu'avaient les Français de ne jamais vous attaquer de face mais toujours par le côté. Un peuple de lâches, lui avait écrit Nazir dans un texto. Génétiquement lâches, avait-il dit. Ce type rougeaud avec son double menton, sa chemise rouge à carreaux et ses regards fuyants semblait en constituer la preuve vivante.

À force d'observer les fumées matinales qui couraient sur les bocages Krim eut envie d'une cigarette. Il se rendit aux toilettes entre les deux wagons et en profita pour compter les billets qui lui restaient du dernier envoi de Nazir. Avec le billet de cinquante euros que lui avait donné Raouf, il avait suffisamment pour manger dans le train s'il le voulait, mais il n'avait pas faim. Le stress de ces dernières heures lui avait coupé l'appétit, et comme à chaque fois qu'il n'avait pas faim il avait terriblement envie de fumer.

Il plaça sa cigarette entre ses dents, comme faisait son père pour l'amuser autrefois. Il était sur le point d'écrire un texto à Nazir pour lui raconter les derniers événements lorsqu'il lui parut soudain plus urgent, plus nécessaire, plus fondamental d'écrire à Aurélie.

Salut Aurélie, c'est Krim. Je suis à Paris ce week-end justement. Je peux venir te voir ?

Krim lâcha la cigarette et sautilla sur place. Il se rendit à la voiture-bar et acheta un Ice-Tea. Tandis qu'il se labourait les méninges pour savoir si son message était convenable, trop ou pas assez, le TGV traversait les premières banlieues du sud de Paris, des bâtiments de briques rouges, des immeubles étroits et sales, des usines rectangulaires posées comme autant de Lego sur une longue friche inhospitalière que réveillait doucement le soleil.

Il retourna à sa place et écouta *Family Business* de Kanye West, une de ses chansons préférées qu'il avait fait découvrir à Aurélie l'été dernier. Il en connaissait la mélodie par cœur à défaut de comprendre les paroles. Chaque note semblait contenir toute la beauté d'Aurélie. Chaque note était une tache de rousseur supplémentaire sur sa poitrine ensoleillée.

Il appuya sur Envoyer.

Le Français en face de lui s'était endormi. Il avait les bras croisés et ronflait doucement. Krim remarqua sa montre en argent qu'il avait détachée et abandonnée sur le siège d'à côté. À la sortie d'un court tunnel elle se mit à reluire de façon provocatrice : Krim s'en empara et changea de wagon. Il se félicita de n'avoir pas attiré l'attention en allumant sa cigarette plus tôt dans les toilettes. Réfugié dans celles du wagon de seconde classe le plus éloigné du sien il attendit l'annonce qu'ils arrivaient en gare de Lyon. Il sortit le premier sur le quai où il piqua un sprint jusqu'à la place dominée par la tour de l'Horloge.

Un nombre inhabituel de militaires patrouillaient dans la gare, leurs mitraillettes en bandoulière. Krim écrasa sa cigarette qu'il ne voulait pas finir et pensa soudain à Fouad, chez la mémé, qui avait jeté la Camel qu'il lui avait offerte après avoir tiré trois minables lattes, comme s'il s'ennuyait avec lui et qu'il était pressé de parler à des gens intéressants.

Il consulta son portable : cinquante-cinq appels en absence et vingt messages non lus dont le plus récent était de Nazir.

Reçu : Aujourd'hui à 09 h 29.
De : N
Le train est à l'heure ? RV tu sais où, vite.

Nazir avait insisté pour qu'il ait une montre en arrivant à Paris. Krim avait retrouvé une vieille Swatch dans les tiroirs de sa sœur, mais au moment de la remplacer par la belle montre du Français du train il crut se rappeler l'avoir gagnée avec son père à la foire et ne voulut pas s'en séparer. Il attacha donc l'autre à son poignet droit et fit ses premiers pas dans la capitale armé de deux montres qui n'avaient miraculeusement, ainsi qu'il le découvrit tandis qu'une mendiante le menaçait de sa logorrhée misérabiliste, que sept secondes de différence.

7.

Paris, 10 heures

Il suivit les indications et trouva en cinq minutes l'entrée de la ligne 14. Nazir avait insisté pour qu'il ne fraude pas mais il n'était pas allé jusqu'à glisser des billets de métro dans l'enveloppe. Krim acheta donc un billet et s'installa au fond de ce métro sans cabine ni conducteur. Les couloirs infernaux serpentaient dans la vitre arrière à mesure que le long wagon les avalait.

Krim s'attarda sur une fille qui portait un haut bleu marine à rayures. Elle était venue s'asseoir en face de lui et pianotait frénétiquement sur son BlackBerry blanc. Krim fut subjugué par sa beauté, d'un genre qu'il semblait n'avoir rencontré qu'en tombant amoureux d'Aurélie. Elle avait les cheveux noirs, le nez long, fin et droit, les yeux sombres et surtout le teint blanc, d'une belle et vigoureuse pâleur latine, une pâleur qui semblait avoir des siècles et qui mettait en valeur, par opposition, la rougeur de ses lèvres à peine maquillées.

Les plus belles femmes du monde lui étaient toutes plus inaccessibles les unes que les autres.

Dans le second métro qui devait le mener à destination Krim se retrouva en face d'une grosse dame noire qui tricotait. Un accordéoniste entra dans leur wagon et se mit à jouer sa version très personnelle d'un tube de Joe Dassin. La mamma noire s'anima en reconnaissant l'air et se mit à chanter à tue-tête en cherchant l'approbation enthousiaste de son carré de places :

— Ô Seigneur dans ton cœur ma vie n'est que poussière ! Ô Seigneur dans ton cœur ma vie n'est que poussière ! Ah ah c'est incroyable ! Ô Seigneur…

Quand il sortit du métro il avait la tête qui tournait. À Paris le ciel était plus grand, les bâtiments plus riches, les gestes des gens plus vifs et leurs regards incomparablement plus durs. Les molécules de l'air aussi paraissaient plus grosses, et Krim sentit qu'il n'allait pas pouvoir tenir longtemps dans cette atmosphère raréfiée où tout le monde lui jetait des coups d'œil dédaigneux. Il ne reconnaissait rien nulle part. Les boulevards pullulaient de brasseries intimidantes, les immeubles haussmanniens étaient ornés de gargouilles et de corniches moulées.

Nazir lui envoya un nouveau message tandis qu'il cherchait le numéro de l'immeuble inscrit sur son post-it :

Reçu : Aujourd'hui à 10:07.
De : N
T'as 5 min de retard. C'est pas possible qu'est-ce qu'on avait dit ? T'es dans le coin ? C'est pas le moment de déconner Krim.

— Ça va, deux minutes, marmonna Krim, on n'est pas aux pièces non plus.

Il s'arrêta au pied d'un riche bâtiment et composa le code. Un escalier menait à une deuxième porte protégée par un autre code. Krim le gravit sans entendre le bruit de ses pas, étouffés par un tapis rouge-brun ajouré de bandes d'or pâle. L'ascenseur qui le mena au cinquième étage se mit à brinquebaler en tirant sur ses câbles, Krim crut qu'il allait lâcher.

Arrivé au cinquième étage, il n'osa pas sortir de l'ascenseur. La voix de Nazir traversait l'une des portes du palier et l'effrayait. Il était en train de hurler, Krim ne comprenait rien. Il pensa à Aurélie et eut l'étrange pressentiment qu'il risquait de ne pas la voir avant longtemps s'il rejoignait Nazir tout de suite.

Il n'avait qu'à inverser les priorités : Aurélie maintenant, Nazir après. Ce n'était pas possible de risquer de ne pas la voir. Il lui fallait du temps, il n'avait qu'à le prendre. Et puis Nazir comprendrait qu'il était amoureux. Comme il avait compris tout le reste. Et puis s'il ne comprenait pas, tant pis.

Il écrivit un texto à sa mère en lui faisant croire que son portable n'avait presque plus de batterie et qu'il ne servait à rien qu'elle l'appelle : il était à Paris comme prévu, plus tôt que prévu, il allait dormir chez le tonton Lounis. Le tonton Lounis qu'elle n'appellerait peut-être pas pour obtenir confirmation, étant donné l'effroyable proximité de son timbre de voix avec celui de son père.

Aurélie lui répondit sur le contre-fa du hurlement le plus haut de Nazir :

Reçu : Aujourd'hui à 10:13.
De : A
Passe chez moi, j'ai fait une fête hier, je suis toute comateuse mais c'est cool.

Le message se terminait par son adresse. Krim appuya sur le bouton RDC et ne tint pas compte des appels enragés de Nazir qui enflammaient son téléphone dont l'indicateur de batterie pointait confortablement à trois barres sur quatre.

Le quart d'heure qui suivit, il le passa à souffrir dans ses baskets trop petites. Enlever deux tours de lacet n'y avait rien fait : il devait s'immobiliser tous les vingt mètres et commençait à réfléchir à la possibilité de se promener en chaussettes pour le reste de la journée. Mais Nazir devait déjà être très en colère contre lui pour l'appeler quinze fois de suite : il aurait vécu comme une provocation impardonnable que Krim déroge en plus de son retard à ce qu'il avait souvent appelé la règle d'or de ce dimanche matin : « Ne pas se faire remarquer ».

Krim cherchait désespérément l'entrée du métro où il était arrivé tout à l'heure. Il y avait vu un plan, sur lequel il pourrait repérer le moyen le plus rapide de se rendre à l'arrêt Buttes-Chaumont où habitait Aurélie.

Au bout d'une contre-allée Krim, épuisé, aperçut un petit local sans devanture qu'il comprit, vu l'apparence des hommes qui attendaient à la sortie, être une mosquée. Lorsque le dernier fidèle y eut disparu, Krim vit qu'on ne fermait pas la porte. Il quitta son poste d'observation et entendit une voix qui psalmodiait des prières derrière la porte du vestibule laissé sans surveillance. Parmi les dizaines de paires rangées sur les étagères en carton, Krim repéra des mocassins crème de taille 45 : il les remplaça par ses propres baskets et prit la fuite.

Il marcha une demi-heure jusqu'à ce qu'il trouve la Seine qu'il décida de longer le temps de savoir ce qu'il allait faire. Il s'engagea bientôt sur le pont qui menait à la gare de Lyon. L'air frais et ensoleillé lui assainissait le cerveau. Il avait la tête remplie de trompettes et de pensées glorieuses.

À mi-chemin du pont il vit un métro qui traversait le ciel sur la passerelle d'en face, au pied des buildings. Son propre pont lui semblait soudain n'avoir été construit que pour lui permettre à lui de marcher sur la Seine.

Il décida de se payer le premier taxi de sa vie.

8.

Saint-Étienne, 11 heures

Fouad s'absenta de la chambre où Zoulikha avait été admise quelques heures plus tôt et rappela Jasmine qui essayait de le joindre depuis quelques minutes.

— Mon Dieu Fouad, je suis tellement désolée ! Ton oncle va mieux ?

— Oui, oui, ne t'inquiète pas. Il est rentré chez lui, mes cousines s'occupent de lui. Tout va bien se passer maintenant.

— Et alors ta tante... c'est quand même terrible, je suis tellement désolée, j'aimerais tellement être avec toi maintenant.

— Oui, oui, ça va se faire, t'inquiète. Vous êtes où là ?

Ce « vous » désignait le cortège qui entourait constamment Jasmine depuis le début de la campagne. Campagne à laquelle elle avait farouchement refusé de participer et qui n'avait fini par la rattraper qu'à l'issue du premier tour. On l'avait vue pour la première fois aux côtés de son père la semaine dernière, au premier rang des spectateurs du débat. La jeune femme soupira longuement :

— Y a eu des problèmes, des bureaux de vote dans le Cantal, va savoir pourquoi dans le Cantal, où les bulletins au nom de Chaouch ont disparu. Papa est en train de parler avec des avocats, mais on va pas voter avant cet après-midi.

— Je croyais que c'était mal vu de pas voter le matin ?

— Non, non, répondit distraitement Jasmine. Enfin je suis pas au courant de tout ça, moi. Je sais même pas encore pour qui je vais voter...

Elle avait une belle voix malicieuse, enfantine et flûtée, si bien qu'on avait du mal à imaginer la puissance que cette même voix parvenait à déployer sur scène. Elle faisait partie de la prochaine production des *Indes galantes* de Rameau, le spectacle le plus attendu du prochain festival d'Aix-en-Provence, mais attendu pour des raisons extramusicales qui l'exaspéraient.

— Quand est-ce que je pourrai rencontrer ta famille, Fouad ?

— Bientôt, bientôt. D'un côté je suis quand même content que tu sois pas venue au mariage de Slim. C'était...

Il s'interrompit parce qu'il ne trouvait pas d'adjectif suffisamment fort, mais aussi parce qu'il avait un double appel.

Après avoir raccroché avec celle qui partageait sa vie depuis maintenant six mois, il appela le numéro qui venait de lui laisser un message.

— Allô, vous venez de m'appeler ?

— Oui, monsieur Nerrouche ? Claude Michelet, substitut du procureur. Je viens d'être mis au courant des événements de cette nuit, et je tiens à vous dire que ce geste odieux ne restera pas impuni, sous aucun prétexte.

C'était la phrase qu'il avait préparée. Son débit de parole s'affaissa considérablement lorsque Fouad resta silencieux à l'autre bout du fil et qu'il dut poursuivre malgré tout :

— Voilà, je vais m'occuper personnellement de retrouver les coupables, et je ferai en sorte qu'ils soient punis de façon *exemplaire*. C'est vraiment, c'est absolument inadmissible d'agresser un homme, qui plus est un homme mûr, je veux dire âgé, de cette façon... *odieuse*.

Voilà, j'espère que vous voudrez bien transmettre mes encouragements à votre famille. Et croyez-moi, on va les retrouver.

— Merci, merci monsieur le substitut.

Fouad retourna dans la chambre de Zoulikha. Toutes ses sœurs s'étaient relayées à son chevet, même si l'infirmière de garde continuait de prétendre qu'il s'agissait d'une toute petite attaque de rien du tout.

Rabia baissa les stores et alluma le poste. Elle zappa sur LCI où le direct montrait des images de Chaouch datant de la veille, au siège du PS à Solférino.

— *Non, non, éteins, éteins,* dit soudain Zoulikha en kabyle.

— Quoi ?

— Éteins ! *Raichek* éteins !

— Et pourquoi ?

La vieille dame remua frénétiquement la tête sur son coussin. Ses sœurs la regardèrent avec effroi. Elle avait l'air possédée.

— Éteins, *raichek* éteins !

C'était la première fois depuis leur adolescence qu'elles lui voyaient les cheveux défaits, et la première fois tout court qu'elles l'entendaient hausser le ton.

Fouad entra, caressa d'un sourire la chevelure ensauvagée de sa vieille tante et demanda à parler à sa mère en privé. Mais le médecin arrivait à son tour, et toute la famille se leva comme un seul homme pour l'accueillir. C'était un grand type étroit et dur avec de petites lunettes rondes, une blouse blanche immaculée et l'air de ne rien détester tant que perdre son temps.

Sans lever les yeux une seule fois sur la famille il consulta le dossier de la tante Zoulikha et donna quelques instructions à l'infirmière qui le suivait.

— Allez, ça va bien se passer madame, déclara-t-il en se dirigeant vers la sortie.

Rabia l'arrêta et voulut en savoir plus. Tandis que le docteur expliquait qu'elle avait fait une petite angine de poitrine sans grande gravité Fouad observa ses tantes en train de boire humblement les paroles de l'apothicaire. Le respect immense qu'il leur inspirait, cette crainte mâtinée de superstition lui parurent si dégoûtants qu'il ne put s'empêcher de sortir avant la fin du speech.

Dounia rejoignit bientôt son fils qui s'étirait en poussant le mur. Il regarda les yeux pochés de sa mère et se laissa aller à un bref mouvement d'humeur :

— Tu devrais aller dormir un peu, ça sert à rien de rester ici, elle va bien maintenant ! T'as entendu le médecin, y a rien à craindre.

— Quoi ? s'indigna Dounia, tu trouves qu'elle va bien ? Tu l'as vue ?

— Je veux dire que son état est stable, il va rien lui arriver.

Dounia hocha négativement de la tête.

— Krim est à Paris, au fait. Chez son oncle, précisa-t-elle. Rabia va le tuer quand il rentre, je te jure elle va le tuer. C'est la goutte d'eau, là.

Fouad garda le silence. Il avait complètement oublié l'existence de Krim et s'en voulait soudain terriblement.

— Qu'est-ce que tu voulais me dire, mon chéri ?

Fouad hésita et fixa son regard sur la fenêtre blanche au fin fond du couloir.

— Qu'est-ce qu'il fout à Paris ? C'est pas normal, il se passe quelque chose de louche, qu'est-ce que Krim est allé foutre à Paris ?

— Mais je sais pas moi, qu'est-ce qui se passe Fouad ?

— Maman, dit Fouad en retenant son souffle, c'est lui, j'en suis sûr.

Les yeux de Dounia se remplirent de sanglots. Sa peine se mua instantanément en rage, elle gifla son fils qui avança vers elle et la prit par les épaules :

— Maman, c'est horrible mais j'en suis sûr. Je le sens. C'est lui qui a fait ça à Ferhat. Je sais que tu veux pas voir la vérité en face mais il est fou. Maman il est fou, vous vous en rendez pas compte. Maman, écoute, maman, c'est un monstre. Putain j'en suis sûr maintenant, c'est lui qui a fait venir Krim à Paris. Il prépare un truc, il prépare un truc encore pire que...

— Arrête ! hurla Dounia. Arrête ! Comment tu peux dire ça ? Ton propre frère. Comment tu peux dire une chose pareille ? Ah...

Elle faillit s'écrouler au pied du mur. Fouad la retint et la serra dans ses bras. Rabia qui avait compris qu'il se passait quelque chose les rejoignit et proposa d'aller prendre un café au rez-de-chaussée. Fouad leva les yeux sur elle et, pour ne pas céder à la pulsion obscure qui s'emparait de lui, fit le contraire de ce qu'elle lui commandait : il accueillit Rabia dans leur embrassade et murmura en caressant les têtes chevelues de ces femmes qui l'avaient vu grandir :

— C'est la meilleure idée de la journée, un petit café. Et puis après faut pas oublier d'aller voter, hein ?

Mais par-dessus l'épaule de Fouad, au détour du corridor, Rabia aperçut un homme en blazer noir qui la fixait, le visage impossible à identifier à cause du contre-jour mais dont la stature et la dégaine lui rappelaient quelque chose. Elle se retourna en espérant découvrir quelqu'un en train de lui adresser un signe de la main, mais il n'y avait personne d'autre qu'eux dans le long couloir rose. Et lorsqu'elle fit un pas de côté et pencha la tête pour s'assurer qu'il la regardait bien elle, Rabia vit l'homme disparaître à pas mesurés en cachant la moitié de son visage avec sa main baguée brillant d'une lueur mauvaise.

Chapitre 9

L'élection du siècle

1.

Siège du PS à Solférino, 12 heures

La commandante de police Valérie Simonetti traversa calmement l'open space moqueté de bleu de la salle de presse. Au début des années 2000 elle avait été la première femme à intégrer le GSPR, Groupement de Sécurité du Président de la République qui assurait aussi celle des candidats à l'élection suprême. Chaouch avait tout fait pour renforcer son rôle au cours de la campagne ; il la voulait dans la voiture et dans le premier cercle lors des bains de foule. Elle avait les cheveux blonds attachés en chignon mais le visage ouvert, juvénile et futé. Elle faisait un mètre quatre-vingt et son pouls ne battait jamais à plus de soixante pulsations minute ; mais ça ne l'empêchait pas d'être souriante, proche des gens. Tout pour plaire à Chaouch qui détestait les gorilles à mâchoire carrée au moins autant que les tireurs d'élite. À la veille du premier tour, il avait viré son chef de la sécurité qui voulait en mettre partout et pris « Walkyrie Simonetti » à la place, pour donner un visage plus humain à sa protection rapprochée, pour promouvoir, aussi, une femme à un poste où on n'en attendait pas.

Le premier conseiller en communication de Chaouch l'arrêta d'un geste de la main et se détacha de la jungle de téléphones sous laquelle on essayait de le submerger. Serge Habib avait les joues creuses, le cou faible et la peau distendue d'un homme qui vient de s'imposer un régime draconien mais réussi. Il avait perdu sa main dans un accident de voiture quelques années plus tôt : son moignon et l'extraordinaire énergie qu'il déployait pour le faire oublier étaient devenus une des images les plus singulières de la campagne. Il expliqua à la garde du corps que le député avait décidé de retarder son départ pour le bureau de vote.

— Et le 13 heures alors ? demanda-t-elle en se préparant déjà à annoncer le changement de programme à ses hommes.

On tendit un téléphone sécurisé au dircom qui se mit à beugler :

— Mais enfin qu'est-ce que j'y peux moi ! Mais oui je lui ai dit mais il s'en fout du JT ! Il dit : cette mascarade du « je me lève tôt pour montrer l'exemple », très peu pour moi… Écoute, on peut en tirer parti, de toute façon Martine a voté, Malek aussi, tout le monde a voté, c'est peut-être pas aussi désastreux que ça en a l'air… Quoi ? Là maintenant ? Il est avec Esther, interdit d'entrer… Écoute Jean-Seb, je lui ai expliqué tout ça mais d'un autre côté il a pas tort, les grands rassemblements communautaires ça va nous tuer, il faut absolument contrôler les images, attends, attends, ils annoncent déjà des milliers de gens au stade Charléty, tous les Arabes des quartiers Nord à Marseille qui descendent sur la Canebière, putain tu sais combien de gens on attend sur la place de la mairie de Grogny ?

La chef de la sécurité crut qu'il posait une question ouverte et fit deux dix avec ses deux mains. Vingt mille personnes. Elle avait fait la reconnaissance des lieux elle-même une semaine plus tôt et se fondait sur l'affluence énorme, quoique probablement moindre, qui les avait surpris au matin du premier tour.

— Non mais calme-toi, reprit Habib, ce que je veux dire c'est que l'image de Chaouch acclamé par vingt mille Arabes sur la place de sa mairie, c'est une catastrophe pour le JT de 13 heures. Elle va penser quoi, la majorité silencieuse ? D'un côté t'as l'ami Ricoré, Sarko entouré de têtes blondes qui prend son petit-déj et court voter et de l'autre côté Chaouch qui se fait applaudir par la rue arabe survoltée à l'heure de la sieste ? Non, c'est pas possible, c'est le scénario de ce connard de Putéoli, les gens vont se dire : c'est le candidat des Arabes, la preuve par l'image... Attends calme-toi, écoute un peu, ça risque d'être le plus grand rassemblement d'Arabes jamais vu en France, vaut mieux faire du *damage control* tout de suite. Il va se recueillir au monument aux morts pour le 13 heures et il vote l'aprem dans la foulée, vers 15 heures, 15 heures 30. J'ai la sécurité là, on va s'organiser... De toute façon pas possible de lui faire changer d'...

Jean-Sébastien Vogel, le directeur de la campagne, lui avait raccroché au nez.

La commandante Simonetti convoqua une réunion urgente dans une petite salle attenante et fit le point sur la distribution des postes. Ses hommes en costume gris évitaient généralement de la regarder droit dans les yeux. C'étaient des hommes durs, affûtés : les meilleurs. Le dispositif de protection rapprochée était immuable depuis que la nouvelle chef avait pris ses fonctions : Luc flanc gauche, Simonetti elle-même « épaule », c'est-à-dire flanc droit (la plus proche de Chaouch) et Marco « kevlar », du nom de la mallette blindée qui devait, en cas d'attaque, être dépliée du haut de la tête au bas des cuisses du VIP à protéger. Autour de ce premier cercle, deux autres cercles concentriques, et depuis le PC mobile l'inamovible « JP » dont la voix de basse faisait trembler les oreillettes.

Quelques instants après le briefing le jeune major Aurélien Coûteaux vint voir sa chef pour l'aviser d'un échange de poste sur lequel il s'était mis d'accord avec un collègue. Il s'agissait d'être kevlar à la place de Marco, qui ne se sentait pas complètement dans son assiette à cause de problèmes gastriques.

Valérie Simonetti qui écoutait en même temps un rapport de JP dans son oreillette lui demanda de répéter. Elle avait compris la première fois mais elle voulait s'assurer que le tressautement infime de la joue gauche de Coûteaux n'était pas accidentel.

— Non, non, trancha-t-elle enfin en décrochant son oreillette, c'est pas le moment de faire des changements de dernière minute.

Coûteaux était le plus jeune du groupe, le plus récemment arrivé, avec des notes excellentes et toutes les recommandations possibles et imaginables – un peu trop au goût de Simonetti. D'autant plus qu'il avait échoué aux examens conducteur mais qu'il avait tout de même été maintenu au GSPR, le seul des policiers du groupe à ne pas détenir les permis de conduire spéciaux, le rouge et le vert.

Le jeune major maîtrisa péniblement un geste d'humeur et balança son dernier argument avec un incoercible tressaillement de la lèvre supérieure :

— Le chef Lindon n'avait aucun problème avec...

Elle le coupa d'un regard et l'affecta au second cercle de protection rapprochée et à la deuxième voiture suiveuse dans le cortège.

— Très bien chef, s'inclina Coûteaux sourcils froncés pour digérer sa punition.

Il disparut dans les toilettes et passa un coup de fil avec son téléphone privé.

2.

Au même moment Valérie Simonetti frappait deux coups à la porte où le candidat s'accordait un moment avec sa femme, deux coups à la fois discrets et résolus auxquels Chaouch répondit « Non ! » avec un sourire dans la voix. Elle poussa la porte et vit le candidat PS à la présidentielle chemise ouverte, collé serré avec sa femme en talons hauts, cheveux défaits. Ils dansaient sur les paroles d'une vieille chanson que Chaouch connaissait apparemment par cœur :

— *Darling* je vous aime beaucoup, je ne sais pas *what to do*… Vous avez *completely stolen my heart*… Vous connaissez Jean Sablon, Valérie ?

— Non, monsieur le député.

— Eh bien vous avez tort ! rétorqua-t-il en plongeant son regard lumineux dans la gorge de sa femme.

— Oui, monsieur le député.

— Et vous madame Chaouch, vous aimez Jean Sablon ? s'amusa-t-il en dirigeant sa femme vers le foyer lumineux de la fenêtre.

Simonetti devança discrètement M. le député pour s'assurer que la vitre aux rideaux fermés ne présentait aucune menace, tandis qu'il se remettait à chanter de sa belle voix pleine et grave en caricaturant son accent français :

— Oh chérie *my love for you is* très très fort… *Wish my English were good enough, I'd tell you so much more*… Valérie, détendez-vous, c'est peut-être la dernière fois avant très longtemps qu'on peut souffler.

— La dernière fenêtre non blindée, murmura Esther Chaouch en fixant de ses beaux yeux gris la lumière incandescente qui soufflait dans les tentures.

En boutonnant quelques instants plus tard la chemise blanche de son mari, elle eut la désagréable impression que c'était leur couple qu'elle acceptait d'enfermer dans une camisole de force. C'était la première fois depuis un an qu'elle se retrouvait seule avec son mari en plein jour, la première fois qu'elle pouvait boutonner sa chemise sans qu'une demi-douzaine de conseillers aboient aux quatre coins de la pièce. Elle baissa les yeux sur ses boutons de manchette qui brillaient au diapason de ses grands yeux marron clair. Il avait éteint son téléphone et formellement interdit l'entrée à la meute, mais Esther pouvait les entendre, chuchoter, presser contre la porte, se battre pour vivre un peu du vertige de l'Histoire.

En passant la cravate sous le col de son candidat de mari elle comprit que ce serait pire, considérablement pire quand il serait élu. Mais lui ne pensait pas à cela : il la regardait sans crainte, au contraire, avec son assurance habituelle, son air simple, espiègle et joyeux.

Pour prolonger ce moment exceptionnel entre eux, elle fit un double nœud à sa cravate.

— Bon allez ma chérie. J'ai bien peur qu'il faille laisser entrer les *dogs of war* maintenant. *Cry « havoc ! »*, récita-t-il dans un anglais suave et désormais parfait, *and let slip the dogs of war...*[1]

— Allez Shakespeare, va donc les rejoindre, tes *dogs of war*.

Esther embrassa ses lèvres agréablement ourlées et fit un pas de côté. Valérie s'autorisa un sourire extraprofessionnel pour répondre à celui, irrésistible, que lui adressait le candidat. Et elle l'informa qu'on n'attendait que lui.

Elle le précéda dans le couloir en annonçant sa sortie dans l'oreillette. Avant de rejoindre le cortège elle s'enquit des problèmes gastriques de Marco. Marco ne comprit pas de quoi elle parlait mais confirma que Coûteaux lui avait demandé à être kevlar, ce à quoi il avait répondu que ce n'était pas de son ressort.

Sur ces mystères la commandante Simonetti entendit la voix de JP dans son oreillette :

— On prend le véhicule leurre. Je répète : on prend le véhicule leurre.

Elle embarqua Chaouch et sa femme dans la deuxième Volkswagen Touareg aux vitres fumées. Aucune nécessité particulière ne présidait au choix du véhicule officiel ou du leurre ; pour déjouer les prévisions d'éventuels mal-

---

1. « Criera "Pas de quartier", et la guerre lachera ses chiens. » (*Jules César*, Shakespeare, Robert Laffont, coll. Bouquins).

faiteurs il fallait que ce choix se décide à la dernière minute.

Le cortège s'ébranla. Il était composé d'une vingtaine de véhicules. À l'avant, les estafettes, motards en grande tenue qui devaient ouvrir la voie et veiller à ce que le cortège ne s'arrête jamais. Derrière eux une voiture sérigraphiée de la Préfecture de police, tous gyrophares allumés. Un premier véhicule bleu nuit du GSPR assurait le tempo, suivi d'un véhicule jumeau qui abritait le commissaire en charge du dispositif. Une deuxième volée de sept motards disposés en V protégeaient la partie la plus sensible du cortège : la première Velsatis suiveuse, deux lourdes Volkswagen Touareg blindées dont l'une abritait le candidat, une Ford Galaxy qui surveillait le flanc droit et trois nouveaux motards. La queue du cortège était composée de divers véhicules transportant le staff de la campagne et le service médical, ainsi que d'un Monospace abritant l'EST (Équipe de Soutien Tactique) : quatre hommes surarmés, en casques lourds, boucliers renforcés et fusils d'assaut pour parer à une attaque d'un commando.

Chaouch n'était pas censé connaître dans le détail l'organisation millimétrée qui accompagnait chacun de ses déplacements depuis les menaces d'AQMI. Il savait encore moins que « Valérie », assise sur le siège passager et toujours prompte à sourire à une de ses boutades, cachait sous son tailleur multicolore un véritable arsenal : un pistolet automatique Glock 17 à la hanche droite, au cas où celui-ci s'enraierait un Glock 26 dans un étui inversé, crosse à la verticale pour tirer l'arme plus vite, ainsi que, harnachées à sa ceinture de métal renforcée, une matraque télescopique, une lampe torche, une petite gazeuse lacrymogène et une grenade offensive ; sans oublier le boîtier de la radio avec ses deux fils, celui qui partait le long du bras et se terminait en micropoignet, et celui, destiné à l'écouteur, qui courait dans son dos à travers la bretelle de son soutien-gorge jusqu'à son oreillette moulée sur mesure après une visite chez l'ORL.

Ce fut dans cette oreillette que l'ange gardien de Chaouch apprit que l'équipe de précurseurs envoyés pour sécuriser l'itinéraire n'avait rien à signaler. Elle s'autorisa une seconde de repos et étudia dans le rétroviseur la gestuelle du candidat. Il s'agissait là de l'aspect le plus étrange de son travail : elle se devait de connaître le langage corporel de l'homme qu'elle protégeait, le connaître mieux que son entourage intime, afin d'adapter sa sécurité rapprochée à d'éventuels mouvements inattendus dont l'anticipation ressortait d'une forme d'empathie magique, ou à tout le moins inexplicable. Ainsi cet après-midi-là, tandis que le cortège filait sur les quais de Seine à toute vitesse, la commandante Simonetti ne put s'empêcher de remarquer que pour la première fois son genou droit se mettait à sautiller dès que le deux-tons d'un gyrophare appelait un autre deux-tons et une cacophonie de sifflets auxquels il était pourtant censé avoir été habitué depuis le début de la campagne...

3.

Quai de Seine, 12 heures

Une grosse heure s'était écoulée depuis que Krim avait pris la décision d'appeler un taxi. Il n'osait pas les héler simplement comme dans les films, et ceux aux vitres desquels il avait cogné avaient refusé de le prendre, au motif qu'ils étaient en pause ou qu'ils n'avaient pas le droit de prendre des clients à proximité d'une station, mais plus sûrement parce que la dégaine de Krim ne leur inspirait pas confiance.

Il y en eut enfin un qui s'arrêta au bord d'une voie qui longeait la Seine. Krim leva les yeux au moment d'y entrer. Les voitures s'arrêtaient au feu vert pour laisser passer des véhicules officiels escortés par une nuée de motards armés. Des passants prétendirent que c'était Chaouch qui allait voter à Grogny. Le cœur de Krim se serra à la pensée que tout le monde s'arrêtait pour lui céder le passage. Il incarnait la République, l'État, le souverain. Krim se souvint du jour où son père, arrêté au feu rouge, avait été exceptionnellement autorisé à le franchir sur quelques mètres pour laisser passer un véhicule du SAMU toutes sirènes dehors. La vie en danger d'un autre homme primait sur les dures lois de la circulation. Le passage du roi également. Il y avait donc encore des choses supérieures dans ce monde incompréhensible.

N'osant pas s'asseoir seul sur la banquette arrière, Krim demanda l'autorisation de prendre la place du mort. Le chauffeur de taxi haussa les épaules et lui demanda où il allait.

— Aux Buttes-Chaumont, répondit Krim avant de consulter son portable et de s'étonner que Nazir ait arrêté de l'appeler frénétiquement.

— Oui mais où aux Buttes-Chaumont ?

Krim lui donna le papier sur lequel il avait écrit l'adresse. Le chauffeur enclencha le compteur et redémarra :

— Roulez jeunesse !

Son père disait exactement la même chose. Même quand il n'y avait que des vieux dans la voiture. Tous ces hommes, pensa Krim, tous ces hommes qui n'étaient pas son père. C'était comme un scandale, plus qu'un scandale. Il n'y avait pas encore de mot pour dire ce que c'était.

La radio cracha les chiffres de la participation en Outremer, et bientôt, à l'issue d'un cafouillage, ceux de la participation en métropole : 39 % et des poussières à midi, soit une hausse sensible de 12 points par rapport au premier tour. Un record absolu, s'extasia le journaliste avant de lancer un duplex avec la mairie d'Aix-les-bains où Françoise Brisseau, rivale malheureuse de Chaouch aux primaires socialistes, rappelait d'une voix enjouée à quel point le jour que nous vivions était historique, « quel que soit le résultat ».

Dans le XVIIe arrondissement Dominique de Villepin venait de glisser son bulletin dans l'urne mais se refusait à faire le moindre commentaire.

— Quand même, s'exclama le chauffeur du taxi, si on m'avait dit que j'allais vivre assez vieux pour voir un président arabe en France !

Krim n'arrivait pas à déterminer son origine : il avait la peau mate, le nez fort et les yeux sombres, ses cheveux grisonnants frisaient et son accent ressemblait à celui de ses tontons, et pourtant il avait l'air français contrairement à eux. Krim en conclut qu'il était juif et se rendit compte que c'était la première fois qu'il en rencontrait un. Il regarda la gourmette qu'il portait au poignet en espérant y voir une étoile de David. Mais il n'y avait que les lettres de son nom, trop de lettres bizarrement configurées que Krim, dont la vue se brouillait à cause du manque de sommeil, ne parvint pas à remettre en ordre.

— ... enfin bon, c'est pas gagné non plus hein, conclut le chauffeur.

Quatorze euros plus tard, Krim posait son mocassin clair sur le goudron d'une rue qui sentait le poisson. Un peu gêné par son allure, jogging et chaussures de ville, il faillit ne jamais rejoindre le trottoir.

Mais Aurélie lui envoya un texto, pas n'importe quel texto, celui-ci :

Reçu : Aujourd'hui à 12:45.
De : A
Alors alors tu viens mon petit prince kabyle ?

Krim dut s'y reprendre à quatre fois pour composer le code au pied de l'immeuble. Il grimpa un à un les escaliers ici aussi tapissés de velours rouge, en se tenant à la rampe dorée. Il n'y avait qu'une porte pour tout le deuxième étage. Avant de sonner, Krim mit son oreille contre le judas constitué de simples hachures métalliques. Il s'attendait à voir Aurélie seule mais il y avait au moins deux voix masculines et une autre voix féminine.

Des pas se firent entendre dans le corridor de l'entrée. Krim recula et s'apprêtait à redescendre les escaliers lorsque la porte s'ouvrit.

Elle portait une salopette en jeans, avec un long T-shirt blanc en dessous. Ses cheveux détachés étaient plus clairs que dans son souvenir, ses épaules de nageuse plus larges mais ses clavicules moins saillantes.

Krim songea aux plaisanteries qu'elle faisait sur sa capacité à transporter de petites quantités d'eau dans les creux de ses clavicules. Son air de défi n'avait pas disparu mais il se teintait d'un amusement, d'une ironie qui mirent Krim mal à l'aise. Elle tenait le bout d'un joint dans sa main droite.

— C'est ouf que t'aies pu venir. Vas-y rentre. Qu'est-ce que tu t'es fait aux mains ? Putain ça saigne, non ? Tu t'es battu ?

— Ouais.

— Pour une fille j'espère ?

Krim haussa les épaules et se laissa accompagner dans l'entrée. Les plafonds étaient hauts, les parquets cirés. Dans le grand salon enfumé où Aurélie conduisit son invité surprise, un lustre entièrement allumé créait une pénible sensation de faux jour. Mais Krim se moquait de la lumière et de l'extérieur. Le soleil était dans l'appartement, à califourchon sur le canapé, en train d'embrasser goulûment une bouteille de whisky-Coca à moitié vide. Ses pommettes piquetées de taches de son étaient éblouissantes, de même que ses yeux en amande jamais rassasiés de leur intensité futée, malicieuse jusque dans leur différence de couleur.

Aucun des trois autres types avachis sur le tapis ne prêta attention à Krim. Sur la table basse des flûtes de champagne éventé côtoyaient des bouteilles de vin aux étiquettes jaunies par l'ancienneté, probablement des grands crus pris dans les caves de leurs parents. Krim remarqua aussi à travers le dessus transparent de la table une mallette de poker ouverte, tapissée de mousse noire et remplie de jetons rouges, bleus, verts, noirs et blancs.

— Tristan, Tristan ! cria l'un des types, cigare au bec et lunettes de soleil, en s'appuyant sur son coude. Ramène-toi mec, ça fait une heure que tu prépares là !

Krim tourna la tête et vit un jeune homme torse nu, casqué de cheveux blonds intenses, aux membres fins, déliés, aux lèvres fines, sarcastiques et princières. Il tenait un plateau en argent à bout de bras, rempli de petits cristaux crayeux qu'il déposa sur la table basse. Tristan sauta ensuite sur le canapé et prit Aurélie par les épaules en scrutant les mocassins de Krim. Lui-même portait des baskets Dior blanches et bleues avec une légère touche de doré.

— Ben vas-y, dit-il à Krim en récupérant le joint, prends la bergère.

Krim ne savait pas ce que c'était, une bergère. Il marmonna un bout de phrase inaudible et n'essaya même pas d'arrêter l'afflux de sang qui faisait battre son cœur à ses tempes. Tous les regards se portèrent bientôt sur lui, y compris celui vert et marron d'Aurélie qui, bouche ouverte, ne comprenait pas ce qui se passait.

Krim tourna lentement sa langue dans sa bouche pâteuse. Sur sa gauche, la cheminée désœuvrée accueillait un miroir où il faillit défaillir en se reconnaissant.

Il avait l'air d'un chameau dans un escalier.

4.

Saint-Étienne, 13 heures

Dounia ne voulait pas conduire, ce fut donc Fouad qui prit le volant. Luna bâillait à s'en arracher les mâchoires sur le siège arrière. Mais lorsque la voiture arriva devant chez elle pour déposer Rabia qui voulait prendre une douche et se reposer un peu, Luna préféra ne pas l'accompagner.

— Mais pourquoi tu vas avec eux ? lui demanda Rabia. Tu peux même pas voter, à quoi ça sert ?

Luna insista, Rabia leva les yeux au ciel et ferma la portière. La tête fatiguée de Dounia apparut par sa vitre baissée :

— Rab' t'es sûre que tu veux pas venir ? On ira se reposer après ?

— Non, non, répondit sa sœur qui tremblait à cause de la fatigue et des rafales de vent. *Wollah* j'ai pas le goût, après peut-être. Et puis faut que j'appelle ce petit *shetan*, là, tu vas voir comme je vais le bouffer... Je te jure je vais le bouffer, répéta-t-elle en bâillant à nouveau à s'en arracher la mâchoire. Putain j'sais pas ce que j'ai, je suis épuisée. Je crois que je vais faire une sieste en fait...

— De toute façon t'as jusqu'à ce soir pour voter, fit observer Dounia en lui lançant un dernier regard inquiet. Vas-y avec Bouzid, il finit à cinq heures.

Fouad remarqua dans le rétroviseur une silhouette louche qui attendait au pied de sa voiture, une BMW gris métallisé stationnée en double file au bout de la rue. Il n'y accorda pas plus d'attention et fila chercher Kamelia qui logeait ailleurs. Il n'y avait pas assez de place chez la mémé pour loger tous les non-Stéphanois,. Une tante se serra à l'arrière pour aller accomplir elle aussi son devoir de citoyenne, mais Raouf et son père préférèrent rester avec Ferhat.

Bien que parisien depuis plusieurs années, Fouad votait encore à Saint-Étienne, dans la circonscription du Nord. En entrant dans le parking de la salle des fêtes il se remémora la chute du tonton Ferhat et serra les dents. Slim les attendait à l'écart de la file d'attente étonnamment fournie à l'entrée du gymnase.

— T'as vu ça ? s'étonna-t-il en embrassant son frère. C'est sûr qu'il va être élu avec tout ce monde qui vient voter ! Regarde en plus, que des rebeus.

Le jeune marié sentit qu'il faisait preuve de trop d'enthousiasme eu égard aux événements de la veille. Il baissa d'un ton et demanda des nouvelles de Ferhat et Zoulikha. Fouad prit sur lui pour ne pas l'incendier d'une manière ou d'une autre. Heureusement la toujours joyeuse Kamelia arriva derrière Slim, passa ses bras autour de son ventre et souleva son poids plume de cousin du sol.

— Alors je t'ai à peine vu hier ! Monsieur le jeune marié... *Zarma*, regarde-le, dit-elle à Luna qui les avait rejoints, le petit Slim *dalguez* maintenant. Elle est où ta femme alors ?

— Ben pareil, elle est allée voter. Elle vote dans le sud de Sainté, elle.

Fouad chercha sa mère du regard et la repéra au pied d'un peuplier que le vent faisait frémir comme un gorille. Il ne la rejoignit pas tout de suite, songeant à ces nuits où il ne dormait pas à cause d'elle, à cause des petites et des grandes menaces qui pesaient sur elle. Aucune menace immédiate en vérité, simplement ce petit fait en plomb, ce petit fait trop lourd pour être supporté par une conscience humaine normalement constituée : un jour sa mère allait mourir.

Il alla l'embrasser et s'en voulut de l'avoir fait pleurer tout à l'heure à l'hôpital en évoquant Nazir.

— Je suis désolé maman, chuchota-t-il à son oreille.

— Allez viens mon chéri, on va voter. Au moins une chose de bien dans ce cauchemar. Non mais franchement, reprit-elle en intégrant la file d'attente, comment on peut faire ça à un vieil homme ? *Wollah* je comprends pas comment il peut y avoir des gens aussi monstrueux.

Fouad garda le silence.

— Tu me ramènes à l'hôpital après mon chéri, d'accord ? J'ai pas envie que Zoulikha reste toute seule.

— Mais y a pas la mémé avec elle ?

— Encore pire si y a la mémé.

Fouad s'assura que toute la smala avait sa carte d'identité et sa carte d'électeur. Luna vint se coller à lui et lui prit la main comme une petite fille.

— Qu'est-ce qui se passe ma puce ? lui demanda son grand cousin.

— J'ai peur, dit-elle en fronçant les sourcils.

— Mais c'est juste un bureau de vote, voyons.

— Non, sourit-elle, pas de ça, de mes résultats. Je vais peut-être faire partie de l'équipe de France junior, enfin je croise les doigts...

— Mais je savais pas, c'est génialissime !

Fouad massa ses épaules de future athlète de haut niveau en regardant Slim qui papillonnait au milieu de ses cousines, tout excité malgré les circonstances, à moins que – la pensée lui fit pincer trop fort les trapèzes de Luna qui poussa un petit cri – ce ne soit à cause d'elles, à cause de la tragédie de la veille et du pouvoir qu'ont les tragédies de réunir les clans qu'il avait l'air ému, heureux, comme un poisson dans le torrent de cette épreuve qu'ils étaient en train de traverser ensemble. Fouad secoua la tête pour chasser ces idées étranges, qui ne lui ressemblaient pas. Il décida de montrer l'exemple et fut le premier à déposer son bulletin dans l'urne et à recevoir son tonitruant brevet de civisme :

— A voté !

Au même moment Mouloud Benbaraka trouva la clé dans le vide-ordures du palier de Rabia. Il l'introduisit précautionneusement dans la serrure et tomba nez à nez avec Rabia.

— Om... ar...

Elle tenait un verre de grenadine à la main, qu'elle lâcha en voyant l'intrus avancer sa longue main musclée dans sa direction pour l'empêcher de crier.

5.

Paris, 13 h 30

Aurélie prit Krim par le poignet et le tira à travers une enfilade de pièces craquantes et lumineuses.

— Tiens regarde, là c'est le bureau de mon père.

— Il fait quoi comme travail ton père ?

— Il est juge d'instruction, mais il est en week-end à Rome avec ma mère. T'as jamais entendu parler du juge Wagner ? Il a failli se faire tuer y a quelques années à cause des Corses. Du coup il a toujours un flingue sur lui et deux gardes du corps, tout le temps. Mais ils étaient là à Bandol, tu te souviens pas ?

Krim observa la pièce aux murs boisés et couverts de livres. Aurélie l'invita à s'asseoir sur le fauteuil de son père et le fit tourner à toute vitesse. Krim arrêta le mouvement en attrapant le rebord du bureau. Le siège grinça, Krim se leva et observa les boutons qui brillaient dans l'intimidant capiton vert sombre.

— C'est quoi comme calibre qu'il a ?

— Tu t'y connais en armes ? lui demanda Aurélie.

— À fond, se vanta bêtement Krim. Je sais tirer, et tout.

Il n'osait pas faire des phrases plus longues, de peur qu'elle remarque son accent. En présence d'étrangers, de non-Stéphanois, il l'entendait constamment, cet accent, et le trouvait abominable, surtout sur les *an* et les *on*.

Tristan hurla depuis le salon. C'était prêt.

— Quoi ? demanda Krim.

— Ben la MD. T'en as jamais pris ? Tu vas voir, c'est juste un truc de dingue. Tu prends l'ecstasy et t'enlèves tout ce qu'il y a de chiant dedans. C'est la drogue de l'amour, tu comprends. Le temps que ça dure c'est le paradis, et après tu sens même pas que tu redescends. C'est doux, susurra-t-elle en fermant les yeux, c'est tellement doux que c'est même doux quand ça s'arrête d'être doux.

— Ouais, ouais, mais je connais, je crois que j'en ai déjà pris une fois.

Krim eut le sentiment qu'elle en avait pris la veille, au moment de la fête, et qu'elle était encore sous son influence. Était-ce à cause de la MDMA qu'elle avait répondu sur Facebook ? Était-ce à cause de la drogue de l'amour qu'elle l'avait invité chez elle et appelé mon petit prince kabyle ? Cette hypothèse le déprima.

Mais il lui suffit de relever les yeux sur son buste qui saillait à travers le T-shirt pour retrouver foi en elle, foi dans l'amour et dans la vie.

Il la suivit comme un fantôme de pièce en pièce. Elle avait toujours la même démarche guillerette, même si ce n'était plus le sable brillant ou les dalles parsemées d'aiguilles de pin que ses petits pieds magnifiaient en passant dessus.

Quand ils furent au salon, Tristan quitta la table basse et voulut embrasser Aurélie sur la bouche. Elle refusa son baiser et s'allongea sur le canapé, une jambe par-dessus le rebord. Elle s'étira comme un chaton, sa poitrine doubla de volume et fit cliqueter le bouton métallique de sa salopette.

Krim vit son regard embué, amoureux, et comprit qu'elle était défoncée.

— Pour qui tu vas voter ? le provoqua Tristan.

— Qui ? Moi ?

— À ton avis Nico il va voter pour qui ? Vas-y fais un peu de sociologie électorale, prouve-nous que ça sert à quelque chose ta prépa Sciences-Po à six mille balles.

Ses yeux effilés se fermaient tout seuls quand il parlait. On aurait dit qu'un démon ventriloquait à travers lui.

Nico refusa d'entrer dans son petit jeu, Aurélie prit la défense de Krim :

— Mais ça veut rien dire, Tristan, t'es trop con des fois. Moi je suis trop jeune mais j'aurais voté Chaouch. Sûre à 200 %.

— Parce que c'est le plus beau, répliqua Tristan qui obtenait le silence dans l'assemblée avant même d'ouvrir la bouche. Tu votes pour celui avec qui t'as envie de baiser. Petite putain. Moi je suis fidèle à mes convictions.

— Tes convictions mon cul.

— Attends ça fait deux ans que je suis aux Jeunes UMP, persifla Tristan. Et tu crois quoi, moi ça m'aurait pas gêné de voter pour un candidat de la diversité. Mais à condition qu'il puisse faire le job. Faut juger sur les idées, pas sur les origines de la personne, mais Sarko ça il l'a toujours dit.

— Ouais c'est ça, se moqua Aurélie.

Mais Krim ne comprenait pas qui se moquait de qui.

— Attends c'est grâce à qui à ton avis qu'on a un candidat – désolé – entre guillemets arabe pour la première fois ? C'est grâce à Sarko. C'est lui qui a fait entrer des gens de la diversité dans le gouvernement pour la première fois.

Krim, épouvanté par le ton de Tristan, recula et fit tomber un halogène.

— Tu veux pas nous mettre un peu de musique au lieu de tout casser ?

Il lui indiqua un iPad sur le dessus marbré de la cheminée. Krim s'y rendit en espérant que la conversation allait s'arrêter là, grâce à la musique. Mais une fois planté devant l'appareil luxueux, il concentra toute son énergie mentale à éviter son propre reflet dans la glace.

— Allez vas-y ! s'impatienta Tristan. Mets un truc cool, genre électro, enfin non, en fait, mets ce que tu veux. Et fais attention, hein.

Krim imagina qu'il prenait la précieuse tablette et l'écrasait sur la tête du blondinet. Il se rendit sur Deezer et faillit taper Aït Menguellet dans la boîte de recherche. Il lui préféra Kanye West.

Sur les premières phrases de violoncelle de sa version préférée d'*All the lights* il entendit quelques soupirs de déception. Mais pas d'Aurélie qui s'était relevée et qui fixait le reflet de Krim en espérant accrocher son regard. Krim leva les yeux sur le miroir et chercha à lui communiquer sa détresse, toute sa détresse.

Elle allait réagir lorsque Tristan lui tourna la tête de force vers le plateau.

— Mais arrête espèce de débile, s'indigna-t-elle avant d'éclater de rire.

Krim se retourna et prétexta un rendez-vous urgent.

— Mais avec qui ? s'inquiéta Aurélie.

— Non, rien, avec mon cousin.

— Reste un peu, dit-elle sans autant de conviction qu'il en aurait souhaitée. Tu devrais essayer la MDMA. Je te jure, essaie. Allez, tu vas essayer hein ?

Pour la première fois, Krim la trouva dégoûtante. Elle avait dit *hein* un ton au-dessus du reste. Les bourges étaient donc toujours des bourges, quoiqu'ils fassent pour avoir l'air d'autre chose. Son hésitation se dissipa. Il n'allait pas essayer sa drogue. Il cherchait une façon honnête de le lui annoncer lorsqu'il entendit Tristan prononcer un nom qui le fit sursauter. Il s'approcha de lui.

— Qu'est-ce t'as dit, là ?

— Quoi ? se défendit Tristan en mettant le plateau à l'abri de la dispute qui risquait d'éclater.

— T'as dit un nom, vas-y, redis-le.

Les yeux bleus de Tristan brûlaient de méchanceté gratuite, de ce genre de méchanceté qu'il suffit d'un sourire d'autodérision pour justifier. « Merde on rigole. Putain on peut pas rigoler avec vous. » Krim eut envie de le tuer.

— Quel nom ?

— Il parle de Krikri je crois, répondit un des autres types, le fluet, pour désamorcer le conflit. C'était lui la voix de fille qu'il avait entendue derrière la porte.

— Pourquoi tu m'appelles Krikri ? hurla Krim.

Il poussa violemment la poitrine de Tristan et s'éloigna vers la cheminée tandis que les autres types se retenaient d'éclater de rire. Tristan pouffa et explosa au moment où Aurélie prenait la main écorchée de Krim en le réconfortant :

— Krim je suis désolée, les écoute pas ces crétins.

Le contact avec cette peau lisse et tellement fantasmée ne lui faisait plus rien. Il se mit à regarder l'amour de sa vie avec une sorte de stupeur attentive et ralentie : il ne la détaillait pas, ne la dévisageait pas non plus, c'était plutôt comme s'il avait suivi dans son regard les derniers flamboiements d'une torche lâchée dans un abîme. Il retira ses phalanges de celles d'Aurélie et prit sa tête entre ses mains.

Il donna un coup de pied dans la table basse et s'enfuit en courant au moment où les types se levaient pour faire front contre lui.

6.

Paris, 14 heures

Il courut dans la rue, fit le tour du pâté de maisons, trébucha à plusieurs reprises et finit par appeler Nazir. Celui-ci ne répondit pas. Pour se calmer Krim descendit le long du canal Saint-Martin. Mais il y avait trop d'agitation, trop de vie, trop de soleil. La bonne humeur des gens l'affligeait, la moindre montée lui coupait le souffle. Ses mains tremblaient, ses maux de tête n'allaient pas tarder à ressurgir.

Et puis c'était quelque chose qu'il n'avait jamais vu dans les rues stéphanoises, cette excitation, ce tremblement d'une vie qui lui paraissait plus riche, plus noble, plus vivante que toutes les formes qu'il avait expérimentées jusqu'ici. Les gens étaient mieux habillés, tous avec soin, une longue rue piétonne où se terminait le marché était noire de monde mais ce n'étaient pas les vieilles mémés en Reebok et robes algériennes qui l'apostrophaient pour qu'il les aide à ouvrir leurs sachets. Ici, d'ailleurs, personne ne le remarquait, surtout pas les Arabes qui vendaient à la criée mais qui se taisaient quand Krim défilait devant leur étal.

Une fanfare apparut, se matérialisa sur une placette bondée au pied d'une fontaine. Des jeunes étudiants heureux, sûrs d'eux, savamment dépeignés, qui jouaient des airs de jazz. Le trombone était un ton au-dessous des autres instruments, mais... l'était-il ? Krim se concentra, le seul au milieu des badauds à écouter réellement leur musique. Mais c'était une catastrophe : il n'arrivait plus à distinguer la place des notes dans l'échelle complexe que son oreille était pourtant habituée à dresser d'elle-même, comme l'écran d'informations qui sépare le monde extérieur de la petite cervelle hyperactive de Terminator.

— *La Marseillaise ! La Marseillaise !* cria une femme aux longs cheveux frisés à la fin de leur dernier morceau.

Devant les hourrahs qui montèrent de la foule bigarrée de leurs auditeurs, les étudiants n'eurent pas à se concerter bien longtemps pour décider de la jouer en bis. On entendit plusieurs personnes chanter, de toutes les couleurs, des pères qui portaient leur bébé sur leurs épaules, des groupes d'adolescentes ironiques, des prolos qui faisaient mine de lever le poing en s'entre-regardant du coin de l'œil.

Quand les dernières notes retentirent, Krim se souvint du rituel de sa mère au début des matchs de la Coupe du monde, qui ajoutait toujours sur les trois notes finales, en réponse au sang impur qui abreuvait leurs sillons, un tonitruant « bande de cochons », quatre do martelés sur un ton de joyeuse parodie martiale, sourcils froncés et menton haut.

Un peu plus loin, Krim vit une file d'attente qui occupait tout le pâté de maisons d'une école municipale qui faisait office de bureau de vote. Il détailla chacun des visages de la file, surtout les papas blancs et sages, qui détournaient le regard quand Krim passait. Cette façon de ne pas oser le regarder comme s'il avait la peste, c'était comme si les chiens avaient aboyé en sentant son odeur de petit rebeu fumeur de shit. Il longea le trottoir en observant le rond imparfait du soleil qui flottait dans le caniveau. Les nuages le reprirent quand Krim eut quitté la rue de l'école et les gens surexcités qui parlaient du « grand jour ».

Après une demi-heure de course, Krim retrouva miraculeusement la Seine.

Il crut entendre des cris de mouettes. Il leva les yeux au ciel et fut rejoint par un vieillard aux yeux bleus qui les leva à son tour en se frottant les mains derrière le dos :

— Eh oui c'est des mouettes. Y a une décharge par là-bas.

Krim faussa compagnie au vieillard et marcha sur le pont qui donnait sur l'autre côté de l'église de Notre-Dame. Son portable vibra.

Reçu : Aujourd'hui à 14:56.
De : N
Allez c'est fini maintenant. Tu viens au lieu du rendez-vous ou tu vas me le payer cher, très cher.

Krim l'appela une fois, deux fois, trois fois. Une larme coula sur sa joue. Il lui écrivit par texto d'aller se faire foutre.

Reçu : Aujourd'hui à 14:58.
De : N
Avec tout ce que j'ai fait pour toi c'est comme ça que tu me remercies ? Tu me lâches comme une merde ?

Krim s'arrêta au milieu du pont et regarda un Zodiac qui glissait sur les flots, comme il l'avait fait l'été dernier avec Aurélie. Il écrivit à Nazir que c'était fini, qu'il ne pouvait plus lui faire confiance, qu'il renonçait à sa mission.

Si tu me saoules encore j'appelle Fouad et je lui explique que tu m'as payé pour que je tire sur un type.

Nazir répondit dix secondes plus tard :

> **Reçu** : Aujourd'hui à 15:00.
> **De** : N
> C'est ce qu'on va voir.

Et dans les deux minutes qui suivirent, Krim reçut trois MMS qui consistaient en de simples photos, de mauvaise qualité mais sur lesquelles il n'eut aucun mal à distinguer sa mère allongée en position latérale sur le lit de sa chambre, comme dans sa vision d'horreur, cette vision de cauchemar qu'il avait racontée à Nazir. Sauf qu'ici elle n'était pas seule dans la pénombre, mais surveillée par Mouloud Benbaraka, Mouloud Benbaraka assis sur le rebord du lit et dont le sourire fixe et malsain ne laissait aucun doute sur ses intentions véritables.

Krim jeta son téléphone par-dessus la rambarde du pont. Il l'entendit atterrir sur un Bateau-Mouche où des touristes prenaient des photos du prodigieux derrière de Notre-Dame de Paris en cherchant désespérément des passants à saluer. Tandis qu'une jeune étrangère ramassait son portable, Krim s'écroula sur le trottoir, prit ses genoux entre ses mains et hurla à s'en retourner le ventre.

7.

Saint-Étienne,
quartier de Montreynaud, 15 heures

Bouzid profita du feu rouge pour enlever son gilet aux couleurs de la STAS et dans lequel il étouffait. Lorsque son bus repartit il aperçut des bandes de jeunes qui couraient au milieu de la chaussée, dans la même direction. Il y avait des garçons, des filles, des adultes aussi. Ils affluaient de toutes les cités HLM de la colline, galopaient comme des zèbres dans la savane.

Bouzid se retourna et vit que son bus était presque vide. Deux vieux en vestons élimés plissaient les yeux pour entendre les informations à la radio. Bouzid leur trouva un air de famille avec son grand-oncle Ferhat, il augmenta le son et suivit le cortège de coureurs le long de cette route en lacets qu'il connaissait par cœur.

Les dimanches étaient pénibles pour Bouzid : il ne pouvait écouter ni Ruquier sur Europe 1 ni *Les Grandes Gueules* sur RMC, son émission préférée. Mais les infos du jour valaient mieux que tout. Des foules de gens se rassemblaient dans les villes de banlieue, sur la Canebière à Marseille, ils criaient tous Cha-ouch, Cha-ouch, Chaouch. Au détour d'un virage Bouzid aperçut une foule impressionnante massée sur une placette où avait été dressé, depuis son dernier passage une heure plus tôt, un écran géant, comme pour les soirs de derby à l'extérieur.

La rue était bloquée, et pour la première fois de sa vie Bouzid la perçut dans la réalité, cette fameuse « électricité dans l'air ». Après quelques coups de klaxon il renonça à fendre la foule compacte. Des gamins montaient dans les platanes pour voir l'écran. Au lieu d'appeler le central, Bouzid se mit debout sur son siège et vit ce que tout le monde regardait : le candidat Chaouch en train de saluer les photographes, accompagné de sa femme, de sa fille, de son directeur de campagne, celui qui avait un moignon à la place de la main droite.

Son premier réflexe fut d'appeler Rabia pour lui raconter la scène. Quand il se passait quelque chose d'extraordinaire, Rabia était la meilleure personne à appeler : elle était à la fois très impressionnable et très bon public. On ne gâchait jamais une anecdote en choisissant de la lui raconter.

Mais Rabia ne répondit pas. À aucun de ses quatre appels. Il laissa un message sur sa boîte vocale, où il décrivait ce qu'il voyait.

— *Ah vava l'aziz, wollah* y a tout le quartier de Montreynaud, ils sont tous descendus de chez eux pour voir Chaouch en train de voter ! C'est un truc de malade, la Mecque Rabia, si tu voyais ça... Un truc de malade...

Il chercha du regard l'approbation et l'enthousiasme de ses deux passagers. Ceux-ci avaient quitté leurs places, ils hochaient la tête en signe d'admiration. Bouzid crut même voir des larmes de joie couler sur les joues olivâtres et fripées du plus souriant des compères. Il se fit la réflexion qu'on ne pouvait pas trop savoir avec les vieux : l'âge rendait les hommes émotifs. Mais il se ravisa en étant soudain lui-même submergé par une montée de sanglots, des sanglots qu'il n'avait plus connus depuis la fin des années soixante-dix, lors de la grande épopée des Verts : le bonheur collectif, l'envie d'embrasser des inconnus qui, dans la chaleureuse folie du moment, se révélaient être, avoir toujours été nos frères.

Il se rapprocha des vieillards et de leurs yeux brillants. Il enleva sa casquette et passa le doigt sur la veine de son crâne. Pour la première fois depuis des années ce n'était pas la colère mais l'espoir qui la faisait saillir.

8.

Paris, 15 h 15

Lorsque Krim frappa enfin à la porte de l'appartement où il avait entendu Nazir crier quelques heures plus tôt, il pensa qu'il faisait erreur et qu'il ferait mieux de rentrer à Saint-Étienne pour protéger sa mère lui-même. Mais la porte s'ouvrit sur un type à barbiche, un rouquin, qui le dévisageait en haussant les sourcils :

— Quoi, c'est toi Krim ?

— Oui, répondit Krim de sa voix la mieux assurée. Il est où Nazir ? Qu'est-ce que vous allez faire à ma mère ?

Le type à barbiche ne répondit rien et conduisit Krim au salon. Il portait un débardeur sale et semblait s'être réveillé dix minutes plus tôt.

— Tu veux du café ?

Mais il pensait déjà à autre chose. Il prit son téléphone et s'exila dans la cuisine, laissant Krim se dévorer les ongles de ses mains sanglantes.

Le type à barbiche revint au salon habillé et prêt à partir. Krim crut que son cœur allait lâcher.

— Bon, tu viens ? C'est bon.

— Qu'est-ce qui est bon ?

— Allez, on y va.

— Je veux lui parler, s'emporta Krim. Si je peux pas lui parler...

— Tu fais quoi ? l'interrompit le rouquin en le fixant de ses yeux durs.

Ils descendirent au parking souterrain et montèrent dans la voiture du rouquin. Ils roulèrent sans dire un mot pendant dix minutes, jusqu'à ce qu'ils aient franchi le périphérique. Un panneau au sortir de la voie express indiquait GROGNY, ville fleurie 0 étoile. Sur l'interminable avenue qui fendait la ville en deux, Krim aperçut plusieurs voitures avec des drapeaux algériens, marocains, tunisiens.

— On est où ? demanda Krim, paniqué.

Le type à barbiche attrapa un paquet sur le siège arrière. C'était une grosse enveloppe capitonnée, qu'il remit à Krim en hochant négativement la tête.

— Bon, fit enfin l'autre, tu sais t'en servir ? Normalement tu t'es entraîné. Tu t'es entraîné, hein ? C'est un...

— Je sais, un 9 mm avec un chargeur de quatorze balles. J'ai le même chez moi. Mais je comprends pas, je dois tirer sur qui ? Je veux parler à ma mère.

— Le nez, l'interrompit l'autre. Tu vises le nez. Et surtout tu regardes pas sur le toit O.K. ? Y aura des tireurs d'élite sur tous les toits autour. Un avec des jumelles, l'autre avec un fusil et un télémètre. Je te le dis pour que t'aies pas envie de voir à quoi ça ressemble. Tu comprends tout ce que je te dis ?

Krim acquiesça en mobilisant toutes ses forces pour s'empêcher de trembler. Sur la crosse en bois du pistolet étaient gravées quatre lettres : S, R, A, F.

— Putain de merde, lâcha le rouquin sans raison.

Il parut sur le point de faire demi-tour. Quand le feu passa au vert, Krim le regarda secouer la tête en signe d'incrédulité.

— Je sors pas de cette voiture tant que j'ai pas parlé à ma mère.

— Arrête ! Tu sors de la voiture et tu fais ce pour quoi Nazir t'a payé.

— Appelle Nazir, rétorqua Krim. Dis-lui que je bouge pas tant que j'ai pas eu ma mère au téléphone.

— Putain fait chier !

La voiture redémarra doucement et passa devant deux policiers à gants blancs qui barraient l'accès à une rue aussi populeuse qu'une sortie de match au Chaudron. La circulation était bloquée dans tout le quartier, les gens affluaient, traversaient le boulevard en ralentissant les bus flanqués de drapeaux tricolores. Un groupe de vieilles Berbères maquillées de bleu chantaient des chansons pieds nus dans un petit square, en s'accompagnant elles-mêmes avec des derboukas.

Le rouquin appela Nazir et lui exposa la situation. Il raccrocha quelques secondes plus tard, attendit une interminable minute et composa un autre numéro.

— Je te le passe, dit-il soudain à son interlocuteur.

Krim prit le téléphone et reconnut la voix de Mouloud Benbaraka.

— Ta mère va bien. Il lui arrivera rien si tu fais ce que t'as à faire.

— Je veux lui parler.

— Elle dort, là.

— Je veux lui parler. Je veux l'entendre et je veux que tu l'amènes à mon cousin Fouad. Tant qu'elle est pas en sécurité je fais rien.

Il y eut un remuement confus à l'autre bout du fil. Finalement Krim entendit la voix de sa mère, effectivement endormie, un peu shootée, mais saine et sauve :

— Krim, qu'est-ce qui se passe ? Mon chéri qu'est-ce qu...

— C'est bon tu l'as entendue, cracha Benbaraka après avoir récupéré le combiné. Maintenant t'arrêtes de me faire chier.

Il raccrocha. Le rouquin avait le poing serré, il regarda dans le rétroviseur.

— C'est bon, t'es rassuré ? On y va maintenant.

— Je bouge pas tant que j'ai pas une photo d'elle avec Fouad.

Le visage du rouquin fut envahi de tics. Un de ces tics lui soulevait le menton et la barbiche avec. Il appela Nazir et lui expliqua le problème. Krim pouvait entendre les cris de Nazir qui faisaient vibrer le téléphone. Il était terrorisé.

— C'est bon, déclara le rouquin en raccrochant, tu vas l'avoir ta photo. Mais il faut se dépêcher maintenant. Allez sors de la voiture et prépare-toi.

— À quoi ? demanda Krim.

Il connaissait évidemment la réponse, la connaissait parfaitement sans pour autant l'avoir jamais formulée.

La foule compacte s'en chargea pour lui.

— Cha-ouch, Cha-ouch, Cha-ouch !

9.

Des youyous surprirent Krim lorsqu'il se faufila entre les gens. On se serait cru à un mariage.

Le type à barbiche brandissait une carte de presse pour passer plus vite. Il portait aussi un gros sac en bandoulière, avec un micro baroudeur qui enregistrait les sons de la rue survoltée. Le cordon de sécurité à l'entrée de la mairie était composé d'une vingtaine de CRS et de barrières jaunes. Il devait y avoir des dizaines de milliers de gens autour de la mairie. Des gardes du corps de Chaouch s'étaient mêlés à la foule ; ils composaient le deuxième cercle de protection rapprochée. Krim fut dévisagé par l'un d'eux, il pensa qu'il était sauvé. Le travail de ces hommes consistait à repérer les visages suspects. Krim savait que le sien l'était, mais le rouquin à barbiche échangea un regard avec le garde du corps qui l'avait remarqué et propulsa Krim au premier rang.

Soudain une rumeur se propagea dans la mer de ces trognes exaltées. Les gens se retournaient pour faire circuler l'information :

— A voté ! A voté !

Et ce fut alors que Krim vit le candidat apparaître sur le perron. Il était plus petit qu'à la télé, mais toute sa personne resplendissait, exhalait un air de majesté et de vigueur. C'était le sérieux de la vie, Chaouch. C'était la fin de la pacotille.

La foule hurla son nom :

— Cha-ouch, Cha-ouch, Cha-ouch !

Valérie Simonetti porta son poignet à sa bouche et murmura :

— Bain de foule, bain de foule.

En effet Chaouch vint serrer des mains. Une femme s'évanouit derrière la barrière opposée à celle de Krim. Chaouch se retourna, Valérie Simonetti qui ouvrait le passage et progressait en crabe lui fit signe de continuer. Derrière Chaouch il y avait un autre garde du corps, le kevlar, qui scannait les visages un par un.

Au sommet des immeubles de la place les TPH, tireurs point haut, n'avaient rien à signaler. En vérité ils se concentraient sur les femmes en burqa qui parsemaient la foule : Chaouch avait formellement interdit de leur refuser le passage, pour ne pas les « ostraciser davantage ».

Le candidat continua donc de serrer des mains jusqu'à ce qu'il arrive à celle de Krim, sa main droite fébrilement tendue au-dessus de l'épaule lignée de bleu d'une policière. Le sang battait aux tempes de Krim mais sa main gauche était sûre. C'était celle de sa montre Swatch, celle sur laquelle la vie avait sept secondes de retard. Était-ce une bonne chose ? Ne valait-il mieux pas tirer avec celle qui avait sept secondes d'avance ? Et comment s'en sortirait-il après ? Allait-on l'abattre avant même qu'il ait eu le temps de lever son arme ?

Il se souvint des séances de tir avec Gros Momo, de l'extraordinaire maniabilité du 9 mm, de son peu de recul, de son poids réconfortant.

— Je veux voir la photo ! cria-t-il au bord des larmes.

Le rouquin ne répondit pas. Il consulta son téléphone et poussa Krim contre la barrière.

— Tu reverras jamais ta mère si tu te dépêches pas ! Tu m'entends ? Tu la reverras jamais ! Alors vas-y !

— Je vous fais pas confiance, implora Krim avec sa voix d'enfant.

Il pleurait à chaudes larmes à présent.

— T'as pas le choix ! hurla le rouquin.

Krim s'aperçut qu'il avait raison. Il n'avait pas le choix. Il chercha du regard le nez de Chaouch. Il était étonnant, ce nez, il était droit, trop droit, les narines s'épaississaient mais il y manquait la bosse kabyle, la bosse des Nerrouche.

Soudain ce fut trop tard : le candidat avait manqué la main de Krim et la dirigeait déjà vers les personnes suivantes.

Le rouquin poussa Krim un peu plus avant dans la foule. Il lui lança un regard noir et l'encouragea à jouer des coudes.

— Vas-y ! cria-t-il. Vas-y !

La commandante Simonetti appuya sur son oreillette et fit un clin d'œil au candidat qui, bien que de profil, le repéra et se prépara mentalement à devoir refuser les mains qui suivirent. Une petite fille hissée à bout de bras par son père plissait déjà les lèvres pour l'embrasser. Il la saisit dans ses bras, par-dessus la barrière de sécurité. Son père prit une photo.

Krim se retrouva tout contre ce bonhomme joufflu qui multipliait les clichés. Il sentit soudain quelque chose contre sa cuisse, à l'intérieur de son jogging. On aurait dit des limaces chaudes qui cheminaient entre ses poils. Il s'était pissé dessus.

Le rouquin en nage se mit à lui donner de petites tapes contre les côtes. Krim bouscula le père photographe et remarqua les jambes nues et couleur caramel de sa fillette tandis qu'elle repassait par-dessus la barrière. La garde du corps blonde aidait la fillette à rejoindre les bras de son père au moment où Krim effleura la paume de Chaouch. Il pensa aux photos de sa mère avec Mouloud Benbaraka, il pensa au corps de sa mère nu dans la semi-obscurité bleutée de sa chambre.

Il leva le bras, protégé à droite par la silhouette du rouquin et à gauche par le corps de la petite fille. Il ferma les yeux une demi-seconde et découvrit en les rouvrant sur ceux de Chaouch, dans l'apothéose de cet après-midi poudroyant de paillettes ensoleillées, que la peur habitait aussi le regard des dieux.

Il ne tira qu'un coup, dont il eut le temps d'apprécier la perfection et la netteté. La balle atteignit la joue gauche du candidat et le fit tomber à la renverse.

10.

Dans le chaos qui suivit la déflagration Krim n'entendit plus rien. Les coups pleuvaient sur lui, il avait souffert du premier mais les suivants semblaient frapper un corps différent, son propre corps en vérité mais libéré, enfin libéré de la tyrannie de ses terminaisons nerveuses. Depuis le sol où on l'avait projeté, il vit une foule de faces difformes, haineuses, des regards sanglants, impitoyables.

Une immense femme blonde arracha soudain la barrière de sécurité et avec une force surhumaine souleva Krim du sol où il s'était affaissé. Elle fut bientôt assistée par trois hommes dont celui qui l'avait laissé passer, qui maintinrent Krim à quelques centimètres du sol, face contre le bitume où le soleil s'imposait au moindre carré d'humidité, comme dans le Sud l'été dernier, c'était cela, comme la mer et le soleil qui s'entre-regardaient pendant les très riches heures de l'après-midi. Et pendant qu'on le brutalisait, pendant qu'on parlait de lynchage et d'hôpital, Krim pouvait à nouveau la voir, cette majestueuse colonne de reflets argentés du soleil d'environ 15 h 30, colonne qu'il suivait parce que Aurélie la suivait elle aussi, jusqu'au-delà des bouées, jusqu'à cette zone étrange où des coraux surgissaient sous leurs pieds nus, assombrissant la belle eau verte comme s'il s'était agi de monstres marins ensommeillés.

11.

Saint-Étienne, 15 h 30

Dounia se leva du rebord du lit et alluma la télé qui dominait toute la pièce, en espérant que Zoulikha dormait vraiment. Mais celle-ci se réveilla brusquement et exigea à nouveau de l'éteindre. Dounia s'exécuta, approcha de sa grande sœur, posa la main sur son front pour voir si elle avait encore de la fièvre lorsqu'un hurlement provenant de la chambre d'à côté éviscéra le paisible ronron de l'étage. Il fut suivi d'un deuxième hurlement, et d'un troisième, et d'une agitation tellement incongrue dans ces murs rose pâle qu'on aurait dit une descente de police dans une crèche. Dounia vacillante se dirigea vers le couloir et vit deux aides-soignantes qui couraient dans le sens opposé en criant :

— Ils ont tiré sur Chaouch ! Ils ont tiré sur Chaouch !

Elle les suivit tel un fantôme et dut s'arrêter à mi-chemin en s'appuyant sur la barre d'une civière, pour reprendre son souffle.

Son premier réflexe fut d'appeler Rabia, mais celle-ci ne répondit pas. Elle appela son fixe, elle appela Luna, elle appela Nazir, elle appela Fouad et enfin Slim.

Au moment où Slim décrocha elle se mit à tousser d'une toux grasse et maladive, à laquelle se mêlaient des hoquets, des sanglots et des cris. Elle entendait la voix de Slim à peine étouffée dans l'appareil, la voix de son benjamin qui hurlait maman, maman, maman, mais elle ne pouvait pas s'arrêter de tousser, elle expectorait même un peu de sang à présent.

Une infirmière tétanisée devant la télévision au bout du couloir vint enfin la secourir et rassurer son fils au téléphone, d'une voix entrecoupée de larmes.

À l'autre bout de la ville Fouad n'avait pas entendu son portable vibrer : il frappait depuis bientôt un quart d'heure à la porte de l'appartement de Rabia où un mauvais pressentiment avait fini par le conduire. Une BM avait démarré en trombe au moment où il avait garé sa voiture au pied de son immeuble, accentuant son inquiétude. Il commença à frapper plus fort et courut cogner contre l'autre porte du palier. Personne ne lui répondit.

Il descendit finalement au sous-sol, songeant à ce qu'il avait entendu sur Krim qui y faisait des choses bizarres. À chaque cave était associé un numéro listé sur un panneau délabré où Fouad repéra quand même le nom de Rabia : Nerrouche-Bounaïm. Il suivit le long corridor éclairé au néon, franchit plusieurs portes coupe-feu et entendit du bruit derrière la porte en bois du petit local qu'il cherchait. Lorsqu'il frappa la porte s'ouvrit toute seule, sur Gros Momo avachi dans l'ombre, le visage éclairé par un écran lumineux.

— Mais qu'est-ce que tu fous là toi ?

Gros Momo se leva et voulut s'échapper. Fouad le retint fermement et parcourut la petite pièce qui ressemblait à une caverne d'Ali Baba. Il y avait des paquets de chaussures empilés les uns sur les autres, une demi-douzaine de consoles de jeux et deux téléviseurs à écran plat.

— Momo qu'est-ce que c'est que tout ça ?

— Putain, je suis désolé, on voulait pas…

— Qu'est-ce que vous trafiquez ici ? Putain réponds-moi !

— Mais rien, rien, on fait un peu de… de business, tu vois, mais rien de grave. C'est Krim, avec l'argent de son cousin. On a acheté des machins et on les revend, on se fait un peu de bénef mais à peine, je te jure.

Gros Momo était d'une sincérité incontestable mais Fouad remarqua qu'il s'était déplacé devant une pile de paquets.

— Qu'est-ce que tu caches là ?

Il poussa Gros Momo et découvrit au sommet des paquets le canon d'une arme dépassant d'une serviette de bain mal enroulée.

— C'est rien, je te jure, on s'entraînait juste à tirer, comme ça, au bois, c'était juste pour passer le temps.

Fouad se prit la tête entre les mains. Il consulta son téléphone portable, vit le nombre et la diversité de ses appels en absence et comprit qu'il s'était passé quelque chose. Pris de vertige il faillit tomber à la renverse et fut retenu par Gros Momo dont le visage horrifié et joufflu s'était mis à briller à cause de la transpiration. Fouad reprit son souffle et regarda l'écran vivant que Gros Momo n'avait pas eu le temps de mettre en pause. C'était un jeu de tir, en vision subjective : le canon d'une mitraillette était pointé sur un coin de mangrove silencieuse, qui demeura déserte encore quelques secondes avant qu'un soldat en tenue de camouflage ne surgisse et tire dans leur direction, ensanglantant graduellement l'écran.

12.

Paris, au même moment

Nazir avait vu l'un de ses trois portables bouger sur le dessus de son clavecin. Il n'y avait prêté aucune attention, trop concentré sur la partition des *Sauvages*, cette pièce de Rameau qu'il travaillait depuis des semaines sans progresser.

Il ferma enfin le clapet et passa la main sur son menton. En une semaine ses poils n'avaient pas assez poussé pour qu'il sache s'ils allaient se mettre à friser. Il s'en désola un peu et comme à son habitude scruta les murs et le sol, recoin par recoin, redoutant d'y voir apparaître la masse furtive de quelque petite bête. Après quoi il marcha vers la fenêtre de sa chambre vide à l'exception de l'instrument doré, d'un lit de camp et d'un macaque empaillé.

La rue haussmannienne était réduite au silence par le double vitrage qu'il avait fait poser lui-même. Mais un mouvement attira son attention au quatrième étage du bâtiment d'en face. Dans la croisée garnie de vitraux rouges et verts sa petite voisine prenait sa leçon de piano avec une personne cachée à sa vue par un épais rideau beige. Le soleil se défit de ses nuages et, depuis la pénombre soudain striée de bandelettes obliques où cheminait la poussière, Nazir se délecta de la vision du coude appliqué de la fillette, et du velours de sa manche droite cousue de minuscules miroirs fantaisistes qui scintillaient quand elle roulait vers les aigus.

Après avoir jeté un dernier coup d'œil à son fidèle singe de paille, Nazir descendit avec sa petite valise bordeaux et prit le métro pour aller rejoindre Farès et la voiture qui devait le conduire hors de Paris. Il aurait pu appeler un taxi mais il voulait être au milieu des gens au moment fatidique.

Le métro s'arrêta longuement à Saint-Michel, devant l'ascenseur qui montait sur la place Saint-André-des-Arts. Les gens s'étaient mis à courir dans tous les sens, à s'informer les uns les autres, à s'empêcher de s'évanouir.

Nazir avait relevé le col de sa veste noire et ôté son casque stéréo, pour bien entendre ce qui se disait autour de lui.

Une dame qui venait d'apprendre la nouvelle mit sa paume devant sa bouche et tituba. Un étudiant la retint et l'aida à s'asseoir et à s'éventer avec le supplément du *Monde* qu'il lisait calmement quelques minutes plus tôt.

Nazir sortit son portable et vit qu'il avait trente appels en absence de Farid, quatre de sa mère et, surtout, un de Fouad. Sa surprise fut d'autant plus grande qu'ils ne s'étaient pas parlé au téléphone ou de vive voix depuis l'enterrement de leur père trois ans plus tôt.

Il s'étira et se dévora la chair des lèvres en évitant de croiser son reflet dans la vitre. Il n'avait presque pas de blanc dans le regard, ses pupilles constamment dilatées par une maladie rare donnaient l'impression que ses yeux étaient faits d'une matière épaisse et malsaine, et que s'il devait un jour pleurer ce serait probablement des larmes noires, une sorte de pétrole boueux qu'on verrait couler sur ses joues. Mais pleurer n'était pas à l'ordre du jour pour Nazir.

Sur sa gauche une fille en blazer et T-shirt marin attira son attention : elle le dévisageait depuis l'intérieur de l'ascenseur. Son sourcil droit un peu surélevé et sa bouche aux fines lèvres arrogantes amusèrent beaucoup Nazir lorsqu'il s'aperçut qu'au-dessus d'elle le panneau électronique affichait *hors service*.

Il y eut encore une attente de deux minutes, une annonce inaudible et catastrophée dans les haut-parleurs de tout le réseau, et puis un départ de sirène qui ressemblait à un youyou. Le métro ne repartirait pas. Le réseau était immobilisé.

Nazir sortit et appela un taxi. Il arriva porte d'Orléans un quart d'heure plus tard. Des voitures de police filaient à toute allure, il eut peur que des barrages aient été déjà dressés autour de Paris. Farès l'appela sur son portable, Nazir allait répondre lorsqu'il aperçut le fuselage scintillant de la Maybach convenablement garée sur une place payante. Il donna deux coups à la vitre de Farès qui descendit pour lui ouvrir le coffre.

— Putain c'est bizarre tous ces flics, il a dû se passer un truc.

Farès voulut lui serrer la main, le saluer en bonne et due forme avant de lui parler de ce qui était arrivé à son frère et de ce qu'il fallait faire pour l'aider.

Mais Nazir l'arrêta d'un geste de la main :

— On verra plus tard pour les effusions.

Avant de prendre place sur le siège arrière où il effectua sans attendre de mystérieux transferts de puces avec ses trois téléphones portables.

— On est partis ? demanda Farès pas mécontent, malgré la mauvaise humeur de Nazir, d'avoir enfin de la compagnie.

— Direction la frontière, confirma Nazir en se pourléchant les babines.

Et la Maybach 57S immatriculée 4-CD-188, conseiller diplomatique algérien, s'engagea sur le périphérique direction l'autoroute de l'Est, sous le soleil éblouissant de ce tumultueux premier dimanche de mai.

Les Sauvages

TOME 2

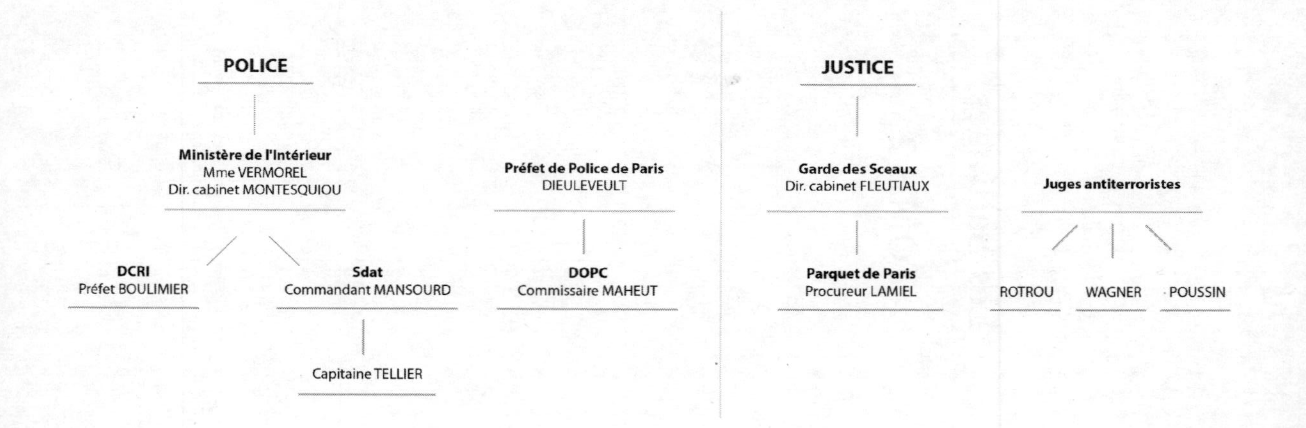
POLICE
Ministère de l'Intérieur
Mme VERMOREL
Dir. cabinet MONTESQUIOU
DCRI
Préfet BOULIMIER
Sdat
Commandant MANSOURD
Capitaine TELLIER
Préfet de Police de Paris
DIEULEVEULT
DOPC
Commissaire MAHEUT
JUSTICE
Garde des Sceaux
Dir. cabinet FLEUTIAUX
Parquet de Paris
Procureur LAMIEL
Juges antiterroristes
ROTROU
WAGNER
POUSSIN

DIMANCHE

Chapitre 1

« Sarko assassin »

1.

Au moment où les satellites de nos services secrets enregistrèrent les premiers mouvements de foule inquiétants à la périphérie de Paris, au moment où les stades, bars et places à écrans géants de tout le pays parurent imploser sous l'effet simultané de la stupéfaction et de la colère, Henri Wagner, juge d'instruction au pôle antiterroriste du tribunal de Paris, admirait paisiblement les saints pétrifiés qui veillaient sur la place Saint-Pierre, au Vatican.

Il avait rejoint sa femme la veille et comptait repartir le lendemain ; Paola voulait visiter à nouveau la chapelle Sixtine, où ils s'étaient rencontrés vingt ans plus tôt, mais une demi-heure après avoir acheté les billets le juge était précipitamment sorti, incapable de se concentrer, l'esprit assailli de contrariétés professionnelles.

Mme Wagner était une pianiste assez célèbre. Le public mélomane la connaissait surtout sous son nom de jeune fille, Paola Ferris. Elle se dirigea bientôt vers son mari immobile, accoudé comme un jeune homme à l'une des barrières qui encadraient les files d'attente étrangement désertes en ce beau dimanche de printemps.

— Mais qu'est-ce qui te met dans cet état ?

Le juge haussa les épaules et parut hésiter à lui en parler. Il avait les cheveux blancs, les sourcils noirs et touffus. Il se dégageait de ses traits pourtant marqués une forme de jeunesse incoercible : sa haute stature était un peu dégingandée, sa pomme d'Adam épanouie et son port désinvolte aggravé par son col de polo ouvert de deux boutons. Il mit les poings sur ses hanches et leva le front vers le ciel.

Le premier des deux officiers de sécurité du juge s'éloigna pour prendre un appel sur son téléphone. Le second finit par regarder dans la même direction que le juge. Appartenant au Service de protection des hautes personnalités qui renouvelait régulièrement les gardes du corps des magistrats menacés, ces deux nouveaux se ressemblaient jusque dans leur façon de se choisir un look informel pour un week-end avec leur « client » : blousons en cuir, chaussures de sport et lunettes teintées. Le juge Wagner était persuadé qu'ils ne s'étaient pas concertés. Il avait appelé ça le « mimétisme professionnel » au déjeuner – un mot d'esprit qu'aucun de ses gorilles rasés de près n'avait jugé bon de gratifier d'un sourire.

— Étonnant, tu ne trouves pas ?

Le juge s'adressait à sa femme qui entendit son portable vibrer pour la troisième fois consécutive contre le cuir de son sac à main. Elle demanda ce qui était étonnant mais n'attendit pas la réponse et appuya sur la touche verte de son portable. Mains derrière le dos, le juge Wagner fit quelques pas au pied de la galerie suspendue. Le ciel sur lequel se silhouettaient puissamment les statues était un vrai ciel de printemps, pommelé de courts nuages espiègles et vifs. Le vent qui leur faisait la chasse pouvait être mordant, aussi le juge Wagner releva-t-il le col de sa veste en méditant sur une illusion d'optique qui le ravissait autant qu'elle lui causait de l'inquiétude et du vertige : il lui semblait que ce n'étaient pas les nuages qui cheminaient sur le ciel mais ces altières figures de saints soudain réveillées de leur sommeil éternel, exactement comme il peut nous sembler, depuis un train arrêté, que le train d'à côté qui s'est ébranlé est celui à l'arrêt, tandis que le nôtre se serait imperceptiblement mis en mouvement.

— Paola, regarde...

Mais, quand il tourna la tête vers Paola, le visage de celle-ci avait perdu toutes ses couleurs. Sa paume couvrait imparfaitement sa bouche écarquillée et ses grands yeux clairs étaient déjà mouillés par l'épouvante.

L'officier de sécurité qui parlait lui aussi au téléphone attrapa le juge Wagner par le coude et le conduisit vers l'extrémité de la place en lui passant l'appareil. Tandis que le chef de la section antiterroriste du parquet lui expliquait la situation, sa femme essayait d'appeler Aurélie pour s'assurer qu'elle allait bien. La voix de sa fille était un peu endormie. Une tante viendrait la chercher en attendant qu'ils rentrent. Aurélie, curieusement, ne protesta pas.

Dans la voiture qui les ramenait à l'hôtel, Paola prit la main de son mari, qui contrairement à la sienne ne tremblait pas, pas plus que son regard, stable et sérieux tandis qu'une énième personne l'appelait pour l'informer de nouveaux détails tragiques.

Quand il raccrocha, elle caressa des yeux sa longue et forte tête casquée de blanc.

— L'avenir c'est maintenant, murmura-t-elle.

Son mari mit sa main sur la sienne.

— J'ai toujours trouvé que son slogan de campagne était...

Elle ne trouva aucun adjectif et se tut.

— Prémonitoire ? suggéra soudain le juge sans quitter des yeux l'écran de son BlackBerry.

— Ah... Non, ce n'est pas ce que je voulais dire... Mais enfin, fit-elle soudain mine de s'emporter, ça n'a pas l'air de tellement t'affecter ! On a tiré sur un candidat à l'élection présidentielle !

— Paola...

— Oh mon Dieu, c'est épouvantable. Ils lui ont tiré dessus. C'est épouvantable. Oh, mais bon sang, comment est-ce qu'avec tout ça tu peux rester d'un calme aussi… olympien ?

Le juge Wagner laissa un sourire illisible envahir son visage. Il se racla la gorge, parut penser à dix autres choses et répondit à sa femme tandis que leur break de location filait à tombeau ouvert sur les quais du Tibre :

— Ma chérie, à moins que la mythologie ne nous ait trompés depuis le début, je crois bien que c'était tout sauf le calme qui régnait sur l'Olympe…

2.

Les urgences du CHU de Grogny virent d'abord débarquer un régiment d'hommes à oreillettes, suivis une minute plus tard par deux vagues de motards en uniforme. Aux cris des premiers s'ajouta bientôt le vacarme des sifflets des seconds pour accompagner l'ordre d'évacuer le rez-de-chaussée. Une infirmière se plaignit au moment de libérer une chambre, le chef du service lui intima l'ordre de s'exécuter sans broncher.

Après la tempête il y eut le calme, un calme encore plus effrayant, à peine contrarié par les bips des machines. Personne parmi le personnel soignant n'osait déglutir. Il semblait que le moindre mot pouvait faire exploser ces hommes carrés, tendus, gonflés d'adrénaline.

Un interne malingre et presque chauve lâcha son stéthoscope qui tomba sur le carrelage. L'officier qui mâchait violemment son chewing-gum le fusilla du regard. Manifestement doté d'une ouïe surhumaine, il entendit le premier le cortège arriver. Deux secondes avant tout le monde, il se rua vers le seuil de la porte qui s'ouvrit automatiquement.

Le brancard la franchit à toute vitesse et passa devant les infirmières abasourdies en découvrant ce qu'elles n'avaient que soupçonné : l'identité de ce patient pour lequel on avait transformé le service en zone ultra-protégée.

Une jeune interne fut chargée de s'occuper de la femme du candidat, de contrôler sa tension, de lui apporter de l'eau.

Dans la petite chambre où Esther Chaouch se laissa conduire, l'interne ne put retenir un sanglot. Elle fut rejointe par un urgentiste chevronné qui vérifia immédiatement les pupilles de la patiente.

— Madame Chaouch, je peux vous assurer que votre mari est entre de bonnes mains. Le professeur Lu...

— Où est-ce que vous l'avez emmené ? Qu'est-ce que vous allez...

— Calmez-vous, madame. Votre mari est entre de bonnes mains.

Esther Chaouch se leva et profita d'un instant d'inattention de l'urgentiste pour quitter la chambre et traverser le couloir où aucun des gardes du corps n'eut le courage de l'arrêter. Elle s'arrêta toute seule, contre la vitre lignée de rouge derrière laquelle apparaissait la tête sanglante de son mari, écrasée sous la blancheur des néons. Alors que la balle avait touché la joue gauche, c'était sur le côté droit que la chair avait explosé et offrait le spectacle le plus insoutenable.

Esther Chaouch perdit connaissance. Quand elle se réveilla, elle était entourée d'un garde du corps et de Jean-Sébastien Vogel, le directeur de campagne, qui avait enlevé sa cravate et qui la considérait tête penchée, moins par compassion qu'avec une sorte de curiosité anxieuse et catastrophée.

Elle passa un quart d'heure au téléphone avec sa fille, Jasmine, qui avait préféré quelques heures plus tôt rentrer chez elle, dans son appartement du canal Saint-Martin que Vogel lui confirma d'un regard être l'un des appartements les plus sécurisés de la capitale. Après une demi-heure, le chef du service vint la voir, l'aida à s'asseoir sur le lit et lui expliqua la situation d'une voix si douce qu'elle crut un instant qu'on l'avait gainée de morphine ou d'une invisible substance cotonneuse, pour la protéger de la violence du monde.

— Madame Chaouch, je suis le professeur Lucas, nous venons de passer une demi-heure à...

Une poussière dans la gorge le fit s'étouffer. Il leva le doigt et se tourna un instant pour tousser. Le ton du professeur, le timbre de sa voix... Esther Chaouch prit sa tête entre ses mains, persuadée que c'était fini, qu'il essayait de lui annoncer que son mari était mort. Elle eut même le temps de se mettre à la place de ce médecin chargé de lui expliquer pourquoi ils n'avaient rien pu faire, ce médecin grisâtre qui avait dû annoncer la mort des centaines de fois à des centaines de familles, et qui devait avoir utilisé à chaque fois les mêmes périphrases horrifiques et censément sobres, décéder, ne pas survivre, peut-être même l'infâme *partir*...

Mais ce n'était pas le cas.

— Veuillez m'excuser. Donc. On a pratiqué un scanner qui a révélé que la balle n'avait pas touché le cerveau. La balle a traversé la tête pratiquement d'une joue à l'autre, c'est une chance, mais il est fort probable que votre mari ait fait une rupture d'anévrysme à cause du choc. On a passé une demi-heure à stabiliser sa tension artérielle pour pouvoir le transporter en milieu spécialisé en toute sécurité. Les neurochirurgiens et neuroradiologues du Val-de-Grâce ont été prévenus...

— Il va s'en sortir ?

— Madame, ce qui lui arrive est... très grave, et je ne vous cacherai pas que l'opération qu'il va subir est très délicate, mais ce sont, je vous assure, parmi les meilleurs chirurgiens du pays qui vont s'en occuper, vous pouvez compter là-dessus.

Esther Chaouch maîtrisa une crise de sanglots. C'était encore une fois le ton doux, la douceur professionnelle du professeur qui avaient vaincu les résistances de sa pudeur.

— Comment vous allez l'emmener là-bas ? demanda-t-elle brusquement en se levant pour y aller aussi.

— Par hélicoptère, c'est un trajet de dix minutes, vous pourrez le rejoindre en voiture, je crois que le convoi est déjà prêt. Votre fille, ajouta le professeur Lucas après un regard en direction de Vogel, est conduite en ce moment même au Val-de-Grâce.

Esther Chaouch se tourna à son tour vers Vogel.

— Jean-Sébastien, est-ce que c'est un attentat terroriste ?

— Oui, bien sûr, mais c'est trop tôt pour…

— Pourquoi personne ne nous a dit qu'il était *vraiment* menacé ? Qu'est-ce que… Valérie Simonetti ? Elle savait pas ? Vous saviez, c'est ça ?

— Esther, il va y avoir une enquête, ceux qui portent une responsabilité…

— Et maintenant, est-ce qu'il est en sécurité ? Réponds, est-ce qu'il est en sécurité ?

— Esther, répondit Vogel, tête baissée, le préfet de police de Paris m'a appelé pour me prévenir qu'il avait envoyé six sections de CRS pour boucler le quartier du Val-de-Grâce.

Esther Chaouch leva les mains et balança son menton latéralement dans un mouvement rageur.

— Le préfet de police ? Dieuleveult ? Il déteste Idder, enfin…

— Esther, stop, l'arrêta Vogel.

Celui qui était le mieux placé pour devenir le Premier ministre de Chaouch prit dans les siennes les mains roses d'anxiété d'Esther :

— Ce n'est pas comme ça que ça marche, il n'y a plus de politique là, c'est la France qui vient d'être attaquée, tu m'entends ? La France.

Quelques secondes plus tard, un Eurocopter du SAMU quitta le toit du CHU de Grogny et se mit dans la direction du soleil, survolant la petite banlieue, le périphérique, les arrondissements de l'Est et la Seine, avant de se poser dans la cour de l'hôpital d'instruction des armées du Val-de-Grâce, où une demi-douzaine de blouses blanches et bleues rassemblées autour d'un brancard se préparaient à recevoir leur patient le plus important de l'année.

3.

— Des chevaux de feu.

Ce furent les premiers mots que prononça Rabia en émergeant péniblement d'un sommeil qu'elle croyait avoir duré une journée entière. Quand ses paupières purent s'ouvrir à peu près normalement, elle ajouta que ces chevaux de feu étaient dans le ciel, qu'elle les avait vus rouler dans un grondement muet et prophétique. Fouad prit son pouls et appliqua le dos de sa main sur son front en sueur.

Après plusieurs dizaines de coups d'épaule qui devaient lui laisser des hématomes et des douleurs pendant toute la journée suivante, il avait réussi à défoncer la porte de Rabia. Des bris de verre sur le carrelage l'avaient surpris, et il avait enfin trouvé sa tante, endormie sur le lit de sa chambre, sans draps pour la couvrir.

Au moment où elle leva la main pour matérialiser dans le vide la course des chevaux de son rêve, Fouad vit l'expression de son visage se transformer. Les poussières de l'autre monde étaient retombées. Elle se souvenait :

— Il est où, Krim ? Il est où, mon fils ?

Elle saisit le poignet de Fouad et bondit hors du lit.

— Tatan, qu'est-ce qui s'est passé ! cria Fouad, explique-moi !

Rabia perdit l'équilibre et retomba sur sa couche. Elle balbutia quelques mots que Fouad eut du mal à comprendre : Omar, téléphone, Paris.

— Omar ? demanda Fouad.

— Comme Omar Sharif, délira Rabia, on s'est rencontrés sur Meetic, et après... je... après...

— Je vais te chercher de l'eau.

— Et Luna ? Elle est où, ma fille ?

Tandis que Fouad remplissait une bouteille pour ne pas avoir à faire plusieurs allers-retours, il saisit l'appareil dans sa main gauche et vit avec horreur qu'il avait plus de trente appels en absence – il avait supprimé l'option vibreur, le voyant rouge avait clignoté à son insu, sans interruption, depuis un quart d'heure. Il serra les contours de ce petit pavé enrobé de plastique jusqu'à ce que les jointures de ses doigts blanchissent.

Il laissa couler l'eau et regarda la porte défoncée, vision étrange qui semblait moins le fait de ses yeux que de son épaule endolorie, si bien qu'à ce moment il lui parut évident, terriblement évident, que voir c'était souffrir, et qu'il n'avait peut-être jamais rien vu d'autre dans toute sa vie que ce loquet démoli qui pendouillait comme un bout de chair métallique au bord du linteau ébréché.

En cet instant précis, Fouad savait qu'il savait, mais il ne savait pas encore quoi. Parce que, au lieu de rappeler le dernier numéro qui s'affichait, au lieu de répondre au téléphone de Rabia qui sonnait sans discontinuer depuis qu'il était entré dans l'appartement, il poussa la double porte vitrée du salon et alluma la télé sur laquelle tous les programmes des chaînes hertziennes avaient été interrompus et remplacés par des éditions spéciales. Il zappa sur LCI. Il avait l'habitude des bandeaux rouges « Urgent » au bas de l'écran des chaînes d'info continue. Une loi venait d'être votée, une disparue venait d'être retrouvée morte, une université d'été avait accouché d'une petite phrase assassine. Mais cette fois-ci, c'était le candidat à la présidentielle du Parti socialiste qui avait été victime d'un attentat. Cela, Fouad le savait. Mais il y avait autre chose.

Il monta le son.

Les spécialistes invités en plateau devisaient sans être passés par la case maquillage. Leur nez était laqué, la sueur collait des mèches entières sur leur front crispé. Jamais la fébrilité de ces voix obligées d'intervenir en moins de vingt secondes sous peine d'être arrêtées n'avait paru si criante à Fouad. Il avait fait quelques émissions lui-même, il était prévu qu'il en fasse bientôt à nouveau et de façon intensive, pour la promotion d'une comédie à gros budget qui sortait cet été, où il tenait le premier second rôle.

— Fouad ?

La silhouette de Rabia apparut déformée à travers les carreaux bombés de la porte. Fouad n'eut pas le temps de baisser le son, il se précipita vers sa tante pour l'empêcher d'entrer. La voix du journaliste qui dirigeait les débats terminait à ce moment le rappel de la *breaking news* du siècle :

— À l'heure où nous vous parlons, l'identité du tireur n'est pas connue... Sur la vidéo de l'attaque que nous avons choisi de ne pas vous montrer, on voit qu'il s'agit d'un jeune homme, peut-être même d'un adolescent, d'origine semble-t-il asiatique ou peut-être maghrébine. Mais nous en saurons plus...

Fouad ne réussit pas à retenir Rabia bien longtemps. Elle s'empara de la télécommande devant son neveu sonné qui savait enfin ce qu'il avait pressenti depuis le début. Et pourtant il n'y croyait pas encore. Il fallut, pour qu'il commence à y croire, que Rabia ait zappé furieusement, peut-être une dizaine de fois, jusqu'à ce qu'à l'écran, au lieu des visages voraces, tendus et indécents des journalistes et des commentateurs, apparaisse l'image figée et agrandie du jeune tireur, ses pommettes aplaties, ses yeux écarquillés emplis de terreur et de larmes évidentes en dépit des pixels :

— Krim...

4.

Il était dix-sept heures trente lorsque Krim fut libéré par le médecin et décrété apte pour la garde à vue. Deux heures n'avaient pas été de trop pour apaiser la spectaculaire crise de spasmophilie qu'il avait faite dans le fourgon de CRS, tandis que des voix hypertendues s'affrontaient sur le lieu où il fallait l'emmener : « au 36 » ou « à Levallois ». Krim avait suivi ces débats ésotériques jusqu'à ce que le souffle lui manque. À Levallois-Perret se trouvait le siège flambant neuf de la Direction centrale du renseignement intérieur (DCRI), réunion de la DST et des RG, que Sarkozy avait rêvée comme d'un FBI à la française et qui abritait en effet, entre autres, les services du contre-terrorisme. Krim avait accueilli la nouvelle qu'il allait y être interrogé en vomissant sur une paire de rangers qui s'étaient mécaniquement vengées en lui assénant un coup de pied sur la lèvre supérieure.

Un coup de plus était impossible à distinguer sur son visage boursouflé par ceux de la foule qui, sans l'intervention des gardes du corps, l'aurait probablement lynché. Il fallut néanmoins, outre les médicaments administrés pour calmer ses bronches, lui faire à la va-vite quelques points de suture autour de la bouche. Le médecin se plaignit du comportement du CRS tandis que son jeune patient assommé par la médication somnolait sous haute surveillance :

— Franchement, vous auriez pu y aller mollo, dit-il d'une voix d'autant plus réprobatrice qu'il n'allait évidemment rien signaler à personne.

Krim ouvrit les yeux sur l'autoroute, où on le transportait à une vitesse qu'il ne croyait possible que dans les jeux vidéo. Bizarrement, il lui semblait moins qu'il allait s'envoler que s'enfoncer, s'enfoncer dans l'épaisseur du temps où il exploserait en mille millions de bulles d'air.

On lui posa des questions, il s'entendit essayer d'y répondre.

Il se rendormit et rouvrit les yeux au moment où émergeait au loin un immeuble futuriste composé de deux bâtiments siamois, tout en verre étincelant sous le soleil brûlant. Le cortège s'engouffra dans un parking à plusieurs niveaux. Krim se laissa bercer par le crissement des pneus.

Quand il se réveilla, il n'était plus entouré de policiers qui lui hurlaient d'épeler son nom de famille, mais dans une pièce étrangement calme, semi-enterrée, où le jour caniculaire et poussiéreux descendait sur les ordinateurs en veille depuis deux longues vitres rectangulaires flanquées de barreaux. Des pieds bottés s'arrêtaient parfois sur cette cour de rez-de-chaussée que Krim voyait en contre-plongée. Le canon baissé d'un fusil d'assaut y apparut soudain. Des jambes de pantalons gris tombant sur des mocassins noirs lui succédèrent. L'activité débordante de cette cour contrastait avec le silence écrasant qui régnait en deçà des lucarnes vraisemblablement pourvues de doubles vitrages.

Krim se rendit compte en reprenant tout à fait connaissance qu'il était menotté à l'accoudoir de sa chaise. Ce n'était pas la première fois qu'il sentait son poignet entravé par un bracelet de métal, mais jamais au cours de ses précédentes mésaventures avec la police on n'avait autant serré ses menottes. Le moindre mouvement de son poignet pressait le bracelet contre son os, enfonçait le métal dans sa chair et ravivait dans la seconde suivante toutes les zones douloureuses de son visage et de son torse.

Deux hommes entrèrent enfin. Ils faisaient la même taille et portaient tous les deux le même costume sans cravate. Le plus menaçant des deux avait un marcel apparent sous sa chemise blanche, les yeux enfoncés dans les orbites et la bouche entrouverte. Il resta debout à côté de la porte ouverte, derrière Krim, et laissa son collègue aux yeux vifs s'asseoir d'une fesse sur le bureau.

— Bon, Abdelkrim. Je suis le capitaine Tellier.

C'était un homme remuant et maladroit, comme encombré de sa propre stature. Il avait les cheveux blonds et gras noués en queue de cheval et semblait porter sa veste de costume pour la première fois. Krim ne vit pas tout de suite que sa bouche était affectée d'un bec de lièvre. Quand il l'eut repéré, il ne vit plus que ça : sa lèvre supérieure fendue en son milieu, cette chair à vif qui expliquait tout, le regard acéré, la silhouette malaisée, la voix vengeresse.

— Comment ça va, Abdelkrim ?

Krim voulut parler de sa menotte trop serrée, mais il avait peur de ne plus avoir d'autre occasion de formuler une requête avant longtemps. Il s'éclaircit la gorge pour essayer d'expliquer le plus vite possible qu'il fallait s'occuper de sa mère, mais en pensant à sa mère il se souvint dans une vision tourbillonnante qu'elle avait été séquestrée par Mouloud Benbaraka, qu'en ce moment elle était encore en danger, que Nazir... Il n'eut pas le temps de former la moindre phrase ; le capitaine Tellier n'avait pas posé sa question pour que Krim y réponde, mais pour lui faire entendre le son de sa voix :

— On va pas y passer la nuit, tu as tiré sur un candidat à l'élection présidentielle. Tu vas nous dire pourquoi tu l'as fait, qui t'a filé l'arme, pourquoi il y a écrit SRAF sur l'arme, tu vas tout nous dire, mais tu vas commencer par nous dire où est-ce qu'on peut trouver ton portable.

— Mon portable ?

— Oui, ton portable. Tu vas faire croire à personne que t'as pas de portable, alors où il est ? On l'a pas trouvé sur toi, ni sur la place de la mairie. Alors ? Il est où, ton portable ?

Krim ne répondit rien ; il aurait bien voulu répondre qu'il avait jeté son portable par-dessus un pont, mais il ne savait pas s'il avait rêvé cette scène ou si elle s'était réellement déroulée. Le capitaine Tellier vit que le gamin planait. Le mot portable, quand il le prononça à nouveau, eut sur Krim le même effet qu'un mot d'une langue étrangère.

— Bon, calmons-nous, reprit le capitaine. Tu sais pas ce que c'est qu'un portable mais tu te souviens encore de ce que c'est qu'un numéro de téléphone, hein ?

Krim fit oui de la tête, parce que le silence pur augmentait la vitesse de son tournis.

— Bon, ben tu vas nous écrire sur un bout de papier les noms et les numéros de téléphone de tous les gens de ta famille et de tous tes amis. Tu comprends ? Tu peux faire ça pour nous ?

— Mais, réagit soudain Krim, ils ont rien à voir avec...

Un agent entra dans la pièce et remit un document au capitaine. Il s'agissait de sa fiche du STIC, où figuraient les infractions listées dans son casier judiciaire. La lèvre inférieure du capitaine tressautait pendant qu'il lisait.

— Vol, outrage à agent, détention de produits stupéfiants, trafic, destruction de mobilier urbain... Eh bien, je vois que tu connais la maison. Il va falloir nous expliquer comment on passe du deal de shit à l'assassinat politique, mais pour l'instant je veux que tu fasses la liste que je t'ai demandée, d'accord ? Allez, tout ton répertoire plus ta famille.

— Je peux passer un coup de téléphone d'abord ?

Le capitaine regarda son collègue pour la première fois, avec une moue comiquement hagarde, et d'une façon si caricaturale qu'il parut évident que s'il n'était pas devenu capitaine de police à l'antiterrorisme, il aurait très bien pu hanter les festivals de rock indépendant avec une Heineken vissée entre les doigts, une roulée au coin des lèvres et la même queue de cheval blond terne, comme un de ces vieux jeunes qui se forcent, tandis que les décennies passent, à conserver leurs intonations d'adolescent ouvert d'esprit. Toutefois, la voix du capitaine Tellier avait beau être celle d'un vieux jeune cherchant à faire oublier sa difformité labiale, elle n'était bienveillante que par intermittence. Il ignora la question de Krim et poursuivit :

— Tu notes tout ce que tu peux, frères, sœurs, cousins, cousines, tontons, papa, maman...

— Mais qu'est-ce que vous allez leur faire ? s'inquiéta Krim.

Le capitaine se redressa. Son exaspération passait par de longues inspirations et un adoucissement mécanique de son timbre de voix.

— On a besoin d'interroger les gens qui te connaissent, rien de plus normal.

— Je l'ai jeté, le portable, déclara soudain Krim. Je l'ai jeté par-dessus un pont, dans la rivière.

— Tu as jeté ton portable dans la Seine ? À quelle heure ? Pourquoi ?

— À cause des photos… les photos de… Mais il est pas tombé dans l'eau, se souvint Krim, sans songer à discriminer parmi les informations qui lui revenaient comme on se rappelle les détails d'un rêve aux heures avancées de l'après-midi.

Le capitaine cassa sa nuque et pointa son menton vers le plafond.

— Et les montres ? Pourquoi on t'a trouvé avec deux montres ?

— Je… j'ai oublié…

— Écoute, mon grand, je crois que tu te rends pas compte de ce que tu viens de faire. Mais on va avoir du temps pour en parler. Beaucoup de temps.

Krim baissa les yeux.

— Tu as déjà connu deux gardes à vue de vingt-quatre heures. Tu sais comment ça se passe ? Des heures d'interrogatoire avec des gens comme moi qui te hurlent dessus. Sauf que nous on n'est pas des petits flics de la BAC de Saint-Étienne-sur-Loire, ici c'est les locaux de l'antiterrorisme. Alors je vais t'expliquer, le procureur de la République va retenir contre toi les charges les plus graves du Code pénal. Nous on va t'interroger pendant quarante-huit heures, et après ces quarante-huit heures le procureur va prolonger ta garde à vue de quarante-huit heures, et ainsi de suite jusqu'à ce que ça fasse cent quarante-quatre heures. Essaie un peu d'imaginer comment tu te sentiras dans cent quarante-quatre heures. T'es bon en maths ? Vous êtes bons en maths, les Arabes, d'habitude, non ? Ça fait combien de jours, cent quarante-quatre heures ? Je te laisse compter.

Le capitaine plissa sa joue gauche et passa le doigt sur le sommet de ses paupières, comme pour y éponger d'invisibles perles de sueur.

— Bien sûr, on peut en avoir fini dans la nuit si tu nous dis tout. Ça dépend de toi, tout dépend de toi à partir de maintenant.

5.

Les blocs de quarante-huit heures s'additionnaient dans le cerveau confus de Krim. Il avait ramené le nombre de quarante-huit à cinquante pour la commodité du calcul, et il finit par trouver le chiffre aberrant de six jours tandis que sa main tremblait en écrivant les prénoms de ses tantes. Il s'aperçut bientôt qu'il ne pouvait se souvenir d'aucun numéro de téléphone, pas même de celui de son propre fixe.

Le capitaine remarqua que le stylo était immobile au sommet de la deuxième colonne. Il retira doucement la feuille du bureau. Il allait demander au capitaine de l'aider à retrouver le numéro de sa mère lorsqu'il entendit la voix de Nazir dans le couloir.

Tétanisé, il garda la main autour de son poignet et se mit à respirer plus vite, jusqu'à sentir, involontairement, son pouls emballé dans la veine qui saillait sur son avant-bras gonflé et meurtri par la menotte.

— Ben alors, lui demanda le capitaine, t'as vu un fantôme ?

Krim pencha la tête et vit à l'extérieur une haute silhouette noire qui distribuait des ordres aux policiers sur le même ton dominateur que celui de Nazir. Mais ce n'était peut-être pas lui, ce dont il eut confirmation lorsque la silhouette fit volte-face. C'était un homme jeune aux traits réguliers et au regard bleu arctique, aussi blond que Nazir était brun, en costume noir, cravate bleu foncé, et qui se tenait en équilibre au moyen d'une canne.

Il approcha de la cellule de garde à vue sans jamais cesser de fixer Krim. Quand il entra, le capitaine se leva et redressa les pans de sa veste en signe de respect.

— Alors c'est lui le spadassin ? dit-il d'une voix qui riait de la même façon sinistre que celle de Nazir. Mon Dieu, mais il est à peine pubère...

— Monsieur. On vient juste de commencer l'interrogatoire.

— Eh bien continuez, continuez, souffla-t-il en maintenant sur Krim le feu de son regard. Mme la ministre tient à vous assurer que vous avez toute sa confiance. Juste un mot s'il vous plaît, capitaine.

Le capitaine se précipita à sa suite. Krim fut subjugué par le pouvoir qu'avait cet homme de trente ans d'imposer autour de lui un silence d'une telle netteté. Il ne leur avait jeté aucun coup d'œil mais les deux officiers qui devaient avoir vingt ans de plus s'étaient raidis comme de sages collégiens propulsés en conseil de discipline.

À l'extérieur du bureau il demanda au capitaine ce qu'avait révélé Krim jusqu'à présent. Tellier parla du portable, du pont, d'autres détails qui étaient revenus au « gamin » : un Bateau-Mouche, le derrière de Notre-Dame...

— Tu vois à quel point tu es devenu important, commenta le capitaine Tellier lorsque le fantôme blond eut pris congé de lui en s'appuyant sur sa canne. Tu intéresses même le directeur de cabinet de la ministre de l'Intérieur.

Krim n'écouta pas ; il était incapable de se souvenir du moindre trait de son visage. Tout avait été aspiré par ce regard irréellement bleu, tout sauf une fossette qui scindait son menton en deux.

— Bon, où on en était ?

— Je sais que j'ai le droit d'avoir un avocat, risqua Krim en recouvrant ses esprits.

— Allez, allez, ferme un peu ta gueule, répondit l'autre policier dont Krim entendait la voix rauque pour la première fois. Tu connais un avocat, tu vas me faire croire ?

Krim rougit jusqu'aux oreilles. Il avait vu à quoi ressemblaient les avocats commis d'office lors de ses précédentes gardes à vue. Des étudiants qui lorgnaient distraitement sur le dossier de leur client du jour en écrivant des textos. En revanche, il se souvenait très précisément d'un reportage d'*Envoyé spécial* sur Me Aribi, surnommé l'« avocat des Arabes » par les journalistes qui essayaient de détruire sa réputation. C'était un ténor du barreau, qui parlait comme un Français et qui avait fait acquitter des dizaines de gens, tous des Arabes.

— Je veux que mon avocat ce soit Me Aribi.

Il avait l'impression de citer un personnage de *Dragon Ball Z*.

— Me Aribi ? se moqua le lieutenant. Quel barreau ?

— Quoi ?

Krim ne comprenait pas, le lieutenant ne semblait pas vouloir l'aider. Le capitaine tira la langue :

— Dans quelle ville il est avocat, ton Me Aribi ?

— Ben je sais pas moi. Sur Paris.

Le lieutenant déboucha un stylo-feutre et écrivit le nom de l'avocat.

— On l'appellera quand t'auras commencé à te mettre à table.

— M'sieur... paniqua soudain Krim. Ma mère, il faut faire quelque chose, elle est...

— Elle est quoi ?

Le lieutenant semblait si haineux que Krim perdit tous ses moyens.

— Je veux parler à ma mère, il faut l'appeler, elle est...

— Non, le coupa le capitaine Tellier, le procureur a formellement interdit que tu passes le moindre coup de fil. Ça pourrait nuire à l'enquête...

— Mais... ils ont rien à voir, eux ! C'est ma famille !

— Pour toi c'est une famille, trancha Tellier, pour nous c'est un réseau. On ne va pas te laisser prévenir d'autres membres de ton réseau, tu peux le comprendre, ça, non ?

6.

À l'hôpital Nord de Saint-Étienne, Fouad fit plusieurs voyages de la chambre de la vieille tante Zoulikha, qui avait fait un malaise la veille, au pavillon des urgences où les analyses de sang pratiquées sur Rabia révélèrent une faible dose de GhB, la fameuse drogue du violeur.

L'infirmière des urgences était débordée. Elle administra des tranquillisants à Rabia qui en était à sa quatrième crise d'angoisse depuis qu'elle avait appris la nouvelle. Fouad demanda à parler en privé à l'infirmière. Elle avait des poches sous les yeux et semblait toujours sur le point de souffler en signe d'exaspération.

— Vous allez faire des examens pour savoir si elle a été... agressée ?

— Agressée sexuellement, vous voulez dire ? Oui, oui, on va faire ça. Écoutez...

— Dans combien de temps ?

L'infirmière qui était en train de changer une poche de perfusion s'interrompit dans son geste et fixa Fouad en gardant les yeux fermés :

— Monsieur, comme vous voyez, on est en équipe réduite, alors allez tenir compagnie à votre tante, allez boire un café, faites ce que vous voulez, mais il faut nous laisser travailler, d'accord ?

Le ton pédagogique qu'elle avait trouvé in extremis, sur le « d'accord », irrita tellement Fouad que ses mâchoires et son cou durcirent comme ceux d'un taureau.

Après avoir rendu visite à Zoulikha qui dormait seule au troisième étage, après s'être assuré que la petite Luna était bien entourée chez la mémé et avoir passé chaque trajet d'ascenseur à s'accrocher à l'odeur de potage d'hôpital pour éviter de réfléchir à ce qui venait de se passer, Fouad se retrouva devant Rabia assoupie et comprit qu'il n'allait pas pouvoir tenir jusqu'à la fin de la journée s'il n'avait pas de nouvelles de Jasmine.

Il prit son téléphone et vérifia dans la liste de ses appels en absence si le prénom de son amoureuse y figurait. Ce n'était pas le cas. Au moment d'appuyer sur la touche verte de son immortel Nokia acheté sept ans plus tôt, il se rendit compte que ce n'était pas possible, qu'il ne pouvait tout simplement pas l'appeler : son amoureuse, c'était la fille de Chaouch ; Chaouch, c'était l'homme sur qui son petit-cousin venait de tirer à bout portant.

Pour la première fois depuis des années, Fouad rêvait d'un aîné à qui il pourrait demander non pas un conseil mais un ordre, précis, circonstancié et surtout incontestable sur la marche à suivre.

Bien sûr cet aîné n'existait pas. Et de toute façon quelle pouvait être la marche à suivre quand le chemin venait de se désintégrer sous vos yeux ?

En faisant les cent pas dans le corridor des urgences, il aperçut son oncle Idir qui interrogeait de façon pressante une aide-soignante peroxydée, debout devant la fiche des admissions. Le tonton ne s'était pas rasé depuis la veille et, en voyant sa joue poilue dans ce profil perdu, Fouad se dit que la veille datait du mois dernier, après l'heure qu'il venait de passer. Le mariage de son frère Slim, la profanation du vénérable tonton Ferhat. Les distances temporelles se mirent à se chevaucher, à tournoyer comme dans un kaléidoscope, et Fouad qui n'avait pas dormi depuis au moins trente-six heures dut s'adosser un instant à un pan de mur nu pour ne pas perdre l'équilibre.

— Fouad, elle est où, Rabia ?

Idir avait les larmes aux yeux. La chaleur et le pull à carreaux rouges qu'il avait cru bon d'enfiler par-dessus sa chemise congestionnaient son visage étroit et lui donnaient une couleur inquiétante. Fouad mit la main sur l'épaule de son tonton et convoqua toute l'énergie qui lui restait pour ne pas s'effondrer en larmes.

— Ti as vu à la télé ? Ti as vu Krim ?

Idir n'en revenait pas. Fouad le conduisit dans la chambre de Rabia et l'installa sur l'unique chaise destinée aux visiteurs.

— Tu veux un verre d'eau ? Tonton ? Tu veux un verre d'eau ?

Idir ne répondit pas. Il regardait sa belle-sœur allongée sur le lit et s'efforçait de maîtriser l'effroi qui s'était emparé de lui au moment où le visage de Krim était apparu sur tous les écrans de France.

— Ti as appelé la police pour leur dire ?

Fouad voulut répondre du tac au tac : pourquoi moi ? pourquoi moi je suis censé avoir appelé la police ?

Il se rendit aux toilettes avec un gobelet en plastique, abandonna ses mains sur le rebord de la cuvette et se força à vomir. Quand il se releva, il passa de l'eau sur son visage et se berça de l'illusion que ça allait mieux.

— Je vais les appeler maintenant, dit-il à son vieil oncle lorsqu'il fut de retour dans la chambre. Mais il faut aussi appeler un avocat. Krim va avoir besoin d'un avocat. Et nous aussi on va avoir besoin d'un avocat.

— Nous aussi ? répéta Idir en levant sur son neveu sa petite tête dévorée par l'anxiété et l'incompréhension.

Fouad se rappela avoir imité son accent du bled à la salle des fêtes ; Rabia avait tellement ri qu'elle s'était pliée en deux pour ne pas pisser.

— Nous tous, répondit Fouad en quittant la pièce sans même chercher à camoufler son émotion.

7.

La première voiture brûlée ne fut pas une voiture mais un scooter, au croisement de la principale rue pavillonnaire de la cité du Rameau-Givré à Grogny. Et la propriétaire de ce scooter n'en sut rien pendant encore une vingtaine de minutes : Yaël Zitoun, qui était venue passer ce dimanche électoral en compagnie de son père, était alors captivée, aux toilettes, par la lecture sur son MacBook d'Avernus.fr, la nouvelle bible de son père dont l'édito du matin, signé par Putéoli, le chef de la revue, appelait résolument à ne pas voter Chaouch :

> … Quinze siècles d'histoire pour en arriver là ? Quinze siècles de sang, de sueur et de larmes, quinze siècles de France pour en arriver à un euro-député libéral et cosmopolite grimé par des pubards cyniques en Sauveur de la Nation ? Quinze siècles de patriotisme pour en arriver à ça, un expert en communication qui fait les yeux doux aux agences de notation et qui se soucie plus de son meilleur profil que du destin de la France ?…

Yaël était sur le point de sortir des toilettes et de se disputer pour la deuxième fois de la journée avec son père, mais elle vit apparaître sur son iPhone la photo la plus familière de son répertoire : Fouad.

— Yaël ? Tu m'entends ?

— Fouad, mon Dieu, tu as vu ? C'est un gamin ! Un gamin de dix-huit ans !

— Yaël, je vais t'annoncer quelque chose de très grave.

Sa voix était faible et douloureuse. Rien à voir avec le lion, le stentor dont elle gérait la carrière depuis *L'Homme du match*.

Yaël passa les doigts dans son épaisse chevelure rousse tandis que Fouad lui expliquait que ce gamin de dix-huit ans, c'était son petit-cousin Krim.

Elle garda le silence pendant quelques secondes, les yeux grands ouverts et en même temps parfaitement aveugles devant l'écran de son ordinateur posé sur ses genoux nus. Fouad qui ne la voyait pas se demanda si la communication n'avait pas été interrompue.

— Yaël ?

— Fouad, je… mon Dieu, je sais pas quoi dire.

— Il faut que tu m'aides…

— Bien sûr, répondit Yaël sans rien savoir de ce qu'il allait lui demander.

— Il me faut un avocat, Yaël. Le meilleur qu'on puisse trouver.

Yaël se ressaisit enfin. Elle posa son iPhone sur la pile de rouleaux de papier toilette et mit le haut-parleur pour chercher dans ses dossiers le nom d'un pénaliste auquel la directrice de son agence avait eu recours deux ans plus tôt.

— Je vais chercher, t'inquiète. Je connais un pénaliste, un jeune, il est dans un cabinet prestigieux...

— Je veux pas être désagréable, mais c'est très, *très* urgent.

— Oui, oui, je...

Mais Yaël n'eut pas le temps de finir. Son père vint tambouriner contre la porte des toilettes.

— Mais ça va pas la tête ?

— Yaël ! Ils ont brûlé ton scooter !

— Je te rappelle, dit-elle à Fouad.

Elle sortit des toilettes et aperçut son père debout sur un tabouret pour attraper quelque chose au sommet de la bibliothèque qui recouvrait presque tout le mur.

— Papa, qu'est-ce que tu fais ?

M. Zitoun ne répondit pas. Yaël se précipita à la fenêtre et vit en effet son scooter en flammes à côté des poubelles. Quand son père descendit du tabouret, il tenait entre les mains sa carabine datant de la guerre d'Algérie.

— Mais qu'est-ce que tu fais ? T'es fou !

— Non mais c'est trop, trop c'est trop ! s'emporta M. Zitoun en forçant presque son accent pied-noir. Ils ont fait partir Mme Zelmatti, ils ont fait partir le pauvre Serge Touati, tu crois quoi, qu'ils vont me faire partir aussi ?

Yaël aurait voulu prendre le fusil des mains de son père mais elle était terrorisée par les armes. De toute façon le vieux n'arrivait pas à débloquer le mécanisme du chargeur et Yaël pouvait voir la colère quitter ses mains tremblantes et gagner le bas de son visage. Il allait s'étrangler, tonner et promettre l'enfer. Il allait parler et s'emporter tout seul dans son coin, comme d'habitude, tout allait bien.

Yaël appela la police et observa depuis la fenêtre du pavillon de son père les rayons du soleil cramoisi qui descendait vers l'extrémité de la rue. Son scooter brûlait silencieusement, l'image paraissait irréelle et Yaël n'y pensait presque plus.

Le cousin de Fouad avait tiré sur Chaouch.

Plus elle se répétait cette phrase à elle-même pour lui donner de la substance, plus les mots vivaient d'une vie propre et lui apparaissaient comme des volutes abstraites, coupées de toute nature, impuissantes à signifier quoi que ce soit.

Elle ferma les yeux et les rouvrit sur le voisinage muet et comme paralysé. Au loin l'auditorium Baldassare Galuppi imposait sans effort sa majesté aux alentours ; il y avait toujours ce moment quand elle était ici, où, les soirs de beau temps, le disque du soleil couchant venait se nicher dans le rectangle parfait de l'arche de ce bâtiment ultramoderne, très coûteux et – selon son père – complètement inutile, construit par Chaouch dès le début de son premier mandat à Grogny.

— Nom de Dieu, grommela M. Zitoun, tu sais que les gens votent encore ?

— Les gens votent encore ? Mais comment c'est possible ?

M. Zitoun fit signe à sa fille de se taire pour qu'il puisse écouter TF1. La soirée électorale avait commencé quatre heures plus tôt que prévu, par une édition spéciale avec en médaillon permanent un plan fixe de la place de la mairie de Grogny, vidée de sa foule et constellée du jaune sinistre des scellés apposés par la police. En plateau les invités se relayaient, les politiques *pensaient* à la famille de Chaouch. Aux dernières nouvelles il était entre la vie et la mort, mais en l'absence d'informations précises sur son état de santé l'élection avait été maintenue. On avait annoncé pour dans une heure la conférence de presse du ministère de l'Intérieur qui était en charge de l'organisation de l'élection présidentielle.

En attendant que la police arrive, Yaël sortit sur le balcon de ce premier étage pour fumer une cigarette et appeler son ami avocat. Et ce fut alors, tandis qu'elle tassait sa Marlboro light en tapotant le filtre contre l'ongle de son pouce, hésitant à l'allumer, que lui parvint la première rumeur encore lointaine de l'émeute.

Derrière le dernier pavillon de la rue, les barres HLM de la cité du Rameau-Givré déversèrent un flot continu de gamins encagoulés. D'étranges explosions retentissaient jusqu'au paisible quartier résidentiel des Zitoun.

Yaël fit signe à son père de la rejoindre sur le balcon ; ensemble ils virent débouler au fond de leur rue une quinzaine d'enfants de quatorze, quinze ans, brandissant des cocktails Molotov qu'ils jetèrent, aussi facilement que si ç'avait été des pétards, sur toutes les voitures qu'ils trouvèrent, en hurlant ce qui devait devenir le leitmotiv de l'embrasement à venir :

— Sar-ko assassin ! Sar-ko assassin !

M. Zitoun ferma les volets à toute vitesse, et dans la pénombre mal dissipée par l'halogène défectueux il se mit à chercher sérieusement cette fois-ci des cartouches de munitions pour son vieux fusil.

8.

Gros Momo avait attendu le départ de Fouad et de la mère de Krim pour retourner à la cave et récupérer le pistolet enroulé dans un chiffon. Lorsque ce fut fait, il dissimula l'arme à l'intérieur de son blouson de jogging : jamais au cours des mois passés elle ne lui avait paru aussi lourde, pas même la première fois où Krim la lui avait refilée pour qu'il s'entraîne aussi. Gros Momo avait commencé par trouver ça bizarre, et puis il y avait pris goût, encouragé par le cousin de Krim, Nazir, grâce à qui ils avaient obtenu l'arme ainsi que l'argent pour monter ce qu'ils appelaient leur « petite entreprise ».

Il prit le tram au niveau de la place Sadi-Carnot et eut la bonne idée d'acheter un ticket, de le composter et de s'asseoir juste derrière le conducteur, songeant que les regards des policiers municipaux appelés en renfort par les contrôleurs se dirigeaient prioritairement vers le fond du tram. Le trajet sembla durer une heure. Gros Momo n'eut qu'une pensée, confuse, effilochée, dont son meilleur ami était le sujet principal mais qui ne se transforma jamais en une idée stable de la situation dans laquelle Krim et par contamination lui-même se trouvaient.

Quand il fut enfin place Bellevue, dans le sud de la ville, il suait à grosses gouttes. Un type de son quartier le reconnut et vint le saluer.

— Mais t'es pas bien dans ta tête ! Avec ce temps, une veste de jogging ! La vie de moi on dirait un Turc !

Les Turcs avaient la réputation de s'habiller chaudement l'été et en simples chemises en hiver. Gros Momo eut peur que l'arme ne finisse par tomber s'il s'attardait trop. Il prit congé de l'importun et rentra chez lui en vérifiant que des policiers n'étaient pas cachés dans les buissons de troènes au rez-de-chaussée de son petit bâtiment résidentiel.

Son vieux père était assoupi devant la télé. Ses ronflements ne couvraient pas complètement la voix surexcitée de la journaliste qui répétait l'info du jour, pour ceux qui débarqueraient sur leur chaîne après un séjour sur une autre planète.

Sultan, son bien-aimé berger allemand, perçut l'état de nervosité de son jeune maître et jeta quelques aboiements dans sa direction, balançant le museau de droite à gauche, reniflant parfois à la façon d'un buffle.

Gros Momo lui caressa la tête en pleurnichant. Il courut dans sa chambre et fourra quelques habits dans son sac de sport. Au moment de fermer le sac il hésita à y glisser le pistolet. Il valait mieux le jeter en route. Mais la pensée qu'une fois dehors il devrait le porter clandestinement lui parut insurmontable. Après avoir essayé de la cacher dans une de ses baskets, il enroula l'arme dans une serviette qu'il plaça tout au fond du sac.

Et puis il se tint immobile au milieu de sa chambre en désordre.

Gueule ouverte, Sultan le regardait pour savoir ce qu'il allait faire ensuite. Gros Momo abattit entièrement la fermeture Éclair de sa veste de jogging et s'aperçut que son T-shirt était trempé de sueur, au point d'avoir changé de couleur. Il enleva sa veste et son T-shirt ; torse nu devant son chien, il était en train de se demander si l'animal comprenait à quel point ses bourrelets étaient disgracieux lorsque la sonnerie de la porte d'entrée le figea sur place.

S'il ne répondait pas tout de suite, son père allait se réveiller et il devrait tout lui expliquer ; s'il répondait tout de suite et que c'était la police, il était fichu.

Il enfila péniblement un autre T-shirt, le premier qu'il trouva et qui était un maillot de l'équipe de foot d'Algérie, et avança jusqu'au judas de la porte d'entrée. La voisine venait leur offrir un pain au tagine qu'elle avait préparé ce matin. Son veuf de père était si courtois que les dames du quartier l'avaient pris en affection et lui apportaient toujours une assiette de couscous, des pâtisseries ou même du rab de mouton. Gros Momo prit le pain au tagine de la voisine et lui expliqua qu'il était pressé.

— Qu'est-ce que tu mijotes, petit cachottier ?

— Mais rien ! s'exclama Gros Momo.

Choquée par ce ton désagréable qu'elle entendait pour la première fois dans la bouche de Gros Momo, la voisine tourna les talons sans demander son reste.

Le plus dur ensuite, ce fut de dire adieu à Sultan. Sentant que les soubresauts de la respiration de son père annonçaient son réveil imminent, Gros Momo dut sécher ses larmes et partir dans la précipitation. Il gardait toutefois dans sa propre bouche l'haleine fidèlement fétide de son berger allemand. Au souvenir de laquelle il s'accrocha lorsqu'il fut de retour dans la chaleur de la voie publique, et qu'il découvrit qu'une arme à feu, qu'elle soit cachée dans une veste de jogging ou au fin fond d'un sac, pesait du même poids absurde et démesuré si, comme c'était le cas ici, elle avait un rapport même indirect avec l'assassinat d'un député de la République.

Chapitre 2

La machine

1.

La place de la mairie de Grogny avait été bouclée pour permettre aux hommes de la police technique et scientifique de faire leurs observations et prélèvements. Derrière les barrières gardées par des CRS en tenues antiémeute, commerçants, riverains et badauds ne se résolvaient pas à quitter ce qu'ils avaient vu se transformer en scène de crime sans parvenir à y croire tout à fait. Les journalistes continuaient d'affluer, les forces de l'ordre les refoulaient sans ménagement. L'atmosphère se délita lorsqu'un conseiller municipal proche de Chaouch bouscula un caméraman et fit perdre l'équilibre à son perchiste.

Pile en face de la mairie, imperméable à toute cette agitation, un restaurateur chinois en simple maillot de corps balayait les confettis sur le pas-de-porte de son établissement. Régulièrement, d'un habile sursaut des lèvres, il faisait pleuvoir sur la chaussée à peine nettoyée les grappes de cendres de sa cigarette, songeant peut-être au moment où tous ces gens qui faisaient le pied de grue allaient avoir un petit creux.

Sur le perron de l'hôtel de ville tout le monde attendait le procureur de Paris. En matière de terrorisme, le tribunal de Paris avait en effet une compétence nationale :

ses juges bénéficiaient de dépaysements, ses procureurs se saisissaient des faits de façon systématique, qu'ils se soient déroulés sous le soleil corse ou dans les forêts de Bretagne.

Mais avant même l'arrivée du procureur qui devait choisir le service de police qui mènerait l'enquête, on interrogeait, dans un fourgon banalisé garé au bout de la place, la chef des gardes du corps de Chaouch, Valérie Simonetti. La « Walkyrie » se tenait droite sur le banc normalement réservé aux interpellés. Deux policiers antiterroristes lui avaient retiré ses armes et son oreillette, la commandante répondait à leurs questions par des phrases courtes et précises. Sa voix ne tremblait pas. Son visage ne montrait aucun signe d'inquiétude. Elle avait les mains posées à plat sur ses genoux parallèles. C'était à la dureté même de son attitude, à ses joues lisses et un peu plus tendues que d'habitude, qu'on pouvait deviner qu'elle était dévastée.

— Aucune erreur dans le dispositif, alors, réfléchit à voix haute l'un des policiers qui raturait la feuille sur laquelle il était censé prendre des notes. La seule anomalie, selon vous, c'est le major Coûteaux qui a voulu changer de poste à la dernière minute… Mais vous avez refusé qu'il soit kevlar, et vous l'avez affecté au second cercle de protection rapprochée ?

— C'est ça, répondit la commandante.

— Et vous pensez que le major Coûteaux est responsable d'avoir raté le tireur dans la foule ?

— Je n'accuse pas un de mes hommes sans preuves, rétorqua Valérie avant de croiser le regard de ce policier moins gradé qu'elle. S'il y a une seule personne à blâmer dans cette affaire, c'est moi.

L'officier tourna la page de son carnet.

— J'aimerais vous faire parler un peu des menaces que vous transmettait la DCRI. Quand est-ce que vous avez été mise au courant de l'existence de Nazir Nerrouche, le cousin du tireur ?

— Il y a seulement deux semaines. J'ai eu accès au dossier du groupe d'enquête qui le suivait, et j'ai rencontré Boulimier à plusieurs reprises.

Le préfet Boulimier était un proche de Sarkozy, il dirigeait la DCRI depuis sa création en 2008.

— Et il n'y a jamais eu de problèmes entre votre équipe et celle qui surveillait Nazir Nerrouche ?

— Pas à ma connaissance. On me communiquait les nouveaux éléments, je renforçais la surveillance du député Chaouch. Je m'adaptais. Tous mes hommes avaient une photo de Nerrouche sur eux, mais on privilégiait quand même beaucoup la piste Al-Qaida. Ça paraissait pas très sérieux, le reste. Et puis, vous savez...

La commandante fut interrompue par l'arrivée de deux hommes dans le fourgon. Ils portaient des costumes sombres et dépareillés, comme les officiers de l'antiterrorisme. Et comme les officiers de l'antiterrorisme, on les aurait davantage pris pour des représentants de commerce que pour des superflics si on les avait croisés dans la rue. Mais ces deux-là n'étaient pas des fonctionnaires de la DCRI : ils travaillaient pour la police des polices, et un malaise se diffusa dans le fourgon, malaise auquel ils étaient habitués et qui ne provoqua pas le moindre haussement de sourcils chez celle qu'ils allaient interroger, après lui avoir signalé sa mise à pied pour toute la durée de l'enquête.

— Inspection générale des services, déclara le premier des nouveaux venus sans prendre la peine de donner son nom. On vient de nous dire que le procureur de Paris était en route, commandante, je vous propose de nous suivre dans nos locaux, on sera plus à l'aise pour discuter...

Valérie Simonetti se leva d'un mouvement souple et sûr. Elle courba l'échine pour ne pas frotter sa tête blonde contre le plafond du fourgon et descendit encadrée par les deux hommes de la police des polices qu'elle dominait de sa belle stature. Tandis qu'ils la conduisaient vers leur véhicule, elle jeta un dernier coup d'œil au perron de l'hôtel de ville. Le souvenir du coup de feu la fit inspirer plus fort. Elle posa sa main sur la portière arrière de la voiture où elle allait être emmenée comme une vulgaire suspecte. Une telle rage s'était accumulée en elle depuis ce coup de feu qu'elle faillit arracher le loquet avant que le conducteur ait actionné l'ouverture automatique du verrou.

2.

— Vous êtes jeune, mais il y a quelque chose que vous devez impérativement comprendre, mon cher *substitut* : dans notre vieux pays, pour chaque service il y a un service en concurrence qui poursuit les mêmes objectifs, dont l'intérêt supérieur de la nation est semblablement inscrit au frontispice de ses locaux, et qui pourtant préférera toujours mettre des bâtons dans les roues du service adverse que d'accepter de travailler en bonne intelligence avec lui. Eh oui. Le ministère de l'Intérieur et la Préfecture de police de Paris, la Sous-Direction antiterroriste et la DCRI… Car, voyez-vous, pour qui se fait un devoir de naviguer dans ces hautes mers, la guerre des services est une donnée aussi fondamentale que l'existence même de la criminalité…

Jean-Yves Lamiel, le puissant procureur de la République de Paris, se lançait souvent dans le genre de développements qu'il infligeait en ce moment, tandis que leur voiture arrivait à Grogny, à son jeune substitut en charge de l'antiterrorisme. Lamiel avait la gueule la plus spectaculaire du tribunal de Paris, une caricature de poire à la Daumier – sauf qu'ici la poire était survitaminée et faisait l'effet d'un véritable OGM : des joues énormes, le bas du visage gonflé, au bord de l'explosion, si bien que la partie haute semblait en payer le prix en temps réel, avec un front ridiculement étréci et des yeux exorbités.

Pour faire mentir cette apparence grossière, son éloquence s'était faite cauteleuse, funambulesque. Avec pour point d'orgue la *pédagogie* : véritable marotte du grand magistrat, la passion d'expliquer occupait la majeure partie de ses journées, ainsi, comme pouvait en témoigner la quatrième Mme Lamiel, que de ses nuits... Il n'était jamais aussi heureux que lorsqu'il trouvait un moyen original de rappeler des évidences que la pratique, l'habitude et la technicité du quotidien avaient fini par faire perdre de vue à ses jeunes collègues, exaspérés par ses voluptueux gaspillages de temps de parole.

— Tenez, je vais vous faire un dessin, s'anima Lamiel en ayant l'impression que son substitut ne lui consacrait pas toute son attention. Ce sont des choses que vous savez, bien entendu, vous les savez mais *abstraitement*, or – or !... quand on doit prendre des décisions, des décisions comme celle que je vais prendre tout à l'heure, ce qui compte, ce n'est pas de savoir en théorie ni même d'agir en connaissance de cause, non, ce qui compte, c'est de *voir*...

Sur le mot *voir*, ses yeux doublèrent de volume.

Il tira une serviette en papier de la poche de sa veste à trois boutons, un luxueux stylo-plume de son attaché-case, et dessina le schéma suivant :

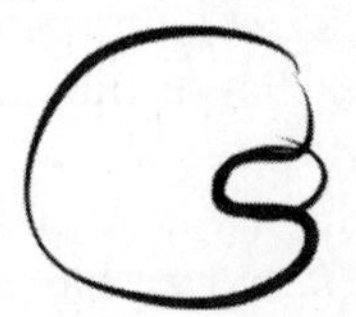

— À quoi ça vous fait penser, comme ça, sans légende ?

Le jeune substitut fit mine de se concentrer. Il n'osait pas dire, devant son vénérable boss, que ça ne lui faisait vraiment penser qu'à Pacman.

— Je vais vous expliquer. La tête qui avale, c'est la DCRI, la grosse DCRI de ce cher préfet Boulimier. Bon, imaginez les groupes d'enquête habilités secret-défense, toute une nébuleuse de flics de l'ombre et de grandes oreilles... Et la petite boule, là, nerveuse, résistante, qui partage les mêmes locaux à Levallois, eh bien c'est la SDAT, Sous-Direction antiterroriste. Je vais vous dire mon avis, la SDAT c'est les meilleurs flics antiterroristes de France, l'élite. En plus c'est une branche de la Police judiciaire. Quand nous autres magistrats devons choisir des policiers pour mener des enquêtes délicates, on préfère toujours qu'il y ait le mot judiciaire après le mot police, n'est-ce pas ?... Bien, la situation est donc simple : la DCRI de Boulimier qui répond directement au pouvoir, ou la SDAT de Mansourd qui m'attend dans mon bureau au Palais en ce moment même – les hommes de l'ombre ou les superflics.

— Oui, mais...

— Je ne vous le fais pas dire : la DCRI surveillait Nazir Nerrouche depuis quelques semaines, j'avais moi-même autorisé les écoutes de quatre portables et la surveillance physique de quelques énergumènes... Il serait donc logique que je laisse le groupe d'enquête qui a déjà travaillé sur ce Nerrouche poursuivre son œuvre, n'est-ce pas ? Et pourtant je vais confier l'enquête au service concurrent, à la SDAT. Vous pouvez me dire pourquoi ?

— Parce que la DCRI a l'air trop proche du pouvoir aux yeux de l'opinion ? Parce que Sarkozy et Boulimier sont des amis de longue date ?

— Oui, bien sûr, mais il y a autre chose, vous ne voyez pas ? Je répète : vous ne *voyez* pas ?

La voiture s'était arrêtée devant les lignes jaunes qui encerclaient la place de la mairie de Grogny. Le chauffeur attendait un signe du procureur pour couper le moteur, mais celui-ci dardait un regard patelin et tyrannique sur son pauvre substitut :

— C'est Pacman !

Le substitut grimaça.

— Oui, oui ça me disait quelque...

— Regardez le dessin ! Moi aussi je suis le petit rond digéré par la grosse tête, le seul magistrat haut placé qui ait été nommé contre l'avis du président, « un îlot de résistance au verrouillage sarkozyste » comme les journalistes de *Libération* l'ont écrit dans mon portrait en dernière page… Un îlot de résistance, ah ah ! Ils auraient mieux fait de dire : « Le procureur Lamiel, petite boule indigeste dans la gueule de la Pacnation… » Bon, alors voilà ce que nous allons annoncer, mon cher *substitut* : que nous ouvrons une information judiciaire, avec désignation d'un juge d'instruction, et que l'enquête sera confiée à la SDAT. Et quand nous allons annoncer ça, il va y avoir des murmures, des conjectures, les gens vont penser : voilà enfin un parquet indépendant, qui n'est pas couché, aux ordres, etc. Un parquet si indépendant qu'il accepte même de confier la manœuvre à un juge d'instruction… Gardez le dessin, conclut-il en s'arrachant du siège molletonné à grand renfort de soupirs et de tirages de langue : il y a tout l'État dans ce dessin. Ça pourra vous servir quand vous serez à ma place dans vingt ans…

Lamiel vit passer un cortège de camions de CRS, lancés à toute allure vers les quartiers chauds qui s'enflammaient. Il ajouta en fermant le troisième bouton de sa veste :

— Enfin, s'il y a encore un État dans vingt ans…

3.

Les troubles furent d'abord circonscrits à la cité du Rameau-Givré de Grogny, mais on dénombra avant dix-huit heures une centaine de voitures brûlées autour des lieux où s'étaient réunies des foules d'électeurs : à la sortie du stade Charléty, sur la Canebière, dans les centres de quelques villes de province coutumières des embrasements spontanés.

Un feu d'une autre nature brûlait en plein cœur de la capitale, à quelques mètres de l'Élysée. L'un des personnages les plus emblématiques du sarkozysme, la ministre de l'Intérieur Marie-France Vermorel, avait convoqué une trentaine de personnes dans les sous-sols du ministère : la salle high-tech du centre interministériel de crise était composée d'une immense table ronde avec micros, téléphones et écrans privatifs. Elle accueillait toutes les éminences de la police française, dont le préfet Boulimier.

Un par un, ces hommes tous plus importants les uns que les autres se firent copieusement hurler dessus par la dame de fer de la place Beauvau.

— Vous pouvez me dire de quoi j'ai l'air, moi, maintenant ? Quelqu'un ? Un attentat contre un candidat à la présidentielle... non mais on est où, là ? Dans une série américaine ? J'ai manqué un épisode ? Nul n'est irremplaçable, foutez-vous bien ça dans vos sales petites têtes d'incapables !

Quand ce fut au tour du préfet Boulimier, dont les services d'élite n'avaient pas été capables de prévoir les agissements de cet énigmatique Nazir Nerrouche, les collaborateurs studieux alignés contre les murs crurent que la gigantesque soucoupe lumineuse suspendue au-dessus de la table des chefs allait s'effondrer sur leurs honorables calvities.

La réunion touchait à sa fin lorsqu'une Vel Satis s'engouffra dans la cour Pierre-Brossolette du ministère. Le garde républicain qui ouvrit la portière vit en sortir le pommeau doré d'une canne et reconnut le jeune protégé de la ministre. À vingt-neuf ans, Pierre-Jean Corbin de Montesquiou (on l'appelait M. de Montesquiou sous les lambris et P.-J. dans le privé) était de très loin le plus jeune directeur de cabinet ministériel de France. Il était sorti deuxième de sa promotion à l'ENA, mais, au lieu d'intégrer les grands corps, il avait commis le sacrilège de choisir la préfectorale. Montesquiou avait en effet la passion de l'administration ; ou pour mieux dire un goût immodéré pour l'appareil régalien tel qu'il s'exerçait dans sa toute-puissance. Il était arrivé comme conseiller technique à la place Beauvau, où il avait su en très peu de temps se rendre indispensable. Il n'était pas à proprement parler directeur de cabinet, ce poste étant occupé par un homme plus âgé au profil moins étincelant : il était directeur de cabinet adjoint, mais la ministre Vermorel, proche entre les proches du président, parlait de lui comme de son « vrai bras gauche », en ajoutant que c'était celui dont on avait le plus besoin dans la maison Police.

Comprenait qui pouvait, c'est-à-dire pas grand monde. Montesquiou avait compris : il avait son bureau à côté de celui de la ministre, une voiture avec chauffeur et le droit de tutoyer et de rudoyer des sexagénaires qui avaient été de grands commissaires, de valeureux inspecteurs, des hommes de terrain, tandis que lui suçait son pouce dans un lit à gros barreaux.

En pénétrant dans l'antichambre de la salle de crise où la ministre ne décolérait pas, il reçut un feuillet qu'il lut à toute vitesse, avec ce commentaire :

— Ça ne va plus bouger normalement.

Montesquiou ne laissa rien transparaître de ce que ces chiffres lui inspiraient. Le taux de participation lui fit certes hausser un de ses sourcils blonds, mais pas le résultat. Il posa sa canne sur un guéridon et utilisa le dos du conseiller pour griffonner, sur une petite feuille de papier à lettre, le pourcentage approximatif qui sacrait le nouveau président de la République. Il plia la feuille en deux et entra dans la salle. Après le savon ministériel, une visioconférence réunissait les préfets sur le grand écran visible par toute la tablée.

— Vous voulez bien vous lever, ordonna la ministre au patron des CRS, et laisser s'asseoir mon directeur de cabinet ?

— Bien sûr, madame la ministre.

Le patron des CRS s'exécuta avec un sourire diligent ; mais aux deux extrémités de son front les golfes creusés par la perte de cheveux devinrent rouges de colère et de honte.

Un grand préfet grisonnant décrivait les mesures qu'il avait décidées pour fermer les aéroports et renforcer les contrôles aux frontières. La liste des PIV (Points d'Importance Vitale) circulait dans les préfectures ; des UFM (Unités de Force Mobile) commençaient à se déverser autour des lieux sensibles : ports, centrales électriques, embranchements ferroviaires…

— La présidence va réunir d'urgence, poursuivit le préfet, un conseil restreint de sécurité et de défense nationale. En attendant, nous avons pris la responsabilité d'élever le plan Vigipirate à son niveau écarlate, pour la première fois depuis sa création.

Les mines s'assombrirent, les gorges étaient sèches. Plusieurs verres d'eau furent vidés dans le silence qui suivit une annonce qui représentait, pour ces hommes rompus aux crises, un saut dans l'inconnu.

Désaltéré, le préfet reprit la parole :

— Les dispositifs de protection des hautes personnalités ont été considérablement renforcés. Le président a été transféré de son QG de campagne au bunker de l'Élysée…

La rue du Faubourg-Saint-Honoré, au 55 de laquelle se trouvait le palais présidentiel, était en effet – le chauffeur de Montesquiou pouvait en témoigner – bloquée par quatre sections de CRS ainsi que des renforts de la Garde républicaine.

— Dans tous les départements, les forces de l'ordre ont été mises en alerte maximale, avec pour première consigne d'empêcher une éventuelle contagion des émeutes au-delà de la banlieue parisienne.

Montesquiou attendit qu'il ait fini de parler pour transmettre le billet à la ministre.

Elle non plus n'eut aucune réaction apparente. Mais, quelques secondes plus tard, elle interrompit le nouvel intervenant, un conseiller précocement chauve et complètement tétanisé :

— Bon, ça suffit, là on ne peut plus attendre pour la conférence de presse.

Les résultats de l'élection n'allaient plus tarder à être publiés sur les sites des journaux suisses et belges qui n'étaient pas astreints aux règles draconiennes du CSA.

— Oui, madame la ministre, répondirent les chefs en se levant comme un seul homme.

Mais la ministre resta un instant immobile et scruta le préfet Boulimier. Carla Bruni l'avait appelée « la Vermorel » dans une vidéo volée qui avait fait le buzz pendant toutes les fêtes de Noël : la première dame y avouait qu'elle lui faisait froid dans le dos, et se désolait de ce qu'elle était la seule personne en France devant laquelle son turbulent président de mari baissait parfois les yeux...

Le numéro un de la DCRI finit lui aussi par s'incliner devant la ministre. Celle-ci plia en deux la feuille que lui avait donnée Montesquiou et la remit à son voisin de gauche, qui la fit à son tour passer à son voisin. Au bout d'une minute le pourcentage de 52,9 % avait envahi les pensées des grands chefs de la police aussi puissamment que, quelques instants plus tôt, les cris de leur ministre de tutelle dont les échos n'en finissaient pas de mourir dans les couloirs craquants et luxueux de cet ancien hôtel particulier.

4.

Une telle colère était normalement l'apanage du président. Que Vermorel se soit sentie fondée à se déchaîner ainsi sur les patrons de la police et de la gendarmerie prouvait son statut d'exception au sein de l'appareil d'État. Pure politique, elle prenait par ailleurs un malin plaisir à houspiller ces préfets qu'elle détestait. Un homme avait pourtant échappé à ce savon, un homme qui fut accompagné dans le bureau de la ministre par Montesquiou rabaissé pour l'occasion au niveau de simple groom : il s'agissait du puissant préfet de police de Paris, Michel de Dieuleveult, dont l'autorité dans la maison Police rivalisait avec celle de la ministre. La Préfecture de police de Paris était sise en face de Notre-Dame, en plein cœur de l'île de la Cité : elle disposait de près de quarante mille hommes, de son propre service de Renseignements généraux et d'un bastion mondialement célèbre, le 36, quai des Orfèvres. C'était un véritable État dans l'État.

Vermorel recevait le préfet de police en tête à tête pour mettre en commun ce qu'ils savaient de Nazir Nerrouche. Dieuleveult était un homme étroit, méfiant, qui se teignait les cheveux en noir. Il ressemblait à un diacre promu du jour au lendemain cardinal. Une certaine stupéfaction tranquille émanait ainsi de son regard dissimulé derrière une épaisse monture d'écaille, dont les verres avaient depuis longtemps perdu leur antireflet. Il n'avait pas encore atteint l'âge ou le bas-ventre dilaté qui auraient justifié qu'il porte la ceinture de ses pantalons si haut, juste au-dessus du nombril ; c'était une forme de coquetterie rétrograde mais presque imperceptible, qui lui donnait en effet l'air, quand on le surprenait en bras de chemise dans son bureau de la « PP », d'un aumônier de l'époque coloniale.

— Madame la ministre, dit le préfet de police avec une politesse un rien hargneuse, nous ne savons rien de plus que ce qui figure dans le dossier de la DCRI.

La ministre ne voulait pas le regarder dans les yeux : ceux-ci étaient de toute façon protégés par une barrière de reflets, et quand ils apparaissaient quand même à la faveur d'un mouvement de tête immaîtrisé, c'était une paire d'amandes inexpressives et aplaties qui n'accusaient aucune de ses émotions, pas même le mépris dont ses sourcils ne se départaient pourtant jamais.

— Monsieur le préfet, annonça-t-elle gravement, je suppose que, dans ces circonstances, comment dire, apocalyptiques, nous pourrons compter sur un soutien sans faille de vos équipes ?

— Bien entendu, madame, la sécurité de la capitale, c'est la sécurité de la France...

Il y avait une perfidie manifeste dans ce propos du préfet de police de Paris, mais l'hostilité entre ces deux éminences droitières était si ancienne qu'on ne songea pas à la relever.

— Soit, nous verrons, conclut la Vermorel, qui voulait toutefois avoir le dernier mot.

Il fut ensuite question des mesures qu'il allait prendre pour, justement, assurer la sécurité dans la capitale.

— Excellent, conclut le préfet de police imperturbable. Je n'ai plus qu'à vous souhaiter bonne chance, alors. Enfin... à *nous* souhaiter bonne chance.

Restée seule avec Montesquiou dans son bureau, la ministre souffla un grand coup et observa les voyants rouges de son terminal téléphonique.

Montesquiou lisait des pages de journaux en ligne sur son téléphone. Il s'était machinalement enfoncé dans son siège, et pendant un court instant il ressembla à ce qu'aurait été un adolescent bougon dans le bureau de sa directrice d'école de mère. Ses lectures le firent soudain se redresser :

— Mon Dieu, ça explose sur Internet. Les gens disent n'importe quoi, écoutez, dit-il en levant les yeux sur Mme la ministre qui fixait le coin de son bureau marbré. « Ils ont tout essayé pour salir Chaouch, notes blanches, boules puantes, ils ont fouillé dans son passé, ils lui ont cherché des maîtresses, des amitiés louches, des petites phrases, des votes honteux. Rien. Alors ils ont calculé le nombre de fois où il était allé à la mosquée, et dans chacune de ces mosquées ils ont essayé de trouver un imam radical ou le cousin de quelque obscur prédicateur salafiste pour épingler ses mauvaises fréquentations. Sauf qu'il n'y en avait pas. Rien à cacher, rien pour le faire chanter. Chaouch était désespérément clean... Et le jour de l'élection il se fait tirer dessus. Pas besoin d'être un amateur de théories conspirationnistes pour s'interroger sur... »

— Pierre-Jean, l'arrêta Mme la ministre dans un soupir.

— C'est le billet d'un éditorialiste d'une radio du matin sur son blog, madame. Déjà repris sur Twitter par trois grands pontes de l'opposition. Des députés qui colportent ce genre d'hypothèses ! Vous imaginez s'ils continuent de balancer tout ça à tort et à travers ?

— On verra en temps voulu. Pour l'instant, on a d'autres problèmes que les élucubrations de ces avortons de blogueurs...

La ministre s'éclaircit la gorge. La tension de ses deux dernières heures était retombée. Montesquiou vit qu'elle faisait des exercices de gymnastique avec sa bouche et quitta la pièce en comprenant à qui elle allait passer son prochain coup de fil. Quand elle fut seule, la Vermorel ouvrit un de ses tiroirs et jeta un Doliprane dans le verre d'eau qu'elle s'était servi avant la réunion. Elle observa l'inéluctable effervescence de cette pastille de paracétamol, secouée aux quatre coins du verre et pourtant douée d'une forme de placidité résignée, qui paraissait presque noble à la ministre fatiguée. Cette effervescence, c'était sa loi, son sort, son devoir, le devoir des grands commis de l'État et de tous ceux qui avaient l'intérêt supérieur de la France à cœur : il fallait être prêt à se dissoudre pour servir.

Quand la pastille du départ ne consista plus qu'en un tout petit disque asphyxié à la surface de l'eau, Mme Vermorel avala d'une traite le breuvage et composa le numéro du président, cherchant le moyen le plus clair de lui annoncer que la machine policière et judiciaire avait été mise en mouvement, mais songeant surtout au pourcentage, à ce nombre stupide et fatal, 52,9, qui, lui, ne fondrait pas, même si on le trempait dans de l'acide de soufre.

5.

L'avion transportant les époux Wagner atterrit à Roissy un peu avant dix-neuf heures. Prévenu par sa greffière que la conférence de presse du médecin-chef du Val-de-Grâce était imminente, le juge Wagner insista auprès de ses officiers de sécurité pour trouver une télévision avant de regagner Paris. Thierry, l'agent que Paola avait surnommé Aqua Velva, fit un rapide tour d'horizon du terminal. Il distingua enfin un attroupement derrière la file d'attente d'un fast-food.

Un téléviseur haut perché était religieusement écouté par une trentaine de passagers en transit – ils allaient le rester encore un bon bout de temps, vu que plus aucun avion ne décollait. Debout sur leurs valises, les gens suaient à grosses gouttes. Ils se mirent à s'envoyer des chuts entre inconnus, comme au cinéma, dès qu'apparut à l'écran l'image d'un micro sur pied dont un petit assistant à lunettes modulait péniblement la taille.

— J'en connais un qui doit être bien content, murmura Paola.

Le juge Wagner ne réagit pas. Il restait au dernier rang de l'assemblée, collé de trop près par ses gardes du corps. Paola ne pouvait supporter l'attente silencieuse à laquelle tout leur petit groupe de téléspectateurs était soumis. Elle jaugea d'un long regard le degré d'attention de son mari, et interpréta un léger froissement de sa joue gauche comme le signe qu'elle pouvait lui parler :

— Je te le dis franchement, Henri, je vais avoir du mal à reparler à Xavier Putéoli après tout ça. Je veux bien que vous soyez amis de longue date mais enfin là c'est trop, et puis Tristan qui traîne autour d'Aurélie, non, je suis désolée…

— Enfin, qu'il ait pété les plombs, je suis le premier à le reconnaître. Mais de là à dire qu'il se réjouit d'un attentat…

— Il jubile !

— Mais non, voyons. Quant à son fils, qu'est-ce que tu veux que je fasse ? Que je le mette en examen pour drague non souhaitée par les parents d'une des parties ?

— Chut, chut, il arrive.

Le médecin-chef du Val-de-Grâce marcha en effet jusqu'au micro et s'éclaircit la voix en multipliant les regards sévères pour qu'on lui dise vers quelle caméra il devait se tourner. Il tenait une feuille entre ses mains immobiles. Son visage fermé était celui d'un homme doublement rompu au secret : en tant que médecin et en tant que médecin militaire. Et il parut soudain au juge Wagner – ainsi probablement qu'à plusieurs millions des Français qui regardaient ce même visage au même moment – tout à fait incongru qu'un homme aussi physiquement réticent à la prise de parole publique puisse être sur le point de leur délivrer l'information la plus attendue de l'année.

La surprise n'en fut que plus totale lorsqu'il ouvrit la bouche et s'avéra posséder un accent du Sud-Ouest aussi décomplexé que celui d'un charcutier gascon :

— Bonsoir, je suis le professeur Saint-Samat, médecin-chef du Val-de-Grâce. À l'arrivée de M. Chaouch à seize heures cinq, une angiographie cérébrale a été réalisée et a confirmé le diagnostic de la rupture d'anévrysme cérébral. L'intervention pratiquée par le professeur Neyme et par moi-même a consisté en un clippage de la malformation vasculaire. Elle s'est bien déroulée, il n'y a pas eu de complication et nous avons réussi à arrêter l'hémorragie. Nous espérons que l'hémostase va tenir, l'état hémodynamique de M. Chaouch est heureusement resté stable tout au long du geste opératoire, mais vous comprenez bien que, compte tenu de la gravité de la situation, il a été... euh... maintenu dans le coma.

Le professeur Saint-Samat tourna son unique feuille avec une lenteur surréaliste.

— La prise en charge en réanimation se poursuit désormais avec les aides techniques habituelles, le député

Chaouch est donc sous respirateur artificiel. Bien sûr les heures à venir vont être déterminantes.

Les flashs crépitaient sans interruption sur son long visage imperturbable. Il cessa de lire la feuille où figurait son texte et ajouta en regardant pour la première fois une autre caméra :

— J'ajouterai enfin que l'équipe médicale ne peut pas se prononcer actuellement sur le pronostic à court terme de M. le député Chaouch. Merrrrrci.

Le terminal tout entier explosa et se répandit en bavardages, en commentaires, en conjectures. Le juge Wagner fut conduit avec sa femme dans sa voiture de fonction qui attendait au dépose-minute depuis près d'un quart d'heure.

— Mais qu'est-ce qui se passe, demanda Paola, s'il gagne l'élection alors qu'il est dans le coma ?

— Eh bien il gagne l'élection, c'est tout. Je suppose que s'il ne se réveille pas très vite, le Conseil constitutionnel va annuler l'élection et la reporter pour le mois prochain... après les législatives. Le bordel complet, en somme. Et si c'est Sarkozy qui gagne, ma foi, ça ne change rien que son adversaire soit dans le coma. Sauf si le Conseil constitutionnel dit le contraire. Le Conseil constitutionnel a une autorité absolue en la matière.

Paola ne parvenait pas à déterminer si c'était une bonne ou une mauvaise chose.

Lorsque la voiture eut quitté l'aéroport, elle demanda d'une voix dépitée :

— Tu vas directement au Palais, je suppose ?

Le juge avança sa main vers la nuque de sa femme. Elle commença à lui en offrir le creux mais se secoua en signe de rejet dès que leurs peaux se touchèrent.

Depuis les menaces de mort des nationalistes corses, Paola en voulait à son mari d'avoir choisi ce métier – follement exigeant, absurdement chronophage, où l'excitation de l'instruction finissait par apparaître comme sa propre récompense. Ce « contrat » corse, qui avait culminé par la découverte d'une bombinette sous sa voiture, avait transformé jusqu'au visage de son mari : ses mâchoires saillaient davantage, son front se rétrécissait, son regard surtout s'était durci, il était de plus en plus rare de voir s'y allumer la lueur d'une pensée fantaisiste ou d'un sourire profond. En revanche, des ombres y passaient, constamment : les rivalités au sein du pôle antiterroriste, les menaces de mort et de mauvaises notations, l'impression d'être mis au placard – l'an passé, on ne lui avait confié que cinq nouveaux dossiers...

Paola se contorsionna pour ravaler un mouvement d'humeur.

— Notre premier week-end depuis six mois... Tu parles d'un week-end...

6.

Deux hommes attendaient le juge Wagner chez le procureur de la République de Paris. Assis sur son bureau, le procureur Lamiel lui-même, avec qui Wagner jouait au tennis tous les mardis ; et, debout devant la fenêtre, le commandant Mansourd, le légendaire patron de la SDAT, à qui notre juge devait la fière chandelle d'avoir découvert, trois ans plus tôt, cet engin explosif placé par des nationalistes corses sous sa voiture de fonction.

— Monsieur le juge, on attendait plus que vous. Vous avez vu la participation ?

— 89 %, oui, c'est beaucoup.

— Du jamais-vu, vous voulez dire !

Lamiel avait sorti du placard les juges antiterroristes les plus réticents aux méthodes du puissant Rotrou, qui incarnait depuis vingt ans dans l'opinion et dans les faits la figure du juge antiterroriste : Wagner et Poussin, surnommés par le procureur « Le Lorrain et Poussin » ou encore « Les artistes », qu'il venait donc de faire désigner par le président du tribunal dans la procédure la plus importante de l'année.

Politiquement, Lamiel était en effet classé à gauche, ce qui n'était pas sans agacer le sommet de l'État. Lors du jeu de chaises musicales initié par le départ à la retraite du procureur général, un an avant la campagne présidentielle, Sarkozy avait essuyé une fronde du Conseil supérieur de la magistrature, qui émettait un avis négatif sur tous les noms proposés par l'Élysée pour le poste notoirement stratégique de chef du parquet de Paris. Le président avait dû se résoudre à nommer Lamiel, mais il avait malgré tout réussi à placer un ou deux proches dans son équipe, quoique c'eût été, de l'avis des spécialistes, un coup d'épée dans l'eau : tout le monde savait bien que le vrai patron de l'antiterrorisme en France était le juge Rotrou, surnommé l'Ogre de Saint-Eloi, du nom de la galerie ultrasécurisée du dernier étage du Palais, où les juges spécialisés dans l'« antiterro » avaient leurs cabinets.

La campagne avait accentué le fossé entre Sarkozy et les magistrats (un double assassinat commis par un récidiviste, une énième déclaration du président sur le laxisme et l'irresponsabilité des juges), tandis que Chaouch se révélait en faveur d'une réelle indépendance du parquet vis-à-vis de l'exécutif et se mettait dans la poche, en promettant un « plan Marshall de la justice » sur dix ans, une majorité écrasante de la magistrature qui sentait enfin le vent tourner. À la proue du navire de ce ministère public glissant enfin à contre-courant du pouvoir figurait donc Jean-Yves Lamiel, qui jeta un regard sur son bureau assombri par les tentures bordeaux et les boiseries de chêne, et remit solennellement un document à Wagner : c'était le réquisitoire introductif sur la base duquel l'instruction pouvait commencer, et dont il reprendrait les principaux éléments lors de sa première conférence de presse.

— Bon, Henri. Ce que je m'apprête à vous expliquer ne va pas vous faire plaisir. Pas plus que ça n'a fait plaisir à la ministre de l'Intérieur...

— On surveillait le tireur ? anticipa Wagner. Il était connu, c'est ça ?

— Non, non, je viens de le voir, répondit Lamiel, toujours assis sur son bureau. Il a dix-huit ans, c'est un tout petit voyou, il a été jugé deux fois en correctionnelle pour des délits mineurs et a toujours écopé de peines avec sursis. Non, c'est le commanditaire probable qu'on surveillait.

Il déboutonna sa veste et fit le tour de son bureau.

— La DCRI m'a appelé il y a cinq semaines pour me signaler les agissements d'un groupe inconnu, le SRAF. Personne ne sait ce que SRAF veut dire, sauf que c'est une mouvance secrète dirigée par un certain Nazir Nerrouche, le cousin d'Abdelkrim Bounaïm-Nerrouche, le tireur de cet après-midi. J'ai ouvert une enquête préliminaire pour associations de malfaiteurs en relation avec une entreprise terroriste, et autorisé des écoutes-parquet. L'enquête a piétiné jusqu'à aujourd'hui, à cause, essentiellement, de la méfiance paranoïaque de ce Nazir Nerrouche.

— Comment les écoutes ont pu ne rien donner ? demanda Wagner, incrédule.

— Elles ont permis au groupe de la DCRI de localiser une cache d'armes et de loger un soi-disant complice, membre de ce SRAF. Mais c'était un leurre.

— Le complice ?

— Tout ! La cache d'armes, le complice. On écoutait trois de ses portables à la fin, et sur les deux premiers, Nazir Nerrouche se savait écouté et, bon, inutile de tourner autour du pot : il manipulait copieusement le groupe d'enquête.

Wagner tombait des nues. Comment un tel amateurisme était-il possible ? Il avait souvent travaillé avec des commissaires de la DCRI, leur professionnalisme n'avait jamais été mis en cause.

— Et le troisième portable ? demanda le juge.

— Eh bien je n'ai pas encore eu accès au relevé d'écoutes, ça a été très difficile de faire les réquisitions. De toute façon, il a dû détruire ses téléphones depuis l'attentat. C'est quelqu'un de très... retors.

— Il a quel âge ? C'est un islamiste ? On a pu les rattacher à des groupes connus ? AQMI ?

— Rien, répondit le procureur. Nazir Nerrouche a vingt-neuf ans. Études supérieures, en prépa lettres d'abord, et puis lettres classiques à la Sorbonne, et puis bifurcation en droit des assurances. Il a monté des petites sociétés, dont une à Saint-Étienne, d'où vient sa famille, une agence de sécurité privée qui a fait faillite. Il s'est impliqué dans la vie locale, s'est occupé des carrés musulmans dans les cimetières, a fait du lobbying pour la construction de la mosquée dont tout le monde s'est mis à parler pendant la campagne. C'est là que la DCRI a commencé à s'intéresser à son cas. La difficulté, c'était qu'il ne fréquentait aucune mosquée suspecte, n'avait aucun lien avec les réseaux connus.

— Mais alors quoi ? Il avait composé une cellule dormante ?

— Non, pire. Le cauchemar absolu : un mouvement, comment dire, radicalement autonome. Une sorte de fantôme autarcique, indétectable par nos radars habituels. Allez expliquer ça à la presse maintenant...

— Et le tireur ?

— Pour l'instant il ne lâche pas grand-chose, mais je ne crois pas qu'il mente quand il dit qu'il ne sait pas où son cousin se trouve. À ce sujet j'ai demandé à ce que des avis de recherche de Nazir Nerrouche soient tirés à cent mille exemplaires. Je pense qu'il faut émettre un mandat d'arrêt européen...

Le juge Wagner secoua la tête.

— Comment est-ce qu'on a pu le perdre de vue ? s'emporta-t-il. C'est quand même incroyable qu'on n'ait pas pu l'arrêter avant. Il faisait l'objet d'une surveillance physique ? Qu'est-ce qui s'est passé ?

— Une énième maladresse de la DCRI, répondit Lamiel. Le commandant Mansourd a sa petite opinion sur le sujet, cela étant. Commandant ?

Le commandant continuait de regarder par la fenêtre. C'était probablement le seul officier de Police judiciaire de France doté d'une barbe aussi fournie : une vraie barbe de patriarche, noire et frisée à l'unisson de sa crinière de Samson. Il portait un maillot noir à manches longues, qui moulait son torse épais et musclé, mais d'une musculature d'un autre siècle, qui ne devait rien à la fonte des salles de gym et rappelait plutôt les vieux costauds des Brigades du Tigre.

Son jean noir disparaissait dans la pénombre, Wagner pensa soudain que si une torche avait été promenée sous sa ceinture, elle aurait révélé de solides jambes de cheval. Mais quand le commandant-centaure se détacha de l'éblouissement du contre-jour, Wagner vit qu'il n'en était rien : Mansourd avait des jambes humaines et la main sur son holster ; il caressait la crosse de son arme de service avec une délicatesse qui démentait toute sa stature, tel un colosse promenant son colossal index entre les yeux d'un chaton.

— Il avait probablement quatre portables, répondit-il, peut-être plus, et sur ceux que la DCRI écoutait il donnait de fausses informations à des numéros enregistrés sous de faux noms. L'enquête a été complètement bâclée et les collègues communiquent les pièces et les relevés d'écoutes au compte-gouttes…

— Les choses vont changer, déclara Wagner. Ce n'est plus le chef présumé d'un mouvement farfelu qu'on pourchasse, c'est le commanditaire d'un assassinat politique. J'aime autant vous dire qu'on va tous les avoir, les relevés d'écoutes.

— Bon, reprit Lamiel en tournant le front vers Mansourd, mais sans lever tout à fait ses énormes yeux : c'est le moment ou jamais de faire vos preuves et de montrer que vous valez mieux que vos collègues de la DCRI. Pour cette nuit vous travaillerez avec le SRPJ de Saint-

Étienne. Inutile de monter à Levallois pour les gardes à vue, voyez sur place.

— Et surtout pas de caméras ! s'écria Wagner. Je refuse que la presse commence à fourrer ses pattes dans mon instruction. J'espère que nous sommes sur la même longueur d'ondes, commandant ?

Le commandant acquiesça d'un plissement de lèvres. Il remarqua toutefois que le procureur avait l'air contrarié : il gardait les bras croisés, ses yeux saillaient en dehors de leurs orbites mais ne regardaient rien de précis sur son bureau.

Avant de quitter la pièce, Mansourd étudia longuement les portraits de Nazir au centre de l'avis de recherche. Wagner était pour sa part moins fasciné par les photos que par l'intensité du regard du limier de la SDAT. Pris dans ce visage barbu et sculptural, ses yeux paraissaient littéralement virer au rouge.

Il annonça d'une voix bourrue :

— On va l'attraper, monsieur le juge. Vous pouvez me faire confiance.

— Tenez-moi au courant, commandant, dit le juge Wagner.

Le commandant Mansourd sortit du bureau.

Les deux magistrats regardèrent le rond de moquette qu'il venait de quitter. Tous deux eurent la même impression le concernant : une force qui va. Qui pour l'instant va pour nous, qui demain ira peut-être pour quelqu'un d'autre, mais qui n'ira jamais que dans un seul sens : la capture de Nazir Nerrouche.

7.

— Sacré personnage, ce Mansourd, commenta le procureur avant d'ajouter en changeant de voix : Henri je dois vous dire quelque chose, Nazir Nerrouche est le frère d'un certain Fouad Nerrouche, acteur de son état, qui fait les beaux jours d'une série télévisée sur la sixième chaîne. Je suppose que vous n'êtes pas friand de presse people, si vous l'étiez vous sauriez les rumeurs qui courent sur la liaison entre ce Fouad Nerrouche et Jasmine Chaouch (le juge Wagner haussa les sourcils en signe de surprise), oui, la fille de Chaouch.

— Mansourd est au courant ?

— C'est lui qui me l'a dit avant votre arrivée. Un de ses hommes a fait une rapide vérification auprès du service de protection du candidat Chaouch.

— Et alors ? demanda le juge.

— Et alors, et alors pas grand-chose… Il était évidemment connu du service, mais rien à signaler. Aucun antécédent judiciaire, pas la moindre rixe, même pas une prune : sur le papier c'est un bon garçon, bien sous tous rapports…

— On verra bien ce soir.

— Il y a autre chose Henri, hésita Lamiel. Voilà, allons droit au but : je ne suis pas convaincu que ce soit une bonne idée de laisser nos amis de la presse dans l'ignorance totale de nos activités.

— Oui, sauf que si on commence à communiquer à tout-va, les ratés de la DCRI vont être découverts et prendre toute la place médiatique. Ça va vite devenir incontrôlable si on accepte de jouer à leur petit jeu de surenchères.

— Henri, vous n'êtes pas sans savoir que je dois faire ma première conférence de presse demain matin. On va me demander une conférence de presse par jour, vous comprenez ?

Le juge refusait de se ranger à cet avis, même virtuellement. Un rayon de soleil se faufila entre les rideaux et illumina sa chevelure blanche. Il haussa les sourcils, qui par contraste n'avaient jamais paru aussi sombres.

— Ils vont avoir besoin de coupables, Henri. Je ne dis pas que nous allons leur en donner, mais il va falloir trouver quelque chose en échange. Et puis il n'y a pas que les médias, il y a le procureur général qui va suivre tout ça de très près. J'ai passé la moitié de l'après-midi pendu au téléphone avec la Chancellerie. Tout le monde joue sa carrière sur cette affaire. Je dis bien : tout le monde.

— Monsieur le procureur, répondit solennellement Wagner, j'ai été désigné pour l'instruction d'un attentat contre un député de la République candidat à l'élection présidentielle, j'ai bien l'intention de ne m'interdire d'aborder aucune piste. Je compte élargir le dispositif d'écoutes après ce soir et prendre toutes les mesures nécessaires à la manifestation de la vérité. Mais je vous le dis tout de suite : ne vous attendez pas à une interpellation-paillettes de toute la famille avec les caméras. Ce serait complètement contre-productif, voyez les récentes prouesses de Rotrou. Non, vraiment, ces méthodes...

— Nous sommes d'accord, Henri, bien entendu nous sommes d'accord. Ces méthodes sont inqualifiables. Ou plutôt, si, elles le sont : inefficaces. Le vent a tourné, le ménage a été fait. Il n'y aura pas de guerre entre le parquet et l'instruction, et surtout pas de guerre des polices cette fois-ci. L'avenir de la justice antiterroriste, je ne dirai pas que c'est nous, mais... oui, il ne me semble pas exagéré d'affirmer qu'il est entre nos mains.

Le juge attendait un « mais ». Bouche toujours ouverte, Lamiel se leva et accompagna son partenaire de tennis vers la fenêtre. La cour du Palais de justice débordait d'une activité inhabituelle pour un dimanche.

— Mais dans l'immédiat on va nous demander l'impossible, Henri. On va *vous* demander l'impossible, et qui plus est dans un temps record. J'espère que vous êtes prêt.

8.

L'oncle Idir partit rejoindre Fouad dès la fin de la conférence de presse du médecin-chef du Val-de-Grâce. Il venait de la suivre sur la même télé que celle devant laquelle, la veille, il s'était ému des yeux agrandis des foules acclamant Chaouch dans les rétrospectives de campagne. Fouad vit son oncle courir depuis le début du couloir, avec la pathétique maladresse d'un homme âgé, tandis qu'il apprenait, de la bouche de l'infirmière avec qui il s'était disputé un peu plus tôt, et après avoir longuement insisté, que Rabia venait de subir les examens pour savoir si elle avait été victime d'une agression sexuelle.

— Elle a été violée ? demanda Fouad, horrifié.

— Monsieur, calmez-vous, répondit l'infirmière.

— Répondez-moi, bon sang !

L'infirmière eut un mouvement de recul et menaça fébrilement Fouad d'appeler la sécurité s'il ne baissait pas d'un ton.

— Bon, ça va, vous êtes calmé ? Bon. Les examens n'ont rien révélé...

— Elle n'a pas subi d'attouchements, alors ?

— Les examens n'ont rien révélé, répéta l'infirmière.

— Mon Dieu... souffla Fouad en fermant les yeux.

Il voulut remercier l'infirmière, comme si c'était à elle qu'il devait la bonne nouvelle ; il lui fit faux bond et courut vers la chambre de Rabia. Mais Rabia était déjà en train de s'habiller de l'autre côté de la porte. Fouad frappa deux petits coups mais ne put entrer, empêché par la silhouette de sa tante qui s'affairait avec frénésie, tête baissée comme un bélier.

— Il faut aller rejoindre Luna maintenant, *miskina* la pauvre elle est toute seule. Tu sais pas où ils ont mis mon portable ?

— Tatan, calme-toi, essaya Fouad en poussant enfin la porte, calme-toi !

— Non, non, s'énerva Rabia, c'est pas le moment de se calmer. Il faut…

Elle s'arrêta d'elle-même et parcourut la pièce du regard, paraissant soudain ne plus chercher son portable mais les raisons pour lesquelles nous autres, êtres humains, passions notre temps à chercher quelque chose.

Fouad crut qu'elle allait éclater en sanglots. Il posa la main sur son épaule, aussi méticuleusement que s'il avait manipulé un flacon de nitroglycérine.

Idir voulut saluer Zoulikha à l'étage mais l'infirmière de garde lui apprit que les visites étaient terminées et que, de toute façon, Mme Nerrouche dormait à poings fermés.

Lorsqu'il redescendit bredouille, il tomba nez à nez avec Dounia dont la mine épouvantable le frappa au moins autant que son air fautif.

— Qu'est-ce que tu fais là ? demanda Dounia en séchant des larmes qu'elle essaya piteusement d'attribuer à un rhume en reniflant de manière excessive.

— Je suis venu voir Zoulikha et… Rabia… mais et toi ? Personne arrivait à te joindre… Ti étais…

Fouad et Rabia apparurent dans le champ de vision de Dounia. Elle eut un mouvement de recul mais comprit qu'elle était prise au piège. Fouad se retourna et courut dans sa direction :

— Mais putain maman t'étais où ? hurla-t-il. Quatre heures que j'essaie de te joindre ! Quatre heures !

Dounia se rembrunit et trouva dans la colère de son fils le moyen inespéré de se tirer de ce mauvais pas qu'elle avait cru irrémédiable.

— Déjà tu te calmes, c'est à ta mère que tu parles O.K. ? Je suis pas ta copine, d'accord ?

Fouad sentit qu'elle lui cachait quelque chose mais ne voulut pas lui faire de scène devant Idir. Dounia défit ses cheveux, les attacha dans un chignon plus serré et rejoignit Rabia qui ne lui posa aucune question sur sa disparition, trop soulagée de pouvoir enfin laisser éclater son désespoir.

Fouad conduisit d'abord Idir chez lui. Le vieil homme n'avait pas très envie de se retrouver seul après toutes ces émotions, heureusement Raouf l'attendait, et avec Raouf la perspective d'une soirée électorale presque normale, une soirée à écouter son fils lui expliquer pourquoi sa génération ne comprenait rien à rien tandis que la sienne possédait en plus de la vigueur de la jeunesse la jeune sagesse des chiffres et des théories compliquées.

Mais Raouf attendait son père dans la cage d'escalier, désemparé sur les marches, fatigué d'actualiser ses pages favorites sur son iPhone à l'écran maculé de traces de doigt.

— C'est... dingue, bégaya-t-il seulement, s'apercevant trop tard que l'adjectif était dérisoire au regard de la situation, mais qu'il n'en possédait aucun d'assez fort dans son lexique événementiel.

Fouad ne se souvenait pas s'il avait vu Raouf depuis le petit matin. Raouf l'embrassa sur les deux joues, poussant son museau volontaire jusqu'aux oreilles de son cousin hagard.

— Fouad, faut que je te dise..., hésita Raouf.

Fouad sentit qu'il ne pourrait affronter la discussion qui s'annonçait.

— On parlera plus tard, lui répondit-il à voix basse, avant de l'embarquer avec Idir dans la voiture où les attendaient Dounia et Rabia.

Le soleil se couchait derrière les crassiers de l'ancienne mine du Clapier. Fouad mordit le trottoir pour garer la voiture et leva les yeux sur le balcon désert où il avait, la veille, fumé une Camel avec Krim. Des enfants arrêtèrent de jouer au ballon pour voir passer ces gens aux têtes étrangement familières, qui portaient des vêtements de fête et marchaient d'un air tragique et résolu.

Dans l'ascenseur Dounia évita le regard inquisiteur de son fils en caressant les cheveux de Rabia. Quand ils furent au troisième étage, la porte de la mémé s'ouvrit précipitamment sur Luna que plus rien ne pouvait retenir. Elle s'effondra dans les bras de sa mère en poussant des hurlements.

La mémé fit entrer tout le monde pour ne pas attirer l'attention des voisins, et dans l'embouteillage du couloir Rabia et Luna serrées l'une contre l'autre passèrent devant les visages compatissants et terrifiés des oncles et des tantes venus pour le mariage, et puis devant celui de Slim, et puis encore de Kamelia qui, située en bout de ligne, tendit les bras dans la direction de sa tante pour pleurer avec elle.

Rabia découvrit le salon de la mémé qu'elle connaissait par cœur. La veille, avant d'aller à la salle des fêtes, la famille réunie y avait regardé cette cassette VHS où Krim jouait de la musique classique sur le clavinova du pépé.

Entre deux vagues de larmes, Rabia trouva le temps de demander :

— Il est pas là, Bouzid ?

— Il travaille jusqu'à neuf heures, répondit sèchement Rachida.

La benjamine des sœurs Nerrouche portait son Rayanne d'un bras et le berçait comme pour l'endormir, sans jamais cesser de fixer à distance Rabia et Luna d'un air décidément réprobateur.

La petite Myriam apparut dans l'encadrement de la porte des toilettes et courut vers sa tante préférée. Elle lui embrassa la taille et plaqua son oreille contre son sein. Rayanne échappa au prix de mille efforts à la prison des bras de sa mère et vint lui aussi embrasser Rabia.

Les enfants l'adoraient, Rabia. Et Rabia se souvint, comme un éclair dans la nuit du malheur qui s'abattait sur elle, qu'elle adorait les enfants.

Chapitre 3

52,9 %

1.

Lessivé, Fouad était pourtant le seul dans l'appartement dont le visage n'était pas mouillé par les larmes ni défait, d'une façon ou d'une autre, par l'énormité de l'événement. La mémé certes gardait son air fier et grave, mais elle ne provoquait plus personne et cherchait sans cesse quelque tâche à accomplir pour ne pas avoir à affronter l'emprise de la peine sur un autre regard.

Fouad sortit sur le balcon et remarqua quelques cendres massées derrière le plus gros pot de fleurs. Le rose du béton de la rambarde était avivé par le dernier soleil. La chaleur n'était pas encore retombée et la lumière inondait si fortement l'appartement que la mémé finit par tirer les deux rideaux, pour chasser les puissants reflets qui empêchaient de distinguer quoi que ce soit sur la télé qu'on venait juste de rallumer. Fouad reconnut la voix de David Pujadas et passa la tête à travers l'embrasure de la vitre. Toute la famille était debout autour de l'écran.

— Mesdames et messieurs, il est vingt heures, et dans cette situation de crise unique, dans cette situation exceptionnelle, absolument inédite dans l'histoire de notre pays, nous sommes en mesure de vous donner les résultats du second tour de l'élection présidentielle…

Le visage de Chaouch apparut en grand à gauche de l'écran. La jauge de ses voix grimpa jusqu'à 52,9 % tandis que celle de Sarkozy restait bloquée à 47,1.

— Idder Chaouch est élu à 52,9 % des voix, annonça David Pujadas d'une voix râpeuse, usée par la fatigue et la gravité des faits. Avec un taux de participation absolument exceptionnel : 89,4 % des électeurs se sont rendus aux urnes... Pour la première fois de son histoire la France vient de se choisir un président dans le coma, ajouta-t-il en baissant les yeux, comme intimidé par le voyant rouge de la caméra et par les dizaines de millions de personnes, que ce voyant rouge signifiait.

Il n'y aurait donc pas de déclaration du président élu dans la fièvre de son QG de campagne. Il n'y eut d'ailleurs aucune scène de liesse dans les duplex qui suivirent, aucune scène de déception non plus dans le camp des vaincus. Ou plutôt la liesse et la déception existaient, mais cruellement atténuées par les conditions extraordinaires qui avaient présidé au résultat du scrutin.

Nicolas Sarkozy reconnut sa défaite sur un ton prudent et souhaita que son adversaire sorte promptement de son coma ; il expliqua ensuite que, dans la période de transition, son gouvernement était parfaitement opérationnel et annonça qu'en attendant les décisions du Conseil constitutionnel, un « certain nombre » de mesures avaient été prises pour assurer la sécurité des Français, à commencer par la fermeture de l'espace aérien et le passage du plan Vigipirate au niveau écarlate.

— Je tiens à rassurer nos compatriotes, conclut-il en fixant l'objectif comme s'il avait été le présentateur de l'émission : il n'y absolument aucune crainte à avoir, comme je l'ai entendu depuis une heure, au sujet de je ne sais quelle vacance au sommet de l'État. Les membres du Conseil constitutionnel sont des gens responsables, j'ai toute confiance dans leur capacité à prendre les décisions qui s'imposent. La France est forte, nos institutions sont solides, et je suis convaincu qu'après cette atteinte inédite et – j'insiste – *inqualifiable* à la sécurité nationale, l'esprit d'union nationale prévaudra sur tout le reste...

Le discours du président n'était pas terminé que Marine Le Pen, arrivée quatrième au premier tour, se fendit d'un communiqué à l'AFP où elle saluait sa fermeté mais s'inquiétait des risques de « guerre civile ». On entendit sur les radios des gens parler de rétablir préventivement la loi martiale. D'autres souhaitaient que Nicolas Sarkozy se fasse voter les pleins pouvoirs par l'Assemblée et le Sénat réunis en congrès. À l'inverse, sur TF1, un jeune homme qui présidait les Jeunes Socialistes pour Chaouch perdit son sang-froid devant Jean-François Copé, et expliqua « comprendre » les mouvements de révolte qui montaient un peu partout dans le pays. Copé le poussa dans ses retranchements jusqu'à lui faire admettre qu'il les encourageait. La caméra s'attarda sur le militant chevelu quelques instants après sa bourde : ce n'était déjà plus la colère qui le faisait rougir jusqu'aux oreilles, mais la certitude d'avoir en une phrase mis un terme à sa jeune carrière. En effet les instances du Parti socialiste ne devaient attendre que deux jours avant de le démissionner, en guise d'exemple, et pour dissuader les militants amers de donner au pays l'image d'un parti se souciant comme d'une guigne de la sécurité nationale.

Mais ce soir-là, la majorité des Français réagissaient plutôt à l'instar de la famille Nerrouche, réunie presque au complet dans le salon de la mémé : des haussements de sourcils, des hochements de tête, un peu de soulagement, bien sûr, mais surtout une immense inquiétude, et la lugubre impression qu'au lieu d'assister comme promis au triomphe de l'homme qui devait décrocher la lune en direct, c'était plutôt le soleil, dans un stupide retournement de dernière minute, qui venait d'être kidnappé.

2.

Fouad s'éclipsa à nouveau sur le balcon et observa les deux montagnes de chez mémé, les deux buttes de déchets miniers assoupies dans le liseré rouge orangé du crépuscule, se souvenant du jour où, enfant, il avait choisi celle de gauche, tandis que Nazir prenait celle de droite qu'il avait décrétée être la meilleure.

Fouad consulta à nouveau la liste de ses appels en absence. Il n'y en avait toujours aucun de Jasmine. Il prit son courage à deux mains et composa son numéro. Il tomba directement sur son répondeur et se mit à jongler avec les hypothèses. Son père dans le coma, elle n'avait peut-être pas le droit au téléphone dans la chambre d'hôpital. Ou alors c'était simplement occupé – des millions de gens devaient l'appeler pour la réconforter ; il faudrait réessayer. Il le fit. Une dizaine de fois en quatre minutes. Il laissa des messages ; il lui semblait qu'il les laissait dans le vide, comme on envoie des lettres à la boîte postale d'un mort – sauf que personne, aucun service ne se chargeait ici d'accuser leur non-réception.

Puis les hypothèses revinrent ; ce n'étaient plus avec des balles en mousse qu'il jonglait mais avec les quilles de feu d'éventualités effrayantes, qui piquaient son amour-propre et son amour pour Jasmine : on lui avait dit que Krim était son cousin, elle ne pouvait pas parler à quelqu'un de la famille du meurtrier de son père, même si ce quelqu'un était son petit ami…

Il abandonna, aspira une large bouffée d'air pour trouver le courage de retourner dans le salon où l'agitation avait repris. Mais Slim le devança et passa à travers le rideau sa fine jambe moulée dans son pantalon blanc de la veille :

— Fouad ?

— Oui, oui, c'est bon, répondit son grand frère sans essayer d'atténuer la violence de son ton, c'est bon, j'arrive, deux minutes.

— Non Fouad, insista Slim en tirant le rideau d'un geste sec, y a Krim à la télé !

Le premier regard de Fouad qui avait bondi dans le salon ne fut pas pour l'écran Plasma de la mémé mais pour la famille massée devant, qui n'avait pas bougé depuis qu'il avait fui sur le balcon, à une différence près, mais elle était de taille : tous avaient porté la main devant leurs bouches. Chaque phrase de Pujadas sur l'identité du tireur faisait jaillir de nouvelles larmes le long de leurs joues brûlées par la honte. Sur le visage de Rabia, le mascara mêlé aux pleurs coulait jusqu'aux commissures de ses lèvres tremblantes.

La mémé se mit à parler en kabyle, trop vite pour que ses filles les plus jeunes puissent comprendre. Mais, à ses intonations, même la petite Myriam pouvait deviner qu'il s'agissait de lamentations et d'incantations macabres.

Rabia augmenta le volume, jusqu'à l'avant-dernière barre. Personne n'osa lui demander de redescendre de quelques degrés.

— Nous a rejoint en plateau un nouvel invité, déclara David Pujadas avec un regain d'enthousiasme dans la voix, alors c'est un invité qui va peut-être nous aider à y voir plus clair dans l'attentat contre le président... (il se reprit) contre le candidat Chaouch. Xavier Putéoli vous êtes le rédacteur en chef d'Avernus.fr. Vous publiez ce soir-même la première partie d'un article de Marieke Vandervroom sur la DCRI. Les *incroyables* ratés d'une enquête ultrasecrète, la guerre des services chargés du renseignement intérieur... Cet article a créé la controverse, la DCRI ayant, je le rappelle, démenti en bloc par communiqué de presse à l'AFP. Mais d'abord la question que tout le monde se pose : est-ce que vous pensez que le jeune tireur, dont nous ne connaissons que le prénom pour l'instant, Abdelkrim, est-ce que vous pensez qu'il a agi sur instructions de ce groupe clandestin, quatre lettres dont on va probablement beaucoup, beaucoup entendre parler dans les jours qui viennent : le SRAF ?

Rayanne qui suçait son pouce au pied de l'écran se mit soudain à y donner des tapes répétées. Deux tantes se précipitèrent pour l'arrêter, mais trop tard : la télé vacilla et tomba du meuble trop étroit sur lequel elle était posée.

Tandis que Slim et Toufik essayaient de la rebrancher, le silence s'installa dans la pièce, hanté par les larmes continues de Rabia.

Elle dut les sécher lorsqu'elle s'aperçut que son portable vibrait.

— C'est la voisine, Mme Caputo. Pourquoi elle m'appelle, celle-là ?

La télé remarchait. Mais Slim et Toufik n'arrivaient pas à obtenir autre chose qu'un écran de neige. Après plusieurs appels répétés, Rabia finit par se lever et décrocher pour savoir ce que voulait sa voisine.

Au même moment, Fouad reçut un message de Yaël, qui lui disait qu'elle lui avait trouvé un avocat.

3.

Il se rendit sur le balcon pour l'appeler et tira le rideau lorsque les voix diaboliques de la télé se remirent à écraser le salon.

— Je viens de voir l'image à la télé. Fouad, c'est absolument horrible, c'est absolument… je suis de tout cœur avec toi.

— Merci, Yaël. Tu as trouvé un avocat ?

— Je l'ai même appelé pour toi, il travaille au cabinet de Me Szafran, un grand avocat, et il pense que Szafran est le mieux qu'on puisse faire, il a défendu des gens accusés à tort dans une affaire de terrorisme l'année dernière.

— Krim n'est pas accusé à tort, lâcha Fouad.

— Oui, bien sûr... Écoute, Szafran c'est un ténor du barreau. Il préside une association qui milite contre l'état des prisons françaises, il a fait acquitter un nombre incalculable de gens et, attends, mon ami qui bosse à son cabinet me dit qu'il travaille souvent *pro bono*. Tu as de quoi prendre son numéro de portable ? Appelle-le tout de suite...

Un cri de Rabia se fit entendre sur le balcon, et probablement jusque sur le parking de la médiathèque où des gens qui venaient de se garer levèrent la tête.

— Attends Yaël, envoie-le moi par texto, je te rappelle.

Mais Fouad n'osa pas retourner au salon.

Il entendait les bribes d'une joute confuse où surnageait le mot police. Dans les voix tranchantes qui le prononçaient, il sonnait comme un synonyme de catastrophe. Fouad eut à peine le temps de s'apercevoir que c'était là, de sa part, un comportement mental de criminel. Il franchit la vitre et le rideau et vit sa tante Rachida haranguer la famille en brandissant les visages innocents de ses jeunes enfants, comme autant de pièces à conviction de la culpabilité de Krim :

— Non mais d'où tu crois qu'on va payer pour lui ? hurlait-elle. Tu crois que mes gosses je vais les laisser supporter ça ? Non, non, *wollah* hors de question qu'on paye pour les conneries de ton taré de gamin...

Fouad voulut demander ce qui se passait mais Rabia ne le laissa pas la défendre. C'était moins ce que Rachida avait dit que son mouvement des lèvres, si dédaigneux que Rabia avait eu l'impression de recevoir une gifle.

Toute rouge d'humiliation, elle ensevelit sa petite sœur sous un tombereau d'insultes incohérentes. La mémé prit les enfants par la main et les confia à Kamelia pour qu'elle les emmène dans sa chambre.

Blottis contre les gros seins de Kamelia, les enfants levèrent sur elle de grands yeux de stupéfaction résignée. Ils étaient habitués aux disputes entre leurs parents, et ils étaient bien sûr trop jeunes pour comprendre ce qu'il y avait de si unique dans cette nouvelle violence contre laquelle on essayait maladroitement de les protéger.

— C'est rien mes petits choux, les enveloppa Kamelia d'une voix mal assurée. Maman elle est en colère mais ça va passer, c'est rien mes chéris...

De l'autre côté de la porte, la belle stature de Fouad ne faisait plus d'effet. La mémé s'interposa entre ses deux filles enragées, Fouad paraissait soudain minuscule, insignifiant à côté de cette masse noiraude aux cheveux gris et au charisme inexplicable et malfaisant.

La mémé calma tout le monde à coup de phrases kabyles qui ressemblaient à des ensorcellements.

D'un regard le vieil oncle Idir interdit à sa femme Ouarda de choisir son camp entre Rabia et Rachida. Mais Fouad vit que leurs grandes sœurs penchaient résolument du côté de la cadette aux bambins innocents.

La main dans laquelle il serrait son téléphone se mit à trembler. Il sortit sur le balcon, s'appuya sur la rambarde et se força à respirer lentement, les yeux fermés.

Quand il les rouvrit, il vit ce paysage hospitalier entre tous : le bâtiment de la médiathèque de Tarentaize ; les crassiers à l'arrière-plan ; à droite les blocs de béton roses et verts des HLM, empilés les uns sur les autres comme des cabines de Lego percées de fausses fenêtres – fausses car comment pouvait-on sérieusement vivre dans cette infantile géométrie de cages à poules ? – ; et enfin à gauche le square où s'ébattaient les gamins du quartier, au pied de l'église Saint-Ennemond, façade rustique et curieusement familière, qu'il croyait connaître comme sa poche alors qu'il n'avait jamais mis les pieds à l'intérieur.

Il leva les yeux : après une journée ensoleillée et chaude le ciel sans vent offrait la même surface cristalline qu'une mare de haute montagne, à peine contrariée par le dégradé de bleus peints à partir du même pigment et sur lesquels se reflétait doucement la crête aiguë d'un peuplier.

Fouad prêta l'oreille à la rumeur lointaine du centreville. Pour arracher son attention à la tragique cacophonie du salon, il lui fallait se concentrer sur le bruit de la circulation, aussi rassurant en ville que le roulis des vagues sur l'océan ou le souffle du vent dans un pré. Mais soudain ce ronron parut gonfler, s'amplifier. Un nombre inhabituel de véhicules arrivaient dans la rue de la mémé. Fouad se pencha pour en avoir confirmation et vit une quinzaine de voitures de police débouler devant la médiathèque. Les sirènes étaient muettes mais les gyrophares eurent tôt fait de détruire la subtile harmonie de ce soir d'aquarelle.

— Fouad ! Fouad !

Dounia le tirait par la manche depuis peut-être une demi-minute. Il se tourna vers sa mère et vit dans l'expression de son visage celle de sa propre hébétude.

— Fouad ! La police est passée chez Rabia, ils vont venir ici, la voisine leur a donné l'adresse !

— Mais non, murmura Fouad, d'une voix comme étrangère, ils sont déjà là.

Dounia se précipita vers la rambarde et vit trois dizaines d'hommes qui investissaient l'entrée de l'immeuble. Certains, encagoulés, portaient des armes lourdes et des béliers. D'autres étaient simplement affublés de gilets pare-balles blancs, au dos desquels on pouvait lire POLICE JUDICIAIRE.

Tous avaient leurs armes au poing et la mine des mauvais jours. Avant de retourner à la frénésie de l'appartement, Dounia en repéra un qui mâchait violemment un chewing-gum : c'était un « Police judiciaire » barbu, qui leva les yeux dans sa direction, comme s'il s'était senti observé.

Les hommes casqués entrèrent les premiers dans le salon bondé, tel un troupeau de rhinocéros. Ils détruisirent l'aile d'un buffet et firent tomber à nouveau la télé. Ce fut le policier barbu qui ouvrit la bouche quand il eut obtenu un semblant de silence :

— Rabia Bounaïm-Nerrouche ! cria-t-il.

Rabia se désigna fébrilement.

— Je suis le commandant Mansourd, de la Sous-Direction antiterroriste de la Police judiciaire. Voici le commissaire Faure, du Service régional de Police judiciaire de Saint-Étienne. À partir de maintenant (il consulta sa montre), vingt et une heures vingt-deux, vous êtes officiellement en garde à vue.

Assommée par ces grands mots et l'enfer administratif et policier qu'ils promettaient, Rabia se laissa passer les menottes sous les hurlements (Non ! Quoi ?) de la famille. Fouad leur fit signe de se calmer et demanda au commandant :

— Pour quel motif ? Qu'est-ce que vous lui reprochez ?

Le ventripotent commissaire stéphanois répondit du tac au tac :

— D'être la mère de son fils.

Le commandant jeta un coup d'œil mauvais mais rapide au commissaire et donna sa propre réponse :

— La même chose qu'on reproche à tous les adultes de cette pièce : association de malfaiteurs en relation avec une entreprise terroriste.

Dans le chaos qui s'ensuivit, Fouad réussit miraculeusement à transmettre le message qu'ils avaient le droit au silence, que rien ne les obligeait à parler, que s'ils parlaient pendant la garde à vue, ce serait utilisé contre eux tôt ou tard.

Un policier fit se retourner Fouad contre le mur et lui passa les menottes pour le faire taire. Luna éclata en sanglots à ce moment-là. Les menottes aux poignets de sa mère l'avaient révoltée, celles aux poignets de Fouad l'humiliaient.

Le commandant demanda à ne pas mettre les « pinces » aux plus vieux. Devant ce spectacle invraisemblable, Rachida fut la première à perdre le contrôle :

— Mais on n'a rien fait nous ! C'est son fils ! C'est lui qui a tué le président ! Nous on n'a rien à voir avec ça !

Ouarda commença à tenir le même langage, ce que désapprouva vigoureusement Idir qui intima en kabyle à sa femme et aux autres l'ordre de se taire :

— *Sesseum.*

Le mot se répandit comme un frisson dans l'appartement de la mémé.

Debout devant Rayanne, Kamelia apposa ses mains sur sa poitrine tonitruante. On n'entendit bientôt plus que les enfants qui pleurnichaient. Jusqu'à ce que sur ce tapis de larmichettes se pose, avec la brutalité d'un pied botté, la voix souveraine de la mémé qui ordonna en kabyle de les suivre mais de ne rien leur dire.

Le commandant Mansourd regarda la vieille dame, sa nuque bossue et son regard de bison qui ne révélait rien.

4.

Rabia ne sut rien des interventions de ses deux sœurs et du commandement de la mémé : elle avait déjà été conduite avec Luna et Fouad hors de l'appartement jusque dans un véhicule dont le moteur tournait depuis le début de l'interpellation. Fouad eut droit à son propre véhicule qui démarra en trombe. Le commandant Mansourd aida Rabia à s'engouffrer sur le siège arrière en posant doucement la main sur sa tête.

À leur tour, ses sœurs, menottées ou non, sortirent bientôt de l'immeuble où toutes les fenêtres étaient ouvertes et peuplées des têtes bouche bée du voisinage en robe de chambre.

La voiture de Luna et Rabia traversa à toute vitesse le centre-ville jusqu'à leur domicile. Sous les ordres du commandant Mansourd, dix fonctionnaires de la SDAT perquisitionnèrent en grande pompe ce pauvre appartement du 16, rue de l'Éternité, fouillèrent les commodes, les placards, les tiroirs, éventrèrent les lits, les coussins, le canapé, prélevèrent avec une voracité tranquille, technicienne, maîtrisée tous les albums photos, les disques durs des deux ordinateurs, les bulletins de notes, les livrets scolaires, les carnets de correspondance, les partitions, ainsi que tous les papiers administratifs sur lesquels figurait, même de façon anodine, le prénom d'Abdelkrim devenu, pour ainsi dire, radioactif. La cave fut elle aussi vidée, passée au peigne fin, mise sous scellés en attendant l'arrivée de la police technique et scientifique.

— Ma parole, c'est la caverne d'Ali Baba ! commenta un policier. Va falloir nous dire comment le fiston se payait tous ces joujoux...

De retour au troisième étage, Mansourd démenotta Rabia et la laissa pleurer dans les bras de sa fille.

— Commandant !

Un de ses lieutenants l'appela dans la chambre de Rabia où il avait fait une découverte intéressante : il la présenta à son supérieur avec un demi-sourire que la réaction de Mansourd fit instantanément disparaître. Il s'agissait d'un exemplaire, corné toutes les trois pages, de *Préférer l'aube*, le livre par lequel Chaouch avait accompagné le lancement de sa campagne, et sur la couverture duquel le désormais président élu n'avait jamais paru aussi vivant.

5.

Jasmine Chaouch se retrouva enfin seule dans la chambre de son père. Elle laissa tomber son front sur la couche, évita de lever les yeux sur son père emmitouflé dans des bandages et perforé de tuyaux au nez et à la gorge. Les bips de l'électroencéphalogramme s'ajoutaient sans grâce aux signaux des autres appareils, rivalisant de stupidité avec les monotones crachats et soufflets du respirateur artificiel.

Jasmine lâcha la main de son père, étira son torse mince et flotta dans un ruisseau d'associations d'idées qui la conduisirent de l'absurdité des messages, que sa mère et elle recevaient depuis quelques heures des grands de ce monde, jusqu'à ce passage de *La Flûte enchantée*, que son père lui demandait toujours de chanter en sa présence : ce moment où le glockenspiel de Papageno met en déroute les sbires de Monostatos – la musique plus forte que la violence. Son père adorait cette scène, il riait comme un gamin quand les sbires se mettaient à danser, charmés par la musique justement enfantine que Jasmine ne s'entendit même pas commencer à chantonner, couverte par le halètement des machines :

— *Das klingelt so herrlich, das klingelt so schön... La la la, la la la la la la, la la la la la la la. Nie hab'ich so etwas gehört und geseh'n, la la la...,*

Jasmine observa le visage momifié de son père, espérant vaguement le voir se réveiller, voir son beau visage clair et régulier se libérer des bandages, s'animer à nouveau et parler de Mozart, se disputer avec elle qui pensait que sa passion monomaniaque pour Mozart l'empêchait de découvrir d'autres choses, le répertoire baroque, la musique contemporaine... Et son père levant les yeux au ciel en souriant à pleines dents, comme il le faisait dans les débats les plus féroces, pour répéter une énième fois sa théorie que la plus belle idée qu'il avait de la démocratie, c'était dans *La Flûte enchantée* qu'il l'avait trouvée : cette égale considération, mieux, cet égal intérêt, cette égale curiosité pour les aspirations du vulgaire, Papageno, et celles du héros, Tamino.

Il n'en parlait que dans des dîners privés, avec des proches, et n'en démordait pas, il brandissait la réconciliation suprême, évoquait le devoir qu'il se ferait s'il était élu d'imposer l'étude de Mozart, de l'esprit de sa musique, par des professeurs spéciaux, à raison de deux heures par semaine. Il l'avait déjà plus ou moins fait à Grogny, avec ses écoles de musique gratuites et son auditorium flambant neuf. La musique à la période classique constituait pour lui l'apogée de la civilisation européenne : son plus grand trésor et son plus beau don à l'humanité. Quand il parlait de l'*allegro* mozartien, son œil noisette frisait. Il oubliait la dette, les agences de notation et le chômage des jeunes. « On va croire que je suis franc-maçon », plaisantait-il à l'oreille de sa femme ou d'un témoin privilégié dont il avait saisi l'avant-bras d'une main polissonne. Avant d'éclater de rire, de son rire franc et clair qui n'avait pas changé d'une note depuis l'adolescence.

Avoir un père comme Chaouch, c'était pour Jasmine accepter qu'il resterait à jamais le personnage principal de sa vie. Mais elle n'avait pas prévu qu'en devenant aussi, pour quelques mois, le personnage principal de la vie de millions d'autres, il était possible, il était fatal que la tragédie survienne.

Et maintenant il ne riait plus et ne disait plus rien.

Jasmine entendit la porte s'entrouvrir. Sa mère entra. Derrière elle, plantés dans le couloir, Habib et Vogel parlaient à voix basse au téléphone, chacun de leur côté. Vogel cachait le combiné avec sa paume, Habib se grattouillait la joue avec son moignon. Une longue et haute silhouette fit son apparition et croisa le regard de Jasmine : c'était Montesquiou, le directeur de cabinet de la ministre de l'Intérieur. Jasmine le vit sortir comme un serpent de son champ de vision, ne laissant que sa canne plantée obliquement comme une provocation.

— Ma chérie, le convoi est prêt, tu veux encore un petit moment ?

Elle avait essayé d'adoucir sa voix mais ses yeux gardaient la dureté de sa conversation précédente avec les « hommes du président ».

— Qu'est-ce qu'il fout là, ce type ?

— C'est Montesquiou, du cabinet de Vermorel...

— Je sais qui c'est, qu'est-ce qu'il fout là ?

— Il est venu nous parler de l'enquête ; ma chérie, je dois te dire quelque chose.

Jasmine fixa sa mère, prête à s'emporter contre ce qu'elle allait lui dire.

— Le jeune homme qui a tiré sur Idder… Il s'appelle Abdelkrim, Abdelkrim Bounaïm-Nerrouche. C'est le cousin de Fouad.

Jasmine accusa le coup.

— Jasmine, est-ce que Fouad t'a appelée depuis l'attentat ?

— Mais non, protesta Jasmine en sentant que ses oreilles chauffaient, c'est pas possible… Fouad…

— Attends, Jasmine.

— Je l'ai pas, mon portable de toute façon, je l'ai oublié en partant, dans la… précipitation… Mais…

Mme Chaouch prit sa fille par les épaules.

— On ne sait rien pour l'instant. Personne n'accuse Fouad. Personne. Je veux juste savoir… si tu te sentirais capable de parler avec des policiers de…

Jasmine n'entendit pas la suite, elle se frotta les oreilles. Mais plus elle les frottait, plus elle avait l'impression qu'elles allaient réellement prendre feu.

Esther Chaouch se tourna vers Habib, Vogel, Montesquiou et un quatrième homme qui suivaient discrètement l'échange, à distance.

— Ma chérie, reprit-elle, au sujet de Fouad…

Jasmine se leva brusquement, secouée d'un seul sanglot. Elle renifla pour le faire disparaître et sortit de la chambre en prenant bien soin de ne pas adresser le moindre regard aux vautours qui l'attendaient au tournant du couloir.

6.

Désarçonnée, Esther, restée dans la chambre, fit signe à Habib et Vogel de la rejoindre.

— J'aimerais parler à Aurélien Coûteaux, tu crois que c'est possible ?

— Oui, oui, répondit le conseiller en communication de son mari, il a été interrogé et vite réaffecté au service de Jasmine. Tu veux lui parler maintenant ?

— S'il te plaît. Le patron de la DCRI est avec vous ?

— Boulimier, oui. Je le fais entrer ?

— Non, répliqua Mme Chaouch après un regard au lit de son mari, parlons dans le couloir.

Le numéro un de la DCRI, qui s'était fait houspiller par la ministre de l'Intérieur quelques heures plus tôt, présenta ses respects à Mme Chaouch en s'inclinant autant que le lui permettait sa bedaine. Charles Boulimier avait un visage large et carré où il ne se passait jamais rien. En fait de bouche, le bas de son visage était rayé d'un simple trait, martialement perpendiculaire à une fossette au menton, elle-même dépourvue de volume et de profondeur. Le patron du contre-espionnage avait donc la tête de l'emploi à défaut d'en avoir la silhouette. Devenu préfet, il avait en effet pris du poids – la politique, ses banquets, ses réceptions ; et son habitude de joindre les deux pans de sa veste au moyen du seul bouton du haut accusait son ventre rond au lieu, comme il devait l'imaginer, de le dissimuler élégamment.

— Monsieur le préfet, commença Esther Chaouch, je vous remercie d'être venu si vite.

— C'est tout à fait normal, madame.

— Bon, allons droit au but : je refuse que ma fille soit interrogée. Avec tout ce qui nous tombe dessus, si en plus elle doit...

— Bien entendu, madame.

— Voilà, faites ce que vous avez à faire, mais je ne veux rien savoir.

— Il y a des méthodes alternatives, madame, insinua Boulimier.

— Vous comprenez, reprit Mme Chaouch en clignant des yeux, je ne veux pas qu'elle soit mêlée à... Sa sécurité, monsieur, sa sécurité c'est tout ce qui m'importe à l'heure actuelle.

— Madame, je vais m'en occuper personnellement...

Serge Habib, le dircom de Chaouch, fit signe à Aurélien Coûteaux de les rejoindre. Esther reçut patiemment ses pensées et ses prières avant d'entrer dans le vif du sujet :

— Coûteaux, vous connaissez M. Boulimier, de la DCRI. J'aimerais que vous fassiez quelque chose pour moi.

— Tout ce que vous voulez, madame, répondit diligemment le jeune officier de sécurité.

— Je ne veux pas qu'il l'appelle, Aurélien. Faites ce que vous voulez, mais je refuse que ma fille soit mêlée à tout ça. Vous verrez les détails avec M. Boulimier.

Coûteaux acquiesça en silence, sans oser regarder le puissant patron du contre-espionnage. Esther rompit fébrilement son silence :

— Je vous fais confiance, Aurélien, dit-elle dans un souffle avant de s'adresser à Boulimier : je ne me trompe jamais sur les gens, monsieur le préfet, j'insiste pour qu'Aurélien soit en première ligne dans cette... opération.

Boulimier esquissa un sourire de déférence. Coûteaux, quant à lui, s'inclina jusqu'à montrer à la quasi-première dame, sur son crâne bien coiffé, le point où ses vigoureuses mèches brunes prenaient racine et partageaient convenablement la chevelure.

7.

Après avoir appris par téléphone que l'interpellation de la famille Nerrouche s'était déroulée sans heurts, le juge Wagner eut une idée étrange : il demanda à son chauffeur de pousser jusqu'à Grogny au lieu de rentrer tout de suite au Palais de justice. La nuit était tombée depuis déjà quelques heures, les officiers de sécurité du juge firent la moue et crurent nécessaire de lui rappeler que la ville était quadrillée par les CRS.

Le juge se contenta d'un geste de la main et se replongea dans ses pensées-dossiers – il faisait de moins en moins la différence.

Les sirènes hurlantes et les ombres des camions de CRS alignés sur cinquante mètres l'arrachèrent à ses études. À cause de ces violences urbaines, on allait lui demander des résultats impossibles à obtenir en si peu de temps. Et maintenant qu'il observait la longue avenue déserte, les grilles des magasins fermés, les bus de nuit qui ne circulaient plus et la chaude tension dans laquelle se préparaient les CRS, il commençait à ressentir un de ces pincements au cœur qui peuvent fort bien annoncer l'imminence d'un infarctus chez les hommes de son âge.

Il distingua, au milieu des fonctionnaires de police en tenue antiémeute, un brigadier-chef qui vint à sa rencontre. Wagner se présenta. Le CRS se raidit en signe de respect.

— Monsieur le juge, on peut vous être utile ?

— Je voulais juste savoir ce qui se passe, voir de mes propres yeux...

Après quelques mots échangés avec le brigadier-chef, Wagner fut convaincu de la gravité de la situation et de la probabilité que l'embrasement tant redouté ne puisse être empêché. Il regarda le cou puissant de ce CRS, ses poings gantés, son torse que le gilet pare-balles rendait monstrueux. Ses yeux luisaient d'enthousiasme au milieu de sa face tendue, comme ceux d'un gamin sur le point de se battre à la sortie de l'école. Mais, tandis qu'il se faisait expliquer les raisons d'un dispositif si impressionnant et les techniques de guérilla urbaine « remarquablement utilisées par ces sauvages », Wagner ne songeait qu'à ses propres veines dont il pouvait presque sentir le rétrécissement en temps réel.

— Vous allez bien, monsieur le juge ? s'enquit le policier.

Le juge fit oui de la tête mais ne parvint pas à garder plus longtemps les mains derrière le dos et le front incliné vers l'avant pour gager du sérieux de son attention.

Des tirs se firent entendre au bout de l'avenue. Il distingua, au-delà des ombres bleu nuit et du ballet des casques et des Flash-Ball, la flamme d'un cocktail Molotov qu'on allait lancer dans leur direction.

— Monsieur, lui conseilla le brigadier-chef, vous feriez mieux de pas rester dans le coin.

Ses gardes du corps insistèrent également pour rentrer sans plus attendre. Wagner acquiesça d'un oui prononcé à bout de souffle et s'engouffra dans la voiture. Il composa à nouveau le numéro du commandant Mansourd et lui demanda des renseignements sur le comportement du frère de Nazir Nerrouche, Fouad l'acteur.

— Il s'est laissé interpeller sans problème, monsieur le juge.

Mansourd ne voyait pas grand-chose d'autre à ajouter. Le juge n'y alla pas par quatre chemins :

— Commandant, il va falloir la jouer serré avec lui. C'est – ou c'était – le petit ami de la fille de Chaouch. Qu'est-ce que vous en pensez ?

— J'en saurai plus quand je l'aurai interrogé.

Wagner garda le silence un instant.

— Franchement, c'est cousu de fil blanc, non ? Il sort avec la fille du candidat que son frère complote pour faire assassiner...

— Qu'est-ce que vous préconisez, monsieur le juge ?

— Il est bien isolé du reste de la famille, hein ? Écoutez, je crois que le mieux, ce serait de ne pas prolonger leurs gardes à vue.

— Monsieur le juge ?

Le commandant ne comprenait pas où il voulait en venir.

— Écoutez, si on les garde comme ça, je sais bien que ça va faire plaisir à tout le monde, au procureur Lamiel en premier. Mais moi, des associations de malfaiteurs comme ça, j'en ai treize à la douzaine par an. Interrogez-les, passez-y toute la nuit, mais je pense qu'il vaudrait mieux les laisser repartir et les placer sous surveillance, vous voyez. En particulier Fouad Nerrouche.

Mansourd ne savait pas comment réagir. L'idée lui paraissait infiniment saugrenue.

— Il est très vraisemblablement lié au complot, poursuivit Wagner, qui parlait désormais davantage pour lui-même qu'au commandant, ça va pas être de la tarte pour le faire craquer. Alors que si on le laisse en liberté sous haute surveillance... Bon, écoutez, dit-il avec humeur, commencez les auditions, on verra bien par la suite...

Mansourd grommela :

— Oui, monsieur le juge.

— Ah oui, une dernière chose : le portable du gosse, vous l'avez récupéré ?

— J'ai deux hommes sur le coup, répondit Mansourd. Ils ont fait les sociétés de Bateaux-Mouches et les objets trouvés, pour l'instant rien.

— Quoi, il aurait menti ?

— Je ne pense pas, monsieur. Et puis il reste les vedettes du Pont-Neuf à vérifier, et une autre société, le nom m'échappe. C'est l'affaire de quelques heures, croyez-moi...

— Bon, bon, conclut Wagner, tenez-moi au courant.

8.

— Tu vois...

Farès sursauta.

— ... le plus dur à faire, c'est le S.

Farès leva les yeux sur le rétroviseur où se trouvait Nazir, Nazir qui n'avait presque rien dit depuis qu'ils avaient emprunté l'A36. Sa tête casquée de boucles noires était baissée sur un objet coincé entre ses genoux, qu'il manipulait dans l'ombre et avec une intensité telle qu'il valait mieux ne pas le déranger. Ils étaient de toute façon déjà en vue de la frontière franco-suisse à Bâle. Nazir rangea son mystérieux fouillis et se retourna : le jour n'était plus qu'un jeu réduit de lueurs sang et or dans un coin de plus en plus bas de la vitre arrière de la Maybach.

— Bon, maintenant c'est comme au cinoche. Eh, tu m'écoutes ? (Il claqua des doigts.) Souviens-toi que t'es le chauffeur d'un diplomate algérien, un chauffeur qui a pas que ça à foutre, O.K. ? Regarde-moi, fais le mec qui a pas que ça à foutre.

Farès tourna sa tête rasée mais tomba sur le profil de Nazir, qui scrutait bouche ouverte l'horizon barbouillé de phares et de confusion.

— C'est pas normal, baragouina-t-il.

Au lieu des deux ou trois douaniers habituels, Nazir vit surgir de la porte d'un local une douzaine de policiers des frontières ainsi que des militaires armés de Famas. Le véhicule qui se trouvait deux voitures devant la leur fut invité à se ranger sur le côté pour être fouillé de fond en comble. Mais ce qui inquiéta Nazir, ce fut qu'il s'agissait d'une famille de blondinets tout ce qu'on pouvait imaginer de plus banals et de moins suspects.

— Pourquoi ils arrêtent toutes les voitures ? jugea bon de demander Farès pour prouver qu'il avait l'esprit en alerte. Il a dû se passer quelque chose, ajouta-t-il en se souvenant des camions de CRS qui filaient à toute vitesse autour de Paris.

Nazir ravala sa salive et mit sa valise sens dessus dessous pour trouver sa cravate. Il ordonna à Farès de renouer la sienne et vint se placer dans la même position que quelques instants plus tôt : tendu, haletant, presque debout, parfaitement immobile au milieu des têtes des deux sièges avant, que ses immenses griffes décharnées enserraient comme si leur cuir était une peau vivante.

Il avait en outre un tic de bouche qui gênait énormément Farès : sa langue sortait lentement du passage laissé par ses lèvres entrouvertes et pourléchait la chair de la lèvre inférieure en un mouvement suave et menaçant.

Farès avait l'impression qu'il allait lui sauter à la gorge et lui arracher la jugulaire. Il n'osait pas se retourner pour vérifier où pointaient les crocs de Nazir, pas plus qu'il n'osait lorgner du côté du rétroviseur – de crainte, bien sûr, de croiser ce regard invraisemblablement noir qui passait trop vite d'une attitude à l'autre, de la folle brutalité à cette sorte de chaleur doucereuse peut-être plus effrayante encore.

Les deux voitures qui précédaient la leur furent elles aussi déportées sur le côté, et ce fut enfin au tour de leur Maybach d'être soumise à l'attention suspicieuse des deux douaniers. Le plus jeune murmura quelque chose à l'oreille de son voisin qui semblait ne pas écouter, concentré sur son talkie-walkie. Nazir retint son souffle. Ce fut encore le plus jeune qui approcha enfin de la vitre de Farès.

— Papiers du véhicule, s'il vous plaît.

Farès attrapa les faux papiers dans la boîte à gants et dut adresser au douanier un regard suspect ou plus probablement agressif : celui-ci ouvrit le livret et avança vers la vitre de la banquette arrière. Les vitres étaient teintées, comme il n'est théoriquement pas autorisé de l'être, à plus de 80 %. Nazir vit le visage rougeaud et montagnard du jeune douanier, encadré par ses mains mises en auvent autour de ses tempes, pour voir qui se trouvait dans cette voiture diplomatique.

Il prit son courage à deux mains, s'enroba d'une écharpe noire et sortit de la voiture avec son BlackBerry collé à l'oreille. Côte à côte, Nazir et le douanier formaient un contraste comique : la longue silhouette de vautour de Nazir, celle cubique et nonchalante du douanier roux et râblé. Ils auraient sans doute paru appartenir à deux espèces différentes aux yeux d'un Martien de passage.

— Je peux vous demander ce qui se passe, monsieur l'agent ?

Il n'existait aucune photo de lui avec la barbe de quelques jours qu'il arborait à ce moment-là dans la pénombre ; mais il ressemblait quand même, du moins probablement, à celles qu'ils avaient dû utiliser sur son avis de recherche. Il scruta le fond de l'œil du douanier pour y déceler la lueur du soupçon.

Mais il n'y avait pas de lueur dans le fond de l'œil du douanier. Ses yeux auraient tout aussi bien pu être ceux d'un bœuf.

— Monsieur, simple vérification des papiers. Vous pouvez ouvrir le coffre ?

Nazir ne voulait pas ouvrir le coffre, il n'y avait que sa valise mais il redoutait qu'un attroupement de douaniers se forme autour de leur voiture, ce qui risquait de se passer s'il laissait ce crétin procéder à ces « vérifications ».

— Monsieur l'agent, je vais vous expliquer mon problème, déclara Nazir en prenant un accent pas très éloigné de celui de son oncle Idir, mon problème, c'est que je dois être dans une demi-heure à Zurich.

— Monsieur, insista l'agent qui n'était pas intimidé, désolé de vous demander ça, mais vu les circonstances nous avons ordre de fouiller toutes les voitures. *Toutes* les voitures.

Au milieu de cet échange éreintant pour ses nerfs, Nazir ne put retenir un sourire intérieur de satisfaction. Les circonstances, il les avait sculptées de ses propres mains.

— Écoutez-moi bien. Vous voyez cette main ? Dans une demi-heure, cette main doit serrer celle de l'ambassadeur d'Algérie en Suisse et je vais vous dire, je ne crois pas que monsieur l'ambassadeur d'Algérie en Suisse apprécierait qu'on retienne un membre de son corps diplomatique à la frontière.

Le collègue moustachu du jeune douanier avait terminé sa conversation au talkie-walkie. Il leva les yeux au ciel et mit la main sur l'épaule du petit montagnard en adressant un regard furtif à Nazir :

— Excusez-moi, monsieur, vous pouvez passer. Toutes nos excuses.

Nazir fixa la nuque rasée du jeune douanier et voulut ajouter quelque chose. Il préféra retourner sur la banquette arrière, mais assez lentement pour profiter du savon que le moustachu passait à son collègue, en répétant sans cesse le mot « diplomatique », jusqu'à lui donner une petite tape sur le front.

— Allez, allez, dit enfin Nazir à son chauffeur écarlate, roulez jeunesse.

Et ce fut sur ces mots, et sans le moindre regard dans la vitre arrière, que Nazir dit adieu à son pays de naissance.

Chapitre 4

Le coup de Zurich

1.

Nazir remarqua que les bâillements de Farès s'accéléraient tandis qu'ils contournaient les lueurs de Zurich. L'autoroute suisse offrait plus d'aspérités que Nazir ne l'avait escompté. Il imagina soudain que Farès épuisé perdait le contrôle de leur véhicule, allant jusqu'à anticiper la vibration de l'embardée, l'étrange sexualité du vol plané dont on sait qu'il se terminera par la mort.

Ne pouvant plus se permettre aucun contact avec la France, Nazir se résolut à ranger ses trois BlackBerry dans son sac et observa, menton levé, le musculeux quart de profil de Farès qui ne songeait même plus, quand il bâillait, à porter son poignet à sa bouche pour s'autopersuader qu'il combattait la fatigue.

— Tu sais ce que c'est un accident, Farès ?

Farès fut surpris par cette intervention de Nazir qui pour la première fois n'était ni un ordre ni une insulte déguisée.

— Un accident, c'est quand le monde va plus vite que la façon dont on le perçoit, quand le monde va plus vite que nous. Tu comprends ce que ça veut dire ?

— Oui, oui, Nazir, je fais attention, t'in...

— Non, c'est pas de ça que je parle. On va faire une pause, de toute façon. Dès que tu vois une aire d'autoroute, tu t'arrêtes. Mais je veux que tu comprennes ce que c'est qu'un accident, pas seulement un accident de voiture.

Il avait une voix semblable à ses mains : noueuse, imprévisible.

— Le monde s'est mis à aller de plus en plus vite, Farès, tu comprends ce que je dis ?

Farès vit apparaître l'universel et bienveillant panneau signalétique de la restauration. Ce fut comme une bouée de sauvetage, s'il se débrouillait pour atteindre la bifurcation assez vite, il pourrait ne pas avoir à répondre.

— Qu'est-ce qu'on peut faire, alors, pour que le monde cesse d'aller plus vite que nous ?

— Ben, je sais pas trop, moi... Tiens, regarde, y a une aire d'autoroute, là...

— Je vais te le dire, Farès, je vais te le dire en espérant que ça va faire son chemin dans ta petite tête : le seul moyen d'empêcher le monde d'aller plus vite que nous, c'est précisément d'aller plus vite que lui.

Et tandis que la voiture approchait du bâtiment flottant d'un restaurant orné d'un immense steak en plastique, Nazir expliqua à son chauffeur qui n'avait rien demandé ce qui venait de se passer en France, ce qui venait de se passer dans le pays où ils étaient nés et où ils ne retourneraient probablement pas de sitôt.

Mais il ne dit pas qu'il avait, lui, Nazir Nerrouche, façonné le cours des choses.

— Franchement, ça m'a coupé l'appétit, commenta Farès qui peinait à terminer sa double portion de pommes frites. Moi je l'aimais bien, Chaouch. Mais qui c'est qui lui a tiré dessus ? Putain, j'arrive pas à y croire.

Farès lâcha ses couverts qui tintèrent contre l'assiette en même temps qu'il haussait le ton :

— C'est dégueulasse ! Pour une fois que...

— Pour une fois que quoi ? ricana Nazir.

— Ben qu'on allait avoir un président arabe, quoi.

— Un président arabe, n'importe quoi... Je vais payer et on se retrouve dans la voiture. On va faire un petit somme d'une heure et ensuite il faut se remettre en route. On a déjà une heure de retard si j'ai bien calculé.

Farès n'osa pas répondre. Son cerveau gonflait et se dégonflait à toute vitesse, comme une éponge qui aurait voyagé dans la chaotique moiteur du temps. Le pauvre était perdu.

Nazir prit place sur le siège du passager et laissa Farès s'allonger sur la banquette arrière.

— Tu dors pas, toi ? demanda-t-il à Nazir, dont il voyait le coude remuer sur le siège avant.

— Allez, allez, arrête de poser des questions, dors un peu, maintenant.

Et, sentant soudain qu'il fallait ménager sa monture, Nazir ajouta :

— J'ai de la chance, moi, je ne dors jamais plus de trois heures par nuit.

Bercé par ce mystère, Farès s'abandonna aux bras de Morphée.

Quand il se réveilla, la voiture n'avait bien sûr pas bougé. Il étira ses bras et ses épaules, mais se heurta au toit dont le revêtement soyeux lui donna presque envie de s'y frotter. Nazir ne semblait pas faire cas de lui, il ouvrit donc la portière et exécuta quelques mouvements de gymnastique autour de la voiture.

Il avait complètement oublié ce qui l'avait épouvanté au restaurant, mais tout lui revint en mémoire lorsqu'il prit place au volant et vit Nazir ganté de blanc occupé, langue tirée, à graver une inscription sur la crosse d'un pistolet, au moyen d'un Opinel dont le pommeau et les rivets luisaient à la lumière de l'habitacle.

— C'est un vrai ? s'enquit bêtement Farès.

En guise de réponse, Nazir lui demanda de regarder l'objet dans le rétroviseur : une majestueuse série de lettres, F, A, R, et S, impeccablement gravées sur la crosse en bois clair. Farès crut qu'il s'agissait de son prénom, mais, quel que soit le sens dans lequel il tournait, le E manquait.

— Ah ! s'écria Farès. C'est ça que tu disais, le plus dur à faire, c'est le S ! Mais ça veut dire quoi, « Fars » ? Et c'est pour quoi faire, le calibre ?

— C'est pour toi, répondit Nazir en enlevant ses gants blancs. Ça se lit dans l'autre sens, regarde.

Sans l'inversion du reflet il s'agissait en effet des lettres S, R, A, F. Farès était encore moins avancé.

— C'est un cadeau de bienvenue, je t'expliquerai en route. Je veux que tu retiennes une adresse, au fait. Prends un bout de papier et écris.

Farès farfouilla dans la boîte à gants et trouva un semblant de bloc-notes. Mais il n'en avait pas besoin, comme il s'en souvint subitement :

— Je retiens tout, Nazir, tu sais... les chiffres.

— Oui ben prenons pas de risques. Note. Bon Dieu, t'es pas illettré, que je sache.

— Ben non, crut bon de répondre Farès.

— *Hermannsweg*, dicta Nazir, au numéro 7. C'est à Hambourg, en Allemagne. Si jamais ça tourne mal, c'est le point de ralliement, d'accord ?

Farès regarda cette adresse bizarre, bouche bée.

— Allez ! Il y a une surprise pour nous à Zurich, je ne veux pas la faire attendre...

Farès rangea le 9 mm dans la boîte à gants et démarra. En moins d'une demi-heure, la voiture arriva dans le centre-ville de Zurich. Nazir connaissait les lieux comme sa poche, il demanda à Farès de suivre un tramway bleu et d'emprunter un dédale de rues impeccablement bitumées qui les conduisirent au pied d'un immeuble de quatre étages, à la façade lisse et bleu pâle. Farès avait à peine coupé le moteur qu'il vit une BMW garée sur l'autre trottoir lui faire des appels de phares. La chaleur avait rendu le soir sale et brumeux, la lumière des phares faisait des taches d'huile dans l'horizon.

Nazir ordonna à Farès de lui rendre ses appels. Quelques instants plus tard, un homme sortit de la BMW, écrasa le bout brûlant de sa cigarette entre ses doigts et traversa la rue en boutonnant sa chemise pour cacher sa chaîne en or.

— Mais c'est Mouloud ! jappa Farès, tout excité. Qu'est-ce qu'il fout là ?

Sans un regard pour le chauffeur, Mouloud Benbaraka ouvrit la portière et s'assit à la place du mort. Il fixa Nazir dans le rétroviseur :

— Putain, j'ai jamais vu autant de flics ! Y avait des barrages à tous les péages !

— Ils t'ont fait chier à la frontière ? demanda Nazir en se décalant au centre de la banquette arrière. T'avais les faux papiers, hein ? Personne t'a suivi ?

— Non, non personne. *Wollah* ce faux passeport, j'ai jamais vu ça. Comment tu l'as eu ? Je savais même pas qu'on pouvait faire un faux passeport biométrique. Un bijou, ma parole, un bijou !

Nazir ne répondit pas. Il regardait à droite et à gauche, de longs coups d'œil qui semblaient épuiser chaque coin d'horizon qu'il étudiait.

— Personne t'a suivi ?

— Non mais tu me prends pour qui ? s'énerva Benbaraka. J'ai connu la zonzon pendant que tu jouais encore à la poupée. Depuis le temps je les ai captés, leurs trucs de filature à ces *hmal* des Stups, fais-moi confiance, bordel !

2.

Le nom de Mouloud Benbaraka finit par être prononcé dans la cellule de garde à vue de Krim. Le capitaine Tellier le nota sur le PV qu'il rédigeait ainsi que sur un Post-It qu'il remit à son lieutenant pour qu'il effectue immédiatement les vérifications. Tellier vit que Krim ne tenait plus debout. Il s'accrochait au voyant lumineux de la webcam qui enregistrait les auditions mais, dès que le capitaine se remettait à taper sur le clavier de l'ordinateur, le monotone clapotis des touches lui faisait fermer les yeux et dodeliner de la tête.

Le capitaine donna un grand coup sur la table. Krim se redressa.

— Tu te rends compte qu'elle vaut pas un clou, ton histoire ? D'un côté on a Nazir, tu dis qu'il te manipule, de l'autre côté ce Mouloud Benbaraka qui tient ta mère en otage... En gros, c'est la faute de tout le monde, sauf de toi ! Et ce type qui t'emmène en voiture et te montre les photos de ta mère, pourquoi c'est pas lui qui a tiré ? Pourquoi Nazir aurait demandé à un gamin de dix-huit ans de tirer sur Chaouch au lieu de payer un professionnel ? C'est n'importe quoi ! N'im-por-te quoi ! Hein ? *Hein ?*

— J'sais pas. Je veux dormir. J'ai le droit de...

— T'as pas de droits ! Tu tires sur les hommes politiques, les représentants de l'État, pourquoi l'État continuerait de considérer que t'as des droits ? Il était comment, ce soi-disant complice qui t'a conduit jusqu'à Grogny ?

— Vas-y, je veux dormir.

— Il était comment ?

— Il était roux, lâcha Krim.

— Eh ben tu vois. Roux, on avance...

Et le clapotis recommença. Krim parla pour rester éveillé :

— Avec une petite barbe rousse, un... je sais plus comment ça s'appelle.

— Un bouc ?

Krim acquiesça, mais c'était trop dur, sa tête se mit à tourner autour de ses épaules abattues sur la chaise sans dossier.

— J'espère pour toi que tu t'es pas foutu de notre gueule pour le portable. Hein ?

— Quoi ?

— On l'a pas encore trouvé, ton portable. Tu dis que tu l'as jeté par-dessus la rambarde du pont, qu'il est tombé sur un Bateau-Mouche, alors pourquoi on le retrouve pas ?

Krim s'endormait à nouveau.

— Tu veux que je te dise, je te crois.

Krim entrouvrit les yeux.

— Ouais, je te crois. Ton cousin qui te file une arme, des sous, tu t'entraînes, c'est comme un jeu, et puis ton cousin qui t'envoie des textos, t'as l'impression que quelqu'un t'écoute, s'intéresse à toi. Non, je comprends. Après t'arrives à Paris, ta mère et Benbaraka, non, non, je comprends tout, je te jure. Y a juste un truc que je comprends pas, mais alors pas du tout. C'est pourquoi t'as tiré.

— Mais... Benbaraka était avec ma mère, j'ai vu les photos, qu'est-ce que je pouvais faire ?

— Prévenir la police ! Faire quelque chose ! Tu devais bien comprendre ce que ça voulait dire, bordel, de tirer sur un candidat à la présidentielle !

— Je... j'avais fumé, murmura Krim. J'étais crevé... je... c'était comme dans un jeu vidéo, en fait.

Le capitaine avait la gueule ouverte ; il hocha la tête, murmura un juron et décida d'interrompre le supplice de Krim : il le conduisit dans la cellule et appela son chef pour lui raconter la version du « gamin », songeant qu'il n'avait jamais autant mérité son sobriquet.

Mansourd était aux toilettes du commissariat de Saint-Étienne. Sa braguette encore ouverte regardait l'urinoir en Inox. Il caressait sans la voir la photo incrustée dans le médaillon de sa chaîne.

Le nom de Benbaraka le fit tiquer.

— Commandant ?

— Ça me dit quelque chose, Benbaraka. Je te rappelle. Attends, vous avez regardé les vidéos de surveillance de la place de la mairie ?

— Pas encore reçu, commandant.

— Mais enfin, qu'est-ce que t'attends ? Que je les récupère pour toi ?

Mansourd raccrocha. Quand il sortit des toilettes, il remarqua que les policiers de ce SRPJ le regardaient comme une célébrité. Ce n'était pas tout à fait injustifié. Il y avait des centaines de procédures antiterroristes en France chaque année, mais très peu, pour ne pas dire aucune, concernaient de vrais fous furieux résolus à tout faire sauter ; on pouvait être sûr que c'était pour combattre ceux-là que Mansourd avait choisi l'antiterrorisme, et non pas pour assister le juge Rotrou – « l'Ogre » – lors de ses coups de filet médiatiques dans des réseaux de révolutionnaires du Larzac, davantage amateurs de cochonnaille et de camping sauvage que de plans pour attenter à la sûreté de l'État.

Formé à l'Antigang du commissaire Broussard, Mansourd avait fait toute sa carrière dans la surveillance du territoire avant de prendre le commandement de la SDAT. Il dirigeait la douzaine de groupes d'enquêtes de la SDAT et dépendait théoriquement de l'autorité de son commissaire, mais celui-ci ne s'occupait, dans les faits, que de son parapheur quotidien et des relations avec la place Beauvau. Vu la sensibilité des affaires qu'il avait à « sortir », Mansourd traitait directement avec le cabinet de l'Intérieur. Sa réputation justifiait cette anomalie statutaire : il avait traqué et mis sous les verrous deux ennemis publics numéros un, et contribué à déjouer plus d'attentats que quiconque. Son opiniâtreté paraissait sans limites, et si ses manières de franc-tireur avaient considérablement ralenti sa carrière (il n'avait pas voulu passer le concours de commissaire et n'avait jamais courtisé le moindre politique), elles lui avaient valu le respect absolu de ses hommes, et manifestement aussi celui de policiers qu'il n'avait jamais vus.

Sous leurs regards, il traversa la salle bondée, semée de petits bureaux où les vieux de la famille pleurnichaient en répétant qu'ils n'avaient rien à voir avec Krim ou Nazir. Les deux enfants s'étaient mis à jouer avec la standardiste, leurs chamailleries et les éclats de leurs voix aiguës créaient une atmosphère irréelle dans le commissariat. Mansourd avait demandé que seuls les plus proches de Nazir et Krim soient interrogés dans les cellules de garde à vue situées à l'étage. Des hommes de la SDAT se chargeaient donc de Fouad, le frère de Nazir, de Dounia, sa mère et de Rabia, celle de Krim. Slim, bizarrement, avait été laissé avec les « innocents » de la famille, simplement entendu dans la grande salle, peut-être parce que les policiers l'avaient pris pour un mineur.

Mansourd entra dans le bureau du commissaire Faure sans frapper.

— Benbaraka Mouloud, ça vous dit quelque chose ?

— Ah ben oui, c'est notre petit parrain local. On essaie de le choper depuis des années.

Surexcité, Mansourd ferma la porte.

— Qui s'occupe de l'enquête ici ? Les Stups ?

— Oui, j'ai une équipe qui travaille vingt-quatre heures sur vingt-quatre sur lui. Au début il intéressait les Stups de la PJ de Lyon mais...

— Appelez-moi le capitaine qui s'occupe de lui.

Le commissaire n'appréciait pas qu'on lui donne des ordres de cette façon. Il s'exécuta malgré tout et commença à discuter avec le capitaine en question. Mansourd se triturait la barbe en signe d'impatience.

— Passez-le-moi !

Il prit le combiné et voulut se faire résumer l'état de l'enquête en moins d'une minute. À l'autre bout du fil, le capitaine ne se montrait pas très coopératif :

— Écoutez, antiterrorisme ou pas, je vais pas vous laisser niquer une enquête de plusieurs mois pour...

— Capitaine, l'interrompit Mansourd, j'agis sur commission rogatoire du juge Wagner, du pôle antiterroriste du tribunal de grande instance de Paris. Je vous demande pas votre avis, je m'en contrefous de votre enquête, je vous demande juste de répondre à cette question : est-ce que vous l'avez filoché ce week-end, oui ou non ?

— Non. On l'a perdu ce matin, il était à un mariage hier soir et...

— Bon, je vais vous demander quelque chose, vous êtes pas obligé de répondre bien sûr, mais je vous rappelle qu'on recherche l'homme qui a commandité l'assassinat d'un candidat à la présidentielle. Alors voilà : est-ce que vous avez mis une balise GPS sous sa voiture ? Quelque chose pour le géolocaliser ?

S'il n'était pas autorisé par un juge, le procédé était illégal ; mais courant dans les enquêtes au long cours. Le capitaine des Stups hésita longuement, son malaise était perceptible.

— De toute façon, marmonna-t-il enfin, votre juge n'autorisera jamais...

— Bingo ! s'écria Mansourd. Le juge, c'est mon problème.

Et tandis que le commissaire se chargeait de faire rappliquer la Brigade des Stups et les techniciens qui s'étaient occupés du balisage, le commandant Mansourd courut dans les cellules de garde à vue pour demander à Fouad, Dounia et Rabia tout ce qu'ils savaient sur Mouloud Benbaraka.

3.

Chemise à nouveau ouverte sur son torse velu, le caïd de Saint-Étienne faisait tourner sa cigarette entre ses doigts en attendant que l'allume-cigare se mette enfin à cliqueter.

— Putain de bagnole, quand même.

— Bon, déclara Nazir en terminant de rédiger un texto, c'est le moment de passer à la banque.

Mouloud Benbaraka fit volte-face. Il espérait que Nazir ne voulait pas dire : littéralement passer à la banque.

— Comment ça ? demanda-t-il en faisant les gros yeux.

— Eh bien je vais aller récupérer tes thunes. Et celles de Farès. Tu crois quoi, que je me balade avec deux cent mille euros dans ma valise ?

— Non non non, rétorqua Benbaraka en haussant le ton, on n'avait pas prévu ça, qu'est-ce que c'est que ce coup de nar-nar… Et depuis quand les banques sont ouvertes à minuit ?

— Mais non, répondit Nazir, je vais pas dans la banque, juste à côté. C'est là que j'ai rendez-vous.

— Avec qui ? Qu'est-ce que c'est que ces histoires ? Je viens.

— Mouloud, tu vas pas commencer à m'embrouiller, je dois être à Hambourg demain matin à sept heures. Je récupère ton argent, je reviens ici et après on va chacun de notre côté. Chacun pour soi et Dieu pour tous.

— Et quoi, tu crois que je vais te laisser partir comme ça ?

— Je te laisse mon passeport, si ça peut te rassurer ! On échange…

Il plongea la main dans la poche intérieure de sa veste noire et jeta le passeport sur les genoux de Benbaraka. Celui-ci remua la tête de droite à gauche :

— Je prends le passeport, mais on te suit avec… Farès.

— Et toi, tu me files le tien, insista Nazir. Ton passeport. Je veux pas que tu te casses avec le mien non plus…

Benbaraka étudia la réaction de Nazir dans le rétroviseur : Nazir avait la même expression concentrée et ironique, un sourcil levé, la langue passant lentement sur le galbe régulier de sa lèvre inférieure. Il lui remit son faux passeport.

— Ou alors je prends ma caisse, dit-il. Voilà, je te suis avec ma caisse.

— On n'a qu'à ouvrir les fenêtres, mettre du raï et un drapeau de l'Algérie sur le capot, tant qu'on y est ! Enfin franchement, réfléchis un peu avec ta tête : si j'avais voulu te baiser, je t'aurais donné un faux point de rendez-vous…

Mais Benbaraka n'avait pas confiance ; il y avait toujours un piège avec Nazir. Il récupéra le passeport et sortit dans la nuit sans air.

La Maybach démarra, suivie de près par la BM que Mouloud Benbaraka conduisait en se rongeant les ongles. Quatre pâtés de maisons plus loin, la Maybach s'arrêta au pied d'un bâtiment en verre. Un interminable mot en allemand se terminait par –BANK au-dessus d'une monumentale porte tournante. À côté de la banque, à demi cachée par un buisson de conifères taillés en flammes, une enseigne clignotait. Mouloud sortit de sa voiture et rejoignit le siège passager de la Maybach.

— Mais c'est quoi ce machin qui clignote ? Je comprends rien, t'es pas en train d'essayer de m'enculer, hein ? Je te préviens, je…

— Mais t'as mon passeport ! Ma voiture ! Qu'est-ce que je vais faire ? Prendre les sous dans mon coffre et repartir à pied ? Et ma valise ? J'ai tout ici ! Allez, c'est l'affaire de vingt minutes.

Mouloud Benbaraka avait un mauvais pressentiment mais il n'avait pas le choix. Par ailleurs ça le rassurait de détenir le passeport de Nazir : il le regarda donc traverser le chemin bordé de gazon qui menait à la porte tournante. Il portait son habituel costume noir à rayures, des mocassins marron et une chemise blanche sur laquelle tombait une fine cravate Paul Smith. Son BlackBerry à l'oreille, il tourna à gauche après la porte de la banque et disparut derrière les arbres, avec, au dernier moment, un regard étrangement rieur dans la direction des vitres teintées de la Maybach.

Benbaraka appuya sur l'allume-cigare.

— Au fait, lui demanda Farès, je voulais juste savoir, pour mon frère…

Benbaraka interrompit Farès d'un regard incandescent. La colère s'y confondait avec la haine. Celle-ci finit par être si forte qu'il ne put s'empêcher de hurler :

— Je t'ai dit de me parler, toi ? Hein ? D'où tu me parles comme ça ? Pour qui tu te prends, espèce de clochard, de me parler de ton putain de frère qui a disparu ? On est dans *Perdu de vue*, là ? Hein ? J'ai une tête de Jacques Pradel ? *Hein* ?

4.

La voiture du juge Wagner s'arrêta au pied de son domicile parisien, au bord des Buttes-Chaumont. Il compulsait les relevés d'écoutes du portable de Nazir Nerrouche à la faible lueur de l'ampoule de la banquette arrière. Son garde du corps leva les yeux sur l'étage allumé et vit passer la silhouette de Madame.

— Monsieur le juge ?

Wagner ôta ses lunettes et leva les yeux à son tour sur l'étage allumé. C'était la première nuit où il rentrait après minuit – la première d'une longue série. Il éteignit l'ampoule de la banquette et passa la main sur son visage, entre ses yeux, sur sa nuque épuisée. Il entendit alors la sonnerie de son téléphone crypté.

— Monsieur le juge, Mansourd à l'appareil. Ça y est, on a un tuyau sur l'endroit où pourrait se trouver un des principaux complices de Nazir : Mouloud Benbaraka, dont je vous parlais tout à l'heure. C'est à Zurich, mais je crois qu'il faut agir vite. Dans la nuit, si possible.

— Commandant, c'est impossible de vous délivrer une commission rogatoire internationale avant demain matin, voyons. Encore plus si c'est en Suisse...

— Monsieur le juge, c'est urgent. Très urgent. C'est vraiment l'occasion en or de...

— D'où vous vient le tuyau ?

Mansourd réunit tout son aplomb pour mentir :

— L'audition de la mère de Nazir.

— Vous l'avez sur procès-verbal ? L'OPJ a tout noté, hein ?

Mansourd répondit affirmativement tout en rassemblant le groupe d'hommes qui l'entouraient dans le bureau du commissaire.

— Bon, je vais voir ce que je peux faire. On va réveiller la Chancellerie, peut-être que le mieux serait de signer une équipe commune d'enquête. Écoutez, j'espère juste que votre tuyau est fiable.

Wagner se demanda soudain si le commandant lui disait toute la vérité.

— Attendez, commandant. Benbaraka faisait l'objet d'une enquête des Stups, n'est-ce pas ? J'espère que je ne vais pas découvrir que vous avez eu le tuyau par des instruments de géolocalisation illégaux...

— Monsieur le juge, répondit Mansourd, la priorité c'est d'attraper Nazir, vous me l'avez rappelé vous-même tout à l'heure...

Wagner soupira. Il devait penser à la procédure, contrairement à Mansourd, et, si lors du procès de la traque de Nazir (ceux qui l'avaient aidé, etc.) apparaissait une balise GPS illégale dans le dossier d'instruction, c'était du pain bénit pour les avocats de la défense.

— Nécessité fait loi, ajouta Mansourd pour mettre la pression sur le juge.

— Non, commandant. Nécessité ne fait pas loi. Nécessité ne fait jamais loi.

— Monsieur le juge ? Il vaudrait mieux ne pas tarder...

— Faites ce que vous avez à faire, commandant. Mais aucune intervention.

Il ralluma son ampoule et demanda au chauffeur de le ramener au palais tandis qu'il composait le numéro du procureur Lamiel.

5.

Mansourd ne mentait pas complètement lorsqu'il évoquait Dounia comme source de l'information. Lorsqu'il était entré en trombe dans la salle où elle était interrogée, il avait demandé au lieutenant qui tapait mollement le procès-verbal de sortir fumer une cigarette. Dounia n'arrêtait pas de tousser ; devant son visage honnête et à cause de l'incompréhensible respect qu'elle lui inspirait, il avait choisi la manière douce : regardez, je ne note rien, je veux juste savoir si Nazir a fait des séjours à Zurich par le passé, dites-moi tout, je ne note rien, regardez, je mets l'ordinateur en état de veille. Et c'était vrai qu'il n'avait rien noté, et Dounia n'avait pas remarqué qu'il insistait sur ce point. Elle lui avait donc dit la vérité, parce qu'elle n'avait rien à se reprocher.

Mais, une demi-heure plus tard, le commandant Mansourd revint dans la salle où elle s'était un peu assoupie et ralluma l'ordinateur.

— Bon, madame Nerrouche il va falloir me répéter ce que vous avez dit tout à l'heure, histoire que tout soit bien sur le papier.

Et Dounia, éreintée, plus préoccupée par l'état de ses bronches que par les curieuses manœuvres de ce policier, répéta donc :

— Ben je sais qu'il est allé deux fois à Zurich l'année dernière.

— « Il », c'est bien votre fils Nazir, hein ?

— Mon fils Nazir, oui, dit-elle en sentant les larmes lui monter aux yeux.

— Prenez votre temps, dit calmement Mansourd, dont les genoux sautillaient frénétiquement sous la table.

— Et donc la deuxième fois, je crois que c'était en mars, mars 2012, il m'a demandé de lui virer de l'argent sur un compte. Comme… vous savez, c'est lui qui me mettait tout le temps de l'argent sur mon compte, je travaille, mais il insistait, il me mettait des sommes assez importantes, je vérifiais pas toujours, mais des fois c'étaient des coups de deux mille euros, trois mille euros. Et donc quand il m'a demandé de lui virer cinq mille euros qu'il allait me rembourser, j'avais aucune raison de refuser, vous comprenez ? Donc voilà, je lui ai viré de l'argent à Zurich, je suis désolée, c'est tout ce que je peux vous dire. Je sais pas pourquoi il était là-bas, je sais pas pourquoi il voulait que je lui vire de l'argent sur ce compte. Enfin... voilà.

Mansourd avait tapé le témoignage de Dounia à mesure qu'elle parlait. Il lui fallut dix secondes pour tout relire. Quand il eut fini, il considéra un instant Dounia, son beau visage clair encadré par une paisible chevelure gris-blanc, ses yeux doux et tragiques.

— Vous devriez aller voir un médecin, dit-il d'une voix mal assurée et sans plus oser la regarder. C'est pas normal, votre toux...

Dounia haussa les sourcils, pour prendre acte de ce qu'il venait de lui conseiller. Mansourd quitta la pièce avec le PV de garde à vue de Dounia. Il le faxa au bureau de Wagner et fit les cent pas dans le commissariat en attendant le coup de fil et la décision du juge. Sans commission rogatoire internationale, il ne pouvait rien faire. Le juge allait réveiller le cabinet du garde des Sceaux qui, vu l'urgence de la situation, allait réveiller le ministère de la Justice suisse. Dès qu'il aurait confirmation que la procédure était enclenchée, il pourrait prendre contact avec la police suisse afin qu'elle interpelle Benbaraka au plus vite. L'audition de Dounia et une intuition personnelle lui soufflaient qu'il y avait de fortes chances pour que Nazir se trouve également à Zurich. Mais quand son téléphone sonna enfin, les nouvelles du juge n'étaient pas bonnes :

— Mansourd, j'ai reçu le PV, écoutez j'en ai parlé avec le procureur Lamiel, les éléments sont trop faibles.

— Nom de...

— Mansourd, écoutez-moi, Lamiel et moi-même avons eu l'idée d'une solution alternative : vous allez mettre sur pied une petite équipe de trois ou quatre voitures et faire une mission de surveillance. Tout cela de façon officieuse, bien sûr. Vous suivez la voiture de Benbaraka, mais vous vous mettez bien dans la tête que vous êtes en territoire étranger et que vous ne pouvez pas intervenir.

— Monsieur le juge, sauf votre respect, le temps de mettre en place... Écoutez, très bien. D'accord. Je vais envoyer une équipe de Levallois. Ils pourront y être dans la nuit. Merci, monsieur le juge. Je vous tiens au courant, en temps réel.

Le commissaire stéphanois avança vers Mansourd d'un air menaçant. Le commandant prit sur lui et écouta ses doléances :

— Écoutez, ça pète partout dans les quartiers, là. J'ai des renforts qui vont arriver. Je vais avoir besoin que vous me libériez les bureaux maintenant.

— De toute façon on a fini avec la famille. Laissez-moi trois cellules de garde à vue et c'est tout. C'est bon, demanda-t-il avec humeur, ça vous va ?

Un camion de CRS déboula toutes sirènes dehors sur le parking du commissariat. Mansourd et le commissaire regardèrent à travers les stores : une vingtaine de gamins interpellés. Des J.V. Dans le jargon : Jeunes Violents. Qui par ailleurs étaient tous N.A. : Nord-Africains.

Mansourd expliqua à la famille qu'ils pouvaient repartir libres. Idir avait le visage en sueur. Il adressa un signe de tête à Bouzid et au mari de Rachida, Mathieu, qui s'étaient présentés spontanément après avoir reçu les coups de fil respectivement de la mémé et de sa femme.

— Et Rabia ? demanda Bouzid. Et Dounia ? Vous allez les garder toute la nuit ?

— On vous tiendra au courant, monsieur. Allez, rentrez chez vous, et si vous avez des choses qui vous reviennent, la porte est ouverte.

Elle l'était même littéralement. Un groupe de petits voyous menottés la franchit avant de se mettre à hurler et siffler :

— Sar-ko assassin ! Sar-ko assassin !

Les CRS leur donnaient des claques sur la tête pour qu'ils se calment. Ils furent conduits en cellule de dégrisement sous le regard effrayé du petit Rayanne. En défilant devant Slim, l'un d'eux eut une grimace de dégoût et accrocha son regard à celui du jeune marié ; avant de disparaître au détour d'un couloir.

Rayanne se mit à chercher son père du regard et à courir comme un dératé. Un CRS le voyant passer le prit dans ses bras et lui adressa un grand sourire :

— Eh ben alors, mon petit bonhomme, où est-ce qu'on va comme ça ?

Rayanne regarda le visage casqué du CRS et ses doigts énormes que les gants noirs faisaient ressembler à ceux de King Kong. Il sanglota doucement, obligeant le policier essoufflé par les interpellations sportives qu'il venait d'effectuer à le poser par terre où, dès que ses pieds eurent touché le sol, il courut à nouveau dans tous les sens à la recherche de son père.

— Ça commence comme ça, murmura le CRS à son collègue. Tout mignon, tout timide, et dix ans plus tard ça te tire dessus à la grenaille. Je te jure...

6.

La devanture au pied de laquelle s'arrêta Nazir était composée d'une vitrine à stores blancs et d'un néon trop puissant, qui laissait voir, en clignotant, qu'il s'agissait d'un *Coiffeursalon*. La porte n'avait pas de stores, mais de jolis rideaux au motif en damier ; elle était équipée d'une clochette : quand Nazir l'eut poussée, il s'aperçut qu'il avait attiré l'attention de trois des quatre occupants du salon et comprit que celui qui restait était son homme. Waldstein.

Debout devant la caisse où il semblait étudier des factures, il portait la même tenue immaculée que son jeune collègue occupé à peinturlurer de mousse, au blaireau, la barbe d'un client qui dévisageait Nazir dans le miroir légèrement teinté de brun. Assise n'importe comment sur un siège surmonté d'un bac à shampooing, une adolescente feuilletait des magazines à l'envers, depuis la dernière page, sans rien lire, la bouche constamment entrouverte par un appareil dentaire ; elle darda sur le nouveau venu un regard qui hésitait entre la plus intense curiosité et une indifférence de vachette.

— *Guten Abend,* dit Nazir à l'adresse de tout le monde mais en fixant la jeune fille.

Une rougeur apparut sous les beaux ovales de ses yeux soudain affolés ; le client (son père ?) salua Nazir d'une voix enrouée par le long silence qui avait dû précéder cette visite tardive et manifestement inopinée.

La blouse blanche des deux coiffeurs-barbiers les apparentait à des laborantins enrôlés de force dans une expérience interlope ; ce fut celui qui s'occupait déjà d'un client qui interrogea Nazir d'un mouvement de tête.

Nazir prononça la première moitié de la phrase de reconnaissance, en un souffle :

— *Ich möchte mir das Haar schneidenlassen...*

Il observa la réaction du vieux derrière la caisse ; il demeurait parfaitement immobile, concentré sur son livre de comptes. Nazir ajouta :

— ... *Den Bart überhaupt nicht.*

« Mais surtout pas la barbe. »

L'homme avec qui il avait rendez-vous était probablement le vieux, mais il ne réagissait toujours pas. Le jeune lui fit signe de s'installer sur un fauteuil surélevé, à côté de celui du client qu'il commençait tout juste à raser. Mais Nazir ne voulait pas enlever sa veste, il ne voulait absolument pas enlever sa veste. Pris au dépourvu, le jeune essaya d'attirer l'attention de son chef. Celui-ci ferma les yeux et disparut dans l'arrière-boutique, où il actionna un robinet, attendit l'eau chaude et se frotta énergiquement les mains.

Quand il revint, Nazir avait été recouvert depuis le sommet de la nuque par une toile blanche qui avalait les accoudoirs du fauteuil et descendait jusqu'à son pied amovible. Nazir le vit ouvrir un tiroir incrusté dans le marbre du comptoir et y choisir d'une main aveugle une paire de ciseaux et un rasoir à l'ancienne dont l'éclat métallique se propagea dans tout le salon. Nazir n'avait pas prévu qu'ils ne seraient pas seuls et qu'ils devraient se livrer à cette comédie ; il demanda, au lieu d'une coupe de cheveux, un simple rafraîchissement au niveau de la nuque et du pourtour des oreilles.

M. Waldstein ne s'appelait pas vraiment M. Waldstein et semblait enfermer sur chaque pli de son visage imberbe et carré le souvenir des faux noms que sa vie de barbouze lui avait fait porter. La soixantaine robuste, il avait une verrue au coin de l'œil gauche, qui alourdissait sa paupière léonine et orientait tous les mouvements de son visage de l'autre côté. Il avait un nez étrange, presque aussi épais au niveau des narines que de l'entres-yeux mais sans la force des nez de boxeurs : le sien formait une zone molle au milieu de sa face. Impossible de recomposer mentalement ses traits une fois qu'on avait cessé de les regarder.

Il posa le rasoir devant Nazir, comme pour l'intimider ; avec les ciseaux, il commença par désépaissir la chevelure noire de son client. Nazir ne montrait aucun signe d'inquiétude, mais l'heure tournait. Il avait dit vingt minutes à Benbaraka : dix minutes furent bientôt passées à attendre qu'il soit seul avec Waldstein pour régler leurs comptes. Nazir faisait provision de patience, évitait de regarder la jeune fille dans le miroir, s'efforçait de demeurer alerte au cas où Waldstein se saisirait du rasoir pour lui trancher la gorge en plein salon.

L'idée commençait à le terrifier : aurait-il le temps de libérer ses bras pour se défendre ? Le client d'à-côté se vit présenter un miroir à main pour juger de la qualité de son rasage. Il étudiait son menton – sous toutes les coutures. Waldstein avait fini de désépaissir ; il s'empara du rasoir et le présenta à quelques millimètres de la nuque de Nazir. Celui-ci frémit.

— *Was machen Sie denn ? Nur den Haarschnitt, hab'ich gesagt !*

Waldstein lui offrit un sourire de victoire dans le reflet du miroir. Le client se leva pour récupérer sa veste et payer, suivi par la jeune fille. Quand il eut disparu, Waldstein congédia son jeune collègue qui paraissait de toute façon pressé. Sitôt la porte refermée, Nazir bondit hors du siège et dit en français :

— Qu'est-ce que c'est que ce cinéma ? On devait être seuls, putain de merde ! Qu'est-ce que ça veut dire, des clients à minuit ?

— On ne maîtrise pas tout dans la vie, jeune homme, rétorqua-t-il calmement, sans accent. On fait des nocturnes ici, jamais aussi tard, mais… disons que c'était un client qu'on ne pouvait pas refuser.

Il ôta sa blouse sous le regard furieux de Nazir et le conduisit dans l'arrière-boutique. Un énorme coffre-fort était caché derrière une armoire. Il débloqua la porte et retira une première boîte métallique. Il la posa sur la table au centre de la pièce et l'ouvrit avant d'aller chercher la seconde. Dans la première boîte, il y avait un nombre incroyable de coupures de billets de cinq cents euros.

— Vous foutez pas de ma gueule, dépêchez-vous, déclara Nazir tandis que Waldstein portait difficilement la deuxième boîte.

Waldstein souffla en la posant sur la table.

L'autre boîte contenait moitié autant de coupures que la première. Il y avait en outre une valise métallique pour les ranger, ainsi qu'une arme de poing et un passeport que Nazir ouvrit avec gourmandise.

— Nathaniel Assouline, lut-il à voix basse. Né le 25 septembre 1983 à Paris. Bon, il va quand même me falloir encore une semaine pour avoir une aussi jolie barbe…

Waldstein aida Nazir à ranger ses « effets personnels » dans la valise métallique. Nazir prit son téléphone.

— Plus qu'un pion à déplacer pour obtenir le mat.

Le visage de Waldstein arborait un sourire de pilote automatique.

— J'espère que, quand on écrira mon histoire, on intitulera ce chapitre « Le coup de Zurich ». Vous jouez aux échecs ?

Waldstein hocha négativement la tête et s'exprima enfin :

— Vous ne vous rendez pas compte de tous les risques que je prends...

— Vous êtes payé, rétorqua Nazir. Grassement payé.

— Si vous croyez que c'est pour l'argent que je fais ça... C'est quoi, cette histoire de téléphone ?

Nazir ne répondit pas ; il composait le numéro du commissariat le plus proche.

Dans un allemand plutôt convaincant (il roulait les r à la bavaroise), il informa les policiers qu'un vol à main armée était sur le point de se commettre devant la banque à côté de laquelle il se trouvait.

Waldstein le conduisit, par la porte de derrière, jusqu'à un parking privé où somnolaient deux voitures. La leur était une énorme BMW noire. Waldstein prit la place du chauffeur tandis que Nazir s'installait à celle du passager. Le tableau de bord était agréablement boisé, les sièges recouverts d'un luxueux cuir beige. La voiture roula pendant une minute dans un long couloir à ciel ouvert qui trouva son issue de l'autre côté du pâté de maisons, à deux cents mètres de l'entrée de la banque.

7.

Le commandant Mansourd reçut, du juge enfin de retour au palais, la consigne de poursuivre personnellement les gardes à vue de ceux qu'il appelait « la famille proche ». Luna était partie avec la mémé, sans pleurer ;

la fatigue l'avait emporté sur son malheur. Les premiers mots de Rabia quand elle vit entrer le commandant furent pour sa fille : quand pourrait-elle la revoir ?

— Bientôt, bientôt, calmez-vous.

Et son fils ?

Le commandant n'eut qu'un mouvement de sourcils pour lui répondre.

Il s'assit sur une chaise de bureau à roulettes et commença à lire le PV imprimé par le lieutenant qui s'était chargé de la première audition.

— Monsieur, j'ai sommeil, j'ai dit tout ce que je savais à votre collègue... Ce type horrible m'a attaquée, m'a retenue prisonnière, il m'a droguée et... j'en ai marre, maintenant, je veux voir mon fils, dites-moi au moins qu'il va bien !

Le commandant abandonna les papiers sur la table.

— Madame, vous déclarez que vous ignoriez tout des rapports entre Abdelkrim et Nazir ? Vous ne saviez pas qu'ils s'appelaient tous les jours depuis des mois, vous ne saviez pas que Nazir lui faisait passer de l'argent régulièrement ?

— Non, je croyais que... je savais pas !

— Mais alors comment vous expliquez les consoles de jeu à la cave ? Les nouvelles fringues, tout ce petit trésor ?

— Mais j'allais jamais à la cave !

— Jamais ?

— Sur la tête de mes enfants qu'ils meurent à l'instant, je mets jamais les pieds à la cave ! Y a rien normalement à la cave ! Je vous jure que je sais pas ce qu'il foutait là-bas avec Gros Momo, moi. Et puis j'ai peur des souris ! ajouta-t-elle dans une désarmante explosion de sincérité.

Le commandant écrivit deux mots sur le coin d'une feuille.

— Qui c'est, « Gros Momo » ?

Rabia se mordit les lèvres.

— C'est un copain de Krim. Mais il a rien à voir avec...

— Son nom complet, s'il vous plaît ?

— Mais vous allez pas…

Le commandant n'eut qu'à soupirer de lassitude :

— Mohammed, Mohammed Belaidi. Mais je vous jure, y a pas plus gentil que Gros Momo…

— Je suis sûr qu'y a pas plus gentil qu'Abdelkrim non plus. L'adresse ?

— Oh, il habite au-dessus de Bellevue, rue des Forges… Au 24.

Mansourd changea d'angle :

— Qu'est-ce que vous savez sur le SRAF ?

— Hein ?

Rabia passa la main dans ses cheveux frisés et les rabattit sur ses yeux, comme pour s'empêcher de voir le décor de ce cauchemar.

— Le SRAF ? Vous avez jamais entendu parler du SRAF ?

— Le *sraf* ? répéta-t-elle en prononçant le mot avec un accent kabyle.

Le commandant parut intéressé.

— Le *sraf*, en kabyle, ça veut dire les nerfs. *Zarma*, la colère. Avoir le *sraf*, c'est avoir les nerfs.

Il allait renchérir sur cette étonnante information lorsque son portable sonna. Il sortit et entendit la voix excitée du juge Wagner :

— Commandant, Mouloud Benbaraka a été arrêté par la police suisse, devant une banque à Zurich. Un coup de fil anonyme, il attendait dans la voiture avec un complice, un certain Farès. Les policiers ont trouvé un Parabellum 9 mm dans la boîte à gants, le même que celui du gamin. Et attendez, le plus fort : sur la crosse le sigle SRAF gravé au couteau. Ça a mis la puce à l'oreille d'un des policiers suisses qui, heureusement pour nous, avait regardé les infos.

— Et aucune trace de Nazir ?

— Eh bien si, voilà la vraie bonne nouvelle. Benbaraka ne veut rien lâcher, mais le complice, ce M. Farès, un second couteau apparemment, a fini par avouer qu'il se rendait à Hambourg. Qu'il devait y être demain matin à sept heures. Selon les policiers, il va pas tarder à craquer et à en dire plus. Je m'occupe de la CR dès maintenant, continuez de cuisiner la famille, de votre côté. Et au sujet des dispositifs d'écoutes, vous croyez que les techniciens ont fini ?

— Oui pour l'appartement de la mère du petit. Il reste l'autre, celui de la mère de Nazir. Je pense vraiment qu'il faudrait faire durer leur garde à vue jusqu'à demain soir minimum...

— On en a déjà parlé, commandant. Excusez-moi, je dois vous laisser.

Mansourd raccrocha et hésita avant de retourner auprès de Rabia. Il ne partageait pas l'enthousiasme de Wagner au sujet de la piste hambourgeoise : tout cela lui paraissait trop facile.

Il se mit à songer à ce que Rabia lui avait dit sur le SRAF. Tous les analystes avaient cherché un sigle, alors qu'il aurait suffi d'interroger un membre de la famille de Nazir pour obtenir l'information. L'enquête de la DCRI avait peut-être été plus bâclée encore qu'il ne l'avait cru en la reprenant.

Des hurlements provenaient de la cellule de dégrisement. Le commissaire avait tombé la veste, il vint annoncer à Mansourd que deux autres camions de CRS leur amenaient du monde.

— En tout cas, ça faisait longtemps qu'on n'avait pas vu ça ici, balbutia-t-il. La dernière fois, c'était quoi ? Pour les émeutes de 2005 ? Vous croyez que ça va faire la même chose ?

Mansourd ne répondit pas. Le commissaire reprit en s'épongeant le front :

— Tous ces abrutis qui croient que Sarkozy a tué Chaouch ! Je suis pressé de voir la réaction de ces sauvages quand ils vont découvrir que c'est un des leurs qui a fait le coup... Pourront plus crier au complot, là.

En attendant, les insultes contre « Sarko » fusaient dans ce commissariat, et dans beaucoup d'autres commissariats de France. Mansourd alla voir ces gamins qui frappaient contre les vitres de la cellule. Ils passeraient tous, dès le lendemain, en comparution immédiate au tribunal correctionnel du coin. On n'aurait pas besoin d'une deuxième nuit semblable pour exiger que les peines soient « exemplaires ».

— Le *sraf*, murmura Mansourd comme pour lui-même en voyant les faces furieuses et basanées de ces adolescents embastillés par douzaines.

Le commissaire qui l'avait suivi lui demanda de répéter.

Mansourd se tourna vers lui et répondit à la question qu'il lui avait posée deux minutes plus tôt :

— Ça va pas être comme en 2005, ça va être pire, et vous savez pourquoi ? Parce que cette fois-ci, c'est pas un des leurs qui a été sacrifié dans une bavure, réelle ou supposée, non c'est celui qui leur avait promis que ça ne se passerait plus jamais comme ça, et ils y avaient cru. On leur a tué leur président, commissaire. Pour la première fois ils avaient joué le jeu, vous connaissez les chiffres aussi bien que moi, ils s'étaient inscrits sur les listes par dizaines de milliers et voilà, leur espoir s'est brisé. Non, croyez-moi, ça sera pire qu'en 2005.

Un des petits voyous, particulièrement agité, donna un coup de pied dans la porte, en direction des deux policiers qui les observaient comme au zoo. Comprenant que ça ne servait à rien, il réunit toute sa salive et envoya son plus beau crachat contre la vitre, soulevant les clameurs de ses « collègues » et obligeant les gardiens de la paix à entrer dans la cage pour les pacifier à coups de matraque.

8.

La climatisation était défectueuse dans le bureau où Fouad était interrogé. Un sous-brigadier avait déniché un vieux ventilateur mais il n'avait pas réussi à l'enclencher.

Ils avaient donc ouvert la fenêtre du premier étage, qui ne présentait aucun risque vu qu'elle était grillagée, et qui donnait sur le sommet d'un sapin immobile dans la nuit chaude et sans vent. Un grillon s'était invité dans le silence de la pièce. En effet, la pièce était silencieuse : Fouad refusait de répondre aux questions des enquêteurs. Il avait tenu plusieurs heures, il connaissait ses droits et attendait d'avoir parlé à un avocat avant de s'exprimer.

Le commandant Mansourd poussa la porte et fit signe à son lieutenant de le rejoindre. Fouad écouta le vacarme métronomique du grillon, songeant avec mépris au poète de quatre sous qui le premier avait trouvé que la métaphore du chant pouvait s'appliquer à ce son industrieux et blafard.

— Toujours rien ? demanda Mansourd.

— Non, il veut voir un avocat avant de parler. Il tient bon, putain.

Mansourd entra dans la pièce et demanda à l'autre policier de sortir. Quand il fut seul avec Fouad, il s'assit derrière l'ordinateur et se rendit sur Internet.

— Alors, paraît que tu fais l'acteur ? Les collègues t'ont vu dans une série, ils se foutaient donc pas de ma gueule... Voyons voir ce que nous raconte l'ami Wikipédia... *L'Homme du match*. « Révélation de la série, Fouad Nerrouche... », et patati et patata... Bon, on va pas tout lire, et puis c'est pas notre problème, la télévision. Non, notre problème, j'ai failli dire notre *équation*, c'est celle-ci. (Il s'arrêta et détacha son index pour y commencer un décompte.) Alors, l'homme du match sort avec la fille du président. Le frère de l'homme du match monte un complot pour assassiner le président. Tu me suis jusqu'ici ?

Fouad voulut répondre qu'ils ne se connaissaient pas : il n'y avait aucune raison qu'il accepte d'être ainsi tutoyé. Il n'en fit rien, mais ce superflic barbu et en T-shirt noir l'intriguait. L'hypothèse qu'il ait pu être lié au complot parce qu'il sortait avec Jasmine ne lui avait jamais traversé l'esprit depuis l'attentat. Elle lui paraissait soudain effroyablement vraisemblable, s'il prenait le point de vue de ces gens.

— Écoute, continua Mansourd en serrant le poing, je vais pas y aller par quatre chemins : la législation antiterroriste est telle que je pourrais très bien t'envoyer, toi et toute ta famille, devant le juge dès demain matin. Il suffit que je lui demande de rédiger un mandat d'amener, et hop, huit heures du mat'j'embarque tout le monde en bagnole jusqu'au Palais de justice de Paris. Et là, tu sais ce qui va se passer ?

Fouad était maintenant obligé de baisser les yeux pour ne pas répondre.

— Le juge vous mettra tous en examen pour association de malfaiteurs en relation avec une entreprise terroriste. Il demandera que vous soyez placés en détention provisoire et, quand il s'agit de terrorisme, ça peut monter jusqu'à trois ans. Trois ans au QHS de Fleury-Mérogis. Quartier de Haute Sécurité, au milieu de la vermine. Vos avocats hurleront au scandale, alors le juge des libertés et de la détention refusera la préventive pour disons la majorité de la famille. Mais les plus proches de Nazir et de Krim, disons toi, ton frangin, ta mère et ta tante Rabia, vous, vous y couperez pas.

Fouad, qui avait essayé de ne plus entendre le grillon, essayait désormais de n'entendre que lui.

— Alors comment ça va se passer, trois ans de détention préventive ? Eh bien tous les quatre mois, juste avant l'expiration du mandat de dépôt, le juge vous convoquera dans son bureau pour vous réinterroger. Vous direz que vous savez rien, que vous avez rien fait, et le juge vous renverra devant le JLD pour prolonger la détention. Mais le pire, c'est même pas que vous serez tous en prison, le pire, c'est même pas que la mobilisation de votre comité de soutien mis sur place par votre avocat aura fini par s'essouffler, que les médias de toute façon auront à force plutôt eu envie que les gens responsables de la mort de leur cher président Chaouch croupissent en prison pour le restant de leurs jours. Non, le pire, c'est rien de tout ça, le pire, c'est la petite Luna.

Fouad leva les yeux et les planta dans ceux du commandant.

— Eh oui, tu peux faire cette tête, mais la petite Luna, dès que ta tante se sera vu notifier sa mise en examen, elle sera confiée aux services sociaux et placée en famille d'accueil. Je sais ce que tu vas me dire, que ta grand-mère peut très bien s'occuper d'elle, ce qui est peut-être le cas, mais franchement, et sans vouloir t'offenser, j'ai pas eu l'impression que les innocents de la famille étaient très chauds pour payer les pots cassés. En fait, j'ai plutôt eu l'impression qu'ils vous en voulaient à mort. Alors il y a une autre solution. Si vous refusez de parler, on retarde le déferement au juge et on fait durer la garde à vue. Quarante-huit heures, quatre-vingt-seize heures. Jusqu'à ce que vous nous ayez dit ce qu'on a besoin de savoir.

— Mais on sait rien ! explosa enfin Fouad.

— Personne ne sait jamais absolument rien. T'as pas eu de soupçons ? Des doutes ? Je peux pas croire que, toute la famille, vous ayez vécu tous ces mois sans vous demander à un seul moment ce que foutaient Krim et Nazir… Et toi, avec la fille Chaouch, enfin merde, c'est gros comme une maison !

— Vous ne savez pas de quoi vous parlez… Je…

— Oui ?

Fouad s'aperçut que, quoi qu'il dise, ce serait de trop : il allait incriminer toute sa famille en rejetant la faute sur Nazir. Parce que Nazir faisait partie de cette famille, aussi sûrement que ce grillon absurde faisait partie de la nuit.

— Je refuse de parler avant d'avoir vu un avocat.

— Très bien.

Le commandant s'étira et serra les poings.

— Le délit d'association de malfaiteurs en relation avec une entreprise terroriste était passible de dix ans de prison jusqu'à il y a quelques années. La dernière réforme des lois de sécurité intérieure a élevé la peine à vingt ans. Vous ne ferez jamais vingt ans de prison, bien sûr, vous en ferez quatre ou cinq malgré les circonstances aggravantes, je veux dire la participation au meurtre du premier président arabe de notre beau pays. Avec un bon avocat, vous en ferez une ou deux, et avec un très bon avocat zéro. Sauf qu'en attendant le procès en cours d'assises spéciale, vous aurez déjà passé trois ans en détention provisoire. L'État vous indemnisera, ce sera un scandale retentissant. Vous aurez fait trois ans de prison pour rien. Les gros titres des journaux. Et puis le lendemain, il y aura eu une petite phrase choquante de Sarkozy réélu, ou alors la vidéo d'un chimpanzé en nœud papillon capable de jouer le début de *La Marseillaise* à la flûte traversière, et du scandale retentissant de la veille – le scandale de votre vie – il ne restera rien, pas même l'écho. Alors on arrête de déconner maintenant, monsieur l'acteur. On n'est pas en train de jouer au roi du silence, là. D'accord, t'y arrives, tu peux la fermer pendant deux, trois heures. On verra comment tu te sentiras dans soixante-dix heures. Eh oui, pour des faits de terrorisme, on peut te garder trois jours avant que tu voies ton avocat. Cela dit, bravo, tu te tais, tu joues les durs, super, t'es mûr pour un César. Sauf qu'on n'est pas dans un casting ici. On est dans la réalité. Et la réalité, c'est que si tu continues ta petite comédie, dans dix jours ta cousine se retrouve en famille d'accueil et ton petit frère Slimane en taule. Et il m'a eu l'air un peu... disons : chétif, ton frangin, si tu vois ce que je veux dire...

Le commandant se tut et dévisagea Fouad, d'une façon si intense que son silence continuait de lui promettre les terreurs de la terre.

Fouad était concentré d'une manière tout aussi intense. Il remuait ses mâchoires de droite à gauche, mais ses lèvres restaient closes et ses dents serrées. Il y eut soudain sur son visage un long frémissement où paraissait se concentrer et s'exprimer tout son dilemme.

Au moment le plus fort, ses deux narines se rétractèrent. Et quand le tourment fut passé, il ferma les yeux, se redressa sur sa chaise et prononça à haute et intelligible voix :

— Je refuse de parler avant d'avoir vu un avocat.

LUNDI

Chapitre 5

L'arc de Cupidon

1.

La large victoire de Chaouch fut bien sûr reléguée au second plan, dans la presse française et internationale, par la tragédie qui s'abattait sur le président élu. On évoqua un séisme de magnitude 10, on se risqua à parler d'un 11 septembre à la française. Sur les unes, les images de l'attentat rivalisèrent avec les chiffres de la Bourse qui s'étaient spectaculairement effondrés. *Libération* remplaça sa couverture par une immense page noire. Les éditos du monde entier convoquèrent le spectre de la « République sans tête ».

En France, ce fut le bilan chiffré de la « première nuit de violences » qui fit, avec l'amer couronnement du favori des médias, la une des matinales des grandes radios, qui se lancèrent d'emblée et sans scrupules dans un comparatif avec les émeutes de l'automne 2005. On avait en effet compté, pour cette seule nuit du lundi au mardi, outre les deux mille cent cinquante voitures brûlées, une trentaine d'équipements publics pris pour cible, les locaux de deux MJC de la banlieue parisienne vandalisés, et surtout une école maternelle incendiée au nord de Grogny. Des drapeaux tricolores avaient été brûlés devant les caméras, des véhicules de police caillassés ; sur certains on releva des impacts de balles de gros calibre. Les chambres des tribunaux vouées aux comparutions immédiates n'allaient pas désemplir de la journée.

Les éditorialistes notèrent qu'il avait fallu attendre plusieurs jours, plus d'une semaine pour atteindre ce niveau de brutalité lors des saccages de 2005. Comme ils auraient commenté les chiffres d'un probable nouveau champion du box-office, en les mettant en regard avec ceux de *La Grande Vadrouille* ou de *Titanic* après une semaine d'exploitation, nos professionnels de l'opinion prophétisèrent un embrasement d'une intensité que notre pays n'avait jamais connue depuis des épisodes de guerre civile qui, à l'instar de la Commune de Paris, s'étaient déroulés il y a trop longtemps pour être pertinents. Les violences touchaient par ailleurs uniquement les quartiers pauvres de la banlieue parisienne et de quelques villes de province. La question prioritaire était de savoir si le président de la République, dont le mandat s'achevait dans quelques jours, allait demander à son gouvernement de proclamer l'état d'urgence sur ces territoires.

Le ministère de l'Intérieur indiqua que la situation parfaitement sous contrôle ne nécessitait pas de mesures particulières et demanda instamment aux médias de ne pas jeter de l'huile sur le feu. Il y eut quelques commentateurs de la petite cuisine politicienne pour s'émouvoir, dans les débats du matin, que le Premier ministre François Fillon n'ait pas été en première ligne depuis les « événements » de la veille. Le mandat du président Sarkozy ne s'achevait que le 17 mai, dans dix jours : entre-temps, le gouvernement avait à charge de gérer les affaires courantes. Mais la panique s'était installée dans les rangs de la majorité, et il n'avait jamais semblé aussi évident, avant ce lundi matin, que le véritable chef du gouvernement était Marie-France Vermorel, ministre de l'Intérieur, de l'Outremer, des Collectivités territoriales et de l'Immigration.

Après cinq ans de sarkozysme, celle qui avait été la stratège en chef de la victoire de 2007 s'était révélée la soldate la plus efficace du candidat une fois élu à la magistrature suprême. Il lui devait la « nationalisation » de son discours et la conquête des voix d'extrême droite ; et à l'heure où tout le monde désertait, elle seule demeurait fidèle à l'ancien chef de l'État.

2.

Contrairement aux apparences, c'était encore son sens du service qui la poussa à occuper le terrain médiatique en ce lendemain de l'attentat. Elle passa la matinée à enchaîner radios et télés, apparut comme la personnalité la moins sonnée de ce gouvernement en phase terminale. Non, son surnom de « Premier ministre bis » n'avait jamais été aussi mérité, songeait Montesquiou, immobile dans les pénombres successives des coulisses, la main toujours crispée sur le pommeau de sa canne.

France 2 avait mis en place un dispositif exceptionnel, utilisant le plateau de la soirée électorale pour faire une édition spéciale permanente. Vermorel minimisait les émeutes de la nuit devant un parterre de spécialistes qui n'osaient pas l'interrompre. La présentatrice fut contrainte de le faire après avoir été rappelée à l'ordre dans son oreillette :

— Madame la ministre, désolée de vous couper, mais on est en direct avec le Palais de justice, où vient de commencer la conférence de presse du procureur Lamiel...

Vermorel se redressa, ostensiblement offusquée. Quand elle vous regardait, vous entendiez le bruit du chargeur. Peut-être même cette impression d'être tenu en joue par la première flic de France se communiquait-elle au-delà de l'écran ; auquel cas la France de Vermorel n'était pas moins angoissante qu'un peloton d'exécution où s'alignaient soixante-cinq millions de suspects...

Elle resserra le nœud de son foulard orange autour du cou, songea qu'elle n'avait pas eu le temps de balancer son dernier élément de langage et leva le menton sur le grand écran du duplex, espérant qu'on n'allait pas lui demander de commenter l'intervention du procureur à partir d'une question anglée sur ses rapports avec le garde des Sceaux – un ancien chiraquien qui avait trahi le gouvernement entre les deux tours en se déclarant « séduit » par le programme judiciaire de Chaouch.

Le procureur Lamiel était debout devant un rétroprojecteur sophistiqué. Sa poire génétiquement modifiée approuvait diligemment les indications du technicien qui l'aidait à faire fonctionner l'ordinateur. De mémoire de chroniqueur judiciaire, la salle de réunion du palais n'avait jamais été aussi bondée. Lamiel dut s'arrêter à plusieurs reprises, pour laisser s'éteindre le raffut causé par la meute de photographes et de caméramans qui se marchaient dessus et bousculaient les chaises. Il annonça que « le tireur », à l'issue de sa garde à vue, allait se voir reprocher les faits suivants : tentative d'assassinat sur une personne dépositaire de l'autorité publique (eh oui, Chaouch n'est pas mort, sembla-t-il préciser d'un haussement de sourcils), à quoi s'ajoutaient la qualification très aggravante de terrorisme et le délit d'association de malfaiteurs en relation avec une entreprise terroriste.

Le bouquet final de la conférence de presse fut évidemment la projection sur la toile de l'avis de recherche de Nazir Nerrouche, vingt-neuf ans, de nationalité française, un mètre quatre-vingt-sept, yeux noirs, très fortement soupçonné d'être le commanditaire du complot contre le candidat Chaouch, armé et dangereux, et contre lequel un mandat d'arrêt européen avait été délivré.

Et tandis que la France et le monde entier découvraient pour la première fois le regard de Nazir sur cette photo d'identité en très gros plan, ses yeux immenses et fous, presque dépourvus de sclérotique, sa tête allongée, glabre et tranchante, tandis que la France et le monde entier s'étonnaient de ce que l'ennemi public n° 1 soit ce jeune homme propre sur lui, ni barbu ni même tellement « typé », Nazir filait à toute vitesse, conduit par son complice, sur une autoroute presque déserte dont le lignage jaune vif et les panneaux signalétiques en allemand commençaient sérieusement à peser sur son moral.

Waldstein voulut éteindre la radio maintenant que la conférence de presse était terminée. Nazir éteignit la radio lui-même et jeta un coup d'œil anxieux dans le rétroviseur, se demandant si la berline gris métallisé qui les suivait depuis dix kilomètres était bien celle qu'il croyait avoir aperçue à la sortie de Zurich.

— Je me demande quelle photo de moi ils ont bien pu choisir, dit-il pour se changer les idées.

Waldstein ne répondit pas. Il commençait à bâiller. Nazir vit apparaître une seconde tête dans la berline, sur la banquette arrière.

— Prenez la prochaine bretelle, ordonna-t-il à Waldstein.

— Mais enfin, vous êtes fous ! On va être obligés de faire demi-tour, ça va nous faire perdre au moins une heure… Vous m'avez déjà forcé à le faire et regardez l'heure qu'il est !

Nazir insista en distribuant de petites tapes saccadées sur le tableau de bord :

— Allez, dépêchez-vous ! Au dernier moment, O.K. ?

Waldstein s'exécuta et bifurqua au dernier moment. Nazir lui demanda de ralentir et vit que la berline gris métallisé ne les suivait plus.

3.

De retour du plateau télé où on ne lui avait finalement pas demandé de rebondir sur la conférence de presse du procureur, Vermorel reçut dans son bureau un petit homme gris au visage marqué de deux longues rides aussi profondes que des balafres.

Ce petit monsieur en costume élimé travaillait à la DCRI et occupait une fonction clandestine : il dirigeait la défunte section médias des défunts RG. Son rôle n'était pas exactement de surveiller la presse mais d'alimenter en vraies rumeurs et en faux scoops les journalistes qui avaient ses bonnes – ou mauvaises – grâces. Aucun service de presse d'un autre ministère ne pouvait rivaliser avec le savoir et les réseaux de cet as du renseignement qu'on ne nommait jamais. Il avait de petites mains honteuses et tachées d'encre, sur lesquelles tombait le méprisant regard de faucon de Montesquiou, assis sur l'autre chaise qui faisait face au somptueux bureau d'or et d'acajou de la ministre.

La conversation fut brève et ses enjeux vite définis : en échange de l'exclusivité d'un scoop, le patron d'un média en vogue devait accepter de ne pas publier avant quelques semaines la suite d'une enquête qui jetait le discrédit sur la branche en ce moment la plus sensible de la police républicaine.

Cette branche, c'était la Direction centrale du renseignement intérieur.

Le patron du journal, c'était Xavier Putéoli.

Quant au scoop, Putéoli apprit de quoi il s'agissait un quart d'heure plus tard au téléphone, de la bouche même du petit monsieur des RG qui appelait depuis une cabine téléphonique à deux pas de la place Beauvau :

— On vous donne la vidéo volée de l'interpellation.

Putéoli, qui avait commencé par refuser toute compromission, se tut longuement, paraissant moins peser le pour et le contre que jubiler intérieurement de ce que la primauté de la diffusion de cette vidéo signifiait pour Avernus.fr.

La conférence de presse du procureur n'avait en effet donné aucun autre détail sur le tireur que son prénom déjà connu. Les grandes chaînes avaient mobilisé leurs meilleurs enquêteurs et trouvé le nom entier et l'adresse d'« Abdelkrim ». Les images du 16, rue de l'Éternité étaient donc diffusées en boucle mais il ne s'y passait rien pour l'instant. Interrogés, les gens du quartier arboraient l'universel visage penaud et incrédule des voisins de gens sur lesquels la tragédie s'est abattue du jour au lendemain : ils parlaient de Krim comme d'un garçon timide, qui avait fait deux ou trois conneries mais qui rendait souvent service. Et la famille Nerrouche était naturellement devenue cette inévitable chimère, aussi fictive que les licornes et la sagesse horoscopique : une « famille sans histoires ».

Les salles de rédaction bruissaient d'ailleurs déjà de la rumeur selon laquelle le tireur était le cousin de Fouad Nerrouche, *l'homme du match,* mais personne n'avait encore sorti l'info. Pour la vidéo de l'interpellation, sur laquelle Fouad n'apparaissait pas, c'était une question d'heures, voire de minutes : des voisins allaient finir par appeler les journaux, des vidéos de portables allaient être monnayées à prix d'or, mais en attendant les chaînes n'avaient pas d'autres images à se mettre sous la dent que celles d'un immeuble vide et ces autres, violemment spectaculaires, prises lors de l'attentat et que Putéoli était justement en train de se repasser dans son bureau.

Il en existait sept versions différentes : celles des chaînes qui couvraient la sortie des urnes du candidat, et celles prises avec des téléphones portables qui montraient surtout la panique et le mouvement de foule chaotique après le coup de feu. Sur aucune de ces versions, toutefois, on ne voyait le candidat de face. Si l'on mettait pause au bon moment sur les images de France 24, on pouvait deviner une giclure vermillon à gauche de l'écran, mais la prise de vue semblait avoir été organisée pour que seul apparaisse distinctement le torse de Krim levant l'arme et tirant. Cette absence d'image du visage explosé de l'illustre victime assurait perversement un grand succès à la vidéo, de même que celles des défenestrés du 11 septembre, pour effroyables qu'elles étaient, pouvaient être visionnées et visionnées encore – ce qui n'aurait pas été le cas si elles s'étaient achevées sur les chairs écrasées sur le sol, démembrées et proprement irregardables.

Putéoli éteignit l'écran de son ordinateur et se rendit sur sa boîte e-mail.

— C'est d'accord, répondit-il d'une voix où se trahissait l'irrépressible frémissement de son triomphe.

4.

Xavier Putéoli était un homme court et maladroit, qui portait gilet, veston et nœud papillon. Il avait les joues brillantes, écarquillées entre une paire d'yeux torves et mielleux et un sourire d'éternel étudiant en école de commerce – bien qu'il ne l'ait jamais été. C'était un de ces types qui vous disent « enchanté » en vous serrant la main, sur un ton suave et pénétré, avant de vous avoir parlé et parfois même sans vous avoir vraiment vu. Il souriait tout le temps mais jamais des yeux : son air penché et trop affable vous anesthésiait tandis qu'il vous considérait anxieusement, toujours vigilant, avec une sorte de rancœur inexplicable qui lui faisait baisser le regard si vous le croisiez.

Né en 1950 à Mostaganem – mais arrivé en France deux ans plus tard –, il avait été bachelier au moment des soulèvements de mai 68, auxquels il avait participé sans réussir à se hisser à la tête du moindre comité. Un grand bourgeois qui ne jurait que par Mao l'avait traité de « peine-à-jouir » au cours d'une réunion : il en avait conçu une haine immortelle pour le gauchisme à la française – ses figures altières, sensuelles, dominatrices. Il était devenu journaliste politique au *Point*, où il avait consciencieusement gravi les échelons, au prix de mille trahisons et micro-avilissements dont témoignait encore son regard fuyant. Après avoir échoué à devenir rédacteur en chef du journal qui l'avait vu grandir, il avait fondé un site Internet d'information « libre » qui avait réussi le coup de force d'attirer tous ceux – « de droite comme de gauche » – qui n'en pouvaient plus de la « chape de plomb du politiquement correct ».

Avernus.fr représentait le sommet de sa carrière, et son plus bel accomplissement. Sa devise en latin était tirée de Virgile : *facilis descensus Averni*, qu'on pouvait traduire par : rien de plus facile que de descendre en enfer, rien de plus facile que de sombrer dans la ruine morale. Pour s'en prémunir, il avait épousé une riche Normande à particule, blonde, catholique, effacée, qui lui avait donné cinq enfants dûment blonds et baptisés dont le cadet, Tristan, essayait de le joindre en ce moment même.

Il ne prit pas l'appel parce qu'il vit débouler dans l'open space, au-delà des stores de son bureau, la silhouette énergique de la journaliste qui avait enquêté sur la DCRI et le préfet Boulimier. Il éteignit l'écran de son ordinateur et se prépara à recevoir Marieke Vandervroom attifée de son éternel blouson en croûte de cuir de porc. Elle ne s'embarrassa pas de *small talk* des autres journalistes et ne prit pas la peine de frapper à la porte du patron : elle entra comme une furie, les naseaux fumants, lâcha son sac et son casque de moto sur la chaise et brandit son téléphone portable en le secouant avec une véhémence extraordinaire.

— C'est une blague ? demanda-t-elle de sa belle voix rauque et éraillée. Cinq mois d'enquête et tu suspends la publication comme ça, du jour au lendemain ? Et tu me dis ça par texto ? *Par texto* ?

L'article avait été découpé en quatre pour permettre une meilleure lisibilité des pièces à conviction. À trente-cinq ans, Marieke ne travaillait pas pour la rédaction d'Avernus.fr. Elle avait depuis longtemps décidé qu'il n'y avait de salut dans l'investigation qu'en free lance. Elle proposait donc ses enquêtes à divers journaux, qui lui payaient ses notes de frais et profitaient de ses talents de fouineuse sans avoir à supporter son caractère de cochon.

— C'est plus compliqué que ça, tempéra onctueusement Putéoli.

— C'est pas plus compliqué que ça ! hurla Marieke. Je bosse sur le groupe d'enquête le plus secret du contre-terrorisme et le jour où doit sortir l'article il y a un attentat sur un candidat à la présidentielle ! Et comme par hasard…

Elle n'alla pas jusqu'au bout de sa phrase.

Au départ, il s'était agi de décrire le fonctionnement opaque du FBI de Sarkozy, et puis Marieke avait été mise sur la piste d'un groupe d'opérations spéciales qui n'existait nulle part dans les statuts officiels, qui rendait directement des comptes à Boulimier, et qui s'était, donc, occupé de la surveillance de Nazir Nerrouche.

— Marieke, calmons-nous, tiens, assis-toi.

Mais Marieke refusa de s'asseoir. Elle bomba le torse avec fureur. Son large visage océanique prit soudain la couleur des briques de sa Flandre natale. Putéoli ralluma son ordinateur et fit semblant de lire un e-mail pour éviter les éclairs qu'envoyaient les yeux de Marieke, de grands yeux de husky encore agrandis par la colère.

— Pardon, se reprit-il en faisant mine de terminer sa lecture. Bon, Marieke, c'est juste un petit décalage, voyons, inutile de te mettre dans cet état.

— Il n'y a rien dans le premier article ! Rien sur Boulimier, rien sur les écoutes de Nazir Nerrouche !

— Il y a de quoi nous envoyer devant le juge.

— Que dalle ! C'est juste la présentation de l'opacité de la maison, un organigramme à deux balles, *une putain de fiche Wikipédia* ! Enfin on ne peut pas en rester là, c'est complètement absurde !

— Mais j'ai jamais dit que j'allais pas publier la suite, tu déralles, je te demande juste une semaine, enfin, c'est pas la fin du monde, une semaine… Et si je peux me permettre, une fiche Wikipédia ne risque pas de nous envoyer en prison, aux dernières nouvelles. Alors que trahir le secret défense en révélant l'organigramme de la DCRI dès ce premier article…

Marieke pivota sur elle-même et fixa les occupants de l'open space qui détournèrent mécaniquement le regard.

Un accès de rage lui fit baisser les stores et se tourner vers Putéoli en saisissant son casque et la lanière de son vieux sac à dos de baroudeuse.

— Trois jours ! déclara-t-elle en fermant les yeux pour se retenir d'exploser à nouveau. Si jeudi tu publies pas la suite, je vais voir ailleurs, ou je balance tout sur Internet…

— Mais enfin, assis-toi, arrête un peu ton cinéma. Tu comprends mes raisons, non ? J'ai pas les moyens du *Washington Post* ou du *Monde*, ici… Il faut que je m'assure que…

— Non, je veux rien savoir, le coupa Marieke. De toute façon tu me diras jamais la vérité, alors promets-moi juste que tu publies la suite dans trois jours et on en reste là.

— Promis, mentit Putéoli en se levant pour raccompagner sa journaliste. Mais pas trois jours, cinq. Samedi, je le mets en ligne, O.K. ?

Mais Marieke était déjà dans l'open space, imposant les craquements de son sac, de ses bottes et de son immortel blouson à la salle au moins aussi intimidée par sa liberté de ton que par la violence de ses coups de talons.

5.

La France se réveillait avec, tagués sur des centaines de murs, les mots de « Sarko assassin » ; la blogosphère explosait de rumeurs sur un complot ourdi dans les plus hautes sphères ; les journalistes couraient dans tous les sens ; mais Krim, qui venait enfin de se voir accorder le droit à quelques heures de repos, n'avait qu'une idée en tête : retrouver, avant de sombrer dans l'inconscience, le timbre si particulier de la voix de sa mère, pendant qu'on lui posait un million de fois de suite les mêmes questions.

Après une poignée d'heures de sommeil, il avait découvert qu'il y avait deux équipes d'interrogateurs, celle de nuit et celle de jour, et que celle de nuit, dirigée par le capitaine Tellier, devait être considérée comme les gentils, vu la façon dont se comportaient les lieutenants sans noms qui l'avaient réveillé à six heures du matin. Ils lui avaient interdit de s'asseoir ou d'aller aux toilettes, et ils ne croyaient pas un mot de ce que Krim disait, contrairement à leurs collègues nocturnes qui se contentaient de demander aimablement des précisions. Le lieutenant le plus brutal de l'équipe de jour ressemblait à un raton laveur et parlait comme un entraîneur de rugby. Une voix grave qui se cognait contre les murs au lieu de les traverser, un air de bêtise pas même autosatisfaite, simplement souveraine et toujours prompte à éclater en méchanceté.

Arrête de raconter n'importe quoi, espèce de petite merde ! Le Rugbyman avait rangé la chaise de la veille au pied du mur. Krim devait maintenant rester debout et, quand il n'en pouvait vraiment plus, on lui refilait un tabouret, mais un tabouret c'était pire que rien du tout, parce qu'il avait envie de reposer son dos contre un dossier et que ce dossier inexistant se rappelait sans cesse à son esprit.

C'était entre les silences que laissait s'installer le Rugbyman que Krim s'était chanté plusieurs fois le lè lè lè lè de sa mère, ces quatre notes orientales qu'elle balançait en accrochant le dos de sa main au bas de son front, l'autre main sur la hanche et ses grands yeux à fleur de pommettes dilatés par une perplexité, une stupéfaction, une indignation qui n'étaient jamais que d'opérette et dont la texture de camelote le rassurait maintenant au lieu de l'agacer. Et c'était contre les cris du Rugbyman et les coups de poing sur la table de son collègue, un type à lunettes avec des chaussures de randonnée, que Krim essayait maintenant de retrouver la chaleur spécifique de sa voix, son timbre singulier, qui ne lui revenaient que par étincelles mentales incapables de s'enflammer, comme autant de pétards mouillés.

À la recherche de sa mère, les doigts de Krim tricotaient dans le bloc de lumière blanche qui s'effondrait sur le bureau de la salle. Il se souvenait de ces heures avancées de la nuit où il s'autorisait à écouter de la musique classique. Sa mère le surprenait parfois, il faisait semblant de dormir ou d'écouter du hip-hop en bougeant gravement la tête, les lèvres et les yeux clos.

Tu vas pourrir au trou jusqu'à la fin de tes jours, t'as plus rien à perdre, dis-nous la vérité !

Mais la vérité, c'était qu'il n'avait rien à leur avouer. Il aimait sa mère, il ne le lui avait jamais dit depuis qu'il l'avait dépassée en taille, mais c'était le cas, il l'aimait, elle lui manquait, c'était la seule vérité qui lui venait à l'esprit.

À quelques pas des cellules de garde à vue, le capitaine Tellier apprit par téléphone que le portable de Krim n'avait pas été trouvé auprès de la dernière société de Bateaux-Mouches ; il s'était cependant produit une scène étrange que le lieutenant en charge de cette petite mission raconta *in extenso* au capitaine : quand ils étaient arrivés au secrétariat des Vedettes du Pont-Neuf, la jeune hôtesse avait passé quelques coups de fil et commencé par annoncer qu'aucun portable n'avait été signalé.

— Mais ensuite, poursuivit le lieutenant, un responsable est arrivé et a demandé à nous parler en privé. On s'est enfermés dans son petit bureau et il nous a dit qu'une Américaine avait ramassé un portable dimanche après-midi, un portable tombé d'un pont derrière Notre-Dame…

— Tu as demandé à quelle heure au moins ?

— Non, non, chef, attendez, il m'a dit qu'elle avait rapporté ce portable au départ des bateaux, là où on était, au pied de la tour Eiffel, et que dans la soirée une jeune femme était venue le récupérer.

— Quoi ? cria presque Tellier.

— Quelqu'un de la maison, ouais. Elle avait des insignes de police, selon le responsable. Je lui ai demandé s'il savait à quel service elle appartenait, il m'a dit que le logo Police lui avait suffi…

Abasourdi, le capitaine mit un moment avant de prononcer la question qui s'imposait :

— Et à quoi elle ressemblait, cette mystérieuse policière ?

— Ah oui, répondit le lieutenant qui n'était pas à la SDAT depuis longtemps, le responsable m'a dit qu'elle était bizarre, les cheveux très blonds, et… attendez, qu'est-ce qu'il a dit ? ah oui, qu'elle avait des bottes de cavalière.

— Des bottes de cavalière ? Mais c'est quoi, ces conneries…

Tellier se rendit dans la cellule de Krim et demanda au Rugbyman et au Randonneur de prendre une petite pause. Surpris, ceux-ci s'exécutèrent.

— Qu'est-ce que tu sais sur la cavalière ? demanda Tellier sans trop réfléchir.

— La quoi ? demanda Krim.

— Une amie de Nazir, une cavalière… qu'est-ce que tu sais sur elle ?

Krim fit une moue d'incompréhension indubitablement sincère. Tellier ferma les yeux et fit le vide dans sa tête. Quand il les rouvrit, ils paraissaient plus doux, presque amicaux :

— Écoute, mon grand, reprit-il d'une voix qui s'excusait presque de rompre le silence, c'est pas contre toi mais elle est quand même pas facile à croire, ta version.

Cette soudaine amabilité fit monter les larmes aux yeux de Krim. Il fronça ses sourcils au maximum pour ne pas les laisser l'envahir.

— Mets-toi à ma place, Krim ! Le portable, tu l'as jeté sur un Bateau-Mouche et on le retrouve pas…

Il poursuivit son énumération, sans trop y croire.

— Réfléchis, merde. T'es là, à Saint-Étienne, ton cousin t'achète une arme, tu t'entraînes à tirer pendant des semaines et, le jour de l'élection, il te file un billet de train pour que tu montes à Paris, et à aucun moment tu te dis que c'est pour assassiner Chaouch ? Je veux pas être méchant, mais regarde, à côté ils disent : ou bien c'est le meilleur acteur du monde ou bien il est complètement con, ce gosse !

L'idée qu'il puisse être complètement con chassa l'émotion du cœur de Krim. Piqué au vif, il haussa les épaules et soupira :

— Pff.

— Pourquoi tu dis pas la vérité ? Que tout le monde était dans le coup, toute ta famille. Tes cousins, tes tantes, ta mère... Comment ils auraient pu rien voir ? Et comment ils t'auraient laissé partir, tout simplement ? Pourquoi t'es venu à Paris, franchement ? Tu savais, non ?

Krim nia d'un mouvement de tête fatigué mais pas encore résigné. Il croyait pouvoir les convaincre, certes pas maintenant, mais quand il aurait recouvré une partie de ses forces. Pour le moment, il ne se passait pas dix secondes sans que la douleur se rappelle à lui d'une façon ou d'une autre. Les mains, les genoux, la hanche, la bouche, la tête. Son corps n'était plus qu'un fil conducteur pour la douleur, une douleur anonyme qui s'était installée chez lui et qui prenait toute la place, cassait tout et sans jamais prévenir.

— Je vous ai dit, le mec roux...

— Tu nous as même pas donné son nom, enfin... Et qu'est-ce que t'as fait avant d'aller le voir ? Y a un trou dans ton histoire...

Avant d'y aller, Krim avait vu Aurélie, mais de cela il ne leur parlerait jamais. Il ne se souvenait toujours pas de la voix de sa mère, mais il se souvenait soudain, avec une précision qui lui brûlait les poumons, de la bouche d'Aurélie, dont toute la pulpe et la fraîcheur se quintessenciaient dans ce petit triangle formant comme la proue de sa lèvre supérieure, et qu'il aurait tout donné pour pouvoir embrasser du doigt ou de la langue.

Dans un moment d'irrépressible exaltation, Krim osa demander au capitaine qui paraissait de bonne humeur et, par contraste avec ses collègues barbares, bien disposé à son égard :

— Comment ça s'appelle, le petit triangle au bout de la lèvre, là ?

L'enquêteur tomba des nues et regarda son lieutenant bras croisés, qui souriait en levant les yeux au plafond.

— Il se fout de ma gueule, ce con ! T'y crois, putain ? Il se fout de ma gueule !

Tellier redressa la tête et passa le doigt sur son bec de lièvre. Avant que le Rugbyman et le Randonneur poussent à nouveau la porte de sa salle d'interrogatoire, il lui donna pourtant la réponse :

— L'arc de Cupidon.

6.

Ce n'était assurément pas son arc de Cupidon qui intéressait, chez Aurélie, Tristan Putéoli. Il n'aimait pas non plus ses épaules et ses bras de nageuse qui, selon lui, réduisaient, même si ce n'était qu'une illusion d'optique, la taille de ses nichons. De toute façon elle ne voulait plus de lui depuis l'attentat, elle consentait à peine à le regarder.

Tristan vint l'attendre à la sortie de la piscine Joséphine-Baker en fin de matinée. Il avait apporté un deuxième casque pour la ramener chez elle en scooter mais Aurélie, le voyant, bifurqua dans la direction opposée et refusa de lui adresser la parole. Jusqu'à ce que Tristan, dont les yeux s'étaient allumés de cruauté, trouve le moyen de capter son attention et d'arrêter le mouvement furieux de sa belle tête aux cheveux mouillés :

— Tu sais que je vais pas pouvoir les retenir de parler bien longtemps ? Tu t'en rends compte ? On est complices si on dit rien, et mon père va me tuer…

Aurélie, qui avait quand même continué de marcher, s'immobilisa. Son regard rougi par le chlore enveloppait le pavé surréaliste de la piscine suspendue au-dessus la Seine, si proche de la surface qu'elle semblait y flotter.

— Putain, fais pas ça, Tristan. Donne-moi un peu de temps.

— Et qu'est-ce que tu me donnes en échange ?

Aurélie ne répondit pas, mais fusilla l'adolescent du regard.

— Écoute, Aurèle, ça va pas durer, cette connerie, et puis qu'est-ce que ça change ? Qu'on le dise maintenant ou la semaine prochaine, c'est la même chose : on a passé l'aprem'avec le type qui a tué Chaouch juste avant qu'il le fasse ! On peut pas cacher ça, c'est juste débile ! C'est pire, c'est suicidaire !

— Déjà Chaouch est pas mort, s'irrita Aurélie, et ensuite si, ça change tout, avec un peu de temps je peux peut-être parler à mon père. Parce que regarde, s'ils apprennent que c'est lui qui enquête sur Krim, alors que Krim est lié à moi...

— Pff. Lié à toi, mon cul.

— S'ils apprennent ça, poursuivit Aurélie en fermant les yeux pour se retenir de le gifler, ils vont sûrement dire que mon père est pas objectif, et que...

— Et que quoi ? Non mais tu rêves, tu crois qu'il va se passer quoi ? Que tu vas faire un marché avec ton père pour qu'il libère Krim de taule en douce ? C'est ça, ce que tu veux ? Putain mais tu planes, ma pauvre, et puis en plus je comprends pas ce que tu lui trouves, à ce petit rebeu... C'est les voyous qui t'attirent, en fait. Tu rêves de te faire violer en réunion par des bougnoules, c'est ça ?

Aurélie prit le casque des mains de Tristan. Celui-ci eut peur qu'elle lui fracasse le crâne avec. Mais Aurélie se contenta de l'enfiler sur sa propre tête.

— Tu sais pourquoi je sortirai jamais avec toi, Tristan ?

— Parce que tu m'aimes.

— Parce que t'es un *douchebag*. C'est même pour toi que le mot a été inventé, espèce de connard.

— Qui te dit que j'ai envie de sortir avec toi ? Ça me suffirait de...

Le Neuilléen éclata de rire et conduisit Aurélie, à sa demande, sur l'île de la Cité, devant les grilles du Palais de justice dont les pointes dorées scintillaient sous le soleil éclatant de ce jour de printemps.

— Allez, casse-toi maintenant, dit Aurélie en lui rendant son casque. Et si tu veux avoir une toute petite chance de pouvoir dire à tout le monde que tu m'as foutu dans ton pieu, t'as plutôt intérêt à convaincre tes crétins de potes de fermer leur gueule. D'accord ?

Tristan sourit et répondit :

— *Deal*.

Avant de pousser son scooter vers Saint-Michel, zigzaguant d'excitation à la pensée de pouvoir se taper Aurélie dans un futur proche.

Aurélie embrouilla davantage ses cheveux défaits pour parler aux policiers qui gardaient l'entrée des visiteurs. Elle composa sa moue de chaton la plus irrésistible et obtint de se faire conduire au dernier étage du Palais, au seuil de la galerie Saint-Éloi, dans laquelle on ne pouvait entrer sans reconnaissance digitale. Aurélie attendit donc sur un banc délabré que son père sorte de son cabinet. Il n'avait pas dormi à la maison la veille, vers une heure du matin Aurélie avait entendu sa mère jouer quelques notes avec la sourdine sur le piano à queue du salon, avant de plaquer violemment un accord dont le désespoir avait traversé les murs jusqu'à l'autre bout de l'appartement où se trouvait sa chambre.

Son juge de père poussa la porte ; il était en bras de chemise, les mains derrière le dos et ses aisselles cerclées de sueur inclinées vers l'avant :

— Qu'est-ce qui me vaut cette visite impromptue ? Rien de grave, j'espère ?

Aurélie se leva, elle n'eut qu'une poignée de secondes pour étudier l'humeur de son père et les chances qu'elle avait de l'attendrir. Malheureusement, une femme enceinte ouvrit la porte et, sans jeter le moindre coup d'œil à Aurélie, tapota le coude du juge pour lui demander de se dépêcher.

— Papa, c'est...

Mais « papa » avait la tête embourbée dans ses affaires en cours. Aurélie le percevait à la façon dont il ne renchérissait pas sur son silence.

— Non, écoute, laisse, on en parlera ce soir. Tu rentres à quelle heure ?

— Tard, mais je viendrai te visiter dans ta chambre, ajouta le juge Wagner en embrassant le front de sa fille.

— Mais t'es rentré cette nuit ou pas ?

— Non, j'ai fait une sieste dans mon cabinet.

— Bon. Au fait on dit pas visiter quelqu'un, le corrigea Aurélie d'une voix espiègle, on dit rendre visite à quelqu'un. Enfin je crois. Bref, je te laisse bosser...

Mais ce qu'Aurélie ne vit pas en redescendant les escaliers à grands bonds, c'est que son père resta une bonne demi-minute sur le pas de la porte sécurisée de la galerie Saint-Éloi – en proie à la plus étrange des intuitions, si étrange qu'il n'osait même pas la formuler dans le secret de son esprit.

7.

La femme enceinte qui avait presque tiré Wagner par la manche, c'était Alice, sa greffière. Le juge ne pouvait pas se passer d'elle, de son visage clair, ouvert par de longs yeux vert olive toujours de bonne humeur qui lui offraient un contrepoint inespéré à la violente grisaille de ses dossiers d'instruction. À trente-neuf ans, Alice attendait son deuxième enfant, d'un homme que Wagner n'avait pas rencontré et dont ils ne parlaient jamais.

Lorsque Paola devenait belliqueuse, il arrivait que le juge se laisse aller à envier ce mari inconnu.

Alice n'avait pas qu'un joli visage à la mode : elle avait aussi la taille étroite et des bras minces, qui le restaient malgré sa grossesse. Elle était, à vrai dire, moins élégante qu'énergique, et parfois jusqu'à la gaucherie, mais c'était une de ces gaucheries *craquantes* qui donnent de jolies moues enfantines à ces ingénues d'un instant. L'athéisme un rien soixante-huitard du juge lui faisait toutefois soupçonner que la bonne humeur de sa greffière avait quelque chose de louche, ou pour tout dire de catholique, qu'il s'agissait d'une sorte de *jubilation*, en somme, moralement préméditée, issue d'une sorte de coaching idéologique. Il préférait, pour les approuver sans réserve, que les transports de joie de ses proches soient spontanés et parfaitement gratuits.

Bien sûr, Alice n'était pas une « proche », et la joie n'était pas précisément le pain quotidien de la galerie Saint-Éloi. Ce dont notre juge eut une cinglante illustration en retrouvant l'effervescence du pôle : le jeune juge Poussin, cosaisi avec lui, revenait tout juste du siège de la SDAT à Levallois, où Mouloud Benbaraka et Farès Aït Béchir avaient été transférés et interrogés.

— B-B-Benbaraka ne craquera pas, bégaya Poussin, mais ce M. F-F-Farès a tout avoué. Il a conduit Nazir de Paris à Zurich dans une v-v-voiture avec une f-f-fausse p-p-plaque diplomatique ; du coup, aucun problème pour passer la frontière. Arrivés à Zurich, Nazir entre guillemets « p-p-passe à la banque » p-p-pour p-p-payer Benbaraka. Mais les policiers suisses leur tombent dessus, trouvent une valise vide et un P-P-Parabellum 9 mm dans la boîte à gants, avec une inscription SRAF gravée dessus. Mais le plus important, c'est qu'il a fini par c-c-carrément cracher le morceau : Nazir lui avait donné rendez-vous, au cas où ça t-t-tournerait mal, à Hambourg. Encore une fois, B-B-Benbaraka ne confirme rien. On a l'adresse, j'ai déjà prévenu les services de liaison de la Chancellerie pour qu'ils nous mettent en contact avec les

Allemands. Heureusement qu'on a délivré un mandat d'arrêt européen...

D'une timidité maladive au premier abord, on ne pouvait pas croire un instant que Guillaume Poussin était juge d'instruction ; et quand il se mettait à parler, on ne comprenait pas comment sa carrière avait été si rapide, jusqu'à le propulser, à trente-huit ans, au très convoité pool antiterroriste. Le jeune juge était le seul magistrat de cette partie du palais à avoir tous ses cheveux et à les avoir noirs et brillants. Il était maigre ; il avait le nez fort et un goût p-p-prononcé pour les cols roulés et les vestes à coudières.

— J'en pense qu'on va envoyer Mansourd, répondit Wagner. Il faut demander aux Allemands de mettre leurs services antiterroristes sur le coup, pas juste la police. On ne peut pas se permettre de louper la planque. Qu'est-ce que donne l'adresse ? C'est une maison, un hôtel, c'est quoi ?

— C'est un musée, répondit Poussin avant d'ajouter sans lire ses notes : au 7 Hermannsweg, il n'y a qu'un m-m-musée, pas d'immeuble au-dessus.

— Un musée ?

— Oui, une espèce de musée de p-p-poupées. C'est dans un quartier un peu excentré cela dit, avec une forte p-p-population d'origine turque.

Perplexe, le juge se laissa tomber sur sa chaise et prit sa tête entre ses mains. L'espoir d'arrêter Nazir le lendemain de l'attentat envahissait toutes ses pensées ; c'était dangereux de ne pas résister à ces promesses de gloire, mais la fatigue commençait à lui embrouiller l'esprit.

— Guillaume, vous ne voudriez pas vous rendre à Saint-Étienne pour vous occuper de l'arrestation de celui qu'ils appellent Gros Momo et de la perquisition de cette agence de sécurité privée que gérait Nazir Nerrouche ? Et puis pour veiller à ce que le SRPJ de Saint-Étienne ne bâcle pas l'enquête de voisinage...

— T-t-très bien, je pars ce soir.

— Il faut aussi que vous vous occupiez d'une plainte qui a été déposée par Fouad Nerrouche, le frère, dans la nuit de samedi à dimanche. Son vieil oncle a été agressé, on lui a dessiné des obscénités et (il consulta le document que lui avait faxé le commissaire stéphanois) une croix gammée sur le crâne. Déjà, empêcher que la famille essaie de se faire justice elle-même, les menacer au besoin. Et puis surtout essayer de découvrir quel rapport ça a avec notre affaire...

— Le parquet de Saint-Étienne a reçu la plainte ?

— Oui, le substitut a ouvert une enquête préliminaire, mais j'ai demandé à Lamiel de vous faire un supplétif. Ça commence à faire beaucoup, mais...

Mais il n'avait pas le choix. Le commandant Mansourd avait été désigné comme le coordinateur de tous les services de police pour la traque de Nazir, et lui, Wagner, coordonnait le coordinateur et toutes les instructions parallèles.

— Alice ?

Le juge allait lui demander de rédiger deux mandats : un mandat d'amener confiant à la police le soin de conduire la « famille proche » dans son cabinet, et un mandat de comparution qui consistait en une simple convocation ; il ne savait pas encore laquelle des deux options était préférable.

Mais Alice ne répondait pas. Elle avait les yeux rivés à son écran d'ordinateur.

— Monsieur le juge, dit-elle d'une voix blanche. Il faut que vous voyiez ça...

Wagner, Poussin et la greffière de ce dernier traversèrent le cabinet jusqu'au bureau d'Alice qui inclina l'écran de son portable : le compte Dailymotion du site d'Avernus avait mis en première page, en « vidéo star », les images volées de l'interpellation de la famille Nerrouche par la SDAT.

Il n'y avait pas de violence, tout le monde se tenait tranquille, mais aucun blouson ne couvrait les visages (et pour cause : Wagner avait refusé qu'on prévienne la presse), pas même ceux des enfants que les bidouilleurs d'Avernus.fr, assez doués pour incruster le nom de leur site en gros caractères au bas du clip, n'avaient pas songé, ou plus sûrement *délibérément renoncé* à flouter, et sur lesquels la caméra du smartphone indélicat zoomait allègrement, ainsi que sur les têtes non cagoulées des enquêteurs de la SDAT.

Le juge vit rouge.

Il alluma la petite télévision dissimulée dans le placard du coffre-fort où s'entassaient les dossiers. Me Khaled Aribi, « avocat au barreau de Paris », donnait une interview sur LCI, où il disait avoir été désigné par le jeune Abdelkrim « et sa famille », et s'indignait du traitement inhumain réservé par les « flics » antiterroristes à des femmes, des vieillards et des enfants... « Des enfants ! » insistait-il en fronçant ses longs sourcils de vizir et en écarquillant ses grands yeux sombres :

— Je dénonce une campagne médiatique qui commence à peine, une campagne de lynchage, indigne de la justice du pays qui se vante d'être celui des Droits de l'Homme ! Je ne sais pas qui est le juge qui a envoyé des brutes en rangers rafler des femmes et des enfants à presque dix heures du soir. Oui ! Parfaitement ! Qu'on ne s'y trompe pas : c'est bien d'une rafle qu'il s'agit ! Eh bien, je lui souhaite de bien dormir la nuit, à ce petit juge, parce que si j'étais à sa place, moi il me faudrait des camions de cachets pour réussir à fermer l'œil...

Le juge ne desserra pas les lèvres. Chemise ouverte jusqu'au nombril, Me Aribi se laissait copieusement filmer et enchaînait les provocations verbales avec férocité. Même à travers l'écran, on pouvait sentir son parfum à cinq cents euros.

— Éteignez-moi ça, fut le seul commentaire du juge.

8.

Quelques instants plus tard, il ne décolérait pas en écoutant les retours du capitaine Tellier sur la garde à vue de Krim. À la moindre hésitation de son interlocuteur, il refrénait son impatience en inspirant un peu trop fort.

— Enfin voilà, la version de Krim et celle de sa mère coïncident sur Benbaraka… Mais, monsieur le juge, il y a autre chose. Un correspondant de France Bleu a été retrouvé chez lui bâillonné et menotté à son radiateur. Il dit qu'hier matin on lui a volé sa carte de presse et son matériel radio.

— Il vous a donné un descriptif des agresseurs ?

— De *l*'agresseur, monsieur le juge, il n'y avait qu'un homme. Roux. Qui correspond à la description que le gamin nous a donnée de celui qui l'a aidé à fendre la foule.

— Bon, très bien, capitaine, vous avez fait des relevés d'empreinte ?

— On les aura demain dans la soirée, mais on aura les bandes de vidéosurveillance de la place de la mairie de Grogny demain matin, normalement. Le procureur Lamiel pense qu'il faudrait faire un portrait-robot et le diffuser par voie de presse.

— Hum, hésita Wagner. Écoutez, on verra pour le portrait-robot. On émettra un avis de recherche avec Lamiel, je vais l'appeler. Dites-moi, capitaine, vous voulez que je saisisse la section de recherches de la gendarmerie pour vous assister ?

Le capitaine parut surpris de la question :

— Euh… non, on a trois groupes d'enquête mobilisés, le commandant vous dira qu'on se débrouille très bien tout seuls.

Le juge approuva d'un signe de tête invisible pour son interlocuteur et raccrocha. Il était sur le point d'appeler Mansourd lorsqu'il entendit une voix familière dans le couloir de la galerie. Il tourna la tête vers Alice qui haussa les sourcils.

Le juge Rotrou était de retour. Du Pakistan où il s'était rendu pour les besoins d'une vieille enquête et à contrecœur, à cause des demandes répétées de familles de victimes. Le haussement de sourcils d'Alice signifiait qu'il devait l'avoir mauvaise, d'avoir manqué toute cette agitation, et surtout de n'avoir pas été là à temps pour empêcher Wagner d'être désigné par le premier président.

Il frappa à la porte et n'eut aucun regard pour Alice.

— Monsieur le juge, commença-t-il à bout de souffle. Toutes mes félicitations.

C'était un homme massif, obèse, qui portait des bretelles et suait abondamment. Il passait son temps à éponger son énorme crâne parfaitement nu, et on le reconnaissait – et le parodiait – à cette particularité qu'il avait toujours la gueule ouverte, été comme hiver, une bouche aux lèvres bombées, presque négroïdes, très rouges et déformées par un inamovible rictus de dégoût.

Wagner se leva pour saluer l'Ogre. En lui tendant sa grosse main moite et boudinée, Rotrou saisit le coude de son collègue avec son autre main. Il avança sa bouche vers son oreille et, profitant de ce qu'Alice ne pouvait pas l'entendre dans cette configuration, murmura d'une voix exagérément polie :

— Vous allez pas y arriver ; monsieur le juge, abandonne tout de suite et refile-moi l'affaire avant de te ridiculiser. Tu sais bien que t'as pas les épaules, *monsieur le juge*...

Wagner libéra sa main de la patte de Rotrou.

— Merci pour vos encouragements, dit-il à voix haute mais, sans vouloir vous chasser, nous sommes en plein travail, ma greffière et moi-même. Merci et... (il ne put se retenir) rassurez-vous, l'enquête progresse à grands pas, vous n'avez pas idée...

Alice était habituée à assister à des explosions d'animosité dans ce cabinet, mais celles qui opposaient les deux juges paraissaient enrobées d'ouate vénéneuse, les bombes qu'ils s'envoyaient étaient des bombes « sales », radioactives et beaucoup plus malsaines que les coups de sang de militants corses, apprenant leur mise en examen et traitant Wagner de *pinsut* avant de lui promettre plastiquages, égorgements et autres joyeusetés. Wagner ne semblait pas le moins du monde affecté par ces échanges. Pas plus qu'il ne sembla l'être après celui qui venait de se dérouler sous les yeux inquiets de sa greffière.

Il se remit même au travail avec un entrain tout neuf, comme si la haine jalouse de l'Ogre avait eu pour effet de le régénérer – comme si, au lieu d'entendre qu'on lui souhaitait d'échouer, il venait d'avaler coup sur coup deux tasses de café serré.

Il appela Mansourd :

— Commandant, combien de temps avant d'avoir les bandes de vidéosurveillance de la banque ?

Il parlait de la banque suisse devant laquelle Mouloud Benbaraka et Farès Aït Bechir avaient été arrêtés : un salon de coiffure où Nazir Nerrouche était vraisemblablement entré partageait un parking privé sous vidéosurveillance.

— Vraiment j'ai peur que ce soit difficile, répondit le commandant. Déjà qu'en France les banques traînent les pieds... Il faudrait faire deux demandes et commencer par les caméras de l'extérieur, tout autour de la banque. Quoi qu'il en soit, on n'aura pas les bandes avant deux, trois jours, peut-être plus...

— Je m'en occupe tout de suite, répondit Wagner en griffonnant des notes sur un dossier. Pour les gardes à vue, c'est bon, arrêtez-les, je vous envoie tout de suite les convocations.

Mansourd ne cacha pas sa surprise :

— Monsieur le juge ? Je croyais qu'on s'était mis d'accord pour...

— Non. J'ai pris ma décision. On a fait les réquisitions télécom, toute la famille proche est sur écoutes, on a truffé de micros le domicile de la mère de Nazir... Non, on en saura beaucoup plus en les surveillant comme ça, je vous assure.

Le commandant s'était mis à tripoter nerveusement le médaillon de sa chaînette. Une hypothèse lui brûlait les méninges : la tirade de l'avocat avait foutu les jetons au juge, il ne voulait pas apparaître comme un monstre.

— Monsieur le juge, osa Mansourd, si c'est à cause de ce Me Aribi...

— Je vous écoute, commandant, allez au bout de votre pensée...

— Pardonnez-moi, monsieur le juge. Vous dirigez l'enquête, vous faites bien ce que vous voulez.

Wagner n'écrivait plus des phrases mais des lignes illisibles. Il posa son stylo :

— Je vais vous raconter une histoire, commandant. Il y a une phrase qu'un grand magistrat m'a dite un jour, au tout début de ma carrière. J'étais juge d'instruction au fin fond de ma Lorraine natale, j'ai reçu une jeune mère victime de viol, soupçonnée d'avoir étouffé son bébé. Elle n'avait pas pu avorter, quand le bébé est né, elle l'a tué. Bon. Une mère infanticide. Pendant l'entretien de première comparution, elle a adopté une attitude passive, les yeux dans le vague, rien à en tirer. Bon. Je l'ai inculpée, comme on disait alors, et j'ai signé son mandat de dépôt. Elle s'est suicidée au deuxième jour de détention.

— Monsieur le juge...

— Laissez-moi finir, commandant. J'étais évidemment très mal à l'aise, je sentais que je n'avais pas pris la peine de lui poser des questions à hauteur d'homme. Je suis allé voir le président du tribunal, qui est devenu depuis un célèbre magistrat du siège parisien, il m'a demandé de vérifier que tout dans le dossier était légal, qu'il ne manquait aucune signature de greffier, que j'avais été juridiquement irréprochable. Je lui ai dit : mais ce n'est pas pour ça que je suis venu vous voir. Il m'a regardé et il m'a dit en souriant : « Ah ça ? Oh, dites-vous bien qu'on ne fait pas ce métier sans faire de casse. » On ne fait pas ce métier sans faire de casse...

— Oui, monsieur le juge, mais...

— Commandant, je ne vais pas envoyer toute une famille en préventive parce que ça fait plaisir aux médias, au parquet ou au pape de les y savoir. Et si vous croyez que l'hallali grotesque de cet avocat est pour quelque chose dans ma décision, je ne peux rien pour vous. Vous avez reçu les mandats de comparution ?

Le commandant les parcourait du regard.

— Oui, monsieur le juge. Je pars dès maintenant rejoindre l'équipe de Hambourg.

— Vous aurez la commission rogatoire internationale dans l'heure qui vient. Je compte sur vous pour me l'attraper, commandant. Attendez, songea-t-il soudain, j'allais encore oublier : vous avez le portable ?

— On a eu un petit problème, quelqu'un l'a déjà réclamé, quelqu'un de chez nous apparemment, mais je vous raconterai plus tard, c'est pas aussi urgent que la capture de ce dingue...

Le juge acquiesça, raccrocha et sentit peser sur son profil le regard admiratif d'Alice. Il fit semblant de ne pas l'avoir remarqué et proposa de lui rapporter une tasse de café.

Chapitre 6

Un spectre hante l'Europe

1.

Il y avait place Léon-Blum, dans le XIe, une brasserie où les gradés de la PJ étaient chez eux. Le Vidocq était divisé en deux : une véranda pour les quidams et une vaste salle au fond de l'établissement, où on entendait des capitaines de police pérorer sur leurs exploits en dévorant leurs bavettes d'aloyau. Une règle tacite interdisait aux brutes de la BAC et même aux majors de brigade de venir y déjeuner. On était entre soi, des carrières se jouaient autour d'un bon pouilly-fuissé, et quand, ce midi-là, la silhouette sculpturale de la commandante Valérie Simonetti apparut devant le comptoir en zinc, toute une tablée d'enquêteurs se leva ostensiblement et sortit, se privant volontiers de dessert pour signifier à celle qui n'avait pas pu protéger Chaouch qu'elle était devenue *persona non grata*.

Valérie se retourna pour les dévisager : le plus jeune ne supporta pas de l'ignorer, il leva sur elle un minois d'excuse auquel la commandante répondit par un bienveillant clignement prolongé de ses beaux yeux bleus. Elle avait rendez-vous avec le commissaire Thomas Maheut, un de ses rares amis flics dont elle pouvait être sûre qu'il ne la lâcherait jamais. Il n'était ni dans la salle ni dans la véranda ; elle commanda un porto blanc et resta au comptoir.

Elle portait un pantalon noir très serré au niveau de ses cuisses puissantes, et une veste légère par-dessus un débardeur blanc. Thomas la rejoignit avec cinq minutes de retard. Il dut se hisser légèrement sur la pointe des pieds pour faire la bise à la Walkyrie – il revendiquait souvent d'avoir été le premier à lui donner ce sobriquet.

— T'es sûr que ça t'emmerde pas de te montrer ici avec moi ?

Thomas se figea, scandalisé.

— Ils t'ont fait des réflexions ? Y en a un qui dit quelque chose, je le bute...

Sans son uniforme, le jeune commissaire Maheut, trente-cinq ans, ressemblait de plus en plus aux voyous qu'il passait sa vie à pourchasser. Il portait certes des polos sans marque apparente, se rasait de près et deux fois par jour, mais avec le temps son hygiénisme un rien martial avait perdu toute qualité rassurante : avec son regard dur, son menton batailleur et sa lourde et méfiante lèvre inférieure, il avait tout à fait l'air d'un de ces types pas commodes à côté desquels on évite de s'asseoir dans les transports en commun. Son nez était cassé, sa peau rêche et ses cheveux clairs et crépus.

On leur trouva une table pour deux. Comme par hasard, la table d'à côté refusa de prendre un café et alla payer l'addition au comptoir.

— Y a pas un seul de ces connards qui t'arrivent à la cheville. Putain, si je m'écoutais...

Valérie aimait beaucoup Thomas. Il essayait de la draguer depuis qu'ils se connaissaient et n'avait obtenu que trois fois de passer la nuit avec elle – des aventures sans lendemain, expériences quasiment pugilistiques avec une femme comme on n'en rencontrait pas beaucoup, surtout dans le milieu feutré où le jeune commissaire évoluait désormais.

Thomas était la fierté de sa famille, issue de ce qu'il appelait encore, avec un peu d'amertume, la « France d'en bas ». Il était devenu policier pour ne pas passer sa vie derrière le tapis roulant d'une usine : brillantes études de droit, plus jeune commissaire de France, à trente-cinq ans il était déjà responsable de la Direction de l'Ordre public et de la circulation, grâce à la confiance quasi filiale que lui accordait son mentor, le préfet de police Dieuleveult. Pour ne pas devenir un de ces coincés du cul qui l'entouraient, il exagérait sa verve populaire en public, il disait *merde* et *putain* mais se sophistiquait déjà et s'entendait préférer *bordel à queue* au plus banal *bordel de merde*.

On ne perdit pas de temps : la conversation s'orienta sur Chaouch alors que Valérie n'en était qu'à la moitié de son porto. Pour Thomas, il n'y avait pas l'ombre d'un doute, l'attentat était l'œuvre d'un « loup solitaire » :

— Il faut les voir, ces gosses, c'est des tarés, je te jure. Enfin merde, ils sont complètement détraqués, complètement détraqués ! Fallait bien que ça arrive un jour ou l'autre.

Valérie consulta sa montre, dont elle mettait le cadran de l'autre côté, celui du pouls.

— Je te parie qu'il va y avoir encore toute une flopée de connards pour dire à la télé que c'est la faute de la société ou je sais pas trop quoi. Putain mais il leur faut quoi d'autre ? Une caille qui tire sur un homme politique le jour de l'élection et tu vas encore entendre des… des…

Le choix multiple des injures sous lesquelles il rêvait d'agonir ces intellectuels imaginaires l'étourdit, si bien qu'il se contenta de soupirer. Il fit signe au serveur de lui apporter quelque chose à boire.

— Ben quoi, murmura-t-il en évitant le regard de Valérie qui se comportait souvent comme une grande sœur avec lui, juste un petit remontant. Avec les journées qui vont venir, on a plutôt intérêt à ménager sa monture, non ?

Déjà rasséréné par la première gorgée, le jeune commissaire poursuivit :

— Bon allez, sérieux, le lascar qui a tiré, c'est quoi ? Al-Qaïda ? Vous allez nous sortir des grandes théories à tous les coups…

— Non, non, répondit doucement Valérie, de toute façon c'est l'antiterro qui enquête, la SDAT de Mansourd. Moi, j'en sais à peine plus que toi, juste que y a pas mal de têtes qui vont tomber à la DCRI. Y a des trucs louches avec Boulimier... Enfin, le gamin a pas pu faire ça tout seul, son cousin non plus, c'est incroyable qu'on les ait surveillés pendant tout ce temps et qu'on n'ait pas pu intervenir à temps... C'est proprement... incroyable.

Elle enleva sa veste, attirant quelques regards sur ses puissants bras nus. Un léger duvet blond les recouvrait. Au moindre mouvement des poignets, ses biceps d'athlète jaillissaient, joliment partagés par une veine d'autant plus bleue que sa peau était blonde. Thomas haussa les sourcils et chassa les souvenirs de leur dernier combat nocturne, bien avant qu'elle ne soit choisie par Chaouch pour diriger sa protection.

— Bon, et t'as vu ? demanda Thomas, ils ont déjà mis un juge sur le coup, histoire de montrer que l'enquête sera indépendante et *tutti quanti*. Devine qui c'est ?

— Henri Wagner ?

— Lui-même.

— Eh ben dis donc, commenta Valérie en consultant à nouveau sa montre, je croyais qu'il était fini depuis ces saloperies de menaces corses... Comment ça se fait qu'il se retrouve sur l'affaire du siècle ?

— Ah ben ça, c'est la politique, disserta le commissaire. Changement de procureur à la veille des élections, tout le monde a fait le pari que Chaouch allait gagner, et avec la gauche au pouvoir... enfin bon, on n'a pas idée des intrigues de palais...

Son téléphone sonna.

— En parlant d'intrigues de palais...

Il se leva en décrochant et se rendit sur la terrasse. Valérie vit son visage se durcir derrière la vitre de la brasserie. Quand il revint, elle lui demanda :

— C'était le grand manitou ?

— Je dois y aller, putain, je suis désolé.

La commandante insista pour régler l'addition. Thomas ne pouvait pas attendre que le serveur fasse un aller-retour supplémentaire pour apporter le lecteur de carte bleue. Il accepta de se faire inviter et quitta la salle bondée. Mais, sur la terrasse, il eut l'intuition de se retourner et vit Valérie qui affectait l'indifférence au milieu des coups d'œil éloquents de la meute.

2.

Précédée par un motard de la Préfecture de police, une voiture aux vitres fumées se gara en double file devant celle du commissaire Maheut. La vitre arrière se baissa automatiquement : une main livide, dépassant d'une manche de costume anthracite, se rabattit sur elle-même pour ordonner au commissaire d'entrer dans le véhicule. Reconnaissant la voiture et la manière minimaliste du préfet de police, Maheut s'exécuta et prit place sur la banquette molletonnée. Le chauffeur fut prié d'attendre au-dehors du véhicule et, sans se tourner un instant vers son « invité », Dieuleveult commença en feuilletant un dossier rempli de notes manuscrites :

— J'ai vu la ministre de l'Intérieur hier soir, inutile de vous cacher que la situation est grave. Gravissime, oui. Quand on y pense, la plus grande civilisation du monde qui sombre dans une violence digne d'un pays sous-développé. Vraiment, on se croirait en Algérie dans les années quatre-vingts. Vous vous souvenez sans doute de Boudiaf, commissaire ?

Cette question n'appelait aucune réponse, le préfet de police continuait d'ailleurs de ne pas regarder son interlocuteur.

— Si vous voulez savoir ce que j'en pense, voilà à quoi ça nous mène d'inviter tout le monde au festin. Deux générations plus tard, ça y est, on reproduit les vieux schémas de la rue arabe... Bon, c'est mon avis et il n'intéresse que moi. Les rapports de nos renseignements généraux indiquent que des bandes complotent pour venir foutre le boxon dans Paris. Je vous fais confiance, vous allez être en première ligne dans les jours qui viennent. Je veux des rapports toutes les heures et un renforcement des contrôles dans les RER et aux portes de Paris.

— Très bien, monsieur.

— Pour les manifestations, c'est simple : aucune. Pas de marche blanche, ou de soutien, ou de tout ce que vous voulez. Je ne veux aucun mouvement de foule dans Paris tant que les choses ne sont pas rentrées dans l'ordre. J'ai déjà fait interdire une espèce de concert de soutien à Chaouch, il n'y aura aucune exception. J'en connais qui sauteraient dessus, qui en profiteraient pour...

Le commissaire Maheut sentit que Dieuleveult était sur le point de changer de sujet. Le préfet de police fixait une note de synthèse en plissant le front, avec tellement d'application qu'il paraissait presque faire semblant de se concentrer. Il referma d'ailleurs le dossier d'un geste sec et tourna enfin vers Maheut son regard si neutre et plat que tout son visage finissait par prendre l'aspect d'une mer morte :

— Thomas, vous n'êtes pas sans connaître la situation délicate dans laquelle nous nous trouvons vis-à-vis de la place Beauvau. La ministre de l'Intérieur me déteste, non, non, vous n'avez pas idée à quel point elle me déteste. Je ne peux me permettre aucun faux pas, pas plus, bien sûr, que je ne saurai en pardonner aux hommes qui sont sous mes ordres...

Maheut remuait les muscles de ses lèvres pour dissimuler son trouble. Le préfet de police ferma les yeux et fit une grimace étrange où l'une de ses narines prenait soudain le meilleur sur l'autre. Maheut comprit qu'il s'agissait d'une tentative de se composer un visage chaleureux. Et maintenant qu'il y pensait, il n'avait jamais vu « le cardinal » sourire, et n'avait même jamais pensé que c'était une chose possible pour un homme aussi froid de le faire.

— Vous méritez mieux que l'ordre public et la circulation, commissaire. Passer ses nuits devant des écrans de contrôle, c'est bien à votre âge, mais il faut songer à l'après...

« Ça y est », se dit le jeune commissaire.

— J'ai de grands projets pour vous, Thomas. Je nourris de grands espoirs... Un jour, si tout se passe bien, il se pourrait bien que vous soyez à ma place. Je vais vous confier une mission que je ne pourrais confier à aucun autre de mes proches collaborateurs. Il faut, cela étant, que vous m'assuriez de votre soutien indéfectible, et de votre discrétion absolue, je dis bien *ab-so-lue*.

Le commissaire ne sut quoi répondre. Il sentit que sa tête alourdie penchait vers l'avant. Son cou découvert par l'absence de cravate lui donnait l'impression que son corps entier était nu.

— À la guerre, on a deux ennemis : le camp d'en face, et surtout soi-même. La mission que je vais vous confier est directement en rapport avec cet ennemi intérieur... le bien nommé ennemi de l'Intérieur, si vous voyez ce que je veux dire.

— Oui, monsieur, répondit Thomas en plaquant ses paumes affolées sur le sommet de ses genoux.

— Une telle mission se situe bien entendu en dehors de vos prérogatives habituelles, et je ne vais pas vous en donner le détail tout de suite. Nous nous reverrons dans les jours qui viennent, à la faveur des événements et des mouvements place Beauvau. Disons, pour vous mettre l'eau à la bouche, qu'il s'agirait de... comment dire... figurez-vous un édifice pourri qui ne tiendrait que grâce à des fondations anormalement solides. Vous me suivez ?

— Je... j'essaie...

— Voilà, figurez-vous une cabane de bois pourri montée sur des pilotis en béton armé : votre travail, ce sera de ronger ces pilotis, si vous voulez. Exposer la pourriture. Je suis sûr que vous allez exceller dans cet exercice, conclut-il, sibyllin, avant de poser sur l'épaule de son commissaire d'état-major un regard qui le congédiait plus efficacement que ne l'auraient fait les doigts de sa main immaculée.

3.

Mansourd était déjà parti lorsque Fouad, Rabia et Dounia furent libérés. On leur rendit leurs téléphones, on leur remit leurs convocations, on leur expliqua qu'ils avaient rendez-vous demain, mardi, à quatorze heures précises, au cabinet du juge Wagner, galerie Saint-Éloi du Palais de justice de Paris. Les deux sœurs écoutèrent sans réagir ; elles étaient dans un état d'hébétude avancé, leurs gestes étaient machinaux et leurs regards voilés par la fatigue et la tristesse.

Fouad, au contraire, était concentré, tendu, droit comme le I de l'Injustice.

Lorsque Rabia et Dounia furent effectivement libres, sans entraves sous le soleil écrasant du début d'après-midi, elles tombèrent dans les bras l'une de l'autre et se mirent à pleurer. Elles rallumèrent leurs téléphones, s'attendant à y découvrir des dizaines d'appels en absence de la famille. En fait, tous les appels en absence – tous sans exception – provenaient de numéros inconnus ou cachés. Elles écoutèrent les premiers messages : c'étaient des journalistes, de grandes chaînes, de grands journaux, de grandes radios, souvent des femmes avec des voix engageantes et complices, parfois avec des accents étrangers à couper au couteau…

Fouad n'attendit pas un instant avant d'appeler Jasmine. Mais après trois nouvelles tentatives et autant de messages, il lui parut évident qu'elle ne pouvait pas répondre. Elle devait être surveillée. Il fallait s'adresser à elle d'une autre façon.

Il composa le numéro de Me Szafran. Une voix féminine lui répondit et le mit en contact avec l'avocat. Fouad lui expliqua la situation – ils étaient complètement innocents, son frère Nazir était le seul coupable, le juge d'instruction les avait convoqués demain à quatorze heures. Me Szafran l'écouta attentivement, crayon en main, et répondit qu'il lui paraissait nécessaire de se voir le lendemain matin pour préparer l'audition avec le juge. Audition à laquelle il serait présent et dont il y avait fort à parier qu'elle ne déboucherait pas sur une mise en examen, vu la nature du mandat que Wagner avait délivré.

— Vous le connaissez, ce juge ? lui demanda Fouad.

— Oui, c'est le seul juge intègre de ce pôle, indépendant autant que faire se peut. Ne le prenez pas en mauvaise part, mais j'irais presque jusqu'à dire que vous avez eu de la chance dans votre malheur…

Il avait une intimidante voix de stentor, à la fois profonde et claire, et une élocution parfaitement maîtrisée, servie par le vieil accent de la grande bourgeoisie intellectuelle – le souci scrupuleux des liaisons ; des a majestueux : procédurâââle, intégrâaalité ; des consonnes respectées à la lettre et puissamment amplifiées quand elles étaient doubles : incommmmmensurââble…

— Cela dit, restons sur nos gardes, poursuivit Szafran, et méfiez-vous des journalistes, monsieur Nerrouche. Ne répondez à aucune demande d'interview. Barricadez-vous dans un lieu sûr jusqu'à demain et, si je peux vous donner un dernier conseil, préférez la voiture au train pour vous rendre à la capitââle.

Lorsque Fouad raccrocha, il était presque rassuré ; malgré la perspective de rencontrer un juge, malgré l'impression qu'il avait d'être devenu en une nuit un criminel, la voix grandiose de ce baryton-basse du barreau lui redonnait la foi.

Mais la pensée de cette bonne nouvelle qui n'en était pas encore une ne pouvait le réjouir durablement. Quand le carrousel des conjectures et des espoirs cessait de tourner, il demeurait, figé à jamais dans la rétine de millions de gens, ce petit fait têtu, désespérément têtu : son cousin de dix-huit ans avait tenté d'assassiner le candidat à la présidentielle du Parti socialiste, celui que la France venait d'élire à une généreuse majorité de voix – celui, surtout, que Fouad avait un jour considéré, devant témoins, comme son futur beau-père.

Il se consumait de honte en revoyant la scène.

— Je viens de parler avec... l'avocat, dit-il à sa mère qui caressait la tête éplorée de Rabia.

Il avait renoncé à dire « notre avocat », comme si seuls les criminels avaient besoin d'avocats, et comme si parler de *leur* avocat constituait une première reconnaissance de culpabilité.

— Et alors ?

— Maman, tu leur as rien dit, hein, aux enquêteurs ? T'as signé quelque chose ?

— Ben oui, le procès-verbal.

— Et qu'est-ce que tu leur as dit ?

— Ben rien, mentit Dounia. Qu'est-ce tu voulais que je leur dise ?

— Tu te rends compte qu'ils peuvent prendre un truc que t'as dit comme ça, et l'interpréter à l'envers ?

— Mais oui, Fouad, je sais, écoute, je suis embêtée. Slim et Luna sont partis de chez la mémé, apparemment y a eu une dispute quand tout le monde est rentré cette nuit, et ils ont pas voulu rester.

— Qu'est-ce que c'est que cette histoire ? Ils sont où ? Maman ? Ils sont où ?

— Ils sont à la maison, ça va, Slim avait ses clés.

Fouad remua la tête et profita de ce que Rabia parlait au téléphone avec Luna pour dire à sa mère :

— On passe chez Rabia pour récupérer ses affaires et on l'installe à la maison, hein ?

Dounia acquiesça et tous trois se dirigèrent à pied vers le quartier de Rabia. Les mains dans les poches, Fouad répétait dans sa tête le brouillon de ce qu'il allait dire à Jasmine quand il l'aurait au bout du fil. Ainsi absorbé dans ses pensées, il ne remarqua pas les regards des passants qui les avaient reconnus. Yaël lui envoya un texto pour savoir si elle pouvait l'appeler. Ce fut lui qui l'appela :

— On sort d'une nuit de garde à vue, Yaël, j'ai pas encore vu la télé, comment...

— Fouad, il y a un problème, le coupa Yaël avant de poursuivre d'un ton soucieux : je crois qu'il vaudrait mieux qu'on se voie pour en parler...

— Je viens à Paris demain matin, qu'est-ce qui se passe ? Je dois voir Szafran et le juge l'après-midi. Qu'est-ce qui se passe, Yaël ?

— Écoute, tu as d'autres chats à fouetter, on en parlera en temps voulu. Il te plaît, Szafran ? Il a l'air bien ? Qu'est-ce qu'il pense de tout ça ?

Fouad n'avait pas envie de discuter. Il fit le minimum syndical avec Yaël et raccrocha au moment où apparaissait dans son champ de vision le début de la rue de l'Éternité. Celle-ci traversait l'une des collines de la ville de bout en bout. L'immeuble de Rabia se situait avant que la montée ne devienne réellement pénible. Fouad vit soudain un camion surmonté d'une antenne s'y engager à toute vitesse. Il retint sa mère d'un geste de la main.

Un attroupement inhabituel s'était formé à la naissance de la côte. Les badauds empiétaient sur la chaussée, il était très difficile aux voitures qui n'avaient rien à voir avec ce remue-ménage de circuler sans jouer du klaxon et de l'insulte. Sur cinquante mètres de faux plat, une quinzaine de camions coiffés d'antennes faisaient le pied de grue devant l'immeuble de Rabia. Ils étaient tous là : France Télévisions, TF1, LCI, i-Télé, BFM-TV, et puis les grandes radios nationales, sans compter les voitures de médias étrangers. On aurait dit la caravane du Tour de France. Les journalistes avaient colonisé les deux trottoirs et une partie de la chaussée ; ils enchaînaient les directs avec leurs caméramans qui répétaient tous le même travelling de la tête du correspondant à micro jusqu'au troisième étage de Rabia, dont les volets avaient été fermés. Des gendarmes plantés devant l'entrée de l'immeuble vérifiaient les papiers des riverains et repoussaient les journalistes.

Devant ce spectacle, Fouad considéra qu'il valait mieux récupérer les affaires de Rabia plus tard. Il dut tirer la main de sa tante pour qu'elle les suive : elle restait bouche bée devant ce décor surréaliste. C'était un sentiment qu'elle n'avait jamais éprouvé auparavant : celui d'être enfermée dehors.

Elle eut brusquement envie d'aller leur parler, à ces journalistes, leur dire que Krim n'y était pour rien, qu'on l'avait manipulé, leur raconter la garde à vue, toute la nuit à devoir répondre à des questions alors que les policiers se foutaient complètement de la réponse ; leur crier qu'on lui avait volé son fils, qu'elle ne pourrait pas le voir ce soir, entrer discrètement dans sa chambre pour éteindre la play-list de musique classique avec laquelle il s'était endormi et lui faire un bisou sur le front, qui signifiait qu'elle lui pardonnait, le shit, les rendez-vous manqués à Pôle Emploi, les petits vols et le reste qu'elle ne savait pas encore, qu'elle lui pardonnait, tout, parce qu'elle était sa mère et que c'était le propre des mères de pardonner à leurs fils, comme c'est le propre des louves de protéger leurs portées, fût-ce au prix de leur propre vie.

— Qu'ils me prennent, moi, au lieu de lui, murmura-t-elle dans un sanglot, ils vont pas l'envoyer en prison, je vais pas les laisser envoyer mon fils en prison... Sur ma vie je vais pas les laisser me voler mon fils...

Elle était sur le point de courir vers le premier camion à antenne, sur le point de hurler son désespoir de louve. Et elle l'aurait fait s'il n'y avait pas eu la main de Fouad fermement nouée autour de son poignet tremblant.

— Qu'est-ce qu'on a fait au bon Dieu, demanda-t-elle à son neveu d'une voix abrutie par le chagrin, qu'est-ce qu'on lui a fait pour mériter ça ?

4.

— Tu racontes que de la merde, décida le lieutenant Rugbyman après avoir tapoté pendant deux minutes, du bout de son gros index, la touche « Echap » de son clavier. Eh oh ! Tu m'écoutes ? J'te dis que tu racontes que de la merde et que ça commence à me saouler. On reprend : t'arrives à Paris vers neuf heures et demie, tu vas voir Nazir, t'oses pas rentrer, tu te casses et tu te promènes dans la rue, et ensuite tu reviens, Nazir est plus là, à la place y a un type roux avec une barbiche, il te file une arme et il te dit de tirer sur Chaouch, sans quoi un type à l'autre bout du pays va assassiner ta mère. On est bien d'accord que ça a l'air d'un conte de fées ton histoire, mais bon. Qu'est-ce que t'as foutu avant de retourner à l'appartement du type roux ?

— Je sais pas.

— Tu vas arrêter de te foutre de notre gueule. Qu'est-ce que t'as foutu pendant tout ce temps ?

Le Rugbyman se leva, fit le tour de la pièce et donna des coups de plus en forts contre la porte. Une voix de l'autre côté de celle-ci demanda ce qui se passait. Le Rugbyman répondit :

— C'est bon, c'est bon.

Krim voulut se retourner sur son tabouret pour savoir ce que mijotait son tortionnaire, mais il se retrouva à terre avant d'avoir esquissé le mouvement. D'un violent coup de pied, le Rugbyman avait projeté le tabouret contre le mur. Krim se leva et serra le poing. Le Rugbyman le dominait de deux têtes, il planta son visage sans émotion devant celui de Krim et dit d'une voix sinistre :

— Vas-y ! Frappe-moi ! Espèce de petite tarlouze, j'attends que ça. Vas-y ! Porte tes couilles ! Eh ben vas-y, *vas-y*, montre que t'es un bonhomme !

Krim recula d'un pas. Un visage surgit des profondeurs de sa conscience : celui de sa sœur, de cette pauvre Luna qui le défiait tout le temps, et à chaque fois pour rire. Il se demanda ce qu'elle était en train de faire maintenant. Il avait beau réunir toutes ses facultés mentales, il ne parvenait à convoquer aucun décor crédible pour l'immense tristesse qui devait l'avoir pénétrée lorsqu'elle avait découvert que son grand frère avait assassiné le président. Surtout que Luna trouvait Chaouch irrésistible. Quand leur mère criait qu'il était à l'écran, Luna bondissait de son lit et volait jusqu'au pied de la télé. Chaouch était le nom du seul phénomène extérieur capable de la tirer d'une conversation sur Skype.

— Je savais pas, essaya timidement Krim, presque pour lui-même, je savais pas que j'allais tirer sur Chaouch. Il m'avait dit que je devais m'entraîner à tirer, je croyais... je sais pas ce que je croyais...

Le Rugbyman retourna derrière le clavier mais il n'écrivit rien. D'un coup de menton, il demanda à Krim de s'asseoir et de continuer. Krim récupéra le tabouret et raconta qu'il avait passé des heures à tirer sur des canettes, en prenant bien soin de ne jamais citer Gros Momo. Quand il se tut, le Rugbyman leva sur lui un regard indéchiffrable.

— C'est tout ?

— Je savais pas que c'était Chaouch, répéta Krim, et, pensant soudain à Luna, il ajouta : je l'aimais bien, Chaouch.

Le Rugbyman secoua la tête ironiquement et se remit à enfoncer le bouton « Echap » en haut à gauche de son clavier, avec la régularité d'un marteau-piqueur, d'autant plus régulièrement que ça n'avait aucun effet sur le fichier du PV de garde à vue.

5.

Chez la mémé, Rachida faisait les cent pas d'un bout à l'autre de la pièce, sa grande sœur Ouarda et elle se hurlaient des arguments qui allaient dans le sens l'une de l'autre et disaient très exactement la même chose : que c'était une honte pour les Nerrouche, que de cette honte ils ne se relèveraient jamais, que le ciel leur était tombé sur la tête et que cette catastrophe avait pour noms Rabia et Dounia.

Les premières aigreurs avaient fait fuir Slim et Luna. Slim voulait rester pour se disputer, Luna avait été à l'initiative du départ, la partie rationnelle de la famille n'était pas parvenue à les retenir. Cette partie rationnelle avait fini par s'aligner sur le canapé et par se taire, ne pouvant rivaliser avec le vertigineux débit de paroles des deux furieuses, qui se suivaient de la cuisine au salon et vice versa, cherchant quelque chose à faire (café, thé, poussière, rangement) et y renonçant dès qu'une nouvelle bordée d'indignations déformait leurs lèvres supérieures.

Cette nuit de garde à vue avait réveillé l'élément maniaque de la psychose maniaco-dépressive de Rachida. Quelqu'un qui l'aurait observée cet après-midi-là sans être concerné par ce qu'elle racontait aurait peut-être perçu l'intense jubilation qu'elle éprouvait à laisser son démon se dégourdir les jambes.

Affairée auprès d'une commode, la mémé semblait se désintéresser de la comédie de ses deux filles ; elle remuait les sourcils de temps à autre, quand le volume de leur logorrhée dépassait le niveau de décibels acceptable pour les enfants.

Après avoir exhumé de vieux sucres d'orge et les avoir envoyés jouer à la console dans sa chambre, elle prit place au milieu du canapé et riva son regard impénétrable sur la photo de son grand fils blond, Moussa, l'anomalie génétique de la famille, dont le portrait en pied adossé à une Jeep dans le désert algérien n'avait jamais quitté le bord inférieur de ce monumental tableau photographique de La Mecque qu'on trouvait dans tous les intérieurs musulmans de France et de Navarre : le fameux cube noir de la Ka'aba submergé par un océan de fidèles aux tuniques bigarrées.

La mémé était aussi calme et concentrée que si elle s'était préparée toute sa vie à cette nuit de garde à vue. Mais pour les autres, c'était un cauchemar éveillé.

— *Tu parles d'un mariage*, résuma en kabyle le vieux tonton Ayoub qui essayait en vain de s'extirper de son fauteuil.

La tante Bekhi, voyant son mari en difficulté, vint le réprimander et demanda à sa fille Kamelia de lui apporter de l'eau. Kamelia dormait debout. Elle avait cessé d'écouter les jérémiades perfides de Rachida, mais si les propos eux-mêmes se heurtaient aux barrières de son attention, elle ne pouvait se prémunir contre l'effet de leur venin.

À la cuisine, elle retrouva son cousin Raouf, le fils d'Idir et de Ouarda, qui avait les mains posées sur l'évier en inox et dont le regard humide, au moment où il releva la tête, accusait une terreur incompréhensiblement honteuse.

Kamelia en fut d'autant plus étonnée que Raouf le vantard aurait préféré se couper un orteil qu'avouer son impuissance, sa faiblesse, ou même son ignorance sur quelque sujet que ce soit. Hors de son domaine d'expertise – l'extension de la restauration halal au grand public –, il semblait en connaître assez sur à peu près tout pour tenir une conversation de façon honorable. Quand il était pris en défaut, quand on lui infligeait un exposé précis, il acquiesçait en fermant les yeux : ah oui, oui, je le savais ça, oui bien sûr. Kamelia n'avait pas d'atomes crochus avec lui. Il était un peu l'anti-Fouad, ce dont les mauvaises langues de la famille faisaient leur miel en établissant entre ces deux réussites de la famille un schéma aussi cruel qu'incontestable :

Raouf se vantait beaucoup et faisait peu, tandis que Fouad faisait beaucoup et n'en parlait jamais. La notoriété faisait figure de juge de paix et tranchait en faveur de l'acteur, laissant penser – à tort, comme le répétait Fouad – qu'elle ne se trompait jamais et couronnait toujours les méritants.

— Qu'est-ce qui se passe, Raouf ?

Le jeune entrepreneur leva les yeux au plafond, comme pour les assécher. Il fixa la lampe sans abat-jour et déclara à voix basse :

— J'ai parlé avec Nazir samedi, au téléphone.

Il voulut laisser le temps à Kamelia de comprendre ce que cela signifiait, mais la phrase suivante brûlait les parois de sa gorge et trouva toute seule le chemin de la sortie :

— C'est trop dangereux, faut que je me casse.

— Mais pourquoi ? De quoi tu parles ? Il t'a dit des trucs...

— Faut pas en parler, dit-il en regardant les interstices entre les vieux meubles de la cuisine. De toute façon, à quoi ça sert de rester ici ?

— À quoi ça sert ? s'offusqua Kamelia. Mais on va pas laisser Rabia et Luna toutes seules, les pauvres !

Ce cri du cœur contredisait si candidement l'esprit général qui régnait sur l'appartement de la mémé que Raouf ne se sentit même pas le devoir d'y répondre dans le détail.

— Ouais, après, tu fais ce que tu veux, de toute façon.

Kamelia entendit quatre mots fantômes derrière ceux qu'il avait prononcés, aussi distinctement que s'il les avait écrits au rouge à lèvres sur le carrelage, au-dessus de l'évier : chacun pour sa peau.

Et en effet Bekhi et Ayoub n'attendirent pas que le café soit servi pour annoncer qu'ils quittaient Saint-Étienne, comme c'était prévu depuis le début. Raouf avait pris une semaine de congé, ce qu'il garda bien de rappeler lorsqu'il prétendit devoir rentrer à Londres de toute urgence.

Les regards des Stéphanois bloqués ici se tournèrent alors vers Kamelia, qui se mit à sangloter en se souvenant de Krim, paumé à la salle des fêtes, parlant de cette fille dont il était amoureux comme un gamin, comme le gamin qu'il était, lascar buté en apparence, mais petit cousin timide, doux et même euphorique lorsqu'ils avaient joué au blind-test dans la chambre de la mémé, et qu'il avait si joyeusement écrasé la compétition.

6.

Aussitôt après avoir découvert l'intervention de Me Aribi, Fouad rappela Szafran pour lui assurer qu'il ne l'avait jamais désigné comme conseil. Krim devait l'avoir fait, songeant au seul avocat qu'il avait une chance de connaître. Aribi passait souvent à la télé, ses déclarations fracassantes en faisaient depuis des années un « bon client » des talk-shows où on applaudissait des deux mains sa roublardise éhontée et son spectaculaire sens de l'autopromotion.

— Je ne veux pas qu'on soit défendus par quelqu'un comme lui, expliqua Fouad. Sous aucun prétexte. Et puis est-ce que c'est légal, de se proclamer avocat de gens qui ne vous ont rien demandé ? Je croyais que les avocats n'avaient pas le droit d'aller à la pêche aux clients...

— Vous avez raison, c'est antidéontologique et ça peut lui valoir des soucis disciplinaires. Écoutez, je vais l'appeler, allez vous reposer de votre côté.

Me Szafran confia à sa stagiaire le soin de trouver le numéro de Khaled Aribi. Cette stagiaire s'appelait Amina, elle tirait une drôle de tête depuis qu'elle avait appris que le cabinet Szafran & Associés allait mobiliser toutes ses ressources pour défendre les assassins de Chaouch...

Fouad trouva sa mère à la cuisine ; elle écrasait une cigarette en toussant. Il vint l'embrasser sur la tempe, Dounia eut un geste de léger rejet.

— Elle est où, Rabia ? demanda Fouad, la tête dans le Frigo.

— Tiens, mon chéri, je t'ai fait des bricks si tu veux. Rabia ? Elle dort dans mon lit là-haut avec Luna. Les pauvres...

Slim apparut dans l'encadrement de la porte, les bras chargés de courses. Il abandonna les sacs précipitamment pour attraper son téléphone qui vibrait.

— Merde, je l'ai ratée. C'est Kenza. Putain elle m'a appelé trois fois...

Fouad récupéra sa Mastercard Gold qu'il avait donnée à son petit frère pour faire les courses ; et il l'aida à les ranger dans le Frigo et dans les placards.

Soucieuse, Dounia restait plantée devant la fenêtre entrouverte. Cette maison dans laquelle elle habitait depuis deux ans lui avait été miraculeusement accordée par l'office HLM de la Loire, alors qu'elle n'avait ni enfants en bas âge ni situation professionnelle irrégulière. Avec son salaire d'aide-soignante, elle aurait tout aussi bien pu payer un loyer sans aides, mais Nazir avait été d'un autre avis : il était plus que normal, selon lui, que l'État fournisse un logement à la veuve d'un homme qui avait sacrifié sa santé pour entretenir Ses routes.

La maison en question, aux murs de crépi rose, faisait partie d'un lotissement non dépourvu de standing, perché sur l'une des sept collines de la ville, disposant d'un joli coin de pelouse bordé de troènes où Dounia avait organisé un barbecue l'été dernier. Outre qu'elle se trouvait à une harassante demi-heure à pied de l'appartement de Rabia, elle avait un vrai défaut : un immeuble étroit et délabré qui bloquait la vue sur la colline de Montreynaud, colline ironiquement surmontée de la tour au bol où Dounia avait fait grandir ses enfants.

Selon ses voisins – un gentil couple de retraités mélomanes –, la municipalité avait promis de raser ce bâtiment fâcheux un an avant l'arrivée de Dounia. En attendant, il se dressait là comme une provocation, même si certains matins, quand le ciel était dégagé, on pouvait voir les rayons du soleil naissant transpercer les fenêtres brisées des premiers étages et réveiller doucement la pelouse et les murs.

Fouad reçut un coup de fil de Mme Caputo au moment où il commençait son déjeuner. La voisine de Rabia lui raconta que deux journalistes étaient venus l'interroger vers dix heures du matin. Fouad aplatit sa paume sur sa nuque.

— Vous leur avez parlé, madame Caputo ?

— Non, non, mon garçon, rassure-toi, c'est pas moi qui irai parler sur les gens. Après, j'en dirai pas autant de tout le monde dans l'immeuble…

Fouad avait à peine raccroché qu'il vit Slim revenir dans la cuisine, livide.

— Je viens de parler à Kenza, annonça-t-il sans oser lever les yeux.

Fouad se tourna vers sa mère. Et puis vers Slim :

— Ben alors ? Qu'est-ce qui se passe ?

— Pff, en fait elle m'a jamais aimé, cette grosse dinde.

— Qui, Slim ? demanda Dounia. De qui tu parles ?

— De sa mère ! De la mère de Kenza ! Elle veut la virer de chez elle si elle divorce pas de moi. Elle dit que c'est la honte, que notre famille c'est la honte, que le mariage, c'était une catastrophe, et patati et patata…

Le silence qui s'ensuivit fit venir le rouge aux joues du jeune homme. Il se serait probablement mis à sangloter si Fouad n'avait pas demandé :

— Et Kenza, elle en pense quoi ?

— Elle dit qu'il faut qu'on prenne un appart ensemble. Mais on n'a pas de sous, c'est… oh la la c'est vraiment un cauchemar, je vais me réveiller, je te jure.

— Dis-lui de venir ici dans le pire des cas, souffla Dounia en prenant une des dernières cigarettes de son paquet de trente. De toute manière, moi, j'ai toujours dit que cette maison, elle était trop grande pour Slim et moi.

— Mais elle dormira où ? demanda Slim soudain alerte.

— Écoute, mon chéri, elle dormira avec toi, dans ta chambre. Où tu veux qu'elle dorme ? Moi avec Rab'et Luna, et Fouad au rez-de-chaussée dans le salon, comme ce soir si ça le gêne pas… Fouad ? Qu'est-ce que t'en penses ?

— Je dors très bien sur le canapé.

L'affaire fut conclue dans cette atmosphère étrange et suspendue, comme si tout était facile, comme si plus rien n'avait de poids.

Slim n'en perçut rien : il courut embrasser sa mère sur la joue, ouvrit son téléphone et composa sans rien cacher de son enthousiasme le numéro de son épouse.

7.

Waldstein avait fini par désobéir à Nazir. Après avoir fait quatre allers-retours sur d'interminables tronçons d'autoroute pour semer leurs « poursuivants », il s'était arrêté sur un *Autobahnraststätte* et refusait de repartir.

— Vous comprenez que je sois prudent, monsieur Waldstein ?

La voix de Nazir lui était devenue insupportable.

— Écoutez, mon job, c'est de vous conduire, de faire le taxi, O.K. ? Je ne suis pas ici pour enchaîner des allers-retours.

— Oui, mais réfléchissez : nous serions tous les deux dans une position fâcheuse si on nous avait suivis. Les gens qui vont me traquer disposent de pouvoirs très étendus. Ils ont probablement déjà obtenu les bandes des caméras de vidéosurveillance situées à la sortie du parking de la banque et, s'ils les ont obtenues, je ne vois pas pourquoi ils n'auraient pas obtenu aussi celles des rues qui nous ont menés jusqu'à l'autoroute. Ils ont ainsi pu savoir dans quelle direction nous avons roulé, c'est pourquoi je vous ai demandé...

M. Waldstein redémarra.

Une demi-heure plus tard, des hangars apparaissaient sur les bords de l'autoroute ; on approchait de la grande ville. Après un coup d'œil machinal dans le rétroviseur, Nazir fixa son chauffeur jusqu'à ce qu'une goutte de transpiration perle sur sa tempe :

— Ça vous déplaît, les basses besognes, alors pourquoi avoir accepté celle-ci ?

— Quelle basse besogne ? Je vous conduis, c'est tout !

— Ah tiens, pourquoi voudriez-vous qu'il puisse s'agir d'autre chose ?

Waldstein ne comprenait pas ; ou il ne comprenait que trop.

Nazir haussa le ton :

— Je vais vous dire ce que je crois, *monsieur Waldstein*. Je crois que depuis Zurich et en dépit du parcours labyrinthique auquel je vous ai contraint, nous avons été suivis par trois voitures et deux motos. Nous les avons tous semés, et maintenant vous n'attendez plus qu'une chose : pouvoir vous rendre aux premières toilettes avec votre téléphone afin de renseigner nos poursuivants sur le lieu où vous m'avez conduit. Ce qui, bien entendu, ne se produira pas...

Waldstein ne réagissait pas. La voiture quitta l'autoroute et entra dans la ville. Il composa soudain son meilleur sourire :

— J'aurais pu vous égorger tout à l'heure, si ça avait été mon but. Je vous avais à ma merci, j'avais un rasoir et votre gorge offerte...

— Vous auriez pu, oui.

— Je ne vous envie pas. Je ne sais pas combien de temps vous allez réussir à prolonger votre cavale, probablement un bon bout de temps vu la somme dont vous disposez dans cette valise. Mais je me demande si vous n'allez pas causer votre propre perte, à force d'imaginer des fantômes partout...

Nazir réfléchit et répondit sur un ton égal, presque détaché :

— Le fantôme, c'est moi. Vous connaissez la phrase de Marx : un spectre hante l'Europe...

— Et alors quoi, réagit vivement M. Waldstein, c'est le spectre du terrorisme ? De l'assassinat politique ?

Nazir se tut, il avait reconnu la rue où il devait se rendre.

— Faites le tour du quartier avant de vous arrêter, ordonna-t-il à son chauffeur.

— Pourquoi ?

— Pour être sûr que personne ne nous surveille, voyons.

Après deux tours, Nazir ouvrit la boîte à gants et la fouilla des deux mains. Il se tourna vers Waldstein et lui demanda de lui donner son portable.

– Mais enfin vous êtes fou ! Pourquoi ?

La négociation dura moins d'une minute, et Nazir sortit du véhicule après avoir fourré son pistolet dans la poche de sa veste.

8.

Une quinzaine de voitures de police allemande planquaient dans tout le quartier du Hermannsweg. Le commandant Mansourd avait pris place dans le fourgon sous-marin le plus proche de l'entrée du musée. Ce n'était pas exactement un musée de poupées, mais un musée dédié aux marionnettistes. Une effigie mobile de Pinocchio s'agitait sur la devanture. L'immeuble ne faisait que trois étages, dont seul le dernier n'était pas peint aux couleurs vives de l'établissement.

Caché à l'arrière de la voiture, Mansourd scrutait l'entrée de la rue à la jumelle. Il fit soudain signe à son homologue allemand, qui marmonna quelques mots dans son talkie-walkie. Une voiture qui venait de faire deux fois le tour du pâté de maisons s'arrêta à quelques mètres de l'entrée du musée. Un homme sortit de la voiture par le côté passager : de haute taille, en costume noir, il avait les cheveux noirs et l'air préoccupé. Il regardait sans cesse derrière lui et portait la main à ses joues, comme pour empêcher ses mâchoires de trembler.

Il s'arrêta devant l'entrée du musée et leva les yeux sur Pinocchio. Il passa la main dans sa poche intérieure. Mansourd posa ses jumelles ; il ne pouvait le voir que de dos de toute façon. Lorsqu'apparut dans sa paume le canon d'une arme, le commandant noua son gilet pare-balles et demanda au chef de l'opération de la lancer.

— *Es ist unser Mann*, dit-il dans un allemand approximatif.

La quinzaine de voitures qui bouclaient secrètement le quartier démarrèrent et vomirent un flot d'hommes cagoulés et en armes autour du suspect. Celui-ci lâcha son arme et leva immédiatement les mains. Mansourd qui le tenait en joue fut le premier à comprendre que ce n'était pas Nazir. C'était un jeune homme d'origine turque selon ses papiers, dont les desseins n'étaient peut-être pas honnêtes mais qui n'avait rien à voir avec le complot contre le candidat Chaouch.

Mansourd balança ses jumelles au sol et regarda le ciel gris et fumeux de Hambourg. Il composa le numéro du juge Wagner.

Au même moment, Nazir quittait Berne où il venait d'acheter un nouveau BlackBerry, cellulaire celui-ci. Tandis que la voiture repartait sur l'autoroute en direction de l'est, il dit à Waldstein :

— Ils vont aller me chercher à Hambourg et je serai dans les montagnes suisses. Et quand ils me traqueront dans les montagnes suisses vous savez où je serai ? Ailleurs ! Je suis inassignable à résidence, vous comprenez maintenant ?

Et sans attendre la réaction de son chauffeur à bout de nerfs, il ajouta :

— Oui, je vous l'avais bien dit, monsieur Waldstein, un spectre hante l'Europe... et ce spectre, c'est moi !

Chapitre 7

Le fer à lisser

1.

En milieu d'après-midi, le procureur Lamiel rassembla tous ses substituts pour faire le tour des dossiers et établir les priorités.

La question des comparutions immédiates occupa la majeure partie de la réunion : fallait-il y envoyer des gamins de quatorze ans pris en flagrant délit d'incendie de voitures mais qui déclaraient, en garde à vue, l'avoir fait pour exprimer leur révolte devant l'attentat contre le président élu ? Le parquet devait appliquer la politique pénale du gouvernement, et Lamiel eut une phrase qui ne laissait aucune ambiguïté sur la stricte hiérarchie du corps dont il était l'un des membres les plus éminents :

— Dans cette période de crise, on s'attend à ce que le parquet joue le jeu.

À la fin de la réunion, il s'entretint avec son vice-procureur qui dirigeait la section antiterroriste. Celui-ci n'était pas content du niveau d'implication du patron, mais il n'avait ni le choix ni le front de le lui signifier en face.

Quelques instants plus tard, Lamiel arpentait les travées du Palais de justice de son pas chaloupé et pensif, les mains derrière le dos. Sa grosse tête gonflée aux hormones s'inclinait de façon machinale pour répondre aux courtoisies des magistrats et des greffiers qui croisèrent son chemin.

Au pied du dernier escalier, celui menant à la galerie Saint-Éloi, il prit une profonde inspiration et porta le doigt à ses lèvres.

— Monsieur le juge, dit-il à Wagner deux minutes plus tard, en poussant la porte de son cabinet. J'espère que je ne vous dérange pas.

Il se tourna vers Alice, la greffière, et fit signe à Wagner qu'il aimerait bien s'entretenir avec lui seul à seul. En voyant le ventre d'Alice, Lamiel approuva d'un mouvement de tête et faillit demander des nouvelles de sa grossesse. Mais le souci qui pesait sur les globules exorbités de ses yeux l'emporta sur ses résolutions de politesse. Alice jeta une veste légère sur ses épaules et se dirigea vers la sortie, escortée par le sourire crispé du chef du parquet de Paris.

— Henri, je viens vous faire part d'inquiétudes en haut lieu, concernant la famille Nerrouche, le fait que vous les ayez si vite libérés... en particulier le frère de Nazir Nerrouche, ce jeune acteur qui s'était acoquiné avec Jasmine Chaouch.

Lamiel gardait les mains derrière le dos ; du bras droit, il désigna l'une des chaises qui faisaient face au bureau du juge :

— Vous permettez, Henri ?

— Écoutez, ces inquiétudes en haut lieu me chagrinent, mais ce n'est pas à vous que je vais rappeler que je suis indépendant, *statutairement* indépendant.

— Certes non, rétorqua le procureur. Et si Nazir avait été arrêté tout à l'heure, je ne dis pas, ça nous aurait mis en position de force. J'ai simplement peur que vous ne mesuriez pas autant qu'il le faudrait la gravité de la situation...

Wagner ferma les yeux et secoua la tête.

— Vous voulez quoi, Jean-Yves, que je vous détaille la composition de l'équipe qui surveille Fouad Nerrouche ? Il y a au moins trois véhicules sous-marins mobilisés, probablement une quinzaine de policiers au total qui observent tous ses faits et gestes, des SMS qu'il envoie aux e-mails qu'il écrit. S'il sort de chez lui, on le suit, où qu'il aille on sait ce qu'il va faire. S'il se gratte l'oreille, vous aurez au moins trois fonctionnaires de la SDAT pour vous pondre un rapport et vous préciser s'il a utilisé l'index ou l'auriculaire…

Le procureur digéra un rot et acquiesça gravement.

— Eh bien, soit ! J'espère que vous savez ce que vous faites… Pour demain midi ? Je suppose qu'on va devoir renoncer à notre partie de tennis, mais je tiens à vous inviter à déjeuner.

Wagner voulut décliner, demain midi il devait être prêt pour les auditions de la famille proche. Mais les gros yeux du procureur semblaient insister préventivement. Wagner eut l'intuition qu'ils ne seraient pas seuls au déjeuner.

— D'accord, concéda-t-il pourtant. Demain midi.

— Et sur le Turc de Hambourg ? Du nouveau ?

— Rien, j'en ai peur. Le commandant Mansourd ne veut pas croire à une coïncidence, mais son interrogatoire n'est pas très concluant pour le moment…

2.

Et Mansourd avait raison d'insister. Comme ne put s'empêcher de s'en vanter Nazir auprès de son chauffeur, il lui avait suffi de deux coups de fil pour envoyer ce pauvre leurre à l'abattoir.

— C'est pourquoi j'ai changé de BlackBerry, expliqua Nazir. Quand ils découvriront le numéro qui a conduit le Turc à l'entrée du musée, ce sera trop tard. J'aurais pu me contenter de changer de puce, mais je n'ai pas résisté à leur nouveau modèle. Regardez-moi ça, dit-il avec une moue admirative.

La voiture serpentait depuis une heure dans une vallée aux parois piquées de mélèzes et de rares airolles. À cette altitude, les rigueurs du climat étaient telles que même les sapins ne poussaient pas. Des sommets saupoudrés de neige éternelle pivotaient dans les vitres teintées. Nazir donnait des indications de plus en plus farfelues à son chauffeur. Il continuait de surveiller frénétiquement le rétroviseur. Waldstein s'engouffra dans une forêt épaisse, si épaisse qu'il dut allumer les phares pour négocier les virages. Au détour d'une trouée dans le couvercle des sapins, il vit que Nazir écrivait un long texto.

Waldstein ne fut pas malheureux de sortir enfin de cette angoissante coulée de végétal vert sombre et de rouler dans un paysage clair et presque découvert, où la bigarrure des frondaisons appelait la vie, l'humanité. Ils ne tardèrent pas, en effet, à atteindre une station de ski où Nazir proposa de faire une pause.

— Je suppose que vous avez l'estomac qui crie famine.

Waldstein gara sa voiture sur le parking désert d'une auberge. Nazir ne le quittait pas des yeux. En sortant du véhicule climatisé, il fut surpris par le froid. Il demanda à Waldstein d'ouvrir le coffre et récupéra les deux valises métallisées.

— Franchement, vous n'avez pas l'impression que vous en faites trop, là ?

Nazir émit un petit ricanement pour toute réponse. Il releva le col de sa veste pour protéger sa nuque et marcha triomphalement jusqu'au garde-fou du belvédère. Des chalets s'étendaient à ses pieds comme autant de miniatures abstraites, irréelles dans la crudité du jour délavé. Il y avait eu un orage de montagne une heure plus tôt : les boiseries des maisonnettes scintillaient à l'unisson des perles dont s'étaient parées les branches des sapins.

Sur les flancs vert-de-gris de la station, les téléphériques semblaient ne s'être arrêtés qu'à l'instant. Leur immobilité troubla Nazir, qui rebroussa chemin en direction de la porte de l'auberge. Waldstein se rendit immédiatement aux toilettes, où il maugréa en n'arrivant pas à uriner. Lorsqu'il en ressortit, il ne vit pas Nazir sur le seuil de l'entrée. Il vérifia d'un regard que la voiture était toujours sur le parking et fit le tour du rez-de-chaussée. Les tables en bois de chêne s'alignaient sous un dédale de poutres suspendues, de corbeilles biscornues et de babioles en forme de flocons et de petits cœurs schématiques. Waldstein commençait à sentir le souffle lui manquer : Nazir n'était nulle part.

Il se laissa tomber sur une chaise devant l'entrée. Son regard balaya les placards aux vitres piquées de délicats rideaux dentelés à travers lesquels luisait, comme dans le rêve d'un bambin glouton, un eldorado de pots de confitures, de miel et de biscuits en tout genre. Le responsable le rejoignit. Il lui demanda s'il n'avait pas vu un homme, cette taille, une barbe de quelques jours.

— Ah si, monsieur, répondit l'aubergiste, il est parti en voiture avec une dame.

Waldstein se rua sur sa voiture vide. Il fouilla ses poches à toute vitesse et s'aperçut qu'il n'avait pas son portable sur lui. Il savait très bien qu'il ne l'y trouverait pas, mais il courut jusqu'aux toilettes. De retour auprès de l'aubergiste, il demanda dans quelle voiture Nazir avait pris la fuite. L'aubergiste pinça le sommet de son énorme nez et ferma les yeux pour réfléchir. Il répondit qu'il s'agissait d'un 4×4 noir.

— Quelle marque ?

— Ah, là, vous m'en demandez trop, répondit l'autre.

Waldstein se précipita au-dehors en direction du parking, mais il entendit l'aubergiste lui crier depuis le perron de son absurde établissement familial :

— Mais alors, monsieur, et l'entrecôte ? J'espère qu'on ne l'a pas préparée pour rien, hein, il a dit que vous l'aimiez bien saignante !

3.

On avait prévu une assiette pour Bouzid sur la table de la cuisine de Dounia, et après une demi-heure d'attente et une dizaine d'appels de Fouad à son oncle, Luna décida qu'elle avait trop faim et tout le monde se mit à manger. Sauf Rabia, qui, à peine réveillée, picora quelques lentilles et quitta la table en prétextant vouloir se reposer encore un peu. Quelques instants plus tard, elle revint dans la cuisine et demanda à Dounia si elle voulait bien lui lisser les cheveux avec son fer.

La question fit se retourner tout le monde, y compris Slim, qui fut le premier à réagir :

— Mais enfin, tatan, ils sont très bien tes cheveux comme ça !

Rabia regardait dans le vague, une zone anonyme autour du pied de la table. Elle plissa le menton et se força à sourire :

— Ouais, mais j'ai envie de changer un peu.

Son sourire se mua en grimace, et Dounia accepta de lui lisser les cheveux après manger. Elle hésita un instant au moment du café, et Fouad comprit qu'elle se retenait de sortir une cigarette, car elle en avait fumé une juste avant de se mettre à table. Slim prit un appel de Kenza sur son téléphone et expliqua à Fouad, quelques instants plus tard, que la situation avec sa mère s'était un peu arrangée, mais qu'elle avait été très touchée par la proposition qu'il lui avait faite.

— Que maman lui a faite, précisa Fouad.

Slim prétendit qu'il s'agissait d'un lapsus et se carra dans le meilleur fauteuil du salon pour regarder les infos. À côté de lui, Dounia et Rabia s'étaient mises en position : Dounia sur le canapé, jambes écartées pour pouvoir travailler confortablement sur la chevelure de Rabia assise sur la moquette, à ses pieds.

Le contact du fer à lisser et du cuir chevelu de sa tante firent sur Fouad une désagréable impression de désastre, mais là encore ce fut Luna qui intervint :

— Maman, franchement, t'abuses, dit-elle en croquant dans une pomme rouge. Tes beaux cheveux frisés, toutes les Françaises elles t'envient et toi tu vas tout gâcher ? Franchement, c'est n'importe quoi.

La résolution de Rabia était inentamable.

Fouad sortit pour appeler Jasmine. Elle ne répondit pas. Il se demandait quelle physionomie il allait donner à sa promenade lorsqu'il reçut un coup de fil du tonton Bouzid. Celui-ci parlait à voix très basse, il avait l'air malade. Il voulait voir Fouad seul à seul, dans un lieu public de préférence. Intrigué par ces mystères, Fouad lui fixa un rendez-vous dans une brasserie du centre-ville. Il y vit apparaître son oncle avec un gros quart d'heure de retard et la pommette gauche tuméfiée.

— Qu'est-ce qui t'est arrivé ? demanda Fouad. C'est les flics qui t'ont fait ça ?

— Non, non, rétorqua Bouzid dans un élan de sincérité, avant de s'apercevoir qu'il venait de manquer l'excuse idéale.

— C'est qui alors ? insista Fouad.

— Non, c'est rien. Désolé pour le retard hein, bifurqua Bouzid qui regardait de droite à gauche comme s'il s'impatientait déjà de ne voir venir aucun serveur. C'est de plus en plus dur de se garer dans cette putain de ville.

— Tonton...

— Non, s'emporta Bouzid, c'est tout à l'heure, là, dans le bus. T'sais qu'il y a eu des émeutes à Montreynaud ? Je passe en bus, là, sur les coups de midi, en sortant du poste, et qu'est-ce que je vois ? Trois gamins qui essaient d'ouvrir une bagnole avec un pied-de-biche ! Des gamins, hein, douze, treize ans à tout casser. J'arrête le bus, j'ouvre la vitre et je leur demande ce qu'ils font. Ils me disent d'aller voir ailleurs. Moi tu me connais, je me laisse pas marcher sur les pieds, je sors du bus, *zarma* pour leur faire peur...

— Et alors ? demanda Fouad qui pouvait facilement deviner la suite.

— Ben voilà, et alors voilà, ils me sont tombés dessus. Je te jure, je sais pas ce qui se passe avec cette génération. On n'était pas comme ça, nous. *Wollah* on n'était pas comme ça. On faisait des conneries, je dis pas, mais... Je te jure ces gamins on dirait qu'ils sont possédés, *wollah* c'est des vrais petits *shetan*.

Bouzid passa la main sur son crâne nu et demanda des nouvelles de Rabia. Fouad commençait à lui expliquer qu'elle était venue s'installer chez sa mère, que c'était pas facile mais qu'elle était bien entourée, quand Bouzid l'interrompit :

— Attends, excuse-moi... (il fit trembler sa main pour retrouver le prénom de son neveu) Fouad, tu veux pas qu'on aille au comptoir plutôt ?

Fouad prit sa grenadine et s'installa au comptoir à côté de son oncle. Celui-ci posa ses coudes sur le zinc et commanda un demi.

— Hé chef, chef ! interpella-t-il le patron en claquant des doigts, tu nous mets des cacahuètes aussi, hein. Avant d'ajouter à l'attention de Fouad mais sur le même ton agressif : Putain, le prix que ça coûte maintenant dans les bars, et en plus il faut demander les cahouètes, je te jure...

Fouad observa son oncle qui avait tout un rituel pour manger les cacahuètes : il en prenait un petit tas qu'il secouait longuement dans son poing entrouvert, avant de les gober d'un coup en versant la tête à l'arrière.

— Qu'est-ce qu'on disait alors ? Ouais, Rabia... Pff, je te jure... Mais moi je l'ai toujours dit, si t'es trop laxiste avec les gamins, ils te marchent dessus. Krim, il avait plus de père, y a des gamins comme ça, tu peux pas discuter, il faut juste leur foutre une bonne torgnole de temps en temps. Sinon ils te marchent dessus, la vie de la mémé, ils te marchent dessus, ces petits *shetan*...

Il aurait suffi à Fouad pour contredire Bouzid de lui rappeler qu'il n'avait pas eu d'enfants, que les choses étaient toujours plus faciles en théorie qu'en pratique. Fouad, en colère contre la colère de son oncle, alla jusqu'à former les mots dans sa bouche mais il préféra au dernier moment, rebuté par le goût fielleux que ces mots agitaient en lui, plonger les yeux dans le fond de son verre vide et conclure d'un tout aussi vide :

— Hé ouais...

— Bon, reprit Bouzid. Je crois que ça vaudrait mieux que Rab'et Doune, elles restent un peu à l'écart, tu vois. Un petit moment, histoire de pas faire de scandale. C'est pas que la mémé ou Rachida *zarma* elles lui en veulent, mais...

Il s'éteignit, toute pensée sembla avoir déserté ses yeux et son esprit.

— Sinon, tout le monde est reparti, reprit-il machinalement avant d'énumérer : Bekhi et Ayoub, Raouf, Kamelia aussi.

— Kamelia ?

— Ouais, confirma Bouzid. Voilà, on est plus que nous.

Nous les Stéphanois, comprit Fouad.

Fouad était devenu parisien ces dernières années, et il avait suffi d'un week-end pour qu'il réintègre la pesanteur poisseuse de ce nous.

— Plus que nous, répéta-t-il pour ne pas péter les plombs.

4.

Une heure à marcher sous le soleil abrutissant du centre-ville ne fut pas de trop pour apaiser Fouad après qu'il eut quitté son oncle. Il tomba la veste en passant devant la Cité du design et son monument de métal qui veillait sur l'ancienne manufacture. Ses pas le conduisirent bientôt vers l'hôpital Nord, où ne travaillait plus sa mère, mutée à l'hôpital Bellevue, au sud de la ville.

Il se demanda si Zoulikha et Ferhat recevaient des visites régulières et s'apprêtait à le vérifier par lui-même lorsqu'il fut saisi par la splendeur de la lumière diaphane qui embaumait le dessin des collines derrière et tout autour du complexe hospitalier. C'était une lumière qui n'existait pas à Paris, pas même à Lyon en vérité, une lumière qui semblait n'appartenir qu'au Sud et dont les collines boisées du Forez, pas encore méditerranéennes dans leur flore et leur végétation, constituaient pourtant une sorte d'avant-goût.

En laissant son regard se perdre dans les tapis de verdure ensoleillée à l'arrière-plan de la ville, Fouad crut même un instant avoir vu le même paysage lors de son voyage avec Jasmine dans le nord de l'Italie : le moutonnement sensuel des feuillages vert clair sur les flancs des collines, les peupliers hautains, alignés sur les crêtes que la vibration du lointain rendait mates mais qui ne brûlaient pas encore, comme ce serait le cas au retour de l'été.

Fouad redescendit la voie du tramway. Sans le faire exprès, et alors qu'il essayait d'éviter de focaliser sur Nazir – bloc de ruminations confuses et lourdes, écrasantes comme la pensée de la mort –, Fouad se retrouva à déambuler sur la colline de Saint-Christophe où se situait le collège-lycée privé où lui, ses frères et la plupart de ses cousins avaient étudié, à l'exception de Luna, qui était en sport-études à Tézenas-du-Montcel et de Krim, qui avait échoué au lycée technique Eugène-Sue.

Le sommet de cette colline couverte de pins était depuis quelques années coiffé par la grande mosquée de Saint-Christophe. Fouad emprunta les escaliers qui y menaient. Deux hommes en jeans clairs et blousons de cuir le suivirent à distance. L'un d'eux murmura dans le micro de sa manche :

— Et voilà, comme par hasard il va vers la mosquée de Saint-Christophe...

Le vent qui s'était levé avec les dernières heures de l'après-midi faisait pleuvoir obliquement des grains de pollen de couleurs diverses, jaunes, marron, rouges, bleues, qui mouraient sur des coins de trottoir où ils s'aggloméraient en petits tas solidaires et pourtant volatils.

La mosquée consistait en un immeuble de béton rose pâle, percé d'ornements orientaux et de dômes. Mais le plus remarquable dans cette mosquée était son minaret absent. Son célèbre minaret dont la construction avait été débattue, lancée, avortée, refusée, et dont il ne restait qu'un amoncellement de moellons assoupis dans la poussière. Avec ou sans muezzin, ce bâtiment aurait été le point culminant de Saint-Étienne, comme Fouad le vit en se tournant vers les six autres collines et les toits d'ardoise de la ville qui essayait tant bien que mal d'exister, de protester de sa réalité sous le soleil déjà déclinant qui éclairait semblablement des milliards d'autres toits sur la surface du globe.

Il s'assit à califourchon devant la voûte de l'entrée déserte et sortit une feuille de papier pour écrire une lettre à Jasmine. Ils – ce « ils » dont il ne savait rien mais auquel il avait choisi de croire pour expliquer le silence de sa bien-aimée – surveillaient sûrement son portable et ses e-mails, mais personne ne surveillait plus les boîtes aux lettres, personne n'écrivait plus de lettres, d'ailleurs.

Les hommes qui observaient Fouad à distance ne le voyaient que de dos. Cachés derrière les fûts des pins qui montaient vers la mosquée, ils expliquèrent au capitaine en charge du dispositif :

— Il s'est assis devant la mosquée, à califourchon.

— Et qu'est-ce qu'il fout ?

— Ben il prie apparemment, chef.

Fouad quitta bientôt la colline de Saint-Christophe et posta sa lettre ; il paya un supplément pour qu'elle arrive de façon urgente. L'employée lui adressa un sourire douloureux, que Fouad eut du mal à lui rendre tant il n'en comprenait pas la raison.

Il ne sentait plus ses jambes, et pourtant il marcha encore une heure, rageusement, pour fuir la pensée que Nazir avait passé les derniers mois à marcher dans la même ville, logeant dans la même maison, jouissant de la même lumière. La fuite de Fouad le conduisit jusqu'au stade Geoffroy-Guichard, et puis le long des terrains de foot et de rugby de l'Étivallière. Une autoroute encerclait le complexe sportif. Son bourdonnement rassurant polluait les échauffements balle au pied d'adolescents venus ici sans partenaires, et parfois sans ballon, mais convaincus de croiser au moins dix personnes dans le même cas, et de pouvoir ainsi faire un petit match sur une moitié de terrain.

Le gazon synthétique du terrain était avivé par le soleil de dix-huit heures. Fouad songea à Jasmine, il aurait voulu lui dire, ces longues étendues blondes, les ballons qui volaient dans la lumière rasante, les éclats de rire, les transversales irréprochables, « comme à l'entraînement », réalisées de l'extérieur du pied par des amateurs inspirés pas même pourvus de crampons.

Il fut soudain reconnu par le gamin le plus bavard de la bande, un de ces joueurs du dimanche qui ne remontent jamais en défense et ne trouvent leur plaisir qu'à recevoir le ballon pour marquer. Le gamin avait d'ailleurs physiquement l'air d'un *renard des surfaces* : un nez roublard, un peu retroussé, aux ailes malicieusement rétractées.

Un attroupement se forma autour de Fouad.

— Wesh cousin ! L'homme du match ! Le Coran de La Mecque respect...

Fouad portait ses vieilles Camper et un jean qu'il n'eut qu'à remonter jusqu'aux genoux pour le changer en short. Il joua jusqu'à ce que la boule du soleil ait disparu derrière l'autoroute, laissant dans son sillage comme une vapeur rose. Il resta essentiellement en défense, mais trouva de belles ouvertures et eut même droit, grâce au renard des surfaces qui s'était mis à jouer sur l'aile gauche, à une chevauchée héroïque où il dribbla quatre joueurs de l'équipe adverse et marqua un but en prenant le gardien à contre-pied.

5.

Quand il rentra en bus, exténué, il vit qu'il n'avait d'appels en absence que de Yaël et de quelques autres amis. Au pied de la montée Sommeil, il se souvint de la voix de Jasmine, et d'une question singulière qu'elle lui avait posée au tout début de leur relation, à l'automne dernier :

— Tu préfères une fille très belle avec une voix moyenne ou une fille moyenne avec une voix très belle ?

Fouad avait compris qu'elle se considérait comme moyenne ce jour-là, et qu'il y avait des raisons objectives à cela : son nez busqué, essentiellement, mais aussi ses canines un poil trop longues.

De retour chez sa mère, il monta dans la chambre où il espérait ne pas avoir à réveiller Luna. Il frappa un coup à la porte entrouverte : Luna était debout sur les mains, le corps parfaitement droit aligné contre le mur. À l'envers, son minois d'adolescente paraissait tendu, douloureux, aussi dur que ses abdominaux, dont son haut renversé permettait de distinguer les six paquets dessinés avec une incroyable netteté.

— Ben alors le petit singe… *tutto bene* ?

Luna souffla péniblement oui, avant de se lancer dans une série de pompes dans cette position surhumaine. Au bout de la cinquième, elle se laissa retomber, les jambes aussi droites que des lames de ciseaux.

— Tu sais que normalement j'avais une compète le mois prochain ? dit la jeune fille bouche tordue en signe de déception.

— Mais pourquoi tu dis « j'avais » ? l'interrogea Fouad assis sur le rebord du lit. Tu vas pas y aller ?

— Ben avec tout ça, non ! Comment je pourrais ?

Fouad se leva et prit sa petite cousine par les épaules :

— Écoute-moi bien, ma chérie, ça va rien changer au sort de Krim que tu ailles à ta compétition ou non. Par contre, si t'y vas pas, c'est comme si... Ce que je veux dire, c'est qu'il faut pas changer nos habitudes. Il faut mépriser les événements, ma chérie. Tu comprends, il faut mépriser les événements, être plus fort qu'eux.

Luna aima la formule mais n'en comprit pas le sens exact.

— En plus c'est la compète la plus importante de la saison. Si ça marche...

— C'est où ?

— À Bercy. Je vais peut-être, je vais même sûrement être prise en équipe de France junior, si ça marche. Tu te rends compte, ajouta-t-elle tandis que ses yeux brillants irradiaient l'ensemble de son visage, l'équipe de France, les jeux Olympiques, le vrai haut niveau, quoi ! Ce serait tellement le rêve.

— Je viendrai te voir, déclara Fouad. Je te le promets.

Luna leva les yeux sur son grand cousin. Il n'avait jamais aussi peu ressemblé à l'acteur de *L'Homme du match*. Pourtant la fatigue, la barbe de deux jours et les sourcils froncés le rendaient presque plus beau qu'à la télévision.

Luna enroula son bras autour du sien et ne dissimula pas l'immense fierté qu'elle éprouvait à faire partie de l'entourage proche, du premier cercle de sa célébrité de cousin. Elle voulut écrire à ses copines du Pôle qu'elles auraient dans les gradins un spectateur de marque le mois prochain. Mais aucune ne l'avait appelée depuis dimanche, pas même Chelsea, et Luna n'avait pas encore osé aller sur Facebook pour voir ce qu'elles pensaient de l'attentat – de peur que la liste de ses huit cent huit amis n'ait magiquement fondu en l'espace de quelques heures.

Au rez-de-chaussée, Rabia ne tenait pas en place. Elle s'obstinait à tout nettoyer de fond en comble avant le retour de Dounia. Quand Luna aspergeait d'eau la salle de bains qu'elle venait d'astiquer, elle se mettait de mauvaise humeur en disant :

— Et voilà, le je-m'en-foutisme dans toute sa splendeur !

— Mais c'est que de l'eau ! s'indignait Luna en se retenant d'ajouter l'« espèce de folle » qui lui brûlait les lèvres.

Fouad voulut lui parler tandis qu'elle faisait les vitres. Il se contenta de lui prendre la main et de lui murmurer un mot gentil. Ses cheveux désormais raides n'étaient pas désépaissis pour autant. Si Fouad comprenait qu'elle ait pu avoir envie de changer de tête, il ne l'admettait pas.

Il se rendit à la salle de bains pour se rafraîchir et vit les deux pinces du fer à lisser posé sur le couvercle de la corbeille à linge. Pour la première fois de sa vie, Fouad éprouvait de la haine à l'encontre d'un objet, un peu comme on déteste le coin de table où l'on s'est cogné le coude ou le bord de l'armoire contre lequel a buté notre pied nu.

Bien sûr, le fer à lisser n'avait pas fait souffrir Fouad, pas même directement Rabia. C'était pire : le fer avait fait du tort en ayant l'air de faire du bien. Ce n'était donc pas de la colère mais bien de la haine que Fouad ressentait contre ces pinces gainées de noir et conçues pour effacer l'un des stigmates les plus marquants de l'africanité...

Un coup de fil de Kamelia l'arracha à ces divagations. Très remonté, Fouad décrocha immédiatement et attendit qu'elle parle.

Elle commença par la mauvaise nouvelle, qu'elle avait dû partir ; elle reprenait le travail demain matin, les enquêteurs avaient noté les numéros et les adresses de tout le monde, mais les avaient autorisés à continuer leur train-train…

— Mais Fouad, dit-elle soudain et avec précipitation, je reviens vendredi. Je te jure, je veux pas que les tatans, elles croient qu'on les abandonne.

— C'est pas à moi qu'il faut le dire, s'impatienta Fouad. Appelle-les.

— Je vais le faire, répondit sa cousine. J'allais le faire de toute façon. Je voulais juste te dire, je suis…

De votre côté, c'est ce qu'elle voulait dire. Mais c'était avouer qu'une guerre civile était devenue inévitable au sein des Nerrouche, et il en va de certains mots comme de ces prophéties qui se réalisent quand on les a formulées : parler d'une rupture entre Rabia et Dounia et le reste de la famille, c'était l'opérer.

Devant l'affolement de Kamelia, Fouad ne put tenir longtemps sa résolution de dureté. Il la remercia de son coup de fil et lui dit qu'il trouvait très courageux de sa part de revenir à Saint-Étienne en fin de semaine – exactement ce qu'elle avait besoin d'entendre, exactement ce qu'il trouvait dégoûtant d'avoir à lui dire.

6.

Slim donna rendez-vous à son grand frère à la Taverne de Maître Kanter, sur la place de la gare. Il voulait lui parler de quelque chose, et Fouad eut la surprise de voir Kenza patienter avec lui autour d'une des trois tables métalliques de la terrasse encore ensoleillée. Fouad salua Kenza chaleureusement. Sa petite belle-sœur portait une robe d'été à fleurs, surmontée d'un gilet noir à manches longues. Avec son menton en galoche et sa physionomie de fillette, Fouad ne l'avait jamais trouvée désirable. Mais ce soir-là – la chaleur sans doute, et le fait qu'il n'avait pas vu Jasmine depuis presque trois jours –, il se surprit à devoir réprimer des regards qu'elle aurait pu interpréter, pour peu qu'elle soit paranoïaque, comme ambigus.

Slim sautillait sur sa chaise, croisait et décroisait les jambes. Fouad lui demanda pourquoi il était si agité. Slim mit sa main sur celle de Kenza et aspira une ostensible bouffée d'air :

— Fouad, il faut qu'on te parle de quelque chose.

Kenza regardait le cendrier où s'écrasaient les rayons obliques du couchant.

— Ça fait un petit moment que j'y pense, et voilà : j'ai décidé d'arrêter mes études. C'est pas pour rien faire, hein, au contraire. Avec Kenza, on s'est dit que c'était une bonne chose de prendre un petit appartement à Lyon. Mais pour payer le loyer, il faut que j'aie un travail, tu vois. Je veux dire... On peut payer la caution avec l'argent du mariage, mais il faut penser à après, tu vois.

— Slim, dit Fouad en passant la main sur sa nuque chevelue.

Il ne voulait pas mettre Slim mal à l'aise devant Kenza – mais Slim avait évidemment demandé à Kenza d'être là pour que Fouad ne puisse pas le mettre mal à l'aise.

— On y a réfléchi, Fouad, on a même fait un plan, un budget, tu vois.

Il tira un bout de papier de la poche de son jean.

— Attends, Slim, écoute. Déjà, c'est pas le moment de penser à ça. Et si... Je vais te dire, je pense que c'est une bonne idée que vous preniez un appartement, mais enfin quelle idée d'arrêter tes études ?

— Mais Fouad, ça va m'amener nulle part, une fac de socio ! Tout le monde le dit, c'est une usine à chômeurs, la fac. Ça sert à rien, je vais pas attendre cinq ans avant de devenir prof ou je sais pas quoi. Et puis le marché du travail...

— Mais enfin, Slim, réfléchis un peu, si tu arrêtes tes études, tu vas faire quoi de ta vie, de ta vie au sens large ? Même si tu trouves un petit boulot…

— Il a déjà trouvé un job dans une pizzeria, intervint Kenza d'une voix de porcelaine. Et moi, je vais prendre un petit boulot à côté de la fac.

— Mais très bien, rétorqua Fouad, il faut que tu fasses ça aussi, Slim. Tu restes à la fac et tu prends un boulot à côté.

Slim sentit que si sa résolution ne s'effritait pas, le débat lui échappait indéniablement. Il se mordilla les lèvres et porta sa main à son menton, comme pour se donner l'assurance d'un adulte, ou à tout le moins de quelqu'un qui a beaucoup réfléchi à son sujet :

— Mais j'en ai marre de la socio, Fouad, ça me passionne pas. Il avait raison, Chaouch, il faut faire ce qui te passionne dans la vie.

— Bon eh ben voilà le vrai sujet, c'est par ça qu'il fallait commencer.

— Putain mais c'est pas possible, s'énerva son petit frère, on dirait Nazir, je te jure. Pourquoi tu me soutiens pas, au lieu de m'humilier ?

Fouad resta bouche bée.

— Tu dérailles, Slim, en quoi je t'humilie ? Je te dis juste que tu triches : si tu veux arrêter la fac parce que tes partiels ont pas marché (Slim décroisa brutalement ses jambes en entendant la vérité que venait de deviner son grand frère), fais pas croire que c'est pour assumer des responsabilités que…

Fouad s'interrompit, s'il allait plus loin, Slim allait se sentir pris en défaut vis-à-vis de Kenza. Celle-ci avait le regard braqué sur le cendrier. Elle prit la main de Slim, et Fouad eut l'impression que dans ce geste ferme et presque maternel pouvait se lire une forme de supériorité et même d'influence sur son jeune mari. Mais l'instant d'après, il la vit lever un regard implorant sur le profil de Slim, et Fouad pensa alors que l'asymétrie jouait en sens inverse.

Au bout du compte, ils étaient peut-être à égalité. Comme ses propres parents avaient été à égalité. Comme ceux de Krim. Il y avait une première similitude entre le destin des aînés et celui de Slim et Kenza : ils s'étaient mariés trop jeunes. Mais Dounia et Aïssa, comme Rabia et Zidan s'étaient aimés intensément et dans la durée – littéralement jusqu'à ce que la mort les sépare.

Gêné par cette analogie et par la naïveté criante du jeune couple, Fouad prétendit qu'il avait des choses à faire en ville :

— On en reparlera de toute façon, conclut-il avant d'embrasser son frère.

Il le saisit énergiquement par la nuque et ajouta à voix basse :

— Ne prends pas de décisions hâtives, pas en ce moment, pas avec tout ce qui nous arrive. D'accord ?

Slim remua ses lèvres boudeuses et répondit avec une intonation d'enfant :

— D'accord...

7.

En rentrant, Fouad se sentit gagné par le désespoir à la pensée que son frère allait peut-être arrêter ses études pour travailler dans une pizzeria. Les générations se suivaient et se ressemblaient donc.

Fouad passa mentalement en revue les visages de Bouzid, de sa mère, de Rabia, de Ouarda, de Bekhi, de Rachida, même de son tonton d'Algérie, Moussa, dont la rumeur disait qu'il allait peut-être venir en France dans les prochains jours. Aucun des enfants de la mémé n'avait gagné suffisamment d'argent pour envisager la retraite sereinement, comme une sorte de récompense. Aucun n'avait gagné suffisamment d'argent pour acquérir un bien immobilier en France. Seule la mémé avait acheté une maison – à Bejaïa, en Algérie, où elle se rendait une fois par an et qu'elle refusait de louer le reste de l'année, de crainte de ne pouvoir déloger au retour de l'été des occupants théoriquement provisoires.

Ses oncles, ses tantes, sa mère : tous avaient sacrifié leurs vies pour que celles de leurs enfants soient meilleures. Pari que Fouad finissait par trouver irrationnel à force d'en interroger le sens. Et puis les événements ne l'aidaient pas. La famille Nerrouche, pile cinquante ans de présence en France :

Les parents se saignant à blanc pour les enfants – les enfants arrêtant leurs études pour travailler dans des pizzerias.

Les parents refusant de jouir des plaisirs de la vie de couple pour que leurs enfants soient aussi bien habillés que leurs camarades de classe – les enfants tirant à bout portant sur des hommes politiques...

Assommé par les kilomètres qu'il avait avalés cet après-midi, il marcha au ralenti le long de la rue de sa mère, au bord de l'eau pailletée de soleil que les éboueurs faisaient jaillir dans les canalisations du quartier. Ces menus torrents qui assainissaient la ville nettoyaient également ses pensées. Mais il vit soudain une silhouette à quatre pattes au bord du trottoir, les mains dans le caniveau pour s'y ablutionner.

Dans la lumière poussiéreuse, floutée par la chaleur, ce corps misérable ressemblait à s'y méprendre à celui d'une bête.

Fouad s'éloigna du rebord du trottoir mais la tête de la bête se tourna, révélant un visage horriblement tuméfié, encore sanglant au niveau des pommettes. C'était un de ces Roms qui hantaient le centre-ville depuis quelques mois, mais Fouad avait l'impression de l'avoir déjà vu ailleurs. Il se leva sans cesser de fixer Fouad de son regard effaré et douloureux.

Fouad comprit qu'il allait l'aborder mais ne ressentit aucune crainte : il avait une carrure de moineau et son épaule paraissait déboîtée.

Il baragouina quelque chose dans sa direction. Fouad inclina la tête pour lui demander de répéter. D'une voix qui occupait exactement la ligne de partage des eaux entre les deux sexes, le Rom répéta :

— Tu es frère de Slim. Je sais. Je vu tu es frère de Slim.

Fouad avança dans sa direction et lui demanda de répéter.

— Lui doit mille euros moi. Si donne pas mille euros demain après-midi moi pas normal. Dis ça à Slim.

Fouad voulut lui demander des précisions mais le Rom s'éloignait déjà.

Il n'osa pas le suivre et s'arrêta au guichet d'une banque où il découvrit la somme exacte qui avait été prélevée avec sa carte un peu plus tôt dans la journée, ce lundi 7 mai à treize heures quarante-huit, s'il en croyait le relevé : mille cent euros. Il se souvenait maintenant d'avoir donné sa carte à Slim pour qu'il fasse des courses, et Slim la lui avait rendue avec son air d'avoir quelque chose à se reprocher. Mais comme il l'avait presque tout le temps, cet air, Fouad n'y avait pas prêté plus d'attention.

Il décida enfin, après un quart d'heure de réflexion – un quart d'heure pour étouffer sa colère, en vérité –, de déchirer le relevé de ses dernières opérations et de n'en parler à Slim que s'il abordait le sujet en premier.

8.

Les serviettes suspendues à la porte de la salle de bains formaient une sorte de capiton moelleux et protecteur : Rabia, qui s'était réfugiée sur le bidet, n'avait pas besoin de couvrir ses oreilles pour ne plus entendre les bruits de la maison. Elle massait néanmoins ses tempes, comme pour effacer les pensées empoisonnées qui frétillaient dans son esprit. Les quelques coups que Fouad donna bientôt à la porte lui firent craindre un nouveau désastre. Elle ne répondit pas, attendant la prochaine salve.

Fouad colla son oreille à la porte et frappa trois fois, de moins en moins fort :

— Tatan, tout va bien ?

Plus le ton était doux, plus il pénétrait l'attention de Rabia à la façon d'une bruine glacée.

— Oui, oui, t'inquiète, mon chéri.

Elle sentit qu'il n'avait pas quitté le couloir.

— Tu veux pas sortir, tatan ?

— On n'était pas préparés, dit alors Rabia d'une voix un peu plus pleine. On nous a jamais préparés pour ça.

Fouad espérait qu'elle n'allait pas se remettre à pleurer. Il posa délicatement sa main sur la porte fermée.

— Personne est préparé pour ça, tatan.

La porte s'ouvrit tout à coup sur les hautes et belles pommettes de Rabia. Elle n'avait pas pleuré, son regard était stable, résolu, presque sec.

— Je vais sortir faire un tour, dit-elle en précédant son neveu dans le couloir.

— Tu vas pas loin ? s'inquiéta Fouad. L'avocat dit qu'il faut éviter les journalistes, tu sais…

— Je dois aller au cimetière, expliqua Rabia.

— À Côte-Chaude ? Non, non, tatan, c'est à l'autre bout de la ville, c'est vraiment trop loin… franchement…

— J'ai besoin…

Comme elle n'osait pas parler de la tombe de son mari, Fouad la devança :

— Je comprends, bien sûr. Mais…

— Je peux pas, Fouad, j'étouffe… Je vais juste faire un petit tour, trancha-t-elle. Promis, je reste dans le quartier.

Et c'est ainsi que les policiers en civil de la SDAT chargés de filocher Rabia reçurent un coup de fil de l'équipe qui ne lâchait pas Fouad d'une semelle. Le long de la rue qui montait vers un cimetière, deux voitures suivirent

Fouad qui suivait sa tante. Et à la tête de cette procession en pointillé, il y avait donc Rabia, dont la chevelure défaite, moins vivante depuis qu'elle était lisse, ondoyait légèrement au vent qui l'enveloppait d'écharpes fugitives.

Au sommet de la colline, un parc oblong cernait les murailles de ce cimetière. Aucun de ses morts ne l'y attendait. Rabia frémit, croisa les bras et continua d'avancer dans la dramatique semi-obscurité de cette poignée de minutes où le soir était tombé sans que les réverbères aient encore été allumés.

En contrebas du square, sur le trottoir d'en face, Fouad étudia l'hésitation de sa tante qui s'était arrêtée devant le portail ouvert du cimetière, au milieu du chemin de gravier ocre, bordé d'arbres, de bancs en béton et de lampadaires éteints.

Une poussière rouge montait vers les frondaisons des platanes, emportant avec elle l'ombre de Rabia, son ombre légère qui l'avait hissée jusqu'au sommet de la colline, mais lui laissant ses doutes, ses souvenirs, sa honte et son désespoir.

Elle entra au moment où les ampoules des réverbères commençaient à palpiter sous leurs cuirasses. Les tombes défilaient ; sur les marbres, Rabia relevait parfois les dates insensées de morts n'ayant vécu que dix ans. Il y avait eu une époque, peu après la mort de son mari, où tout était bon pour éteindre le feu, notamment la comparaison avec des destins plus funestes. Maintenant ça ne marchait plus, et ce cimetière en constituait la preuve irréfutable : on mourait seul, aussi seul qu'on avait vécu. Les maisonnettes mortuaires surmontées d'un dérisoire « Famille quelque chose » n'y pouvaient rien, pas plus que les cénotaphes monumentaux et les caveaux ornés de décorations florales et percés de lucarnes amoureusement ouvragées.

Perdue parmi ces tombes étrangères, Rabia aurait voulu les serrer dans ses bras, ceux qu'elle appelait *ses morts*. Son père, son mari. Krim qu'on lui avait arraché venait s'ajouter à la liste. C'était intolérable. Rabia pensait au moment où il serait à nouveau avec elle ; mais l'avenir n'existait plus, et quand elle essayait d'appréhender ces scènes de joie et de retrouvailles, elles détalaient immédiatement, comme des lapins de fumée.

Au bout du cimetière, relié au reste par un mauvais chemin de dalles, le carré musulman déployait ses tombes aux sommets arrondis. Rabia se souvint d'une visite que lui avait faite Nazir, deux ans plus tôt, soit trois ans après la mort de Zidan. Il l'avait conduite au cimetière de Côte-Chaude et, tandis que Rabia convoquait muettement les plus beaux épisodes de la vie de son mari, Nazir s'était insurgé devant la misère et l'étroitesse du carré musulman. Rabia avait expliqué à son neveu que la sobriété était de toute façon de mise pour les tombes musulmanes. Mais Nazir n'avait rien voulu entendre ; lui qui se maîtrisait si bien d'ordinaire, et paraissait n'avoir jamais été dominé par aucun sentiment, avait ce jour-là désigné d'un doigt tremblant les marbres et les sculptures des tombes chrétiennes, et avait lâché une phrase terrible dont Rabia ne se souvenait que maintenant, dans cet autre cimetière qui avait des airs de bout du monde :

— Même morts, ils nous font sentir qu'ils veulent pas de nous...

Rabia sursauta et fit volte-face : une ombre arpentait le chemin qui menait au carré musulman.

Ses jambes s'alourdient. Elle eut à nouveau la sensation du verre de grenadine qu'elle avait lâché quand Mouloud Benbaraka avait pénétré chez elle.

Le soulagement qu'elle éprouva en découvrant que cette ombre n'était que Fouad la fit presque sourire. Son petit neveu l'embrassa et la conduisit loin des fantômes.

— On adorait les éléphants, dit-elle soudain d'une voix songeuse. Zidan et moi... on voulait aller en Afrique un jour, pour voir un cimetière d'éléphants...

Fouad ne savait pas quoi dire.

— On croyait qu'on allait vieillir ensemble, poursuivit Rabia, avant d'ajouter, sans regarder son neveu, et sur un ton qui n'était même pas interrogatif : tu vas rester, hein, tu vas pas nous abandonner, toi aussi, hein…

Chapitre 8

Génération Chaouch

1.

Des poils cernaient la bouche envahie de tubes du président élu. On lui avait enlevé une partie des bandages et il se passait quelque chose d'étonnant et de terrible : en reprenant forme humaine, son visage, à cause de ces joues semées de poils ras, se mettait à ressembler à celui d'un autre. Jasmine ne l'avait en effet jamais vu, depuis sa petite enfance, laisser sa barbe pousser plus d'une matinée.

Une infirmière entra. Jasmine la regarda longuement avant de lui demander :

— On peut lui parler ? en désignant le corps immobile de son père.

L'infirmière répliqua :

— Il *faut* lui parler !

— Mais il comprend ?

Un air de compassion clinique passa dans son regard :

— Ah ça, on peut pas savoir, mademoiselle.

L'infirmière sortit, Mme Chaouch entra dans la pièce.

— On a retrouvé ton portable, au fait. Tu l'avais oublié chez toi, ma puce.

Jasmine le récupéra et se rua sur la liste de ses appels en absence. Il n'y en avait aucun de Fouad.

— Qu'est-ce que vous avez fait ? demanda Jasmine.

— Qu'est-ce qu'on a fait ?

— Pourquoi j'ai aucun appel de Fouad ?

— Ma chérie, tenta Esther Chaouch, c'est dur mais il faut que tu te fasses à l'idée que Fouad est peut-être, je dis bien peut-être (elle respira et ferma les yeux), lié à tout ce qui nous arrive...

Jasmine sentit sa mâchoire craquer en se retenant de couvrir sa mère d'insultes.

— Tu devrais rentrer, Jasmine...

Elle avait essayé d'adoucir sa voix mais ses yeux étaient encore marqués par la dureté de sa conversation précédente avec Vogel et Habib. Jasmine avait cru comprendre que les manœuvres en coulisse prenaient un tour défavorable à son père. Personne ne lui en disait rien, bien sûr, mais il était probable que Françoise Brisseau, arrivée deuxième aux primaires, soit en passe de redevenir la nouvelle femme forte du PS.

Dans la lutte entre les partisans de Chaouch et ceux qui avaient décidé qu'il ne se réveillerait pas, Esther Chaouch s'était hissée en première ligne. Et Jasmine n'était pas rassurée à l'idée que sa mère se jette corps et âme dans ces combats. C'était une universitaire, pas une politique : elle risquait de se faire bouffer par ces piranhas qui la considéraient comme une Première dame imaginaire, avec en sus le respect hypocrite dû à une presque veuve.

Jasmine traversa le couloir bruissant de conversations téléphoniques étouffées. Dans la cour pavée, elle fut stupéfaite de voir descendre d'une voiture grise Valérie Simonetti. Elle portait un tailleur terne, c'était la première fois que Jasmine la voyait comme ça, sans oreillette, sans coups d'œil à droite à gauche. Elle paraissait désœuvrée.

Tant d'émotions contradictoires se mêlèrent dans la tête de la « Première fille » qu'elle resta immobile sur le perron.

— Mademoiselle Chaouch... commença Valérie Simonetti.

— Valérie, l'arrêta Jasmine d'un geste de la main. Vous venez voir mon père ? Il est en haut. J'ai appris qu'on vous avait mise à pied, et que... qu'on ne peut rien y faire. Mais... je veux vous dire que je trouve ça pas normal.

— Mademoiselle, je...

Mais encore une fois Jasmine l'arrêta et lui offrit un sourire qui valait tous les pardons. Cependant il se produisit une dernière chose sur le perron soudain encombré de ce bâtiment du Val-de-Grâce, que Jasmine ne comprit pas et qu'elle oublia immédiatement après, mais qui sur l'instant lui causa un léger malaise : Valérie Simonetti debout sur l'avant-dernière marche dépassait encore d'une tête Jasmine qui se tenait sur la plus haute ; une ombre traversa le regard céruléen de la garde du corps qui vit apparaître quelqu'un à l'arrière-plan, dans l'encadrement de la porte.

Jasmine fit volte-face ; il n'y avait personne de suspect, personne dont la présence aurait justifié un tel regard méfiant. Seul Aurélien Coûteaux se tenait derrière elle – le plus jeune des officiers de sécurité de son père, qui avait échappé à l'enquête de la Police des polices et qu'on avait affecté à la protection rapprochée de Jasmine dont il connaissait déjà les habitudes et avec lequel elle avait toujours affirmé n'avoir aucun problème.

2.

Parce qu'il y avait eu, pendant la campagne, tout un mélodrame entre Chaouch et sa fille, qui ne supportait pas d'être soumise à une protection même très discrète. Elle avait dû s'y résoudre mais ne cachait pas sa détestation de ces flics d'élite qui la suivaient partout où elle allait : au café, à l'Opéra, faire son jogging le long du canal Saint-Martin, rouler en Vélib'jusque chez Fouad, place d'Aligre dans le XIIe. Les colosses en costume sombre avaient gâché certains de ses moments les plus doux avec Fouad. Coûteaux au contraire pouvait passer, grâce à son jeune âge, son style assez décontracté, et cette sorte de timidité, d'humanité dans le regard, pour un copain un peu pot de colle.

Il était assis à côté d'elle sur la banquette arrière tandis que la voiture remontait la rue Saint-Jacques. Jasmine regarda longuement son visage au nez pointu qui jaillissait sur le ciel mauve et violet du crépuscule.

— Et vous, lui demanda-t-elle soudain, vous pensez qu'il va se réveiller ?

Coûteaux débrancha son oreillette et se tourna vers Jasmine, sans toutefois pousser le mouvement jusqu'à croiser son regard. Jasmine eut soudain l'intuition que ce qu'elle prenait pour de la timidité était une simple technique qu'on leur apprenait à l'école de gardes du corps : ne jamais regarder dans les yeux la personne qu'on est payé pour protéger de son propre corps, si une balle est tirée dans sa direction.

Coûteaux répondit d'une voix anonyme :

— Oui, oui, bien sûr, mademoiselle.

Et, comme conscient de l'insuffisance de sa formule, il ajouta à voix basse, après avoir jeté un coup d'œil dans le rétroviseur de gauche :

— Vous savez, beaucoup de gens prient pour lui.

Jasmine aussi voulait prier pour lui. Mais elle ne croyait pas en Dieu. De même qu'elle voulait appeler Fouad. Ce qu'elle ne pouvait pas non plus faire, persuadée, après avoir remarqué la gêne de sa mère quand elle lui avait rendu son portable, qu'elle avait été mise sous surveillance et que de grandes oreilles de policiers casqués n'attendaient que le moment où elle allait céder : descendre jusqu'à la lettre F de son répertoire et raconter des choses intimes à son amoureux, des choses innocentes que leurs cerveaux soupçonneux chercheraient à utiliser contre lui...

La voiture emprunta un itinéraire inhabituel : un attroupement s'était formé au début du canal Saint-Martin, où se trouvait l'appartement de Jasmine. Depuis le drame, elle insistait pour rentrer chez elle au lieu d'accepter l'invitation de sa mère, réitérée dix fois par jour, de venir loger quelque temps dans leur résidence secondaire des Yvelines. Il fallait maintenir, répondait systématiquement Jasmine, l'illusion que la vie continuait.

Quand elle fut enfin chez elle, elle se laissa tomber sur le canapé et alluma la télé. Les infos commençaient sur la 2, elle zappa et tomba sur *L'Homme du match*, un épisode inédit duquel elle ne put détourner son regard, sachant qu'il ne pourrait se passer plus d'une minute avant que ne surgisse le visage de Fouad. L'attente fut plus longue que prévu et Jasmine commençait à se demander s'il était même concevable que sa présence ait été gommée à cause de l'attentat, lorsqu'enfin il apparut, avec son visage clair, ses yeux qui se plissaient presque complètement quand il souriait, sa nuque vigoureuse et sa voix pleine et douce.

Jasmine monta le son et prit son iPhone.

— Mais pourquoi il m'appelle pas, *lui* ?

Elle descendit jusqu'à « Fouad ». Se souvenant du jour où ils s'étaient rencontrés, à la terrasse d'un café vers Pigalle. Fouad en bras de chemise, sa chemise de bûcheron à carreaux rouges, qui prenait le soleil en lui lançant des coups d'œil discrets. Jasmine se disputait avec le fils du bras droit de son père, Christophe Vogel, qu'elle fréquentait depuis deux mois et qui lui reprochait d'être trop casanière. Elle portait ce jour-là un slim indigo, des bottines sans lacets et un haut gris souris à manches longues, qui moulait sa poitrine agréablement galbée. Christophe, assis sur le tabouret de leur table haute, se forçait à chuchoter – et finissait par faire plus de bruit que s'il avait parlé normalement.

La façon dont Fouad lui avait raconté cette même scène n'était pas tout à fait tendre pour Jasmine : il lui avait dit qu'elle passait son temps à se contorsionner, les mains sur les hanches, et que de temps à autre son visage s'éclairait, mais qu'alors, dans ces sourires, sa fraîcheur se faisait jour en même temps qu'une sophistication un peu bourgeoise.

— Bourgeoise ? s'était indignée Jasmine.

Ils sortaient ensemble depuis déjà deux mois à ce moment-là.

— Disons un peu polie, un peu forcée, quoi. Hypocrite, tu vois.

Fouad ne voulait pas lui faire de mal, mais au lieu de se déjuger, fidèle à la sincérité profonde de sa nature, il était allé au fond de son impression :

— C'est ça, j'ai trouvé : c'est la fausse désinvolture. Comme tu te déhanchais, c'était faussement désinvolte. Comme toutes ces filles BCBG, t'avais pas l'air très naturelle, c'est tout. Et puis après... j'ai vu.

Mais en fait il avait « vu » bien avant, dès le premier contact. Dès que Christophe était parti furieux et que Jasmine s'était avancée vers la table de Fouad, le sourire au coin des lèvres, lui demandant simplement, tête penchée :

— Rony ?

Elle attendait réellement « Rony » à Pigalle, un journaliste qui travaillait pour un magazine musical et qu'elle n'avait jamais vu. Fouad l'avait compris et, comme il était ce jour-là d'humeur facétieuse, il avait répondu d'un air faussement surpris mais vraiment charmé, en se montrant aussi gai et chaleureux que s'ils se connaissaient depuis toujours :

— Oui, c'est moi.

— Rony, de *Diapason* ? Je suis Jasmine Chaouch... pour l'interview ?

— Oui, oui, je vous attendais. Mais on peut se dire tu ?

Et Jasmine y avait cru pendant au moins vingt minutes, se laissant poser des questions sur la musique baroque par un imposteur avec lequel elle devait finir par passer les deux heures et les quelque huit mois suivants.

Jasmine interrompit soudain le cours de ses souvenirs. Derrière l'un des platanes qui lui cachaient la vue du canal, elle crut apercevoir la flamme d'une bougie. Une rumeur montait depuis la rue, elle ouvrit la fenêtre et entendit des exclamations admiratives. Ce dont elle s'aperçut en changeant de fenêtre, c'est que ce n'était pas une bougie mais une flottille de bougies, des dizaines, des centaines de bougies qui descendaient le long du canal, maintenues à flot par des bouées rouges en forme de coupoles.

La vision de ces flammes dans l'air crémeux du soir lui fit monter les larmes aux yeux.

Il n'y avait presque pas de vent, pas une pique d'air pour troubler les frondaisons des arbres, et des bougies, par milliers en vérité, recouvraient toute la surface du canal, sur des dizaines de mètres, entourées d'un cortège de badauds sur chaque rive, dont Jasmine vit avec retard qu'ils portaient eux aussi des bougies, des briquets, et certains – sans doute les instigateurs de la manifestation – des T-shirts blancs à l'effigie de son père.

3.

L'image fit le tour du monde. On la vit sur CNN, sur CCTV, sur al-Jazeera, sur les chaînes russes, anglaises, brésiliennes. On la présenta comme un contrepoint inattendu aux violences urbaines : les flammes des bougies contre celles des cocktails Molotov. Pendant toute une soirée, il sembla que la France était vraiment devenue le centre médiatique du monde : son président dans le coma, son peuple défilant comme pour l'aider à ne pas sombrer dans l'autre monde.

À Saint-Étienne, Fouad vit une jeune femme sur LCI, en T-shirt blanc flanqué du visage de Chaouch et de l'inscription GÉNÉRATION CHAOUCH, qu'on interviewait sur le sens et l'origine de cette manifestation. Elle expliquait avec ses grands yeux de biche que ça n'avait rien à voir avec le Parti socialiste, même si certaines personnes qui avaient participé à la campagne – dont elle – étaient présentes. L'idée du cortège avait été lancée concomitamment sur Facebook et Twitter, quelques dizaines de personnes s'étaient rassemblées au début, mais le bouche-à-oreille avait fonctionné très vite, on attendait encore des gens, tous les Parisiens étaient appelés à les rejoindre pour manifester leur soutien au président et à sa famille. « Allez, venez ! » concluait-elle avec un regard ardent mais un poil trop habile.

Fouad posa la télécommande et grimpa les escaliers quatre à quatre. Il ouvrit les portes en grand et encouragea tout le monde à le retrouver dans le salon. Au moment où Slim passait devant lui, Fouad faillit l'arrêter par l'épaule pour lui demander des explications sur le travelo rom. Ça attendra, conclut-il devant le visage enthousiaste de son petit frère.

Arrivés en bas, Slim et Luna furent ébahis par l'image que diffusait LCI en boucle avec le plateau de cette énième édition spéciale en médaillon. Dounia et Rabia qui écoutaient de vieilles chansons dans l'autre chambre suivirent et furent elles aussi très émues. Fouad encercla l'épaule de Rabia et se contenta de sourire en regardant l'écran. Il espérait que la vision de ces milliers de bougies suffirait à remettre un peu de baume au cœur de sa tante, mais ce ne fut pas le cas. Après avoir pris la télécommande et zappé sur les chaînes internationales, elle fut prise d'un coup de blues et se mit à sangloter.

— Mais ça va aller, Rabia, la rassura Fouad en prenant sa tête contre sa poitrine, ça va aller, tu vas voir.

Rabia acquiesça et laissa passer dix secondes avant de se rebeller :

— Mais quoi ça va aller ? Qu'est-ce que tu racontes ça va aller ? Non mais dis, ça veut dire quoi ça va aller ? Dis-moi !

Dounia fit signe à Slim et Luna de remonter à l'étage. Fouad essaya de réconforter Rabia mais toute sa physionomie semblait avoir changé depuis que ses cheveux étaient raides : elle n'avait plus envie de se laisser faire.

— Pourquoi est-ce que j'ai pas le droit d'appeler mon fils ! hurla-t-elle soudain, imposant le silence autour d'elle et dans tout le voisinage. Comment ? De quel droit ils m'empêchent d'appeler mon fils ?

— Szafran pense que tu pourras sûrement l'appeler dans deux jours. À la fin de sa garde à vue...

Rabia resta bouche ouverte, scandalisée. Son visage était ravagé par les larmes.

— Deux jours, et après ils vont me dire quoi ? Dix jours ? Deux mois ? Non, je m'en fous, je veux l'appeler tout de suite. Fouad, *raichek* Fouad trouve-moi le numéro de l'inspecteur le *rhla*, là, celui qui nous a interrogés.

— Ça sert à rien, tatan, ça sert à rien de...

— Fouad tu sais ce qu'elle m'a dit ?

— Qui ? De qui tu parles, tatan ?

— D'Annie ! La femme dont je garde les enfants. En rentrant du cimetière je l'appelle pour lui demander... lui demander comment ça va, comment vont les petits, elle me dit que c'est plus la peine de m'embêter pour ça, qu'ils vont plus avoir besoin de moi. T'sais ce qu'elle dit ? T'sais ce qu'elle dit, cette pouffiasse ? Que Jean-Michel et elle, ils ont pris leur grand-mère chez eux, à la maison, et que comme elle a rien à faire, *zarma* elle insiste pour s'occuper des gosses elle-même. Tu te rends compte ? J'entendais les gamins pleurer derrière, dire « Rabia, Rabia ». Je peux même pas les... les voir une dernière fois...

Dounia revint dans la pièce et posa elle aussi sa main sur l'épaule de Rabia. Mais c'en fut trop pour Rabia : toute cette sollicitude, comme un vain rappel que la lumière avait jadis existé dans sa vie. Au lieu d'exploser en sanglots, elle se laissa tomber au sol, lentement, dramatiquement, pleurant des larmes silencieuses qui lui venaient par à-coups réguliers, d'une source semblait-il intarissable.

— Pleure, pleure, ma chérie.

Dounia caressait la tête de Rabia, retenait ses propres sanglots, encourageait ceux de sa sœur. Elle savait y faire. Mais pas Fouad qui pour la première fois craqua et se mit à pleurer : devant l'immensité de la détresse de sa tante préférée mais aussi, peut-être, à cause de l'espérance, de la folle espérance qu'avait éveillée en lui l'image de ce tapis flottant diapré de flammes et d'illusions.

4.

Depuis la fenêtre du studio de son cousin à Ivry, Gros Momo avait une vue panoramique sur la capitale, ses tours majestueuses et ses toits qui scintillaient d'or et d'argent. Malgré le stress qui l'empêchait de sortir et d'avaler les barquettes de frites de Djinn, Gros Momo se sentait privilégié de pouvoir promener ses jumelles sur le Sacré-Cœur et la tour Montparnasse.

Certes ils étaient lointains, les monuments, mais au moins ils étaient là ; et pour le « petit » Stéphanois qui n'avait jamais voyagé au-delà du stade de Gerland (et encore, pour y casser des supporters lyonnais), les doléances des banlieusards franciliens apparaissaient comme des jérémiades sans fondement : comment pouvait-on se plaindre, avec une vue pareille ? À aucun moment il ne lui venait à l'esprit que cette capitale panachée de prestiges, et si superbement proche, était en réalité plus éloignée depuis ce mauvais côté du périphérique que depuis les rives tranquilles et ennuyeuses de sa Loire natale.

Bien sûr Djinn était là pour le lui rappeler :

— À quoi ça sert *zarma* de voir la tour Eiffel depuis la fenêtre si, quand tu veux y aller pour de vrai, tu te fais emmerder dix fois de suite par les condés ?

Dès le lendemain de son arrivée, Djinn finissait par s'énerver rien qu'en voyant son gros cousin de province planté devant cette baie vitrée.

— Wesh Momo, viens voir deux minutes, faut que je te parle d'un truc.

En bon « Parisien », Djinn avait toujours quelque chose sur le feu. Une course mystérieuse à faire, un service urgent à rendre. Il disait grec au lieu de kebab et parlait de se faire un mouff pour suggérer d'aller traîner rue Mouffetard. Gros Momo était très impressionné par lui. Il avait son petit business en plus du deal de shit : des jeans qu'il achetait à prix d'usine chez un « collègue » grossiste et qu'il revendait sur Facebook. À tout juste dix-huit ans, il pouvait déjà se payer son propre studio, ainsi qu'un scooter et le dernier iPhone. Il y avait toujours du Coca dans le Frigo, mais il n'y avait rien d'autre : il rapportait un grec ou un MacDo en rentrant le soir. Tous les soirs. Il menait grand train, le cousin Djinn. Il suffisait de voir ses polos Lacoste et ses flacons d'Hugo Boss. Et puis sa conso personnelle, ce n'étaient pas deux misérables barrettes de mauvais shit, mais de beaux et volumineux sachets d'herbe Amnésia – la préférée de Krim.

Il fut justement question de Krim lorsque Gros Momo l'eut rejoint dans la cuisine, à l'abri des regards suspicieux de Paname et du phare surpuissant de la tour Eiffel.

— Tu veux voir ce qu'il a fait, ton copain ? Allume la télé…

Gros Momo chercha la télécommande, Djinn s'impatienta et appuya sur le bouton caché dans la tranche du téléviseur à écran plat.

Tous les programmes des chaînes hertziennes avaient été interrompus et montraient, sous des angles différents, le canal Saint-Martin couvert de bougies. L'image était à la fois spectaculaire et réconfortante. Au bout de quelques minutes, Gros Momo avait compris qu'il s'agissait d'un hommage à Chaouch, d'une marche d'encouragement. Bouche bée, il aurait voulu communiquer à son cousin le sentiment si particulier qui s'était instantanément emparé de lui, une sorte de joie inédite, un peu hystérique, devant ce mélange de beauté et de bonté – mais Djinn affichait un sourire sardonique et secouait la tête en guise de condamnation.

Son portable vibra, il se rembrunit.

— Faut que j'y aille. Je reviens demain, tu fais pas de conneries, hein ?

Gros Momo changea de chaîne et écouta, sans tout comprendre, un débat d'experts sur *la France qui avait voté Chaouch*. Les femmes et les jeunes avaient massivement voté pour lui, ainsi que – « la plus grande surprise de ce scrutin », estimait un des invités – une bonne partie des classes populaires qui avaient délaissé les extrêmes malgré les violentes attaques de la droite sur l'élitisme du candidat du PS.

Géographiquement, Chaouch avait conquis l'Ouest et le Nord du pays, la moitié est de Paris et les banlieues à problèmes bien sûr, au sujet desquelles deux spécialistes de la carte électorale n'arrivaient pas à se mettre d'accord : l'un prétendait que les inscriptions sur les listes électorales des fils d'immigrés de la fameuse « troisième génération » avaient constitué un mouvement massif et déterminant dans le résultat du scrutin, l'autre soutenait le contraire. Gros Momo aurait préféré croire le premier expert, mais il avait l'air sévère et ressemblait à son ancien prof de maths. L'autre était rond, barbu, sympathique : il considérait que le phénomène du vote des banlieusards était intéressant mais marginal. Gros Momo en conclut qu'il avait bien fait de ne pas voter, que ça n'avait rien changé à la victoire de Chaouch, en tout cas que ça ne l'avait pas empêchée.

— Ouf, souffla-t-il.

Il avait à ce moment-là parfaitement oublié que c'était son meilleur ami qui avait tiré sur Chaouch. La dernière fois que Krim lui avait parlé, c'était – dans les buissons autour du gymnase – pour savoir s'il allait voter ; il avait répondu bêtement : « Voter, pour quoi faire ? » Des mots qui lui faisaient honte tandis que le présentateur de l'émission exaltait, en voix off sur les bougies du canal Saint-Martin, cette jeunesse française qui avait résolument choisi son candidat, et qui méritait, aujourd'hui plus que jamais, le surnom de Génération Chaouch.

5.

Dans son bureau, Montesquiou démultipliait son visage lisse et souriant sur une douzaine de vignettes encadrées, au côté du président, de Bill Gates, de Tony Blair, de célèbres flics de fiction comme Kiefer Sutherland, alias Jack Bauer, et d'obscurs ministres de l'Intérieur européens dont même les spécialistes mélangeaient les noms. Cet étalage de célèbres rencontres n'était pas inhabituel ; ce qui l'était, c'était une autre photo, placardée au dos de la porte de son coffre-fort, que ses visiteurs n'étaient donc pas supposés voir, mais à laquelle eut droit l'ingénieur en informatique qui fut brièvement reçu ce soir-là, par le jeune directeur de cabinet :

— Qu'est-ce que c'est que cette photo ? ne put se retenir de demander l'informaticien.

La photo représentait Chaouch à la tribune, en sueur, extatique, lors du fameux discours qu'il avait prononcé entre les deux tours de la primaire socialiste : au premier tour, il était arrivé deuxième à la surprise générale, et on pouvait considérer que ce *discours à la jeunesse*, si étrange, si passionné et inhabituel dans la bouche d'un politicien, avait été le coup de dés fondateur de son ascension irrésistible. Montesquiou était devant son poste de télé ce soir-là : trois jours avant le second tour qui devait sacrer cet eurodéputé quasiment inconnu candidat du premier parti d'opposition, le bras gauche de Vermorel avait compris que, pour son camp, l'Ange de la mort avait pris les traits inattendus d'un tribun arabe au physique d'acteur et à la voix chaude, qui osait tout devant une foule galvanisée.

Montesquiou avait voulu que ne le quitte plus l'image de l'homme à cause de qui il pouvait partir, quitter ce bureau, ce ministère, ses privilèges ; cette photo de Chaouch, c'était son *memento mori*. Souviens-toi que ton fauteuil capitonné est un siège éjectable. Bien sûr il n'en dit rien à l'ingénieur de la DCRI qui venait discrètement lui apporter une dizaine de feuillets annotés, analysés au feutre rouge et surmontés d'une mention Confidentiel-défense.

— Y a tous les messages des quatre derniers mois, là ? demanda Montesquiou avec une pointe d'agacement.

— Tous, répondit l'informaticien d'une voix chuchotante, y compris ceux qu'il a effacés.

— Vous savez tout faire, décidément.

Il n'eut besoin que d'une demi-heure pour prendre connaissance des remarques marginales qui figuraient sur ces feuillets. Il en termina la lecture dans la voiture qui le conduisait à la SDAT.

Quand il traversa les locaux de Levallois-Perret, beaucoup ne l'entendirent pas, et certains sous-fifres, gênés de le reconnaître à contretemps, lui adressèrent un salut crispé.

Le capitaine Tellier se contenta d'un signe de tête, déférent mais non dénué de perplexité. Que l'audition de Krim intéresse la place Beauvau, il pouvait le comprendre, mais une visite par jour du directeur de cabinet adjoint de la ministre, c'était trop. L'air fourbe, Montesquiou demanda :

— Vous réussissez à le faire parler, capitaine ?

Tellier répondit qu'il « chiquait » un peu, c'est-à-dire que les auditions ne donnaient pas grand-chose.

— Enfin, il a pas l'air de savoir grand-chose non plus, faut dire...

— Capitaine, j'aimerais m'entretenir seul à seul avec lui quelques instants.

Tellier ne cacha pas son mécontentement, mais il se voyait mal refuser. Montesquiou avait le pouvoir, en un coup de fil, de le muter à la Sûreté départementale de Rillieux-la-Pape.

— Vous préférez que je sois présent ou... ?

— Non, je préférerais que vous me donniez une cigarette, répondit sèchement Montesquiou sans même regarder le capitaine.

Tellier avait arrêté deux mois plus tôt ; il en demanda une à un collègue de l'équipe de jour et la remit au puissant conseiller.

Lorsque Montesquiou entra, son premier geste fut d'éteindre la webcam et de poser sa canne le long du plan de travail encombré par l'ordinateur.

— Tu fumes ?

Krim ne répondit pas. Il avait à peine la force de froncer les sourcils pour montrer à tous ces flics à quel point il les détestait. Mais depuis qu'il fumait, il n'était jamais resté vingt-quatre heures sans fumer ; il se souvenait précisément en avoir grillé une avant de rejoindre le rouquin. Et il se souvenait même de l'avoir écrasée alors qu'il restait au moins quatre taffes. Quand il y pensait ces quatre bouffées sacrifiées avec désinvolture l'asphyxiaient plus encore que le manque physiologique de nicotine.

— Bon, tu veux pas fumer, tu veux pas répondre, alors c'est moi qui vais causer. Voilà, que tu parles aux flics ou non, tu vas être envoyé en taule, ça tu l'avais compris tout seul. Mais au bout d'un moment, demain, après-demain, le capitaine va te faire une sorte de proposition : si tu te mets à table, peut-être qu'il pourra parler au juge, histoire de te trouver des circonstances atténuantes. Tout ce que tu répètes en boucle depuis hier, j'ai été manipulé, etc. etc.

Krim était horrifié par la voix de ce type. C'était la voix de quelqu'un pour qui rien n'avait véritablement d'importance. C'était décidément la voix de Nazir.

— Eh bien quand il va te proposer ça, sache qu'il mentira. C'est un petit capitaine de police, il peut toujours parler au juge, ça va rien changer.

— Alors quoi, intervint Krim, plus pour ne pas se laisser envahir par cette voix malsaine que pour dire quelque chose, vaut mieux que je ferme ma gueule !

— Tu as tout compris.

Krim ne comprenait rien.

— Maintenant je vais te parler de moi. Tu veux toujours pas fumer ?

Krim remua très faiblement le menton. Montesquiou lui offrit la cigarette.

— Et comment je l'allume ?

— Je te donnerai le briquet quand tu m'auras écouté jusqu'au bout.

6.

— Voilà. Je m'appelle Pierre-Jean de Montesquiou, je suis le directeur de cabinet de la ministre de l'Intérieur. Tu prends tous les flics qui t'ont interrogé, tu prends tous leurs patrons, eh ben, ces mecs baissent leur froc devant moi. Ils me détestent, j'ai vingt-neuf ans, j'ai fait une grande école pour devenir haut fonctionnaire et pour eux je suis la peste, le diable : un politicien prétentieux qui n'a jamais tenu une arme de sa vie et qui peut bousiller leur carrière en trois minutes. Parce que je vois la ministre tous les jours, tu comprends, je murmure des choses dans son oreille, et elle m'écoute tout le temps, la Vermorel. Tout ce que je dis. Ces mecs, je parle des grands flics hein, ils me détestent, mais il y en a qui me détestent encore plus, des types qui aimeraient bien me tuer : ce sont les juges. Les juges, je ne vais pas te mentir, c'est plus difficile de les atteindre, ils ont leur propre ministère, la Justice, et ils détestent recevoir des ordres. Mais dans les situations les plus graves comme celle-ci, ils ont pas le choix. Ce que tu as fait en tirant sur Chaouch, c'est provoquer une crise encore plus gigantesque que tout ce que tu peux imaginer.

— Mais j'ai...

— Non non, écoute-moi, je sais que tu y as été obligé par Nazir. Je sais exactement tout ce qui s'est passé. Et je vais te faire une confidence : Nazir, je le connais très bien. Je le surveillais depuis un petit bout de temps, j'écoutais ses téléphones, je connais tes conversations SMS avec lui par exemple...

Tétanisé par le silence qui s'ensuivit, les doigts de Krim finirent par lâcher la cigarette.

Il allait se baisser pour la ramasser lorsque la voix de Montesquiou repartit et l'en empêcha par la seule force de son volume.

— Alors, maintenant, c'est très simple : il y a un petit truc qui me chiffonne, c'est rien, tu vas voir, juste un petit texto. Un texto écrit en italien où il te donne rendez-vous à « G. » le jeudi 9 mai. Ça te dit quelque chose ? Un texto en italien, c'est pas dur, t'en as pas reçu des centaines...

— Un texto en italien ? Ben non, j'sais pas...

— Écoute, on a un truc que ces mecs qui te hurlent dessus n'ont pas, on sait qui c'est, Nazir. Et moi je comprends complètement que tu te sois laissé influencer par lui, et, je te le dis comme je le pense (il mit sa longue et fine main blonde à plat sur sa poitrine), ça me ferait mal au cœur que tu payes pour ce qu'il a fait, lui. Ce qui va se passer maintenant, c'est qu'il va s'en sortir et que tu vas être désigné comme le seul coupable. La vérité, c'est qu'ils s'en foutent, les gens qui vont te mettre en taule. Ce qu'il leur faut, c'est un coupable sexy, une bonne histoire à servir à la presse. Une jeune caillera, troisième génération d'immigrés, paumé, toutes ces conneries. Voilà, en plus il est un peu dingue, il écoute de la musique classique en fumant des joints. Il a envie qu'on parle de lui, il tire sur le président. Eh bien crois-moi,

Krim, il n'y a pas deux personnes dans ce pays qui peuvent empêcher que ça se passe, il n'y en a qu'une, et cette personne, elle est devant toi.

Montesquiou sortit le briquet de sa poche et fit jaillir une flamme immobile sous le nez de Krim. Krim ramassa la cigarette avec sa main libre et aspira la première bouffée, qui fut si agréable que sa tête se mit à tourner.

— Mais alors qu'est-ce que je dois faire ?

— Ce texto en italien, pourquoi il te donne rendez-vous à « G. » ? Il y en a eu un autre en italien, juste avant. « *Come stai, babbo ?* » Et après celui-ci. « G. » Essaie de te souvenir.

— Ah mais non, c'étaient des textos qu'il m'a envoyés par erreur. Il m'a dit de les effacer, mais y en a que j'ai oublié d'effacer...

Montesquiou vit que Krim essayait de se souvenir, mais que le stress l'empêchait de se concentrer...

— Bon, finit-il par décider, repense à Nazir, repense à ces textos, et je suis sûr qu'à un moment tu vas te souvenir de quelque chose, je sais pas, un endroit dans un pays étranger dont il parlait tout le temps, des gens bizarres qu'il devait rencontrer, une ville... Et quand tu te souviens d'un truc, ne dis rien aux petits flics qui pourront rien pour toi, garde-le dans un coin de ton cerveau et attends que je revienne te voir. O.K. ?

Pour la première fois, Krim ne se sentit pas regardé par Montesquiou comme un spécimen de quelque forme de vie inférieure.

Il prit son courage à deux mains et demanda :

— Il est mort ou pas, Chaouch ? Ils disent que oui mais je les crois pas... ces enculés, ils veulent juste me faire *khalai*...

Montesquiou le considéra avec amusement :

— Et ça veut dire quoi, « *khalai* » ?

— Ça veut dire la peur, répondit Krim en soutenant le regard de l'énarque.

La forme étrangement dormante de ses yeux contredisait leur bleu glacial ; les paupières n'étaient pas tirées vers le haut comme dans les visages méchants et ironiques, il semblait même qu'il aurait suffi d'un détail pour que ce regard cruel se métamorphose en son contraire exact, doux et mélancolique.

Mais ce détail était invisible, ou pour mieux dire introuvable. Et Montesquiou s'appuya sur sa canne et sortit sans avoir renseigné Krim sur l'état de santé de son illustre victime.

7.

Fleur, la jeune fille qui conduisait désormais Nazir, avait sensiblement la même forme de paupière que le directeur de cabinet adjoint de la ministre. Et chez elle aussi, la mélancolie et la douceur inhérentes à ses traits avaient été chassées par les aventures de la vie. Sauf que, d'une part, ce n'était pas le cynisme politicien qui allumait les yeux de Fleur – plutôt une sorte de panique perpétuelle ; et d'autre part leur couleur elle aussi bleu arctique était faussée depuis quelques mois par une paire de lentilles vertes que lui avait offertes Nazir et qu'il mettait un point d'honneur à ce qu'elle les renouvelle chaque semaine.

Au début Fleur n'avait pas compris l'obsession de celui qu'elle appelait l'homme de sa vie. Nazir s'en était expliqué mais de façon confuse : il disait ne jamais la trouver aussi belle que lorsqu'elle dormait, or les yeux verts produisaient mieux que les bleus l'illusion de cet ensommeillement.

Un soir, à Zurich, il lui avait avoué que ses petites amies avaient toutes été plus ou moins la même fille : des ersatz d'elle – jeunes créatures somnambuliques, bouche entrouverte, des lèvres boudeuses essayant d'attraper le bout d'une paille imaginaire, une fine nuque chaude et blanche, enroulée d'écharpes et de foulards dans des tons de rose pâle, pour accuser le vert aquatique de leur regard resté au pays des songes.

À bientôt vingt et un ans, Fleur ne correspondait plus que très imparfaitement à ce fantasme dont Nazir prétendait qu'elle constituait le parangon ultime : la vie en exil dans ce patelin des Alpes suisses l'avait rendue robuste, sa nuque et ses épaules avaient perdu leur arrondi romantique, ses paumes s'étaient carrées, ses avant-bras avaient durci et ses lèvres boudeuses étaient envahies de gerçures.

Elle avait par ailleurs changé une vingtaine de fois de couleur de cheveux depuis la puberté : de l'acajou au rose à mèches violettes, en passant par des bruns tous plus désastreux les uns que les autres. Ce n'est qu'en s'exilant en Suisse six mois plus tôt qu'elle s'était résignée à retrouver sa blondeur cendrée originelle. Mais pour ne pas ressembler à la jeune fille de bonne famille qu'elle avait été jusqu'à quinze ans, et dont elle abhorrait chaque détail – du port de tête à la façon de s'asseoir sur une chaise –, elle négligeait méticuleusement ses cheveux. Noués par un aberrant catogan fuchsia, ils retombaient ainsi comme une vulgaire queue de cheval sur l'appui-tête de son siège de conductrice, sans compter, comme lâcha Nazir dans un incontrôlable élan d'irascibilité, qu'ils *sentaient*.

— Eh ben putain, commenta Fleur, on s'est pas vus depuis deux mois et c'est comme ça que tu me traites ?

— Mais tu croyais quoi ? Que j'allais te rejoindre à la planque et qu'on allait faire l'amour passionnément au milieu des bougies et des roses ?

Il passait son temps à se retourner pour vérifier que personne ne les suivait sur cette route de montagne. Mais la nuit était voilée par un brouillard épais : quand le 4×4 virait au détour d'un lacet, Nazir n'aurait jamais pu repérer en contrebas la lueur de phares ennemis.

Fleur s'essuya le coin des paupières et ouvrit la bouche pour s'empêcher de sangloter ou de vomir.

Nazir se replongea dans l'étude d'une carte routière. La faible luminosité bleue de son BlackBerry l'obligeait à placer la feuille dépliée juste sous son nez. Fleur leva les yeux au ciel et alluma la petite ampoule placée à côté du rétroviseur central. Nazir l'éteignit immédiatement. Pour maîtriser la rage qui s'emparait de lui, il ferma les yeux et accrocha à ses lèvres un large sourire immobile. Il remarqua que Fleur s'était mise sur son trente et un pour leurs retrouvailles : elle avait choisi sa plus belle robe à fleurs et ses Converse au bleu gris délavé. Nazir chassa l'image mentale de sa jeune amie recevant son SMS et se précipitant pour le rejoindre, toutes affaires cessantes.

— Fleur, je suis désolé, dit-il en mettant la main sur son genou égratigné. C'est le stress de... Waldstein qui devait me conduire jusqu'à toi, je suis persuadé qu'il leur communiquait nos coordonnées, peut-être juste avec le GPS, je pouvais plus prendre de risques. Écoute, je sais ce que ça t'a coûté, tous ces mois à préparer cette planque, et puis... la solitude... l'impossibilité de nous voir...

— C'était infernal.

— Je sais. Je sais ce que tu as vécu. Mais le plus dur...

— Le plus dur, c'était de ne pas pouvoir te voir ! De ne pas pouvoir t'appeler !

— Ils me surveillaient, Fleur. Je n'avais pas le choix. Ils surveillaient toutes mes puces à la fin, celle que j'utilisais pour parler à ma... mère.

— Oui, mais c'était... y a des fois où j'en pouvais plus. Après, je l'ai voulu, et je crois que ça m'a fait du bien, la vie à la ferme. Plus voir toutes ces gueules...

Nazir l'interrompit d'un geste de la main. Ils étaient arrivés au sommet du col.

— Mets-toi dans le buisson, là. Je veux vérifier que personne ne nous suit.

— Nazir, tu deviens dingue, ça fait trois heures qu'on roule en plein désert ! D'ailleurs, merde... t'es sûr qu'on peut pas retourner à Sogno ?

C'était l'endroit où Fleur avait passé les derniers mois. Il y avait une ferme abandonnée, à quelques kilomètres du village, au milieu de collines boisées et de prés fleuris et vallonnés. Fleur s'était constitué un garde-manger avec des produits de première nécessité ; elle tirait son eau d'un puits, lisait des poésies à la chandelle, vivait sans électricité, à la sauvage, loin des lueurs traîtresses de la civilisation des villes.

— On va dormir ici cette nuit, déclara Nazir. Et demain… on verra.

Fleur coupa le contact et vit Nazir qui vérifiait bizarrement la texture de sa veste noire.

— Qu'est-ce que tu fais ?

— J'ai cousu des papiers dans la doublure. Des papiers importants.

Fleur écouta le hululement des oiseaux nocturnes.

Le 4×4 était arrêté à quelques mètres de la route, parfaitement invisible. Fleur rejeta la tête en arrière et enleva son chouchou fuchsia. Ses cheveux puaient, mais elle ne s'en était jamais rendu compte avant que Nazir le lui fasse remarquer.

Elle ouvrit à nouveau la bouche et se souvint de toutes ces soirées de lecture et de solitude, les bougies achevant de brûler dans leurs bobèches tandis que la nuit s'épaississait autour d'elle.

Elle se mit à pleurer comme une folle.

— Tu m'as tellement manqué, dit-elle en levant sur Nazir ses yeux inondés de larmes.

Nazir l'aida à se faufiler sur la banquette arrière pour qu'elle puisse s'y allonger et se calmer un peu. Ses mollets hérissés de courts poils blonds étaient couverts de boue et de petites éraflures. Sur ses avant-bras nus, Nazir vit qu'elle avait la chair de poule. Il enleva sa veste pour la première fois depuis la veille et en recouvrit le corps frémissant de fatigue de sa complice.

— Allez, dors un peu, dit-il d'une voix presque douce, tout va bien se passer…

Et quand elle fut endormie, il promena sur son visage encore anxieux l'écran de son BlackBerry tout neuf, et murmura sur le même ton que deux minutes plus tôt :

— Ma petite sauvageonne...

8.

La marche aux bougies s'effilochait tandis que le commissaire Maheut supervisait la « salle », le centre opérationnel de la Préfecture de police sis en son sous-sol. Il fallait un badge pour y accéder, qui ouvrait plusieurs sas de sécurité. Les officiers qui y travaillaient portaient tous l'uniforme et se mettaient au garde-à-vous au passage du commissaire.

La « salle » était un immense poste de commandement, pourvu de dizaines d'écrans reliés aux centaines de caméras de vidéosurveillance de la capitale. Maheut dirigeait la Direction de l'Ordre public et de la circulation depuis un an ; il n'avait jamais vu ce bunker aussi rempli et actif que depuis l'attentat de dimanche, mais ce soir tous les records étaient explosés. Tous les chefs d'état-major étaient sur le pied de guerre : CRS, gendarmerie, Renseignements généraux et forces de police.

Une équipe s'occupait des caméras du canal Saint-Martin. Le commissaire fit quelques pas vers d'autres écrans et demanda à dézoomer sur les Champs-Élysées. Une bande de quinze individus se faisait des signes discrets pour échapper à la sagacité des policiers sur le terrain. Maheut acquit la certitude en quelques instants qu'ils mijotaient quelque chose. Il fit prévenir l'escadron le plus proche, envoya deux sections en renfort et observa, sur les écrans nocturnes, l'interpellation musclée qui s'ensuivit. Sur place le major s'éloigna pour parler dans son talkie-walkie :

— Commissaire, on a retrouvé des clubs de golf sur eux, mais aussi des armes de poing.

— Chargées ?

— À balles réelles, commissaire, déclara le major avec inquiétude.

Une minute plus tard, le commissaire ordonna :

— Prévenez l'ambassade américaine que ça bouge vers chez eux.

L'équipe du canal Saint-Martin repéra du mouvement à la sortie du métro Jaurès, où s'achevait la marche aux bougies.

— Commissaire, venez voir, vite !

Maheut bondit derrière le capitaine qui manipulait les images.

Ils étaient une quinzaine : quelques caméras purent faire des captures d'écran de ceux qui avaient tardé à recouvrir leurs visages d'écharpes noires. Les images furent instantanément transmises à un centre de traitement qui les confronta aux bases de données des services de police d'Île-de-France.

— On a combien de sections de CRS pour encadrer la manif ? Envoyez-les toutes !

Le préfet de police Dieuleveult avait interdit toutes les manifestations, mais celle-ci, initiée au dernier moment sur les « réseaux sociaux », comme disaient les journalistes, avait échappé à la sagacité des Renseignements généraux.

Au poste de commandement que dirigeait le commissaire Maheut, on avait vu les badauds s'amasser sur les berges du canal sans pouvoir les disperser avec les quelques unités présentes sur place. Pour ne pas créer d'incident, le commissaire Maheut avait décidé de laisser la marche se dérouler pendant quatre heures, et il avait envoyé des sections de CRS place Jaurès, en bout de cortège, pour prévenir un éventuel surgissement de casseurs.

Ils furent appréhendés sans difficulté, mais il y en eut un qui sauta dans le canal pour échapper aux policiers. Maheut observa les CRS en rangers qui descendaient les marches et investissaient les deux quais pour cueillir le fuyard. Mais celui-ci continuait de nager. Maheut dut prendre une décision : il ordonna aux hommes présents sur place de le rejoindre dans l'eau pour l'empêcher de se noyer. On ne pouvait pas savoir, s'il avait pris des drogues par exemple. Il était hors de question que cette marche pacifique se termine par un mort.

Les CRS rechignèrent mais finirent par s'exécuter. Quelques minutes plus tard, la manifestation s'était dispersée et le préfet de police félicitait son jeune commissaire, par téléphone, pour sa gestion intelligente de la situation.

Il y eut pourtant une image au milieu des applaudissements de la salle, qui hanta Maheut pendant les quelques heures qui suivirent : le jeune homme encagoulé qui avait failli se noyer avait la tête entre les mains sur un écran que plus personne ne surveillait. Il était menotté, assez loin du bord du canal pour ne pas être tenté d'y replonger, solidement encadré par quelques policiers, et il pleurait, il pleurait comme un gosse, en frissonnant dans l'impitoyable lueur jaunâtre des néons du quai.

MARDI

Chapitre 9

Sorcellerie constitutionnelle

1.

L'édito intitulé PLEINS POUVOIRS fit exploser le nombre de visites sur le site d'Avernus.fr, le journal qui s'était montré – et de loin – le plus hostile à Chaouch pendant la campagne. Dans ces trois paragraphes rédigés sous forme de lettre à Nicolas Sarkozy, il était question non seulement de ces pleins pouvoirs inédits dans l'histoire de la Vᵉ République – depuis le général de Gaulle en 1958 –, mais aussi de la campagne électorale, de la France qui avait vécu alors un *véritable phénomène d'hallucination collective*, s'étant laissé *charmer par un serpent néolibéral à carte d'identité PS*, et enfin du bilan de deux nuits d'émeutes ici rebaptisées saccages, parties *rappelons-le* de Grogny – *(on peut s'interroger sur ce que serait une politique de la ville d'un président qui a fait de la sienne une poudrière...)* –, et qui donnaient à l'étranger l'image honteuse d'un pays au bord de l'explosion. L'édito concluait :

> C'est un barbare nommé Clovis qui a fondé la France. Assez de cautèles et de calculs cyniques, disons-le haut et fort : nous ne laisserons pas une poignée de sauvages la détruire. Monsieur le président de la République, ne fuyez pas vos responsa-

bilités, soyez dans la tempête un capitaine hardi et fort : prenez les pleins pouvoirs.

L'homme qui avait écrit ces quelques lignes, l'homme qui s'était vu reprocher son « incroyable indécence » dans toutes les émissions où il avait été invité, l'homme qui s'était défendu seul contre tous et qui avait été, en fait, le premier à briser le consensus médiatique autour de l'idée qu'il fallait apaiser à tout prix, ce grandiose adversaire de la paix attendait tranquillement, en ce mardi 8 mai (ciel couvert sur toute la moitié nord du pays, températures caniculaires dues à ce front chaud arrivé jeudi dernier d'Afrique du Nord), dans une célèbre brasserie de Saint-Germain-des-Prés, où l'avait invité son ancien camarade de fac, Henri devenu M. le juge Wagner mais manifestement toujours aussi peu soucieux de la ponctualité.

Le juge Wagner arriva avec dix minutes de retard, sans cravate, la tête encore lourde d'une nuit passée dans les relevés d'écoutes des téléphones de Nazir Nerrouche.

Il tendit la main en direction de l'éditorialiste le plus irresponsable de France. Putéoli ne se leva pas pour la lui serrer, se contentant d'un : « Tu vas bien ? » excessivement chaleureux.

— Eh ben cet édito, risqua Wagner en prenant place en face de lui, le moins qu'on puisse dire, c'est que tu sais faire parler de toi…

Putéoli sourit entre ses dents de rongeur.

— Ça fait plaisir de savoir que tu me lis fidèlement.

Wagner tapota des doigts sur la table et chercha du regard un serveur, pour réprimer son envie de lui signifier tout le dégoût que ses manières chafouines lui inspiraient.

La discussion, à peine entamée, tomba au point mort, les deux hommes se jaugeant sans se regarder, aucun ne voulant briser la glace ; Wagner, qui avait plus besoin que son interlocuteur que l'échange se déroule harmonieusement, mit son poing dans sa poche et demanda des nouvelles de la famille.

On parla ainsi pendant quelques minutes, et bientôt le silence retomba sur la table. Putéoli leva un sourcil et demanda froidement :

— Qu'est-ce que tu veux, Henri ?

— Écoute, tu as raison, aux chiottes la courtoisie. Je veux savoir comment tu as eu cette vidéo de l'interpellation, en avant-première. Je te demande ça en... ami...

Putéoli rejeta la tête en arrière :

— Enfin, je ne vais pas trahir mes sources et tu le sais très bien. J'espère que c'est pas pour ça que tu as insisté pour qu'on se voie, j'ai un emploi du temps épouvantable ces jours-ci.

— Dis-moi au moins comment ta journaliste, cette Marieke Vandermachin, comment est-ce qu'elle a pu avoir accès à l'organigramme de la DCRI... C'est quoi, la suite de l'article ? Les « incroyables ratés », c'est quoi ? Comment elle sait tout ça ? Elle a eu accès au dossier de l'enquête préliminaire ?

Les yeux du patron d'Avernus.fr étaient comme d'habitude mobiles, méfiants, mais un léger voile de jubilation venait d'y apparaître, qui faisait naître des mouvements incoercibles aux coins de ses lèvres.

Wagner, trop fatigué pour s'humilier davantage, se renfrogna.

— Crois-moi, lâcha-t-il en fixant le rebord brillant de sa chaise en métal, je n'ai aucune envie de *t'obliger* à me dire comment vous savez tout ça, c'est contre tous mes principes...

Putéoli triompha.

— Tes principes. Ah les esprits subtils... les belles âmes...

Maintenant les deux hommes se regardaient. Putéoli poursuivit en posant ses deux mains sur la table vide :

— Henri, on va pas se raconter d'histoires. Tout le pays est suspendu à la décision du Conseil constitutionnel, un réseau terroriste que personne n'a vu venir a réussi à abattre un candidat à la présidentielle, on a basculé en plein Far West et tu es là à me menacer pour une broutille ? Qu'est-ce que tu vas me sortir, violation du secret de l'instruction, pour la vidéo de l'interpellation ? Enfin, ça n'existe pas, le secret de l'instruction, arrêtons de divaguer…

Wagner aurait voulu sortir son Code de procédure pénale et l'assommer avec.

Putéoli affecta une gravité victorieuse, comme pour justifier derrière son édito le tour qu'il avait donné à sa vie ces derniers mois – tour qui l'avait rendue palpitante, et dont la palpitation était devenue une drogue : les plateaux télé, les homélies exaltées, les menaces de mort et les soutiens de voix plus fortes que la sienne, d'esprits plus grands et plus profonds qui devaient pourtant s'incliner devant sa pugnacité et sa présence médiatique.

— C'est la guerre, Henri. Tu devrais être bien placé pour le savoir.

— Va te faire foutre.

— C'est la guerre, répéta-t-il avant de citer Shakespeare : *Panique dans les campagnes, désordres dans les cités, dans les palais la trahison et* (son visage s'illumina de perfidie) *entre pères et filles : tout lien rompu…* Il dit, filles ou fils ? J'ai oublié…

Tout à son tumulte intérieur, Wagner ne comprit pas l'allusion.

— Bon, ben, tu ne me laisses pas le choix. Tu te souviens de Jean-Baptiste ? Jean-Baptiste Chabert ? Il est devenu directeur général des impôts, le salaud. C'était le meilleur, tu me diras, le meilleur d'entre nous. On a passé quelques jours de vacances ensemble l'été dernier, je l'ai invité dans le Sud avec sa nouvelle femme. Une très jolie femme, on s'est tous très bien entendus, d'ailleurs…

Cette menace à peine voilée d'un contrôle fiscal aurait dû instiller la panique dans le regard de Putéoli ; mais son regard fuyant pour la première fois ne bougeait pas, la perfidie ne le quittait plus. Il se leva paisiblement de table, réajusta son nœud papillon, et déclara en souriant à son vieux camarade, avec l'indémontable assurance d'un homme que le Seigneur des mondes aurait pris sous sa protection :

– Eh ben, ils sont beaux tes principes... Le grand juge de gauche qui menace de me briser les rotules comme le premier mafieux venu... Allez, fais donc ce que t'as à faire, Henri. Moi, je ne te dirai rien.

2.

Comme Mansourd s'y était attendu, la banque zurichoise refusait de communiquer ses bandes de vidéosurveillance. Le commandant espérait que Wagner avait raison, et que la voie diplomatique allait porter ses fruits. Bien sûr, d'ici à ce que les ministères de la Justice français et suisse se mettent d'accord, Nazir courait toujours ; mais les contrôles aux aéroports avaient été doublés, et grâce à Interpol les avis de recherche étaient placardés dans tous les postes de police helvètes, plus spécifiquement aux frontières avec l'Allemagne, l'Autriche et l'Italie. Les télévisions locales relayaient généreusement les « sujets » nationaux sur l'ennemi public numéro un. À moins qu'il ne s'enterre dans une grotte ou ne fasse l'acquisition d'une potion d'invisibilité, il n'était pas déraisonnable de considérer que le fugitif n'avait aucune chance.

De retour au siège de la SDAT, et après avoir étudié les dizaines d'appels de gens qui prétendaient l'avoir repéré au bar du coin, le commandant s'informa de ce que donnaient les surveillances électroniques et les écoutes de la famille Nerrouche. Le lieutenant qui dirigeait celles-ci répondit d'un hochement de tête négatif ; il était accompagné d'un traducteur arabe qui ne comprenait pas le kabyle.

— Et Fouad ? Il a parlé avec la fille de Chaouch ?

— Non, il a essayé de l'appeler plusieurs fois, mais la sécurité de Chaouch est sur le coup...

— Et quoi, pas un mot sur Nazir ? s'emporta le commandant qui manquait manifestement de sommeil. Personne ?

Mais en effet, deux nuits après l'attentat, les anges discrets qui surveillaient la maison de Dounia pouvaient en attester : pas une seule fois le nom de Nazir n'avait été prononcé entre ses murs. Il n'en n'occupait pas moins tous les esprits, s'y répandait petit à petit à la façon d'une fumée noire et fortement toxique.

Sauf que les esprits, on n'avait pas encore trouvé le moyen de les mettre directement sur écoutes.

Réveillée la première, Dounia parut succomber à cette fumée noire en faisant un brin de vaisselle pour s'occuper tandis que le café montait. Elle laissa couler l'eau pendant une minute, et divagua en imaginant que les deux têtes de robinet, celle rouge de l'eau chaude et celle bleue de l'eau froide, figuraient ses deux fils aînés, irréconciliables mais plus de la même façon qu'avant. Ce n'étaient en effet plus deux caractères fondamentalement différents qu'elle pouvait rêver de faire cohabiter un jour, même lointain, quitte à attendre une autre vie, non, c'était quelque chose que son cœur de mère ne pouvait concevoir, quelque chose qui poignardait ce cœur rabougri à l'instant même où il se risquait à l'envisager : c'était le fait, désormais non seulement incontestable mais de notoriété publique, qu'elle avait enfanté un monstre.

Il n'y avait toujours aucun bruit à l'étage : elle fuma une cigarette à la fenêtre ouverte sur le parking endormi au-delà de sa pelouse. N'ayant pas droit aux RTT dans la maison de retraite privée où elle était aide-soignante, elle s'était mise en caisse jusqu'à mercredi. Jeudi matin, elle devrait retourner au travail, nettoyer les seize vieillards de l'étage dont elle avait la responsabilité, s'occuper de leurs escarres, de leurs perfusions, peut-être même faire une toilette mortuaire comme la semaine dernière, cette vieille dame atteinte d'un cancer du colon qu'elle avait laissée deux heures dans la chambre fermée à clé, s'occupant d'autres patients pendant qu'un flot continu de merde verte s'écoulait de sa petite bouche de défunte.

Quand il ne resta qu'une bouffée de sa cigarette, Dounia en alluma une autre avec le mégot de la première. Au milieu de cette coupable deuxième cigarette d'affilée, elle entendit le réveil de Fouad dans le salon mitoyen et s'empressa de la terminer. Fouad fut ainsi davantage réveillé par une énième quinte de toux de sa mère que par la sonnerie de son portable.

Irrité par la nuit de trois heures qu'il venait de faire, ainsi que par son impression d'avoir mauvaise haleine, il demanda à sa mère en se servant du café :

— Qu'est-ce que tu foutais à l'hôpital dimanche après-midi ?

— Oh tu vas pas recommencer, dit Dounia en quittant la pièce tête baissée.

— Maman, réponds-moi : il se passe un truc ? T'es malade ? Enfin dis-moi, merde !

Dounia faillit répondre que ce n'était pas la cigarette qui la rendait malade, mais elle préféra la vérité, la banale et rassurante vérité :

— Je suis allée voir Zoulikha ! La pauvre, on n'allait pas la laisser toute seule…

Elle monta à l'étage pour réveiller Rabia.

Il était trois heures et demie du matin lorsque Rabia, Dounia et Fouad quittèrent Saint-Étienne avec la Twingo de Dounia. Rabia qui n'avait pas accès à sa garde-robe s'était fait prêter un tailleur par sa sœur. Il fallait bien présenter pour rencontrer un juge. Mais Dounia ne disposait pas de tenues sérieuses variées : elles portaient donc toutes les deux la même jupe noire, une chemisette de couleurs différentes (rose pâle et crème) mais de facture identique, et un blazer semblablement coupé. Des instructions avaient été laissées à Slim et Luna concernant le téléphone et les sorties (ne pas l'utiliser, n'en faire aucune) ; un coup de fil à la CPE avait excusé Luna pour les jours à venir, la direction « comprenait ». Pour le reste, le Frigo était rempli et il n'y avait pas de quoi s'inquiéter.

Fouad préféra conduire, quitte à passer le volant à sa mère à mi-chemin. Ils en avaient pour cinq à six heures de route. Fouad avait payé le premier plein d'essence et dû subir les mercis embarrassés de Rabia.

Trois jours plus tôt, Fouad était assis à côté de Krim sur la banquette arrière. Krim lui avait donné un coup affectueux sur le genou. Il avait demandé le sens des paroles de la chanson d'Aït Menguellet, *Nous, les enfants d'Algérie*.

Maintenant Krim était en garde à vue et Fouad conduisait sa mère et sa tante à travers la France pour voir un juge antiterroriste.

Voilà, se disait Fouad, pour le sens des paroles de *Nous, les enfants d'Algérie*.

À côté de lui, Rabia somnolait ; son visage aux pommettes saillantes était embelli par le soleil qui se levait sur les champs du Cantal, mais ses sourcils crispés ne laissaient aucun doute sur la nature des rêves qui s'y entrechoquaient. Krim pris dans l'étau de l'institution judiciaire. Ses cheveux pris dans les fers de la honte. Le cou du tonton Ferhat pris entre les mains d'un fou, qui avait placé sa tête dans une clé pendant qu'il rasait son crâne de vieillard, afin d'y dessiner d'invraisemblables obscénités…

Sur la banquette arrière, Dounia avait aussi les paupières basses mais elle ne dormait pas : elle regardait ses mains posées sur ses genoux, et s'efforçait de maîtriser les toussotements qui l'attaquaient de l'intérieur.

Quand Rabia se réveilla, elle demanda si ça gênait quelqu'un de mettre la radio, et Fouad ne put s'empêcher d'y voir un bon signe. Même si les seules ondes qui ne grésillaient pas dans ce coin reculé étaient celles de France Info, qui parlèrent de la deuxième nuit d'émeutes, plus violente encore que la première. Un gymnase avait été incendié, des pompiers pris pour cible, la façade d'une mairie de banlieue vandalisée et taguée du désormais célèbre « Sarko assassin ».

Un expert en criminologie apparemment matinal et notoirement proche de la place Beauvau avança le chiffre de près de trois mille interpellations pour la seule nuit passée ; il ajouta que ces interpellations s'étaient traduites par deux mille gardes à vue et termina son intervention téléphonique en espérant que le Conseil constitutionnel allait prendre la mesure de ce que pouvait signifier son « mutisme ». La veille, par communiqué officiel, les Sages de la rue de Montpensier avaient en effet validé l'élection d'Idder Chaouch et indiqué qu'ils avaient été saisis par le Premier ministre pour statuer sur un éventuel *empêchement* du président élu.

Mais ils n'avaient rien communiqué de leurs intentions, et le criminologue semblait leur attribuer une part de responsabilité, dans la propagation des émeutes aux banlieues de villes qui n'avaient connu aucun trouble en 2005.

Sentant que le prochain sujet avait de grandes chances de concerner Krim, Rabia demanda à Fouad d'éteindre la radio. Il ne se fit pas prier, même si derrière le silence qui s'ensuivit sifflaient des vols de grenades lacrymogènes, chargeaient des CRS, retentissaient des explosions, brûlaient des milliers de voitures et tout ça à cause de lui, le petit cousin, le petit neveu, le fils adoré.

3.

En se réveillant, Fleur passa la main sur ses larmes séchées, persuadée qu'elles avaient coulé spontanément, pendant qu'elle dormait. Elle étira son corps engourdi sur la banquette et vit qu'elle était seule dans la voiture.

— Nazir ?

Elle ouvrit la portière et marcha pieds nus dans l'aube glaciale. Au détour des fourrés où elle avait garé la voiture au milieu de la nuit, elle vit Nazir de dos, absorbé dans la contemplation des montagnes. Il avait la main droite fourrée entre les boutons médians de sa veste fermée. De la main gauche il pianotait sur son BlackBerry.

— Qu'est-ce que tu fais ?

Nazir devait l'avoir entendue sortir de la voiture : il ne sursauta pas. Il ne prit même pas la peine de se retourner pour répondre d'une phrase énigmatique, qu'il prononça comme s'il l'avait préparée toute la nuit :

— Je rassemble mes troupes.

Parlait-il métaphoriquement de ses forces ? Fleur comprit que ce n'était pas le cas en découvrant, sur le large écran de son téléphone cellulaire, une page Facebook au sommet de laquelle s'additionnaient les cartons rouges.

— T'as pas autre chose à foutre qu'aller sur Facebook ? On est poursuivis par toutes les polices d'Europe et, toi, tu continues avec tes faux profils... Et puis comment est-ce que tu peux capter un réseau au milieu de nulle part ?

— D'où l'intérêt d'avoir un cellulaire. Cela dit, ça ne capte pas très bien. Bon, laisse-moi finir, tu veux ?

Les faux profils Facebook qu'il avait créés depuis quelques années s'élevaient au chiffre plus impressionnant qu'il n'y paraissait de sept. Sous ses fausses identités, il atteignait des nombres d'amis faramineux – même s'il fallait, pour se rendre compte de l'ampleur et des raisons du phénomène, mettre le mot ami au féminin : rien n'était en effet plus facile, pour *requester* des filles, que de prétendre en être une – et singulièrement, le mimétisme étant ce qu'il est, plutôt jeune et jolie.

Dans la longue et secrète histoire du voyeurisme, Nazir tenait Facebook pour un événement aussi révolutionnaire que la naissance de Jésus ou l'invention de l'électricité dans d'autres domaines. Chaque jour, le voyeur facebookien appliqué colonisait de nouveaux continents de nymphettes. Les albums de famille d'un bon dixième de l'humanité n'étaient plus inaccessibles au fin fond de placards poussiéreux, mais cliquables, zoomables et copié-collables à souhait.

Certaines filles bloquaient bien sûr leurs profils, mais peu refusaient une demande d'amitié circonstanciée si figurait, avec la demande de l'inconnue, l'assurance précaire mais souvent suffisante d'un ou de plusieurs amis en commun. Et Nazir qui n'aimait rien tant que les jeunes filles en équipes en possédait virtuellement, dans sa collection diabolique, des centaines aux quatre coins du globe. Aucun détail ne lui échappant. Connaissant leurs coups de blues, leurs enthousiasmes, leurs goûts et leurs colères. Apprenant, souvent en direct, qu'une gymnaste de l'Utah venait de se fiancer, ou qu'une majorette du Pas-de-Calais, en devenant amie avec une demi-douzaine d'homologues polonaises à l'issue d'une compétition internationale, lui avait sans le savoir ouvert les portes, par capillarité d'*amis en commun*, d'une terra incognita qui le mènerait peut-être à passer une partie de la nuit à chatter – d'égal à égal et dans cet effroyable anglais standardisé que tout le monde, absolument tout le monde parlait – avec une innocente et vigoureuse blondinette de Lvov ou de Katowice...

Ce harem virtuel de quelque cinq mille cinq cents vierges ou apparentées ne remplissait pas, toutefois, qu'une mission érotique pour Nazir. Sur au moins deux de ses faux profils, il ou plutôt « elles » n'étaient amies qu'avec des habitants de Grogny, âgés de treize à dix-neuf ans, exclusivement des mâles de la Cité du Rameau-Givré, en voie de désocialisation, et à qui il ne serait jamais venu à l'idée de refuser une demande d'amitié d'une petite pétasse aguicheuse. « Elles » postaient régulièrement des séries de photos intelligemment addictives de telles ou telles parties de leur corps, prises à bout de bras par leurs mobiles et dans des lieux dont on ne pouvait pas soupçonner une seconde qu'ils n'étaient pas réels. Nazir savait ainsi de l'intérieur ce que les services de contre-insurrection découvraient a posteriori, masquant leur impuissance dans de longs rapports techniques que le ministère de l'Intérieur manipulait en fonction des urgences du moment. Et il attendait le moment propice pour se mettre à poster, au lieu des bouts de nichons qui lui valaient des milliers de « j'aime » et presque autant de commentaires, ces messages un peu plus substantiels dont il avait eu tout le temps de rédiger les brouillons en langage texto.

Les paupières de Nazir s'étaient closes au souvenir des plus beaux spécimens de sa collection ; il dut les rouvrir en entendant Fleur lui répéter qu'elle mourait de faim. Nazir rangea son BlackBerry et désigna, à l'est, le triangle peint dans l'écartement de deux sommets qui semblaient se chevaucher : le ciel encore résolument bleu nuit était sur le point de s'y teinter de pourpre.

— Cette vallée, là-bas, c'est la vallée de Schlaffendorf. Il faut longer le lac, on en a pour encore une petite heure à mon avis, si on roule vite.

Ce sur quoi Nazir ne se trompait pas. Après une heure le long d'un lac où le ciel très bas commençait à peine à installer son reflet, leur 4×4 traversa le premier hameau muet d'un village rudimentaire. Le pays des Grisons était un des endroits les moins peuplés de Suisse ; à Schlaffendorf la densité d'habitants par kilomètre carré était proche de 0,7. Les maisons étaient éteintes, sans exception. Les voitures, s'il y en avait, dormaient dans des parkings cachés. La neige refusait de fondre sur les bas-côtés. Sur certains toits des girouettes en forme de coqs ou de lapins attendaient immobiles que le vent les arrache à l'ennui et à la rouille. Seul un chien gris se mit soudain à aboyer, comme pour rappeler aux visiteurs qu'ils ne roulaient pas dans un paysage issu de leurs rêves.

La route centrale était de mauvaise qualité, et Fleur s'aperçut, en accélérant pour semer le chien, qu'après avoir conduit ce 4×4 toute la nuit dernière, elle souffrait avec ses roues, ses jantes, ses amortisseurs comme si c'étaient des prolongements de son propre corps. Elle ressentait presque le besoin de se nettoyer la figure en imaginant la carrosserie empoussiérée par le trajet.

Au lieu de s'engouffrer vers le fond de la vallée, Nazir demanda à Fleur de bifurquer vers ce qui s'annonçait comme une impasse. Il lui assura que c'était pourtant le chemin qu'il fallait prendre. Après quelques kilomètres à travers une forêt épaisse, la route se transforma en chemin de terre à peine praticable. Fleur et Nazir longèrent une prairie qui n'existait sur aucune carte, une prairie en pente raide derrière laquelle se levait le soleil.

Et lorsque le chemin grimpa, Nazir vit apparaître, depuis leur voiture cahotante, un cheval lancé au galop sur la tranche de la colline où ils semblaient devoir se rendre. Le cheval était noir et monté par une jeune fille, dont la longue et profuse chevelure blonde parut à Nazir, éberlué, se fondre comme une oriflamme dans le dynamisme effilé du premier nuage embrasé par l'aurore. La cavalière cabra son cheval et disparut de l'autre côté de la colline, tandis que le jour pointait enfin, illuminant l'immensité du ciel jusqu'à faire plisser et bientôt fermer tout à fait les yeux de Nazir.

Nazir qui croyait avoir été victime d'une hallucination essaya d'ouvrir la bouche pour demander à Fleur si elle avait vu ce qu'il avait vu. Mais Fleur bayait aux corneilles en mimant du bout des lèvres le cahot rassurant du moteur de son 4×4.

— Arrête-toi ! hurla Nazir. T'as rien remarqué ?

Fleur freina et laissa descendre Nazir.

Elle stationna la voiture près d'une prairie constellée de fleurs blanches et bleues, à laquelle l'enfantine lumière de l'aube donnait l'air d'un tapis volant endormi.

Nazir la traversa à toute vitesse, semblant chercher quelqu'un. Il courut jusqu'à la lisière d'un sous-bois et en revint presque aussitôt, vacillant, essoufflé.

— J'ai cru voir…

— Quoi ?

Fleur voulut porter sa main au menton de Nazir qui paraissait soudain en état de choc. Nazir échappa à ses doigts de jeune fille et la regarda avec horreur, comme si elle avait été une tête de Méduse.

Il lui fallut quelques secondes, les yeux fermés, pour retrouver un semblant de sens de la réalité.

— Allez, dit-il en entrant à nouveau dans la voiture, direction Schlaffendorf.

4.

Esther Chaouch insista pour que sa fille prenne le petit-déjeuner avec elle, mais comme Jasmine se montrait réticente à rentrer « chez elle », mère et fille se retrouvèrent dans le restaurant d'un hôtel du Ve, à quelques encablures du Val-de-Grâce, où on leur aménagea une sorte de salon privé en dressant des paravents autour de leur table. Jasmine fermait les yeux pour cesser de penser aux murmures, aux regards clandestins qui l'avaient entourée quand elle était entrée dans l'hôtel, précédée et suivie de son équipe de sécurité. Sous le paravent historié d'insupportables fleurs de lys, elle pouvait voir les mocassins de Coûteaux qui allait passer toute la matinée debout à surveiller les clients.

— Jasmine, commença sa mère en dépliant sa serviette blanche, il y a deux ou trois choses dont il faut qu'on parle, mais d'abord comment ça va, toi ?

Surprise, presque choquée par le ton de sa mère, Jasmine soupira comme une adolescente :

— Je sais pas, maman. Je suis incapable de savoir si je vais bien ou mal. *Story of my life*.

— Mais non écoute, je me suis dit que tu voudrais peut-être savoir où en est l'enquête…

— Ben tu t'es trompée, la coupa Jasmine.

— Jasmine…

— Non mais j'en peux plus moi, je m'en fous de l'enquête ! Ce que je veux, c'est que papa se réveille, qu'il se réveille et qu'il arrête la politique, et qu'on n'aie plus rien à voir avec toutes ces…

Sa voix s'éteignit d'elle-même.

— Jasmine, c'est dur, mais c'est pas le moment de montrer des signes de faiblesse. Au contraire, il faut montrer au pays qu'on est forts. Qu'on garde espoir.

Le « pays » : Jasmine s'en fichait, du pays.

Ce qui la blessait, ce qui la heurtait à ce moment-là n'était rien d'autre que la fausseté du ton de sa mère. Qu'elle ne pouvait pas détester pour cette fausseté : Jasmine savait très bien que sous ses airs de commandante, derrière ces gestes résolus, cette posture droite, elle était décomposée.

La jeune femme profita d'un instant où sa mère consultait son téléphone pour observer son front plissé, ses cheveux noirs de jais, qu'elle teignait encore – elle s'occupait d'elle-même, c'était ce qu'on pouvait souhaiter de mieux pour une femme de tête dont le mari était dans le coma : qu'elle continue de prendre soin de son apparence.

— Maman, qu'est-ce qui va se passer s'il se réveille pas avant que le Conseil constitutionnel décide d'annuler l'élection ?

— Eh bien, c'est simple, répondit Esther Chaouch en s'éclaircissant la voix pour prendre son ton de professeur, la Constitution prévoit que le 17 mai, c'est-à-dire jeudi prochain, ce soit le président du Sénat, Cornut, qui assume l'intérim du pouvoir. L'ensemble des opérations électorales doivent être renouvelées, sous vingt à trente-cinq jours, ce qui nous amène…

— Sarko va être réélu, donc ? Tout ça pour ça ?

— Mais non, rien n'est sûr. Pourquoi tu dis ça ?

— Ben y a personne à gauche si t'enlèves papa, personne pour le battre. Et avec toutes ces émeutes, les gens vont voter pour la sécurité, la stabilité…

Esther Chaouch hésita un instant.

— Écoute, Jean-Sébastien serait devenu Premier ministre, dans le cas de figure dont on parle là, je pense qu'il aurait… beaucoup de soutiens, et une légitimité incontestable pour porter le projet d'Idder, le projet qu'ils ont…

— Vogel ? Franchement, Vogel ? Tu le vois en président ?

— Ma chérie, rien n'est si simple. Et puis on n'aura jamais à en arriver là ! Voyons c'est absurde, on aura pas à en arriver là, c'est… évident…

Le silence tomba sur la table. Jasmine se rongea l'ongle du pouce. Sa mère s'arrêta sur le visage anxieux de sa fille unique.

— Et Brisseau, demanda soudain Jasmine, elle a perdu la primaire mais tout le monde l'aime bien, je l'ai entendue tout à l'heure, on a l'impression qu'elle veut profiter du coma de papa, non ?

— C'est ça, la politique, ma chérie.

— Maman, bifurqua Jasmine en baissant d'un ton, il y a quelque chose que je veux t'avouer. Ça va te paraître stupide, mais… je me sens mal de pouvoir en parler à personne, et… ça m'empêche de dormir, j'ai l'impression d'avoir trahi…

— Qu'est-ce qu'il y a, Jasmine ?

— J'ai pas voté pour lui. J'ai pas voté pour papa.

Esther ne réagit pas. Elle se contenta de poser ses couverts sur le rebord de son assiette et de regarder dans le vague. Jasmine versa la tête en arrière.

— J'ai pas voté Sarkozy, hein, j'ai juste… j'ai voté blanc. Je crois qu'au fond de tout, j'avais pas envie qu'il soit élu. Je sentais que… ça allait changer notre vie, pour toujours. Même si je suis sûre qu'il aurait fait un bon président…

— Jasmine ! l'admonesta sa mère. Ton père est dans le coma, il est pas mort ! Je refuse que tu parles de cette façon. Quant à cette histoire de vote blanc, promets-moi juste de ne pas l'ébruiter, O.K. ?

Jasmine n'avait plus faim. Elle prétendit être fatiguée et répondit mollement à quelques questions de sa mère sur les concerts qu'elle avait choisi d'annuler. Juste avant de laisser sa fille partir, Esther lui prit la main et lui posa une question qui, quand elle la prononça à voix haute, apparut à Jasmine avoir été sa seule vraie préoccupation depuis le début :

— Bon, je t'en parle comme ça, promets-moi de ne pas t'énerver, mais… Fouad… comment dire…

Jasmine s'empourpra de colère. Elle arracha sa main à celles de sa mère :

— Au revoir, maman.

— Jasmine, je dois te prévenir, tu en fais ce que tu veux mais… Fouad doit être entendu aujourd'hui même par le juge d'instruction antiterroriste qui enquête sur l'attentat contre papa…

L'information ne fit pas se retourner la jeune femme mais ralentit perceptiblement sa course.

Coûteaux lui emboîta le pas et lui demanda d'attendre un instant, le temps que la voiture soit avancée devant l'entrée de l'hôtel.

— Vraiment, Aurélien, se plaignit Jasmine, vraiment ? On peut pas marcher sur dix mètres ?

Coûteaux la considéra d'un air étrange, presque personnel, qui troubla Jasmine à tel point qu'elle baissa le regard et accepta sans broncher davantage de patienter dans le vestibule climatisé de l'établissement. Ce fut alors qu'elle reçut un SMS de son ex, Christophe Vogel, qui lui affirmait qu'il pensait à elle, qu'il était là pour elle, qu'il n'osait pas l'appeler mais qu'il n'attendait qu'un « signe ».

5.

L'élégant sexagénaire qui se présenta au bout de la salle d'attente ressemblait exactement à l'homme que Fouad avait vu et admiré à la télé. Costume taillé sur mesure, silhouette fine et énergique, Szafran avait le front haut et clair, à peine ridé, comme pour témoigner d'une intelligence encore jeune. Il y eut un détail qui troubla

Fouad : le ténor du barreau mâchait frénétiquement un chewing-gum. Pour le reste, il avait le même air ténébreux, accentué au lieu d'être adouci par les fils blancs qui commençaient à envahir ses cheveux bruns coiffés en brosse.

— Je suis désolé, monsieur Nerrouche, j'ai été retenu au tribunâân... Mesdames, monsieur. Suivez-moi dans mon bureau, je vous prie.

À la façon sèche dont Me Szafran avait présenté ses excuses, Fouad eut l'impression d'entendre des reproches. Il attribua ce désagrément à l'incroyable voix de basse de l'avocat, qui faisait presque trembler les murs bleus du bureau.

Une stagiaire apporta une chaise supplémentaire et évita le regard de Fouad.

— Bon, j'ai eu le juge Wagner au téléphone ce matin. Vous allez être entendus comme témoins assistés, séparément, et ça ne devrait pas durer très longtemps.

— Témoins assistés ? demanda Rabia. Ça veut dire que vous serez là ?

— Oui, je serai là mais ce n'est pas ce que « témoin assisté » veut dire. Témoin assisté, ça veut dire que vous n'êtes pas mis en cause dans le dossier, mais que vous n'êtes pas non plus entendus comme simples témoins.

Szafran ne cessait pas de mâcher son chewing-gum et de faire jouer ses mâchoires dans un violent mouvement horizontal.

Fouad ne se sentait pas souvent dans ses petits souliers devant des hommes plus âgés que lui, mais le regard perçant de cet avocat, la dureté de son attitude et surtout sa réputation, tout lui rappelait qu'il n'avait que vingt-six ans.

L'impression désagréable de Fouad vira à l'admiration inconditionnelle lorsque Szafran pivota sur sa chaise capitonnée et annonça qu'il pouvait déjà se prévaloir d'un premier – modeste – succès : grâce à ses bonnes relations avec un des enquêteurs de Levallois-Perret, Rabia pourrait téléphoner à son fils avant la fin de sa garde à vue, juste avant son déferement au parquet.

— Dans combien de temps ? demanda Rabia en quittant presque sa chaise.

— Eh bien, le procureur a prolongé sa garde à vue de quarante-huit heures, donc je dirai jeudi soir, probablement.

— Pas avant jeudi soir ? Mais… (Rabia ferma les yeux pour s'interdire de pleurer) c'est mon fils, ils ont pas le droit…

— Madame, la reprit doucement l'avocat, les charges les plus lourdes du Code pénal pèsent sur votre fils. Inutile de se voiler la face, même si l'on réussit à faire apparaître qu'il n'était qu'un exécutant dans un complot plus vaste, c'est quand même lui qui a tiré, qui a tiré sur un candidat à la magistrâtuuure suprême.

— Alors sa seule chance, intervint Fouad, c'est de rejeter la faute sur… mon frère ?

— J'en ai bien peur, oui.

— Maître, je voulais vous dire, comment faire en sorte qu'il ne soit plus défendu par ce Me Aribi ? Je l'ai entendu hier, il parlait au nom de Krim, mais aussi de toute la famille. Et, sans être au courant des stratégies de défense et de toutes ces subtilités, je suis persuadé que c'est une très mauvaise idée de s'exprimer à la télé comme ça…

— Alors, bien, j'allais y venir. Non seulement c'est une très mauvaise idée, mais c'est passible de sanctions. S'il s'est exprimé en votre nom alors que vous ne l'avez pas désigné, il s'approprie une clientèle abusivement. J'ai parlé avec lui hier, au téléphone, je lui ai demandé d'avoir la confraternité de me laisser me charger de la défense de Krim et, bon, je ne vais pas vous mentir, le ton est assez vite monté. Je l'ai menacé de porter l'affaire devant le bâtonnier de Paris.

— De toute façon, qui va payer ? s'écria Fouad. C'est pas Krim, c'est nous ! On a quand même le droit…

— Absolument. Écoutez, je vais vous dire, ça n'ira pas jusqu'au bâtonnier. Me Aribi n'a pas encore rendu visite à Krim, la garde à vue en cas de terrorisme autorise les policiers à repousser jusqu'à soixante-douze heures la présence de l'avocat. C'est scandaleux, mais c'est comme ça. Ce qu'on va faire, c'est que lorsque vous allez avoir Krim au téléphone, dites-lui de changer d'avocat et de me désigner moi. Bon. Mais pour l'instant, il faut préparer l'audition de cet après-midi.

— Vous m'avez dit hier, demanda Fouad, que vous le connaissiez, le juge d'instruction qui s'occupe de... nous ?

— Wagner ? Oui, oui, répondit Szafran, un peu évasif. D'après ce que j'ai compris, le Renseignement intérieur enquêtait déjà sur votre frère et ce mouvement, le SRAF. Et vu la proximité de Wagner avec le nouveau procureur de Paris, Lamiel, on lui a confié l'instruction de l'attentat sur Chaouch avant même la fin de la garde à vue de votre cousin. Ce qui doit ennuyer pas mal de monde. Bref. Sinon... c'est un type bizarre, imprévisible, mais je ne crois pas qu'il soit aussi fou que Rotrou. Vous savez, ils sont tous dingues à l'antiterrorisme. Trop de pouvoir, et trop proches du pouvoir d'ailleurs... Mais Wagner n'est pas un pur et dur, si j'ose dire, il est cultivé, marié à une grande pianiste. Bon, ça reste un juge, mais le fait que ce soit lui qui ait été désigné au lieu des pontes du terrorisme islamiste prouve bien une chose, en tout cas : ils savent depuis le début que ça n'a rien à voir avec AQMI ou je ne sais quelle mouvance islamiste... D'ailleurs, dans sa conférence de presse, le procureur Lamiel n'a pas évoqué la moindre piste religieuse.

Fouad dodelina du chef. Szafran desserra le nœud Windsor de sa cravate, se saisit d'un bloc-notes et enfila sa veste sur le dossier de son siège :

— Bon, maintenant, les choses sérieuses. Je vais vous demander de me répéter tout ce que vous avez dit en garde à vue. Et surtout de me parler de Nazir. De façon extensive. Vous voulez un café ? Un verre d'eau minérââle ?

6.

Une heure après avoir appris par Poussin que le SRPJ de Saint-Étienne n'avait trouvé personne au domicile de « Gros Momo », Wagner reçut un deuxième coup de fil de son jeune collègue. Il venait de quitter le Palais pour se rendre à son déjeuner, ses officiers de sécurité lui demandèrent d'entrer dans la voiture. Wagner ne put maîtriser un geste d'agacement et plaqua le combiné contre son torse pour s'en prendre à l'un de ses gardes :

— Mais enfin, on est au beau milieu du boulevard du Palais, entre le 36 et la Préfecture de police, avec la plus forte densité de gendarmes mobiles et de fonctionnaires armés de toute la capitale, vous croyez vraiment que je risque ma peau en m'accordant deux minutes de plein air ?

Depuis que sa femme l'avait tancé pour qu'il assiste à son concert ce soir, le juge était d'humeur exécrable. Ses officiers de sécurité ne lui tinrent pas rigueur de son emportement et le conduisirent au restaurant de la rive gauche où il avait rendez-vous avec le procureur Lamiel.

— Poussin, j'espère que c'est une bonne nouvelle, soupira Wagner, une fois assis sur la banquette arrière de sa prison mobile.

— P-P-Pas sûr, répondit Poussin, en tout cas c'est intéressant. J'ai p-p-perquisitionné moi-même chez Gros Momo, et sur l'ordinateur fixe on a regardé les e-mails récents, notamment dans la boîte de spams où atterrissent les not-t-t-ifications F-F-Facebook. Voilà, dans la boîte de messages F-F-Facebook, le gamin raconte qu'il doit aller se cacher chez son cousin à I-I-I-Ivry-sur-Seine.

— Bon, eh bien très bien, trouvez l'adresse du cousin et saisissez la PJ d'Ivry pour qu'ils aillent l'interpeller.

— Non, non, monsieur le juge, ce n'est pas ça.

Wagner leva les yeux au ciel. Avec son sixième sens de bègue, Poussin s'en rendit compte ; il reprit sa respiration et ajouta :

— En p-p-parcourant les messages F-F-Facebook, on d-d-découvre t-t-tout un fil de con-conversations qui ressemble à la mise en p-p-place d'op-p-pérations ciblées dans le cadre des émeutes.

Wagner gardait la bouche ouverte et les sourcils froncés depuis le début du coup de fil ; il attendait que le mot Facebook soit prononcé une autre fois pour perdre patience. Il devait faire la lumière sur un complot visant à assassiner le président de la République et Poussin lui parlait de Facebook !

— Écoutez, je vous laisse voir tout ça avec Mansourd.

Après quoi il raccrocha et descendit de la voiture. Thierry Aqua Velva lui emboîta le pas et le précéda d'une seconde pour vérifier que les lieux étaient sûrs.

— Non mais vous plaisantez Thierry, j'espère !

— Monsieur le juge ?

La constance et la courtoisie de ces hommes semblaient à toute épreuve. Wagner le laissa entrer dans le restaurant et vérifier, au rez-de-chaussée et à l'étage, qu'il n'y avait pas caché dans les tentures épaisses, le lustre ou – pourquoi pas ? – sous la double moquette à baguettes de cuivre un assassin avec une dague entre les dents. Lamiel venait lui aussi d'arriver ; debout devant le comptoir, il lisait les pages saumon du *Figaro* en jouant harmonieusement du bâton autour duquel était enfilé le prestigieux quotidien.

— Dites donc, mon vieux, vous avez une mine épouvantable.

— Des petits problèmes de sommeil, répondit Wagner en évitant le regard exorbité de son collègue du parquet.

Lamiel insista pour monter à l'étage où ils seraient, prétendit-il, plus au calme. Wagner accepta, parce que, contrairement à ce qu'il avait redouté – et qui n'était pas pour rien dans son irritabilité –, le procureur n'avait pas demandé à quelque personne haut placée de l'accompagner pour forcer sa main de petit juge. À l'étage, il y avait une dizaine de tables rondes, et sur la leur seulement deux couverts. Il n'y avait donc pas de « piège », mais Lamiel, avec ses gestes visqueux et le Ricola qu'il faisait bruyamment passer d'une molaire à l'autre, semblait tout de même cacher quelque chose :

— Vous avez vu, le Conseil constitutionnel ? J'ai appris de source sûre qu'ils allaient recevoir sous peu le médecin-chef du Val-de-Grâce.

— Je ne savais pas, répondit Wagner avec le haussement de sourcils d'un homme que les ragots, fussent-ils entendus dans les couloirs feutrés d'un ministère, ne pouvaient pas intéresser.

— À ce niveau, ce n'est plus une décision qu'on leur demande de prendre. C'est de la sorcellerie ! Et quand on regarde la composition du conseil, c'est assez... ensorcelant, n'est-ce pas ? Debré et Giscard seraient prêts à tout pour contrer Sarkozy, et tous les autres, qui sont quand même huit, c'est Sarkozy qui les a directement ou indirectement nommés ! Je paierais cher pour être une mouche dans la salle où ces chers Sages vont délibérer...

Wagner leva enfin la tête et fixa les yeux saillants de Lamiel. Il faillit lui dire que sa transformation en mouche était déjà bien entamée. Il préféra lui parler des relevés d'écoutes qu'il avait demandé à la DCRI de lui communiquer :

— En relisant les relevés du portable de Nazir Nerrouche, j'ai découvert, avec ma greffière, qu'il évoquait à un moment un troisième portable. Ça n'a pas pu passer inaperçu, mais je me demande bien pourquoi la DCRI n'a pas spontanément versé les relevés de ce troisième portable au dossier...

— Peut-être qu'ils ne l'ont pas écouté, tout bêtement.

— Si, Mansourd a parlé avec son pendant à la DCRI, Boulimier, qui dirigeait lui-même les investigations. Il a confirmé qu'il y avait bien trois portables qui étaient écoutés.

Lamiel ne renchérissait pas.

— On verra bien ce soir, j'ai demandé qu'ils me soient livrés d'urgence.

Lamiel approuva ; il n'osait pas regarder Wagner dans les yeux.

— Bon, Henri, on se connaît trop bien pour que je n'aille pas droit au but. Depuis que vous instruisez ce dossier, je me suis fait beaucoup d'ennemis, à commencer par la Préfecture de police, qui ne me pardonnera jamais d'avoir saisi la SDAT de Mansourd, ce que j'ai fait parce que je sais que vous aimez travailler avec lui. Bon. Les ennemis, c'est la vie, peu importe. Je vais même vous dire : vos choix sont vos choix, et que vous préfériez mettre les Nerrouche sur écoutes au lieu de les mettre en examen, je le respecte. Le problème, c'est qu'il y a des gens, ici et là, qui jasent, qui pensent que vous n'êtes pas assez virulent, nos amis de la presse, bien sûr, mais aussi d'autres amis…

— Jean-Yves, vous avez dit en préambule que vous vouliez aller droit au but, alors, je vous en prie, faites-le !

— Écoutez, j'ai vu le PV de garde à vue de la mère de Nazir. Dounia Nerrouche. Elle dit noir sur blanc qu'elle a envoyé de l'argent à son fils sur un compte à Zurich. Si ça ne suffit pas pour la mettre en examen pour association de malfaiteurs terroristes, alors autant supprimer ce chef d'inculpation…

Wagner ne réagissait pas. Il jouait avec son couteau en argent, approchait sa lame du verre vide mais arrêtait le mouvement juste avant le contact. Jusqu'à ce que l'énervement soit trop fort et provoque ce tintement qui n'aurait pas été remarqué dans une cantine mais qui, dans la respectable pénombre de ce restaurant tapissé de rouge, fit l'effet saugrenu d'un rot énergique lors d'une réunion du Rotary.

— Henri, si vous ne mettez personne de la famille en examen, les gens vont penser qu'on n'avance pas. Et ils auront raison ! Pour l'instant, du réseau Nerrouche, on n'a rien ! Abdelkrim, ce grand benêt de culturiste, et Benbaraka qui dit avoir rendu service sans savoir de quoi il s'agissait. Avec un peu de chance, l'Identité judiciaire nous donnera bientôt le nom du fameux rouquin barbichu qui aurait aidé Abdelkrim le jour de l'attentat, mais c'est tout. Aucune des cellules dormantes suivies par la DCRI n'a le moindre rapport avec l'attentat. Le réseau Nerrouche n'est ni islamiste, ni séparatiste, ni anarcho-autonome, rien du tout ! Je vais vous dire, pour l'instant on sait ce qu'il est, même si c'est peu : c'est une famille. Vous ne pouvez pas sincèrement croire qu'ils n'ont rien à voir avec les petits projets de Nazir Nerrouche ! Il habitait chez sa mère, il a donné du travail et de l'argent à ses cousins, à ses oncles, c'était le héros de la communauté. Ils savaient, Henri. Ils savaient.

— Eh bien, moi, je ne sais pas, rétorqua Wagner. Je ne sais pas encore et tant que je ne sais pas, je n'incrimine pas les gens. Je ne vais pas mettre toute une famille en examen et leur demander de me prouver que j'ai tort. Vous vous souvenez de la charge de la preuve ? J'ai appris ça sur les bancs de l'école, ça date un peu mais, oh, ça disait en gros que ce n'est pas à l'accusé de faire la preuve de son innocence, mais à l'accusateur de donner celle de sa culpa…

Il se tut ; deux ombres approchaient de leur table. Deux ombres en costumes à trois mille euros, et Wagner ne fut pas long à remettre la plus âgée des deux : il s'agissait ni plus ni moins que du premier président de la Cour de cassation, le plus haut magistrat de France. Lamiel s'était levé, presque mis au garde-à-vous. La stupéfaction et la colère clouèrent Wagner au capiton de son siège.

— Monsieur le juge, dit Lamiel en s'éclaircissant la voix pour présenter l'autre homme, vous connaissez Marc Fleutiaux, du cabinet du garde des Sceaux.

Fleutiaux rehaussa ses petites lunettes sur son long nez condescendant.

— Monsieur le juge, dit-il d'une voix habituée à imposer le silence, je tiens à vous dire que monsieur le ministre, ainsi que tout le cabinet, suit de très près l'instruction que vous dirigez. Un sans-faute, n'est-ce pas, monsieur le président ? Un sans-faute pour le moment.

Le premier président hocha la tête. Avec son teint clair et ses cheveux blancs séparés par une raie impeccable, il dégageait un air de dignité bourgeoise que rien ni personne ne semblait pouvoir contrarier. Comme Wagner ne réagissait pas, pas même par un signe de tête, Fleutiaux lança un regard noir à Lamiel ; il ajouta en levant le menton :

— Bien sûr, il y a la vidéo de ces interpellations. Terrible, cette vidéo. Terrible. Le plus terrible, c'est qu'elle nous met dans l'obligation de rentabiliser l'opération, si j'ose dire, n'est-ce pas, monsieur le premier président ?

Le premier président répondit par l'affirmative. Fleutiaux fronça les sourcils et retourna à sa table ronde, située à l'autre bout de la salle, devant la baie vitrée.

Lamiel n'osa rien dire. Lorsqu'un serveur en grande livrée apporta leurs assiettes, Wagner jeta sa serviette sur la table.

— C'est quoi, la prochaine étape ? Une requête en suspicion légitime pour me dessaisir du dossier ? Ou alors non, passer par Me Aribi pour faire la requête, quitte à être dans les coups tordus, autant aller jusqu'au bout !

— Ne soyez pas naïf, Henri. On n'est pas dans un dossier où des gamins ont jeté des pétards dans la cour d'une gendarmerie. On parle d'un complot pour assassiner le président de la République. C'est une atteinte aux fondements mêmes de l'État... Enfin, c'est normal qu'il y ait des pressions...

— Oui, ce qui n'est pas normal, c'est la célérité, la diligence et surtout la servilité que vous mettez à les relayer. Oh, et puis vous savez quoi ? Ça m'a coupé l'appétit, votre petit numéro.

Il se leva d'un bond et quitta la table.

7.

Le bureau de la directrice des ressources humaines de la Société des transports de l'agglomération stéphanoise se trouvait au rez-de-chaussée de l'audacieux complexe de verre, de pelouses et d'acier qui abritait le « Siège ». Bouzid n'avait pas eu le temps de mettre une cravate, pas plus qu'il n'avait trouvé, dans l'urgence de sa convocation, une chemise propre. Il avait épousseté son uniforme de conducteur (ensemble vert sombre, chemise à la convenance du conducteur, en l'occurrence, pour Bouzid, imperméable aux dilemmes cosmétiques, jaune pissenlit) et il passa une demi-heure, dans la salle d'attente sans magazines qui donnait sur les places du parking réservées à la direction, à frotter les aisselles de sa veste, espérant en effacer les auréoles malheureusement indélébiles qu'y avaient laissées deux semaines de transpiration à piloter le bus de la tristement célèbre ligne 9.

La DRH était une brune à mèches blondes, pas assez laide pour passer son temps à s'en venger sur autrui, pas assez jolie pour afficher une réelle confiance en soi. Elle débouchait à grand-peine un Tupperware sophistiqué lorsque Bouzid fut enfin invité à s'asseoir en face d'elle.

— Ça vous dérange pas ? demanda-t-elle en empoignant sa fourchette en plastique.

Bouzid garda le visage fermé et répondit d'un haussement de tête vaguement poli. La DRH avait quinze ans de moins que lui, quelques poils sombres sur les avant-bras et la voix méprisante des gens à diplômes.

Pourtant, elle n'était pas à l'aise, et il n'était pas impossible qu'elle ait attendu l'arrivée de Bouzid pour avaler sa salade, afin de se donner une contenance au moment fatidique. Bouzid savait en effet qu'il s'agissait d'une mauvaise nouvelle, mais lorsqu'il la vit tripoter ses dossiers sans oser lever les yeux sur lui, il comprit que la nouvelle n'était pas mauvaise, mais que c'était la pire. Les rumeurs de plan social ne concernaient théoriquement pas les conducteurs, et le statut des employés de la Société des transports était convoité par beaucoup de Stéphanois en situation précaire. La DRH commença malgré tout par faire un historique des difficultés que connaissait la société depuis le début de la crise.

Bouzid regarda le poster géant qui mangeait un des murs du bureau : c'était un coucher de soleil proverbialement paradisiaque, une énorme boule affalée sur la ligne de l'océan, si ardente et lumineuse qu'elle vidait de leur contenu les silhouettes des palmiers et des cocotiers de la plage.

— … vous comprendrez donc qu'on ne peut pas vous proposer un autre poste dans l'immédiat. Mon conseil, c'est donc…

— Pourquoi moi ? la coupa Bouzid d'une voix inhabituellement calme.

— Monsieur Nerrouche, je viens de vous l'expliquer. Nous avons établi une liste de critères…

— Monsieur Nerrouche, ouais, la reprit-il en souriant presque.

La DRH repoussa son Tupperware et se composa un air indigné.

— Qu'est-ce que vous insinuez ?

— Ouais, c'est ça, *zarma* vous savez pas ce que j'insinue…

Bouzid se leva.

— Vous voyez, ajouta la DRH uniquement pour ne pas perdre la face, ça n'a pas pesé pour rien que vous ayez déjà eu deux blâmes disciplinaires.

Bouzid lui fit un bras d'honneur.

— Et on a été mis au courant d'un troisième incident pas plus tard qu'hier.

Qu'elle essaye ainsi de se persuader qu'il y avait un sens à le virer, lui plutôt qu'un autre, fit saillir la fameuse veine de Bouzid. Il fit demi-tour et appuya ses mains tremblantes sur son bureau.

— Écoute-moi bien, espèce de connasse, vous avez décidé de me virer parce que je m'appelle Bouzid

Nerrouche, et que vous avez regardé la télé ces deux derniers jours, si tu continues de raconter n'importe quoi...

Il allait dire : je te défonce. Mais son portable vibrant dans la poche arrière de son pantalon le ramena à la réalité. La mémé essayait de le joindre. Il annonça qu'il finirait sa journée de travail. La DRH voulut répliquer que ce n'était pas nécessaire, mais d'un geste Bouzid lui fit comprendre que ce n'était pas la peine d'insister.

Trop en colère pour décrocher son téléphone tout de suite, Bouzid se rendit comme tous les jours au vestiaire des conducteurs. Il enfila une deuxième chemise, noua sa cravate aux insignes de la société et se fit offrir une cigarette pour patienter avant son service. Le chauffeur qu'il devait relayer arriva un peu en retard et parut surpris de voir Bouzid attendre sous le porche. Bouzid lui serra la main et s'installa sur le siège moelleux en rabattant le banc mobile où étaient rangés les tickets et les rouleaux de monnaie.

C'était vraisemblablement la dernière fois qu'il entendait ce cliquetis harmonieux qui signifiait qu'il avait pris possession de son cockpit. Il avait eu de bons et de mauvais jours au volant de ce bus. Parfois la circulation bouchée l'obligeait à attendre de longues minutes dans un embouteillage inattendu. Parfois c'était un automobiliste idiot qui lui faisait une queue de poisson et descendait de sa voiture pour le provoquer en tapotant sur sa vitre latérale. Un jour il était lui aussi descendu pour montrer qu'il ne se laissait pas marcher sur les pieds.

Les heures les plus dures étaient toutefois celles du soir dans les périodes de tumulte ; quand les banlieues s'embrasaient dans tout le pays, le quartier de Montreynaud où il officiait était en première ligne au niveau de l'agglomération stéphanoise. Avec le temps, il aimait croire qu'il avait appris à se faire respecter. Les lascars savaient qu'ils ne pouvaient pas fumer au fond du 9 quand c'était Bouzid qui conduisait.

La radio du tableau de bord grésilla et lui fit signe de rentrer au siège immédiatement. Bouzid alluma l'autre radio et trouva RMC. Infatigable, Brigitte Lahaie y dispensait ses conseils amoureux aux auditeurs du début d'après-midi. Une vieille habituée de la ligne salua le chauffeur et prit sa place fétiche juste derrière lui. Bouzid démarra au moment où il voyait deux hommes en polo vert courir dans la direction de son bus.

Il roula jusqu'au premier arrêt sans se sentir particulièrement inquiété. Son téléphone sonnait sans discontinuer. La mémé voulait vraiment le joindre, elle raccrochait juste avant la dernière sonnerie et rappelait immédiatement.

— Pourquoi il décroche pas, cette espèce d'*arioul* ? dit-elle en s'asseyant sur un banc de cette placette, où arrivaient et repartaient les bus Eurolines.

Une jeune fille blonde crut bon de la regarder avec compassion, comme on regarde une vieille dame essoufflée. Sa figure menue disparaissait sous un énorme *backpack* surmonté d'un tapis de camping enroulé sur lui-même. La mémé lui lança le regard noir d'une femme qui ne s'était jamais sentie victime de rien, ni de la guerre, ni des hommes, ni des Français et sûrement pas de la vieillesse.

Elle connaissait les plannings de Bouzid, sur lesquels elle le cuisinait chaque début de semaine pour savoir quand elle pourrait le sonner en cas de besoin. Et la mémé avait toujours beaucoup de besoins. Elle menait une vie d'intrigues, soigneusement cloisonnée, une de ces vies qui nécessitent la disponibilité sans failles d'un chauffeur privé. Les cheikhs de la ville la respectaient, elle gagnait beaucoup d'argent en tirant les cartes à domicile. Bouzid s'acquittait des courses pour lesquelles sa mère le convoquait jour et nuit comme s'il lui devait quelque chose de plus précieux que sa naissance.

Le car Eurolines qu'elle attendait arrivait de Madrid. Il était passé, selon l'itinéraire placardé sur l'abribus, par Saragosse, Barcelone, Saint-Jean-de-Luz, Périgueux, Clermont-Ferrand. Il fit enfin son apparition au détour de la place où s'alignaient les abribus et les zones de stationnement provisoire. La mémé appela à nouveau Bouzid, elle savait qu'il travaillait de nuit ce mardi. Bouzid avait le sommeil léger et l'obligation tacite de laisser son portable allumé toute la journée, même en cas de sieste. S'il ne se réveillait pas, songeait la mémé, comment allait-elle transporter en lieu sûr et à l'abri des regards celui qu'elle était venue accueillir ?

Le tonton Moussa vit sa vieille mère depuis son siège au milieu du car ; il sortit une cigarette de la poche intérieure de sa veste et attrapa son bagage à main qui lui avait permis de ne pas utiliser la soute des autres voyageurs.

Bouzid finit par éteindre son portable. Après le quatrième arrêt obligatoire de la ligne, le bus devait emprunter l'autoroute sur une portion de quelques centaines de mètres afin de rejoindre l'entrée de Montreynaud. Bouzid vit dans le rétroviseur intérieur qu'il n'y avait plus qu'un vieillard assoupi dans le bus, un vieux Marocain qui lui avait raconté la semaine dernière qu'il s'était fait opérer de la cataracte. Au moment de se déporter sur la voie de droite pour atteindre la bretelle, Bouzid eut une impulsion folle : il continua sur l'autoroute.

Il ne savait pas s'il avait assez d'essence pour tirer jusqu'à Lyon, il ne savait pas s'il serait intercepté par la police des autoroutes avant même de longer la petite ville de Saint-Chamond. Ce qu'il savait, c'était que rater cette bretelle, déroger à la feuille de route si strictement définie et surveillée, rouler à la sauvage au milieu des habitués de l'A45 qui devaient se demander pourquoi le 9 les suivait en haute mer, tout cela lui procurait un sentiment de liberté qu'il ne se souvenait pas d'avoir éprouvé depuis qu'il avait commencé à perdre ses cheveux.

8.

Une voiture de location était censée attendre Djinn entre la place de la Bastille et la gare de Lyon, pour être exact au croisement des avenues Daumesnil et Ledru-Rollin. Le cousin de Gros Momo arriva très en avance et attendit dans une laverie automatique dont la vitre sale donnait sur le carrefour. Un viaduc de briques roses longeait l'avenue Daumesnil : la Coulée verte, célèbre promenade qui reliait Bastille à Vincennes, était suspendue à neuf mètres de haut, et plantée de cerisiers, de tilleuls, d'érables et de massifs de fleurs. Entre deux coups d'œil à son portable, Djinn fixait les buis et les bambous qui protégeaient les joggeuses, cherchant parfois à suivre, sur les quelques mètres à découvert du pont, une chevelure blonde ou une paire de seins qui auraient eu l'obligeance de gigoter. Mais d'en bas il ne voyait presque rien, ou alors des poitrines sportivement aplaties par de déprimants soutiens-gorge Décathlon.

Enfin la voiture apparut et se rangea le long de la piste cyclable. Djinn bondit hors de la laverie, il se dirigeait vers la place du passager lorsque le conducteur lui fit signe de prendre la sienne.

— Mais pourquoi ? demanda Djinn.

Le conducteur ne répondit pas et fit le tour de la voiture en cachant son visage. Depuis l'attentat il portait des lunettes de soleil et songeait à teindre ses cheveux roux. Mais il n'avait pas osé se rendre dans un supermarché, encore moins chez le coiffeur. Il avait rasé sa barbiche mais en plus de ne l'avoir pas du tout rendu méconnaissable, ce nouveau menton imberbe lui donnait le sentiment d'être à découvert, aussi vulnérable qu'un porc-épic qu'on aurait dépourvu de son armure.

— On va où ? demanda Djinn.

Là encore, le rouquin ne répondit pas.

— Romain, insista Djinn, on va où ?

Romain secouait la tête en fixant le rétroviseur. Il enleva ses lunettes de soleil : il avait les yeux explosés, à fleur de tête, il semblait possédé.

— Là où on s'est donné rendez-vous, expliqua-t-il en faisant signe à Djinn de rouler, au-dessus, sur la promenade, c'est là qu'il faut cacher les sacs. Tu viens les chercher ici et tu les montes là-haut.

— Où ici ? Mais je croyais qu'ils étaient dans la bagnole ?

Le rouquin lui demanda de le déposer au commencement d'une rue proche de la gare de Lyon.

— Rue d'Austerlitz, expliqua-t-il à Djinn, au 17. Je t'attends là avec les sacs.

— Mais pourquoi tu me les donnes pas tout de suite ? demanda Djinn qui ne comprenait plus rien.

— Si tu te fais arrêter en route, on est foutus, répondit Romain.

— Un dernier truc, risqua Djinn, mon cousin, Gros Momo ?

— Eh ben quoi ?

— J'aimerais bien qu'il soit pas… tu vois, qu'on le laisse tranquille, quoi. T'as vu, j'ai tout fait, bien, mais je demande juste que, lui, il soit pas mêlé à… tu vois, quoi ?

— C'est toi qui vois, mon pote. Ou tu fais ce qui est prévu, ou tu retournes dans ta petite vie, tranquille. Maintenant tu décides, j'ai rien à te dire, moi.

Romain déglutit douloureusement et se regarda dans le rétroviseur central : fébrile, malingre, blafard, sans sa barbiche il avait l'air de ce qu'il était – un adolescent attardé et mal dans sa peau.

Djinn fonça jusqu'à Ivry ; il trouva Gros Momo avachi devant la télé.

— Wesh, Gros Momo, viens voir deux minutes. (Il l'entraîna à la cuisine.) Vas-y, il faut que tu fasses un truc, *zarma* pour me rendre service, tu vois ?

Gros Momo baissa les yeux sur le lino gondolé de la cuisine ; il y avait vu un cafard la veille au soir, qui l'avait empêché de dormir toute la nuit.

— Franchement c'est que dalle, juste surveiller un clebs ce soir. C'est le clébard d'un collègue, il faut qu'on fasse un truc, tu vois. Vas-y, c'est tranquille ?

— C'est tranquille, répondit Gros Momo.

C'était plus que tranquille en vérité : il était fou de joie. Non seulement il allait avoir un peu de compagnie pendant que Djinn partait en vadrouille, et en plus cette compagnie était celle d'un chien. Mais lorsque le chien apparut dans l'embrasure de la porte une heure plus tard, Gros Momo dut déchanter. Ce n'était pas un berger allemand avec les yeux tendres de Sultan : c'était un pitbull musculeux et à poil ras, empêché d'aboyer et de dévorer les petites filles du quartier au moyen de la muselière la plus impressionnante que Gros Momo avait jamais vue. Autour du poitrail du molosse un harnais le bloquait tant bien que mal dans ses élans, et son maître déconseilla à Gros Momo de lui retirer l'une ou l'autre de ses entraves.

Gros Momo demanda comment il s'appelait. Le maître ne répondit pas. Djinn vit l'étonnement de son cousin et répondit à la place de son collègue que le pitbull s'appelait Sarko. Parce qu'il roulait des mécaniques, parce qu'il était petit mais teigneux et doté, surtout, d'une intelligence redoutable.

Gros Momo regarda ses petits yeux havane : ils étaient si vides qu'ils auraient tout aussi bien pu être remplacés par des boutons de peluche.

— Vas-y, si j'étais toi, je le regarderais pas dans les yeux.

Le maître était malien. Il avait la même carrure que son chien.

— C'est un clebs d'attaque, expliqua-t-il avec un sourire carnassier. Croisé avec on sait pas trop quoi. Un jour on l'a fait combattre contre deux bulldogs. La vie de ma mère il les a bouffés tout cru. Si je me fais choper, c'est direct la zonzon.

Gros Momo passa la main sous le museau du monstre. Djinn alluma un ordinateur dans la pièce à côté et se rendit sur Facebook. Dans le miroir qui surmontait le canapé défoncé, Gros Momo vit son cousin et le maître du chien regarder le profil d'une fille en petite tenue dont il s'amusa, pour se prouver qu'il pouvait lire à l'envers, à relever les nom et prénom. La fille était classiquement bonne ; pour autant les deux compères n'avaient pas l'air lubrique ou rigolard, au contraire leurs sourcils étaient graves et les propos qu'ils échangeaient en multipliant les coups d'œil dans sa direction étaient tenus à voix basse, comme à la médiathèque.

Quand ils furent partis, Gros Momo eut trop de peine et dénoua la muselière du monstre. Après quelques violents coups de langue et une brève série d'aboiements, Sarko se calma et accepta la cuvette d'eau que lui avait préparée son maître d'un soir.

Par la fenêtre, Gros Momo vit qu'une dizaine de voitures s'étaient réunies dans la cour, au pied des immeubles de brique rouge. Djinn donnait des instructions avec de petites claques pour asseoir son autorité. Après ce briefing inquiétant, les hommes entrèrent dans leurs voitures par groupes de deux. Certaines de ces voitures avaient les vitres teintées, mais aucune n'était vitre ouverte pour faire profiter le voisinage de leur play-list de rap. La voiture que conduisait Djinn fut la première à démarrer. Les autres suivirent comme des ombres.

Chapitre 10

Les ombres errantes

1.

Aurélie, ne pouvant joindre son père, se laissa entraîner avec ses camarades de classe qui allaient se « poser » tous les midis, en cette excitante fin d'année scolaire, sur les quais de Seine pour prendre le soleil et faire semblant de réviser. Parmi eux il y avait Nico, l'un des « Quatre » qui étaient restés dimanche dernier, après la grande soirée qu'elle avait organisée chez ses parents.

Nico, qui rêvait d'entrer à Sciences Po, s'était mis à porter des vestes de costume, des chemises à rayures bleues et à parler comme Sarkozy. Il disait le prénom des gens qu'il haranguait dans un débat, il parlait de sa « famille politique ». Pourtant c'était un portrait de Chirac qu'il avait dans sa chambre, ce qui avait d'ailleurs été révélé sur Facebook, avec création d'un groupe satirique en prime (« Si toi aussi comme Nicolas Bachelier tu as un poster de Chirac dans ta chambre »), poussant le jeune homme à faire son coming-out corrézien et à se singulariser de Tristan, le sarkozyste le plus zélé du lycée. D'aucuns prétendaient que c'était précisément pour marquer sa différence avec le charismatique *bully* de la T°S1 qu'il avait accepté la fuite facebookienne.

Aurélie avait été de cet avis mais maintenant elle s'en moquait.

Quand elle vit Nico approcher d'elle pour lui dire deux mots, elle avança à pas rapides jusqu'à l'extrême rebord du quai et leva les yeux au ciel :

— C'est Tristan qui t'envoie ? Qu'est-ce que tu veux ?

— Bon. Je vois que t'es pas dans une bonne journée. Je viens te dire que ni moi ni Thibaud n'avons dit quoi que ce soit sur ce que tu sais. Et oui, si ça peut te faire plaisir, c'est Tristan qui m'a dit de te le dire quand je te verrais.

Aurélie adoucit son regard, elle tira même la langue de soulagement. Nico en profita. Il remua nerveusement les épaules et fronça les sourcils :

— Juste un truc, et là c'est moi qui demande, c'était quoi la lettre que t'écrivais tout à l'heure en philo ?

— Mais va te faire mettre, s'indigna Aurélie. Depuis quand est-ce que je te dois des explications ? Pff, pauvre type.

Nico encaissa de façon ostensible. Il avait dû lire ou imaginer dans les Mémoires de son ancien président d'idole que c'était ça, la politique : apprendre à encaisser.

Aurélie mit la main dans la poche de son gilet : la lettre n'y était pas. Elle l'avait en effet laissée dans son sac, ce grand sac à main où elle rangeait ses cours et ses affaires de piscine pour les midis où elle s'entraînait. De retour parmi la petite assemblée où on venait de rouler un joint, elle vérifia que la lettre pliée en trois se trouvait toujours dans son portefeuille. C'était le cas, mais un regard louche qu'elle crut deviner chez Nico de l'autre côté du cercle la persuada de la garder plus près d'elle.

La poche de son jean était trop petite : elle opta finalement pour celle de son gilet, d'où, en effet, elle dépassait à peine.

On lui passa le joint, elle en fuma au moins six taffes de suite. Le vacarme des voitures s'évanouit, ainsi que sa mauvaise humeur. Elle se mit à rire préventivement aux blagues qu'allait faire le rigolo de la bande, elle fut la première à se lever pour faire des bras d'honneur aux touristes décérébrés qui leur adressaient des coucous depuis le pont du Bateau-Mouche. Quand elle enleva son gilet pour être en débardeur et bronzer un peu, une de ses ennemies joua la fille choquée et lui demanda de contracter ses biceps. On remarquait généralement deux choses chez Aurélie : ses yeux vairons et la robustesse de ses épaules et de ses bras. Un peu défoncée, Aurélie, qui était de toute façon très fière de ses muscles, s'exécuta avec un sourire de défi.

Et puis elle se mit à écouter Nico qui avait mille théories passionnantes sur la situation politique actuelle :

— ... mais faudrait être stupide pour pas voir ce qui est en train de se passer ! Sarko, en fait, il va rester président quoi qu'il se passe. Jeudi prochain, il vire, mais il vire officiellement, pas officieusement. En fait, il manipule Cornut, le président du Sénat, depuis le début. Cornut, c'est une huître, il va suivre à la lettre ce que Sarko lui murmure à l'oreille, et tout faire pour accélérer la date de la décision du Conseil constitutionnel, au cas où Chaouch se réveillerait...

— Mais comment tu sais tout ça ? demanda une voix rieuse.

Nico, trop enflammé pour déceler le ton ironique de la question, répondit en tombant la veste comme un politicien chevronné :

— Mais c'est évident ! Regarde, le problème c'est les émeutes. Si y en avait pas, le Conseil constitutionnel attendrait après la date de la passation de pouvoir, après la fin officielle du mandat de Sarko. Histoire de laisser une chance à Chaouch. Mais là, c'est trop dangereux. À mon avis, ils vont prononcer son empêchement définitif à la fin de la semaine, dans ce pays c'est insupportable de ne pas avoir de tête. Depuis qu'on l'a coupée aux rois et qu'on a remplacé les rois par les présidents, on a toujours eu une tête, une tête forte au sommet de l'État. Une tête forte, c'est tout le contraire d'une tête qui dort !

Aurélie éclata de rire. La mâchoire imberbe de Nico qui s'avançait rageusement, sa voix maigrelette qui balayait les siècles et les concepts – il était tellement ridicule, ce pauvre Nico, et pourtant presque touchant.

— Bon, ben je vais vous laisser avec Chirac Junior, moi je dois y aller.

Quelques voix protestèrent : il n'y avait pas cours cet après-midi. Aurélie expliqua qu'elle devait aller à un concert de sa mère à sept heures et qu'elle avait bien besoin d'une douche pour se débarrasser des conneries de Nico.

2.

— Vous vous appelez Fouad Nerrouche, vous êtes né à Saint-Étienne, département de la Loire, le 21 avril 1986, vous avez donc vingt-six ans.

Fouad acquiesça. Le juge ne leva pas les yeux de ses dossiers. Son stylo-plume restait en suspens au-dessus de sa feuille. Sa vigoureuse chevelure blanche semblait attendre quelque chose d'autre, un complément d'information ou peut-être simplement une réponse orale.

— Oui, monsieur le juge, essaya Fouad.

Et ce fut suffisant : le juge se remit à écrire et demanda :

— Pourquoi vous vous appelez Nerrouche, alors que Nerrouche, c'est le nom du côté de votre mère ?

— Mon père s'appelait Nerrouche lui aussi. C'était un cousin de ma mère, enfin un cousin éloigné, un membre de la tribu Nerrouche, tribu entre guillemets. C'est souvent comme ça que ça se passait, en Kabylie… Enfin, je crois.

— Vous voulez dire que vous ne connaissez pas trop la Kabylie personnellement ? Vous êtes né en France, vous y êtes déjà allé ?

— Non.

— Et votre frère Nazir ?

Fouad jeta un coup d'œil à son avocat en robe. Celui-ci lui fit signe de répondre sans se poser de questions.

— Je ne crois pas, monsieur le juge. Je dois vous dire d'emblée que je n'ai plus de relations avec mon frère aîné depuis plus de trois ans, depuis la mort de notre père.

— Oui, ça tombe bien, n'est-ce pas. Et pourquoi, alors ?

— Un différend d'ordre... je ne sais pas comment dire.

Fouad se souvint de la façon dont s'était conclu l'entretien avec Szafran : il n'y avait pas dix mille stratégies possibles, il fallait vivement se désolidariser de Nazir, en se souvenant que lui n'avait pas hésité à les entraîner dans sa chute.

Fouad tourna la tête vers la greffière assise derrière un bureau perpendiculaire à celui du juge.

— Je crois que je le déteste au moins autant qu'il me déteste. C'est un différend d'ordre psychologique, si vous voulez. Tout nous oppose, monsieur le juge.

— Tout ? Quand a eu lieu votre... rupture ?

— Il y a trois ans, répéta Fouad du bout des lèvres. Pour l'enterrement de mon père. On a eu un désaccord sur... la façon de l'enterrer...

Le juge le regardait sans sourciller, pour qu'il continue.

— Lui voulait une cérémonie très religieuse, mais mon père s'en foutait, il avait même dit qu'il voulait le contraire... On s'est disputés, et... voilà.

— Vous diriez que Nazir attache beaucoup d'importance à l'islam ?

— Je ne sais pas. Je crois qu'il n'attache d'importance à rien ni personne. Je crois qu'il est simplement mauvais. Nihiliste, c'est le mot.

Wagner posa son stylo et révéla sous ses cheveux blancs une paire d'épais sourcils noirs. Son visage sculptural et sérieux produisait sur Fouad une impression de force et de colère rentrée. Pourtant ce fut avec désinvolture qu'il changea de sujet :

— Je vous ai vu dans cette série, *L'Homme du match*. Ma fille vous adore. Elle dit que vous ressemblez à Alain Bashung jeune.

Fouad et l'avocat restèrent sans voix.

— Monsieur Nerrouche, il faut que vous compreniez quelque chose : pendant que vous enchantiez le petit écran, toute une équipe du Renseignement intérieur surveillait les agissements de votre frère aîné. Ce que vous allez me dire maintenant, je le sais donc déjà. Cette petite précision pour que vous ne vous piquiez pas de réécrire l'histoire, ou de répondre par la comédie à la question suivante : que saviez-vous *exactement* des projets de votre frère ?

Fouad répondit du tac au tac ; la question avait été préparée avec Szafran :

— Je ne savais que deux choses : qu'il aidait financièrement une partie de ma famille, mais comme ça, sans contrepartie, et notamment ma mère, en lui virant, à mon grand désespoir, un peu d'argent de temps en temps. Et la deuxième chose, c'est qu'il militait activement pour la construction de ce fameux minaret à la grande mosquée de Saint-Étienne. Je savais qu'il militait, mais je ne savais et ne sais toujours pas comment. J'ai aussi compris qu'il était en rapport avec mon cousin Abdelkrim, mais je l'ai compris trop tard, monsieur le juge.

Sa gorge se serra. Il faillit demander un verre d'eau mais préféra poursuivre :

— Le jour du mariage de mon petit frère Slimane, samedi dernier, j'ai trouvé ça louche que Krim reçoive une enveloppe de la part de Nazir. J'ai pris Krim entre quatre yeux et je lui ai demandé ce qu'il y avait dans l'enveloppe. Il n'a pas voulu me répondre.

— Eh bien moi, je vais le faire, monsieur Nerrouche, murmura Wagner en terminant de griffonner une note. Dans cette enveloppe, il y avait un billet de TGV pour qu'il se rende à Paris et assassine Idder Chaouch. Qui dans votre famille était au courant de l'existence de cette enveloppe ?

Paniqué, Fouad regarda son avocat. Celui-ci prit la parole :

— Monsieur le juge, mon client n'en sait rien.

— Eh bien, qu'il me le dise lui-même !

— Je ne sais pas, monsieur le juge.

Wagner vit qu'il mentait. Toute la mauvaise humeur qu'il avait accumulée depuis le début de cette journée se concentra dans les doigts de sa main droite, le pouce et l'index qui pincèrent le sommet de son nez comme pour nettoyer les recoins de ses yeux fatigués.

— Monsieur Nerrouche, vous êtes entendu comme témoin assisté, ce qui signifie qu'à tout moment je peux décider de vous mettre en examen. Est-ce que vous comprenez ce que ça veut dire, une mise en examen ?

Fouad haussa les sourcils : oui, il comprenait.

— Bon, on va y revenir, j'aimerais maintenant vous interroger sur votre relation avec Jasmine Chaouch. Depuis combien de temps est-ce que vous la connaissez ? Comment l'avez-vous rencontrée ?

Fouad n'eut pas le temps de répondre : une sirène surpuissante fit vibrer le parquet du cabinet.

Wagner se tourna vers Alice. Celle-ci haussa les épaules et mit la main sur son ventre. Accompagné de deux gendarmes mobiles, le commandant militaire du Palais ouvrit la porte du cabinet :

— Monsieur le juge ! C'est une alerte à la bombe, il faut évacuer le palais.

— Une alerte à la bombe ici ? Mais non, c'est impossible !

— Je vous assure.

La voix du commandant militaire n'était pas celle d'un homme en exercice de simulation. Wagner laissa sortir Fouad et Szafran, et accompagna Alice sur le palier. Il prit bien soin de fermer à clé son cabinet et croisa Rotrou sur le seuil de la galerie Saint-Éloi. Couverts par le vacarme de la sirène, les deux juges ne se parlèrent pas. Mais dans le regard de l'Ogre il y avait toute une logorrhée de récriminations, comme si cette alerte était une conséquence des méthodes « humanistes » de Wagner.

En traversant la salle des pas perdus, Fouad ressentit le picotement d'une peur étrange et absolument inédite : celle de l'explosion. Les toits s'effondreraient, les murs soufflés projetteraient d'énormes briques sur leurs corps minuscules et déjà calcinés. Mais c'était l'explosion elle-même qui l'effrayait, c'était l'imagination d'un son inimaginable, plus fort que le tonnerre, plus violent que la mort même.

— C'est juste une fausse alerte, mon chéri, dit Dounia en voyant que son fils avait du mal à respirer.

Lorsqu'ils furent à l'abri, derrière le périmètre de sécurité, le juge, entouré de ses gardes du corps, parut confirmer la prévision de Dounia :

— C'est probablement une fausse alerte, mais les vérifications vont durer des heures. Il faut que nous reprenions rendez-vous. Dans les jours qui viennent, demain, par exemple ?

Szafran protesta :

— Monsieur le juge, mes clients habitent à 500 kilomètres de Paris. Ils sont pourchassés, littéralement harcelés par la presse, chaque déplacement leur est terriblement coûteux, en argent comme en énergie.

Alice, la greffière, avait oublié l'agenda du cabinet. Wagner vit qu'elle avait la main sur le ventre et le visage dolent et soucieux.

— Après-demain, concéda le juge, reportons à après-demain, même heure.

Il s'éloigna de quelques pas pour demander à Alice si tout allait bien. Celle-ci se redressa et accrocha à ses lèvres son habituel sourire, qui ressemblait de plus en plus à celui d'une actrice dans une pub pour du Red Bull.

— Très bien. Un peu fatiguée, mais faites-moi confiance, je vous le dirais si ça devenait trop difficile.

Et, comme pour prouver qu'elle avait bien l'intention de travailler jusqu'au dernier jour de sa grossesse, elle ajouta :

— C'est vrai qu'il ressemble à Alain Bashung.

— Oui, mais il est fort probable qu'il n'aura pas la même carrière, commenta le juge en allumant son téléphone pour écouter ses derniers messages. Eh bien tiens, justement, ma fille m'a appelé.

Il rappela Aurélie qui décrocha au bout de la troisième sonnerie.

— Salut, l'affreuse. Qu'est-ce que tu voulais me dire ?

Aurélie hésita au bout du fil. Elle voulait tout lui avouer : l'après-midi avec Krim, la lettre qu'elle venait d'écrire pour qu'il la transmette à Krim. Elle n'avait pas le choix pour que Krim reçoive sa lettre : il fallait qu'elle lui dise la vérité sur ce dimanche. Mais même s'il semblait mieux disposé que la veille (« l'affreuse »), elle eut trop peur de sa réaction.

— C'est… je sais pas trop comment dire ça…

— Comment dire quoi ? demanda le juge sur un ton inquisiteur. Je t'écoute.

— Papa, je peux pas en parler au téléphone. Quand est-ce que tu rentres ?

— Aurélie, qu'est-ce qui se passe ? Tu vas m'expliquer oui ou merde ? Aurélie ? *Aurélie* ?

Elle avait raccroché.

3.

Il fallut trois heures aux équipes spécialisées pour confirmer qu'il s'était agi d'une fausse alerte. Mais vers seize heures deux autres coups de fil avertirent que des bombes allaient exploser à la station Havre-Caumartin et à la Bibliothèque nationale de France François-Mitterrand. Les évacuations massives furent massivement filmées, mais là encore on ne trouva aucun explosif ; le procureur Lamiel, qui gérait déjà les appels fantaisistes de « témoins » prétendant avoir vu Nazir aux quatre coins du monde, ouvrit une enquête préliminaire et la confia à la Section antiterroriste de la Brigade criminelle. Il refusa de recevoir un journaliste de l'AFP et appela Wagner pour savoir comment s'étaient passées les auditions de la famille proche. Celui-ci lui expliqua qu'il avait dû les reporter, et s'opposa vivement à l'hypothèse du procureur, selon laquelle il pouvait s'agir d'une manœuvre de la famille proche pour ne pas être interrogée en bonne et due forme.

Afin d'enrayer la psychose qui risquait de se propager parmi les Parisiens, le Premier ministre François Fillon donna une conférence de presse, encourageant les gens à continuer de vivre comme ils le faisaient avant l'attentat. Aucune menace sérieuse n'avait été enregistrée depuis ce dernier, et les coups de fil de ce mardi après-midi furent attribués à des plaisantins que la police allait tout mettre en œuvre pour traduire devant la justice et punir de façon exemplaire.

Après le départ de Szafran, qui s'était encore une fois montré très rassurant (« on a de la chance d'avoir un bon juge »), la « famille proche » se rendit dans une brasserie. Fouad avait choisi un endroit discret ; sa méfiance des journalistes virait à la phobie.

Le serveur berchu qui s'occupa de leur table lui fit une drôle d'impression : il parlait comme un ancien drogué abruti de médicaments pour les nerfs, et en voyant ses gestes méticuleux à l'extrême et son espèce de politesse à deux doigts d'éclater en coup de sang, Fouad eut l'étrange conviction qu'il s'agissait d'un repris de justice. Lorsqu'il apporta leurs cafés, il déplaça les papiers de Fouad un peu plus haut sur la table, afin que la tasse fumante soit tout devant la poitrine du client, mais en accompagnant ce mouvement obséquieux d'un « S'il vous plaît » franchement réprobateur.

Fouad proposa à Dounia et Rabia de passer la nuit à Paris, dans son studio du XIIe arrondissement. Il irait dormir chez un ami, et de toute façon il avait des choses à faire à Paris avant de rentrer à Saint-Étienne.

Mais Rabia ne pouvait supporter d'être dans la même ville que son fils sans le voir, et elle ne voulait pas laisser Luna seule plus longtemps.

— Je vais conduire, décida Dounia. Si on part maintenant, on arrivera vers onze heures, minuit.

Fouad n'avait aucune envie que sa mère passe six heures sur la route après la journée qu'ils venaient d'affronter. Mais Dounia insista. Et son grand fils ne put se retenir, quand il les raccompagna à la voiture et ferma la portière, d'éprouver un immense sentiment de soulagement. Pour la première fois depuis samedi, il était seul ; il n'avait pas à se montrer fort, il n'avait pas d'autre décision à prendre, dans l'immédiat, que celle de la direction la plus commode pour rentrer chez lui.

Oubliant sa résolution de rester incognito, il traversa la place du Châtelet et longea la rue de Rivoli jusqu'à ce qu'elle devienne la rue Saint-Antoine. Sur cette artère qu'il connaissait par cœur, il fut surpris par le nombre inhabituel de véhicules de police stationnés sur les voies d'urgence et accompagnés de militaires qui patrouillaient maintenant jusque sur le trottoir. S'il avait pris le métro, il aurait été encore plus surpris : ravivé par l'attentat contre Chaouch, le souvenir des hécatombes de 1995 avait décidé les autorités à placer un détachement dans chaque rame. Au lieu de rester au fond des wagons, les soldats patrouillaient dans les allées, vérifiaient les sièges, demandaient à tous les passagers à peau bistre de présenter le contenu de leur sac.

Un vieil homme monté sur ressorts s'adressa à Fouad pour lui demander l'heure et lui tint la jambe pendant cinq interminables minutes au cours desquelles Fouad apprit que :

— Si y a tellement de soldats, c'est qu'on est passé au niveau écarlate du plan Vigipirate. Eh oui ! Vous croyez quoi ? Pendant qu'on n'a pas de président, on est vulnérables. Et ça va continuer, moi je vous le dis. Chaouch va pas se réveiller…

Le passant loquace s'arrêta en se demandant soudain si Fouad n'était pas maghrébin.

— Enfin je vous dis ça, moi j'ai voté pour lui, hein, et je préférerais qu'il se réveille mais bon, faut pas rêver. Rupture d'anévrysme dans le cerveau, franchement ? J'ai un beau-frère qui a fait ça, du côté de Menton, vous connaissez Menton ? Joli coin, non ? Mais j'aime autant vous dire qu'il est resté dans le coma deux mois et qu'après il a clapsé vite fait bien fait. Hé ! Enfin tout ça pour dire que Sarkozy se casse dans quoi ? dix jours ? Vendredi prochain, je crois, eh ben après qu'est-ce qui se passe ? Le président du Sénat le remplace, mais le président du Sénat c'est qui ? Cette chiffe molle de Cornut ! Non mais franchement, Cornut ! Lauréat du prix de l'humour politique les trois dernières années ! Trois années consécutives ! Et vous croyez qu'ils vont attendre qu'on ait quelqu'un de clair et net à la tête de l'État pour nous attaquer, AQMI et compagnie ?

Quand il se fut séparé de l'importun, Fouad tomba la veste et poursuivit son chemin sous le feu nourri de regards féminins escortés de sourires en au moins trois occasions. Après Saint-Paul il s'arrêta et fut saisi par un violent sentiment de déjà-vu. Il chercha une encoche familière dans la perspective plaisamment incurvée qui montait vers la colonne de Juillet – mansarde, encorbellement, balcon de fer forgé, quelque chose qui aurait rompu l'uniformité du ruban d'immeubles étroits blottis l'un contre l'autre, après l'église Saint-Paul.

Mais le paysage était partout muet.

Une petite brune aux yeux bleus se planta soudain devant lui, au croisement avec la rue de Turenne. Elle avait les cheveux coiffés à la garçonne, un débardeur noir ouvert sur un décolleté plongeant sans être réellement ostensible.

— Tu vas pas me faire croire que tu me reconnais pas ?

Fouad s'essuya les yeux ; il se souvenait d'avoir couché avec elle deux ans plus tôt, il se souvenait que c'était un soir d'orage et qu'elle avait des taches de rousseur entre les seins ; mais il ne se souvenait pas de son nom.

— Putain, ça fait des années, Fouad, déclara la jeune femme en allumant une cigarette. Tu m'as jamais rappelée, espèce de goujat !

Fouad se frappa le front.

— Incroyable...

Il ne retrouverait jamais son prénom, mais au moins il semblait qu'elle n'était pas au courant de son implication dans le psychodrame national.

— Alors j'ai vu que ça marche pour toi. *L'Homme du match*. Franchement, c'est super. Tu fais encore des tournages là, ou vous avez fini la saison ?

Fouad se souvint qu'elle travaillait dans le cinéma ; la production, le financement, le marketing, quelque chose dans le genre.

— Oui, dit-il un peu gêné, ça reprend dans deux, trois semaines.

— Et tu vas à Cannes cette année ?

Fouad mit ses mains derrière sa nuque et hocha la tête comme s'il avait été sur le point de faire une série d'abdos debout.

— Cannes ? Pas sûr, je me sens pas trop d'aller me faire dorer la pilule en ce moment, avec tout ce qui se passe...

— C'est pas te dorer la pilule, insista la jeune femme, c'est le taf ! T'es marrant. En plus, tout le monde t'attend là-bas.

Ah, elle sait, pensa Fouad. Mais en la regardant droit dans les yeux, il n'en était plus sûr.

En fait la jeune femme ne savait pas. Ce qu'elle savait, c'est qu'elle exagérait : tout le monde n'attendait pas Fouad, son succès populaire dans *L'Homme du match* et ce second rôle qu'il avait décroché dans la grande comédie française de l'été commençaient à lui valoir le mépris ouvert de toute une partie de la critique. Mais il était en contact, *Yaël* était en contact avec un réalisateur respecté qui avait obtenu deux ans plus tôt l'oscar du meilleur film étranger, et qui jouissait d'une réputation excellente dans le cinéma français.

Comme la conversation languissait, Fouad confia un secret professionnel à son ancienne conquête, comme pour se faire pardonner de ne pas retrouver son nom :

— Faut pas en parler, évidemment, mais je vais peut-être jouer dans une sorte de biopic sur l'émir Abd-el-Kader, le tournage doit commencer à l'automne 2012. C'est un truc très ambitieux, un film de cinq heures trente en trois parties. Voilà. Ça raconterait la vie d'Abd-el-Kader, sa jeunesse, sa captivité…

— Putain, mais c'est génial ! s'exclama la jeune femme en ouvrant de gros yeux ébahis.

— Ouais, enfin je me demande un peu si…

— Si quoi ?

Fouad soupira. Il n'était décidément pas très en forme ; le mode de la confession lui paraissait soudain plus qu'un moindre mal, la seule voie possible :

— Non mais voilà, je me demande juste si j'ai le droit de jouer Abd-el-Kader ! Franchement, je fais quoi ? J'amuse la galerie avec une sitcom à deux balles, je vais jouer le gentil rebeu dans la comédie de l'été… Des fois, je me demande…

— Te demande pas, réagit solennellement la fille. Te demande pas… Mais attends, on va pas rester comme des cons dans la rue, là. On prend un pot ?

Fouad jeta un coup d'œil à la chair piquée de minuscules taches de son de sa jeune poitrine ferme et blanche. Le gyro deux tons d'un cortège de voitures banalisées le réveilla. Il pensa à Krim, à Ferhat, à Jasmine et à sa mère qui toussait.

Mais il déclina en prétextant un apéro pour lequel il était déjà très en retard.

4.

Yaël avait mis une jupe large et des talons hauts quand Fouad arriva chez elle. Il lui demanda si elle sortait, elle répondit en lui prenant la main qu'*ils* sortaient. Le bruit de ses talons dans l'escalier réveilla Fouad et lui rappela pourquoi il aimait tant Paris, surtout à cette période de l'année. Dans la rue ensoleillée, la chevelure rousse et frisée de Yaël n'avait jamais paru aussi exubérante.

Ils passèrent chez Monoprix, achetèrent un pack de 1664 et une bouteille de muscat qu'ils pourraient déboucher sans ouvre-bouteilles, et ils s'installèrent sur une des pelouses à la mode du parc des Buttes-Chaumont. Fouad raconta son après-midi, l'alerte à la bombe. Yaël avait une façon hyperactive d'écouter les gens. Sa bouche ouverte dévorait les mots, les digérait d'« ah ouais ? », de « c'est ouf »...

— Enfin voilà... conclut Fouad.

Il s'allongea sur le dos et regarda les nuages qui s'effilochaient sur l'azur.

Yaël ouvrit une deuxième bière et répandit un peu de mousse sur son corsage bariolé. En s'essuyant sans ménagement, elle s'aperçut qu'elle n'était pas encore prête à entrer dans le vif du sujet.

— Je voulais te demander, pour Jasmine... j'y ai beaucoup réfléchi, tu crois pas que c'est un peu dangereux de... je sais pas...

— De quoi tu parles ? lui demanda Fouad.

— Ben, enfin tu vois, c'est peut-être un peu risqué là, l'entourage de Chaouch. Ils vont peut-être se constituer partie civile. Enfin, je me dis juste que tu devrais peut-être commencer à les voir comme... comme des adversaires, des adversaires judiciaires. Enfin je suppose que Szafran t'en a mieux parlé que moi.

— Szafran n'a pas parlé de ça. Et j'aimerais mieux que tu fasses de même.

Fouad sentit qu'il s'était montré trop dur. Il tapota l'épaule de son agent et bifurqua :

— Bon, et sinon quand est-ce que je reprends les tournages ? Je sais pas comment je vais faire. Je peux pas quitter Saint-Étienne maintenant. Ma tante, ma mère...

Yaël garda le silence. Fouad se suréleva sur un coude pour attraper son téléphone qui vibrait. C'était Slim. Il choisit de ne pas répondre.

— Yaël, ça va ?

Yaël n'avait jamais entendu ce ton chez Fouad. Elle décapsula sa deuxième cannette de 1664 et aspira une grande bouffée d'air.

— Bon, Fouad, j'ai essayé de te le dire au téléphone, mais... ce ne sont pas des choses qui se disent au téléphone. Oh... Je crois que j'ai une mauvaise nouvelle, Fouad...

5.

Au même moment, Jasmine sentit que l'eau du bain dans lequel elle méditait depuis une demi-heure était en train de refroidir. Mais elle était trop lasse, elle ne fit pas couler le robinet d'eau chaude et se vautra dans l'immobilité tiède, comme fascinée par sa propre paresse.

Deux coups à la porte de la salle de bains la firent sursauter.

— Mademoiselle Chaouch ? Tout va bien ?

C'était la voix de Coûteaux. Par défi, Jasmine ne répondit pas. Mais quand Coûteaux frappa à nouveau et répéta sa question, elle n'eut pas le choix et s'arracha bruyamment à la mare savonneuse.

L'ombre de Coûteaux louvoyait dans la bande minuscule au pied de la porte. Jasmine en conçut un agacement qui confina vite à la haine. Elle ouvrit tous les robinets et les fit couler à leur puissance maximale. Quand Coûteaux essaya d'ouvrir le loquet, Jasmine hurla :

— Foutez-moi la paix ! Foutez-moi la paix, bordel de merde !

Pour se calmer, elle ferma les yeux, respira lentement. Les paroles de la fin des *Indes galantes* de Rameau lui revinrent ; elle avait manqué la répétition de la veille, ainsi que son cours de chant. C'était le rondeau des *Sauvages*, qu'elle chanta à voix basse à la surface de l'eau, comme pour animer les voiles d'un vaisseau imaginaire :

Forêts paisibles, forêts paisibles,
Jamais un vain désir ne trouble ici nos cœurs.
S'ils sont sensibles, s'ils sont sensibles,
Fortune ! Ce n'est pas au prix de tes faveurs...

Elle rêvait à ces forêts paisibles, elle aurait voulu être un de ces cœurs qu'aucun vain désir ne troublait. Car la pensée que Fouad était entendu par un juge ne lui laissait plus un instant de répit.

Les huit mois qu'ils avaient passés ensemble, leurs week-ends à Londres et à Venise, les soirées sous la couette à regarder des DVD, celles chez des amis où ils se surveillaient malicieusement avant de s'éclipser – tout pouvait n'avoir été qu'un leurre, et Fouad lui-même, Fouad *l'acteur*, s'était peut-être joué d'elle pour atteindre son père. Les chansons qu'ils avaient aimées ensemble et auxquelles Jasmine attachait déjà tant de souvenirs ; ces mélodies où toute une période de sa vie, la période Fouad, avait déposé sa riche substance, comme en vue d'une postérité vivante, presque immédiate ; toute la musique de son amour, qui le dignifiait tandis que lui se dignifiait d'elle dans un adorable cercle vertueux, se désaccordait soudain à cause de ce soupçon infime mais persistant, qui grossissait de ne pas pouvoir être balayé d'un revers de la main.

Et les départs de batterie, les entrées de violoncelle, les passages en majeur de mélodies qui sur le coup n'évoquaient qu'eux-mêmes et qui, après quelques mois, renfermaient toute la joie de son amour, n'étaient soudain plus qu'artifices destinés à la duper, et ne projetaient plus dans son âme que l'amère certitude de son propre ridicule.

— Non, non, murmura-t-elle. Je peux pas croire qu'il ait menti, qu'il m'ait prise pour une conne...

Folle de rage, Jasmine se leva et déverrouilla la serrure de la porte ; elle sortit toute nue de la salle de bains. Elle passa devant Coûteaux bouche bée et marcha d'un pas résolu jusqu'à la table basse où elle se souvenait d'avoir laissé son téléphone. Mais le téléphone n'y était pas. Pas plus que sur le canapé.

— Il est où, mon téléphone ? demanda-t-elle au garde du corps qui s'efforçait de ne pas la regarder. Il est où ? J'ai pas le droit d'appeler Fouad, hein ? C'est ce qu'on va voir si j'ai pas le droit d'appeler Fouad ! Je veux lui parler, je dois lui parler ! Vous racontez n'importe quoi ! Il m'aime !

Et elle se mit ainsi, dans son plus simple appareil, à chercher son téléphone dans l'appartement qui ressembla rapidement à un champ de bataille.

6.

Un champ de bataille, c'était ce à quoi ressemblait l'esprit de Fouad après avoir entendu la mauvaise nouvelle de Yaël.

— Mais enfin, ils ont pas le droit ! On peut bien faire quelque chose, non ?

— Faudrait voir avec Szafran...

— Une photo volée en une de *Closer* ! C'est pas possible, moi et Jasmine comme ça ? On peut pas interdire la publication ? Et de quoi on a l'air dessus, au fait ?

— Mais je te dis, Fouad, j'ai pas vu la photo. C'est un vieux copain qui y bosse, et qui m'a dit qu'ils avaient décidé de sortir l'info...

— Mais quelle info ? s'indigna Fouad.

— Fouad, ça se sait. C'est dégueulasse, mais... tout le monde le sait dans le petit milieu que t'es le cousin de Krim. Et tant que la justice ne t'a pas blanchi...

Fouad l'arrêta sur ce mot. Comme pour le faire résonner.

— Blanchi ? Blanchi, mon cul ! Je suis même pas mis en examen, ni moi ni ma mère ni... C'est Krim qui...

C'était Krim, donc c'était lui. Les subtilités de la justice étaient évidemment sans effet sur la propension des médias à amalgamer les responsabilités.

— Et pour *Emir express* ?

C'était la comédie de l'été dans laquelle il jouait le rôle d'un jeune « beur » qui découvrait un gisement de pétrole dans son village du Loir-et-Cher.

— Qu'est-ce qu'ils vont faire ? demanda-t-il avec un rire sec. Ils vont annuler la sortie du film ?

Yaël ne s'était pas aperçue qu'elle était saoule avant cette colère de Fouad. Elle se mordit les lèvres, se sentit ridicule et déboucha le muscat. Elle en avala une gorgée à même le goulot.

— Non, le film va bien sortir, et je te le dis comme je le pense, Fouad, je vais me battre, je vais faire tout ce que je peux... Et c'est horrible de penser à ça, mais, connaissant ces gens, les distributeurs vont peut-être se dire le contraire : que ce qui t'arrive, c'est du pain bénit pour la promo... Je veux dire, c'est dégueulasse, mais... Écoute, n'y pensons pas encore. Essaie juste... de garder profil bas en attendant...

— En attendant quoi ? Que je me sois publiquement désolidarisé de mon petit cousin ? En attendant que j'aie changé de nom et d'acte de naissance ?

Yaël voulut répondre, mais Fouad s'était levé et mis en marche.

— Où tu vas, Fouad ?

— Pisser, répondit-il sèchement.

Yaël regarda la bouteille dont elle avait bu le tiers à elle toute seule. Et puis elle regarda ses talons qu'elle avait arrangés en sanctuaire pour cannettes vides. « Il a besoin de moi », pensa-t-elle.

Soudain, elle entendit une sonnerie de portable qui n'était pas la sienne. Fouad avait laissé son portable sur l'herbe, à côté de sa veste en lin. Yaël prit l'appareil : JASMINE était en train d'appeler. Elle se tourna pour être sûre que Fouad ne la voyait pas et coupa l'appel au bout de la deuxième sonnerie. Quelques secondes plus tard, un bip retentit, signalant qu'elle lui avait laissé un message. Yaël composa le 888 et écouta le message de Jasmine :

— *Mon amour j'ai pas le droit de t'appeler mais j'en peux plus, tu me manques trop, ils me disent des trucs sur toi, je sais bien qu'ils racontent que des conneries mais j'ai besoin de t'entendre me le dire, allez s'il te plaît décroche, je veux juste discuter deux minutes... Je sais pas ce que tu crois, si tu crois que je t'en veux ou... Rappelle-moi, s'il te plaît.*

La boîte vocale proposait d'appuyer sur 2 pour sauvegarder le message et sur 3 pour l'effacer. Yaël se retourna une dernière fois et vit Fouad au sommet de la pente, adossé au tronc d'un arbre, perdu dans ses pensées. Aucun des minets stylés qui bourdonnaient autour de lui ne lui arrivait à la cheville.

Elle se mordit la lèvre inférieure et appuya sur la touche 3.

7.

Dans l'aile Montpensier du Palais royal, les dix membres du Conseil constitutionnel recevaient le professeur Saint-Samat, médecin-chef du Val-de-Grâce, afin de s'informer précisément sur l'état de santé du président élu.

L'entretien dura deux heures. Ces honorables messieurs-dames du Conseil constitutionnel libérèrent enfin le médecin et les neurochirurgiens qui avaient pratiqué la délicate opération sur le cerveau présidentiel. Et tandis qu'on invitait d'urgence, sur les plateaux télé, les professeurs de droit constitutionnel les plus éminents, tandis que dans les hôtels de police de tout le pays on se préparait à affronter une troisième nuit de violences, l'ancien président Valéry Giscard d'Estaing s'éloigna en direction de la croisée garnie de rideaux beiges qui donnait sur la cour d'honneur.

Le président Chirac avait dû abandonner sa place au Conseil à l'été 2011 ; depuis, des voix s'élevaient régulièrement pour dénoncer la règle permettant aux anciens chefs de l'État de siéger automatiquement parmi les Sages. Valéry Giscard d'Estaing n'avait pas l'intention de céder sa place, mais la façon dont il prit ses distances ce soir-là, d'un pas chuchotant, ne fut pas sans étonner ses pairs, surtout lorsqu'ils s'aperçurent que ses lèvres remuaient dans le vide et qu'il semblait parler à quelqu'un. On se demanda à qui pouvait bien s'adresser cette silhouette mangée par le contre-jour vespéral, qui finissait par avoir l'air d'une incarnation fantomatique de la monarchie républicaine elle-même, monarchie républicaine qu'avait promis de mettre à bas le président élu sur le sort duquel il allait devoir statuer.

Un grand juriste fit part de sa perplexité à l'oreille d'un de ses confrères ; celui-ci, facétieux, lui répondit en fredonnant une mélodie de Couperin, accompagnée d'une onctueuse ondulation de paume qui aurait toutefois mieux convenu au son plein du violoncelle qu'au clavecin grelottant de trémolos inchantables.

— Vous reconnaissez ? demanda-t-il quand il fut à bout de souffle.

Et devant l'air ahuri de son confrère plus jeune, il donna la réponse :

— C'est la plus belle pièce de clavecin de Couperin, le fameux vingt-cinquième ordre... Avec pour seule indication de tempo le si beau mot de (il respira de façon dramatique) « languissamment ». Ça s'appelle *Les Ombres errantes*...

Dans ce palais du Grand Siècle habitué à la sérénité chenue des examens de questions prioritaires de constitutionnalité et autres chicanes juridiques de haut vol, les Sages décidèrent pourtant de ne pas imprimer un tempo languissant à leur délibération tant attendue. On allait dire qu'ils avaient cédé aux sirènes de l'urgence du jour et aux pressions des alertes à la bombe. Mais au-delà de la très classique cour d'honneur du Palais royal, et comme l'avait fait remarquer sur RTL la ministre de l'Intérieur montée sur ses grands chevaux, le pays se convulsait et les ombres n'erraient plus. Résolument en porte-à-faux avec le chef du gouvernement, la Vermorel avait précisé qu'il y avait même de fortes raisons de penser qu'elles se réunissaient, ces ombres, qu'elles s'organisaient, s'armaient en conséquence, à des fins qu'un seul terme pouvait caractériser proprement et que la locataire de la place Beauvau avait énoncé en séparant hargneusement chaque syllabe :

— La dé-sta-bi-li-sa-tion de l'État.

On ne pouvait pas soupçonner le président du Conseil, Jean-Louis Debré, de collusion avec Sarkozy, pas plus que Valéry Giscard d'Estaing.

Les socialistes avaient pour leur part multiplié les manœuvres en coulisse et les petites phrases aux médias pour retarder au maximum l'empêchement, qui revenait à invalider l'élection qu'ils avaient, après tout, très largement remportée.

Cependant, il s'agissait là des socialistes dans une assez grande majorité, mais pas de tous les socialistes : comme l'avaient révélé les fins limiers des services politiques des grands journaux, les partisans de Françoise Brisseau semaient ici et là l'idée que cet empêchement était inéluctable, parce que même si Chaouch se réveillait dans quelques jours, il y avait fort à parier qu'il ne serait pas capable d'assumer ses fonctions. Les neurochirurgiens, auxquels JT et radios téléphonaient entre deux opérations pour qu'ils livrent leur expertise, se montraient plus mesurés : la balle n'avait pas touché le cerveau, rappelaient-ils, l'opération avait consisté à réparer une rupture d'anévrysme et tout dépendait, en cas de réveil, de la constitution physique et mentale du patient. C'était aussi ce qu'avaient dit le professeur Saint-Samat et les spécialistes qui avaient opéré Chaouch.

Mais, après deux nuits d'émeutes et une tension nerveuse portée à son comble par des températures très au-dessus des normales saisonnières, les Sages ne pouvaient se contenter d'un « ça dépendra », et ils n'eurent pas d'autre choix que de prononcer *l'empêchement définitif du président élu Idder Chaouch à exercer le mandat* pour lequel il avait reçu 52,9 % des suffrages exprimés.

Jean-Louis Debré rédigea lui-même le communiqué qui fut envoyé à la presse, après avoir été lu et approuvé par les dix autres membres. Les JT de 20 heures touchaient à leur fin et le soleil rouge avait depuis longtemps quitté la perspective de l'Arche de la Défense lorsque fut installé le pupitre d'où la décision des anges gardiens de la Constitution allait solennellement être annoncée aux Français.

8.

— Comment tu fais pour être aussi forte ?

C'étaient les premiers mots de Rabia depuis qu'elles avaient pris la route. Dounia s'était trompée de chemin, elle n'avait pas trouvé le périphérique et roulait maintenant sur le mauvais quai. La Twingo faisait des tours dans les embouteillages de la porte de Charenton. Au milieu des klaxons et des lumières de la ville, on se serait cru sur une piste d'autos-tamponneuses, prisonnier d'un jeu de circulation aux règles indéfinissables.

— Je suis peut-être forte, plaisanta Dounia en laissant tomber son front sur le volant, mais je crois que j'ai des petits problèmes d'orientation !

Mais Rabia n'était pas d'humeur. Elle insista :

— Regarde, tu fais des blagues, tu supportes tout ! Doune, c'est trop dur, j'y arrive pas… *Wollah* elle a raison, Rachida, j'ai pas su élever Krim. Pourtant… on a tout fait avec Zidan. On leur a donné tellement d'amour ! Qu'est-ce qui s'est passé ?

Dounia tourna vers sa petite sœur un visage empli de bonté.

— Tu peux pas dire ça, que t'es pas forte. Quand Zidan il est mort, *ater ramah rebi*, tu t'es tout de suite remise à vivre, ma chérie. T'as tout fait pour Krim et Luna. Mais on maîtrise pas tout, dans la vie.

— Quelle vie ? *Quelle vie* ?

— Mais moi, je savais pas, insista Dounia, je savais pas comment vivre après la mort d'Aïssa. Sans toi, je me serais flinguée ! Toi, tu continuais de rire, d'aimer, regarde-moi, regarde-moi Rabia, regarde mes cheveux. Et regarde-toi !

C'était vrai – ça l'avait été : une vitalité, une jeunesse invincibles avaient reposé dans les yeux de Rabia. Mais plus maintenant. Elle serra les dents. Les mots de réconfort de Dounia ne tombaient même plus dans le filet de sa conscience.

— Où il a dit qu'il était, Krim ? demanda-t-elle en fixant un ennemi invisible au-delà du pare-brise. Dans quelle prison ?

— Quoi ?

— Fleury, répondit-elle à sa propre question. Fleury-Mérogis ! Dounia, conduis-moi à Fleury.

— Mais de quoi tu parles, Rabia ?

— Si tu me conduis pas, je prends un taxi, *wollah* la vie de la mémé je prends un taxi !

— Rab' même si je voulais aller à Fleury, je sais pas du tout où c'est ! Mais je veux pas qu'on aille là-bas ! C'est n'importe quoi !

Dounia regarda sa sœur de profil. Son menton frémissait, ses pensées contradictoires semblaient échouer là, au bord de sa lèvre inférieure, y remuer avant de mourir de n'avoir pas été dites.

Elle sortit tout à coup de la voiture ; un coupé arrivait sur la voie de droite. Il klaxonna furieusement en stoppant in extremis. Dounia mit le frein à main et courut après sa sœur.

— Rabia, arrête ! hurla-t-elle.

Un regard dans son dos lui apprit que la circulation se fluidifiait, et que leur Twingo barrait la route à toute une colonne de voitures enragées.

— Rabia, qu'est-ce que tu fais ?

— Je vais à Fleury, déclara Rabia, les yeux bordés de larmes froides qui glissaient sur les tremplins de ses pommettes et disparaissaient dans le vide.

— Rabia, arrête, répéta sa sœur en la prenant par la manche.

Les klaxons redoublaient d'intensité. Le conducteur de la voiture bloquée juste derrière criait dans leur direction. C'était un gros bonhomme rougeaud, en bleu de travail.

— Qu'est-ce que tu veux aller foutre à Fleury ? À quoi ça va servir Rab' ? *À quoi ça va servir* ?

— Je vais l'attendre, cria Rabia. C'est mon fils ! Dounia, c'est mon fils, tu comprends ? La chair de ma chair ! Je l'ai porté dans mon ventre, Dounia ! Je l'ai porté dans mon ventre, je l'ai protégé toute sa vie et maintenant... (Elle s'appuya sur la rambarde de la route à deux voies, elle avait un point de côté.) Et maintenant tout le monde le déteste ! Mon petit Krim, mon sang, Dounia ! Mon sang !

La route hurlait, des camions passaient et soulevaient des bourrasques d'air pollué, auxquelles se mêlaient la fumée des pots d'échappement et les sons déchirants des klaxons qui ne s'évanouissaient jamais tout à fait après le passage du poids lourd qui les avait gratuitement déclenchés.

— Tout le monde le déteste, répéta Rabia, tout le monde le déteste !

— Pas nous ! tenta Dounia. Allez, viens, on rentre. Pense à Luna, la pauvre… Tu peux pas capituler, pense à elle, pense à moi… allez…

La résolution de Rabia allait flancher, mais le conducteur rougeaud avança vers elles et leur aboya dessus. Il les dépassait d'une tête et pesait probablement autant qu'elles deux réunies, mais Rabia soutint son regard et commença à l'insulter en retour. Le mot *bougnoule* fusa bientôt. Dounia se mit à tousser du sang au bord de la route.

Trois hommes débarquèrent alors de nulle part, la plupart en jeans et blousons serrés.

— Y a un problème, monsieur ? demanda l'un d'eux au conducteur.

— Vous êtes qui, vous ?

— Police des autoroutes, mentit l'autre en le retournant pour le fouiller. Il regarda Dounia et s'enquit de sa toux :

— Vous allez bien, madame ?

— Oui, oui, ça va, dit-elle en levant les yeux et la bouche au ciel. Rabia, viens, on rentre maintenant.

Rabia s'inclina, intriguée par cette police des autoroutes qui tombait un peu trop bien pour que ça ne cache pas quelque chose.

En effet, quand Dounia et Rabia eurent retrouvé le chemin de l'autoroute en direction de Lyon, les trois hommes qui étaient fonctionnaires de la SDAT informèrent le commandant Mansourd qu'ils avaient dû abandonner leur couverture. Mansourd se montra compréhensif. Il était préoccupé, par ailleurs, par cette histoire de cavalière qui avait réclamé le portable de Krim en présentant une carte de police.

Dans les couloirs de la SDAT, il croisa le capitaine Tellier qui supervisait également les auditions de Mouloud Benbaraka.

— Je vais lui parler deux minutes, décida le commandant. Éteins la caméra, il est comment ?

— Pas facile, répondit Tellier. Il a de la merde jusqu'au cou depuis si longtemps que ça en arrive même à le faire rire.

Mansourd aurait certes préféré découvrir un homme aux abois que le caïd bling-bling et sûr de lui qu'il vit en entrant dans la cellule mitoyenne de celle de Krim : droit dans ses bottes de luxe, Benbaraka caressait son poignet avec le geste fleuri d'un homme habitué à troquer, de temps à autre, le bracelet d'une Rolex contre celui d'une menotte.

Mais le désagrément n'était pas passager cette fois-ci : c'est en substance ce que lui expliqua Mansourd. Benbaraka passait sa langue sur ses lèvres, levait les yeux au ciel ; quand Mansourd fit valoir qu'il allait sûrement être mis en examen pour association de malfaiteurs en relation avec une entreprise terroriste, le Parrain de Saint-Étienne sifflota et dit en ayant l'air de penser à tout autre chose :

— Mets-moi en examen autant que tu veux, mon pote, qu'est-ce que tu veux que je te dise ?

— Comment tu as aidé Nazir Nerrouche à préparer un attentat contre le président, par exemple.

— Mais personne croira à ce genre de conneries. Je fais des affaires, des fois dans les affaires on tombe sur des illuminés, c'est la vie... les aléas du métier. Ah ah... J'en savais rien, moi, qu'il voulait tuer Chaouch !

— Et pourtant il t'a bien demandé de séquestrer sa tante, bordel de merde, sa propre tante ! Il t'a demandé de séquestrer sa tante et de la droguer, et t'as fait exactement ce qu'il te disait, comme une petite main, Nazir parle et tout le monde se couche...

Benbaraka changea de voix :

— Oh, putain, trop fort le superflic, il va réussir à me faire péter un câble, qui c'était le chef ? C'était Nazir, hein ? Oh la la, la misère je te jure... Qu'est-ce que je peux faire contre un si bon psychologue ? Rien ma parole, renchérit-il sarcastiquement.

Le commandant se leva brusquement et étrangla Benbaraka, jusqu'à l'obliger à se mettre debout. La menotte tirait sur son poignet, il faisait moins le fier.

— Où est-ce qu'il se cache, Nazir ? Où est-ce qu'il va ? Réponds ou je t'étrangle !

Benbaraka avait du mal à respirer, Mansourd s'était mis à serrer davantage son étreinte autour du cou. Quand il le laissa retomber sur sa chaise, le caïd toussa et leva ses yeux sanguinolents sur le commandant qui répéta sa question. Pour toute réponse, Benbaraka détacha les majeurs de ses deux mains auxquelles on avait retiré les bagouzes.

Chapitre 11

Le tonton du bled

1.

Son père était musulman, sa mère juive, ni l'un ni l'autre n'étaient pratiquants (d'une façon ou d'une autre), et pourtant, ce fut dans l'odeur de bois vermoulu d'une petite église de la rive droite que Jasmine Chaouch alla trouver refuge à la fin de cette journée étouffante où elle avait mille fois changé d'avis sur tout et son contraire.

Fouad ne l'avait pas rappelée, d'autres continuaient de l'éperonner de messages téléphoniques. Habib la voulait auprès de sa mère pour un reportage de *Paris Match* – « Je sais, j'avais promis, mais là c'est urgent, c'est tout ce qu'a incarné ton père et qu'il incarne encore qui est en jeu ». Sa mère voulait qu'elle accepte de reparler à Habib après lui avoir raccroché au nez la première fois. Christophe Vogel probablement missionné par son père, voulait déjeuner avec elle, prendre un café, n'importe quoi. Les gens du festival d'Aix commençaient à la harceler pour savoir si elle comptait toujours jouer dans *Les Indes galantes* en juillet. Des journalistes avaient récupéré son numéro. Il y avait quelque chose dans l'air, et les deux seuls êtres humains à qui elle aurait voulu parler s'étaient murés dans le silence – silence téléphonique pour l'un, et pour l'autre cérébral.

Jasmine prit place sur un banc de la dernière rangée, considérant que c'était celle des infidèles et qu'elle y avait droit. Trois officiers du GSPR patientaient à l'extérieur, trois autres dont Coûteaux arpentaient les allées en levant parfois les yeux sur les vitraux, non pour en admirer les formes et les couleurs, mais pour anticiper l'arrivée d'un kamikaze éventuel.

Leur protégée était avachie sur le banc, les épaules basses et la tête comme une citrouille qu'on aurait placée dans un four détraqué. Il y avait deux vieilles dames au premier rang, immobiles sur les agenouilloirs craquants. Elles avaient le même chignon, les mêmes cheveux blancs, la même stature de souris et, comme Jasmine s'en aperçut lorsqu'elles remontèrent l'allée centrale après s'être signées, le même sourire serein et délicat, la même tranquillité évangélique. Jasmine leur répondit d'un mouvement de tête et replongea dans son enfer.

Pour la première fois après le départ des vieilles dames, elle remarqua l'autel et la croix monumentale sur laquelle Jésus balançait les genoux exagérément loin du poteau. L'idée d'adorer un dieu souffrant et moribond l'avait toujours répugnée, mais pour la première fois elle n'y pensait pas de cette façon : elle ne pensait pas avec des idées, elle ne pensait peut-être pas, en vérité, mais elle éprouvait indéniablement quelque chose, plus qu'une attirance, comme une aspiration.

Elle se leva et progressa lentement dans le parfum envoûtant de la vieille pierre et de la cire de bougie. Au bout de l'allée, elle leva les yeux sur le visage du Christ, dont la figure de pierre semblait s'animer.

Des idées d'amour universel la remplirent de tous côtés ; Jasmine les réduisit à Fouad. Fouad qui vérifiait, quand elle chantait un a, que sa langue était bien plate et sa bouche correctement ronde, Fouad qui descendait lui acheter des croissants quand ils avaient passé la nuit ensemble, Fouad qui n'avait aucun égard pour les filles qui pullulaient autour de lui, Fouad qui ne connaissait pas la vanité, qui était peut-être dépourvu d'ego.

Jasmine sentit une chaleur dans le bas-ventre ; l'image de son père brillait comme dans un ostensoir.

Elle eut alors une série de visions : la pierre de taille dorée par le soleil, les églises cernées de chênes et de platanes, les monuments qui incarnaient la majesté républicaine comme un parfum enferme, pour un seul être au monde, l'incommunicable grandeur de son propre passé. Elle songea qu'elle avait été une petite fille très privilégiée. Elle passait avec son père des après-midis entiers à se promener de bus en bus. Il lui expliquait Paris par ses hauts lieux, les grands hommes par leurs noms de rues, les mousquetaires et les rois de France.

Ces souvenirs étaient encore une prière, et celle-ci avait duré peut-être une demi-heure. Mais cette demi-heure paraissait avoir été toute une vie.

Jasmine releva la tête, rouvrit les yeux. Une douzaine de personnes étaient éparpillées sur les bancs. Coûteaux lui fit signe qu'il était temps de rentrer. Elle l'accompagna docilement. Et quand elle quitta l'hospitalière pénombre de l'église pour l'air lourd, la canicule et les klaxons, elle se tourna vers son garde du corps et lui demanda :

— Aurélien, vous prendriez une balle pour moi ?

Coûteaux haussa les sourcils.

— Euh... je ne comprends pas, mademoiselle Chaouch.

— Si on me tire dessus, vous vous mettriez entre la balle et moi ?

— Eh bien c'est mon travail, oui. Mademoiselle Chaouch, votre mère vous appelle, je crois que vous devriez répondre. Il se passe des choses...

— Je vais l'appeler dans la voiture, Aurélien. Merci.

Coûteaux la regarda se glisser dans le ventre de la voiture blindée au kevlar. Il s'installa à côté d'elle et indiqua au chauffeur l'itinéraire qu'il avait choisi pour gagner le canal. Mais Jasmine leva le menton :

— Non, est-ce qu'on pourrait pas plutôt rejoindre ma mère à Solférino ?

— Bien sûr, mademoiselle, répondit le chauffeur après avoir consulté Coûteaux d'un coup d'œil dans le rétroviseur.

— *Merci,* dit Jasmine en appuyant le mot comme si c'était la première fois qu'elle le prononçait en y croyant.

La voiture démarra. Coûteaux regarda sa protégée du coin de l'œil. Ses tempes étaient perlées de gouttelettes de sueur, ses cheveux embrouillés cachaient la moitié de son regard. Un sourire d'une douceur effrayante flottait sur son visage.

2.

Le siège du Parti socialiste ressemblait à nouveau à ce que Chaouch avait appelé « la ruche » après avoir décidé d'y installer son QG de campagne, pour entériner ses noces de raison avec le parti qui l'avait choisi. Des posters de roses, de Chaouch, des affiches devenues célèbres, comme celle où le candidat posait sur fond de clochers et d'éoliennes, avec le slogan qu'avait inventé Habib dans sa baignoire : *L'avenir, c'est maintenant*. Et partout des gens pendus au téléphone, échangeant des photocopies, se balançant des chiffres et des sondages comme si leur vie en dépendait.

Jasmine fut conduite dans le bureau de Vogel, où le directeur de la campagne était entouré de l'équipe resserrée. La campagne avait été dirigée par le duo martial que formaient Vogel pour la politique et Habib pour la communication. Étaient présents, en cette heure crépusculaire, abattus autour du téléviseur à écran plat, les quatre porte-parole et les chefs des « pôles thématiques » conçus par Vogel. Esther bavardait à mi-voix avec l'un des *speechwriters* de son mari ; elle vit sa fille qui restait en retrait. Elle coupa court à sa conversation et vint lui mettre les mains sur les épaules, comme quand elle était enfant et qu'elle portait un cartable trop grand pour elle :

— Bon, ben c'est fini. Le Conseil constitutionnel a prononcé l'empêchement.

— D'accord.

— Tu as entendu ? Jasmine, ça va ?

— Je vais très bien, maman. Je sais que tu dois être déçue, mais il y a des choses plus importantes, je pense.

Esther eut du mal à reconnaître la voix de sa fille à travers son sourire immobile. Habib hurla au téléphone et exigea que tout le monde quitte la pièce. Jasmine commençait à tourner les talons lorsque sa mère lui dit :

— Mais non, pas nous, ma puce.

Habib rangea son moignon dans la poche de son pantalon, expédia une assistante d'un revers de sa main valide et rejoignit la fille du désormais ex-président :

— Désolé, Jasmine. On est un peu sur les nerfs. Écoute, la bonne nouvelle, c'est que je vais pas t'emmerder de sitôt avec des photos pour *Paris-Match*.

Son amertume était perceptible, Esther secoua la tête pour le réprimander. Mais Habib était inconsolable.

— Putain, jura-t-il avec son franc-parler habituel, quelle bande de chiens, quand même... Ils ont cherché des casseroles pendant toute la campagne, ils ont rien trouvé. On a été en tête tout le long, en pleine crise, on a fait un sans-faute, putain de merde, on a fait un putain de sans-faute ! Et voilà, malgré tout, ces connards vont gagner... Ils ont perdu et ils vont gagner ! Bon, se ressaisit-il, le principal, bien sûr, c'est l'état d'Idder. Espérons...

Jasmine mit fin à sa gêne :

— Oui, oui, espérons.

— Tu sais, ce qu'a fait ton père, c'est incommensurable, c'est sans équivalent dans l'histoire récente de ce pays. Je... c'est pas fini bien sûr, mais même si...

— Je comprends, Serge. Ça va aller.

Habib était terriblement embarrassé de ne rien avoir à dire d'autre. Jasmine inclina la tête et fit semblant d'avoir une question à lui poser :

— Et s'il se réveille la semaine prochaine ? Qu'est-ce qui se passe ?

— Justement, c'est tout le problème ! On ne peut pas interjeter appel d'une décision du Conseil constitutionnel. La nouvelle élection a lieu dans un mois, c'est un processus accéléré et déjà enclenché, tu comprends, on ne peut plus rien y faire.

— Ou alors un coup d'État, plaisanta Esther, avant de s'assombrir : non, mais on a des avocats qui réfléchissent à la possibilité d'agir en récusation des membres du Conseil, saisir la Cour européenne des droits de l'homme, etc. Après tout, la majorité des membres ont été nommés ou souhaités par Sarkozy et sa clique. Il faut un quorum de sept membres pour rendre une décision, et si ceux qui présentent un défaut évident d'impartialité se récusent, il reste... Enfin voilà. C'est... Enfin ce système de gratitude politique institutionnalisée est absurde, *absurde*, les gens vont finir par s'en apercevoir. Ce qu'il faudrait, c'est une cour constitutionnelle comme en Allemagne. On ne peut pas demander à...

Elle fut saisie d'un sanglot, comme si la technicité de son discours révélait en la masquant toute l'ampleur de sa désillusion.

Jean-Sébastien Vogel, qui parlait au téléphone devant la télé, tourna la tête et fixa Jasmine :

– Oui, oui, elle est là. Je lui dis de t'attendre ?

Jasmine voulut faire non de la tête, mais c'était trop tard, Vogel avait déjà raccroché.

Il y eut toute une procession de caciques du Parti dans les dix minutes qui suivirent. Tous finissaient par repérer Esther et Jasmine qui s'étaient installées au fond de la pièce, sur un canapé en velours : ils se sentaient alors obligés de changer de route et piquaient dans leur direction pour leur présenter ce qui ressemblait horriblement à des condoléances. Tous, bien sûr, répétaient le même discours :

— Mais c'est pas fini, on va se battre.

Sauf que leurs voix dépitées disaient le contraire.

— Bon, il faut que je te dise aussi, dit soudain Esther à sa fille sans la regarder, à voix basse malgré la rumeur ambiante. L'enquête de la police des polices sur Valérie Simonetti continue. Elle va sûrement être blanchie mais on lui reproche des failles sérieuses dans le dispositif de sécurité. Tu accepterais de répondre aux questions des enquêteurs ? C'est l'Inspection générale des services, la police des polices, rien à voir avec… Tu voudrais ?

— Oui, bien sûr, maman.

— Étant donné que tu l'aimes bien, que tu lui fais confiance…

— C'est très bien, maman.

— Tu sais ce qu'on a fait ici dimanche ? dit soudain Esther. On a dansé. Idder a fermé la porte et obligé tout le monde à attendre derrière. Pendant un quart d'heure on n'était que tous les deux. Il m'a chanté du Jean Sablon et on a dansé.

Jasmine prit la main de sa mère.

— Maman, il va s'en sortir. Je le sais, je le sens. J'espère que tu continues d'y croire, hein ?

— Mais oui, évidemment, ma chérie. Comment est-ce que…

— Non mais sérieusement, maman. J'espère que tu y crois vraiment. Pas comme quand tu dis : je crois qu'il va neiger demain. J'espère que tu y *crois*.

Esther fronça les sourcils, préoccupée par ce que venait de lui dire sa fille. Elle embrassa son front et se redressa d'un geste sûr.

— Bien sûr que j'y crois, ma chérie. J'y crois vraiment. Mais qu'est-ce que tu veux faire ? Si ce n'est retrouver la sagesse des Anciens. Il y a des choses qui dépendent de nous et des choses qui ne dépendent pas de nous…

Jasmine voulut lui raconter ce qui lui était arrivé à l'église, mais la foule de costumes bleus et noirs se fendit à la faveur d'un départ, d'une arrivée, libérant pour la jeune femme la perspective de la télévision où les lèvres de Jean-Louis Debré remuaient derrière un pupitre, avec le visage de Chaouch à gauche de l'écran. Le visage de son père, dont Jasmine commençait tout juste à comprendre qu'il ne serait donc jamais président de la République. Ce qu'elle avait redouté, souhaité, redouté à nouveau et souhaité pour ne plus du tout le vouloir après l'attentat. Et maintenant que la réalité tranchait le nœud de son indécision, elle se rendait compte non seulement qu'elle ne savait plus du tout ce qu'elle souhaitait, mais surtout qu'elle s'en moquait, qu'elle s'en moquait complètement.

Ce que venaient de faire les Sages en dénouant la corde qui avait attaché le président élu à son peuple, c'était de rendre un père à sa fille, et plus rien d'autre n'avait d'importance, à présent, aux yeux de Jasmine.

3.

La Vel Satis de Montesquiou s'arrêta devant le portail de la résidence privée de la ministre, une propriété cossue du VIIIe arrondissement, près des Champs-Élysées et à portée du phare de la tour Eiffel. Les deux gendarmes qui en surveillaient l'entrée se mirent au garde-à-vous et laissèrent la voiture avancer dans le petit parc. Il y avait une balançoire, des tables et des chaises en cuivre blanc. Au milieu de la pelouse, un majestueux marronnier faisait de l'ombre à un bosquet de jeunes platanes en fleur. Le chemin de graviers où s'était engagée la Vel Satis serpentait sur quelques mètres et ouvrait sur la maison elle-même, une imposante bâtisse de trois étages, couverte d'un lierre plaisamment feuillu qui conférait à la façade principale la tranquille prestance d'un homme barbu.

D'homme barbu on ne risquait certes pas d'en trouver à l'intérieur : le mari de la ministre, ancien conseiller-maître à la Cour des comptes, s'était entièrement rasé au moment où il avait opéré sa reconversion dans la sculpture ésotérique ; il occupait une dépendance transformée en atelier et passait ses journées à fabriquer d'étranges croix de porcelaine. Montesquiou croyait avoir compris qu'ils faisaient chambre à part, en vérité ils faisaient même bâtiment à part, et ne se retrouvaient que pour les déjeuners de famille que Vermorel insistait pour organiser chaque premier dimanche du mois, après la messe.

Montesquiou avait participé à l'un d'eux en début d'année, signe de la confiance absolue que lui accordait sa patronne. Il avait assisté au spectacle des six gendres de la ministre, des garçons de bonnes familles alignés en rang d'oignon pour présenter leurs hommages à la tsarine. Ils étaient banquiers, avocats d'affaires, commissaire-priseur. L'un d'eux enseignait les sciences politiques à la Sorbonne : respectablement conservateur, il avait toutefois osé aborder à table la question de la réforme des politiques publiques. Sa femme Marie-Caroline l'avait fusillé du regard, Vermorel avait simplement demandé à la cuisinière de leur apporter sa fameuse charlotte aux fraises. L'affaire en était restée là mais Marie-Caroline avait été priée de tenir un peu mieux son « intellectuel » de mari.

La benjamine de la famille était considérablement plus jeune que les autres. Elle avait neuf ans et souffrait de trisomie 21. Anne-Élisabeth était la fille préférée de la ministre, qui s'extasiait régulièrement sur sa beauté intérieure. Ces enfants, disait-elle en fixant son interlocuteur, sont la preuve que la grâce est possible. Il ne fallait pas sourciller ou manifester le moindre tressautement de soupçon à ce moment-là. Et c'était la vraie raison pour laquelle Montesquiou détestait d'être invité au domicile privé de la ministre ; il pouvait maîtriser les expressions de son visage avec n'importe qui, sauf avec elle. La Vermorel savait ce que cachait son sourire de loup : s'il entendait qu'une préadolescente disgracieuse était un parangon du contraire, elle n'avait aucun mal à deviner ce qu'il pensait vraiment.

La petite Anne-Élisabeth vint le chercher au pied de la voiture. Elle essayait de trouver l'équilibre sur une trottinette au guidon jaune fluo.

Montesquiou évita de croiser le regard de la fillette. Sa mère n'avait pas enlevé son tailleur ; elle scruta son jeune « bras gauche », en l'invitant à s'asseoir sur la terrasse où mourait le dernier rayon de la journée :

— J'ai oublié de vous demander. Votre sœur ? Florence, c'est ça ? Vous avez des nouvelles ?

— Madame ? répondit Montesquiou pris au dépourvu.

Elle enleva l'un de ses talons et posa le pied sur une chaise en cuivre. Montesquiou s'interdit de regarder les doigts de pied de la ministre qui jouaient dans le vide à travers ses collants pâles, comme sur un clavier virtuel.

— Aux dernières nouvelles, elle avait fugué, et votre mère avait engagé un détective privé…

— Oui, madame, se raidit Montesquiou. Mais on a fini par renoncer. Florence est majeure depuis longtemps. Elle a vingt et un ans maintenant.

Et comme la désinvolture presque chaleureuse de l'échange semblait le permettre, il ajouta :

— Mon père lui avait coupé les vivres, elle était prévenue de ce qui allait se passer. Il l'a supprimée de son testament, madame.

Vermorel le considéra sans réaction perceptible. Elle avait de petits yeux méfiants incrustés comme deux amandes au mitan des poches hautaines de ses paupières. Après avoir réenfilé son talon, elle déclara :

— Vous êtes une âme d'élite, Pierre-Jean. Et comme toutes les âmes d'élite nées en ces temps barbares, vous ne croyez en rien. Mais songez bien qu'en définitive, quand tout a été submergé par le désastre de la vie, il ne reste qu'une loyauté de poids, un seul îlot de sens et de valeur : la famille.

Le portable rouge de la ministre vibra sur la table. La sonnerie retentit au bout de deux secondes, une sonnerie de réveil à l'ancienne. C'était un téléphone crypté, qu'elle réservait aux communications avec le président.

— Accompagnez ma petite Anne-Élisabeth au pied du marronnier, vous voulez bien ? Elle a perdu sa poupée dans les parages, je crois.

Montesquiou se leva et laissa la ministre parler avec Sarkozy. La petite mongolienne saisit la main du jeune homme et trottina sur la pelouse à la poursuite d'un gros pigeon blanc, empruntant ses virages arbitraires, murmurant des paroles insensées à son attention. Le pigeon s'envola soudain et disparut derrière la frondaison épaisse du marronnier. Devant la déception de la petite fille, Montesquiou eut soudain l'impression qu'elle aurait voulu déployer elle aussi une paire d'ailes fabuleuses, échapper ainsi aux pesanteurs de sa chair mal configurée, et se fondre comme un papillon dans le ciel jaunâtre et gris.

Mais l'espace aérien était toujours fermé depuis dimanche, et Vermorel lui faisait de grands signes, depuis la terrasse, pour qu'il l'y rejoigne.

Montesquiou ramassa la poupée et la remit à la fillette, qui éclata en sanglots en voyant la violence avec laquelle il tordait son poignet de plastique.

Quand il fut relevé de sa mission de baby-sitting, Montesquiou faillit dénouer sa cravate bleue tant il avait chaud. Il pouvait presque visualiser les molécules acides de sa sueur attaquant le tissu de sa veste au niveau des aisselles. Vermorel et lui attendirent sur le pas de la porte que la voiture qui venait d'entrer dans la propriété déverse les derniers visiteurs du soir.

Il s'agissait du préfet Boulimier, le patron de la DCRI, qui avait – une fois n'est pas coutume – supervisé personnellement l'enquête sur Nazir Nerrouche. Étourdi par la canicule, Montesquiou ne sut pas déterminer si le sourire de Boulimier était de satisfaction ou s'il s'agissait d'une grimace. Son allant contrastait en tout cas avec l'air d'enfant battu qu'il avait montré deux jours plus tôt aux chefs de la police, lors du savon mémorable que lui avait passé la ministre.

Après ses « respects », il présenta à la ministre un dossier à couverture molletonnée. Son sourire, qui était bien de contentement, glissa jusqu'à Montesquiou, et il déclara sur un ton étrangement faux, comme s'il voulait duper des micros espions :

— Je vous l'avais bien dit, qu'ils étaient pas nets, ces Nerrouche…

Avant de passer le document à Montesquiou, la ministre confirma :

— Ah oui, voilà en effet qui va probablement beaucoup ennuyer notre cher petit juge Wagner…

4.

Pour l'heure, notre cher petit juge Wagner avait réintégré son cabinet de la galerie Saint-Éloi et s'apprêtait à laisser partir Alice qui bâillait en relisant les dizaines de pages de relevés d'écoutes de Nazir. La tentation était grande de remettre cette tâche fastidieuse au lendemain, mais Wagner sentait que quelque chose allait leur sauter aux yeux s'ils la poursuivaient jusqu'aux heures avancées de la soirée. La climatisation avait cessé de fonctionner un peu plus tôt dans l'après-midi ; Alice avait fait des pieds et des mains pour obtenir un ventilateur, mais les services d'intendance étaient pressés de rentrer chez eux et le cabinet ressemblait de plus en plus à une fournaise.

Alice commençait à voir double. Elle se leva pour se dégourdir les jambes et se rendit compte que le juge, absorbé par sa lecture, ne l'avait même pas remarquée. Il frottait sa tête blanche de sa main qui ne prenait pas de notes. L'autre était crispée autour de son Bic multicolore. Il avait les lèvres serrées, les sourcils froncés. Il leva soudain la tête et dit d'une voix douce, presque fragile :

— Alice, vous voulez bien vérifier au secrétariat qu'aucun coursier n'a apporté les relevés du troisième portable ?

C'était la quatrième fois en une heure qu'il lui demandait d'aller vérifier au secrétariat qu'un coursier n'était pas passé.

Le téléphone fixe du cabinet sonna. Wagner décrocha tandis que sa greffière s'acquittait de la course vaine qu'il venait de lui confier.

— Mansourd à l'appareil. Monsieur le juge, il y a du nouveau, je suis en route pour le palais. On va peut-être avoir une localisation pour Nazir dans l'heure qui vient.

— Eh bien alors, pourquoi est-ce que vous venez ici ?

Wagner s'était dressé sur ses pattes.

— Je vous explique, je suis là dans cinq minutes.

Alice revint bredouille. Le juge lui raconta l'appel de Mansourd et lui proposa de rentrer chez elle. C'était une proposition de pure forme : Alice savait très bien qu'il allait avoir besoin d'elle.

Il reçut soudain un coup de fil sur son téléphone privé. Paola voulait savoir s'il venait à son concert « comme promis ». Wagner faillit perdre patience. Il ne pouvait pas lui dire pourquoi il ne viendrait pas. Si elle l'avait su, elle ne lui en aurait pas tenu rigueur. Mais pour elle c'était « le travail ». Qu'il s'agisse de lire au petit matin les PV de gardes à vue enregistrés pendant la nuit, de perquisitionner lui-même le domicile d'un suspect ou de délivrer une commission rogatoire internationale pour faire arrêter un terroriste en fuite à l'autre bout du monde, c'était uniformément « le travail » dans l'esprit de Paola. Et ce soir-là il eut beau essayer de lui expliquer, en dernier recours, qu'il était dans le même état qu'elle lorsqu'elle était sur le point d'entrer en scène, elle répondit par un soupir las et raccrocha sans l'avoir embrassé.

Wagner n'eut pas le temps de s'apitoyer sur le sort de son mariage : Mansourd était à la porte.

— Eh bien, monsieur le juge, s'excita Mansourd, vous pouvez remercier votre collègue, Poussin. Il nous a mis sur la piste de profils Facebook à partir de celui de Mohammed Belaidi, Gros Momo. Une équipe des RGPP a épluché les messages laissés depuis quelques jours, ça les a menés sur des forums secrets où des bandes rivales de banlieues se rancardent dans Paris pour des bagarres générales. Mais ce qui nous a étonnés, c'est une soi-disant fille, qui a un profil Facebook avec beaucoup de contacts, dont, depuis quelques heures, le fameux Gros Momo, et cette fille l'air de rien donne des instructions, a l'air de vouloir faire la paix entre les bandes. Ce qui a mis la puce à l'oreille des analystes, c'est que son langage texto n'est pas parfait, c'est-à-dire que son orthographe est trop correcte. Ils ont fait une recherche et ont découvert que les messages étaient envoyés depuis un appareil mobile, un smartphone cellulaire localisé en Suisse. Un village nommé Schlaffendorf.

— C'est lui.

— C'est probable. On a deux agents de la DGSE en poste à Berne, on est en contact avec eux, vu la difficulté pour obtenir une collaboration rapide des Suisses, peut-être que le plus simple serait de mettre au point une mission officieuse, monsieur le juge.

Wagner passa la main sur ses sourcils.

— Une mission de surveillance, peut-être. Enfin pour ça faut que vous réussissiez à le loger avec un peu plus de précision.

— C'est une question de minutes, monsieur le juge. Je propose que dès qu'on aura une localisation précise, on monte une équipe mixte, DGSE, RAID, et moi-même avec mon groupe.

— Non, non, regimba Wagner. Pensez à la procédure, bon sang. Mansourd...

— Monsieur le juge, on peut l'arrêter maintenant ou on peut le laisser disparaître dans la nature. Vu les précautions qu'il a montrées jusqu'ici, le fait qu'il ait laissé ce BlackBerry ouvert prouve qu'il est acculé. Ça ne va pas durer. Si on perd le signal, on peut mettre des semaines, des mois, des années avant de retrouver sa trace. Ça dépend de vous, monsieur le juge.

— Eh bien une mission de surveillance, oui. Mais pas d'intervention. Hors de question d'envoyer une équipe de cow-boys pour l'attraper. À quoi ça ressemblerait, un survol clandestin de la Suisse ? Vous pouvez me le dire ? Et pourquoi pas le feu nucléaire, tant qu'on y est !

Mansourd rongea son frein. Wagner reprit :

— Et pour les renseignements sur ces bandes qui complotent sur Facebook ? La Préfecture de police fait ce qu'il faut, je suppose...

— La DOPC est sur le pied de guerre, Paris est complètement bouclé.

— Bon, enfin, bon boulot commandant. Je paierai une nouvelle veste à coudières à ce cher Poussin pour récompenser sa perspicacité...

Alice reçut un fax qui l'intrigua. Elle fit signe au juge de venir voir, mais Wagner raccompagna d'abord Mansourd. Quand il eut refermé la porte du cabinet derrière lui, il mit ses mains autour de sa nuque et s'entendit prier pour que ça marche. Même le savant désordre du cabinet lui paraissait moins déprimant. Il n'y avait qu'un poster au mur, une rue de son Longwy natal, avec son usine fumant de toutes ses cheminées et ses murs de brique noire. En voyant cette usine à l'époque où elle n'était pas encore désaffectée, il lui sembla soudain que son instruction fonctionnait à la perfection, sans qu'il ait eu à prendre de décision injuste, sans avoir accepté le moindre service commandé. Jusqu'ici, les pressions du parquet n'avaient rien modifié aux roulements des turbines. Le chemin était encore long, mais pas interminable.

— Monsieur le juge ?

Alice l'avait interpellé trois fois. Elle paraissait soucieuse.

En effet elle lui tendit le fax qu'elle venait de recevoir. La DCRI refusait de communiquer les relevés d'écoute du troisième portable. Ils avaient été classifiés.

Wagner garda la bouche ouverte de stupéfaction.

— Secret-défense, murmura Alice pour rompre le silence.

— Mais... je ne comprends pas... pourquoi...

Le juge s'interrompit. Il se laissa tomber sur sa chaise et relut le fax plusieurs fois. Les hypothèses se bousculaient dans son crâne en surchauffe. Le secret-défense : il pouvait s'agir de tout et de n'importe quoi. Ce qui était sûr, c'est que ni Wagner ni aucun autre magistrat n'en sauraient jamais davantage, ou alors pas avant plusieurs années. Et soudain ce fut comme si les lumières s'éteignaient, comme si les machines s'enrayaient, comme si tous ceux avec qui Wagner avait cru œuvrer autour du même tapis roulant s'avéraient n'avoir été qu'une équipe d'hologrammes, et comme si le juge, brutalement confronté à la limite ultime de ses pouvoirs d'enquête, se retrouvait seul, irrémédiablement seul dans la pénombre opaque d'une forge froide.

— Allez, se reprit Wagner, Alice, appelez-moi tout de suite la DCRI. Si c'est la guerre qu'ils veulent, ils vont l'avoir.

5.

Rabia avait dormi pendant toute la deuxième moitié du trajet entre Paris et Saint-Étienne, même lorsque Dounia s'était arrêtée sur une aire d'autoroute. Il faisait nuit lorsque les deux sœurs arrivèrent sur la familière A45 qui contournait leur ville de naissance. Rabia, curieusement, paraissait d'humeur moins noire qu'en début de soirée ; comme si sa crise de nerfs au beau milieu des embouteillages avait eu pour effet de relâcher ceux-ci. Ses traits étaient durs mais son visage moins fermé : elle mit la radio, Nostalgie, et chantonna même le tube de Demis Roussos, *Quand je t'aime* :

— *Quand je t'aime, j'ai l'impression d'être un roi, un chevalier d'autrefois, le seul homme sur la te-e-e-ere...*

— *Wollah* t'aurais dû être chanteuse, la complimenta Dounia à voix basse, comme pour ne pas risquer de réveiller sa rage.

De retour sur le parking de sa maison haut perchée, Dounia vit apparaître sa nièce qui les attendait sur le seuil de la porte. Luna demanda tout de suite pourquoi Fouad n'était pas avec elles.

— Ah, tu l'aimes bien, ton petit Fouad, hein… Désolée, ma chérie. Il a été obligé de rester un peu plus longtemps.

Les lèvres de Luna s'ouvrirent de déception. Dounia, un peu surprise, précisa :

— Mais il rentre demain ou après-demain au plus tard, t'inquiète. Ça s'est bien passé avec Slim ?

Rabia embrassa sa fille de trois vigoureuses paires de bises. La dernière dura longtemps, et ce fut en acceptant de détacher enfin ses lèvres du cou de sa fille qu'elle s'aperçut que quelqu'un l'appelait sur son portable.

Elle s'éloigna pour prendre l'appel tandis que Slim et Kenza descendaient de l'étage. Les enfants avaient préparé un vrai repas et Dounia eut presque les larmes aux yeux en voyant la table mise sous la chaude lumière du foyer.

— Regarde, Rab' !

Mais Rabia avait les yeux qui pétillaient. Dounia ne pouvait imaginer aucune bonne nouvelle dans la configuration actuelle des événements.

— Devine qui c'est qui vient d'arriver à Sainté ?

— Non ? Vraiment, il est là ? Mouss ? Mais comment il a fait pour le visa ?

Luna enlaça sa mère :

— Tonton Moussa ? Il est arrivé d'Algérie ?

— Tu sais, ma chérie, répondit Rabia, quand je vois comment t'es avec Fouad, eh ben, ta tante et moi, c'était pareil avec Moussa. Les petites on l'adorait, je te jure on l'adulait. Tu peux pas imaginer.

— Ben oui, il était blond, il était beau, c'est ça ? Enfin, je veux dire, quand je l'ai vu y a deux ou trois ans, il était beau encore, mais…

— Mais un peu vieux, c'est ça ? Ah, ah, éclata de rire Dounia en pinçant la joue de la jeune fille. Vous êtes impitoyables, les jeunes, y a rien à faire. Passé quarante ans, on est bons pour la casse. Je te jure...

La conversation sur le tonton Moussa se poursuivit autour de la table tandis que Slim faisait le service.

— Tonton Moussa, tu peux pas imaginer ma chérie, c'était notre dieu, la vie de la mémé c'était notre dieu. Il était blond, yeux verts, il était grand, fort, je te jure quand il entrait dans la pièce, tout le monde se taisait ! Vrai ou pas vrai, Dounia ?

— Non, non, la vérité elle a raison, confirma Dounia, en écarquillant les sourcils pour achever de convaincre Luna qui dévorait une pomme apéritive en gloussant, assise sur le rebord de l'évier.

— Et puis toujours bien habillé, poursuivit Rabia qui n'en pouvait plus de fierté rétrospective, toutes les filles de Saint-Étienne, elles étaient amoureuses de lui, elles disaient qu'il ressemblait à un acteur américain. Hein, Doune, qu'il ressemblait à un acteur américain ? Après faut dire la vérité, il était un peu dur avec les grandes. Non mais franchement, faut le dire, avec Bekhi ou Ouarda, c'était pas facile. D'ailleurs tu les entends, elles, elles disent qu'il les frappait dès qu'il les soupçonnait d'avoir fumé une cigarette ou de sortir avec des garçons. Non, il avait une mentalité arriérée, mais c'était comme ça, les garçons avant.

— Pas tous, corrigea Dounia. Bouzid, ça fait bizarre de dire ça maintenant, mais Bouzid, il était pas du tout comme ça à l'époque. D'ailleurs il sortait qu'avec des Françaises, Bouz'. Je sais pas quand est-ce qu'il est devenu arriéré comme ça ?

Un sourire mélancolique ondoyait sur le visage de Rabia. Elle n'avait pas envie de parler de Bouzid mais de celui qui l'avait si parfaitement éclipsé – et tant fait souffrir – dans leur jeunesse. Le frère aîné. Le héros de la famille.

— Les grandes, elles disent ce qu'elles veulent, moi, il m'a toujours adorée, Moussa. J'étais sa petite chouchoute, dis-lui, Dounia.

— Ah fallait pas toucher à Rabia ! « Celui qui touche à ma petite Rabinouche, il va voir », il disait. Non, c'est la vérité.

— Non, c'est trop dommage qu'il soit parti en Algérie si jeune.

— Mais pourquoi il est parti en Algérie au fait ? demanda Luna.

— Ben on a jamais trop su. Il est tombé amoureux d'une blédarde, et voilà.

Rabia avait quelque chose à ajouter, quelque chose qu'elle ne pouvait pas dire à sa fille et qui l'amusait beaucoup, tout en la remplissant d'une fierté un peu malsaine : c'était que le tonton Moussa, bellâtre actif avant l'âge sombre des rapports plastifiés, avait laissé un nombre incalculable de petits Moussa dans toute la région, de Saint-Étienne à Lyon, dans toute la vallée du Gier. Des Kabyles, des Arabes, des Françaises, des Italiennes – ses préférées. Rabia le revoyait sur le balcon de la mémé, dans les années soixante-dix, fumant des Craven A, son torse puissant moulé dans une chemise étroite à col fantaisie, une chemise qu'elle croyait se souvenir être rose mais qui pouvait très bien avoir été jaune –, ouverte en tout cas sur une toison indéniablement blonde et bouclée, où l'adolescente exaltée qu'elle avait été jadis n'avait rien aimé tant que venir loger sa joue de petite sœur préférée.

6.

— Non ? Vraiment ? Merde…

La voix de Dounia déçue rappela Rabia au présent. Elle parlait au téléphone.

— Qu'est-ce qui se passe, Doune ?

— Bon ben, je viens d'appeler Bouzid, il dit que Moussa est chez la mémé, et qu'il vient de s'endormir. On le verra pas avant demain du coup…

Pour que toute la bonne humeur suscitée par la perspective de voir Moussa ne se dilapide pas d'un coup, Dounia proposa à Rabia et aux enfants d'aller au cinéma. Mais Rabia n'en avait pas du tout envie et Luna voulait manger une glace.

Slim et Kenza étaient fatigués ; oubliant pour quelques instants l'enfer qu'ils vivaient, Rabia, Luna et Dounia allèrent donc manger des sorbets à la terrasse d'une brasserie, en continuant de parler de Moussa, d'*expliquer* Moussa à Luna qui avait l'impression de voir Fouad en entendant toutes ces histoires, mais un Fouad blond, ombrageux et apparemment plutôt méchant. Luna n'avait pas de souvenirs très précis de Moussa, c'était un oncle comme les autres, qu'elle n'avait vu que trois fois dans sa vie, et pour des occasions malheureuses qui le faisaient venir d'Algérie : la mort du pépé qu'il avait rapatrié dans son village de naissance, l'enterrement de son père à elle où Luna avait autre chose à faire qu'observer ce personnage que lui décrivaient maintenant Dounia et sa mère.

Rabia, qui défendait toujours bec et ongles son frère chéri, était par ailleurs de plus en plus obligée de reconnaître que le favoritisme de la mémé à son égard avait créé des « traumatismes » dans la famille, avec Bouzid que Moussa humiliait régulièrement, et surtout avec le pépé :

— T'es grande, ma chérie, tu peux tout entendre maintenant. Et autant, moi, j'adorais et j'adore Moussa, autant il faut avouer qu'il était injuste, et qu'il éclipsait le pépé, paix à son âme. Des fois j'ai l'impression qu'il remplaçait l'autorité de pépé, tu vois, c'était lui qui engueulait les filles quand elles faisaient des conneries, et surtout, surtout la mémé elle faisait tout pour lui et, faut dire la vérité, elle parlait mal au pépé. C'était les couples d'avant, ça, ma chérie, ils se mariaient mais ils s'aimaient pas, c'était même pas le problème d'aimer son mari. Par contre les enfants, là, c'était de l'amour. Et Moussa, oui, c'est vrai, la mémé, elle faisait de la différence avec Moussa. Elle mettait son assiette en premier, et, tiens regarde, c'est bizarre, la mémoire, les détails qui reviennent, quand j'y repense j'ai l'impression que Moussa, il était toujours en bout de table, et le pépé sur le côté. Le pauvre. *Wollah* lui il disait rien, il travaillait, il prenait son tabac à chiquer... Comme Ferhat *miskine*, gentil, effacé. Et à côté, Moussa...

Rabia s'interrompit en remuant la tête. Elle avait beau souffrir à la pensée de ce fils ingrat et de ce père timide, Moussa était tellement beau, tellement blond, tellement sûr de lui ! C'était la fierté de la famille. Celui qui entrait en discothèque, tandis que ses collègues bruns et frisés rongeaient leur frein et se battaient avec les videurs racistes. Celui qui leur faisait oublier la pauvreté, le poids écrasant des interdits et de l'injustice, l'hostilité des Français.

— Eh ouais...

Comme on n'avait plus rien à dire sur Moussa, Rabia proposa d'appeler Fouad. Il se promenait un peu, pour « décompresser ». Dounia l'embrassa et regarda sa sœur perdue dans ses pensées.

— Quand même, c'est dommage qu'il dorme, Mouss'. Allez, on en prend une autre ? demanda Rabia d'un air coquin, comme si ces glaces aux couleurs tendres étaient autant de liqueurs assez fortes pour l'arracher au cauchemar de la réalité.

7.

En vérité le tonton Moussa ne dormait pas. Debout à côté de la silhouette ratatinée et invincible de la mémé, il était penché sur le lit d'hôpital de son oncle Ferhat. Ses grosses mains serraient les barreaux du lit. Il avait une belle moustache blonde mais le front ridé, des rides d'autant plus visibles que ce front avait été agrandi par une calvitie tardive mais désormais inéluctable. Ses yeux verts semblaient aussi s'être assombris, à cause des sillons qui creusaient ses paupières.

Depuis dix minutes, il « cuisinait » le vieux tonton Ferhat. Celui-ci, affublé d'un ridicule bonnet tamisé, ne savait pas quoi lui répondre pour parler de son agresseur. Il bombait le torse et haussait les épaules pour imiter un colosse ; il se souvint bientôt qu'il avait le crâne rasé, et la peau blanche comme un cachet d'aspirine.

La mémé sentit que, jamais avant cette description – avant la gestuelle, la tentative vouée à l'échec d'agrandir, de gonfler son torse –, elle n'avait réellement éprouvé de la haine pour l'agresseur inconnu du pauvre Ferhat.

Une aide-soignante poussa la lourde porte de la chambre et vint vérifier l'état du patient.

— Alors, alors, monsieur Nerrouche, claironna-t-elle comme si elle parlait à un enfant, on va bien aujourd'hui ? On a de la visite, hein ?

Tandis qu'elle étudiait d'un geste sûr la pénétration de la perfusion dans l'avant-bras livide du vieil homme, Moussa se retourna vers la fenêtre, les mains derrière le dos. La mémé demanda quand on allait lui enlever les obscénités qu'il avait sur le crâne.

— L'opération est prévue pour vendredi matin, madame.

Moussa eut un rire nerveux. L'aide-soignante le remarqua et faillit réagir ; mais ce grand bonhomme de dos n'avait pas l'air commode. Elle sortit ; Moussa poursuivit son interrogatoire en kabyle :

— *Tu l'as déjà vu ? Khalé ? Réfléchis ! Tu l'avais déjà vu avant ?*

— *Non, non, mon fils, non.*

Comprenant qu'il n'en saurait pas plus, Moussa voulut partir, mais il laissa d'abord son regard vagabonder sur le torse décharné du vieil homme : le col de la tenue bleu clair qu'on lui avait donnée était trop large pour son cou maigre et ridé, mais c'étaient surtout ses clavicules de vieillard qui impressionnèrent Moussa. La peau distendue y avait une blancheur cadavérique, les os étaient si fragiles et délicats qu'on aurait dit qu'ils n'avaient plus la force de saillir, de s'imposer à la chair parcheminée qui recouvrait son torse.

Moussa lui embrassa le front, marmonnant des superstitions en arabe, se jurant que si son père avait vécu assez longtemps pour vieillir, il se serait occupé de lui de la même façon. Le profil de Ferhat s'absenta dans le sommeil au moment où Moussa y remarquait des similarités avec celui d'un oiseau. Il y avait deux sortes de vieillards : ceux qui finissaient par ressembler à des rongeurs (comme la mémé), et ceux qui finissaient par ressembler à des oiseaux. Moussa aimait à croire que les seconds abordaient la perspective de la mort avec plus de légèreté que les premiers.

Ce qui ne faisait aucun doute, c'est que lui n'avait jamais été aussi peu en paix avec lui-même que lorsqu'il quitta cette chambre d'hôpital envahie par la pénombre et le souffle affaibli du tonton Ferhat. Il jura en kabyle qu'il allait trouver son agresseur et le casser en deux. Mais, dans l'immédiat, il fit comprendre à la mémé qu'il ne pouvait pas rester dans ce lieu public une minute de plus.

— *Eh, eh, bailek amméhn*, admit sa mère en le poussant vers la sortie.

8.

Montesquiou dénoua sa cravate à l'arrière de sa voiture de fonction et regarda la couverture noire du dossier confidentiel que lui avait confié la ministre. Ce petit voyage à Levallois-Perret n'était pas sa dernière course de la journée mais c'était la plus importante. Il subit les contrôles drastiques pour entrer dans le siège ultra-sécurisé de la DCRI et fut conduit dans les bureaux de la SDAT où Mansourd l'attendait sur l'estrade de la salle de réunion, entouré des chefs des trois groupes d'enquête affectés à la traque de Nazir. Il y avait aussi le capitaine Tellier, qui levait sur Mansourd le regard d'un homme prêt à se faire tuer pour son chef.

Montesquiou se glissa dans la pièce et demanda au commandant de poursuivre son briefing.

La localisation de Nazir avait été effectuée au moyen de son téléphone, dans un petit village du pays des Grisons, en Suisse. Les puissants satellites des services secrets étaient formels. La mission commando, quoique clandestine – ou à cause de sa clandestinité –, serait suivie en direct depuis le Centre interministériel de crise de la place Beauvau par la ministre de l'Intérieur qui l'avait autorisée, outrepassant les prérogatives du juge, ainsi que par le ministre de la Défense, dont dépendait une partie des hommes affectés à cette mission. Le casque du chef des forces spéciales en première ligne serait pourvu d'une caméra. La difficulté de la mission consistait à appréhender le suspect sans attirer l'attention des autorités locales. Il n'y aurait donc pas de dispositif élargi de surveillance, simplement une quinzaine d'hommes dans un hélicoptère de l'armée de l'air indétectable aux radars, et qui n'avaient ni plus ni moins pour ordre que de kidnapper l'ennemi public numéro un et de le ramener en France.

À la fin de la réunion, Montesquiou demanda à s'entretenir seul à seul avec le commandant. Tous les hommes sortirent.

Le directeur de cabinet de Vermorel tendit alors le dossier molletonné à Mansourd et scruta ses réactions. Mansourd détestait ce jeune énarque arrogant et ne faisait rien pour s'en cacher.

— On a reçu ça des services secrets algériens.

« Ça », c'était un dossier de ces services secrets qui montrait l'appartenance de Moussa Nerrouche au GIA, Groupe islamique armé, responsable, entre autres, de la campagne d'attentats sur le sol français au milieu des années quatre-vingt-dix.

— Et c'est pas tout, ajouta Montesquiou. Aïssa Nerrouche, le père de Nazir, ainsi que Zidan Bounaïm, le père d'Abdelkrim, tous les deux morts depuis, ont effectué des visites régulières en Algérie à la grande époque.

Par « la grande époque », Montesquiou voulait parler de la sale guerre qui avait ensanglanté l'Algérie dans ces mêmes années quatre-vingt-dix.

— Il y a des dossiers sur eux à la fin, moins fournis que ceux de Moussa, mais enfin... voilà qui devrait intéresser votre ami, le juge Wagner...

Mansourd ne quittait pas des yeux les documents qu'il scannait à la vitesse de l'éclair.

— Bien sûr, je suppose que tout cela peut attendre, déclara le jeune homme. D'ailleurs, si vous permettez, vous n'avez pas communiqué ces deux derniers jours sur les progrès de votre enquête... Vous pensez quoi, commandant ? Je veux dire, votre intime conviction ?

— Mon intime conviction ?

— Les gens pour qui vous travaillez aimeraient en savoir davantage sur votre sentiment...

— Je ne travaille pas pour des gens, monsieur. La police républicaine est au service du peuple français. On vous a bien appris ça dans votre grande école, non ? La SDAT est une branche de la police républicaine, ce n'est pas une police politique.

— Vous allez bientôt dépasser la ligne jaune, commandant.

— Laissez-moi faire un pas de côté, alors, rétorqua Mansourd en refermant le dossier. Mon intime conviction ? Eh bien, elle est simple : je ne sais pas encore si Nazir Nerrouche est le commanditaire de l'assassinat de Chaouch ou s'il a lui-même été... comment dire...

employé par de plus gros poissons. Mais ça, on ne le saura pas avant des semaines, des mois peut-être.

— Le plus tôt sera le mieux, conclut Montesquiou un peu désarçonné. Bonne chance pour la mission de ce soir. *Commandant*.

L'inflexion sarcastique du « commandant » ne plut pas à l'intéressé. Montesquiou donna un coup dans le sol avec sa canne et sortit sans se retourner.

Mansourd appela le capitaine Tellier et lui refila le dossier.

— T'en penses quoi ? demanda Mansourd à son capitaine.

— J'en pense que c'est les services secrets algériens tout craché. Mais ça ne m'étonne pas tellement. Sans aller jusqu'à dire que le terrorisme est héréditaire, on a quand même rarement de fumée sans feu.

Perplexe, Mansourd tripotait le médaillon de sa chaîne.

— J'ai l'impression que ça vous chiffonne, chef, dit Tellier.

— Oui, je les ai interrogées, la mère de Krim et la mère de Nazir. Je sais pas, ça colle pas. Ou bien elles ignoraient tout des agissements de leurs maris, ou bien…

— Ou bien quoi ?

Le médaillon de Mansourd se décrocha et tomba au sol à force d'avoir été manipulé. Tellier le ramassa et y vit le visage d'une femme en noir et blanc, une belle quinquagénaire au visage tragique.

— Qui c'est ?

— Ma mère, répondit Mansourd. C'est marrant, c'est le sosie de celle de Nazir. Si tu la voyais… Enfin non, ça te dirait rien, je suis con.

Le capitaine ne savait pas quoi répondre ou ajouter.

— Dites donc, chef, vous auriez pas un petit a priori favorable pour la mère de ce dingue parce qu'elle ressemble à… ?

— Merci, capitaine, l'interrompit Mansourd.

Tellier se mordit la lèvre. Son bec-de-lièvre parut se dilater, comme la branchie d'un thon.

— Commandant, il y a une dernière chose. C'est au sujet du directeur de cabinet de Vermorel.

Mansourd tourna la tête, intéressé.

— Voilà, il est venu le premier jour à Levallois, c'est normal, bien sûr, mais il est revenu le lendemain, et il a demandé à parler seul à Abdelkrim... Comme on piétinait et que de toute façon le gamin nous avait dit tout ce qu'il savait, c'est-à-dire...

— Vous l'avez laissé faire ? le coupa Mansourd.

— Qu'est-ce que j'aurais pu faire d'autre ?

Mansourd fit entrer un considérable volume d'air dans ses puissants naseaux.

— Tout ça commence à me taper sur les nerfs, gronda-t-il avant d'expirer. Et le rouquin ?

— Ça, par contre, c'est bon, se dépêcha d'expliquer Tellier, je m'en occupe, ses empreintes sont celles d'un certain Romain Gaillac, converti à l'islam, connu des Renseignements généraux parce qu'il avait fréquenté une mosquée salafiste...

— Bon, tu t'occupes de ça, et hors de question de laisser ce vautour de Montesquiou fourrer ses pattes dans notre enquête, d'accord ?

Tellier eut un geste d'impuissance qu'il transforma in extremis en approbation ; il sortit à son tour de la pièce aux stores baissés.

Mansourd rouvrit le dossier des services secrets algériens. Des mentions « Confidentiel défense » avaient été apposées au tampon rouge sur chacune des pages. Une photo classifiée représentait l'oncle Moussa adossé au capot d'une Jeep, au détour d'un oued rocailleux. Sa barbe blonde et clairsemée avait quelque chose de désertique, elle aussi. Il portait un treillis vert kaki et levait le menton en signe de défi vers l'objectif. Sous son aisselle gauche apparaissait la crosse boisée d'un pistolet fourré dans son holster.

Chapitre 12

En attendant la tempête

1.

Kenza avait voulu profiter de l'absence de Luna, Dounia et Rabia pour passer un moment intime avec son jeune époux ; mais après une demi-heure d'« intimité » besogneuse et volontariste, Slim ralluma la lumière et s'assit au bout du lit où les draps chauds et en désordre témoignaient, comme autant de ruines fumantes, de la bataille à laquelle il venait encore une fois d'être vaincu.

Essoufflé, il coula un regard inquiet vers le profil de Kenza. Son front joliment bombé luisait. Il suffisait d'une inflexion de sourcil, d'une gaminerie dans un clin d'œil, d'un de ces mouvements astucieux de la bouche dont elle avait le secret pour qu'il croie la désirer et parte, avec son consentement haletant et lascif, une nouvelle fois à l'abordage. Mais quand il écartait ses genoux et se trouvait nez à nez avec le galbe intérieur de ses cuisses, frémissant de mystère et d'une chaleur qui sentait la culpabilité, ses bonnes résolutions se heurtaient au néant. Néant d'ardeur, néant d'élan, qui lui donnait envie de mourir. Mais il ne mourait pas : il remontait vers ce visage qu'il pouvait aimer sans preuves et le couvrait de baisers tendres, chastes et maladroits.

Sauf que, ce soir-là, c'en fut trop pour Kenza. Elle passa le bras gauche au-dessus du torse nu de Slim et alluma la veilleuse.

— Slim, il faut qu'on parle.

Slim se figea sur son coin de lit. Anticipant la prochaine phrase de Kenza, il éteignit la veilleuse et entendit ces quelques mots qui sonnèrent comme le premier éboulement de la fin du monde :

— Slim, je t'ai vu tout à l'heure, derrière la cité du Design.

L'obscurité était une mauvaise idée à ce moment-là, Slim sentit les ténèbres l'envahir et se mit à trembler. La salive s'accumulait sur son palais mais ses voies digestives étaient bloquées, s'il en produisait encore une goutte de plus, il allait devoir cracher, probablement vomir ensuite.

— Je t'ai vu tout à l'heure avec ce type, ce travelo.

— Que... Qu'est-ce... que t'as vu ?

— J'ai vu qu'il essayait de te toucher, j'ai vu que tu le repoussais mais...

Elle se mit à pleurer. Slim essaya de l'entourer de ses longues mains blanches, mais elle quitta le lit d'un geste sec et violent.

— Mais non, mais tu te trompes, c'est un type à qui... je dois de l'argent !

Sur le silence absolument souverain qui s'ensuivit, Slim entendit se détacher le bruit d'une vibration qu'il croyait avoir entendue un peu plus tôt, tandis qu'il essayait de se concentrer sur les seins de Kenza. Il écarta les draps et trouva au fin fond du lit le portable de Luna.

— Merde...

Il avait laissé passer l'interjection en espérant attirer l'attention de Kenza sur autre chose, en espérant qu'elle allait lui demander ce qui se passait.

Mais Kenza assise devant l'ordinateur en veille avait la tête et les oreilles couvertes par ses mains. Slim prit le téléphone et l'éteignit. Il se leva, approcha de Kenza et pinçota des deux mains la base de sa nuque.

— Mais je t'aime, Kenza, murmura-t-il. Fais-moi confiance, on va y arriver.

Pour toute réponse, Kenza s'accroupit sur la chaise et fit mine de s'assoupir, dans cette position impossible mais qui valait mieux que les mots.

2.

Fouad passa devant une salle de concert. « Paola Ferris interprète Mozart. » C'était l'entracte ; le trottoir était bondé ; il se retrouva bientôt perdu dans la foule. Il reçut un SMS de Yaël qui voulait savoir comment il tenait le coup. L'expression commençait à l'énerver, et pesa dans la balance au moment où Fouad prétendit avoir trop de choses à faire pour déjeuner avec elle demain.

Lorsqu'il eut envoyé le message, il fut pris d'un violent malaise : cette population bourgeoise et blanche, les rires faux qui fusaient dans tous les sens et les gens qui se regardaient du coin de l'œil entre petits groupes de musicologues improvisés. Comme la peur qui vous fait souvent chercher à vous approcher au plus près de ce qui la cause, le dégoût de Fouad l'immobilisa au milieu de ces gens qu'il se répétait vouloir fuir comme la peste.

Mais ce qui l'enragea le plus, ce fut de voir soudain, dans la vitre teintée d'une voiture de luxe qui s'arrêtait pour récupérer une vieille peau, le reflet de sa propre silhouette qui ne faisait pas du tout tache dans cet aréopage de cols amidonnés : costume dépareillé, chemise claire, mocassins sombres – son uniforme de la vie quotidienne à Paris, ni trop habillé, ni pas assez. Qui lui permettait d'être également à l'aise dans un bar miteux de Belleville et à la sortie d'un concert de musique classique, en compagnie d'une faune qu'il vomissait. Faune qu'il vomissait mais à qui il ne pouvait s'empêchait de vouloir plaire, comme en attestaient les sourires polis et discrets qu'il renvoyait aux messieurs-dames croisant son regard. Ils voulaient s'assurer qu'il s'agissait bien d'un métèque intégré, d'un spécimen de cette nouvelle race d'Arabes qui pouvaient être journalistes et avocats, qui prenaient certes mal qu'on leur demande d'où ils venaient en partageant une innocente coupe de champagne, mais qui au moins ne brûlaient pas de voitures, n'égorgeaient pas de moutons et ne souhaitaient pas le remplacement par un État islamique de leur bonne vieille nation française, tantôt fille aînée de l'Église, tantôt bouffeuse de curés mais surtout pas, sûrement pas prête, et pas de sitôt, à accepter des horaires différés dans les piscines et des menus exclusivement halal dans les fast-foods de la République.

Horrifié à l'idée que toutes ces pensées-impasses étaient celles de Nazir, pas les siennes, Fouad se prit le sommet du nez entre le pouce et l'index et secoua vivement la tête.

Sur le chemin qui le conduisait place d'Aligre où il habitait, Fouad eut à trois reprises la certitude qu'il faisait l'objet d'une filature.

Il descendit à l'arrêt Bréguet-Sabin au lieu de Bastille : la station n'avait pas de correspondance, il pourrait voir depuis le bout du train clairsemé si les deux hommes en blousons sombres qu'il avait repérés profitaient de la sonnerie pour sortir in extremis. Et il y eut bien une personne qui attendit le dernier moment pour sauter du wagon, mais c'était une jeune fille. Il crut donc à une fausse alerte mais se retrouva, en traversant ce coin animé du XIe, poursuivi par une voiture qui roulait trop doucement et laissait passer les Vélib'.

Fouad fut obligé, pour gagner l'avenue Ledru-Rollin en semant la voiture, d'emprunter la rue de Lappe, piétonne et déprimante avec ses bars à la queue leu leu et ses filles en talons hauts qui trébuchaient sur les pavés. Lorsqu'il arriva place d'Aligre, il voulut prendre un verre à la terrasse de son café fétiche. Il monta chez lui pour se changer.

Quand il redescendit, il avait troqué sa chemise, ses mocassins et sa veste de bon Arabe contre une tenue délibérément déglinguée : un vieux jogging, ses vieilles Reebok, un T-shirt imprimé et surtout un sweat à capuche vert kaki. Assis en terrasse avec sa capuche, il demanda un demi au patron qui ne parut pas remarquer son soudain changement vestimentaire : à la façon sèche dont il le servit, il était en fait évident qu'il ne l'avait tout simplement pas reconnu.

La place d'Aligre offrait un tableau étonnamment représentatif des classes sociales parisiennes ici réparties en fonction de leurs bars aux trois extrémités : le bar des bobos riches, le bar des bobos pauvres où Fouad avait sa table d'habitué (et donc d'imposteur) et, enfin, le bar des prolos plus ou moins basanés qui travaillaient sur le fameux marché. Ce dernier ouvrait à cinq heures du matin ; les clients y buvaient des expressos dans des gobelets et retournaient installer leurs étals. Fouad se reprochait de préférer à la clientèle PMU du bar officiel du marché d'Aligre les « rencontres » qu'on faisait au comptoir de son cher estaminet d'artistes : filles vaporeuses qui surlignaient, bouchon aux lèvres, des scénarios où elles avaient décroché un petit rôle, papas branchouilles en sandalettes, animateurs sociaux du quartier – des gens qui travaillaient tous dans le culturel, de près ou de loin, qui avaient tous sans exception voté Chaouch et qui sirotaient des pintes de blonde à trois euros, en profitant de la douceur du soir.

Fouad observa avec horreur ce paysage harmonieux où il avait éminemment sa place, ce havre de paix sociale que renforçaient au lieu de la détruire les vibrantes conversations citoyennes et les colères contre le pouvoir encore en place. Et ce n'étaient pas l'hypocrisie ou la vie confortable de ses semblables à l'apéro qui provoquaient chez Fouad un si violent rejet : c'était la paix elle-même qui le dégoûtait, cette paix qu'il pouvait presque matérialiser – des sourires entre inconnus, le vent bienveillant qui faisait se relever les cols des vestes, la perspective de rentrer après un deuxième mojito dans un appartement clair, sécurisé par deux digicodes changés tous les trois mois.

Il était ainsi en train de se transformer en Nazir lorsqu'il vit apparaître une jeune fille devant sa table. La jeune fille aux cheveux clairs qui était descendue à Bréguet-Sabin in extremis.

— Je suis désolée de vous déranger, dit-elle de sa voix flûtée d'adolescente, je vous ai reconnu et...

Fouad ne put retenir un geste de mauvaise humeur : lui aurait-elle parlé si elle ne l'avait pas reconnu ? Aurait-elle parlé à un Arabe encapuchonné s'il n'avait pas été la star d'un feuilleton à succès ? Comment allait-elle réagir quand elle apprendrait que sa carrière était probablement fichue ?

— Non, mais c'est pas ça, c'est... Je vous ai reconnu au concert de ma mère, à l'entracte. Du coup je suis partie pour vous suivre, je suis désolée... Vous êtes le cousin de Krim, c'est ça ?

Fouad plissa les yeux ; une lueur nouvelle venait de s'y allumer.

— Je m'appelle Aurélie, j'ai connu Krim l'été dernier dans le Sud. On a passé une partie des vacances ensemble, et...

Fouad se leva et fit quelques pas avec elle le long du trottoir.

— Dimanche dernier, Krim est venu chez moi avant de faire... Bref, je me demandais si vous pourriez lui transmettre une lettre de ma part.

— Mais... enfin, bien sûr, si je peux, mais...

Aurélie fouilla dans son sac pendant une bonne vingtaine de secondes. Elle passa ensuite à son gilet noir, le gilet noir où elle l'avait glissée plus tôt dans l'après-midi. La lettre ne s'y trouvait pas non plus.

— Putain !

La chose lui parut alors évidente : c'était Tristan qui s'était arrangé pour qu'on la lui vole, sur les berges de la Seine. Elle avait eu raison de se méfier de Nico. Non :

elle avait eu tort ! Elle aurait dû s'en méfier deux fois plus !

— Écoute, c'est pas grave, la rassura Fouad, on peut prendre rendez-vous demain, de toute façon, avec les histoires d'avocats, c'est compliqué pour…

— Mais non ! Non ! Vous comprenez pas ! C'est… mon père… Si cette lettre…

Fouad lui enjoignit de se calmer. Elle balbutia des explications incompréhensibles, lui demanda de la pardonner en fronçant son minois anxieux et piqua un sprint sous les regards étonnés des occupants de la terrasse.

3.

— On devrait être en Italie depuis des heures déjà.

Le 4×4 était caché à l'orée d'un bois qui couronnait la colline au pied de laquelle s'étendaient les deux hameaux qui composaient le village de Schlaffendorf. Fleur avait mangé les ongles de ses deux index. Son ton plaintif exaspérait Nazir qui manifestait sa nervosité en entrouvrant simplement la bouche, pour y passer le bout de sa langue.

Fleur revint à la charge :

— Tu m'as menti, en fait ? Personne nous attend en Italie ! On va rester ici dans cette putain de bagnole pendant des jours et des jours, jusqu'à ce qu'ils nous attrapent !

Nazir avait déjà répondu à ses légitimes interrogations au début de la journée. Le manque de patience de sa jeune complice n'était pas une surprise ; mais il ne l'en agaçait pas moins.

— Fleur, il y a quelque chose que tu ne comprends pas et je vais te le répéter calmement : quand toutes les polices d'Europe te recherchent, une frontière comme celle entre la Suisse et l'Italie, ça ne se franchit pas n'importe comment. Il faut préparer le coup en amont, et c'est ce que je fais.

— Non, s'indigna Fleur, ce que tu fais, c'est regarder sans rien foutre l'écran de ton téléphone posé sur la boîte à gants, en espérant que quelqu'un va t'appeler ! Il fait nuit, j'ai froid ! Quoi, ça va être ça notre vie maintenant, se cacher dans une voiture toute la journée et sortir la nuit comme des vampires ? Est-ce qu'on va sortir, au moins ? Putain, tu te fous de ma gueule, t'as rien préparé, j'aurais mieux fait... Et puis pourquoi il est pas là, Waldstein ? C'est lui qui devait nous aider, non ? Je comprends rien ! Dis-moi ! Qu'est-ce que je fous là, merde ?

D'un regard, Nazir la réduisit au silence. Ses grands yeux noirs changeaient de forme au fil des heures : la colère les agrandissait, la patience forcée semblait les avoir rendus sphinxoïdes – ce qui ne changeait pas, c'était la terrifiante invisibilité du blanc au coin de ses iris.

— Quand je t'ai trouvée, déclara-t-il à la jeune femme, tu venais de fuguer comme une petite capricieuse et tu donnais des cours d'arts martiaux et de poésie andalouse dans un squat autogéré. À cette époque-là, il aurait suffi d'un geste de ton papa pour que tu rejoignes le giron familial. Florence...

— Ne m'appelle pas comme ça, répliqua Fleur en écarquillant ses yeux éclatés par l'épuisement nerveux. J'ai changé de prénom, j'ai changé de nom de famille. Tu en connais beaucoup, des gens qui ont ce... courage ?

Nazir regarda le visage livide de Fleur, sa fragilité de fille qui lui inspirait soudain de puissants sentiments contradictoires. Contradictoires mais enracinés dans le même mal : la pitié.

— Non, c'est vrai. Tu as été très courageuse. C'est pour ça que je ne comprends pas pourquoi tu pètes les plombs maintenant. J'ai besoin de toi, Fleur. On a besoin de toi – nous, tous les deux. Quand on sera en Italie, je ne pourrai pas sortir, tu seras mes yeux, mes mains, tu seras... mon corps.

Ce début d'enthousiasme dans la voix de son amant précipita Fleur contre lui. Elle le saisit par la nuque et voulut l'embrasser. Nazir résista. Elle avait perdu ses lentilles vertes et continuait de ne pas sentir très bon.

— N'empêche, se résigna Fleur en retrouvant son siège de conductrice, on est comme Bonnie & Clyde, pas vrai ?

— Si ça peut te faire plaisir...

— Ben alors, je croyais que j'étais ta première pasionaria ?

Nazir haussa les sourcils d'un air moqueur. Piquée au vif, Fleur changea de sujet :

— C'est bizarre, tu penses jamais à ta famille ? Tu les as sacrifiés, tu le sais bien. Tu vas me faire croire que ça ne t'empêche pas de dormir.

Nazir ne répondit pas.

— Tout ce que tu sais faire, c'est dire : merde. Tes petites manipulations sur Internet, tes tentatives pour foutre le feu...

— Le feu est dans les têtes, réagit instantanément Nazir, moi je ne fais rien, je n'allume aucun incendie. Le feu est déjà là, depuis deux générations.

— Tu ne réponds pas à ma question.

— Des gens brûlent en silence. Les caméras de télé ne savent pas filmer les cerveaux. Je me contente de faire sortir le feu des têtes, pour qu'on puisse le voir. Et, en France, on ne voit bien que ce qui se passe à Paris. Je suis un metteur en scène de la vérité, si tu considères que c'est foutre la merde, libre à toi...

— Mais pourquoi entraîner ta famille ?

— Tu ne sais rien sur ma famille, alors tais-toi.

— Oh non, Nazir, flancha-t-elle, ne nous disputons pas. Pas maintenant.

Nazir prit une profonde inspiration et raconta en fixant l'allume-cigare :

— Je vais t'avouer quelque chose, parce que tu fantasmes complètement. Essaie de m'imaginer, obligé de convaincre des gens, de faire le singe en société, d'intriguer dans tous les sens, d'être dix personnes différentes en une seule journée, jusqu'à ce que je ne sache plus rien de mes véritables sentiments. Les faux portables, les vrais secrets. Et tout ça pendant des mois, pendant que tout le pays se passionnait pour cet imposteur, pour ce clown de Chaouch... Eh bien le soir, tous les deux ou trois soirs pendant cette année, j'appelais ma mère. Je lui racontais mes journées en les inventant au fur et à mesure : Tu vas bien ? Explique-moi ce que tu fais... J'inventais des projets honorables, des rencontres flatteuses. Je voulais simplement entendre sa voix. Mais à chaque mensonge qu'elle gobait, je sentais que je m'éloignais d'elle. Et pourtant je continuais. Sa voix, je voulais entendre sa voix, c'est tout. Et puis je voulais qu'elle s'inquiète pour moi, parce que tant qu'elle s'inquiétait pour moi, je n'avais pas à m'inquiéter pour elle.

Il s'arrêta, et sa voix parut s'adoucir, son armure se fendiller.

— C'est la seule personne au monde que j'aime. Je n'ai jamais aimé personne d'autre que ma mère.

Fleur le dévisageait, horrifiée, et pourtant pleine de sentiment : d'amour pour lui et de respect pour cette passion filiale.

— Et je voulais qu'elle soit fière de moi. Alors je lui disais que j'avais créé une société de relations publiques en plus de l'agence de sécurité privée à Saint-Étienne, je lui disais que je m'investissais dans la campagne. La volupté de ces vies imaginaires était irrésistible. Je mentais le jour à la société, je mentais la nuit à ma mère. Et c'était pire que de me mentir à moi-même. On était sur écoutes, elle en savait rien, bien sûr. Chacune de ses approbations, chacune de ses remarques qui signifiaient qu'elle croyait à mes conneries, qu'elle n'avait aucun doute sur la véracité de ce que je lui racontais, c'était comme une fibre qui se détachait du cordon sacré qui me liait à elle. Et quand je raccrochais, je changeais de puce, je me mettais à la fenêtre, je vérifiais mes messages, mes e-mails, les coups de fil que j'avais manqués, et je pleurais.

— Tu pleurais...

— Je pleurais. Et je savais que le jour où je ne pleurerais plus après ces coups de fil, je serais prêt.

Nazir entendit soudain le son puissant d'un instrument à vent relayé par des annonces dans un haut-parleur.

— Les buccins ! s'exclama-t-il. Ils sont arrivés !

— Qui ça, ils sont arrivés ? Mais on attendait quelqu'un ?

— Fleur, sors de la voiture et dis-moi ce que tu vois.

Fleur s'exécuta. Elle sortit de la voiture et du bois. Au loin, sur la route unique qui traversait le village éteint, elle vit une caravane d'une douzaine de véhicules.

C'était un cirque itinérant. Le haut-parleur crachotait des indications dans une langue que Fleur ne connaissait pas, qui n'était ni de l'allemand, ni du français, ni de l'italien, ni même du romanche.

— Qu'est-ce que c'est que ce cirque ? demanda-t-elle en retrouvant l'odeur de cuir de la voiture.

— Notre passeport pour l'Italie, répondit Nazir en pianotant sur son BlackBerry.

4.

Gros Momo entendit son téléphone portable sonner pour la troisième fois consécutive. Il n'avait pas répondu parce qu'il était en train de se préparer des pâtes, et que, au moment où l'eau commençait à frémir, il avait vu un cafard sur le placard, qu'il avait bien l'intention d'exterminer pour faire un exemple.

Mais quand le fixe se mit à sonner de façon continue, il s'inquiéta et abandonna sa chasse et sa casserole. À l'autre bout du fil, Djinn lui hurla dessus.

— Y a une voiture qui t'attend en bas, c'est un taxi blanc. Tu prends le sac de boxe que j'ai posé sur mon lit, tu prends le chien et tu descends. Tu montes dans le taxi avec le chien et tu te laisses conduire, O.K. ?

— Mais j'ai pas encore mangé...

— Tu sors tout de suite ! Y a les flics qui vont pas tarder à défoncer la porte !

— Les flics ? Mais... pourquoi les flics ?

Gros Momo n'attendit pas que Djinn se soit remis à crier. Il courut dans la chambre de Djinn, sous-pesa le sac et comprit qu'il était rempli d'armes. En sueur, il rapporta le sac dans le couloir de l'entrée et se souvint soudain que la casserole était sur le feu. Il éteignit le gaz et la cuisine, remit la muselière à Sarko qui recommençait à s'agiter en percevant le stress de son nouveau maître.

Avant de sortir, il eut un mauvais pressentiment et décida de fouiller dans son propre sac pour prendre le 9 mm de Krim. Au lieu de le ranger dans le sac de boxe, il le mit comme à Saint-Étienne dans sa veste de jogging. Et ce fut ainsi harnaché, haletant et habillé trop chaudement pour la température caniculaire, qu'il descendit à toute vitesse les escaliers. Un taxi blanc l'attendait en effet dans la cour. Le soir était tombé, mais pas la chaleur. Le ciel s'était couvert, il n'y avait pas une pique d'air et les oiseaux volaient bas. Gros Momo n'avait jamais pris de taxi, il voulut monter à côté du chauffeur.

— Excusez-moi, ça vous dérange pas, le chien ?

— Monte à l'arrière, espèce d'*arioul* ! Et empêche le clebs de monter sur la banquette !

Gros Momo s'exécuta. Ses bajoues tremblotaient et ses mains lui semblaient peser une tonne. Quand la voiture démarra, il les rangea dans les poches de sa veste et regarda le molosse. Ses petits yeux s'étaient allumés de flammèches qui rougeoyaient dans la pénombre de la voiture.

Un quart d'heure plus tard, des hommes de la BRI, Brigade de recherches et d'intervention, défoncèrent la porte de Djinn au bélier. Le major de brigade défit son oreillette et composa le dernier numéro qui figurait sur son portable :

— Négatif, chef. Mais la casserole est encore chaude. Ils viennent juste de partir, à mon avis.

5.

La commandante Valérie Simonetti avait demandé au juge Wagner de le rencontrer à l'abri des regards. Wagner proposa une des brasseries du boulevard du Palais, mais l'ex-chef de la sécurité de Chaouch préférait un pub anonyme de l'autre côté de la Seine. Wagner avertit ses deux gardes du corps qu'ils allaient faire une petite promenade. Ils rappliquèrent à la porte de la galerie Saint-Éloi et insistèrent pour faire le trajet de cent mètres en voiture.

Les feux rouges de la place Saint-Michel semblaient s'être ligués contre la voiture du juge.

— On aurait pu faire l'aller-retour à pied, se plaignit-il à Thierry.

Aqua Velva ne cilla pas.

Depuis le pub choisi par Simonetti, on pouvait voir un profil oblique de Notre-Dame auquel le juge n'était pas habitué. Pas plus qu'il n'était habitué aux camions de CRS qui bloquaient l'accès aux bouquinistes sur presque toute la longueur de la Seine.

Wagner s'arrêta à la porte du pub. Derrière lui, la cathédrale semblait flotter dans le soir électrique. L'île de la Cité frémissait, comme un paquebot sur le point de couler. Emportant dans les profondeurs de la Seine la Conciergerie, la préfecture de police et le Palais de justice. Emportant la galerie Saint-Éloi, le cabinet de Wagner, ses dossiers, le secret-défense et tous ses soucis.

— Monsieur le juge, je suis désolée de vous rencontrer comme ça.

Valérie Simonetti impressionna le juge par sa stature athlétique et son état de nervosité. Une puissante veine jouait sur son avant-bras nu. Elle avait commandé un Perrier citron et voulait aller droit au but :

— Bon, ça ne me ressemble pas, ces méthodes, mais je dois vous dire que suite à l'attentat j'ai été mise à pied et que je suis soumise à une enquête approfondie de l'IGS. Ils veulent me faire porter le chapeau et (sa posture se raidit, ses mâchoires se dilatèrent martialement à la pensée de ses états de service et du sacrifice auquel elle consentait) je ne fuirai pas mes responsabilités. J'assume. Mais j'ai des doutes, monsieur le juge. Des doutes sur le major Coûteaux, Aurélien Coûteaux. Il a été parachuté pendant la campagne depuis le SSMI, pardon, le Service de sécurité du ministre de l'Intérieur, directement au GSPR et à la protection du député Chaouch. Ce sont des choses qui arrivent, pas souvent mais qui arrivent, et je ne voudrais pas que vous croyiez que je suis animée par des sentiments personnels. J'ai eu le major Coûteaux sous mes ordres quand M. Chaouch a voulu que je dirige son équipe de protection rapprochée. Et, ce sont des choses difficiles à expliquer, mais je l'ai toujours mal senti...

— Vous l'avez mal senti ?

— Monsieur le juge, dimanche dernier, le major Coûteaux a demandé expressément à occuper un poste dans le premier cercle de protection. Comme je le sentais stressé, j'ai refusé. Tous les membres de ce premier cercle sont maintenant mis à pied, je ne suis pas la seule. Mais Coûteaux a été blanchi après un simple interrogatoire, et il dirige maintenant la protection rapprochée de la fille Chaouch.

— Où est-ce que vous voulez en venir, madame ?

— Je n'ai que des soupçons, mais s'ils n'étaient pas impérieux, je n'aurais jamais pris le risque de vous en parler. Je crois que vous devriez enquêter sur le GSPR. Ce parachutage, le comportement du major, le fait qu'il sorte indemne, tout ça me paraît très louche, monsieur le juge.

Wagner prenait mentalement des notes. Quand il quitta la commandante et retrouva la chaleur de sa voiture blindée, il sortit son carnet de sa poche intérieure et retranscrivit la conversation. Il appela Alice pour lui demander de préparer le brouillon d'une convocation de l'ancien patron du GSPR :

— Il faudra la mettre dans la cote en cours, Alice.

Dans la cote en cours : cela signifiait que le parquet et Lamiel n'en seraient pas informés. Il valait mieux garder cette piste confidentielle pour le moment.

En sortant du parking souterrain du palais, Wagner bondit hors de sa voiture et grimpa les escaliers quatre à quatre, galvanisé par la complexité de l'enquête, qui, une heure plus tôt, lui avait paru désespérante. Ses officiers de sécurité eurent même du mal à suivre sa course dans les escaliers qui menaient au troisième étage, ce que Wagner leur fit remarquer sur un ton blagueur.

Mais devant la porte de la galerie Saint-Éloi, il cessa de rire : face à lui, le procureur Lamiel affichait la mine d'un homme qui vient vous annoncer que votre fille est morte dans un accident de voiture.

— Jean-Yves, qu'est-ce qui se passe ?

— Henri...

— Vous avez vu qu'on va le coincer ce soir ?

— Henri...

Le procureur Lamiel se laissa tomber sur la banquette du siège qui faisait face à la porte sécurisée de la galerie. Une fenêtre entrouverte donnait sur une autre aile du palais. Lamiel prit une profonde inspiration et déclara :

— Je sors du bureau de Jeantot.

— Le président du Tribunal ? Mais pourquoi ?

— Il a reçu une lettre anonyme cet après-midi.

— Continuez.

— Une lettre anonyme déposée à son secrétariat, avec une autre lettre agrafée.

Lamiel semblait tester son ami, jauger la sincérité de son étonnement. Il sortit la langue de sa bouche et la passa sur ses lèvres.

— La lettre anonyme vous dénonce, Henri, et exige que vous soyez dessaisi du dossier de l'attentat contre Chaouch. Ou que vous vous récusiez... Enfin, bon sang, faites pas cette tête, vous allez pas me faire croire que vous savez pas du tout pourquoi ?

— Nom de Dieu, qu'est-ce qui se passe, Jean-Yves ?

— C'est votre fille. Elle a écrit une lettre au gamin, à Abdelkrim. Ça, c'est la lettre agrafée. Dans la lettre principale, c'est écrit qu'elle et trois amis à elle dont le fils Putéoli ont passé l'après-midi avec lui, chez vous, Henri, chez vous, juste avant qu'il ne commette l'attentat à Grogny. Selon cette lettre, à cause de vos liens familiaux avec la petite amie du prévenu, il est inconcevable que vous puissiez instruire de façon objective, etc., etc.

Il reprit son souffle et enleva brusquement ses lunettes :

— Putain, qu'est-ce que c'est que ces conneries, Henri, vous pouviez pas me le dire ? Vous vous rendez bien compte que je ne peux rien faire pour vous, là ? Mon conseil, maintenant, c'est de vous récuser de vous-même, et pour le reste... Rotrou va forcément être désigné et reprendre le dossier, là y a plus rien à faire. Il partira en retraite après ça, il va vouloir en faire son chant du cygne. J'aime autant vous dire que ça va pas être beau à voir...

Wagner dénoua le col de sa cravate et murmura :

— Putéoli... Et presque aussitôt, en remuant la tête de droite à gauche : *Dans les palais la trahison...*

Sans un seul regard pour Lamiel, le juge descendit les escaliers qu'Aurélie avait dévalés la veille, alors qu'elle paraissait sur le point de lui avouer quelque chose. Cravate en main, il ne répondit pas aux sollicitations de ses gardes du corps qui voulaient savoir où il se rendait.

Ils le découvrirent en même temps que lui : Wagner sortit par le grand escalier, traversa la cour et erra le long du boulevard du Palais, sans but, jusqu'au quai et retour, d'une démarche qui tanguait, celle d'un homme perdu sur le pont d'un navire en détresse.

6.

L'immeuble de Fouad était bâti en arc de cercle le long de la place d'Aligre. À travers la vitre encombrée du supermarché asiatique, qui occupait le rez-de-chaussée avec un Franprix, Fouad croisa le regard d'un homme, un Européen aux cheveux courts qui tripotait sans la regarder une boîte de sauce au soja. En grimpant un à un, tête basse, les escaliers qui menaient à son appartement, Fouad crut devenir fou. Se pouvait-il qu'il ait été suivi jusqu'ici ? Était-ce pour cela que sa garde à vue avait duré si peu de temps – parce qu'ils avaient l'intention de le suivre, de le traquer en espérant... ? En espérant quoi ? Prouver qu'il avait un rapport avec la folie de son frère ?

Une jeune femme qu'il n'avait jamais vue dans l'immeuble attendait sur son palier, agitant un jeu de clés contre la porte en face de la sienne. Elle avait un casque de moto et un blouson en cuir. Remarquant Fouad, elle se retourna, ajusta son blouson et se racla la gorge :

— Excusez-moi.

Fouad la vit approcher et comprit qu'il se passait quelque chose. Elle faisait sa taille et dégageait une énergie étrange, presque menaçante. Elle était bizarrement belle avec son visage large et ses mâchoires carrées ; ses talons claquaient sur le sol. La lumière s'éteignit. Quand Fouad appuya sur le bouton qui éclairait l'étage, elle était nez à nez avec lui.

— N'ayez pas peur, murmura-t-elle vigoureusement, je m'appelle Marieke, je suis journaliste, je suis venue vous prévenir, on peut entrer ?

Fouad déglutit péniblement. Quoique chuchotée, la voix de cette journaliste lui paraissait trop forte et, quand il ouvrit la bouche pour lui répondre, ce fut un mince et précaire filet sonore qui s'en échappa :

— Je parle pas aux journalistes, foutez-moi la paix...

— Non, non, vous ne comprenez pas, insista Marieke. Je ne veux pas vous interviewer, je veux vous prévenir, vous dire de faire attention. Il y a des choses qui vous dépassent, qui nous dépassent tous. J'ai travaillé sur l'enquête du contre-espionnage, contre votre frère. Écoutez, je suis désolée de vous rencontrer comme ça...

— Au revoir, madame.

Fouad voulut ouvrir sa porte mais Marieke posa sa grande main sur le loquet, sans cesser de le fixer. L'expression « n'avoir pas froid aux yeux » n'avait jamais paru aussi appropriée à Fouad que pour décrire la hardiesse de cette journaliste.

— Votre famille, Fouad, ils vont essayer de vous faire porter le chapeau. Vous ne pouvez faire confiance à personne, écoutez-moi. Vous avez remarqué au moins que vous étiez suivi ?

— Je m'en fous, répliqua Fouad qui ne voulait pas perdre la face. J'ai rien à me reprocher.

Sans s'en rendre compte, il avait accepté de parler avec elle. Le contraire aurait été étonnant : Marieke était très engageante, sa voix était joliment éraillée et il y avait quelque chose de tout simplement saisissant dans sa physionomie sculpturale, quelque chose qui vous forçait à la regarder, à l'écouter.

— Vous *croyez* que vous avez rien à vous reprocher, mais j'aime autant vous dire qu'ils trouveront quelque chose pour vous faire plonger. Et je parle pas que de vous, je parle de... On peut se tutoyer ?

— Non ! se réveilla Fouad.

Un sourire s'ouvrit dans le visage de Marieke, dévoilant des dents fortes et charmantes, à cause, peut-être, de leur alignement imparfait.

— Je reprendrai contact avec toi, conclut-elle de façon invraisemblablement badine, en prononçant les r à la belge. Quand tu auras compris ce qui se passe, je pense que tu seras un peu plus coopératif... enfin j'espère...

— Parce que vous, bien sûr, vous ne roulez pour personne ? risqua Fouad.

— Exactement ! s'exclama Marieke qui venait en effet de proposer la suite de son article à la concurrence, sans succès pour le moment. Je roule pour la vérité, Fouad, la *vérité*.

Sur ce mot elle disparut dans les escaliers, laissant Fouad avec l'incompréhensible impression d'avoir été à la fois kidnappé, séduit, éconduit et dépouillé. Il vérifia le contenu de ses poches en poussant la porte de son studio. Dans celle de son sweat-shirt, il trouva une carte professionnelle, Marieke Vandervroom, reporter, son e-mail et son numéro de téléphone. Au verso, elle avait inscrit simplement, quoique en enfonçant la bille du stylo dans la chair du carton :

¡Call me!

Son studio lui parut irréel quand il leva les yeux de l'invite au dos de la carte. Faiblement éclairée par l'ampoule désossée qui pendouillait au mur du corridor de l'entrée, sa grande pièce à vivre sentait la cendre froide et l'abandon. Il voulut faire un peu de rangement mais préféra boire un verre avant. Dans son placard, il ne restait qu'une bouteille de whisky de maïs. Le cruchon de grès ressemblait à une outre antique, il était rempli aux trois quarts.

Fouad alluma la lumière, vit que le désordre de l'appartement se reflétait trop fidèlement dans la double porte vitrée du balcon ; il éteignit la lumière et se servit un premier verre de Platte Valley. La liqueur était jaune pâle, des reflets verts apparaissaient quand on remuait le verre. Fouad l'avala d'un trait et s'en servit immédiatement un deuxième.

Au bout du quatrième, il s'aperçut que les visages de sa famille avaient cessé de défiler dans son esprit. Il se servit un cinquième verre plus conséquent et le huma longuement, devinant l'arôme vanillé et la douceur du maïs, enviant la tranquillité rupestre de ces distilleurs du Missouri qui n'avaient sans doute jamais eu affaire à la justice antiterroriste.

7.

Le commissaire d'état-major Thomas Maheut, en chemisette blanche floquée de son grade et des insignes de la Préfecture de police, sortait du poste de commandement entouré d'hommes à qui il donnait des instructions. Son autorité naturelle lui permettait de ne jamais élever la voix. Il parlait maintenant au téléphone, sur un ton un peu relâché, à Valérie Simonetti. Il lui racontait les affrontements place de la République, autour du Père-Lachaise, et même rue de la Fontaine-au-Roi.

— On n'a jamais vu ça, expliquait-il, ils se sont *organisés* ! Une organisation paramilitaire. Tout l'Est est mobilisé, y a des faux appels à Police Secours dans le Nord pour faire diversion. Je viens d'envoyer des renforts à la mairie du XIe. Ils ont fait brûler des bagnoles de Voltaire à Charonne, c'est complètement dingue, ils ont fait brûler les chaises de la terrasse du Vidocq !

— Mon Dieu, le Vidocq...

Maheut fronça les sourcils.

— Le plus dangereux, c'est Bastille. On a eu des informations comme quoi ces sauvages prévoyaient de dérouler une banderole sur l'Opéra, une immense banderole avec écrit « Sarko assassin » dessus. Tu le crois, putain ? « Sarko assassin » !

— Vous les avez arrêtés ?

— Non, pas encore. J'ai jamais vu ça, je te jure. Un tel déploiement de forces de police dans la capitale. GIPN, GIGN, BRI... Dieuleveult a vu en XXL, comme d'hab' mais j'en arrive à me demander s'il va pas falloir aller chercher des mecs du RAID... Bon, il faut que j'y aille. Mais, attends, t'es dehors, là ? Qu'est-ce tu fous ?

Les cloches de Notre-Dame retentirent. Maheut crut les entendre aussi dans le téléphone de Valérie. Il planta son nez dans la direction du ciel ; le vent commençait à remuer la chape de nuages qui pesait sur la ville depuis le début de cette maudite journée.

— Mais t'es où, là ? demanda-t-il soudain.

— Dans ton quartier, répondit Valérie d'une voix songeuse. J'avais un petit truc à régler... avec ma conscience...

— Bon, on en reparlera.

Le commissaire raccrocha. Une voix dans son oreillette l'avertit que le préfet de police voulait le voir sur-le-champ. Maheut prit l'escalier qui menait à l'étage, dans le quartier du préfet, composé de portes capitonnées et de doubles moquettes. Il montra patte blanche devant le sas de vitre fumée, derrière lequel des appariteurs le conduisirent, par un dédale de corridors muets, jusqu'à la grande porte à double battant du bureau du préfet. Le feu bicolore passa au vert et le commissaire Maheut entra, en saluant d'un signe de tête les autres directeurs de la PP.

On parlait bas dans cette pièce vaticanesque. L'écran géant du bureau, qui diffusait généralement les infos ou la séance en cours du Conseil de Paris, était ce soir divisé en quatre : trois écrans de visioconférence dont un avec la « salle » et le dernier, singulièrement, qui consistait en un bulletin météo en temps réel. Dieuleveult ne parlait d'ailleurs que de ça, marchant parfois jusqu'à sa fenêtre pour voir les mouvements du ciel au-dessus des tours de Notre-Dame. Il fit signe à Maheut de s'approcher :

— À votre avis, commissaire ? Pleuvra ? Pleuvra pas ?

On avait annoncé la tempête pour le début de soirée ; deux heures plus tard, le ciel était lourd et bas, le vent était monté mais toujours aucune goutte de pluie. On espérait beaucoup qu'une tempête calme les ardeurs séditieuses des bandes de voyous qui prévoyaient de saccager la capitale.

Maheut fit son rapport sur les toutes dernières interventions. L'ordre du préfet avait été solennel : il voulait qu'aucun policier ou gendarme d'Île-de-France ne dorme chez lui ce soir. Apparemment l'ordre avait été suivi. Maheut songea à ces hommes qui étaient sur le pont depuis dimanche soir. Il apprit ensuite, de la bouche du directeur de cabinet du préfet, qu'ils avaient décidé de solliciter le concours d'un ballon dirigeable pour apporter un renfort aux hélicoptères qui observaient les mouvements de foule sur les grandes artères. Le dirigeable faisait soixante-quinze mètres de long, autant dire la taille d'un A380. Pourvu de caméras satellites, il survolerait Paris dans moins d'une demi-heure et diffuserait ses vidéos dans le poste de contrôle du sous-sol que commandait Maheut. Le directeur de cabinet terminait son briefing lorsqu'un éclair surpuissant fendit le ciel de l'île de la Cité, suivi quelques secondes plus tard par le bruit que tout le monde espérait depuis des heures : celui du tonnerre. On aurait dit que Dieu lui-même dévalait les marches du ciel en faisant les gros yeux.

Une voix feutrée déclara qu'il était temps. Dieuleveult approuva, mains derrière le dos, devant l'intimidante baie vitrée de son château fort. Avant de renvoyer le commissaire Maheut à ses activités, avec un regard appuyé qui en disait long sur les immenses responsabilités qui pesaient sur lui, ainsi qu'une injonction, deux mots qui semblaient jaillir directement de ses entrailles :

— Écrasez-les !

8.

Et tandis que le ballon dirigeable volait en direction de la capitale française, Nazir parlementait, dans un mélange d'italien, de français et d'allemand, avec le patron du cirque itinérant qu'il avait attendu toute la journée. C'était un homme chauve à la mâchoire éminente et au profil mussolinien. Il ne semblait éprouver aucune gêne à dévisager Fleur tandis que Nazir essayait de le convaincre.

Au bout d'une dizaine de minutes, il tourna les talons. Nazir fit signe à Fleur de rester près de lui tandis qu'il le suivait. Le dernier véhicule de la caravane était un énorme camion d'où émanait une odeur si nauséabonde que Fleur s'arrêta net.

— Mais qu'est-ce qui pue comme ça ?

— Attends-moi là, répliqua Nazir.

Fleur le regarda se hisser au niveau du siège passager du camion. Il y resta quelques minutes. Quand il en ressortit, il emmena Fleur sans mot dire jusqu'à leur 4×4 et lui demanda de vérifier que personne ne les regardait. Il fourra quelques liasses de billets dans un sac plastique et vint s'asseoir à côté de Fleur, devant le tableau de bord.

— On va partir ? s'inquiéta Fleur qui ne comprenait rien. C'est bon ? On peut s'enfuir ?

Nazir tourna ses épaules vers elle et encadra son visage angoissé avec ses longues paumes, dans un geste d'une virilité si chaleureuse que Fleur en eut le souffle coupé.

— Fleur, il faut que tu sois courageuse, maintenant, dit-il d'une voix douce. On va traverser la frontière, ça va être très difficile, il faut que tu sois plus courageuse que tu ne l'as jamais été...

Il reprit sa respiration ; ses muscles faciaux tressautaient comme si quelque reptile caché depuis des années sous son épiderme venait de se réveiller.

— Tu me fais confiance, pas vrai ?

Fleur plissa les yeux pour ne pas sangloter. Son menton promena sa jolie fossette de haut en bas : oui, elle lui faisait confiance.

Au même moment, Djinn pénétrait dans la rue d'Austerlitz : chaussée étroite, trottoirs minuscules, une quinzaine d'hôtels à la queue leu leu dont une bonne moitié n'étaient pas étoilés, et parmi eux au moins deux hôtels de passe. Ils risquaient de se faire repérer en stationnant au milieu de la rue ; un scooter n'aurait pas pu les dépasser à cause des poubelles qui s'entassaient sur les trottoirs. Djinn fit le tour du pâté de maisons et repéra une place libre qui n'était pas réservée aux handicapés, dans une rue parallèle. Il éteignit le moteur et les lumières de la voiture.

Au quatrième étage du 17 de la rue d'Austerlitz, Djinn découvrit une studette de douze mètres carrés occupée par Romain qui faisait les cent pas en remuant la tête, ainsi que par une jeune femme voilée, studieusement penchée sur un ordinateur portable. Il y avait un lit une place dans la petite pièce, un coin cuisine, rien pour pisser, les W.C. étaient sûrement sur le palier. En hauteur, une couronne de placards cubiques donnait à la pièce des airs de cabine de paquebot ; ou bien était-ce que Djinn avait la tête qui tournait, comment savoir si c'était lui ou le monde qui vacillait ?

— C'est énorme, ce qui est en train de se passer, c'est énorme, on n'a jamais vu ça, ils vont péter un câble, je te jure, ils vont péter un câble...

Romain était surexcité. Il balançait les mains de droite à gauche, dans des gestes maladroits. Il n'avait jamais paru aussi blafard et exalté.

— Les sacs sont là, dans les placards ? demanda Djinn qui voulait montrer qu'il était tendu vers l'objectif.

Romain ne l'entendait pas : des cris étranges, féminins, venaient de l'extérieur, probablement de l'hôtel d'en face.

— On y est, poursuivit-il avec emphase, au cœur de la tempête. Les gens se soulèvent partout, tu comprends ce qui est en train de se passer ?

Djinn entendait maintenant distinctement les cris de femme, ponctués de halètements et de mmmm de jouissance. Romain les entendait aussi, il se mit à rougir en comprenant de quoi il s'agissait.

La jeune femme voilée ne disait rien, restait rivée à l'écran de son ordinateur portable dont elle modulait inutilement l'inclinaison.

— C'est qui la fille ? demanda Djinn à mi-voix.

— Elle est avec nous, répondit Romain en prenant Djinn par le coude.

— Mais qu'est-ce qu'elle fait ?

— Elle travaille dans une bibliothèque mais elle est avec nous, répéta Romain. On dirait pas comme ça, mais c'est une sicaire elle aussi.

— Une sicaire ?

Djinn était gêné : par l'effet que les cris sensuels de l'hôtel de passe produisaient sur le teint de Romain, mais aussi par la façon éhontée dont il singeait Nazir dans ses moments de ferveur, ses moments qui emportaient vos scrupules – sauf qu'ici Romain ne persuadait personne avec son bavardage de schizophrène, pas même son propre double.

— Les hommes-dagues, répondit-il dédaigneusement, tandis que les halètements s'accéléraient et que Djinn découvrait dans les sacs cachés sous le lit les armes qu'il allait distribuer à ses collègues, les sicaires, c'étaient les hommes-dagues, des dissidents juifs qui voulaient chasser les Romains de Judée.

— Et quoi ?

— « Et quoi ? » l'imita-t-il avec un rire sec, élémentaire – de l'air craché par les narines. Eh bien, Nazir les a recréés ! Voilà « et quoi » ! C'est toi, moi, nous. On n'a plus de dagues mais des 9 mm. On est partout, ils sont partout, dans l'ombre, des cœurs vaincus auxquels il a redonné le souffle, des vies brisées qu'il a réarmées ! On y est ! Paris intra-muros, c'est nous maintenant. Regarde autour de toi, c'est fini maintenant, ça commence !

— Ouais, murmura Djinn en observant la crosse gravée d'un des calibres qu'il avait retirés du sac.

Mais Romain n'osait pas approuver : les cris de jouissance augmentaient de volume, dans un effroyable crescendo de râles et de soubresauts, jusqu'à ce dernier hurlement, cette ultime explosion d'un orgasme qui l'humiliait et le paralysait, parce qu'il ne savait pas comment l'ignorer.

— Allez, décida-t-il dans l'atmosphère humide, malsaine qui suivit ce cri déchirant, plus de temps à perdre, il m'a dit de vous dire qu'il vous fait confiance, il m'a dit de *te* dire qu'il vous fait confiance, Djinn. Le décevez pas, O.K. ?

Chapitre 13

Intra-muros

Chapitre 13

Intra-muros

1.

Paris n'était que sirènes, voitures et poubelles incendiées, charges de CRS et interpellations arbitraires ou motivées par le non-respect d'un couvre-feu que la Préfecture de police avait mal médiatisé, ou trop tard. Tandis que les casernes de Paris et des départements de la petite couronne se vidaient en même temps que les rues, des ombres encagoulées se retrouvaient dans des lieux de rendez-vous préalablement déterminés et incendiaient tout sur leur passage, par petits groupes de huit à dix personnes. Jamais plus mais parfois moins, ainsi qu'en fit l'expérience Tristan Putéoli qui rentrait en scooter de chez Nico à Oberkampf, où il s'était épuisé à jouer à la Wii.

Il roulait sur le boulevard Beaumarchais direction Bastille quand il se fit dépasser par une dizaine de camions de CRS, toutes sirènes dehors. En se rabattant sur la piste cyclable, il fut percuté par un Velib'et perdit le contrôle de son scooter. La chute ne devait lui laisser que des égratignures, mais son scooter avait terminé sa course contre un horodateur et se trouvait dans un sale état.

Le cycliste abandonna son Velib'et partit à toute vitesse : Tristan hurla dans sa direction et aperçut au bout du boulevard, au pied de la colonne de Juillet, un immense rideau de fumées de gaz lacrymogènes. Il se demandait ce qu'il allait faire avec son scooter lorsque, d'une rue perpendiculaire, il vit surgir cinq racailles à capuches, leurs bouches protégées par des écharpes noires. Les CRS étaient loin devant, sur la place de la Bastille, et Tristan ne vit personne qui pourrait lui porter secours s'il se faisait attaquer.

Il enleva son casque et entreprit de traverser le boulevard pour rejoindre la rue des Francs-Bourgeois et la place des Vosges. Il avait les mains dans les poches, l'air normal d'un jeune lycéen qui rentre chez lui après une soirée arrosée. Mais il avait aussi les cheveux blonds à l'air. Et, dans la nuit parfaitement éclairée de ce beau quartier, il lui sembla soudain qu'on ne voyait que ça ; les cinq types l'avaient pris en chasse, à distance.

Il pressa le pas mais n'osa pas courir, de peur de déclencher la catastrophe. Il appela discrètement la police mais personne ne répondait. Les standards étaient tous occupés. Tristan se dit que le cauchemar ne faisait que commencer.

Aurélie l'appela. Il n'avait pas eu de nouvelles d'elle depuis le sale coup qu'il lui avait fait, et c'était maintenant, c'était ce moment qu'elle choisissait pour l'appeler et l'insulter. Tristan qui s'essoufflait à force de faire de la marche olympique prit l'appel au bout de la première sonnerie, trop heureux d'avoir quelque chose pour se donner une contenance lorsque les racailles allaient lui tomber dessus. Il pourrait ne pas leur parler, ne pas les « provoquer » du regard en prétextant être au milieu d'une conversation téléphonique importante.

Mais au bout du fil Aurélie commença par ne rien dire :

— Aurélie, c'est pas le moment de m'insulter, putain, y a des mecs qui me suivent, des racailles là, j'arrive pas à joindre les flics, Aurélie, tu m'entends ?

— Tu te rends compte de ce que t'as fait, espèce de connard ?

— Aurélie, je te jure que c'est pas le m...

— Mon père a été obligé de se récuser. Tu sais ce que ça veut dire ? Sa carrière est finie. C'est foutu maintenant. Foutu. Tu te rends compte ?

Les cinq types s'étaient mis à courir et à se cacher derrière les arcades du trottoir opposé. Ils donnaient des coups contre les grillages en rouleaux des boutiques, ainsi que dans tous les rétroviseurs qui se mettaient en travers de leur route.

Tristan joua son va-tout :

— Mais de quoi tu parles ? Se récuser ? Qu'est-ce que j'ai fait ?

— Ce que t'as fait ? Ce que t'as fait ? hurla Aurélie. T'as volé la lettre que j'avais écrite à Krim et t'as balancé une lettre anonyme pour raconter qu'on avait passé l'après-midi avec lui avant qu'il commette l'attentat. Voilà ce que t'as fait, espèce de connard.

— Mais c'est pas moi, Aurèle, c'est mon père ! Je te jure c'est mon père !

— Y a une limite à être un connard, c'est pas des histoires de cul, là, ce que t'as fait c'est pas être dans une fête et montrer à tout le monde la vidéo d'une fille qui te suce...

Une des racailles criait dans sa direction. Tristan n'osait plus prononcer le moindre mot. Il s'arrêta devant l'entrée fermée du parc de la place des Vosges.

— Attends, dit-il en faisant semblant de se concentrer pour l'écouter. Attends.

— Eh, la blondinette ? criait la racaille. Eh, blanc-bec ! Vas-y lâche ton téléphone, vas-y fais voir, c'est un iPhone ? Tu me le prêtes ?

Un de ses collègues était en train de se faire engueuler par les autres. Il avait enfin réussi à enflammer sa bouteille d'essence mais ne savait pas encore sur quoi la lancer. Des sirènes se firent entendre au loin, sur le boulevard Beaumarchais.

Tristan leva la tête et parcourut du regard les vitres hautes, incroyablement hautes, mais éteintes, désespérément éteintes, qui formaient comme une série d'yeux de

Cyclope sertis dans les élégants murs de brique rose de la place.

Une des racailles qu'il n'avait pas vue venir lui fit une balayette. Il tomba au sol et vit son iPhone couler dans le caniveau. Il voulut se relever et se défendre avec son casque mais les racailles avaient détalé. Non pas à cause des véhicules de police et du camion de pompiers qui n'arrivèrent qu'une minute plus tard, mais à cause de ce pour quoi ils intervinrent : le cocktail Molotov d'un des voyous de l'autre trottoir avait été lancé dans l'une des vitres de ce bâtiment qui encerclait presque parfaitement l'ancienne place royale. Les flammes ne pourraient évidemment jamais embraser la totalité de cette ceinture de brique, et pourtant ce fut à cela que pensa Tristan en prenant son pouls pour essayer de dissiper sa peur – à la place des Vosges entièrement cernée par les flammes.

Il récupéra son portable à travers la grille du caniveau et leva la tête tandis que les flics le rejoignaient pour savoir ce qui s'était passé : deux hélicoptères survolaient le ciel du Marais, ainsi qu'une ombre gigantesque qui ressemblait à un vaisseau extraterrestre. Avec des projecteurs surpuissants, ces monstres balayaient les toits de zinc, les dômes en ardoise et les petites rues du Marais corsetées dans la pierre. Leurs haut-parleurs faisaient aussi un vacarme épouvantable, délivrant des instructions inaudibles au peuple de Paris planqué devant sa télé.

2.

Dounia, Rabia et Luna avaient fini leurs glaces et s'étaient promenées dans le centre-ville, ignorant les conseils de Fouad et de Me Szafran. Elles étaient au pied de la montée d'escalier qui menait à leur rue, paralysées par un rire nerveux, violent, fou. La partie bar de la brasserie accueillait un karaoké auquel avait participé toute une tablée d'employés de banque. L'un d'eux avait conclu la soirée en beauté : c'était un petit bonhomme trapu avec une tête massive, ses camarades l'avaient obligé à chanter une chanson de Patricia Kaas, *Il me dit que je suis belle* – qu'il avait interprétée avec la voix la plus inattendue qu'on pouvait imaginer sortir de ce corps, une voix suave, lyrique et surtout incroyablement aiguë.

— N'empêche, on se moque mais il chantait super bien, hein ?

Dounia ne put pas répondre, elle avait les mains sur ses genoux, les veines de son cou semblaient pouvoir exploser si elle n'arrêtait pas de rire. Rabia se mit à chanter en imitant la voix et les trémolos du conseiller commercial :

— *Il me dit que je suis be-e-elle...*

— Arrête ! Arrête, je vais pisser... Arrête, je te jure, je vais pisser...

Luna observait ses aînées en souriant, un rien perplexe.

Rabia leva les yeux et le parapluie pour considérer les dizaines de marches qu'elles allaient devoir se farcir une fois la bonne humeur retombée.

Son sourire se crispa brusquement, se changea en une grimace d'horreur. Dounia, surprise de ne plus entendre sa sœur rire, la prit par la manche :

— Rab' ? demanda-t-elle d'une voix encore rieuse. Qu'est-ce qui se passe ?

Elle regarda ce que regardait Rabia et mit la main devant sa bouche ouverte. Au sommet de la montée, une dizaine de jeunes voyous cagoulés poussaient un container enflammé au bord des escaliers.

— Mais qu'est-ce qu'ils foutent ? Luna, ma chérie, viens, viens !

— Ils vont le faire tomber !

En effet, le container déséquilibré dégringola les marches du premier tronçon d'escalier et termina sa course dans un buisson flanqué d'un réverbère orné à l'ancienne, qui se déforma sous le poids qu'il venait d'encaisser mais qui ne se cassa pas. Ce qui se produisit fut pire : le buisson prit feu, et le feu se propagea au paravent de paille qui protégeait la terrasse d'un des immeubles chic donnant sur la montée.

Dounia composa le numéro des pompiers mais des sirènes mugissaient déjà au bout de la rue.

Deux voitures de police filèrent à toute vitesse, dépassant Dounia, Rabia et Luna, qui n'osaient plus bouger. Deux autres voitures, banalisées celles-ci, dégorgèrent une dizaine d'hommes en civil qui ordonnèrent aux trois passantes de vite rentrer chez elles, avant de grimper quatre à quatre les marches de la montée.

Une autre voiture, de la police municipale, arriva en renfort et en sens interdit. Son conducteur baissa sa vitre et dit à Rabia :

— Il faut pas rester dehors, madame, c'est très dangereux.

— Mais on habite là-haut, monsieur. On habite juste derrière le sommet, dans la rue du cimetière !

Le policier parlementa quelques instants avec sa coéquipière et dit :

— Montez derrière, on va vous ramener.

— Mais qu'est-ce qui se passe ? demanda Rabia en fermant la portière. Maintenant y a même des émeutes en centre-ville ?

— Ben vous voyez, répondit la coéquipière désabusée.

Quand la voiture les déposa dans leur rue, elles virent un hélicoptère de la police qui sillonnait le ciel pluvieux depuis la colline de Montreynaud.

— Regarde, bégaya Rabia, il vient vers le centre-ville ! *Wollah* on dirait que c'est la guerre...

Des cris retentirent au bout de la rue, Dounia obligea sa sœur et la petite Luna à rentrer sans plus attendre et suivit le conseil du policier qui avait joué les taxis : elles fermèrent tous les verrous de la porte d'entrée à double tour ainsi que les volets du rez-de-chaussée.

3.

Gros Momo avait retrouvé Djinn au pied d'un escalier où dormaient des clochards. Djinn avait pris le sac et le harnais du pitbull et monté les marches en donnant des coups de pied aux dormeurs avinés. L'escalier partait de la rue et donnait sur une sorte de long jardin suspendu à quelques mètres de l'avenue. Pour échapper à la surveillance électronique des flics, Djinn communiquait avec ses petits groupes commandos au moyen de bippers préhistoriques, des vieux Tatoo Motorola achetés sur e-Bay. Quand les deux hommes furent bien cachés dans un massif de bambous, Djinn vérifia le contenu du sac et se mit à faire des exercices de respiration en chargeant les pistolets.

Gros Momo lui demanda ce qu'ils foutaient là. Djinn voulut lui murmurer de fermer sa grande gueule mais il avait une de ces voix rauques qui ne trouveront jamais le secret du chuchotement.

— Tu surveilles le chien et tu bouges pas. Quand je donne le signal, des mecs vont arriver de tous les côtés de la place, et toi tu restes ici et tu protèges les guns avec le chien. C'est tout. Et si tu dis encore quelque chose, je te casse la bouche.

Gros Momo voulait partir, prévenir la police, retrouver son berger allemand et les parties de *Call of Duty* dans la cave de Krim. Au lieu de quoi, il prit dans sa paume le 9 mm avec lequel ils s'étaient entraînés, convaincu que grâce à lui il était en sécurité au cas où ça tournerait mal.

4.

Krim saurait nommer chacune des notes. D'abord l'harmonica soutenu par le piano, et puis la voix qui parle d'une porte-moustiquaire qui claque : Fouad se leva en titubant lorsque la radio diffusa *Thunder Road* de Bruce Springsteen, se rendant compte, alors qu'il ne l'avait pas écoutée depuis des années, que c'était depuis toujours sa chanson préférée.

The screen door slams, Mary's dress waves...

Mais au lieu d'identifier la Mary de la chanson à sa Jasmine à lui (pourquoi l'aurait-il fait, d'ailleurs, Jasmine était née dans les beaux quartiers), Fouad se mit à penser à Nazir. Il s'enfonçait dans l'alcool depuis trop longtemps pour pouvoir déterminer s'il pensait à Nazir parce que c'était lui qui la lui avait fait découvrir, ou pour une autre raison plus obscure. Adolescents, ils se refilaient des CD, sans commentaires, ou alors simplement : écoute ça. Et maintenant, dix ans plus tard, quinze ans plus tard, comme la première midinette venue qui croit que le tube mélancolique du moment ne s'adresse véritablement qu'à elle, Fouad était en larmes en écoutant le Boss chanter que son frère et lui avaient dû, eux aussi, emprunter la route orageuse, pour fuir le trou où ils étaient nés...

La chanson ne dura que quelques minutes, mais dans ces quelques minutes toute son adolescence se rappela à lui. Ce n'étaient pas des moments précis mais des bribes de paysage. Et toujours aux couleurs de l'hiver.

Saint-Étienne, New Jersey : une longue route bordée de cheminées d'usine, les flaques de feuilles mortes dans la cour du lycée, les passerelles qui enjambaient les chemins de fer désaffectés, les terrains vagues. Et devant chacun de ces terrains vagues il y avait Nazir pour le regarder avec lui, et pour lui faire comprendre ce que Bruce Springsteen criait à la fin :

It's a town full of losers
I'm pulling out of here to win !

Le saxophone maîtrisait la rage de la chanson, le piano se faisait virtuose, mais avant le dramatique decrescendo final, la chanson s'interrompit.

Quand la voix suave du crétin de présentateur annonça la prochaine chanson, Fouad se rua vers la radio et en arracha maladroitement les fils, jusqu'à la faire tomber sur la moquette.

Il voulut appeler Saint-Étienne, pour s'assurer que tout le monde était en sécurité, pour s'assurer que sa ville de losers existait encore. Mais il n'était pas encore assez saoul pour croire qu'il ne l'était pas. Après avoir bu une bouteille d'eau cul sec, il alluma sa petite télé. Les chaînes d'infos continues ne parlaient que de Paris, et diffusaient copieusement les images de ce ballon dirigeable survolant fabuleusement la capitale. Il éteignit la télé et se rendit sur le balcon. Depuis son dernier étage, Fouad avait une vue imprenable sur les zigzags qui illuminaient le ciel pour une fraction de seconde, avant de le renvoyer à son obscur ruminement de nuages et d'électricité. Les coups de tonnerre se succédaient à un rythme de plus en plus resserré, mais Fouad avait beau vérifier toutes les deux minutes dans le halo des réverbères, il ne voyait toujours aucune goutte tomber sur la place.

Il entendit soudain la vibration de son portable resté sur la table basse de son studio. Avant même d'avoir vu le nom de l'expéditeur, il sut que c'était elle. Elle lui disait :

> Je viens de recevoir ta lettre, je n'ai jamais été aussi émue de toute ma vie, je veux te voir ce soir.

Le bourbon aidant, Fouad décida de cesser de se poser des millions de questions et de faire preuve d'un peu de spontanéité – ce pourquoi tout le monde l'aimait. Il descendit dans son répertoire jusqu'à la lettre J et, la gorge nouée mais le cœur sûr, il appuya sur la touche verte.

— Jasmine ?

Les larmes montèrent aux yeux de la jeune femme.

5.

La dizaine de fourgons disposés devant l'opéra Bastille comptait un camion antiémeute équipé d'un canon à eau ainsi qu'un véritable blindé de la BRI, caparaçonné comme un tank et qui abritait le PC mobile. C'était donc devant ce tricératops au cuir de métal noir et luisant qu'un brigadier-chef CRS surveillait les alentours en tapotant du poing sa poitrine flanquée du caractéristique écusson rouge de son corps de police, n'en pouvant plus d'attendre l'ordre de la Préfecture de police d'être envoyé sur un théâtre d'opérations.

La radio du PC crachotait des infos sur des affrontements violents place de la République ou sur les Champs, et lui devait protéger une cible soi-disant signalée par les Renseignements généraux mais où personne, à part une petite bande de bras cassés, ne s'était pointé depuis deux heures.

Le brigadier-chef prit son talkie-walkie et demanda à parler au commissaire Maheut. Le commissaire ordonna de rester en place.

— Mais enfin, il se passe rien ici !

— Brigadier-chef, trancha le commissaire, pas de redéploiement avant mon signal. Terminé.

Ne pouvant supporter l'immobilité, le brigadier-chef prit trois hommes et contourna l'Opéra pour inspecter l'entrée de son parking souterrain. Il crut apercevoir un mouvement en hauteur et leva les yeux. Un hélicoptère survolait leur position en direction de la Seine. À une centaine de mètres du dernier fourgon commençait la promenade plantée. Elle était fermée la nuit mais le brigadier-chef avait un pressentiment et croyait voir les arbres bouger.

— C'est juste le vent, chef.

La voix fluette de « Frédo », sous-brigadier récemment affecté à cette CRS, parut énerver son chef. Frédo avait du mal à respirer sous sa combinaison. Son petit visage disparaissait dans le casque, lui donnant l'air de quelque histrion à la mode qui aurait participé à « Vis ma vie de CRS » ; et qui ne mesurerait que maintenant à quel point il était constitutivement inapte à la violence de ce métier.

— Chef ?

Frédo suivit son patron de mauvais gré. Les deux hommes grimpèrent les escaliers qui menaient à l'entrée de la promenade tandis que le dernier sous-brigadier de leur expédition surveillait le croisement entre la rue de Lyon et l'avenue Daumesnil. Tous trois étaient en grande combinaison : rangers, gilet pare-balles, pantalon et veste ignifugés pour résister aux brûlures des cocktails Molotov, casque de protection avec au niveau de la nuque une fine pellicule de mousse pour amortir les chocs et éviter le coup du lapin. Ils étaient équipés de tonfas et de Taser, mais c'étaient leurs Flash-Ball qu'ils brandissaient lorsqu'ils découvrirent que la haute porte métallique de la coulée verte avait été défoncée. Au-delà des cadenas sectionnés, un long corridor s'ouvrait au double canon de leur Flash-Ball, un long corridor asphyxié par une végétation touffue et luxuriante qui réduisait la lueur des réverbères de l'avenue contiguë à de fins rayons jaunes n'éclairant que leurs propres trouées.

6.

Dans la voiture filant à 180 kilomètres/heure sur l'autoroute de l'Est, Mansourd remarqua que ses mains s'étaient mises à trembler. Il avait besoin de se vider l'esprit ; il consulta machinalement les derniers appels sur son téléphone crypté et vit qu'il avait fait une faute en enregistrant le nom du juge Rotrou, auquel il avait ajouté un d qui ne pouvait s'expliquer que par le surnom qu'il lui donnait dans son for intérieur… « Rotrouduc » avait en effet été désigné d'urgence pour reprendre, avec le juge Poussin, le dossier Chaouch. Mansourd ne portait pas l'Ogre de Saint-Éloi dans son cœur, mais il fallait reconnaître qu'il était plus flexible, plus à l'aise que Wagner avec le principe d'une mission clandestine.

Au sous-sol du ministère de l'Intérieur, Montesquiou n'en finissait pas de triturer le pommeau de sa canne. Vermorel consultait des rapports dans cette salle futuriste du CIC où, deux jours plus tôt, elle avait infligé une humiliation napoléonienne aux grands préfets qui avaient laissé un candidat à la présidentielle se faire tirer dessus.

L'écran géant diffusait en sourdine plusieurs chaînes d'infos continues. Des opérateurs s'activaient dans l'ombre, parfois on portait à l'attention de la ministre un billet ou un document qui détaillait le nombre de voitures brûlées. Au chiffre de mille cent pour Paris intra-muros, la ministre s'énerva. Montesquiou sentit qu'il devait dire quelque chose. Il regarda le coin de l'écran où venait d'apparaître la vidéo du casque du chef du commando :

— Le principal, c'est qu'il n'y ait encore eu aucun mort. Deux nuits d'émeutes aussi violentes sans victime, c'est bon pour le président.

Un nouveau billet indiqua à la ministre que celui-ci tenait à être informé en temps réel du déroulement de l'opération.

— Du nouveau avec le gamin ? demanda la ministre à voix basse, en poursuivant sa lecture.

Montesquiou vérifia machinalement que la lettre n'avait pas disparu de la poche intérieure de sa veste. C'était l'original de la lettre d'Aurélie à Krim ; deux pages naïves et parfumées que lui avait remises Putéoli, à charge de revanche.

— Je crois que j'ai les moyens de le faire parler, répondit le jeune directeur de cabinet.

7.

— J'ai douté, Fouad, on m'a dit que tu étais de mèche avec ton frère, que tu étais entendu par un juge. J'ai douté de toi.

— C'est normal, ma chérie. N'importe qui aurait douté, n'importe qui.

Fouad avait du mal à tenir le téléphone contre son oreille et à articuler des phrases entières. Il dansait d'un pied sur l'autre, sans s'en rendre compte.

— Pas toi, toi, tu n'aurais jamais douté de moi. J'ai eu une révélation, Fouad, je sais pas par où commencer. J'étais à l'église, et j'ai compris… j'ai tout compris… L'amour ! C'est tout ce qui compte, Fouad. L'amour ! Oh mon amour, tu m'as tellement manqué. Tu m'as… tellement manqué…

— Jasmine, comment faire ? Tu es où ? Je peux venir ?

— Impossible, répondit Jasmine en reniflant. Oh mon Dieu, les rues sont bloquées, y a des flics de partout, et les taxis ne circulent plus.

Elle ferma les yeux pour retenir une nouvelle montée de larmes et déclara :

— Je passe te chercher. Tiens-toi prêt.

Mais elle dut ferrailler pendant dix minutes avec Coûteaux. Il était hors de question de quitter l'appartement ce soir. Même s'il acceptait, jamais la section de CRS envoyée pour bloquer l'accès à sa rue n'autoriserait le départ d'un convoi.

Jasmine appela Vogel, Habib et enfin sa mère. Celle-ci finit par accepter. Pourquoi ? Jasmine n'en savait rien et ce n'était pas sans l'inquiéter : la facilité avec laquelle elle avait cédé, son ton étrange, dépité… Avait-elle *renoncé* ?

Deux voitures furent appelées en renfort, il fallut une demi-heure pour préparer le convoi qui s'élança à toute vitesse le long du canal Saint-Martin, en direction de la place d'Aligre.

8.

Assise sur son lit, Aurélie se bouchait les oreilles pour ne pas entendre la violente dispute de ses parents qui se trouvaient pourtant à l'autre bout de l'appartement, dans le salon du piano. Quand les cris cessèrent, elle essaya de retrouver ce qu'elle avait écrit dans cette lettre pour la réécrire. Mais plus elle essayait de se souvenir des termes exacts, moins elle parvenait à rédiger quoi que ce soit.

Elle froissa plusieurs feuilles de papier avant de décider d'écrire une nouvelle lettre. Une lettre qui commençait à Bandol l'été dernier, où il était question de la mer, des lauriers-roses, des pins parasol, et de la ramade de vigne vierge qui recouvrait la terrasse où ils se rendaient tous les après-midis, et dont les feuilles brunissaient alors déjà sur les côtés. Aurélie soudain inspirée se souvenait d'avoir souvent vu Krim silencieux, comme s'il essayait d'abolir le temps en marmonnant sans s'en rendre compte des mélodies inaudibles, et plus curieusement en piquant avec sa paille les mouchetures resserrées que le soleil découpait sur la nappe en s'écrasant sur le haillon feuillu de la vigne. Tandis qu'elle, enrobée de son paréo turquoise, parlait de tout et surtout de rien avec les torses nus de la plage qui la suivaient comme un halo de moustiques.

Elle froissa la feuille de papier, en prit une autre, la froissa avant même d'avoir écrit quoi que ce soit dessus.

À l'autre bout de l'appartement, la dispute avait repris. Contrariée, Aurélie tira la langue. Sa mère s'était mise au piano et jouait fortissimo pour couvrir les explications et les lamentations de son père.

— Putain, souffla-t-elle en se rendant sur le balconnet de sa chambre, putain putain putain…

Elle essaya d'appeler Nico. Il n'avait répondu à aucun de ses messages depuis qu'elle s'était aperçue qu'on lui avait volé la lettre. Cette fois-ci, une voix mécanique lui annonça que le numéro qu'elle essayait d'appeler n'était pas attribué.

9.

Fouad s'était changé, il avait remis son costume passe-partout et sa plus belle chemise blanche. Il vit apparaître au coin de la place du marché deux véhicules noirs. Des hommes à oreillette en sortirent et vérifièrent les entrées de la place et les abords des commerces fermés. Ils investirent ensuite l'immeuble de Fouad et frappèrent à sa porte. Fouad était habitué à ce petit manège : il les laissa entrer et sécuriser l'appartement. Quinze minutes après cette équipe de précurseurs, la voiture de Jasmine arriva au pied de l'immeuble. La VIP, comme l'appelaient les officiers de sécurité, fut escortée au dernier étage. Trois voitures de police bouclaient la place, les deux véhicules de protection de Jasmine faisaient tourner leurs moteurs au cas où il faudrait l'exfiltrer d'urgence. Un tel dispositif n'était pas habituel pour un membre de la famille d'une personnalité menacée ; mais l'attentat contre Chaouch avait fait tomber des têtes au GSPR, et plus aucune précaution ne paraissait désormais superflue.

Le major Coûteaux frappa à la porte de Fouad qui était restée entrouverte. Jasmine regarda Fouad en pleurant tandis que son garde du corps inspectait l'appartement. Fouad la fixait comme s'il ne l'avait pas vue depuis des années ; il n'aperçut pas le regard mauvais que le major lui adressa. Coûteaux avait senti son haleine encore alcoolisée, malgré les trois interminables minutes pendant lesquelles Fouad s'était astiqué les dents.

Coûteaux laissa la porte entrouverte et attendit dehors. Jasmine sauta sur Fouad, l'obligeant à la porter à quelques centimètres du sol.

— Je veux que tu viennes avec moi. Je veux qu'on aille ensemble dans la chambre de mon père.

Quelque chose avait changé, en l'espace de trois jours, dans le visage de son amoureuse. Fouad ne lui en dit rien, évidemment, mais il eut l'impression qu'elle était un peu folle.

— Jasmine, ils me laisseront jamais passer, tu le sais bien…

Il n'osait déjà plus la regarder droit dans les yeux, songeant à Nazir, à la *thunder road* qu'il n'aurait jamais pu prendre si son grand frère ne lui en avait pas donné l'idée.

Une colère inexplicable dressait la jeune femme sur la pointe de ses pieds, soulevait sa poitrine à un rythme de plus en plus effréné.

— C'est ce qu'on va voir, décida-t-elle en saisissant le poignet de son amoureux.

10.

À la Préfecture de police, le commissaire Maheut fut appelé d'urgence du côté des écrans de Bastille. Des attaques qui ressemblaient à des diversions venaient d'être lancées de façon simultanée sur les principales artères qui menaient à la place. Deux cocktails Molotov avaient enflammé le pied de la colonne de Juillet.

— Envoyez des renforts ! hurla-t-il au capitaine assis derrière le poste de commande.

— Commissaire, les dernières unités disponibles sécurisent l'île de la Cité. Ils ont de quoi se défendre, vous ne croyez pas ?

Tandis que les fourgons alignés le long de l'esplanade de l'Opéra se déployaient pour faire face aux jets de pierres et de torchons brûlés des émeutiers, le commissaire essaya de joindre le brigadier-chef. Il avait débranché son oreillette.

— Trouvez-moi les caméras le long de l'avenue Daumesnil !

Celles-ci ne montaient pas jusqu'à la coulée verte. Sauf une qui offrait une vue plongeante sur ce morceau de promenade à découvert, à l'endroit où il se transformait en pont pour traverser l'avenue Ledru-Rollin. Le capitaine inclina cette caméra et zooma sur le brigadier-chef accompagné d'un sous-brigadier. Seuls, ils s'avançaient sur ce pont, Flash-Ball en main.

Manquant de salive devant cette image saisissante, le jeune commissaire ouvrit la bouche en espérant y faire passer, avec de l'air, un peu d'humidité.

11.

Jasmine et Fouad roulèrent en direction du Val-de-Grâce. Lorsque la voiture s'arrêta devant le grand portail, des gardes du corps en costume demandèrent à parler avec Coûteaux. Depuis la vitre arrière, Jasmine voyait des têtes et des yeux dire non, renforcés par des mouvements rasants du plat de la paume qui signifiaient plus que non, qui voulaient dire : sous aucun prétexte.

Jasmine sortit de la voiture. Coûteaux abandonna sa conversation avec ses collègues pour lui intimer l'ordre de retourner à sa place.

— Vous le laissez entrer ou je fais un scandale !

— Mademoiselle Cha...

— La ferme ! La ferme !

Elle se mit à hurler à la mort. Coûteaux prit les choses en main.

— C'est bon, on va le laisser entrer, c'est bon...

— Maintenant !

— Oui, il faut quand même qu'on le fouille, mademoiselle.

— Alors fouillez-moi, moi aussi !

Pétrifié sur son siège, Fouad suivait l'échange en ne comprenant qu'un mot sur deux. On lui demanda de sortir et il fut conduit en direction d'une porte cochère au-delà de laquelle deux hommes le palpèrent et lui demandèrent d'enlever ses chaussures. Fouad perdit l'équilibre en essayant de les enlever sans se baisser, il tomba et ne fut retenu par aucun des deux gorilles.

Quelques instants plus tard, on le conduisit, à travers une cour, dans le bâtiment qui abritait le service de réanimation. D'autres gorilles en costume gardaient les entrées, il y avait même un petit détachement de militaires armés comme pour partir au combat. Au rez-de-chaussée, il vit Esther Chaouch au pied des marches, qui essayait de calmer sa fille. Fouad l'avait rencontrée plusieurs fois mais l'effet qu'elle produisait sur lui était toujours le même : plus qu'une célébrité (il finissait par être habitué aux célébrités), elle était la femme de l'homme qu'il admirait le plus au monde. Une partie de son aura lui était ainsi attachée, et Fouad avait la bouche pâteuse en essayant de la saluer convenablement.

Esther Chaouch lui adressa un sourire contrit. Pas tout à fait glacial, mais sans humanité, assurément.

Des gardes du corps, à distance, ne manquaient rien de l'échange qui s'ensuivit entre la mère et la fille ; ils gardaient aussi un œil sur Fouad. Fouad tenta d'intervenir pour expliquer qu'il ne voulait pas faire d'histoires, mais Jasmine se serait sentie ridicule et encore plus seule, et à ce moment-là son propre inconfort lui parut dérisoire au regard de la passion qui animait sa petite amie.

À l'extérieur de l'hôpital, l'équipe chargée de la filature vingt-quatre heures sur vingt-quatre de Fouad s'entretenait avec le nouveau responsable de la protection de la famille Chaouch. Esther Chaouch finit par accepter de faire monter Fouad à l'étage, à condition qu'il n'aille pas dans la chambre. Jasmine tapa littéralement des pieds sur les pavés de la cour.

— C'est mon père ! cria-t-elle.

— Du calme, Jasmine, maîtrise-toi un peu, bon sang, c'est un hôpital ici, tu nous fais... honte...

Fouad n'avait jamais éprouvé pareille gêne ; on le regardait comme un problème à régler, au confluent des impératifs de sécurité et du caprice d'une petite princesse. Jasmine accepta le compromis proposé par Coûteaux sous le contrôle d'Esther : Fouad patienterait dans la salle d'attente, pendant que Jasmine allait passer un moment avec son père.

La douceur de Coûteaux et son air de bienveillance vis-à-vis de Fouad, au moment où il se tourna vers lui, eurent raison de la colère de Jasmine.

Esther Chaouch les accompagna jusqu'à la salle d'attente, pièce rectangulaire, confortable et solidement gardée. Jasmine embrassa Fouad goulûment, par provocation, et le laissa devant la table basse, sur un fauteuil sans dossier où il fut bientôt soumis au mépris et à l'indifférence de celle qui, quelques heures plus tôt, était encore la première dame.

12.

Frédo eut beau répéter les instructions que lui hurlait le commissaire dans son oreillette, le brigadier-chef continuait d'avancer, persuadé d'avoir vu un mouvement dans les fourrés. Il se retourna brusquement pour ordonner à son sous-brigadier de débrancher son oreillette. Il avait l'air de vouloir lui donner une leçon de courage. Lui inculquer le goût de l'action par la manière forte.

Frédo n'arrivait pas à débrancher son oreillette à cause de la visière de son casque. Il enleva donc celui-ci, content de pouvoir prendre un peu l'air.

À ce moment, une ombre surgit de derrière les fourrés et traversa le pont à toute vitesse. Un pitbull. Il dégageait une telle puissance que le brigadier-chef fut projeté contre la rambarde du pont et tira instantanément un coup de Flash-Ball dans le vide. En déséquilibre, il passa par-dessus la rambarde et se retint d'une main à une canalisation poisseuse – le seul moyen d'éviter la chute de neuf mètres. Il entendit des hurlements mais ne pouvait rien voir. Il ne savait donc pas que le pitbull avait sauté à la gorge du sous-brigadier qui n'avait pas la force d'attraper le couteau d'urgence glissé dans une des poches de son pantalon.

Le commissaire Maheut avait appelé des renforts et dénoué sa cravate. Il ne pouvait plus respirer, comme si c'était sa gorge qu'enserraient les mâchoires du monstre. Il vit soudain apparaître une silhouette tremblante au bout du pont.

Gros Momo brandissait son 9 mm. Le commissaire Maheut ne pouvait pas le savoir, mais il le brandissait dans la direction du chien, pour sauver le sous-brigadier.

— Arrête ! Sarko ! Lâche ! Lâche !

Il avait beau hurler, le molosse ne lâchait pas. Le spectacle était insoutenable ; Gros Momo tira deux coups dans le puissant poitrail du chien.

À ce moment, le brigadier-chef qui avait réussi à se hisser à nouveau sur le pont, crut que Gros Momo avait tiré sur son jeune collègue. De rage – de rage accumulée ces trois derniers jours, ces trente dernières années –, il saisit Gros Momo par le col et, n'entendant bien sûr pas les cris de Maheut depuis la salle de commandement, il le fit passer par-dessus la rambarde. Depuis le pont Gros Momo n'était plus qu'une silhouette dégingandée, disloquée sur la chaussée comme un pantin.

Un coup de tonnerre retentit au moment où le brigadier-chef pratiqua les premiers soins sur son jeune collègue, essayant d'arrêter le saignement au moyen d'un garrot de fortune. La pluie se mit enfin à tomber, atteignant en moins d'une minute le maximum de sa puissance. Des rafales de grêlons s'abattirent sur le corps inanimé de Gros Momo ainsi que sur celui du dernier chien qu'il avait aimé, qu'il avait aimé même s'il s'agissait d'un pitbull dressé pour tuer. Telle fut, avant de sombrer dans l'inconscience, la dernière pensée de Mohammed Belaidi, dix-huit ans et demi, natif de Saint-Étienne, département de la Loire : ce n'était pas la faute de ce pitbull si on l'avait dressé pour l'attaque, contrairement aux hommes et, comme il avait pu le vérifier même dans les yeux havane de ce pitbull croisé avec un rottweiler, les chiens étaient des êtres bons, perdus dans un monde d'une férocité inexplicable.

13.

À trois heures quarante-sept précises, à l'heure la plus noire de cette nuit de tempête, tandis que Jasmine Chaouch se recueillait sur la main immobile de son célèbre père, un inconnu, Frédéric Mulot, sous-brigadier de la cinquième section de la Compagnie républicaine de sécurité n° 3 appelée en renfort dans le quartier de la Bastille, succomba à ses blessures aux urgences de l'hôpital Saint-Antoine, où il avait été conduit avec son brigadier-chef en état de choc.

Au même moment, Jasmine entendit un bruit nouveau dans l'électroencéphalogramme placé à gauche du lit. Elle ouvrit les yeux sans lâcher la main de son père et regarda anxieusement la porte de la chambre, entrouverte sur le couloir désert. Une minute plus tard, deux infirmières entrèrent et lui demandèrent de s'écarter. Jasmine se leva et claudiqua, ses jambes avaient été immobiles depuis trop longtemps. On l'aida à s'installer sur la chaise d'où elle vit bientôt défiler tout le personnel soignant de l'étage. Le médecin-chef fut réveillé en urgence. Les talonnettes du professeur Saint-Samat faisaient beaucoup de bruit sur le sol de la chambre : il avait dû prendre la première paire de chaussures qui lui était tombée sous la main. Il demanda à la famille de patienter dans la salle d'attente.

Jasmine arrêta une infirmière qui se précipitait vers la chambre de son père :

— Qu'est-ce qui se passe ?

On ne lui répondit pas. Elle se jeta dans les bras de Fouad.

— Jasmine, ma chérie, ça va ?

Esther – qui n'avait plus fumé depuis son entrée à Normale Sup trente ans plus tôt – venait de demander une cigarette au major Coûteaux, qui en avait trouvé une auprès d'un de ses hommes. La fenêtre ouverte donnait sur la chapelle et, en se retournant après avoir écrasé sa cigarette, Esther vit sa fille à genoux, la tête basse, les mains jointes au-dessus de sa chaise. Fouad avait l'air perdu, il regardait sa piété subite et ne la comprenait pas.

Esther n'osa pas l'interrompre mais ressentit une vive inquiétude lorsque la prière de sa fille fut ponctuée d'un premier signe de croix. La salle d'attente s'était tue pour ne pas gêner Jasmine. Les gardes du corps s'étaient raidis, ils baissaient légèrement la tête pour signifier leur respect.

Ce que Jasmine entendait, ce n'était pas le silence solennel de la salle d'attente, mais le chant des premiers oiseaux, la petite musique de l'aube, la richesse et la variété de l'œuvre de Dieu. Et ce fut bientôt son infinie bonté qui se silhouetta sur le fécond silence qu'elle avait suscité en elle : de l'extérieur jadis hostile lui parvenait le bruit métallique des talonnettes du professeur Saint-Samat, les pas qui se suivaient dans le couloir, qu'elle était la première à avoir remarqués mais qu'elle ne compta pas, délibérément, saisie de l'intuition que dénombrer, c'était pécher. Et lorsqu'il fit son apparition dans la salle d'attente, tout le monde se précipita à sa rencontre, mais pas Jasmine. Elle resta immobile et ne leva la tête que pour rendre à sa mère les baisers et les larmes de joie qu'elle faisait pleuvoir sur elle.

14.

Dans tout Paris, des téléphones sonnèrent. Dont celui de Serge Habib, le directeur de la communication de Chaouch. Mais il ne l'entendit pas. Il s'était résolu autour de minuit à récupérer un peu de sommeil. Il avait fermé ses volets pour la première fois depuis la campagne, retrouvé dans un de ses placards ses boules Quiès et réglé son réveil pour six heures quinze. À la sonnerie continue de son portable s'ajouta bientôt celle de son fixe, mais ce ne fut qu'un quart d'heure plus tard qu'Habib fut arraché au sommeil : quand on se mit à tambouriner à sa porte d'entrée.

Il regarda son portable et ses dizaines d'appels en absence et flotta jusqu'au hall d'entrée, se cognant contre la table ronde qui en occupait le centre.

— Mais qui c'est, bordel de merde ?

— C'est le concierge !

Habib en pyjama entrouvrit la porte et vit qu'il s'agissait bien du concierge, lui aussi en pyjamas et d'humeur querelleuse :

— Écoutez, c'est pas mon boulot, moi, toutes ces conneries ! Alors la prochaine fois, que ce soit le directeur de campagne, le Premier ministre ou la reine d'Angleterre, moi, je coupe mon téléphone !

Habib comprit. Il s'habilla en triple vitesse et appela Vogel, qui l'attendait déjà au Val-de-Grâce. Dix minutes plus tard, le dircom, qui n'avait pas eu le temps de se laver, franchit le portail de l'hôpital et grimpa les escaliers. La salle d'attente était trois fois plus peuplée que ces deux derniers jours. Tous les conseillers les plus proches l'accueillirent avec le même sourire en coin. Les visages étaient épuisés, les mines frileuses, les peaux tendues par le réveil en sursaut et les toilettes à la hâte.

Habib se fraya un passage à l'aide de son moignon et fut conduit à la chambre par un garde du corps. Devant la porte attendaient Esther, Vogel, Jasmine et – surprise – Fouad Nerrouche.

Il salua les trois premiers et commença à parler de conférence de presse. Vogel était en chemisette de pyjama sous sa veste de costume. Il prit Habib à part et lui dit à voix basse :

— Il s'est passé un truc, ça doit rester entre nous.

— Et le copain de Jasmine, qu'est-ce que c'est que… ?

— Peu importe, il a rien entendu. Bon, Idder a dit des trucs en se réveillant. Il a parlé, quoi.

— Putain, c'est génial ! Il parle déjà ! Il a dit quoi ?

— Ben voilà, répondit Vogel, on sait pas… il a parlé en chinois. Il a toujours pas ouvert les yeux mais il a parlé. En chinois, putain de merde !

Habib allait réagir lorsqu'une infirmière sortit à toute vitesse de la chambre. Elle referma mal la porte derrière elle. À travers la forêt de médecins qui s'activaient autour du lit, les deux plus proches conseillers de Chaouch virent la main du patron qui remuait, détachant un doigt après l'autre.

— En chinois ? Mais pourquoi en chinois ?

Habib n'en revenait pas.

— Ça change toute la donne, ajouta-t-il dans l'oreille de Vogel en surveillant les alentours.

— Quoi, le chinois ?

— Non, l'empêchement… Le Conseil constitutionnel a décidé hier soir, enfin putain, y a quelques heures, tu vas pas me dire que…

— Que quoi ? Qu'ils peuvent pas changer d'avis du jour au lendemain ? Eh ben, justement, si ! Elle est gravée dans le marbre, leur putain de décision… Écoute, on en reparlera plus tard, pour l'instant faut se concentrer sur le plan com'. Réunis ton équipe, inutile d'aller au QG, on va se faire prêter une salle et bosser ici jusqu'au lever du jour, O.K. ?

15.

Jasmine n'arrêtait pas d'embrasser sa mère. Fouad sentit qu'il n'avait rien à faire dans le couloir, avec les proches d'entre les proches.

Il s'éloigna à pas comptés vers la fenêtre ouverte de la salle d'attente. Adossé à la voiture blindée, Aurélien Coûteaux parlait au téléphone, s'agitait, paraissait énervé, tendu, *humain*.

Jasmine rejoignit Fouad, l'enlaça et lui dit en fixant sur son visage exténué un regard souffrant, amoureux, hystérique :

— C'est grâce à toi, Fouad. C'est grâce à nous, c'est parce qu'on s'est retrouvés, tu comprends ? C'est parce qu'on s'aime !

Pour toute réponse, Fouad caressa ses cheveux noirs.

Jasmine remua les bras en direction de son garde du corps et lui fit signe de monter. Coûteaux leva la paume pour dire : j'arrive, une seconde.

— Je peux plus te parler, là, j'ai une urgence, dit-il dans le combiné.

— Putain de merde ! cria la voix à l'autre bout du fil. Ne raccroche pas ! Tu m'entends ? T'as pas intérêt à raccrocher !

— Aux dernières nouvelles, c'est pas de toi que je prends mes ordres. Alors change de ton, arrête d'appeler sur ce numéro et puis va te faire foutre.

Il raccrocha et rejoignit l'étage illuminé.

16.

— Coûteaux ! hurla Nazir. Coûteaux !

Il donna plusieurs coups de poing dans la cabine téléphonique et abandonna sa tête contre la vitre ruisselante de rosée.

Fleur avait les yeux explosés par la nuit blanche qu'elle venait de passer. Leur camion avait fait le tour d'un lac interminable et s'était arrêté pour permettre à Nazir de passer un énième coup de téléphone. Fleur en profitait pour respirer un peu d'air pur ; à l'intérieur du camion, ils étaient cachés au milieu de porcs noirs, et une porcherie mobile n'en était pas moins pestilentielle.

Nazir la rejoignit et fit signe à leur nouveau chauffeur d'attendre un moment.

La cabine téléphonique donnait sur un chalet flanqué d'une girouette immobile. La berge du lac était rendue, sur deux cents mètres, à sa virginité originelle. Pas tout à fait, en vérité : il y avait encore les glissières de la route en rondins de bois calibré. De l'autre côté de ce lac, à une demi-heure de route, le chapiteau du cirque avait été dressé pour le spectacle du lendemain.

Fleur observait les brumes qui flottaient sur la surface obscure des eaux, se teintaient d'imperceptibles tons de bleu, de rouge, tandis que le ciel qu'on pouvait enfin distinguer des montagnes était violet vers l'ouest et d'un somptueux rouge orangé là où le soleil commençait à renaître.

Nazir ne regardait que le ciel sous lequel les contours se précisaient, le relief émergeant du sommeil. Les brumes voyageaient à présent exclusivement sur le lac, quittant le rivage où Nazir vit soudain apparaître deux phares, non pas le monophare que les brumes auraient flouté quelques secondes plus tôt, mais deux phares bien distincts, qui filaient à toute vitesse le long du lac.

Il crut que c'étaient *eux* mais les voitures dépassèrent le camion de la ménagerie qui devait les mener, lui et

Fleur, au-delà de la frontière – s'ils survivaient à l'odeur toutefois, cette odeur qui faisait pleurer Fleur. Elle se tourna vers Nazir en lui demandant :

— On va rester ensemble, hein ? On va plus jamais se quitter ? Pas après ça...

Soudain Nazir vit une ombre passer dans le ciel, un corbeau de métal qui volait bas et à la réalité duquel il n'arrivait pas à croire : la chose prit bientôt l'aspect d'un hélicoptère de l'armée volant vers l'autre bout du lac.

17.

Les images bougeaient beaucoup malgré le stabilisateur de la caméra embarquée sur le casque du chef du commando. La ministre de l'Intérieur balançait ses mâchoires de tous côtés, reniflait bizarrement, s'agitait sur son siège. Le canon du fusil d'assaut du chef du commando pointait l'horizon comme dans un jeu vidéo dont elle aurait été le décideur virtuel.

Les hommes du commando investirent les roulottes une par une, saccagèrent méticuleusement le cirque et hurlèrent à ceux qu'ils réveillaient de leur dire où se trouvait l'homme dont ils leur montraient la photo.

Aucun ne parlait français. Mais tous pouvaient reconnaître un visage ! s'irrita bientôt Mansourd qui eut la conviction qu'ils refusaient délibérément de les aider.

L'agent de la DGSE qui était resté dans l'hélicoptère indiqua à Mansourd qu'ils continuaient de recevoir le signal du BlackBerry.

À Paris, la ministre décroisa les jambes et changea de fesse de support. Montesquiou était au bord de l'apoplexie.

Mansourd suivit le chef du commando et trois autres hommes en direction de la roulotte la plus éloignée du campement. Il n'y eut aucune sollicitation avant d'en défoncer la porte. À l'intérieur, la caméra du chef du commando balaya avec le canon de son fusil un coin cuisine, un canapé, et enfin une autre porte qui menait à une chambrette. Vermorel et Montesquiou s'attendaient à y voir Nazir mains en l'air, torse nu, surpris, peut-être, dans un moment d'intimité sportive avec une jeune contorsionniste.

Au lieu de quoi, ils eurent la stupéfaction de découvrir un chimpanzé, tout sourire, vêtu d'un petit costume bleu blanc rouge, qui sautillait gaiement sur la couche superposée du haut.

Le chef du commando baissa son arme et fouilla le petit singe. Dans la poche de son veston sur mesure, il trouva le BlackBerry de Nazir.

Folle de rage, Vermorel ordonna d'annuler l'opération et de rentrer immédiatement en France avant de se faire repérer. Mansourd fit valoir qu'il se trouvait peut-être dans un rayon de quelques kilomètres, qu'il fallait peut-être...

— La ferme ! hurla la ministre. Vous rentrez !

Montesquiou se crispa devant l'image de ce singe qui les narguait. Vermorel attendit le retour à un écran neigeux pour exploser de rage et trouver une tête de Turc à malmener.

Un coup de fil urgent offrit à Montesquiou un prétexte pour échapper au courroux de la ministre ; il s'éclipsa dans l'antichambre et vérifia que personne ne pouvait l'entendre après avoir compris de qui il s'agissait.

— Qu'est-ce que c'est que ces bruits de chevaux ? Vous êtes où, là ?

— *Rentrée chez moi*, répondit une voix féminine à l'autre bout du fil.

— La SDAT vous cherche à cause du portable, dit gravement le jeune homme, ces crétins vous appellent « la cavalière ». Vous êtes toujours là ?

— *J'ai retrouvé la trace de Waldstein.*

Montesquiou se tut. Puis il déclara :

— C'est trop tard maintenant. Nazir a échappé au commando. On n'a pas le temps de s'occuper de Waldstein, vous êtes d'accord, n'est-ce pas ?

— *Il s'apprête à se mettre au vert. Amérique du Sud. Vous confirmez que je le laisse partir ?*

— Oui, je confirme, soupira Montesquiou de plus en plus irrité par les habitudes de langage de ces professionnels du secret à qui il lui pesait, à la longue, de devoir donner des ordres.

18.

Rabia avait entendu un neurologue expliquer dans une émission que notre sommeil était divisé entre cycles d'une heure trente : depuis ce jour, elle notait mentalement l'heure à laquelle elle s'endormait et vérifiait, au petit matin, qu'elle avait dormi x fois une heure trente. Ça ne manquait jamais : elle dormait toujours sept heures trente ou six heures mais jamais huit heures ou six heures trente. On s'était souvent moqué de sa naïveté, mais Rabia continuait d'y croire. Jusqu'à ce mercredi matin, où elle se leva spontanément quatre heures pile après avoir fermé l'œil. Elle vérifia le cadran et chercha à se souvenir du temps qu'elle avait mis à s'endormir « quatre heures » plus tôt : ce laps de temps lui paraissait impossible, elle aurait pu jurer avoir trouvé le sommeil dès qu'elle avait rabattu la couette sur son menton.

Surprise, un peu étourdie, elle se leva, écouta la mauvaise respiration de Dounia, hocha la tête en soupirant et sortit de la chambre sur la pointe des pieds. Elle n'avait plus sommeil et ne comprenait pas ce qui lui arrivait.

Elle descendit au rez-de-chaussée et but un grand verre d'eau dans la cuisine. Des bandes de jour apparaissaient dans les interstices des volets.

Des images de Mouloud Benbaraka la saisirent comme un frisson. C'était un cauchemar éveillé qu'elle avait fait plusieurs fois depuis dimanche :

Elle était seule dans le salon de leur appartement rue de l'Éternité, elle regardait la télé, et soudain elle ressentait une présence, une présence hostile ; elle regardait les vitres nues entre les rideaux ouverts mais c'était la porte qu'on essayait de forcer – et elle se réveillait au moment où l'intrus y parvenait. Comme si la Peur, atteignant son intensité maximale, l'éjectait mécaniquement de cet univers qu'Elle avait confectionné sur mesure.

Dans le monde des songes peut-être, songeait Rabia, mais pas ailleurs : elle tourna brusquement la tête, certaine d'avoir entendu s'animer la porte d'entrée. Elle alluma la radio et entendit la nouvelle : Chaouch s'était réveillé. Elle n'y crut pas, jusqu'à ce qu'elle apprenne qu'une conférence de presse du médecin-chef du Val-de-Grâce était prévue pour sept heures trente et serait « évidemment » retransmise en direct. Rabia ouvrit les yeux plus grand qu'elle ne l'avait fait depuis dix jours. Elle voulut crier, alerter la maisonnée, allumer les lumières, ouvrir les volets, faire entrer le jour dans la cuisine. Soudain elle n'avait plus peur ; elle n'aurait plus jamais peur !

Mais elle fut brisée dans son élan par une série de coups absurdement violents contre le volet de la porte d'entrée.

Elle éteignit la lumière de la cuisine et sentit ses jambes qui flageolaient. La terreur lui attaquait les jambes, avant même, semblait-il, d'augmenter le rythme de ses pulsations cardiaques. Elle se rendit à pas comptés dans le salon, espérant gagner le téléphone et prévenir la police, mais elle entendit la voix dure de l'homme qui essayait de détruire la porte :

— Police ! Ouvrez !

Elle alluma la lumière du salon, puis celle du vestibule, et commença à tourner la clé dans la serrure.

— Police ! Ouvrez ! Ouvrez !

— C'est... qui ?

— Police ! Dépêchez-vous ou on défonce la porte !

Pourquoi criaient-ils si fort ? Pourquoi venaient-ils si tôt ? Elle ouvrit, mais n'eut pas le temps de se charger du volet : il lui fut littéralement arraché des mains pour permettre à une dizaine d'hommes en civil, portant armes, brassards et gilets pare-balles, de s'engouffrer dans le couloir.

— Rabia Bounaïm-Nerrouche ? Commission rogatoire. Le juge Rotrou vous place en garde à vue.

— Mais j'ai déjà... protesta Rabia.

— Allez, inutile de discuter.

Elle fut plaquée contre le mur, on lui passa les menottes sans ménagement.

— Mais j'ai rien fait ! pleura-t-elle. Quand est-ce que vous allez nous foutre la paix ? *On n'a rien fait !*

— Oui, oui, c'est ça, personne n'a rien fait. Mais oui. Ta sœur est à l'étage ?

Elle n'avait pas vu ce capitaine de la SDAT quand ils l'avaient interrogée la nuit de l'attentat. C'était un petit gros avec un visage carré, des yeux de chat et d'épais sourcils inclinés vers le haut – le visage même de la méchanceté.

Rabia trouva le temps, entre les larmes qui lui étouffaient la poitrine, de dire :

— J'ai un avocat. Me Szafran...

Mais le capitaine ne réagit pas. Il réajusta son brassard, serra les menottes de Rabia et la conduisit lui-même à l'extérieur.

— Mais vous me faites mal ! Laissez-moi au moins m'habiller !

Elle portait sa robe de chambre rose et ses pantoufles. Voyant que le capitaine ne réagissait toujours pas, elle se mit à crier :

— Mais j'ai rien fait, moi ! J'ai rien fait !

— Allez, c'est ça, répondit enfin le capitaine. On a de nouveaux éléments qui vous mettent directement en cause avec votre sœur. Et puis, à votre avis, pourquoi est-ce que le juge Rotrou vous placerait en garde en vue si vous aviez rien fait ?

19.

Chez lui, en pyjama, le juge Wagner traversa le couloir pour se rendre aux toilettes. Il vit que la chambre d'Aurélie était allumée. Il y frappa deux coups légers ; Aurélie remua sur son lit. Il entra. La jeune fille avait les cheveux en bataille, les sourcils douloureux. Des dizaines de pages griffonnées et froissées s'étalaient sur sa couette rose. Elle les assembla fébrilement et cala son visage entre ses poings.

— Pourquoi tu dors pas à cette heure ?

— Papa...

Le juge la considéra, tête penchée. C'étaient ce petit minois inconséquent, cette bouche d'adolescente, ces jolis petits yeux de couleurs différentes qui avaient sonné le glas de sa carrière.

Il adressa un sourire peiné à sa fille, songeant que les enfants étaient monstrueux parce qu'on ne pouvait pas leur en vouloir, parce qu'ils ne décidaient vraiment de rien quand ils causaient du tort.

— Allez, dors un peu, dit-il en éteignant la lumière.

Après être passé aux toilettes, il s'habilla et retrouva Thierry qui somnolait dans le salon.

— On n'a plus beaucoup de temps à passer ensemble, murmura-t-il en le réveillant, j'aimerais faire un tour si ça ne vous dérange pas.

Dix minutes plus tard, la voiture roulait sur le périphérique. Le juge toucha l'épaule de son chauffeur-garde tandis qu'ils approchaient de Levallois-Perret.

— Monsieur ?

— Attendez, Thierry, ralentissez. Ne vous arrêtez pas.

Des grues dépassaient les miradors du siège de la DCRI, et le juge Wagner ne put s'empêcher de remarquer qu'ils se détachaient sur le ciel cru et délavé. La pluie venait de s'arrêter et des pans de bleu se ménageaient une place entre les nuages sombres encore majoritaires. Le juge se souvenait des saints du Vatican et des nuages qui les avaient mis en marche. C'était la même chose avec les grues et les miradors de ce site ultraprotégé, qui composèrent une figure androïde, moitié homme, moitié machine, semblablement animée par le ciel mouvant.

On essayait de l'appeler sur son téléphone personnel : Poussin. Il décrocha et entendit la voix mal assurée de celui dont il s'était un temps considéré comme le mentor. Poussin lui apprit que Rotrou avait embarqué à nouveau les inséparables sœurs Nerrouche, avant même l'horaire légal d'interpellation, limite que la qualification antiterroriste d'un dossier autorisait certes à ignorer.

Wagner secoua la tête en signe de dépit et d'impuissance. Alors que son jeune collègue hésitait à raccrocher, il s'éclaircit la voix et ajouta sur un ton qui pour la première fois n'était pas strictement professionnel :

— Guillaume, il va falloir vous battre. Rotrou va vouloir vous bouffer avec les autres. Vous comprenez ce que je vous dis ?

— O-o-oui, monsieur.

— C'était une mauvaise idée, Saint-Étienne, ajouta Wagner, c'est à Paris qu'il faut enquêter. Le complot mêle... écoutez, ça dépasse de beaucoup le cadre de la famille Nerrouche... Tout est dans les relevés d'écoutes de ce troisième portable, s'ils ont été classifiés, c'est qu'ils contiennent des informations cruciales...

— C'est aussi la p-p-preuve qu'ils p-p-paniquent, observa Poussin.

— Bien sûr. Mais dans leur position, ils ont les moyens de paniquer tranquillement... Je vous donnerai aussi mes notes sur un témoignage qui pourrait être enregistré dans la procédure comme témoignage sous X. C'est une commandante du GSPR, Valérie Simonetti, il faut...

Wagner s'interrompit, se souvenant qu'il s'était récusé, que ce n'était plus son affaire.

— Bon courage, Guillaume.

— M-m-merci, monsieur le juge, balbutia le jeune Poussin. Vous p-p-pouvez me f-f-faire confiance...

Wagner haussa les sourcils et raccrocha. Il regarda son officier de sécurité :

— Désolé, Thierry, rentrons.

Il composa le numéro de Valérie Simonetti tandis qu'Aqua Velva le conduisait au Palais de justice ; il expliqua à l'ancienne chef de la sécurité de Chaouch qu'il s'était récusé et qu'elle devrait traiter maintenant avec son collègue, le juge Poussin.

Son cabinet de la galerie Saint-Éloi avait des allures de lendemain de fête : les dossiers étaient éparpillés autour de la cafetière, son bureau jonché de notes gribouillées à la hâte et maculées de taches de café. Il s'assit derrière le plan de travail de sa greffière et, sans allumer d'autre lumière que la lampe de bureau, contempla la vaste pièce sous un angle auquel il n'était pas habitué – l'angle d'Alice.

On frappa soudain quelques coups à la porte ; l'énorme visage de Rotrou apparut, horriblement penché et travaillé par un sourire de joie malsaine.

— Vous êtes bien matinal pour un homme au chômage...

Comme Wagner ne répondait pas et semblait ignorer sa présence, l'Ogre ajouta :

— Il va falloir me filer vos notes, autant s'en occuper maintenant...

— Vous vous trompez, Rotrou, dit Wagner sans bouger les yeux, les mains posées le long des accoudoirs du siège d'Alice. Cette pauvre famille a rien à voir avec le complot, c'est ici qu'il faut enquêter...

Gueule ouverte, Rotrou haletait sans pourtant paraître manquer de souffle – haletait par pur surcroît d'énergie ventilatoire. Il était en bras de chemise, bretelles défaites. Ses avant-bras imberbes paraissaient démesurés, dépourvus de toute musculature, simplement gros comme des cuisses.

Il désigna le bureau d'un geste mou de sa patte d'ours, qui voulait englober, par extension, tout le cabinet, toute l'institution judiciaire :

— C'est pas un endroit pour les humanistes, Wagner. Vous voulez vous faire bien voir, vous voulez qu'on écrive des articles : le bon juge Wagner, le gentil juge Wagner, Henri Wagner l'intègre, Henri l'indépendant, Riton la tendresse...

Wagner lui fit un bras d'honneur.

L'Ogre eut un reniflement considérable, qui ramassa toute une flottille de glaires au fond de sa gorge. Au lieu de cracher comme on aurait pu penser qu'il s'y préparait, il déclara :

— Qui veut faire l'ange fait la bête.

Et puis il prit congé, en refermant délicatement la porte dont il n'avait pas daigné franchir le seuil.

20.

Le capitaine Tellier venait de terminer son petit-déjeuner. Il avait passé la nuit à essayer de recomposer le puzzle de la journée de dimanche de Krim, relisant les PV de garde à vue de toute la famille, de Mouloud Benbaraka, et revenant sans cesse à l'os que constituait la déposition du responsable des vedettes du Pont-Neuf, qui décrivait « la cavalière » comme une « grande blonde aux cheveux flamboyants », « l'air pas commode », dotée d'insignes de police « parfaitement crédibles », et avec « quelque chose de dur et d'un peu dingue » dans le regard.

Aucun service susceptible d'avoir voulu récupérer le portable de Krim n'avait déclaré connaître d'officier répondant à cette description ; il s'agissait donc vraisemblablement d'une complice de Nazir. Ce qui ajoutait un larron au complot, un de plus, un de trop, songeait Tellier en sentant la fatigue alourdir non seulement ses paupières, mais les muscles de son dos.

Il entendit soudain le bruit d'une démarche familière : une démarche à trois jambes.

Montesquiou se matérialisa au seuil de son bureau. Tellier se leva difficilement.

— Bonjour capitaine, j'aimerais voir Abdelkrim Nerrouche.

Tellier ingurgita sa dernière bouchée de croissant et déclara, gêné :

— Je suis désolé, monsieur, mais ça ne va pas être possible. Le gamin dort, et vous n'êtes pas... je risquerais d'avoir des problèmes...

— Oui, c'est sûr que vous allez en avoir, des problèmes, si vous ne me laissez pas entrer.

Tellier soupira :

— Il faut voir avec le commandant Mansourd, je ne veux pas prendre la responsabilité de...

Montesquiou éleva la voix :

— Vous travaillez pour moi, capitaine, vous n'avez pas de responsabilités, je décide et vous exécutez, c'est clair ?

Tellier sortit sa langue et l'orienta vers sa lèvre fendue. Il conduisit le directeur de cabinet de la ministre dans la cellule de Krim.

21.

Krim dormait comme un bébé ; un coup de canne contre sa couche le fit se réveiller en sursaut.

— Allez, allez, debout, on a des choses à se dire.

Montesquiou s'appuya contre la porte de la cellule et tira la seconde feuille de la lettre d'Aurélie.

— J'ai deux bonnes nouvelles pour toi, Abdelkrim.

Krim s'essuyait les yeux comme un petit garçon.

— Premièrement, Chaouch était dans le coma, et il vient de se réveiller.

Mais la deuxième bonne nouvelle parvint à faire oublier à Krim l'énormité de ce qu'il venait d'apprendre :

— Et ta petite copine m'a chargé de te faire passer une lettre.

Krim était complètement réveillé. Il s'approcha pour saisir la feuille mais Montesquiou la retira in extremis.

— Tu te souviens de notre petite discussion de la dernière fois ? Si tu veux la lettre, il faut que tu me donnes quelque chose en échange...

— Mais...

— Franchement ce serait dommage que je doive repartir avec cette lettre... Ce serait tellement dommage. Allez, un petit effort...

Krim avait pensé à quelque chose avant de s'endormir quatre heures plus tôt ; il n'avait rien à perdre, tout à gagner. Il dit :

— Ben le texto que Nazir m'a envoyé par erreur... Il avait l'air énervé que je l'aie reçu, il me disait de l'effacer tout de suite... ça avait l'air super important et...

Montesquiou passa la main dans sa chevelure blonde. Il le savait, tout ça ; la lenteur de Krim le rendait fou, sa canne tremblait, frémissait comme une jambe nue dans le froid.

— Il parlait d'une ville où il devait aller, je sais pas si ça a un rapport...

— Quelle ville ? On parle bien de G., hein ?

Si le visage de Krim se décomposait à ce moment-là, s'il avait oublié qu'il s'agissait de retrouver le nom derrière cette maudite initiale, Montesquiou sentit qu'il allait perdre patience.

— Ben je sais plus trop, c'était un truc genre Genève, en Italie.

Montesquiou se redressa, victorieux.

— G. comme Gênes, bien sûr...

— Quoi ?

— T'en as parlé à nos amis ? demanda Montesquiou en indiquant du front la porte de la cellule.

— Ben non, on avait dit…

Montesquiou donna un coup avec sa canne et laissa tomber la page sur le sol.

— C'est bien. Continue de rien leur dire et peut-être que je te ferai d'autres petits cadeaux… (Il se souvint de sa promesse originelle.) En attendant bien sûr le gros cadeau, mais ça c'est pas pour tout de suite, tu peux le comprendre…

Il sortit sans rien ajouter, gardant la première page de la lettre dans sa poche.

Et Krim découvrit ainsi, dans la cellule étouffante et sans fenêtres où il avait passé les trois dernières nuits, tandis que le jour se levait au-dehors et que les yeux de Chaouch s'ouvraient péniblement sur les figures mouvantes du service de réanimation du Val-de-Grâce, une lettre d'Aurélie qui ne contenait que neuf mots :

Je pense à toi, tout le temps.
Aurélie, xxx

Neuf mots qu'il lut et relut cent fois au cours des heures suivantes, jusqu'à connaître par cœur chaque rond de a, chaque ventre de o, chaque arc de e, chaque flèche de t, et ainsi de suite jusqu'au facétieux gribouillis que formait le xxx de sa belle Aurélie.

La virgule qui ponctuait la première phrase lui faisait monter les larmes aux yeux, mais il y eut autre chose, la première heure au moins, quelque chose de plus fort que le contenu de la lettre : son parfum de lavande. Et ce parfum de lavande que Krim ne savait ni ne saurait jamais décrire, c'était la preuve que la Terre continuait de tourner en son absence ; c'était tout l'amour du monde alambiqué dans une poignée d'atomes ; c'était cela, une gouttelette d'espoir, précaire, fugace et dérisoire, et qui pourtant illuminait tout l'océan, irrésistiblement, avec la même stupéfiante rapidité que met la lumière à conquérir le ciel après le règne de la nuit qui semblait, quelques instants plus tôt, devoir se prolonger pour les siècles des siècles.

À suivre...

Table des matières

TOME 1

TOME 2

DIMANCHE

LUNDI

MARDI

Composition
NORD COMPO

Achevé d'imprimer en Italie
par GRAFICA VENETA
le 7 décembre 2014.

Dépôt légal décembre 2014.
EAN 9782290094235
OTP L21EDDN000616N001

ÉDITIONS J'AI LU
87, quai Panhard-et-Levassor, 75013 Paris

Diffusion France et étranger : Flammarion